Alexander Hetzer, aufgewachsen im idyllischen Trautskirchen (Mittelfranken), entdeckte schon in früher Jugend seine Liebe zur Literatur und Poesie.

Von dieser Leidenschaft profitieren bis heute all seine Schüler, die er seit 2010 an unterschiedlichen bayerischen Schulen, u.a. in Deutsch und Geschichte sowie Sozialwesen, unterrichtet.

Besondere Kreativität zeigt er in diversen Schulmaterialien, zahlreichen Projekten sowie Kirchweihzeitungen, Lehrermagazinen und etlichen Presseartikeln.

Auf sein Erstlingswerk „Familie Rotfisch geht auf Reisen", folgte 2024 die Fortsetzung „Kim Rotfischs neues Abenteuer". Nach diesen Kinderbüchern, die er für seine Söhne schrieb, stellt das aktuelle Werk, „Trautskirchen – Schatten eines Dorfes", seinen ersten historischen Roman dar.

Alexander Hetzer

TRAUTSKIRCHEN

SCHATTEN EINES DORFES

Historischer Roman

Bibliografische Information der Deutschen Nationalbibliothek: Die Deutsche Nationalbibliothek verzeichnet diese Publikation in der Deutschen Nationalbibliografie; detaillierte bibliografische Daten sind im Internet über dnb.dnb.de abrufbar.

Herstellung und Verlag: BoD – Books on Demand, Norderstedt

ISBN 9783759751720

Personen

Georg, der Schäfer
Melchior, sein Hund
Benjamin, sein Enkelsohn

Wilhelm, ein Einsiedler, der alleine im Dunkelwald lebt
Max, Wilhelms halbzahmer Wolf
Odo, der Findling aus dem Wald
Ännlin, Odos (Halb-)Schwester
Margarete, Odos Mutter
Eduard, der Schäfer und Odos Stiefvater
Eleonore und **Otto**, die Eltern von Eduard
Jobst und **Lina**, die Eltern von Margarete
Dieter, der Müller mit seiner Frau Eva
Bettl und **Hans**, die Eltern Dieters
Anselm, Pfarrer
Martin, Schankwart
Constantin, ein Alchemist
Lambert, verwitweter Schmied und den Kindern Sibert, Hans, Peter und Gundl
Konrad, der Steinmetz und seine Frau Agnes mit den Eltern Walter und Ennlin
Reinhard, der Zimmermann mit Frau Sophia und den Kindern Adam und Ingmar
Falk, ein weiterer Schäfer und Vater von Rudolf
Magnus, der Totengräber
Ursel, die Frau von Magnus und die Kinder Wenzel, Guda und Volmar
Heinrich, ein Bauer mit seiner Frau Emma und den Kindern Jakob, Dorothea, Katharina und Bruno
Kasimir, ein Bauer mit seiner Frau Gertrud und den Kindern Barbara und Johann
Gerald, ein Bauer und seine Frau Klara mit den Kindern Eckard und Hubertus
Tagelöhner **Albert, Diethard, Theo, Josef** und **Ferdinand**

Historische Persönlichkeiten:

Kaiser Karl IV.
Arnold von Seckendorff und seine Frau Clementia
Eppelein von Gailingen

1

Als sich der Vorhang der Nacht langsam und unbeobachtet über das Dorf und die Hügel legte, brachte Georg gerade sein letztes Schaf in den provisorisch aufgestellten Nachtpferch. Sein treuer Hund Melchior war seit vielen Jahren stets zuverlässig an seiner Seite geblieben und so war es auch heute. Zufrieden lächelnd streichelte der alte Schäfer das Tier. „Mein guter Junge. Du und ich – für immer. Auf dich kann ich mich verlassen, egal was kommt." Beide waren schon im Herbst ihres Lebens angekommen und waren sich so nahe, wie man sich eben nur sein konnte. Sein Schäferhund genoss die Zuneigung und leckte an der Hand seines Herrn. Sie kannten sich schon so lange, dass er sich ein Leben ohne seinen treuen Begleiter gar nicht mehr vorstellen konnte. Niemand kannte den alten Georg besser als sein Hund. Im Dorf und der unmittelbaren Umgebung wurde allerlei gemunkelt, meist leeres Geschwätz und uninteressante Gerüchte, woher er sein Wissen über Medizin hatte. Daran war er gewöhnt, sie vertrauten ihm schließlich, auch wenn er nicht in ihrer Mitte wohnte. Er wusste über vieles Bescheid. Wenn sich ein Mensch oder ein Tier verletzte, konnte er meist helfen. Er schiente und heilte Brüche, Schnittwunden und sogar entzündete Verletzungen konnte er durch sein geschultes Wissen über die heimische Pflanzenwelt wieder in Ordnung bringen. Aber ein Arzt? Nein, das war er nicht. Er hatte das alles, was er wusste, von seinem Vater, Großvater und den anderen Vorfahren gelehrt bekommen. Schäfer gaben schon immer ihr Wissen von Generation zu Generation weiter, das war alles. Das Dorf brachte auch oftmals kranke Kinder zu ihm, was für ihn einen großen Vertrauensbeweis darstellte. Er sah sie sich intensiv an, untersuchte sie und heilte sie, so gut er konnte. Das Lächeln in den gesunden Kinderaugen war ihm Lohn genug, Geld hatte er noch nie genommen. Georg half gern und war froh, ab und an gebraucht zu werden – ein ehrlicher

Dank war ihm mehr wert, als alles Geld der Welt. Er war nie sehr gesprächig, doch war den Dorfbewohnern seine Meinung wichtig. Sie kamen zu ihm, um ihn um Rat und nach seiner Ansicht zu fragen. Er hatte die besondere Gabe, den Menschen direkt ins Herz zu sehen. Er erkannte, ob es jemand ehrlich mit ihm meinte, oder ob er etwas im Schilde führte. Ebenso gerne war er auch für sich allein – mit Ausnahme seines treuen Schäferhund-Freundes Melchior. Mit ihm verband ihm eine tiefe Zuneigung. Sie konnten miteinander Schweigen und sich dennoch sicher sein, dass sie sich immer auf den anderen verlassen konnten. Bedingungslose Liebe eben – vom ersten Tage an. Das Tier hatte ihn gerettet. Gerettet vor sich selbst, nachdem seine Frau gestorben war. Melchior war es, der ihn wieder zurück ins Leben geführt, ihm neuen Mut gegeben hat. Mit ihm war alles einfacher.

In aller Seelenruhe steckte sich der alte Schäfer sein Pfeifchen an, ließ sich auf dem Hügel über dem Dörfchen Trautskirchen nieder, legte seinen langen Hirtenstab neben sich auf den Boden, seufzte einmal tief und genoss die Stille. Gedankenversunken beobachtete er die einzelnen Sterne, die langsam am Himmel erschienen und diesen erleuchteten. Seine dunklen, gezeichneten Augen lagen unter kräftigen Augenbrauen, sein Haar zeigte schon deutliche graue Stellen und der lange Bart war bereits völlig ergraut, doch das machte ihm nichts. Solche Oberflächlichkeiten interessierten ihn nicht. Wie alt er wirklich war, wusste er selbst nicht mehr. War es wichtig? Er konnte seine tägliche Arbeit noch gut alleine verrichten und selbst beschwerliche Wege stellten für ihn kein Hindernis dar, Georg brachte seine Schafe immer wohlauf an sein Ziel. Seine Bewegungen waren nicht mehr so unbeschwert wie noch vor einigen Jahren, wirkten eher bedächtig und ruhig, aber sicher. Der sichelförmige Mond stand hoch über ihm am Himmelszelt und der graublaue Schatten der Nacht legte sich langsam immer tiefer ins Tal. Der Ort ging schlafen. Sein Ort. Seine Heimat. Sein Trautskirchen.

Der Schäfer beobachtete einen Schwall Pfeifenrauch, der seinen Mund verließ und sich auf dem Weg in Richtung der feuchten Wiese verlor. Waren wir alle so vergänglich wie der Pfeifenrauch? Er kannte seine Herde und seinen Ort wie seine Westentasche, auch das nahe Umland hatte er schon mehrere hundert Male durchzogen und lieben gelernt. Im Zenntal, in welchem sich sein Trautskirchen befand, war er geboren worden und dort werde er auch seine letzte Ruhestätte finden. So war es ihm vorgesehen. Immer wenn lautes Geschrei oder das Geräusch der arbeitenden Bevölkerung mit dem Wind zu ihm getragen wurde, wich Georg zu seiner Schafherde auf der Weide aus. Von Weitem waren hin und wieder auch Rufe zu hören, doch die ließen ihn meist kalt, denn sie störten seine Schafe auch nicht. Sie fühlten sich bei ihm sicher, außerdem wurden sie von seinem treuen Schäferhund gehütet und beschützt. Wenn er dann durch seine Herde spazierte, ließen sie sich nicht einmal beim Fressen stören. Das war schließlich das, was sie fast den ganzen Tag lang tun sollten. Früh am Morgen ließ er die Schafe aus dem Pferch, dem Nachtlager sozusagen, und ging mit ihnen auf die Weide. War das Gebiet dann abgegrast, zogen sie alle zusammen weiter und suchten sich die nächste Wiese aus. Dazwischen gab es je nach Temperatur ein bis zwei Stunden Pause zum Wiederkäuen im Schatten oder zum Trinken an einem Bachlauf. Die Schafe waren genügsam, genau wie er. Die Wiesen, auf denen sie grasten, waren nicht immer saftig und grün, manchmal waren sie sogar steinig und dürr. Dennoch wurden alle immer satt. Auch Georg selbst hatte keine großen Ansprüche. Er bekam all das, was er zum Leben brauchte, direkt von der Natur: klares Quellwasser sowieso, frische, schmackhafte Pilze oder knackigen Feldsalat – Schafmäule nannte er ihn – der Tisch der Natur war reich gedeckt. Je nach Jahreszeit pflückte er sich auch frisches Obst von den Bäumen, denn er wusste selbstverständlich wo die besten Birnen und Äpfel zu holen waren. Oft hatte er auch ein paar Scheiben

Brot dabei, die er von den Dorfbewohnern bekam und welche er gewiss mit seinem treuen Schäferhund teilte. Er lebte für seine Schafe, das ganze Jahr hindurch, sein ganzes Leben lang, kein einziger freier Tag und trotzdem machte er es nach wie vor gerne. Einen richtig festen Wohnsitz hatte er, seitdem er Witwer war, nicht mehr, denn er war schon immer dort am liebsten, wo seine Schafe waren. Und das war das, was er seit er das erste Mal mit seinem Großvater auf die Weide ging, wollte. Da war er vielleicht zwei Jahre alt gewesen. Seitdem war viel passiert. Zufrieden lächelte Georg und streichelte wieder seinen besten Freund, Melchior, der sich auf den Rücken rollte und seine vier Pfoten in die Höhe reckte. Das war das Leben! Diese Freiheit täglich zu spüren, die frische Luft seiner Heimat einzuatmen und die Ruhe zu genießen, das war es, was Georg glücklich machte. Er ließ seinen Blick über das Tal und das dort befindliche Dorf schweifen und hätte zufriedener nicht sein können. Er lebte mitten in der Natur, konnte sich nichts Schöneres vorstellen. Als dann auch noch die Amseln ihr melodisches Abendlied anstimmten, durchfuhr seinen Körper wieder einmal ein Glücksschauer, der sich bis in seine Zehenspitzen ausbreitete.

„Großvater?"

Er hörte jemanden rufen und obwohl es nun mit der angenehmen Stille vorbei sein würde, fühlte sich Georg nicht gestört.

„Groooßvaaater!"

Die Stimme wurde lauter und durchdringender.

„Grooooooßvaaaater! Bist du da?"

„Ich bin hier, Kleiner. Schrei nicht so, du hast mich ja gefunden", antwortete er ruhig und entspannt.

„Ich habe dich schon überall gesucht. Sitzt du schon lange hier? Ich wollte eigentlich früher kommen und dir noch mit den Schafen helfen, aber ich musste mit Vater noch den Zaun ausbessern. Da konnte ich nicht früher."

„Kein Problem, mein Junge." Georg lächelte und streichelte seinem Enkel Benjamin sanft über den Kopf, während er erneut an seiner Pfeife zog. „Ich bin froh, dass du da bist. Setz dich doch zu mir und Melchior."
Der kleine Junge setzte sich zwischen den alten Schäfer und seinen Hund und begann sofort damit, den Vierbeiner zu kraulen. Mit großen Augen sah er seinen Großvater an und lächelte, als dieser beim Ausatmen mit dem Rauch seiner Pfeife Ringe formte und sie langsam zu Boden tanzten. Dann drehte er sich ein wenig zur Seite und lehnte sich mit dem Rücken an seinen Großvater. Dieser nahm ihn in den Arm und seine Augen strahlten so sehr, wie sie es nur selten taten.
„Du, Großvater?", Benjamin sah Georg mit großen, neugierigen Kinderaugen an, die der Schäfer so liebte. „Meinst du, ich kann auch einmal ein so toller Schäfer wie du werden?"
Der Alte lächelte still. „Ach, Ben, ich glaube, dass du ein noch viel besserer Schäfer als ich werden wirst. Aber du hast ja auch noch so viel Zeit. Vielleicht möchtest du ja lieber ein Bauer werden, wie dein Vater. Oder du wirst ein Handwerker. Zimmermänner oder Schmiede werden doch immer gebraucht."
„Nein, nein. Da hätte ich ja nichts mit Tieren zu tun. Und ich wäre nicht in der Natur. Ich möchte wirklich gerne die Schafe treiben, mit ihnen leben, einen so tollen Hund wie Melchior an meiner Seite haben und dann abends, genau wie du, die Stille der Nacht genießen. Es gibt doch nichts Schöneres, oder?"
Georg konnte nicht widersprechen. Sein Enkelsohn hatte es auf den Punkt gebracht. Besser hätte er es nicht sagen können. So lächelte er glücklich und drückte Benjamin fest an seine Brust, dass diesem der lange, graue Bart im Gesicht kitzelte.
Nach einigen Minuten löste sich der Kleine von der Umarmung, sprang auf und lief eilig davon.
„Was ist, Ben? Was machst du?"

11

„Ein guter Schäfer muss des Nachts ein Feuer haben, hast du mir einmal erklärt, jetzt ist es schon fast ganz dunkel und du hast weder Holz noch ein Feuer hier."

In solchen Momenten war Georg mehr als stolz auf Benjamin und war sich sicher, dass er der Richtige war, irgendwann in Zukunft seinen Platz einzunehmen.

Wenige Augenblicke später hatte der Junge einige Äste und sogar ein paar dickere Stämme trockenes Holz herbeigeschleppt und es zu einem Haufen aufgetürmt. Unter das Holz hatte Benjamin etwas Zunder und Flachshaar zusammengeknäult, um das Feuer entfachen zu können. Jetzt ging es für ihn darum, seinem Großvater zu beweisen, dass er es schon allein konnte. Er hatte jetzt oft genug zugesehen, wie er es gemacht hatte. Bestimmt zwanzig Mal war es ihm erklärt worden, jetzt wollte er zeigen, dass er es ohne fremde Hilfe konnte. Benjamin holte den aus Eisen geschmiedeten Feuerschläger aus der Tasche seines Großvaters, schlug erst vorsichtig, dann immer fester entlang des Feuersteins herunter, wodurch die Funken begannen, Richtung Feuerstelle zu fliegen. Seine Augen glänzten und man konnte in ihnen erkennen, dass er sich aus tiefstem Herzen wünschte, dass es klappte. Endlich fiel ein Funke in das leicht brennbare Material, der groß genug war, nicht sofort zu verglühen. Benjamin kniete sich vorsichtig vor das Holz und blies sanft hinein, er hauchte dem Feuer Leben ein. Langsam aber sicher entstand eine helle Flamme, die sich immer weiter vergrößerte und nach wenigen Augenblicken eine angenehme Wärme und ein Gefühl von Geborgenheit verbreitete.

„Ha ha ha. Siehst du, Großvater? Ich kann es!" Stolz sah Benjamin Georg an und freute sich.

„Das hast du wirklich gut gemacht. Du brauchst mich bald ja gar nicht mehr", lächelte der alte Mann.

„Ich werde dich immer brauchen, Großvater."

„Weißt du, Ben, so wie der Tag und die Nacht ihre Zeit haben, so haben auch die Menschen ihre Zeit. Wenn eine neue, junge Generation heranwächst, dann muss die alte weichen, das ist der Lauf der Welt. So ist es mit allem. Der Kreislauf des Lebens kann von uns Menschen nicht beeinflusst werden."

„Ja. Das Glück der Herde, es kommt und geht." Benjamin sah seinen Großvater etwas nachdenklich an.

„So ist es." Der Alte nickte mit geschlossenen Augen.

Eine Weile war es still. Nur das Knacken des flackernden Feuers war zu hören. Georg sah auf das Dorf hinab und dann seinen Enkel an.

„Ben? Weißt du eigentlich wie alt unser schönes Trautskirchen schon ist?"

„Nein, Großvater. Bestimmt schon sehr, sehr alt."

„Ja, das stimmt. Es wurde im Jahr 1278 offiziell gegründet, obwohl es wahrscheinlich schon seit dem Jahr 800 als kleines Dorf oder Siedlung existiert."

„Das ist ganz schön alt", staunte Benjamin.

„Und seit vielen, vielen Jahren leben unsere Familie und unsere Ahnen in diesem Dorf. Es gab gute Zeiten und schwierige Zeiten, aber wir haben es immer wieder geschafft, durchzukommen. Wir wollten immer hier in der Gegend bleiben. Auch, weil wir einen besonders guten Zusammenhalt im Dorf haben. Das ist viel wert."

„Genau. Weil es hier einfach schön ist. Warum soll ich woanders hin, Großvater? Hier haben wir doch alles, was wir brauchen: Freunde, Familie, unsere Tiere, Arbeit. Alles was wir benötigen, gibt es hier in Trautskirchen."

„Und alles, was du wissen musst, kannst du von der Natur lernen."

„Und von meinen Eltern. Und von dir." Benjamin lächelte und auch sein Großvater musste grinsen.

„Hast du dir nie Gedanken darüber gemacht, warum zum Beispiel alle Vögel bei Tag zwitschern und nur die Nachtigall nachts singt?"

Benjamin legte die Stirn in Falten und zwickte seine Augen zusammen. „Nein, das habe ich nicht. Weißt du, warum sie nicht bei Tag singt?"

Der Alte zog noch einmal an seiner Pfeife und blies den weißen Rauch aus seinen Nasenlöchern. „Ja, das weiß ich. Ich höre sie sehr gerne. Ihr klarer, wohltuender, flötender Pfeifgesang ist mir der liebste Ton im ganzen Tierreich. Und die Nachtigall ist schlau! Hör zu, Ben, die männliche Nachtigall singt einerseits, um Weibchen anzulocken und sie zu beeindrucken, andererseits erklärt sie sich aber auch als Besitzer des Gebietes und schreckt damit andere Männchen ab. Diese merken dann, dass der Bereich bewohnt ist und ziehen weiter, ohne sich zu streiten. Bei Tag gäbe es zu viele andere Vogelstimmen, die mitsingen würden. Nachts können sie sich ungestört unterhalten. Das ist auch wichtig für uns Menschen. Wir können alle Schwierigkeiten ohne eine handgreifliche Auseinandersetzung lösen, wenn wir nur miteinander reden."

„Wir können wirklich viel von der Natur lernen, Großvater."

Einen Moment schwiegen beide, dann war es Benjamin, der die Stille durchbrach: „Erzählst du mir wieder eines deiner Märchen? Ich kenne niemanden, der die alten Geschichten so schön erzählt, wie du."

„Ich glaube, heute ist die Zeit für eine wahre Geschichte gekommen, Ben. Was denkst du?"

Die kleinen Augen begannen zu strahlen und durch die Spiegelungen des Feuers in seinen Augäpfeln konnte man fast meinen, dass sie brannten. „Oh ja, das wäre toll. Welche Geschichte ist es denn?"

Zufrieden schmunzelte Georg und erklärte: „Eine Geschichte unserer Vorfahren. Sie wurde mir von meinem Vater und meinem Großvater erzählt. Und sie hatten sie wiederum von ihren Ahnen erzählt bekommen."

„Oh, wie spannend! Ich will sie hören!" Benjamin richtete sich auf und legte eine Hand auf den Unterarm seines Großvaters. Sanft drückte er zu und legte seinen Kopf etwas schräg.

„Na dann mach es dir bequem. Sie ist dauert eine Weile, aber jedes Wort ist wahr. Es ist das, was dein Ur-Ur-Ur-Großvater Eduard erlebt und mündlich an die späteren

Generationen weitergegeben hat. Genau so hat es sich vor vielen, vielen Jahren hier in Trautskirchen zugetragen..."

2

Im Herbst 1330

Zu jener Zeit lebte ein Einsiedler im Dunkelwald nördlich von Trautskirchen. Sein Name war Wilhelm und er hatte sich vor etlichen Jahren dazu entschlossen, nicht mehr im Dorf wohnen zu wollen, sondern lieber für sich alleine mitten in der Natur zu sein. Seine sehnigen Arme und der drahtige Körper hatten durch sein Waldleben schon einiges mitmachen müssen, doch durch sein sonnengebräuntes, freundliches, wenn auch gezeichnetes Gesicht wirkte seine Gestalt angenehm. Der Wald, sein Wald, hieß nicht umsonst „Dunkelwald", denn das war es, was er war: dunkel. Ein geheimnisvoller Ort, an denen sich selbst die mutigsten Männer hier und da fürchteten. Man war irgendwie nie sicher und es kam einem so vor, als würde man von tausenden Augen beobachtet, wenn man sich dort aufhielt. Diese geheimnisvollen Kraftorte in diesem tiefen, finsteren Wald zogen seit vielen Jahrhunderten schon die Menschen an und Wilhelm konnte von sich behaupten, dass sich niemand dort so gut zurechtfand wie er. Er kannte jede Wurzel und jeden Baumstamm wie seine eigene Westentasche. Dennoch hatte er Plätze, die er besonders liebte und zu denen es ihn immer wieder hinzog. In diesem uralten Wald wuchsen Buchen, Eichen und Ulmen sowie Lärchen, aber auch Linden waren immer wieder zu finden. Allesamt standen manchmal kerzengerade in die Höhe und an einer anderen Stelle sah man sie als bizarr geformte, in sich verschlungenen Naturriesen wachsen. Die Nadelbäume, die immer wieder dazwischenstanden, waren in der Unterzahl, dennoch gaben sie ein rundes Bild ab. So waren es doch die Tannen, Fichten und Eiben, die sehr geschätzt waren, da sie im Sommer wie im Winter grün waren.

Einer von diesen besonderen Plätzen war die althergebrachte Druidenquelle, eine sagenumwobene Kultstätte, an der schon die alten Kelten saßen und ihre Rituale abhielten. Im Winter führte sie stets frisches Wasser und im Sommer war dieser Ort kühl und schattig. Sie war umgeben von einigen Birken und Sträuchern, sodass sie nicht so leicht zu sehen war und an der Stelle, an der das Wasser aus der Erde trat, hatte sich ein kleiner Tümpel mit kristallklarem Wasser gebildet. Hier war er besonders gern. Hier konnte er die Erdenergie und Naturkräfte spüren. Sie durchfuhren seinen Körper, der dadurch aufgeladen wurde. Diese Quelle war für ihn gleichzeitig Wasserspender und Kraftort, wo er sich gerne aufhielt, um zu neuer Stärke zu finden oder um seine Ahnen um Rat zu fragen. Hier fühlte er sich ihnen so nahe wie nirgends sonst. Wenn hier langsam die Sonne über den Baumwipfeln verschwand und sich ihre letzten, schwachen Strahlen in Richtung Druidenquelle kämpften, dann entstand jeden Abend aufs Neue eine gespenstisch anmutende Szene. Große und kleine funkelnde Spiegelungen im Wasser erschufen eine erhabene Szenerie. Mächtige, zum Teil bizarr anmutende, Bäume streckten sich in Richtung Himmel und ihre unförmigen Wurzeln, die aus dem Boden ragten schienen nach den Menschen an der Oberfläche zu greifen. Die umliegenden bemoosten Steine unterbrachen die fingerähnlichen Greifwerkzeuge der Bäume neben der Quelle, ein ungewöhnlicher, geheimnisvoller und gleichzeitig erschreckend angenehmer Platz im Dunkelwald. Diesen Ort kannten nicht viele Menschen und er wollte, dass dies so blieb. Seit Jahrhunderten erzählten sich die Menschen Geschichten über angebliche Menschenopfer, die hier an dieser Stelle durchgeführt wurden. Die Druiden töteten dort ausgewählte Personen mit einem Dolchstoß oberhalb des Zwerchfells, um anschließend aus ihren Todeszuckungen die Zukunft herauszulesen. Es wurde auch erzählt, dass hier Menschen in Weidengeflechten gefesselt und anschließend angezündet wurden, um den großen Göttern Brandopfer zu schenken. Vielleicht war dies grausam und bestialisch, aber waren solche Praktiken tatsächlich blutrünstiger und barbarischer als Menschen zu erhängen oder so genannte Hexen auf dem Scheiterhaufen bei lebendigem Leib anzuzünden? Wohl nicht. Dennoch war er mit dieser Meinung in der Minderheit und behielt sie lieber für sich. Kam doch das Gebot Hexen und Zauberer zu verbrennen von der Kirche und alles, was diese Institution veröffentlichte oder befahl, wurde umgesetzt. Außerdem hatte der Druidenkult einige wirklich interessante Blickwinkel: So gaben die Meister das umfangreiche Wissen ausschließlich mündlich an ihre Schüler weiter, so mussten sie ein ausgezeichnetes Gedächtnis mitbringen. Die Lehrlinge folgten ihren Meistern im Alter von sieben bis zwölf oder dreizehn Jahren an einen geheimen Ort, inmitten des Dunkelwaldes. Wilhelm vermutete, dass dieses Versteck hier in der Nähe der Druidenquelle gewesen sein musste, das spürte er einfach. Außerdem mochte er den Gedanken, dass die Druiden in ihrem Ort Richter waren. Sie hatten alle Autorität und Machtbefugnisse zur Urteilsverkündigung in Streitfällen, egal welcher Art: Verbrechen, Mord, Erbschaft oder der Verlauf einer Grenze. Sie allein entschieden, wer Recht bekam und bestimmten die Härte der Strafe und die Höhe der Belohnung. Hielt sich jemand nicht an die Urteile oder bezweifelte eine Entscheidung, so hatten die Druiden die Möglichkeit, diesen zu bestrafen. Vor ihnen war tatsächlich jeder gleich. Nicht wie heutzutage, wo doch Adlige oder höher geschätzte Persönlichkeiten des Dorfes oftmals bevorzugt oder nicht einmal angeklagt wurden. So waren diese erbarmungslosen Zeiten vielleicht doch gar nicht so schlecht gewesen. Und die Menschen waren es schließlich, die dieses Ungleichgewicht erschaffen hatten. Und genau diese Menschen waren es nun, die durch Rodungen den Wald bedrohten. Ja, er wusste, dass sie es nicht mit böser Absicht taten, aber machte es das besser? Unwissenheit und Torheit halfen dem Dunkelwald schließlich auch nicht.

Er hatte schon einen Teil seiner alten Stärke einbüßen müssen, da sie bei Hohenroth ein großes Randgebiet von ihm abholzten, um Häuser, Scheunen und Ställe zu bauen. Dies machte Wilhelm traurig und ehrlich gesagt auch ein wenig wütend. Warum konnten sie den Wald nicht mit seinen Augen sehen? Es war an ihm, diese Einzigartigkeit zu bewahren und alles zu versuchen, die Menschen fernzuhalten. Dass die Wälder rund um Trautskirchen vor seiner Zeit gerodet worden waren, um Platz zum Leben zu schaffen, das war ihm verständlich. Er mochte den Gedanken immer noch nicht, obwohl der Anfang des Ortes bereits viele hundert Jahre zurücklag, doch es ging ihm einfach nicht in seinen Kopf, wieso es jetzt nicht damit genug war. Das Dorf war schön und hatte eine passende Größe – sich jetzt auf Kosten des Dunkelwaldes weiter zu vergrößern wollte er allerdings nicht akzeptieren. Darum war er im Dorf auch als Waldschrat oder Wald-Willi verschrien. Ein Außenseiter und Einzelgänger eben, seit er sich von der Dorfgemeinschaft entfernte, um für sich alleine zu leben. Sie verstanden es bis heute nicht, dass er sich nur von dem ernährte, was ihm die Natur schenkte. Er tötete keine Lebewesen, um sich an ihnen zu laben. Er aß nur dann Fleisch, wenn er ein verstorbenes Tier fand, das noch nicht so lange verschieden war, dass der Verfall bereits eingesetzt hatte. Er kam gut zurecht und hatte sich dadurch im Laufe der Jahre ein beachtliches Wissen über essbare Pilze, Kräuter, Früchte, Nüsse und Beeren angeeignet. Nur er und sein Wald. Und seit einiger Zeit der Wolf Max an seiner Seite, auch wenn dieser immer wieder für eine gewisse Zeit verschwand. Mehr brauchte er nicht. Und nach mehr strebte er auch nicht.

Ein anderer Lieblingsort befand sich am östlichen Ende des Dunkelwaldes, das majestätische Eichenwäldchen, das bei den Trautskirchnern im Volksmund nur als „Acherwäldla" bekannt war. Von dieser Anhöhe aus konnte man das gesamte Zenntal überblicken und bei gutem Wetter sogar bis zum Nachbarort nach Neuhof sehen. Die sich anschließende kleine Schlucht aus Sandsteinfelsen wurde bei schönem Wetter von den Sonnenstrahlen aufgeheizt und auch jetzt, obwohl es schon November war, konnte man spüren, dass sich dort die Wärme etwas länger hielt. Hier wurde schon seit einiger Zeit kein Stein mehr geschlagen, der bessere Steinbruch war nicht weit in der Nähe von Merzbach zu finden. Dort schlugen sie auch heute noch die Steine, doch es war nie genügend Ertrag zu machen, um die Häuser daraus zu bauen. So wurden sie vor allem für Ausbesserungen an der Dorfkapelle genutzt. Hier am Acherwäldla und in der Umgebung um Trautskirchen konnte man sie eher als Felsenkeller nutzen. Es wurden Schächte und Höhlen in den Stein gehauen, um dort Vorräte zu lagern. Die Äpfel, Birnen und manchmal das Getreide, das hier aufbewahrt wurde, hielt sich dort deutlich länger. Aber eine Besonderheit hatten sie hier in Trautskirchen doch: Zwei der vier vorhandenen Felsenkeller waren unterirdisch miteinander verbunden, darum dienten sie nicht mehr als Lagerort. So konnte man von jenem am Acherwäldla unter dem Ort hindurchgehen und kam auf der anderen Seite, am ebenfalls mit einem Wäldchen bewachsenen Kellerbuck, einem kleinen Hügel in der Nähe des Flüsschens Zenn, heraus. Dieses, teils verzweigte, Gängesystem, was einem Labyrinth ähnelte, war nur den Einheimischen bekannt und wurde als gut gehütetes Geheimnis bewahrt. Selbst die Zugänge wurden so gut es ging getarnt, um nicht für Aufsehen zu sorgen. Der Bau der Vielzahl von Gewölben und Gängen wurde bei der Arbeit sehr genau überwacht, denn hier durfte kein Fehler passieren, um zu verhindern, dass die Standfestigkeit des Untergrunds für das Dorf nicht gefährdet wurde. Etwaige Verstöße der Arbeiter hätten die gesamte Konstruktion einstürzen lassen und somit den gesamten Ort gefährden können und das wollten sie tunlichst vermeiden. Aber bekanntermaßen ging alles gut und so hatten sie seit der Zeit ein faszinierendes Labyrinth von verzweigten Gängen, Treppen und Wegen, welches unter dem dort entlangführte. So hatte es ihm sein Großvater als Kind erzählt. Eine Geschichte, die er nicht oft genug hören konnte und jedes Mal lauschte er gebannt den Worten des alten, weisen Mannes. Da der Eingang von einem größer wuchernden Holunderbusch verdeckt wurde, war er nur für diejenigen zu entdecken, die wussten, wo sie suchen mussten. Hier waren es vor allem die wärmespeichernden Steilwände, die Pflanzen und Tiere zum Verweilen einlud. Entsprechend wucherten hier Farne und Pilze aus dem Boden und die alten, umgestürzten Bäume waren mit sattgrünem Moos bewachsen. Diese altehrwürdigen Bäume, starke und widerstandsfähige Eichen, strahlten schon immer eine gewisse Verborgenheit, etwas Besonderes, aus. Die Lichter in der Mitte der Baumgruppe zwischen den grünlich-blau schimmernden Rinden und dem Laub auf dem Boden zogen Wilhelm magisch an. Er stand oder saß oft stundenlang dort, nur um dem Rauschen des Laubes und dem Gesang der Vögel zu lauschen. Die Eichen waren für ihn besondere Geschöpfe des Waldes, da sie sehr groß und unglaublich alt wurden – selbst für Bäume. Bereits in den alten Zeiten, in der die Germanen hier herrschten, waren die Eichen heilige Bäume. Der Volksmund erzählte, dass damals die Frauen und Männer zu den Druiden mit brennenden Fackeln in den Händen ins Acherwäldla gingen, sie verneigten sich und beteten gemeinsam. Dies taten sie immer zur Sonnenwende. Einmal, um den Sommer zu begrüßen und das andere Mal, um ihn wieder zu verabschieden. Und diese alten Eichen standen schon zu diesen Zeiten, widerstanden Wind und Wetter, überlebten Gewitterstürme sowie Donnerbrausen – dieser Baum konnte bis zu tausend Jahre alt werden. Sie standen also schon in den früheren Zeiten genauso da, wie jetzt auch. Bei den Germanen hieß die Eiche „Fürst der Wälder", denn auf ihnen wurden häufig die kostbaren Misteln gefunden, die von den Druiden aufwändig geerntet und anschließend für ihre rituellen Feiern verwendet wurden. Für Wilhelm konnte jeder einzelne dieser majestätischen

Bäume seine Geschichte erzählen, die Menschen hatten nur verlernt zuzuhören und sie zu verstehen. Da half es auch nichts, dass es Tradition in Trautskirchen war, immer zur Sommersonnenwende ein großes Feuer anzuzünden und ein Fest für alle Dorfbewohner abzuhalten. Es war schön, keine Frage, und man konnte für ein paar unbeschwerte Stunden den harten Alltag vergessen, aber es war dennoch überflüssig, wenn man den eigentlichen Grund des Feuers nicht mehr wusste. Die Menschen hatten einfach den engen Bezug zur Natur und den alten Geschichten verloren, sie arbeiteten nur mit ihr zusammen, um ernährt zu werden.

Wilhelm und sein teils zahmer Wolf gingen gerade eine letzte Nachtrunde spazieren. Herbstliche Nebelschwaden durchzogen den Dunkelwald, die selten vorhandenen Lücken in den Wolken und dem Blätterdach gaben den goldleuchtenden Mond frei, um ihn nur wenige Augenblicke später wieder zu verschlucken. Ein kühler Wind blies durch die Äste, so zog der Mann den Kragen seines Mantels ein wenig höher. Die feuchte Kälte kroch dennoch beständig höher, bis sie seinen Nacken erreicht hatte. Jetzt war es klar: Der Sommer war zu Ende. Ab und an war es ihm so, als würden schemenhafte Gestalten in seiner Nähe erscheinen und ihn umkreisen. Diese geisterähnlichen Wesen versuchten auch sein Gesicht zu streifen, ihn zu berühren, ihn in eine bestimmte Richtung zu lenken. Jedenfalls war es ihm so. Doch er vermag nicht, sie zu berühren, da sie ebenso schnell wieder verschwanden, wie sie gekommen waren. Waren sie wirklich? Erschienen sie nur vor seinem inneren Auge? Einerlei. Für ihn waren sie echt. Diese verdammten Vorahnungen hatte er schon des Öfteren gehabt und meist traten sie dann auch ein. Was es genau war, konnte er nicht sagen, aber er spürte deutlich, dass etwas in der Luft lag. Dieses Gefühl wurde immer stärker und legte sich wie ein schwarzer Schatten auf seine Seele und drohte ihn zu erdrücken. Er hielt kurz inne, atmete tief ein und aus, sah sich nach allen Richtungen um, doch konnte nichts erkennen.

„Welch eine seltsame Nacht", sagte er mehr zu sich selbst als zu seinem Wolf Max.

Wilhelm blickte zu seinem Begleiter nach unten, der ihm keinen Schritt von der Seite wich, nur hier und da einmal in den dichten Nebel spähte und leise fauchte. Irgendetwas war da. Das konnte er fühlen, aber bisher hatte er noch keinen Beweis. Im fahlen Mondlicht mischte sich das düstere Grau mit den matten Farbtönen der Umgebung und dem Nebel. Der leichte Wind trieb sein Spiel mit dem nächtlichen Spaziergänger, denn die Gräser und Nebelschwaden wechselten die Konturen und Umrisse immer wieder, sodass er sich gar nicht konzentrieren konnte, denn bereits nach wenigen Augenblicken war das Gesehene wieder verflogen. Diese schwere Stille beklemmte den Mann und seinen Begleiter, dennoch waren sie fest entschlossen, nicht umzukehren oder zurückzuweichen. Sie waren schließlich im Dunkelwald zuhause und wollten wissen, was dort vor sich ging. Der Mond schien weiterhin böse durch den Wald, doch das unerbittliche Schicksal – oder die Geister seiner Ahnen – wollte ihn noch nicht erlösen. Er tappte weiter buchstäblich im Dunkeln. Er war - wie jeder Mensch – ein Augentier, so verließ er sich fast ausschließlich auf das, was er sehen konnte. Aber wenn nachts im Dunkeln immer weniger Verlass auf seine Augen war, so spielte sein Gehör und sein Gefühl eine immer größere Rolle. Jetzt war es wieder einmal soweit: Er musste sich auf sein Gespür verlassen. Er lauschte also den Stimmen des Waldes: Dem Rauschen, dem Knistern, dem Strömen, dem Rascheln und dem Knirschen. Der Wald hatte so viel zu erzählen und er hörte gerne zu. Die Dunkelheit, die nun unaufhaltsam immer weiter eintrat, ließ die Fledermäuse, die Könige der Nacht, erwachen. Welch ein faszinierendes Schauspiel, wie sie in traumwandlerischer, instinktiver Sicherheit ihre Beute jagten und allen Hindernissen auswichen, ohne anzustoßen. In solchen Nächten kommt dir das eigene Atmen laut, manchmal sogar zu laut, vor, denn in dieser allumfassenden Stille wachsen die kleinsten Geräusche ins Unermessliche. Er gab sich nun bewusst voll und ganz der Dunkelheit hin, versuche sie in sich aufzunehmen und wieder einmal eins zu werden mit dem Wald. Er wollte seine durch die Zivilisation und den Fortschritt geschwächten Urinstinkte wieder zum Leben erwecken. Eine Übung, die Wilhelm schon eine ganze Weile nicht mehr gemacht hatte. Er schloss nun bewusst die Augen und malte mit den Geräuschen, die er wahrnahm, Bilder in seinem inneren Auge. So konnte er seinen Wald sehen, obwohl er doch die Augen nicht geöffnet hatte.

Auf einmal war da dieses Geräusch. Dieses Mal war er sich sicher, dass es zu jemandem gehörte, der real war. Auch sein Vierbeiner schnupperte und sah eindeutig in die Richtung, aus welcher das Geräusch kam. Wilhelm und Max stapften einen leichten Abhang hinauf durch das moosig-glitschige, von Wurzeln durchzogene Unterholz und gingen dem Geräusch entgegen. Er musste sich immer wieder an einem der majestätischen Bäume abstützen, um nicht zu fallen und den Anschluss halten zu können. Wenn seine Sinne ihm keinen Streich spielten, dann kam er dem Klang näher. Seit jeher übte der Nebel schon auf die Menschen eine besondere Kraft aus. War hier jemand aus dem Dorf gekommen, um Zeit für sich zu haben? Das glaubte er ehrlich gesagt nicht. Nicht im November und nicht heute, da es so kühl war. Im trüben Dunst des Waldes klangen Töne plötzlich dumpf, dafür waren sie aber um ein Mehrfaches weiter zu hören. Die Landschaft wirkte still und das genau verschaffte ihm eine massive innere Unruhe. Jetzt war er sich ganz sicher: Schritte. Jemand war hier und er musste herausfinden, wer das war. Dieser unebene Untergrund machte das Vorankommen wirklich beschwerlich und der hügelige Anstieg, der vor ihnen lag, erschwerte es zusätzlich. Dennoch war sich Wilhelm sicher, dass er der Person näherkam. Immer deutlicher und lauter waren die stolpernden und ungleichmäßigen, stapfenden Schritte zu hören. Er musste ganz nahe sein. Einige der Bäume glänzten noch im fahlen Mondlicht in ihrem bunten Blattgefieder, während andere schon völlig nackt dastanden und ihre Blätter verloren hatten. Diese bedeckten den Boden und machten ihn durch die Feuchtigkeit zu einer nicht zu unterschätzenden Gefahr. Er spürte nichts mehr von der Kälte. Keinen Gedanken verschwendete er an die Wassertropfen, die sein Gesicht entlangliefen und vom Kinn auf seinen Mantel tropften. Seine Gedanken waren besessen von der fremden und geheimnisvollen Person vor ihm. Max lief jetzt etwa eine halbe Körperlänge voraus, sicherte sich aber immer wieder ab, dass sein Begleiter noch folgen konnte. Dann erspähte er die Person endlich mit seinen eigenen Augen. Eine verschwommene, graue Figur etwa fünfzig Schritte vor ihm. Die Kapuze tief ins Gesicht gezogen kämpfte sich die Gestalt durch den Dunkelwald. Unsicheren Schrittes und offensichtlich wankend setzte sie einen haltlosen Schritt vor den anderen, nicht wissend, ob der nächste zum Sturz führen würde. Wilhelm war sich sicher, dass das hier vor ihm kein Ortskundiger war. Keiner, der regelmäßig durch Wälder spazierte. Doch er vermochte noch nicht zu sagen, ob es nicht doch ein Dorfbewohner oder ein Fremder war. Wie ein Raubtier, das seiner Beute nachstellte, um sie aus dem Hinterhalt zu packen, folgte er der Person so unauffällig, wie er nur konnte. Er hatte sie jederzeit im Blick und wandte seine Augen nicht mehr von ihr ab. Wenn ihm sein Urteilsvermögen nicht völlig abhandengekommen war, so trug die Gestalt etwas in ihrer rechten Hand. Es konnte aber auch sein, dass der Arm verletzt war und sie deswegen eine gewisse Schonhaltung eingenommen hatte. Für ein sattelfestes Urteil befand er sich noch in zu großer Entfernung. Was führte sie nur im Schilde? Nachts bei Nebel im Dunkelwald? Das verhieß nichts Gutes – da war er sich sicher. Mit einer ruckartigen Bewegung riss die seltsame Gestalt ihren Kopf nach hinten und sah in seine Richtung. Hatte sie ihn entdeckt? Gehört? Oder gar gesehen? Er hielt inne und seinen Atem für einen Moment lang an. Er wollte keinesfalls gefunden oder erkannt werden. Trotz der offensichtlichen Schwäche und Unsicherheit stapfte die wundersame Person weiter, immer in Richtung Teufelstisch.

Dieser pilzförmige Stein inmitten des Dunkelwaldes erinnerte die Menschen seit Generationen an einen einbeinigen Tisch. Er stand seit jeher auf einer kleinen Lichtung, umgeben von weiteren bemoosten und bewachsenen merkwürdigen Steinformationen. Dieser besondere Stein hieß Teufelstisch, weil eine alte Trautskirchner Sage besagte, dass einst, in vergangenen Zeiten ein Wandergeselle durch den Dunkelwald schritt, auf dem Weg zum nächstgelegenen Dorf, um dort um Unterkunft, etwas zu essen und eine Arbeit zu ersuchen. Leider verlief er sich im finsteren und dichten Wald so sehr, dass er nicht mehr wusste, wie er herauskommen konnte. In seiner Verzweiflung merkte er nicht, wie er immer im Kreis lief und völlig vom rechten Weg abkam. Von Weitem sah er auf jener eben erwähnten Lichtung dann einen älteren Mann an einem Tisch sitzen, der speiste und trank. Da der Fremde ausgehungert und sehr durstig war, sprach er den Alten an und bat ihn um eine Gabe. Der Alte drehte sich zu ihm herum, lud ihn ein, sich zu ihm zu setzen und weil der Fremde so hungrig war, fielen ihm nicht die rot funkelnden, böse blitzenden Augen auf. Nachdem er sich sattgegessen hatte, spürte er, dass etwas mit dem Alten nicht stimmte und so versuchte er, nachdem er sich artig bedankt hatte, sich zu verabschieden. Dies gestattete der alte Mann allerdings nicht und dem Fremden fuhr ein ängstlicher Schauer durch die Glieder. Zu spät für den armen Wanderer, plötzlich verbogen sich die Glieder und Knochen des Alten und unter schrecklichem Knacken verschlangen sie sich ineinander. Jetzt war es ihm klar: Er hatte mit dem Teufel höchstpersönlich gegessen! Das Letzte, was man durch den Dunkelwald und hinunter ins

Dorf schallen hören konnte, war der Todesschrei des Wanderers, der vom Teufel persönlich gepackt und durch den Wald, eine Schlucht hinab, fortgezerrt wurde. Diese Böschung am Waldrand wurde fortan auch von den Menschen nur noch „Teufelsschlucht" genannt. Als die Trautskirchner einige Zeit später den Tisch auf der Lichtung entdeckten, war ihnen sofort klar: „Hier hielt der Teufel Mahl!" So versuchten sie künftig diesen Ort zu meiden, denn es war ihnen nicht wohl bei diesem Gedanken. Sie befürchteten, auch vom Teufel angelockt und verschleppt zu werden, da er stets neue Opfer suchte.

Kannte die fremde Person diese Sage nicht oder ging sie bewusst an diesen rätselhaften Ort? Wilhelm folgte der nur schemenhaft zu erkennenden Person immer weiter und war sich mit jedem Schritt klarer darüber, dass das Ziel der Teufelstisch sein musste. Zu eindeutig hielt sie darauf zu. Mit einem Mal hielt sie inne, lehnte sich an einen der vielen Bäume und atmete einige Augenblicke tief durch. Offensichtlich fiel es der Person sehr schwer, voranzukommen. Dies verwunderte den Einsiedler nicht, denn selbst er, der ortskundig und an den Waldboden gewöhnt war, hatte Mühe, nicht zu stürzen. Einige tiefe Atemzüge später machte sich die geheimnisvolle Gestalt wieder auf, sie steuerte noch immer gezielt auf den sagenumwobenen Ort zu. Wilhelm und Max kamen etwas näher, doch noch immer war der Nebel zu dicht, um die Gestalt zuzuordnen. Dann war es soweit: Der Teufelstisch war direkt vor ihr. Die beiden Verfolger duckten sich in kurzer Entfernung zum Geschehen in eine Hecke und warteten gespannt darauf, was jetzt passieren würde. Nur noch drei Schritte, dann stünde die dunkle Figur direkt vor dem Steingebilde. Doch nur geschah etwas, das er nicht erwartet hatte: Sie schritt direkt vor den Tisch, die letzten Schritte sahen so aus, als würden sie bewusst und wohlüberlegt getätigt. Dann öffnete die Person langsam und bedächtig den dunklen Mantel und gab ein kleines Bündel frei, das auf den Teufelstisch gelegt wurde. Was hatte sie nur vor?

Jetzt durchfuhr ihn ein kalter Schauer, der seine Sinne nochmals schärfte und ihn frösteln ließ. Sein halbzahmer Wolf Max war mucksmäuschenstill in die Hecke geduckt, es war ihm so, als würde er ebenso gespannt sein, wie Wilhelm selbst. Dann schloss die Person den Mantel wieder und zog die schwere, vom Nebel durchnässte Kapuze ab. Was er jetzt sah, ließ ihm das Blut in den Adern gefrieren. Er kannte die Person. Er wusste genau, wer sie war. Auch wenn er durch den Nebel noch immer nicht einwandfrei sehen konnte, so war er doch nahe genug, um sie zweifelsfrei zuordnen zu können. Und es war tatsächlich eine Frau, die hier alleine durch die Dunkelheit stapfte! Diese hellblonden, gelockten, schulterlangen Haare erkannte er unter tausenden heraus. Sie schienen ihm sogar in dieser finsteren, unheimlichen Stunde entgegen zu leuchten. Auch wenn er ihre himmelblauen Augen nicht erkennen konnte, sah er sie vor seinem inneren Auge ganz deutlich. Sie gehörten Margarete. Einer jungen Frau von vierzehn – vielleicht fünfzehn – Jahren, die überall beliebt war. Männer drehten sich nach ihr um, wenn sie einen Raum betrat, was schon zu dem einen oder anderen Streit zwischen Ehepaaren geführt hat. Ein besonderes Kind von zarter Gestalt, das jetzt, da sie im heiratsfähigen Alter war, nur noch darauf wartete, wann sie denn vom richtigen Mann gefragt werden würde. Neben ihrer umwerfenden Schönheit war es vor allem ihr liebes Wesen, das alle an ihr schätzten. Doch was machte gerade sie hier im Dunkelwald? Jetzt war Wilhelm kurz davor, sie anzusprechen und ihr seine Hilfe anzubieten, doch er entschied sich dazu, auf seine innere Stimme zu hören, und es nicht zu tun. Er wollte weiter beobachten, was passierte. Vorsichtig, ja fast zärtlich, nahm Margl – so wurde Margarete, seit sie ein kleines Kind war, genannt – das Päckchen hoch und drückte es vorsichtig an ihre feuchte Wange. Konnte es das sein, was er dachte? Nein, das war doch nicht möglich! Sie wiegte das Lumpenbündel zärtlich in ihren Armen und er glaubte, ein leises Jammern zu vernehmen. Wie gebannt beobachtete der Einsiedler das Geschehen und bemerkte nicht, wie ihm dabei der Mund offenstand. Sie wiegte ein Kind – ihr Kind! Das leise Quäken des Neugeborenen durchschnitt die beklemmende Stille der Nacht und fuhr Wilhelm direkt ins Herz. Was tat sie hier? Margl hob das Lumpenbündel zu ihrem Mund, küsste das Kleine auf die Stirn, umschloss den kleinen Kopf mit dem Stoff, legte es vorsichtig und schweren Herzens auf den Teufelstisch, drehte sich um und lief schnellen Schrittes davon. Während sie sich die Kapuze über den Kopf zog, stolperte sie und fiel auf den nassen Untergrund, wahrscheinlich hatte sie eine Wurzel übersehen. Sie drehte sich noch einmal um und fasste sich mit ihren beiden Händen vors Gesicht, sie konnte ihre tiefe Traurigkeit nicht verbergen. Wilhelm spürte sie am eigenen Leib. Auch er verbarg sein faltiges Gesicht in seinen Händen. Er ließ sie gehen, ohne sie anzusprechen und ohne sie davon abzuhalten. Die innere Zerrissenheit der jungen Frau fuhr ihm tief ins Mark und ihr Leid kroch ihm tief ins Herz. Für einige Augenblicke trug er die gesamte Last der Situation auf seinen Schultern und drohte, daran zu zerbrechen, doch dann besann er sich. „Max, wir sind aus einem ganz bestimmten Grund heute Nacht hier gelandet." Er war sich sicher, dass ihn eine übergeordnete Kraft hierher gelotst hatte, war er doch schon einige Zeit nicht mehr am Teufelstisch gewesen. Ob das nun Gott gewesen war, die Natur selbst, oder das Schicksal, das interessierte ihn eigentlich nicht. Aber er wusste, dass er genau jetzt nur hier sein sollte und nirgendwo anders! „Dieses Kind wird heute Nacht nicht sterben." Er sah seinen Wolf an und wartete vergebens auf eine Reaktion. In welch einer Misere musste eine Frau denn stecken, wenn sie ihr Erstgeborenes weggab? Gewiss, reich waren ihre Eltern nicht, doch waren sie auch nicht bettelarm und ein Maul mehr zu stopfen wäre durchaus möglich gewesen. Auch Margl selbst war eine fleißige und lernfähige Haushälterin und Schneiderin – was hatte sie also dazu getrieben? Oder war etwa doch etwas an der alten Sage dran, dass der Teufel höchstpersönlich Menschen hierherlockte, um neue Opfer zu erhalten? Was auch immer es war, er fand es schrecklich und konnte den armen Wurm nicht hier zurücklassen. Langsam und behutsam näherte er sich dem Steintisch auf der kleinen Lichtung, zögerte allerdings den letzten Schritt zu machen. Dann stupste ihn Max vorsichtig mit seiner Schnauze an und signalisierte ihm damit, dass er der gleichen Meinung war. Der Mann nickte seinem Wolf still zu, streckte seine Arme aus und packte zu. Fast panikartig riss er das Knäul an sich und begrub es unter seinem dichten, warmen Mantel. „Lass uns so schnell es geht zurück zu unserer Hütte gehen."

Einige Zeit später kamen sie unversehrt aber frierend an der Holzhütte Wilhelms an. Diese Unterkunft hatte den Begriff „Haus" wahrlich nicht verdient, aber die hatte alles, was er brauchte. Einen Platz für eine Feuerstelle, umgeben von Steinen, um stets genug Wärme im Inneren zu haben, eine kleine Öffnung im Holzdach, um den Rauch abziehen zu lassen und eine Tür, die er mit einem Haken verschließen konnte. Er schlief in einer Ecke des kleinen Raumes auf dem aus trockener Erde gestampften und befestigten Boden, der im Schlafbereich mit etwas Stroh bequemer gestaltet wurde. Einen Herd gab es nicht, aber er hatte an der Decke eine eiserne Kette befestigt, an welcher ein Topf hing, mit dem er direkt über dem Feuer seine Nahrung zubereiten konnte. Der große Holzlöffel, der schon einige Jahre zählte, stand darin. Er packte das Kind vorsichtig aus und legte das Kleine in sicherem Abstand, aber möglichst nahe an das Feuer, denn er war sich nicht sicher, ob es fror. Seltsamer Weise war es den ganzen Heimweg über still gewesen und auch jetzt, da es in einer völlig fremden Umgebung war, schrie es nicht. Max beschnupperte es vorsichtig und leckte sanft an seinem Arm. Was aßen solch kleine Kinder eigentlich? Er konnte es schließlich nicht säugen! Die einzige Lösung war die vom Vortag übrig gebliebene Ziegenmilch, die er von einem der

Hirten bekommen hatte, zu erwärmen und sie dem Kind einzuflößen, in der Hoffnung, es nicht dadurch erkranken zu lassen. Außerdem konnte er jetzt selbst auch eine warme Stärkung recht gut gebrauchen. Die Leinen, in die der kleine Wurm gewickelt war, wechselte er gleich nachdem sie angekommen waren, da er keine Erkältung riskieren wollte. So steckte er es in eines seiner Oberhemden, um es warm zu halten und wusch seinen Stoff grob aus. Bis zum Morgen würde er getrocknet sein. Nachdem es von der Suppe gegessen hatte und friedlich in seinen Armen eingeschlafen war, ergriff ihm eine Welle der Zufriedenheit, wie er sie schon sehr lange nicht mehr gefühlt hatte. Auch Max lag ganz entspannt zusammengerollt vor der Eingangstür und schloss langsam die Augen. Nur Wilhelm konnte nicht gleich schlafen. Zu viele Gedanken kreisten in seinem Kopf herum. Warum hatte Margarete das Kind weggegeben? Warum ließ sie es dort allein zurück? Was war da nur geschehen? Er konnte genau erkennen, dass dies keine leichte Entscheidung für sie war. Sie war offensichtlich verzweifelt und rang mit sich selbst – doch was hatte sie dazu bewogen, ihr kleines Kind dem sicheren Tod zu überlassen? Ohne Antwort auf diese quälenden Fragen glitt er langsam ins Reich der Träume und verlebte eine bedrückende sowie zugleich angespannte Nacht mit wenig Erholung, sein Inneres war zu sehr beschäftigt, um zu ruhen.

Am Morgen blickte er in zwei dunkelbraune Augen, die ihn ansahen und ganz genau musterten. Er setzte sich vorsichtig auf und legte das Kind behutsam zur Seite. Nachdem er ihm erneut etwas warme Ziegenmilch gegeben hatte, ließ er Max raus. Er brauchte seinen Rundgang, den er stets auf eigene Faust erledigte und welcher manchmal fast den ganzen Tag dauerte, wenn er denn überhaupt zurückkam. Ab und an kam es auch vor, dass er erst einige Tage später zurückkam. In der momentanen Situation wäre das auch nicht allzu schlimm gewesen. Wilhelm selbst aß nur ein Stück Brot, das er noch übrighatte, da ihm diese ganze Situation etwas auf den Magen geschlagen war. Er wollte und konnte nicht mehr zu sich nehmen. Nach dem erneuten Wechseln der Kindswäsche wurde ihm bewusst, dass er gerade erst festgestellt hatte, dass er einen – zumindest auf den ersten Blick – gesunden Jungen vor sich hatte. Das war ihm gestern bei aller Aufregung gar nicht aufgefallen gewesen. Nun saßen sie da. Er, Wilhelm, der Einsiedler und ein Kind. Irgendwie befremdlich. Er hatte sich noch die halbe Nacht darüber den Kopf zerbrochen, was er denn nun tun wollte. Besser gesagt, was er tun musste. Er war nur zu einer einzigen Möglichkeit gekommen: Er musste Margarete darauf ansprechen. Behutsam, vorsichtig und äußerst sensibel. Aber es blieb ihm nichts anderes übrig. So nahm er seinen Reisigkorb, leerte diesen, legte ihn mit einer Decke aus und steckte den kleinen Jungen hinein. Außerdem umwickelte er ihn mit einem weiteren Tuch ein, dass es ihn nicht frieren würde und um ihn kurz vor dem Dorf bedecken zu können, um kein Aufsehen zu erregen. Er schlüpfte in seinen Mantel, schnallte sich den Korb auf den Rücken und nahm seinen Gehstock, den er selbst aus einem dicken Ast einer Esche geschnitten hatte. Er brachte die perfekten Eigenschaften mit und war ihm bisher über all die Jahre stets ein treuer Begleiter. Das Holz der Esche war elastisch, aber noch robust genug, um ihn nutzen zu können. Ideal für seine Zwecke. So stapfte der Einzelgänger also mit seinem menschlichen Gepäck in Richtung Trautskirchen. Von seiner Hütte im Dunkelwald aus musste er nur einem kleinen Trampelpfad nach Westen folgen, der ihn dann ein wenig bergab zum Mettenbach führte. Diesen kleinen Fluss lief er dann so lange entlang, bis der Wald immer lichter wurde und schließlich in der Teufelsschlucht endete. Danach sah er schon Trautskirchen. Etliche Nuss- und Obstbäume schlossen sich hier an den Dunkelwald an und trugen noch in voller Pracht. Auch wenn es nachts bereits kalt war, hatten sie noch viele Früchte, die unter anderen Umständen das Interesse des Einsiedlers geweckt

32

hätten. Schließlich war der Tisch des Herrn hier reichlich gedeckt und er bediente sich gerne an dem, was die Natur bot. Aber heute nicht. Nun musste er nur den Wiesen ins Tal folgen und kam dann direkt auf einen befestigten Weg, der unmittelbar ins Dorf führte. Im kühlen Herbst und unter diesen ungewissen Voraussetzungen konnte er die Strecke nicht so genießen, wie sonst. In der Natur veränderte sich viel, nicht nur das Laub der Bäume färbte sich kunterbunt und fiel langsam herab, nein, auch andere Pflanzen und die Tierwelt bereitete sich auf den nahenden Winter vor. Doch all diese kleinen Anzeichen, die Wilhelm sonst so liebte und wirklich zu schätzen wusste, fielen ihm jetzt gerade nicht auf. Die Waldtiere wie Rehe, Hasen, Wildschweine und selbst die kleinen Mäuse, alle fraßen sich jetzt Speck an. Sie mussten das tun, um später in der kalten, eisigen Zeit davon zehren zu können. Sie suchten sich Eicheln, Kastanien, Früchte oder Beeren, um möglichst gut auf die kommende, schwierige Zeit vorbereitet zu sein. Aber auch die Menschen waren im Herbst aktiv. So begannen sie wieder weiter nördlich, bei Hohenroth, den Holzeinschlag vorzubereiten. Man brauchte schließlich auch als Mensch genügend Vorräte, hier eben Brennmaterial, um unbeschadet durch den Winter zu kommen. Nicht einmal die kunstvoll gestalteten Spinnennetze an den Wildblumen beachtete er und auch die kleinen Tropfen Morgentau fielen ihm nicht ins Auge. Zu wichtig war, was vor ihm lag. Vor allem, weil er noch immer nicht beurteilen konnte, wie das bevorstehende Gespräch verlaufen würde.

Mit jedem Schritt, den er dem Ort näherkam, wuchs sein Unbehagen und er war sich gar nicht mehr so sicher, ob dies die richtige Entscheidung war. Aber er wollte jetzt nicht mehr umkehren. Immerhin verhielt sich der kleine Wurm in seinem Korb auf dem Rücken ruhig und so hatte er eine Chance, dass seine Fracht nicht auffiel. Wilhelm durchschritt zügig, aber nicht hastend den Eingang, welcher am Dorfetter, der Umzäunung des Ortes, auf der westlichen sowie östlichen Seite freigelassen worden war. Zielstrebig bewegte er sich auf das Haus zu, das noch etliche Schritte vor ihm lag. Jenes Haus, in welchem Margarete und ihre Eltern zusammenlebten. Er hatte Glück, denn das Dorf erwachte gerade erst aus der Nachtruhe und so war es sehr ruhig. Niemand sprach ihn an, denn lediglich die Bauern, die zu ihren Feldern liefen oder die Wagen beluden, waren anzutreffen und sie hatten gerade Wichtigeres zu tun, als einer vorbeilaufenden Gestalt nachzusehen. Noch zwei Häuser, dann war er da. Solch heftiges Herzklopfen und eine derartige innere Verwirrtheit kannte er von sich gar nicht, doch er musste diese beiseiteschieben und allen Mut zusammennehmen. Außerdem erinnerte er sich kaum noch daran, wie man mit Menschen sprach. Wie lange war es wohl her? Monate? Ein Jahr? Er konnte es nicht mit Gewissheit sagen. Jedenfalls sehr lange. Nun stand Wilhelm verloren vor der großen, eichenen Eingangstür der Familie. Er wollte klopfen, doch seine Hände gehorchten ihm nicht mehr. Eine gefühlte Ewigkeit stand er regungslos da und starrte auf die Maserung, die sich abzeichnete. Mit einem Mal machte sich sein Arm selbstständig, hob sich und klopfte dreimal fest an das Eingangstor. Nach einem kurzen Augenblick der völligen Stille, hörte er aus dem Inneren eine Stimme, die Margaretes Vater Jobst gehörte.

„Nur herein!"

Wilhelm tat wie ihm geheißen. Er klopfte seine Stiefel auf der Treppe noch einmal ab, öffnete die Tür und wurde von der Dunkelheit des Hauses verschluckt. Vorsichtig ging er bedächtig zur Mitte der Stube, wo Margarete und ihre Eltern am Tisch saßen. Er konnte die Anspannung spüren – ihm war, als konnte er diese packen und schütteln.

„Wilhelm? Was treibt dich in unser Haus?"

Er konnte nicht antworten. Sein Hals war wie zugeschnürt und fühlte sich trocken an. Er drohte zu ersticken, als hätte man ihn einen massiven Stick um den Hals gelegt, den man nun zuzog. Erhängen konnte nicht schlimmer sein, als das Gefühl, das er gerade empfand. Er stand nur da. Unfähig, sich zu bewegen oder zu sprechen. Wie erstarrt blickte er in den Raum

Der Vater fragte erneut: „Wilhelm? Ist alles in Ordnung? Ist was mit dem Wald?"

Wilhelm nickte. Er zitterte am ganzen Körper und hoffte einfach, dass es nicht auffiel.

„Nun setz dich doch erst einmal zu uns an den Tisch und wärm dich auf. Dir ist bestimmt ganz kalt." Lina rückte einen Holzstuhl ein klein wenig nach vorne und er ließ sich darauf nieder. Immer bedenkend, dass er eine wertvolle Fracht in seinem Reisigkorb auf dem Rücken trug.

Schließlich hatte er sich ein wenig gefangen und begann zu sprechen: „Ihr fragt euch sicherlich, warum ich hier bin." Die Familie sah sich kurz an, antwortete aber nicht.

„Nun, ich weiß nicht, wie ich es euch sagen soll. Mir fehlen die Worte." Er machte eine Pause, legte seine rechte Hand auf dem Tisch ab, strich sich mit der linken über das Gesicht und ließ sie auf seinem Mund liegen. „Ich habe dich heute Nacht im Wald gesehen, Margl."

Stille.

„Im Dunkelwald. Am Teufelstisch. Ich war gerade noch unterwegs, als du…"

Sie unterbrach ihn, konnte aber den Satz nicht beenden: „Hast du…?" Dann konnte sie ihre Tränen nicht mehr zurückhalten und begann zu schluchzen. Ihre Mutter legte den Arm um ihre Schultern und versuchte ihr Trost zu spenden. Und auch der Vater sah beschämt und traurig auf den Boden.

Wilhelm griff nach hinten und nahm den Korb von seinem Rücken. Wortlos stellte er ihn zwischen seinen Füßen ab, hob die Tücher an und blickte zu Margarete. Sie erwiderte seinen Blick nicht, da sie noch immer an der Brust ihrer Mutter weinte. Jobst sah den Mann neben sich an und verstand, was hier geschah. Seine Augen öffneten sich schlagartig vor Erstaunen und da der Einsiedler meinte, eine gewisse Erleichterung zu erkennen, fiel es ihm

35

leichter, den nächsten Schritt zu wagen. Er griff vorsichtig hinein und hob das in Leinen gewickelte Menschenbündel heraus. Jobst sprang ruckartig von seinem Stuhl auf und schlug die Hände über dem Kopf zusammen.

„Ein Wunder!", rief er. „Margl, Lina! Seht her! Seht her, was uns Wilhelm mitgebracht hat! Ein Wunder!"

Er konnte seine Freude nicht mehr zügeln und nahm sich den Jungen vom Tisch. Mit tiefsitzender Liebe und Zuneigung drückte er seinen Enkelsohn an seine Brust und wollte ihn nie wieder loslassen. Für einen Moment glaubte Wilhelm, eine kleine Träne in den Augen des starken Mannes gesehen zu haben, doch diesen Gedanken verdrängte er schnell wieder, da er sich den beiden Frauen am Tisch zuwandte.

Margarete brach nun endgültig in Tränen aus, dieses Mal wohl aus Freude. Man konnte es nicht zweifelsfrei zuordnen, doch das war es, was Wilhelm glaubte. Sie und ihre Mutter Lina fielen sich jetzt um den Hals und küssten sich, wie man es nur aus großer, innerer Freude heraus tat. Die Mutter wischte mit ihren Fingern die Tränen der Tochter aus den Augenwinkeln, nahm das Gesicht von Margl in beide Hände, sah ihr tief in die Augen und sprach: „Das ist ein Zeichen, Kleines. Hörst du? Unser Junge lebt. Gott hat es so gewollt, dass ihn Wilhelm findet. Er bleibt bei uns."

Margarete nickte, musste wieder weinen und fiel ihrer Mutter um den Hals. Jobst wiegte den Jungen immer noch in seinen Armen und sah diesen mit all der Liebe an, die ein Großvater überhaupt nur aufbringen konnte. „Lina hat recht. Es ist ein Gottesgeschenk, dass er heute Nacht nicht gestorben ist."

Nun erhob sich Margarete langsam von ihrem Stuhl, strich sich die etwas zerzausten, aber immer noch schönen, blonden Haare aus dem Gesicht und klemmte sie hinter ihre Ohren. Vorsichtig und anmutig ging sie die Schritte auf ihren Vater zu, um ihren Sohn ein zweites Mal zu empfangen. Er war wiedergeboren – in dieser Nacht. Ihre blutunterlaufenen und von Tränen geschwollenen Augen leuchteten von tiefgreifender Liebe entflammt, als sie ihren Sohn wieder in die Arme schloss.

Mit ergriffener Stimme flüsterte sie „danke" in Richtung Wilhelm. Noch nie zuvor hatte er ein so ehrliches Wort aus dem Mund eines Menschen gehört. In ihm stieg ein warmes Gefühl auf, das sich in jede Zelle seines Körpers ausbreitete. Er nickte und lächelte.

Jobst setzte sich zurück an den Tisch, nahm und küsste die Hand seiner Frau zärtlich.

Wilhelm fühlte sich nun sicher genug, um das Wort zu ergreifen. „Warum habt ihr den Kleinen denn seinem Schicksal überlassen? Ich spüre doch, wie sehr ihr alle an ihm hängt. Das passt irgendwie nicht zusammen."

Lina nickte stumm. „Wir kennen den Vater nicht." Sie senkte beschämt ihren Kopf.

„Ich kenne ihn schon, Mutter." Margl schien nicht gerade begeistert darüber zu sein, dass ihre Mutter es so offen aussprach. „Er lebt nur nicht hier bei uns. Ich kenne ihn schon."

„Ja, Kind."

„Es war für uns mehr als schwierig, Wilhelm, glaube mir." Ihr Vater ergriff das Wort.

„Aber in einem Dorf wie Trautskirchen, in dem jeder jeden kennt, ist es fast nicht möglich, einen geeigneten Mann für Margl zu finden, wenn erst einmal bekannt wird, dass sie ein Kind von einem Fremden empfangen hat. Wer nimmt sie denn dann noch? Ihr Ruf wäre gänzlich ruiniert. Und wir können nicht ewig für sie aufkommen und wenn sie dann noch den Jungen hätte, wäre das nahezu unmöglich gewesen. Auch wenn sie unser einziges Kind ist, kommen wir so kaum über die Runden." Jobst räusperte sich.

„Ja...und dann sind wir eben alle drei zu dem Entschluss gekommen, dass wir es weggeben. Eigentlich wollten wir es vor die Kirche legen. Vielleicht hätte es Pfarrer Anselm ja aufgenommen oder dem Kloster übergeben."

„Darf ich noch etwas wissen?", hakte der Einsiedler nach. „Wie konntet ihr die Schwangerschaft verbergen? Ich meine, im Ort muss es doch jemandem aufgefallen sein, oder?"

Wieder antwortete Jobst. „Wir haben es erst spät erfahren. Margl kam zu uns und sagte, dass spürte, dass sich unter ihrem Herzen etwas bewegte. Wir waren wie vom Donner gerührt, das kannst du uns glauben. Schnell war klar, dass wir ihren Ruf nicht verkommen lassen wollten und haben daher versucht, den wachsenden Bauch so gut es ging zu verdecken. Und die letzten zwei Monate hat sie dann fast nur noch im Haus und unserem Garten verbracht. Dann fiel es nicht so sehr auf."

„Und die Geburt", sagte Margarete, „die mussten wir hier im Haus ohne Hebamme bewältigen. Wir wollten nicht riskieren, dass eine der Hebammen unser Geheimnis ausplauderte. Ich hatte nur meine Mutter an meiner Seite, die sich an meine Geburt erinnerte und mich nach bestem Gewissen vorbereitete. Vater hat währenddessen die Jungfrau Maria angerufen und um unser Heil gebetet."

„Und schließlich ist dann auch alles gutgegangen. Trotzdem konnten wir uns nicht richtig freuen", erwähnte Lina traurig.

„Es war unser größtes Glück und gleichzeitig unser größter Albtraum", erklärte Jobst.

Wilhelm nickte verständnisvoll und spürte die Verzweiflung in der Stimme des Mannes, das war nicht aufgesetzt, es war ihm ernst.

„Und dann hatte Vater die Idee, den Jungen an die Kirche zu geben. Und wir waren alle einverstanden, weil wir glaubten, dass es das Beste für alle Beteiligten wäre." Lina unterdrückte ihre Tränen.

Dann meldete sich Margarete zu Wort. „Nur ich konnte es plötzlich nicht mehr. Was wäre denn, wenn Anselm das Kind in Trautskirchen behalten hätte? Ich hätte es niemals übers Herz gebracht, es jeden Tag zu sehen. Wie könnte ich je wieder glücklich werden, wenn der Kleine bei mir im Ort lebt, doch ich ihn nicht bei mir haben könnte? Darum habe ich mein Kind genommen und es in den Wald gebracht. Am Teufelstisch würde es niemand finden und so habe ich es seinem Schicksal überlassen. Aber auf dem Nachhauseweg bin ich fast gestorben. Mein Herz war gebrochen. Und ich bin erst wieder zum Leben erwacht, als du meinen Augenstern auf unseren Küchentisch gelegt hast." Sie drückte den Jungen wieder an sich und küsste seine Wange zart.

„Ich kann euch nicht verstehen...", sagte Wilhelm mit einem Mal nicht mehr verständnisvoll und nett, sondern forsch und nachdrücklich. „Euch wird, aus welchen Umständen auch immer, ein gesunder Junge geschenkt und ihr wisst nichts mit ihm anzufangen? Ihr macht euch Sorgen darüber, wie ihr ihn ernähren könnt und wer dann Margl noch heiraten möchte? Ist das wirklich das, was zählt?" Er erhob sich von seinem Stuhl und spürte, wie sich eine unvergleichliche Wut in ihm sammelte. „Dann heirate doch den Tagelöhner Albert, das weiß sogar ich im Dunkelwald, dass er seit langer Zeit ein Auge auf dich geworfen hat! Er nimmt dich, egal unter welchen Umständen! Und auch wenn er kein Geld hat oder besser gesagt nicht reich ist, er wird dich auf Händen tragen und dein Kind ehren, als wäre sein eigen Fleisch und Blut!"

„Aber... aber ich liebe ihn nicht", stammelte Margarete.

„Liebe? Du suchst die Liebe?" Jobst mischte sich ein und reagierte auch nicht mehr so gefasst, wie noch vor kurzem. „Dann hättest du deine Beine nicht für einen Fremden spreizen sollen, sondern dir lieber einen tüchtigen, jungen Mann in unserer Gegend suchen sollen."

Wie vom Blitz getroffen sah die junge Frau ihren Vater an. Ihre Lippen zitterten, doch sie brachte es nicht fertig, darauf zu antworten. Das hatte Wilhelm nicht gewollt. Sein Vorhaben war nicht, einen Streit anzuzetteln, sondern Klarheit über die Situation zu erlangen. Er fühlte sich mitschuldig, dass jetzt solch eine eisige Stimmung herrschte. Eine Zeit lang schwiegen sich alle an. Keiner vermochte die richtigen Worte zu finden.

Wilhelm wusste, dass er eine Mitschuld an der Zuspitzung der Situation hatte und so wollte er diese etwas entspannen und Schärfe herausnehmen. „Hört zu, ich bin ein Mann, der nur die Liebe zur Natur kennt. Aber ich weiß, wie sehr sich Familien einen Stammhalter wünschen. Und ihr habt hier einen gesunden Jungen vor euch. Vergesst die Hindernisse und Verstrickungen, die damit einhergingen. Genießt es, so wie es ist!" Seine Worte waren eisern und tröstend zugleich, aber Margarete verstand ihn.

„Kann ich euch den Kleinen guten Gewissens zurücklassen oder muss ich heute Nacht wieder einen Waldspaziergang zum Teufelstisch machen?", fragte Wilhelm lächelnd.

Margarete schüttelte energisch den Kopf. „Ich gebe ihn nie wieder her."

„Gut." So erhob sich der Gast dann endgültig von seinem Stuhl und verabschiedete sich.

Beim Verlassen des Hauses gab ihm Jobst die Hand, drückte sie fest und sagte: „Du bist ein großartiger Mann. Wir stehen tief in deiner Schuld. Wenn du irgendwann einmal in einer Notlage sein solltest oder Hilfe brauchst, sei dir sicher, dass wir an deiner Seite stehen werden."

„Ich danke euch. Von Herzen." Wilhelm war ergriffen.

Auch Lina kam mit zur Tür, drückte Wilhelm und flüsterte: „Unser Haus steht dir immer offen. Es soll von nun an auch dein Zuhause sein."

Wieder dankte der Einsiedler und dieses Mal musste er schon eine kleine Träne unterdrücken.

Nun war noch Margarete an der Reihe. Sie trat vor den Mann, küsste sanft seine Wange und schob das Leinen, welches noch immer um den Knaben gewickelt war, ein wenig zur Seite. Mit großen, klaren, braunen – ja fast schwarzen - Augen sah er den Einsiedler an und es war ihm, als würde das Kind ein wenig lächeln. Auch Wilhelm grinste und fühlte sich glücklich. So viel Liebe und ehrliche Herzenswärme hatte er schon sehr lange Zeit nicht mehr von Menschen empfangen. Zuneigung war etwas, das er manchmal von seinem halbzahmen Wolf empfing, aber nicht von Mitmenschen. Dafür war er zu eigenbrötlerisch und zu fremd in der Welt der Dorfbewohner. Aber es tat gut, dieses Gefühl zu haben.

„In der Zeit größter Verwirrung standest du mir, meinem Jungen und meiner gesamten Familie zur Seite. Du hast uns geholfen, obwohl wir nicht danach gefragt hatten und du hast uns gerettet, obwohl wir dieser Rettung nicht bedurften. Dies macht dich zu einem ganz besonderen Mann, Wilhelm. Du bist wahrlich ein Engel, von Gott gesandt, der uns erweckte. Dafür danke ich dir tausendmal." Sie küsste ihn noch einmal auf seine Wange.

Er wischte sich eine Träne aus dem Augenwinkel, die sich bereits knapp über seine Krähenfüße vorgearbeitet hatte. Selig lächelte er, nickte kurz und drehte sich um. Nachdem er einmal tief Luft geholt hatte, machte er sich auf, den Rückweg zu seiner Hütte im Wald anzutreten. Freundlich winkte ihm die Familie hinterher und an der niedrigen Umzäunung, die das Grundstück umgab, angekommen, drehte er sich noch einmal um, hob seine Hand und grüßte ein letztes Mal, bevor er dann zügig weiterlief.

Welch eine Nacht! Welch ein Morgen! Welch Aufregung! Tausende Gedanken kreisten wieder im Kopf des Mannes, als er durch die Straße Trautskirchens lief. Ihm fielen die Dorfbewohner nicht auf, die bereits ihren Arbeiten nachgingen. Auch den Kindern, die ihm hinterherriefen, schenkte er keine Aufmerksamkeit, so sehr war er in seinen Gedanken verloren. In seiner Welt, in die er gerade wieder versunken war, durchlebte er noch einmal die Ereignisse der letzten Zeit, die sein Inneres völlig durcheinandergewühlt hatten. So hatte er doch auch gerade eben zum ersten Mal seit langer, langer Zeit die Nähe einer Welt voller Liebe, Schönheit, Zuneigung und Glück zu spüren bekommen. Das war wohl diese Freundschaft, die von vielen Menschen so angepriesen wurde. In seinem Geiste blickte er auch auf das vergangene Gespräch zurück. Wie gut es doch tat, sich mit Artgenossen auszutauschen,

Freude zu empfinden, den festen Händedruck eines Mannes oder eine sanfte Berührung einer Frau zu spüren. Dieser Seelenzustand schien bis vor kurzem verborgen gewesen zu sein – verborgen im tiefen Inneren seines Daseins. Der tägliche Kampf des Lebens war dadurch doch um so ein Vielfaches leichter zu ertragen und er nahm sich genau in diesem Augenblick zum ersten Mal bewusst vor, sich wieder öfter in das Dorf zu begeben. Max, sein halbzahmer Wolf, war ein wichtiger Begleiter und Freund in seinem Leben, aber er war eben nur ein Tier. Er liebte ihn, doch konnte er nicht antworten und nicht die Freundschaft ersetzen. Hatte er doch eine ganze Zeit lang gedacht, er bräuchte keine anderen Menschen, so war es ihm jetzt so bewusst wie nie zuvor, dass diese Annahme leider falsch war.

Plötzlich riss ihm ein lautes Rufen aus seinen Gedanken, als er gerade dabei war, den Dorfetter zu durchqueren. Er blickte zurück und erkannte Margarete, die ihm gefolgt war. Sie hatte den kleinen Jungen noch auf ihrem Arm und lief schnellen Schrittes sowie mit der linken Hand winkend hinter Wilhelm her.

„Halt! Halt, Wilhelm! Bitte warte kurz!"

Er drehte sich um, die rechte Hand auf seinen Wanderstock gestützt.

Sie kam näher und brauchte einen kleinen Moment, um wieder zu Atem zu kommen.

„Ich habe mit meinen Eltern gesprochen und sie sind einverstanden. Nein, mehr noch, sie sind erfreut."

„Was meinst du denn, Margl?", er konnte ihr nicht folgen.

„Wir wollen meinen kleinen Jungen Taufen lassen. Vater ist schon auf dem Weg zu Pfarrer Anselm."

„Das ist eine wunderbare Idee, Kind. Der Bub hat schon viel durchgemacht, da kann er etwas Beistand von oben gut gebrauchen." Wilhelm lächelte.

„Ja. Nein. Das war nicht das, worum es geht." Sie wirkte irgendwie aufgeregt und konnte offensichtlich ihre Gedanken noch nicht richtig ordnen. „Er soll Odo heißen. Wie gefällt dir der Name?" Margarete sah den Mann erwartungsvoll an und ihm fiel dabei auf, dass ihre himmelblauen Augen wieder ihre alte Strahlkraft zurückgewonnen hatten. Er sah sich bewusst noch einmal den Jungen an, der brav auf dem Arm seiner Mutter an seinen Fingern knabberte.

„Ein prächtiger Name für einen prächtigen Buben. Weißt du, was er bedeutet?"

„Nein, er hat mir nur gut gefallen…"

„Er kommt aus einer ganz alten Zeit und man könnte es mit ‚Reichtum' oder ‚reichem Erbbesitz' übersetzen. Das würde ja passen. Vielleicht hilft ihm der Name ja, dass ihr euch weniger Sorgen um das Überleben und die Zukunft machen müsst."

„Das wusste ich nicht. Aber vielleicht hast du ja recht. Ich fand ihn nur passend."

„Er passt." Wilhelm schmunzelte und nickte ihr freundlich zu.

„Und noch etwas: Kannst du dir vorstellen, der Taufpate des kleinen Odo zu werden?" Ihr Augen glühten fast vor Begeisterung, als sie auf seine Antwort wartete.

Wilhelms Ohren rauschten. In seinem Kopf hallten ihre Worte immer und immer wieder nach. Seine momentane Schwäche, der Kontrollverlust über seinen Körper dauerte für ihn eine unendlich lange Zeit, auch wenn es wohl nur wenige Atemzüge waren. Er stützte sich instinktiv etwas fester auf seinen Eschenstock, um nicht umzukippen.

„So wäre mein Sohn für immer mit seinem Retter verbunden und auch unsere Familie könnte sich auf ewig mit dir vereinen."

Ihm fehlten die Worte.

„Na, was sagst du, Wilhelm?"

Nun war es um ihn geschehen. Er konnte seine Gefühle nicht länger zurückhalten. Vom Glücksgefühl überwältigt küsste er den kleinen Jungen auf die Stirn und dann Margaretes Wange. Die Tränen flossen unkontrollierbar aus seinen gezeichneten, von Falten umgebenen Augen sein

Gesicht hinab. Machtlos nahm er es hin und bemühte sich nicht einmal, diese zu unterdrücken – es hätte nichts gebracht. Es war die schönste Form der Hilflosigkeit, in der er jemals gesteckt war. Als er sich nach einiger Zeit wieder gefangen hatte, konnte er auch endlich antworten.

„Liebend gern! Ich…Mir…Mir fehlen die Worte. Nichts lieber als das!"

„Du musst nichts sagen, Wilhelm, deine Reaktion war Antwort genug." Sie nahm seine Hand, drückte sie sacht und lächelte ihn an. „Nun lasse ich dich aber gehen. Und wundere dich nicht, wenn du in den nächsten Tagen Besuch von uns bekommst. Es gibt noch einiges über die Taufe zu bereden. Wir freuen uns, in deiner Waldhütte einzukehren. Odo kennt sie ja schon, nur mir musst du sie noch zeigen." Sie ließ die Hand des Mannes los und zwinkerte ihm mit ihren wunderschönen, klaren Augen zu.

„Eines noch, Margl…"

„Ja?"

„Wie alle wissen, bin ich nicht gerade der gottesfürchtigste Bürger Trautskirchens. Genau genommen bin ich nicht einmal ein Bürger unseres Dorfes. Meinst du, dass der Pfarrer das gutheißen wird?" Zweifelnd kratzte er sich unter seinem linken Ohr und legte die Stirn in Falten.

„Lass das mal unsere Sorge sein. Vater kann sehr überzeugend sein. Er wird Anselm schon dazu bewegen, es durchzuführen."

„Und die anderen…?"

„Seit wann ist dir wichtig, was die anderen von dir denken, Wilhelm?" Sie lachte. „Das ist mir ganz egal, es gibt keinen besseren Taufpaten für meinen Odo als dich. Und das erzähle ich der ganzen Welt, wenn es sein muss." Jetzt muss ich aber zurück, mein Bub will gesäugt werden, er hat Hunger." Sie lächelte erneut, winkte ihm kurz zu. Dann drehte sie sich um und machte sich auf den Weg zum Haus.

Wilhelm stand regungslos da. War das gerade wirklich passiert? Er schüttelte lachend seinen Kopf und machte sich so glücklich wie schon lange nicht mehr auf den Weg nach Hause, zurück in seinen Wald.

Nicht weniger glücklich war Margarete, die voller Freude hopsend heim ging. Ihr fielen nicht einmal die anderen Dorfbewohner auf, die ihren Weg kreuzten und ihr mit großen Augen nachsahen.

„Hatte die kleine Margl da tatsächlich ein Kind in der Hand?" Die Frau des Müllers Dieter, Eva, traute ihren Augen kaum. Das musste sie jetzt genau wissen und schon ließ sie die zu flickenden Mehlsäcke liegen, um ins Dorfzentrum zu laufen. Schnell band sie sich ihr Kopftuch um, denn es war doch schon recht kühl. Als sie fast beim Bauern Heinrich angekommen war, konnte sie sich nicht mehr zurückhalten. „Emma! Emma!" Sie winkte schon von Weitem und rief der Bauersfrau ganz aufgeregt zu. Heinrich und sein Sohn Jakob waren gerade mit Hilfe der Tagelöhner Albert und Diethard dabei, ein Schwein zu zerteilen, das sie heute Morgen geschlachtet hatten. Jakob war gerade zehn Jahre alt geworden und sein Vater erklärte ihm jeden Schritt genau, sodass er es künftig auch selbst und alleine konnte. Albert war ein großgewachsener Mann Anfang zwanzig mit dunklen Haaren und einer auffällig hervorstehenden Nase. Er war keine Schönheit, obwohl er stets von der Sonne gebräunt und kräftig gebaut war – wahrscheinlich durch seine teils schwere Arbeit, die er als Tagelöhner zu verrichten hatte. Schon als Kind war er in Trautskirchen von Haus zu Haus gelaufen und hatte nach einer Aufgabe gefragt, ja manchmal sogar gebettelt. Und die Dorfbewohner waren allzeit zufrieden mit seiner Arbeit gewesen, so holten sie sich den jungen, tüchtigen und zuverlässigen Mann als Aushilfe gerne zu sich. Durch sein etwas einfältiges Wesen wurde er auch des Öfteren von einigen höheren Herren ausgenützt und schlechter bezahlt, als vereinbart war. Hier und da kam es dann dazu, dass er einen seiner Wutausbrüche bekam, die in einer Tracht Prügel durch die Schergen des Adels endeten. Er war stark und in den selten stattfindenden Handgemengen unter den Dorfbewohnern konnte er sich recht gut behaupten, aber mit adligen Herren legt man sich besser nicht an. Sie waren nicht daran interessiert, ihre Kräfte zu messen, sondern den Untergebenen eine Lektion zu erteilen. Sie machten keinen Hehl daraus, dass sie die Bevölkerung, die Bauern, Handwerker und alle anderen prinzipiell für Dummköpfe hielten – und nicht selten ließen sie ihren Frust bevorzugt an ihren Untertanen aus. Albert war eben ein Mann, der für sich und seine Werte eintrat, egal, was die anderen davon hielten und egal, ob er richtig oder falsch lag. Diese Eigenschaft und seine fehlende Diplomatie, machten ihn nicht bei allen beliebt. Aber dies wusste er geschickt durch seinen Fleiß und seine Zuverlässigkeit auszugleichen, daher hatte er als Tagelöhner eigentlich immer etwas zu tun. So erging es Diethard auch. Er war nicht ganz so groß und so kräftig wie Albert und hatte blonde Haare. Er war ein eher zurückhaltender und ruhiger Zeitgenosse, der im Sommer nach Feierabend am liebsten auf einer der Dorfwiesen lag und den Himmel beobachtete. Im Herbst konnte er das nicht mehr, da es zu schnell kalt wurde, so traf man ihn dann entweder bei Martin dem Schankwart, oder er machte es sich in seinem Heu bequem, um früh schlafen zu gehen. Er war nicht sehr gesellig, aber ebenso aufgrund seiner guten Arbeit, die er zu leisten imstande war, eine gerne angeheuerte Aushilfe für die Bauern und Handwerker im Ort. Die beiden verstanden sich schon seit vielen Jahren gut, obwohl oder vielleicht gerade, weil sie so grundverschieden waren. In den langen Winternächten, wenn sie sich eine Strohunterkunft in eine der Scheunen teilten, tauschten sie ihre innigsten Gedanken und Gefühle aus. So wusste Diethard schon viele Jahre, dass Albert sehr verliebt in Margarete war, ebenso wusste er, dass es sein Freund nicht übers Herz brachte, ihr seine Liebe zu gestehen. Obwohl mindestens das halbe Dorf darüber Bescheid wusste, so sprach man dies nicht direkt an. Und Albert wusste, dass Diethard, bevor er nach Trautskirchen kam, ein hinterlistiger Bursche war. In seiner Vergangenheit war er ein Handwerker, der Zimmermann lernte. Er sparte sich sein einziges verdientes Geld an und kaufte sich, wie üblich, einen Ohrring mit seinem Zunftzeichen. Seines zeigte einen Zirkel, eine Säge und einen Hammer. Er war sehr stolz und freute sich schon darauf, die bevorstehende Wanderschaft anzutreten, um endlich aus den Fängen des gewalttätigen Meisters entfliehen zu können. Dieser Ohrring war einerseits ein Erkennungszeichen, andererseits sollte er auch als Notgroschen dienen, war er doch der einzige materielle Wert, den ein Zimmermann auf Wanderschaft hatte, als Gewähr für ein Begräbnis, falls dem Gesellen etwas zustieße. Als er nur noch fünf Tage zu arbeiten hatte, geschah in seinem alten Betrieb etwas. Der Meister rief ihn wütend zu sich. Diethard reinigte gerade den Boden der Werkstatt mit einem Reisigbesen. Sofort ließ er alles stehen und liegen, um sich schnellstmöglich bei dem Meister einzufinden. Er hatte bereits ein knallrotes Gesicht und Speichel in seinen Mundwinkeln. Als Diethard mit gesenktem Kopf den Raum betrat, packte ihn der Meister an seinen Haaren und zerrte ihn hinter den Holztisch, an dem sie zusammen Brotzeit machten. Er stieß ihn zu Boden und schrie: „Heb das auf!" Diethard tat wie ihm befohlen. Es war ein mittelgroßes Holzschächtelchen und ein daneben liegender Deckel. Beides nahm er in seine zitternden Finger und legte es auf den Tisch. Wie aus dem Nichts traf ihm der Schlag des Meisters ins Gesicht. Auf seiner linken Wange konnte man die fünf Finger des wütenden Mannes erkennen und Diethard spürte das Brennen in seinem ganzen Kopf. Er duckte sich etwas, um nicht noch einmal einen solchen Volltreffer einstecken zu müssen. Hatte sein Meister diesmal schon am Mittag zu viel getrunken? Das war nicht normal. „Dass du ein Taugenichts und Nichtsnutz bist, der mir nur meine Zeit stiehlt, das weiß ich schon lange!", brüllte der Mann wieder. Eine dicke Ader zeichnete sie in der Mitte seiner Stirn ab, als er tief Luft holte, um weiter schreien zu können. „Aber jetzt? Jetzt bestiehlst du mich auch noch?" Er packte ihn am Kragen seines Hemdes und zog ihn zu sich. „Wo ist mein Geld, du Lump?" Diethard konnte nichts antworten. Er hatte dieses Holzkästchen noch nie zuvor gesehen und wusste nicht einmal, dass sein Meister irgendwo Geld versteckt hatte. Es war ihm auch egal. „Ich frage dich nicht noch einmal, du Betrüger!" Wieder schlug er zu, dieses Mal aber konnte Diethard seinen Kopf etwas nach vorne senken und so wurde er nur leicht getroffen. Es schmerzte dennoch.

„Ich weiß nicht, was du meinst, Meister. Ich habe dein Geld nicht", sagte Diethard mit zittriger Stimme.

„Lügner! Lügner! Lüüüügner!" Der Meister wurde immer wütender. Er schüttelte seinen Lehrlingsgesellen hin und her und schlug ihn erneut auf den Hinterkopf.

„Aber wenn ich es doch sage, Meister, ich habe das Geld nicht. Ich wusste nicht einmal, dass dort in dieser Holzkiste Geld ist!" Diethard versuchte, den aufgebrachten Mann zu beruhigen, hatte aber keinen Erfolg.

„Nur du kommst in Frage, schleich dich, mach dich weg! Ich will dich hier nicht mehr sehen. Und deinen letzten Lohn bekommst du auch nicht von mir. Geh mir aus den Augen und lass dich nie wieder hier blicken!" Er ließ den Jungen los und stemmte seine Fäuste in die Hüfte.

Diethard stolperte beim Zurückgehen über ein herumliegendes Holzbrett, sodass er auf seinen Hintern fiel. Während er sich aufrappelte, sah er, wie sein Meister einen Schritt auf ihn zumachte. Er packte ihn noch einmal am Hemdkragen und zog Diethard hoch. Mit einem Mal packte er den Zunftohrring des Jungen, zerrte mit aller Kraft daran und riss ihm diesen aus dem Ohr. Mit schmerzverzerrtem Gesicht hielt Diethard sein Ohr, das Blut rann ihm durch seine Finger.

„Das hast du nun davon, jetzt bist du ein Schlitzohr. Alle sollen es sehen, dass du deinen Meister betrogen hast! Keine Arbeit sollst du mehr bekommen und alle anderen sollen gewarnt sein, dich nicht anzustellen!" Der Meister spuckte in Richtung Diethard und drehte sich um, um wegzugehen.

Diethard hatte für einen kurzen Moment überlegt, das Stück Holz zu nehmen und es dem Meister über den Kopf zu schlagen. In seinem inneren Auge schlug er ihn damit windelweich, bis von ihm nur ein blutiger Brei übriggeblieben war, doch in der Realität schaffte er das nicht. Er stand auf, ging Richtung Werkstatt und sah mit einem Mal, dass am Schrank des Meisters der Schubladen mit den Aufträgen der Kunden offenstand. Eilig griff er zu und hatte plötzlich einen Bündel Geldscheine in seiner Hand – das war die Rache für die falsche Beschuldigung. Zack – auch seine zweite Hand griff zu und war ebenso erfolgreich. Er steckte das Geld in seine Tasche und nahm die Beine in die Hand, schnellstmöglich von dort wegzukommen.

„Bleib stehen, du verdammter Taugenichts! Dieb! Haltet den Dieb!" Sein Meister rannte ihm hinterher und rief seinen anderen Lehrlingen zu, dass sie Diethard aufhalten sollten. Doch, bis sie verstanden, was passiert war, war Diethard schon zu weit gekommen, dass sie ihn noch hätten kriegen können. Sein großes Glück war, dass sein Ohr recht schnell und gut verheilte. Auch die Narbe, sein „Schlitzohr", war so ausgeheilt, dass man das Wundmal nur sehen konnte, wenn man sein Ohrläppchen ganz genau betrachtete. So hatte bisher noch niemand Verdacht geschöpft und ihn danach gefragt. Trotzdem wusste nur Albert davon und er wollte, dass dies so blieb.

Emma saß mit ihren beiden Töchtern Dorothea und Katharina hinter dem Haus und stellten Käse her. Sie hatten bereits Labferment, das sie aus den Kälbermagen bekamen, zugegeben und so konnte nach und nach die Dicklegung erfolgen. Die jüngere Katharina hatte schon Quark in einem Tuch aufgehängt, um die Molke abtropfen zu lassen. So ging dieser langsam aber sicher in Weichkäse über und konnte mit ein paar Kräutern gut verzehrt werden.

„Was gibt es denn so Dringendes, Eva?" Emma stand auf, wischte sich die Hände an ihrer Schürze ab und ging auf die heraneilende Müllerin zu.

„Hast du schon davon gehört, dass Margl ein Kind bekommen hat?" Außer Atem und mit weit geöffneten Augen teilte sie ihr die Neuigkeit mit.

„Nein, das ist mir neu. Von wem denn?"

„Das weiß ich nicht, aber sie hat sich mit Wald-Willi unterhalten. Verdächtig lange sogar. Und er hat sie angelächelt!"

„Mit dem Einsiedler Wilhelm aus dem Wald?", fragte Emma nach.

„Ja…ich habe mich auch gewundert."

„Meinst du, dass er der…?"

„…der Vater ist?", unterbrach Eva die Bäuerin. „Habe ich mir auch schon gedacht."

„Wer ist der Vater?", wollte der kleine Bruno, der jüngste Spross der Familie, wissen.

„Sei nicht so neugierig", antwortete seine Mutter. „Mit fünf Jahren geht dich das noch gar nichts an, was wir Erwachsenen reden. Geh lieber rüber zu deinen Schwestern und hilf ihnen mit unserem Käse." Sie gab dem Kleinen einen sanften Klaps auf den Hintern und er grinste sie an. Einen kurzen Augenblick später hopste er los, in Richtung der zwei Mädels.

„Und", sagte Eva, „das Kind war höchstens eine Woche alt. Noch ganz klein. Ich habe es zwar nur kurz gesehen, aber es sah frisch aus."

„Lass uns mal zu Heinrich und den Männern gehen, vielleicht haben sie etwas mitbekommen", schlug Emma vor. Eva nickte.

Die beiden neugierigen Frauen wollten es jetzt unbedingt wissen, doch auch der schlachtende Bauer hatte davon bislang noch nichts gehört.

„Ihr Weiber und euer Gewäsch. Als ob die kleine Margl sich mit Wald-Willi einlassen würde. Das ist doch Blödsinn", kommentierte Heinrich den Tratsch der Frauen.

„Aber irgendwoher muss das Kind doch kommen!", entgegnete Eva.

„Von unserem Herrgott persönlich wird sie es wohl nicht haben, was Männer?" Der Bauer lachte auf und sah zu den beiden Tagelöhnern.

Diethard lachte ebenfalls und antwortete nur: „Wohl nicht." Heinrich fügte noch hinzu: „Oder warst du es, Albert?" Daraufhin lachte er aus vollem Hals auf und schlug sich mit der Hand auf seinen Oberschenkel.

Albert allerdings brachte nur ein gequältes Lächeln über die Lippen und versuchte sich nicht anmerken zu lassen, dass ihm diese Neuigkeit gerade einen Schmerz zugefügt hatte, als würde ihm jemand einen glühend heißen Dolch ins Herz rammen. Margl, seine Margarete, sie hatte ein Kind bekommen? Wieso wusste er nichts davon? Wer käme denn als Kindsvater in Frage? Sie hatte doch keinen Mann, das wüsste er. War es denn überhaupt ihr Kind? Fragen quälten ihn, sodass er unaufmerksam wurde und sich an einem der scharfen Schlachtermesser verletzte. Er nutzte dieses Missgeschick und ging fort, um seine Wunde zu säubern. Er setzte sich kurz auf den Rasen, um seine Gedanken zu ordnen. Das war ein harter Schlag.

„Dir wird dein loses Mundwerk schon noch vergehen, wenn du vor dem Allmächtigen stehst und dich für solche Aussagen rechtfertigen musst!", tadelte ihn seine Ehefrau.

„Ja, das wird wohl so sein. Und untersteht euch, jetzt im ganzen Dorf herumzueilen und jeden darüber zu berichten, ihr Tratschweiber", mahnte Bauer Heinrich. „Geht lieber zu Margl und fragt, ob sie eure Hilfe gebrauchen kann. Oder fragt sie wenigstens selbst, wer der Vater des Kindes ist."

Entrüstet sahen sich die beiden Frauen an und verneinten den Vorschlag vehement. Das kam für sie nicht in Frage, sie wussten noch zu wenig über die Umstände, als dass sie Margl besuchen gehen würden.

„Lass uns erst einmal zu Martin gehen, wenn es einer weiß, dass er", schlug Eva vor. Emma stimmte ihr zu. Er als Schankwart und Bader würde bestimmt etwas wissen, schließlich hatte er viel Kontakt zu den Dorfbewohnern. Der Mann war ja quasi für alles zuständig, vom Zähne ziehen über Aderlass bis hin zur Wundversorgung – alle gingen zu ihm. Er musste einfach mehr wissen. Und so machten sich die zwei Freundinnen auf den Weg zu ihm.

„Euch Weiber wird ich nie verstehen", sagte Heinrich kopfschüttelnd und wandte sich wieder der Schlachtung und den anderen Männern zu, als die beiden Frauen den Gutshof verließen.

In der Zwischenzeit hatte Margarete Odo an ihrer Brust trinken lassen und war mit ihrem Kind schon auf dem Weg zu Pfarrer Anselm, der gerade vor der Kirche fegte, um das fallende Laub vor dem Eingang des Gotteshauses zu entfernen. Als sie mit ihrem Kind am Anwesen der Bauern Kasimir und Gertrud vorbeilief, viel den beiden, während sie das Getreide für den Winter in ihre Scheune einlagerten auf, dass sie ein Kind auf ihren Händen trug.

„Grüß dich, Margl, ist das dein Kleines?", rief ihr Gertrud freundlich winkend zu.

„Ja, das ist mein Odo!"

Etwas verwundert blickte die Bäuerin schon drein, doch sie schien sich mit der frischgebackenen Mutter zu freuen. „Oh, wie schön. Geht es euch denn gut?"

„Ja, alles in Ordnung. Ich fühle mich schon viel besser. Jetzt bin ich auf dem Weg zu Pfarrer Anselm, denn ich will ihn ja rechtmäßig taufen lassen."

Gertrud nickte. „So ist es recht, mein Kind. Aber pass gut auf dich auf. Mach nicht zu viel, du musst erst wieder richtig zu Kräften kommen."

„Keine Sorge, mir geht es gut. Ich muss leider los, wir reden später weiter." Margarete winkte ihr kurz zu und machte sich dann weiter auf den Weg in Richtung Kirche.

„In Ordnungen. Mach's gut, Margl!" Die Bäuerin packte das nächste Getreidebündel und warf es auf den Wagen, um es dann in die Scheune zu fahren. Im so genannten Stadel wurde die Getreideernte aufbewahrt und auch das

Tierfutter gelagert. Dieser, vom nassen Herbst und eisigen Winterwetter geschützte Bau befand sich direkt gegenüber dem Bauernhause auf der anderen Seite des Gutshofes. Es war wichtig, dass das Getreide rechtzeitig eingelagert war, denn im Winter musste es dann gedroschen werden. Das war eine typische Winterarbeit der Bauern, bei der auch die Kinder Barbara und Johann helfen konnten. So trennten sie das Korn, das zu Brei, Brot oder Mehl weiterverarbeitet wurde von der Spreu, dem pflanzlichen Abfall, der dann den Tieren verfüttert wurde. Gertrud und ihr Mann Kasimir schlugen dabei mit dem Dreschflegel auf das Getreide ein und wenn sich die Ähren gelöst hatten, mussten die beiden Kinder diese dann aussortieren und zur Weiterverwendung aufbewahren. Für diese Arbeit war eine trockene Umgebung wichtig und da bot sich der Stadl eben idealerweise an. Er war Arbeitsplatz und Lager zugleich. So musste die Bauernfamilie nicht in ihrem Haus dreschen und sie ersparten sich dort viel Dreck und Staub, der sich dabei freisetzte.

Als Margarete bei Pfarrer Anselm an der Kirche ankam, warf er gerade den alten Besen weg und betrachtete einen neuen, den er erst gestern von Schankwart Martin bekommen hatte. Gut, dass sie ihn im Dorf hatten. So konnte man bei ihm nicht nur ein Getränk bekommen, gemeinsam spielen oder ein gutes Gespräch führen, sondern er war auch ein ausgezeichneter Besenbinder, Kesselflicker und Scherenschleifer, der seine Dienste überall in der Gegend anbot. Der etwas untersetzte und stets freundliche Mann drehte sich zu ihr um, als er sie kommen sah und grüßte sie gleich.

„Gott zum Gruße, Margl. Schön, dich hier zu sehen. Wie geht es dir?" Er streifte sich eine Strähne seiner schwarzen Haare aus dem Gesicht und stütze sich auf den Reisigbesen.

„Grüß Gott, Herr Pfarrer", sagte Margarete und machte einen leichten Knicks. „Mir geht es gut, danke."

„Schön, schön. Und wie ich sehe, hast du mir etwas mitgebracht", sagte der Pfarrer grinsend.

„Ich? Was meinen Sie denn...?" Die junge Frau sah verwirrt zu Anselm und wusste nicht genau, was er meinte.

„Na dort. In deinen Händen." Er nickte mit geschlossenen Augen in Richtung des Kindes.

„Ach so. Ja. So ist es."

„Wollen wir uns setzen?" Der Geistliche zeigte mit der Hand auf eine gegenüber des Kircheingangs befindliche Holzbank. Er lehnte den Besen an die Kirchenwand, ging zugleich zu der Bank, Margarete folgte ihm und sie setzten sich.

„Nun, was hast du auf dem Herzen, Margarete?", fragte er vorsichtig.

„Herr Pfarrer, ich wollte Sie fragen, ob Sie nicht meinen kleinen Jungen taufen wollen. Er ist wahrlich ein Gottesgeschenk und ich wollte ihn gerne in unsere Kirchengemeinschaft aufnehmen lassen."

„Dem spricht doch nichts entgegen. Sehr gerne mache ich das für dich und deine Familie."

„Ja, aber..." Sie stotterte. „Aber...er...der Vater...mein Sohn wurde in Sünde gezeugt und der Vater...er ist weg."

„Mein Kind, hat dein Sohn keinen Vater, der sich um ihn kümmern kann, so wird es unser Herrgott höchstpersönlich behüten." Er lächelte, um sie ein wenig zu beruhigen.

„Darf man denn ohne Vater eine Kindstaufe vollziehen?", wollte Margarete wissen.

„Ja, denn der Vater hätte ja auch gestorben sein können. Und dann wäre es unsererseits eine Sünde, das Kind nicht zu taufen. Auch die Kleinsten unter uns gehören in die Gemeinde und in den Bund Gottes aufgenommen. Ihnen wurde in dem Blut Christi die Erlösung von den Sünden genauso zugesagt, wie den Alten. Der Heilige Geist, der den Glauben wirkt, soll auch sie durch die Taufe begleiten."

Die Worte des Pfarrers taten ihr gut. Er war so eine Art Seelsorger im Dorf und ihn besuchten viele Bewohner

Trautskirchens, aber jetzt, da sie zum ersten Mal bei ihm war, konnte sie es sehr gut nachvollziehen. Er hatte so eine freundliche und hilfsbereite Art, die sie beruhigte.

„Und Margarete, jedes Kind ist zunächst einmal in den Augen der Kirche in Sünde gezeugt worden. Deswegen blieb es bis zu seiner Taufe so etwas wie das Instrument des Teufels. Mit der Taufe des Kindes bekennen wir es zum rechten Glauben und der Höllenfürst würde es viel, viel schwerer haben, es noch zu beeinflussen und auf die böse Seite zu ziehen. Nach der Zeremonie ist dein kleiner Sohn dann in unsere christliche Gemeinde aufgenommen und ein Teil von uns", erklärte der Pfarrer.

„Danke. Danke sehr. Das beruhigt mich wirklich!"

„Was du allerdings benötigst, ist ein Taufpate. Er ist wichtig, denn er ist für die religiöse Entwicklung deines Kindes mitverantwortlich. Außerdem ist er eine Art Elternvertreter, falls dir – Gott bewahre – etwas zustößt, so sollte er sich um den Kleinen kümmern und ihn aufziehen, als wäre er sein eigenes Fleisch und Blut. Fällt dir dazu schon jemand ein?"

„Ja", sagte Margarete schnell, „ich weiß, wer der Taufpate werden soll. Wilhelm."

„Wilhelm…? Der Einsiedler Wilhelm aus dem Wald?" Fragte der Geistliche noch einmal nach, um sicher zu gehen.

„Eben der. Ich weiß, dass Sie diese Entscheidung wahrscheinlich verwundern wird, Herr Pfarrer, aber er war es, der meinen Sohn vor dem sicheren Tode bewahrte und mich aus einer misslichen Lage befreite. Er kümmerte sich liebevoll um ihn und brachte ihn mir unversehrt zurück", erklärte die junge Frau. „Dies möchte ich belohnen."

„Ich verstehe", der Geistliche nickte. „Nun, unter diesen Umständen bin ich einverstanden. Außerdem könnte es unseren Wilhelm wieder etwas näher an das Dorf und unsere Kirche führen. So soll es geschehen, mein Kind. Wir taufen deinen Sohn am kommenden Sonntag im Gottesdienst."

„Ich danke Ihnen, Herr Pfarrer."

„Eine Frage hätte ich noch: Welchen Namen soll denn dein Junge tragen?", wollte der Pfarrer wissen.

Margarete nickte. „Odo. Er soll Odo heißen."

Dies schien dem Geistlichen zu gefallen, denn er nickte ihr zufrieden zu.

Als sich die beiden voneinander verabschiedeten, der Pfarrer wieder seinen Besen in die Hand nahm, um das restliche Laub zu entfernen und Margarete den Heimweg antrat, fühlte sie sich rundum zufrieden.

Ihr Weg führte vorbei an dem kleinen Anwesen der drei Tagelöhner Theo, Josef und Ferdinand, die gerade Reparaturarbeiten an ihrem kleinen Häuschen verrichteten und sie freundlich grüßten. Die drei Männer hatten nicht viel, sie verdienten auch nicht genügend Geld, um sich mehr leisten zu können. Zufrieden waren sie dennoch. Sie arbeiteten eben nur als Tagelöhner, sie hatten weder ein festes Arbeitsverhältnis noch einen gleichbleibenden Arbeitgeber. Sie boten ihre Hilfe bei den Bauern an, unterstützten den Müller, arbeiteten beim Zimmermann Reinhard mit seinen Söhnen Adam und Ingmar, dienten beim Schmied Lambert und seinen Kindern oder halfen dem Steinmetz Konrad bei der Arbeit. So traf man sie sogar auf dem „Langert", dem hügeligen Wald- und Wiesenstück zwischen Trautskirchen und Dagenbach an, welches sich bis Stöckach erstreckte, wenn der Schäfer Falk und sein Sohn Rudolf alleine nicht mehr klarkamen. Und auch den anderen Schäfern, Otto und Eleonore mit ihrem Sohn Eduard, die meist die andere Seite der Weideflächen um Trautskirchen, bei Merzbach und Fröschendorf, nutzten, wurde schon von den drei tüchtigen Männern unter die Arme gegriffen. Beide Schäferfamilien waren nicht die besten Freunde, aber man akzeptierte sich und teilte sich die dörfliche Allmende auf. Sie sprachen sich seit Generationen ab und arrangierten sich, sodass keiner einen Nachteil daraus hatte. Manchmal, wenn der Totengräber Magnus mit seiner Frau Ursel so viel zu tun hatte, dass er nicht mehr hinterherkam, und auch die Kinder Wenzel und Guda überfordert waren, waren sie sogar bei ihm zum Arbeiten anzutreffen und halfen ihm beim Ausheben der Gräber. Kurz gesagt: Jede Beschäftigung war ihnen recht. So kam es oftmals vor, dass sie tatsächlich nur einen Tag angestellt wurden und am nächsten Morgen wieder zu einem neuen Arbeitgeber gehen mussten, um sich ihr tägliches Brot zu verdienen. Es war wahrlich keine einfache Arbeit, aber sie konnten sich nicht beschweren. Hatten sie am Ende des Tages zwar nur selten ein paar Pfennige oder sogar Gulden in den Taschen, so wurden sie doch in Naturalien oder Baumaterial bezahlt. Dies ermöglichte ihnen nicht, große Ersparnisse zu sammeln, im Gegenteil, sie lebten von der Hand in den Mund, aber sie waren zufrieden und glücklich damit. Da die Trautskirchner ihre Arbeit zu schätzen wussten, waren sie nur selten einmal ohne Beschäftigung geblieben – außer sie wollten bewusst einmal einen Tag frei haben. Das war der große Vorteil an der Tagelöhnerei. Die drei Freunde konnten sich einen Tag Auszeit gönnen und an einem heißen Sommertag in der Zenn zum Baden gehen, ohne dass ein Meister oder Herr ihnen Vorwürfe hätte machen können. Allerdings hatten sie für diesen Tag auch keinerlei Einkünfte. Sie mussten also vorher umso mehr verdienen und umso besser arbeiten. Auch wenn sie in der Gesellschaft recht weit unten standen, so behandelten sie die Dorfbewohner wie jeden anderen auch. Das wussten sie wertzuschätzen und so zog es sie nie weg aus dem Ort.

Auch Margarete grüßte die drei Männer freundlich, als sie vorbeiging. Sie waren so beschäftigt, dass sie gar nicht wahrnahmen, dass die junge Frau ein kleines Menschenbündel bei sich trug. Alle Besorgnis, alle Zweifel und alle Ängste waren unbegründet – sie wurde weder aus der Dorfgemeinschaft ausgestoßen noch direkt angefeindet, alles war wie immer. Und als sie dann zu ihrem elterlichen Gehöft lief, stießen gerade ein paar herbstliche Sonnenstrahlen durch die dichte, graue Wolkendecke und die junge Mutter wusste, dass nun alles gut werden würde. So war es für Margarete ein wunderbarer Tag geworden, was sie heute Morgen, als sie mit einem so schlechten Gefühl erwacht war, nicht zu träumen gewagt hatte. Sie ging glücklich mit ihrem Sohn zurück zu ihrem Elternhaus.

3

1341-1342

Mit den Jahren reifte Odo zu einem stattlichen, jungen Mann heran, der nicht nur durch sein freundliches Wesen, sondern vor allem durch seine Intelligenz auffiel. Seine strahlendblauen Augen, die er eindeutig von seiner Mutter vererbt bekommen hatte, leuchteten anhaltend voller Neugierde und Wissensdrang. Er war es, der die Natur beobachtete und daraus Schlüsse für die Menschen zog, die ihnen oftmals das Leben deutlich erleichterten. Außerdem profitierte er von den zwei Welten, in denen er aufwuchs. Die eine war die Gemeinschaft des Dorfes, mit ihren Traditionen, Gesetzen, Regeln und ihrem handwerklichen Alltag. Die andere war das Gebiet des Dunkelwaldes, in welches ihn sein Patenonkel Wilhelm immer wieder einlud. So konnte Odo wie kein zweiter in Trautskirchen die Schönheit der Natur und ihre Einzigartigkeit mit der menschlichen Zivilisation verknüpfen. Er war auf ewig innerlich zerrissen, denn für beide Reiche schlug ein Teil seines Herzens in der Brust. Gott sei Dank musste er sich nur äußerst selten für eine Seite entscheiden und konnte eine doch recht unbeschwerte Zeit verbringen und täglich etwas Neues dazulernen. Mit seinen nunmehr fast zwölf Jahren hatte er jeden Tag die Aufgabe, seinem Vater Eduard, oder besser gesagt dem Mann seiner Mutter, mit den Schafen zur Hand zu gehen. Und so war es ihm vorbestimmt, wohl auch einmal ein Schafhirte zu werden. Diese Idee gefiel ihm recht gut, denn in diesem Beruf konnte er idealerweise die Tiere, Feld und Wald, die Pflanzen und sein Leben mit dem Dorfleben in Verbindung bringen. Und auch seiner kleinen Schwester, die Ännlin hieß und schon acht Jahre alt war, half Odo gerne beim Entdecken der Welt und ihrer Bewohner. Meistens aber musste sie Margarete, ihrer Mutter, beim Nähen, Ausbessern der Alltagskleidung oder beim Leinenweben zur Hand gehen. Und weil Eduard nahezu den ganzen bei den Tieren auf der Weide war und meist abends recht spät nach Hause kam, war es die Aufgabe der beiden Frauen, die Arbeit im Haushalt und dem Hof ebenso zu erledigen. Dazu zählte das Putzen, Kochen, Waschen, Wasser vom Ziehbrunnen im Hof ins Haus zu transportieren, Feuer machen und am Brennen halten, den Gemüsegarten pflegen und viele weitere Aufgaben, die eben noch so anfielen. Dies alles war wahrlich kein Zuckerschlecken, aber die Familie war zufrieden. Vor allem, weil Eduard Odo wie seinen eigenen Sohn akzeptierte und Odo Eduard als seinen leiblichen Vater ansah. Es waren harte, aber glückliche Zeiten.

Nicht immer waren die Zeiten so leicht und unbeschwert, denn für Margarete war es früher alles andere als einfach gewesen, weil der gesellschaftliche Druck des Dorfes anfänglich so groß war, dass sie sich doch endlich einen Mann suchen sollte, dass sie fast nachgegeben hätte. Doch glücklicherweise gaben ihr Jobst und Lina damals alle Zeit, die sie brauchte. Der Tagelöhner Albert versuchte wieder und wieder, ihr Herz zu erobern. Manchmal brachte er ihr frisch gepflückte Blumen vorbei, trug ihr das Holz nach Hause, lud sie zum Spazierengehen ein oder ging mit ihr sonntags zum Schwimmen. Margarete erklärte ihm immer wieder, dass sie ihn mochte, doch eher wie einen guten Freund und nicht als Partner. Dies schien Albert nicht zu verstehen und nicht verstehen zu wollen. Er versuchte es wohl mehr als ein Jahr, doch nichts änderte sich. Langsam aber sicher wurde er ungeduldig, was durchaus auch daran lag, dass ihn die Männer Trautskirchens ab und an damit aufzogen. Er war schließlich nicht der Einzige, der versuchte, bei Margarete zu landen – aber alle bissen sich an ihr die Zähne aus. Sie wartete geduldig auf denjenigen, der ihr Herz erobern konnte. So fühlte sich Albert an manchen Tagen bei den blöden Kommentaren der Männer persönlich angegriffen, denn er konnte das ewige Nachfragen und Nachbohren nicht mehr ertragen. Und da er nun einmal ein Heißsporn war, der sich nicht immer unter Kontrolle hatte, kam es schon das eine oder andere Mal zu einer handfesten Auseinandersetzung. Meistens, wenn sie zusammen bei Martin, dem Schankwirt, beieinandersaßen und schon das eine oder andere Bier getrunken hatten. So stieg die Laune bei manchen, sie wurden gar fröhlich und ausschweifend in den Erzählungen, bei anderen lockerte es die Zunge und machte diese spitz. Irgendwann reichte es Albert dann und sein Geduldsfaden riss. Da konnte es schon dazu kommen, dass er mit den spitzzüngigen, stichelnden Männern in Streit geriet, der dann mit den Fäusten ausgetragen wurde. Aber so heftig diese Prügeleien auch aussahen, so schnell vertrug man sich meist auch wieder. Am nächsten Tag war die Meinungsverschiedenheit vergessen und sie arbeiteten miteinander, grüßten sich auf der Straße und plauderten ein paar Worte. Wussten doch beide Seiten nur zu gut, dass sie es übertrieben hatten. Die Männer, weil sie Albert wieder einmal bis aufs Äußerste gereizt hatten und er selbst, da er sein Wesen erneut nicht zügeln konnte und sich mit ihnen schlug. Beide Parteien hatten dann ein schlechtes Gewissen und beließen es dabei. Dies hielt meist eine gewisse Zeit lang, bis dann eben zum wiederholten Male ein Gespräch darüber begann, warum Margl Albert nicht zum Mann haben wollte. So war immer etwas los, im beschaulichen Trautskirchen und wenn wieder einmal ein Streit vom Zaun brach, waren die Müllerin Eva und ihre Freundin, die Bäuerin Emma, diejenigen, die dafür sorgten, dass der gesamte Ort davon erfuhr.

Und dann - vor einigen Jahren - kam jener schicksalshafte Tag, an dem Margarete sich in Eduard verliebte. Sie kannten sich zwar schon flüchtig aus dem Dorf, waren sie schließlich fast im gleichen Alter, doch näher gekannt hatten sie sich nicht. Wenn sie sich vorher getroffen haben, grüßten sie sich freundlich, doch länger unterhalten hatten sie sich nicht. Er wusste, wer sie war, denn dass sie ein uneheliches Kind ohne einen festen Partner geboren hatte, hatte sich schnell herumgesprochen. Und sie kannte ihn, da sie seinen Vater ab und an besuchte, um Besorgungen für ihre Eltern zu machen. Margl ging also eines schönen Sommertages morgens zum Schäfer Otto, dem Vater von Eduard, und sollte wieder einmal im Auftrag ihrer Eltern ein wenig Milch besorgen. Wie üblich hatte sie ein Stück selbstgebackenes Brot für ihn dabei und hoffte, ihn noch anzutreffen, bevor er mit seinen Tieren weiterzog. Sie würde sich einen längeren Fußweg ersparen, so hoffte sie, noch rechtzeitig bei dem Schäfer zu sein. Als sie gerade den Merzbach, einem kleinen Rinnsal mit wenig Wasser, entlanglief und nach einiger Zeit dann nach Norden abbog, um den Hügel zu erklimmen, hinter welchem sie die Schafe vermutete, merkte sie nicht, dass Margarete bereits beobachtet wurde. Ihre Schritte wurden ganz genau verfolgt, doch der Verfolger gab sich noch nicht zu erkennen, er musste sich erst sicher sein, dass die junge Frau ein geeignetes Opfer sein würde. So versuchte das Tier möglichst nahe an sie heranzukommen, ohne entdeckt zu werden. Der Wolf, welcher aus dem Dunkelwald in den frühen Morgenstunden aufgebrochen war, um seinen Hunger zu stillen, hatte bisher noch keinen Erfolg gehabt. Auch wenn diese Tiere meist im Rudel jagten, so kam es schon auch vor, dass sie sich alleine auf den Weg machten, um sich den Bauch vollzuschlagen. Und genau so ein Tier war jenes Exemplar. Mit seinen gelbgrünen, funkelnden Augen entging ihm keine einzige ihrer Bewegungen. Durch das von Hecken und Sträuchern durchzogene Gebiet konnte er sich ohne große Anstrengung bis auf wenige Meter nähern. Er wusste instinktiv, dass er nicht genügend Kraft für eine lange, ausdauernde Jagd hatte und so wollte er sich dieses Mal sicher sein, dass er erfolgreich war. Wenige schnelle Schritte und das Überraschungsmoment waren auf seiner Seite. Oben auf der Anhöhe angekommen, roch er, dass eine andere interessante Beute anwesend war: Schafe. Sie konnten nicht weit weg sein und so entschloss er sich, noch weiter geduckt im hohen Gras, nicht überstürzt zu handeln, sondern erst noch eine Weile zu beobachten und dann schließlich zuzuschlagen, wenn der richtige Zeitpunkt gekommen war. Denn eines muss man wissen, Wölfe brauchen zwar eine bestimmte Menge Fleisch am Tag, aber sie reißen am liebsten die Beute, die möglichst leicht zu erwischen ist. Und falls sie einmal keinen Erfolg haben, dann können sie auch mehrere Tage ganz ohne Nahrung auskommen. Daher wollte das Tier auf Nummer sicher gehen und wartete noch ab. Vor allem, weil er gewöhnlich im Rudel jagte und nur heute einmal ausnahmsweise allein unterwegs war. Je näher sie den Schafen kamen, desto größer war sein Hunger und desto uninteressanter war die Frau in seiner Nähe. Plötzlich hörte er ein lautes Bellen. Die zwei Schäferhunde waren jahrelang dafür ausgebildet worden, dass sie stets die Augen und Ohren offenhalten müssen, falls Gefahr drohte. Und diese Gefahr hier war spürbar, man konnte sie fast mit Händen greifen. Doch nicht für Margarete. Sie hatte, wie alle Menschen, im Laufe der Zeit viele Instinkte verloren und nahm nur wenig von ihrer Umwelt wahr. So war ihr das Tier gefolgt, ohne dass sie auch nur die leiseste Ahnung gehabt hätte, dass ein Unheil hätte bevorstehen können.

„Was bellen den die Hunde schon wieder? Eduard, sieh mal da drüben nach. Ich bleibe so lange bei den Tieren", forderte Otto seinen Sohn auf.

„Ja, Vater. Ich gehe rüber."

Der junge Mann lief mit seinem Hirtenstab in der Hand, der nicht nur Stütze auf beschwerlichen Wegen, sondern auch Verteidigungsinstrument in Notfällen war, in Richtung der immer noch bellenden Hunde. Er streichelte die beiden und versuchte, sie zu beruhigen – alles erfolglos. Sie wollten nicht still sein und konnten ihrem Herrn aber auch nicht sagen, was sie gesehen oder besser gesagt gewittert hatten.

„Pssssst... Alles ist gut. Beherrscht euch!" Er versuchte, beruhigend auf sie einzureden, doch er war damit nicht erfolgreich. Die Tiere bellten unbeirrt weiter. Eduard kannte die Tiere sehr gut, also war er sicher, dass hier etwas im Busch war, was für die Hunde eine Gefahr ausstrahlen musste. Umsonst schlugen sie nicht an und gaben so unbeirrt Laut. Seine Hunde waren schließlich dazu ausgebildet worden, die Herde und selbstverständlich die dazugehörigen Menschen vor zwei- und vierbeinigen Beutegreifern zu schützen. Sie waren bereits seit dem Welpenalter mit den Schafen aufgewachsen und wurden sogar bei den Tieren geboren. So lernten sie die Herde nicht nur kennen, sondern sie wuchsen bereits mit ihr auf und begleiteten sie so ihr Leben lang bei allen anstehenden Wanderungen, den nächtlichen Ruhephasen und allem, was so anfiel. Sie fühlten sich der Herde zugehörig und verteidigten diese wie ihre Familie, ihr Rudel. Egal bei welchem Wetter, Tag für Tag, Sommer für Sommer und Winter für Winter waren sie zusammen, die Hunde patrouillierten um die Schafe herum und achteten darauf, dass keines verloren ging.

Da sah Eduard am Ende der Schlehenhecke eine Frau mit wunderschönem blondem Haar auf ihn zulaufen. Er erkannte sie natürlich sofort: Margarete.

Doch das konnte nicht der Grund gewesen sein, warum die beiden kräftigen Hunde so unruhig waren. Ihretwegen hätten sie zweifelsohne gebellt, aber nicht so intensiv und nachdrücklich. Er beschloss, ihr entgegenzugehen. Von Weitem winkte sie ihm bereits zu.

„Grüß dich, Eduard!" Lächelnd lief Margarete die letzten Schritte zu ihm.

„Was verschafft uns die Ehre, Margl?"

„Ich hätte eine Bitte: Würdet ihr ein wenig Schafsmilch gegen ein frisch gebackenes Brot tauschen? Wir wollen gerne Käse machen und eure Milch ist nun mal die Beste." Die Frau lächelte.

„Na, bei solch einem Angebot kann ich ja nicht ablehnen." Eduard nickte ihr zu. „Aber sag mal, hast du noch jemanden dabei? Die Hunde wollen einfach nicht zu bellen aufhören."

„Nein, ich komme alleine."

„Warte hier. Beweg dich nicht. Ich muss mir das ansehen", der Junge nahm sie am Arm und versuchte gleichzeitig freundlich, aber auch bestimmend zu sein.

Mit langsamen und achtsamen Schritten bewegte er sich an der Hecke entlang nach vorne. Immer wieder nach links und rechts sehen und, so gut es eben nur ging, die Weidefläche überblickend. Beide treuen Vierbeiner folgten ihm auf Schritt und Tritt. Hinter ihm machte sich Margarete nun doch etwas Sorgen. Ihr war zwar nichts aufgefallen, aber das Verhalten des Schäfers beunruhigte sie jetzt doch ein wenig.

Er konnte es fühlen. Er spürte es jetzt ganz deutlich. Irgendetwas war hier faul. Die Vögel stellten ihren Morgengesang ein, sie schwiegen wie die Gräber. Dies war ein untrügliches Zeichen, dass sich gerade etwas abspielte. Eduard vermutete entweder einen Wolf, der wieder einmal zu seinen Schafen wollte, um sich eines von ihnen zu holen, oder aber einen Räuber, der sich aus einem Überfall eine Mahlzeit erhoffte. Sicher war er sich nicht, doch seine Sinne waren geschärft und er wollte keinesfalls klein beigeben. Einen Steinwurf von ihm entfernt lag der hungrige Wolf geduckt im hohen Gras, ganz nahe an der Hecke. Er merkte ebenso, wie die Spannung in ihm anstieg. Beide Kontrahenten sahen sich nicht und doch spürten sie die Anwesenheit des jeweils anderen ganz deutlich, sie konnten sich fühlen. Er wollte jetzt nicht mehr warten, der Schäfer musste etwas tun.

Mit einem Mal riss Eduard seinen Hirtenstab nach oben und schrie laut und aus voller Kehle los: „Paaaaah! Paaaaah! Paaaaah!" Dabei wedelte er mit dem langen Stock in der Luft herum. Er hatte das Überraschungsmoment auf seiner Seite. Der erstaunte Wolf schreckte auf, duckte sich zurück und rannte, so schnell er nur konnte, in den naheliegenden Dunkelwald. Seine Begleiter bellten dem Tier zum Gruße noch einmal aggressiv hinterher, so als wollten sie ihm erneut zum Abschied zurufen, dass er sich hier nie wieder blicken lassen solle. Sein Gefühl hatte ihn nicht betrogen. Und seine Hunde waren genauso verlässlich wie immer.

Plötzlich spürte er, wie ihn etwas von hinten ansprang, die Wucht des Aufpralls ließ ihn zu Boden gehen und als er sich umdrehte, blickte er in die tollsten Augen, die ihm je zu Gesicht gekommen waren. Er nahm Margarete in seine Arme und lächelte glücklich. So lag sie einen Moment, der ihm wie eine Ewigkeit vorkam, auf ihm und sie sahen sich nur tief in die Augen, ohne zu sprechen. Dann küsste sie ihn vorsichtig auf den Mund. Solch zarte und weiche Lippen hatte er vorher noch nie gespürt, sie schmeckten wie ein warmer Sommerregen nach einem harten Arbeitstag und gleichzeitig so süß wie frische Erdbeeren, die am Rande eines sonnigen Hanges gereift waren. Sie fühlten sich so flauschig wie das Gefieder eines Kükens an und waren so zart wie ein Schneeglöckchen, das sich frisch durch die dicke Schneedecke gekämpft hat. Sein Herz schlug wie wild und er glaubte auch ihres schneller schlagen zu spüren.

„Mein Retter…ganz ohne Rüstung und ohne Waffen…einfach nur mutig, aufmerksam und beschützend." Margarete lächelte und blickte ihm dabei noch immer tief in seine Augen.

Eduard wurde rot. Er hatte bisher noch kein derartiges Gespräch mit einer Frau geführt. Verlegen kratzte er sich am Kopf und lächelte ebenso.

„Da seid ihr!", hörten sie Otto aus der Ferne rufen. „Ich mache mir hier Gedanken, was denn passiert sein könnte und ihr liegt hier im grünen Gras und vergnügt euch! Das kann doch nicht wahr sein…!"

Schnell ließen sie voneinander ab, standen auf und sahen sich beschämt an.

„Ganz so ist es nicht," merkte Margarete an. „Da war ein Wolf und den hat Eduard verjagt. Ich musste mich schließlich bei meinem Retter bedanken." Sie wurde nun auch ein wenig rot um ihre Wangen.

„Ein Wolf sagst du?"

„Ja, Vater, ein Wolf. Er war noch recht jung und hat sich schnell in die Flucht schlagen lassen. Deshalb haben unsere Hunde gebellt und waren so unruhig."

„Na dann. Gut, dass du nachgesehen hast. Wer weiß denn, was hätte passieren können! Und am Ende wäre unserer schönen Margl noch etwas zugestoßen. Nicht auszudenken!" Der Vater schien beruhigt und grinste in Richtung der beiden. „Auf den Schreck hin sollten wir uns erst einmal ausruhen und eine kleine Stärkung zu uns nehmen. Oder was denkt ihr?"

Margarete und Eduard waren einverstanden und so setzten sie sich, natürlich in Begleitung der Hütehunde, zu den Schafen, die weiterhin in aller Seelenruhe grasten und von der Aufregung des Morgens nichts mitbekommen hatten.

Von diesem schicksalshaften Moment an sahen sich die beiden jungen Verliebten fast täglich. Entweder lief Margarete am Morgen sehr früh los, um Eduard noch abzupassen, bevor er mit seinem Vater und den Tieren weiterzog, oder sie besuchte ihn abends, manchmal wenn es schon dunkel war, um mit ihm und seinen Eltern am Lagerfeuer zu sitzen. Dort sangen sie gemeinsam oder lauschten den alten Märchen und Geschichten aus Ottos Mund, der sie so lebendig und spannend erzählen konnte, als wäre man selbst dabei gewesen. Als diese frohe Kunde sich in Trautskirchen verbreitete, freuten sich alle für die junge Frau. So hatte sie schließlich nach all den Widrigkeiten einen Mann gefunden, der es ehrlich mit ihr meinte, der sie liebte und der ihr Erstgeborenes so akzeptierte, als wäre es sein eigener Sohn. Nur Albert war nicht erfreut. Er war es, der immer wieder gegen Eduard stichelte und der es einfach nicht akzeptieren konnte, dass Margarete nicht ihn auserwählt hatte.

Eines Abends dann kam Albert betrunken aus der Schenke, er hatte offensichtlich bei Martin etwas zu viel von seinem köstlichen Bier erwischt. Eduard war gerade auf dem Weg zu Margarete, als er – augenscheinlich mit voller Absicht – angerempelt wurde, sodass ihm seine zwei Lammfelle, die er in den Armen hielt, zu Boden fielen. Er sah, wer ihn gestoßen hatte und, anstatt eine Auseinandersetzung zu beginnen, entschloss er sich dazu, sich zu bücken und die Mitbringsel für seine Freundin einfach aufzuheben. Als er sich gerade niederbeugte, um nach den Fellen zu greifen, spürte er, wie ein Fuß auf seine linke Hand trat. Schmerzverzerrt fletschte er die Zähne und versuchte, seine Hand unter dem Druck von Alberts Schuh herauszuziehen. Doch dies gelang nur mit größerer Kraftanstrengung.

„Verzeihung", lallte dieser und grinste herablassend.

„Schon in Ordnung", sagte Eduard während er sich seine Hand rieb, die immer noch schmerzte. Gerade als er sich wieder nach seinen Fellen bücken wollte, bekam er einen Stoß und stürzte vornüber.

„Huch", gackste Albert. „Das war jetzt wirklich ungeschickt. Bitte verzeih mir."

Eduard packte die Felle verärgert, klopfte erst diese und dann seine Kleider vom Staub frei und wollte dann, ohne jeden weiteren Kommentar, weitergehen.

„Was ist, du wundervoller Mann? Willst du meine Entschuldigung nicht annehmen?" Er schwankte deutlich hin und her, außerdem fiel es ihm nicht leicht, die Worte korrekt auszusprechen.

Eduard drehte sich nicht einmal ganz zu ihm um und rief nur ein kurzes „Alles gut" in seine Richtung.

„Nichts ist gut. Überhaupt nichts!" sprach Albert mit schwerer Zunge. „Du wusstest genau, dass ich sie liebe! Du wusstest es! Jeder wusste es! Jeder!" Er lief zwei Schritte auf Eduard zu, sodass dieser seine Alkoholausdünstungen deutlich riechen konnte. „Ich bin das Gespött des ganzen Dorfes… und ihr? Ihr seid ja so glücklich und zufrieden! Du kotzt mich an!" Sein Gesichtsausdruck erinnerte an einen Tanz – mal angestrengt und erregt und ein anderes Mal wieder erheiternd und befreit. „Unter allen Frauen der Welt hättest du jede nehmen können, aber warum gerade sie? Warum?" Jetzt brüllte Albert fast. Auf seinem Hals war eine dicke Ader zu sehen, die sich deutlich abzeichnete und jeden Moment zu platzen drohte.

„Hör zu", versuchte Eduard ihn zu beschwichtigen, „es ging nie um dich." Er drehte sich zu seinem Kontrahenten um. „Wir haben uns ineinander verliebt. Einfach so. Ich hatte es nicht geplant, wie könnte ich auch? Aber akzeptiere es endlich. Es ist ja nicht erst seit gestern, sondern schon einige Monate so."

Die Wut und Verzweiflung waren Albert ins Gesicht geschrieben. Er schwankte einen weiteren Schritt auf Eduard zu. „Du hast sie mir genommen... Mir weggenommen! Dafür wirst du bezahlen... hörst du? Dafür wirst du bezahlen!"

Eduard schüttelte bemitleidend den Kopf und wollte sich gerade umdrehen, um nach Hause zu laufen, da spürte er, wie die Faust Alberts seinen Hinterkopf traf. Er stürzte wieder zu Boden. Instinktiv griff er sich mit der Hand an die Stelle, die pochte und von welcher aus sich ein stechender Schmerz in den ganzen Kopf ausbreitete.

„Steh auf. Steh auf!" Es schien so, als liefe ihm eine Träne über die Wange, als er den Mann am Boden anbrüllte. „Sei ein Mann und lass uns das ein für alle Mal klären!"

In diesem Moment trat Martin, der Schankwart, durch die Tür ins Freie. „Was ist denn da außen für ein Lärm?" Die anderen drei Männer folgten ihm auf dem Fuße aus der Wirtsstube. Sein Freund Diethard, der ebenfalls Tagelöhner war, ging sogleich zu Albert und versuchte ihn davon überzeugen, dass er sich zügeln sollte. Aber er hatte keinen Erfolg.

„Du übelriechender Auswurf eines stinkenden Aasfressers, mach dich bloß schnell auf den Weg heim, sonst mach ich dir Beine!", Martin machte damit deutlich, was er von dieser Auseinandersetzung und von dem Verhalten des Betrunkenen hielt. Er war für seine vulgäre Ausdrucksweise bekannt und nahm nur selten ein Blatt vor den Mund, dies gefiel den Dorfbewohnern nicht immer, aber im aktuellen Zustand der Männer entlockte es ihnen ein breites Grinsen und Glucksen.

Es schien so, als wäre die Situation geklärt, denn Albert ließ seine Fäuste sinken. Eduard nickte den Männern zu und drehte sich um. Schnellen Schrittes ging er in Richtung des Hauses von Margaretes Eltern. Da rannte Albert los und stürmte hinterrücks und heimtückisch auf den weggehenden Eduard zu. Kurz bevor er angekommen war, bückte sich dieser leicht nach vorne und hebelte mit einer geschickten Schulterbewegung Albert aus. Über seinen Rücken schleuderte Eduard den wütenden Mann in den neben dem Weg befindlichen Misthaufen von Bauer Kasimir. Mit einem Klatschen landete der Betrunkene im Dreck. Seine Trinkgenossen konnten sich nicht mehr zurückhalten und lachten laut auf.

„Schlaf dich aus. Und wenn du dann noch vernünftig mit mir reden willst, du weißt, wo du mich findest." Eduard sagte diese Worte deutlich und bestimmend, dann ging er weiter.

„Das letzte Wort ist hier noch nicht gesprochen", murmelte der Widersacher unhörbar für die anderen Personen.

Nach diesem Vorfall wurde es recht ruhig um Albert. Auch wenn er in einem Alter war, in welchem die jungen Burschen oft nicht wissen, wohin sie mit ihren Kräften sollen, so hielt er sich erstaunlicherweise zurück. Meist mied er Begegnungen mit Eduard und Margarete. Er konnte es auch nach all der Zeit noch nicht ertragen, sie glücklich miteinander zu sehen. So hielt sich Albert an seinen langjährigen Freund Diethard und unternahm auch immer öfter etwas mit den anderen Tagelöhnern Josef, Theo und Ferdinand.

Und auch als Margarete und Eduard schließlich heirateten und zwei Jahre später ihre Tochter Ännlin zur Welt kam, mischte sich Albert nicht ein, auch wenn er immer wieder beim Schankwirt erklärte, dass Margl es bei ihm viel besser gehabt hätte. Als das Mädchen dann acht Jahre alt war, erlebte das kleine Dorf Trautskirchen – und mit ihm wohl das gesamte Land – einen Winter, wie es ihn so noch nicht gegeben hatte. Das große Unglück begann noch recht angenehm für die Dorfbewohner. Ab November waren die Zenn und ihre kleinen Nebenarme nach langer Zeit einmal wieder zugefroren. Es wurde nur einfach recht früh im Jahr außergewöhnlich kalt und so nutzen die Kinder des Dorfes diese Zeit, um auf dem Eis zu spielen, zu tanzen, auf ihm zu rutschen oder einfach entlangzulaufen. Sie bewarfen sich mit Schnee und freuten sich, dass es wieder mehr Zeit zum Spielen gab, denn der Sommer und Herbst waren stets angefüllt mit harter Arbeit, um genügend Nahrung und Brennmaterial für den Winter zu haben. Und so kam es, dass Odo eines Tages zu den tobenden Kindern ging und sah, wie sie sich von einem kleinen Hügel neben dem Dorf hinabrollten – „Hullerfässla" spielen nannten sie das. Diesen Spaß kannte er noch zu gut aus seiner Kindheit, Eduard hatte dies oft mit ihm gespielt. „Was soll's?", dachte er sich und lief schnellen Schrittes zu den Rabauken. Er war schließlich im Herzen noch jung und so stürzte er sich ins Vergnügen. Mitten in der Freude fiel ihm auf, dass die Dorfkinder mit der Zeit froren und auch ihre Wintermäntel nass waren. Er blieb unten am Hang im Schnee sitzen und begann zu grübeln. Es musste doch etwas geben, das er tun konnte, um den Kindern Spaß zu bereiten, ohne dass sie nass wurden und deswegen froren. Und wie er so seinen Blick schweifen ließ, fielen ihm Bauer Gerald und seine Frau Klara auf. Sie brachten einen großen hölzernen Schlitten mit Feuerholz gerade zu sich nach Hause und waren auf den Weg in den Nachbarort nach Kräft. Gerald war ein mittelgroßer Mann mit langen, dunklen Haaren, der scheinbar nur aus Muskeln bestand. Seine imposante Erscheinung beeindruckte alle im Dorf und auch seine Kraft kam nicht von ungefähr. Er arbeitete schon seit seiner Kindheit, damals noch mit seinem Vater, außen auf dem Bauernhof. So schlug er Holz und schleppte es die ganze Strecke heim, oder zog den Wagen selbst, wenn

71

sein Vater wieder einmal die Pferde für sich beanspruchte. Nach einem schweren Arbeitsunfall hatte sein Vater nur noch ein Bein, der alte Holzbein-Hilse war von da an auf die Unterstützung seines Sohnes angewiesen und dieser erfüllte seine Pflicht mit Bravour. Der überwiegende Teil seiner Arbeit wurde, wie bei den anderen Bauern auch, auf dem Feld verrichtet. Sein Arbeitstag begann bei Sonnenaufgang und endete bei Sonnenuntergang. Und dazwischen lag ein Tag mit harter körperlicher Arbeit, wodurch Gerald seinen Körper stählte. Sein Vater war zwar ein wenig verbittert, da er nicht mehr so konnte, wie er wollte, aber er war auch unglaublich stolz auf seinen Sprössling. Er selbst konnte bei einigen Tätigkeiten noch mit anpacken und ließ sich dies selbstverständlich auch nicht nehmen, jedoch war er auch oft auf Geralds Unterstützung angewiesen. Immerhin konnte er sich sicher sein, dass sein Sohn den Hof problemlos weiterführen würde, wenn er einmal nicht mehr da sein sollte, das machte ihn glücklich. Obwohl es ja noch andere Bauern in und um Trautskirchen gab, war Gerald es, der die muskulöseste Erscheinung hatte. Odo bewunderte ihn dafür, denn er selbst war eher schmächtig. Einmal hatte er ihm sein Geheimnis verraten: Frische Kälbchenmilch! Er trank sie gleich nach dem Aufstehen und nahm sich dann noch eine Schüssel mit, um sie dann auf dem Feld zu trinken. „Die Milch ist das Beste, was du trinken kannst. Sie gibt den jungen Kühen Kraft, also auch uns Menschen." Dann lächelte er und zwinkerte ihm zu. Das hatte sich Odo gemerkt, denn offensichtlich half es. Sein Vater war natürlich angetan von der Stärke seines Sohnes, denn er selbst musste dann weniger schwere Arbeiten verrichten und beim Schlachten zum Beispiel, konnte Gerald die Rinderhälften oder ganze Schweine einfach an den Ort der Verarbeitung transportieren, indem er sie schulterte und trug. Besonders beeindruckend an dem starken Mann fand Odo aber nicht nur seine wie aus Stein gemeißelte äußere Erscheinung, sondern sein immer freundliches Wesen. Man sah ihn nie wütend oder mit jemandem streiten. Alle Trautskirchner freuten sich, wenn er kam und hatten ihn gleich ins Herz geschlossen. Und gab es doch einmal Streit, so war er es, der die Streithähne trennte und sie zur Versöhnung aufrief. Außerdem war er ein sehr hilfsbereiter Mann, der niemals einen Freund im Stich lassen würde, wenn dieser Hilfe brauchte. Wenn irgendwo Not am Mann war – er war da! Das war der Grund, weshalb Odo ihn noch mehr schätzte. Er war einfach ein guter Mensch, der am liebsten mit allen im Frieden lebte und sich auch sonst nichts zu Schulden kommen lassen wollte.

Und eben als er diesen beeindruckenden Mann mit seiner Frau und dem Schlitten voller Brennholz in Richtung Kräft gehen sah, kam ihm eine zündende Idee. Schnell stand er auf und rannte ins Dorf zu Zimmermann Reinhard. Der saß gerade in seiner Scheune und bastelte an Verbesserung für sein Gartentor, als der junge Mann ankam.

„Gott zum Gruße, Odo, was treibt dich denn in meine Hütte?"

„Sei gegrüßt, Reinhard, darf ich dich mal kurz stören?", fragte er etwas außer Atem.

„Nun, gerne. Es muss ja ganz schön wichtig sein, wenn du so schnell hierhergelaufen bist, dass du kaum Luft bekommst. Was gibt es denn?" Neugierig legte der Zimmermann das Türchen zur Seite und blickte Odo an.

„Ich war gerade mit ein paar Kindern draußen am Hügel und habe gespielt, da ist mir eine Idee gekommen. Wie wäre es, wenn wir für die Dorfkinder zum Rutschen einen Holzfassdeckel mit zwei Griffen ausstatten? Dann könnten sie darauf den Abhang hinunterfahren und wären nicht mehr komplett nass beim Schneespielen. Sie müssten sich nur daraufsetzen, sich gut an den Griffen festhalten und schon könnten sie hinunterrutschen", erklärte Odo voller Eifer und mit glänzenden Augen.

Der Zimmermann schüttelte grinsend den Kopf. „Du kommst auf Ideen, Junge."

„Meinst du nicht, dass das funktionieren könnte?"

„Einen Versuch ist es wert. Komm mal mit, wir wollen nachsehen, ob ich das passende Material habe."

Der Zimmermann deutete mit einer Kopfbewegung an, dass ihm Odo folgen sollte und ging in das hintere Ende seiner Werkstatt in der Scheune. Dort lagen drei Holzdeckel von Fässern, die schon älter aussahen.

„Die hier können wir nehmen. Sie halten nicht mehr richtig dicht und sind für mich so nicht zu gebrauchen, aber für dein Spiel werden sie sich bestimmt gut eignen."

Die beiden Männer trugen sie nach vorne und legten sie auf den Boden. Dann kratzte sich Reinhard am Kopf, denn er brauchte jetzt einen Einfall, wie er zwei Griffe daran befestigen konnte. Er entschied sich schließlich dafür, einen Türring anzubringen, diese wurden meist als Türklopfer verwendet und waren in einer Vielzahl vorhanden.

Odo folgte jeden Schritt des begabten Zimmermannes und versuchte sich so viel wie möglich dabei abzuschauen. Jeder Handgriff sah so einfach aus, weil er es eben schon hunderte Male gemacht hatte. Es dauerte nicht lange, da konnte ihm Reinhard das fertige Ergebnis präsentieren. Er kontrollierte noch einmal die angebrachten Griffe, indem er kräftig an ihnen zog, dann nickte er dem jungen Mann zu.

„Fertig. Die dürften halten."

„Das sieht sehr schön aus. Ich glaube, die Kinder werden sich freuen!"

„Bestimmt." Der Zimmermann lächelte. „Na dann wünsche ich euch mal viel Freude mit deiner Erfindung. Ich bin gespannt, was mir in den nächsten Tagen so erzählt wird. Hoffentlich klappt das mit deiner Idee."

„Ja. Bestimmt! Reinhard, ich kann dich leider nicht bezahlen... können wir uns irgendwie anders einigen? Soll ich dir mal helfen oder so?", fragte Odo etwas beschämt.

„Keine Sorgen, Junge, ich hatte nicht damit gerechnet, dafür Geld zu bekommen. Ich schenke das den Kindern. Sie sollen viel Spaß damit haben und sich bloß nicht darum streiten. Sag ihnen das! Außerdem wird mein kleiner

Ingmar da bestimmt auch dabei sein und mitspielen." Dann setzte sich der Zimmermann wieder auf seinen Schemel und arbeitete weiter an seinem Holztürchen.

„Ja, dein Sohn war auch dabei. Vielen Dank. Das richte ich den Kindern aus. Sie werden sich sehr freuen. Auf bald, Reinhard!"

„Auf Wiedersehen."

Dann nahm Odo die drei Holzdeckel, stapelte sie aufeinander und hob sie mit Mühe und großer Kraftanstrengung auf. Es ging. Auch wenn es sehr kräftezehrend war, Odo schleppte sie zum Hügel, auf dem die Dorfkinder immer noch spielten. Als er ankam, fiel dies den tobenden Jungen und Mädchen natürlich sofort auf und sie gingen neugierig auf Odo zu.

„Wisst ihr, was das ist?", fragte er sie.

Sie schüttelten alle den Kopf.

Nur Gundl, die Tochter des Schmiedes Lambert, erkannte es. „Das sind Holzdeckel für Fässer. Da hat mein Onkel einige bei sich rumstehen. Was willst du damit?"

„Genau. Ich habe mit Reinhard zusammen Griffe anbringen lassen und jetzt kann man damit Hügel herunterrutschen."

„Mit meinem Papa?", wollte Ingmar wissen.

„Ja, genau. Und er hat gesagt, dass ihr sie alle zusammen benutzen dürft, aber er will nicht, dass ihr euch darum streitet."

Die Kinder nickten.

„Ich zeige euch, wie ihr sie verwendet und danach seid ihr dran! In Ordnung?"

Wieder nickten die Kinder. Ihre Augen änderten sich langsam von skeptisch zu neugierig, das fiel Odo sofort auf. Und so schleppte er zusammen mit ihnen die drei Holzdeckel nach oben auf den Hügel.

Mit einem lauten Ruf der Freude raste er daraufhin den Abhang hinunter und hielt sich dabei an den angebrachten Griffen fest. Der kalte Wind zischte ihm um die Ohren und er musste seine Augen zusammenkneifen, aber es machte ihm große Freude. Dies merkten natürlich auch die anderen Kinder und so dauerte es nicht lange, bis der Erste sich traute. Es waren Bruno, der Sohn des Bauern Heinrich, und Ingmar, der Zimmermannssohn, die sich zuerst den Hang hinunterstürzten. Auch ihnen gefiel es so gut, dass es die anderen Kinder gar nicht abwarten konnten, auch selbst an der Reihe zu sein. Meist rannten sie nun neben dem Rutscher den Hang hinunter und brüllten und kreischten die ganze Zeit. Dann halfen sie sich gegenseitig, die schweren Holzdeckel wieder nach oben zu transportieren und hatten einen riesigen Spaß damit. Zufrieden lächelte Odo unten und ihm beschlich ein warmes Gefühl in der Brust, das er immer dann hatte, wenn er jemandem etwas Gutes getan hatte.

Einige Zeit später, er war gerade dabei, nach Hause aufzubrechen, sah er, wie aus dem Dorf eine Handvoll Erwachsene angelaufen kamen. Als sie näherkamen, erkannte er Reinhard und seine Frau Sophia mit dem Steinmetz Konrad und seiner Frau Agnes. Sie wollten sich das Spektakel mit eigenen Augen ansehen.

„Odo, ich war neugierig und wollte wissen, ob deine Erfindung funktioniert", Reinhard gab ihm die Hand.

„Es klappt ganz wunderbar und die Kinder haben so viel Spaß daran! Danke nochmal für deine Hilfe."

Wieder sausten und rannten die spielenden Sprösslinge den Abhang gemeinsam hinunter und juchzten, plärrten und johlten miteinander, während sie lachend durch die weiße Pracht preschten.

„Ingmar!", rief der Zimmermann.

„Ja, Vater?" Der Junge kam ein paar Schritte auf die Zuschauer zu. Er sah etwas eingeschüchtert aus, vielleicht befürchtete er, etwas angestellt zu haben.

„Bereitet dir das Spiel Freude?"

„Ja, Vater. Es ist das beste Spiel der Welt!", antwortete der Kleine aufgeregt.

Reinhard nickte. „Dann lass es mich doch auch einmal versuchen."

Er ging los, stapfte durch den bereits plattgedrückten Schnee, schnappte sich einen der Deckel und ging den Hügel nach oben. Die Kinder folgten dem Mann aufgeregt und kichernd. Würde er das wirklich tun?

Ganz oben angekommen, kniete sich der Mann sich auf den Holzdeckel und klammerte sich an den Griffen fest. Ganz geheuer war ihm nicht zumute, aber jetzt gab es für ihn kein Zurück mehr. Mit einem festen Tritt in den Schnee schob er sich an und war schon unterwegs. Bis ins Dorf musste man seine Glücksrufe vernommen haben, so laut und inbrünstig waren sie. Die Kinder lachten laut auf und auch die untenstehenden Erwachsenen mussten lachen.

„Dieses Kribbeln im Bauch auf dem Weg nach unten ist unbeschreiblich! So etwas habe ich noch nie erlebt!" Überglücklich gab er seinen Deckel an Konrad weiter. „Das musst du versuchen!"

Und auch dem Steinmetz gefiel es so gut, dass es sogar die Ehefrauen der beiden Männer noch versuchen wollten. Sie waren begeistert. So konnten sie für die kurze Zeit der Abfahrt ihre gesamten Alltagssorgen und Nöte vergessen und einfach wieder einmal Kind sein.

Dieser Erfolg der Erfindung sprach sich schnell in ganz Trautskirchen und der Umgebung herum und so verging kein Tag mehr, an welchem nicht die Dorfbewohner gemeinsam den Abhang hinunterfuhren und eine unbeschwerte Zeit miteinander verlebten.

Die fröhlichen Kinder und Menschen ahnten ja nicht, dass dies der Anfang einer der schlimmsten Katastrophen war, die Trautskirchen je erleben würde.

Gerade hatten die Bauernfamilien ihre Ernte komplett in die Scheunen gebracht und auch das Viehfutter war verstaut, als der Winter noch einmal heftiger und kälter wurde. Sie hatten ein recht gutes Auskommen und auch die maschinellen Verbesserungen im Alltag der Bauern half dabei, die Erträge zu steigern und so ließ es sich gut leben. Die Lager waren gefüllt und so machten sich die

Dorfbewohner keinerlei Gedanken, kam der harte Winter dann eben einige Wochen früher, das war kein Grund zur Sorge. Dennoch wurden die Besucher am Hügel vor dem Dorf immer weniger, denn es war ihnen sogar zum Rutschen zu kalt. Odo machte sich an einem Tag auf, um die weiße Schneedecke zu genießen und die Gegend im Winter zu erkunden. Er zog seine ausgetretenen, lammfellgefütterten Stulpenstiefel und den langen, dicken Mantel an, der die schlimmste Kälte abhalten sollte, und ging nach draußen. Über den Dächern und den Wipfeln der Bäume glitzerte der frisch in der Nacht gefallene Schnee, der das morgendliche Sonnenlicht reflektierte und es wie hunderte, nein tausende, kleine, glänzende Spiegel erscheinen ließ. Als er durch den Dorfetter hinaustrat, fielen ihm die vielen hängenden Fichtenzapfen auf, die sich bei genügend Sonnenschein öffneten und ihre Samen heraussegeln ließen, denn die geflügelten kleinen Keime reiften erst im Spätherbst oder Anfang Winter richtig aus. Der kühle Nebel hatte sich rund um die Zenn gesammelt und tauchte das weiße Naturschauspiel in ein mystisches Gesamtbild. Auf einer kleinen Anhöhe wenige Fuß entfernt, entdeckte der junge Mann einen Rotfuchs, der eine erlegte Maus zwischen seinen Zähnen hielt. Er hatte bereits sein dichtes Winterfell mit den feinen Wollhaaren, die ihm zuverlässig vor der schlimmsten Kälte schützten. Da er keinen Winterschlaf hielt, brauchte er diese ganz dringend, um nicht zu erfrieren, denn er musste schließlich täglich nach Beute Ausschau halten. Um ihn herum litten die Bäume jetzt schon unter der ungeheuren weißen Last, ihre Äste bogen sich weit nach unten, sodass eine ungewöhnlich schmale Holzsilhouette entstand. Manche Äste waren bereits unter der Belastung abgebrochen und lagen nun unten am Stamm. Die aufgehende Sonne hatte fast gänzlich ihre Sommerkraft verloren und so war sie allemal eine Verbesserung des Gemütes der Dorfbewohner, war es doch schließlich so lange dunkel im winterlichen Trautskirchen. Auch für Odo hatte diese zauberhaft anmutende

Landschaft eine besondere Anziehung und Ausstrahlung. Er tauchte in sie ein und spürte, wie alles um ihn herum still wurde. Sein Patenonkel, der Einsiedler Wilhelm, hatte ihm das beigebracht. Das und vieles mehr. Er konnte eins werden mit der Natur und ihren Geist spüren. Es wurde still um den Jungen, die meisten Geräusche wurden von der dichten Schneedecke geschluckt. Er hörte nur noch die eigenen Schritte auf knarzendem Untergrund, er sah seinen Atem und ließ seine Gedanken schweifen. Es war so kalt, dass er mit seinem Atem Kringel in die Luft malen konnte und man ein Brennen in der Lunge vernahm, bis sich diese daran gewöhnt hatte. Er zog seinen Kragen hoch, um seinen Hals vor Unterkühlung zu schützen. Doch irgendetwas trieb ihn an, weiterzulaufen und nicht ins Dorf zurückzukehren. Die Atemwolken waren sehr groß und gefroren knisternd zu einem Nebel aus Eiskristallen, das gefiel ihm sehr, obwohl er langsam aber sicher fror. Hatte der Schnee eine eigene, für ihn von der Natur komponierte Melodie? Ja! Für ihn schon. Es war ein märchenhaftes Singen, ein Flüstern der Welt, die in der klirrenden Kälte über die Lande tönte und die nur derjenige zu vernehmen vermag, der genau hinhörte. Und er hörte hin. Und er sah hin – ganz genau sogar. Die verwunschenen Eisskulpturen am Rande der Zenn beeindruckten ihn und regten ihn zum Träumen an. Was konnte er darin entdecken? Eine erinnerte ihn an einen Ziegenbock – oder war es doch der Teufel, der mit seinen Hörnern auf ein Menschenopfer lauerte? Dieses Spiel machte er oft mit seiner Mutter, wenn sie einmal Zeit füreinander hatten und nicht arbeiten mussten. Dann legten sie sich auf einen der kleinen Hügel um Trautskirchen und sahen in den Himmel, was sie in den Wolken für Figuren entdecken konnten. Aber nicht im Winter. Das spielten sie üblicherweise im Sommer, wenn nur ein paar wenige, kleine Wolken den blauen Himmel durchzogen. Heute war der Himmel grau. Kein einziger blauer Fleck war zu sehen. Wie eine schwere Decke lagen die Wolken auf dem Himmel und verschluckten einen Großteil des Lichtes. Auch die kahlen Kronen der Laubbäume ächzten unter der Last der Schneedecke und sogar die Vögelchen waren ganz zu einer Federkugel aufgeplustert, um sich vor der durchdringenden Kälte zu schützen. So geht ihnen die geringste Körperwärme verloren und ihr Gefieder schütze sie wie ein dicker Mantel. Dennoch ist für sie die Energiezufuhr wichtig, so nehmen die Meisen und Kleiber jetzt bewusst Samen, Nüsse oder Körner zu sich, um so an mehr Kraft zu kommen. Manchmal hängen noch vom Herbst Beeren, Hülsenfrüchte oder andere Früchte an den Bäumen, diese waren aber unter der dicken weißen Decke nur schwer zu erreichen. So mussten sich die Tierchen ordentlich anstrengen, um erst einmal den Schnee zu entfernen und dann die Nahrung freizulegen. Mindestens genauso winteraktiv waren in dieser Zeit die Rehe, Wildschweine, Luchse, Wölfe und Hirsche. Sie hatten sich im Herbst ein möglichst großes Fettpolster angefressen und waren mit einem dichten Winterfell ausgestattet, dennoch mussten sie mit ihren Kräften gut haushalten, da das Nahrungsangebot auch für diese Wildtiere im Winter eher spärlich ausfiel. Ihre Spuren waren im frischen Schnee deutlich zu erkennen und so konnte Odo immer wieder auf seinen Rundgängen die verschiedensten Fußabdrücke erspähen und dank seines Patenonkels auch richtig zuordnen. Er hatte ihm all das über die Natur und ihre Bewohner beigebracht. Dafür bewunderte er den Mann, der seit vielen Jahren alleine im Wald lebte. Er wusste offensichtlich alles und hatte es sich selbst beigebracht. Das beeindruckte ihn sehr. Es gab nichts Schöneres, als einen Spaziergang durch unberührten Schnee und so entschloss sich der Junge, zu Wilhelm in den Dunkelwald zu gehen und ihm einen Besuch abzustatten. Auf seinem Weg dahin fiel ihm ein, was der Bauer letztens, als es zu schneien begann, gesagt hatte: „Dezember kalt im Schnee, gibt's Korn auf jeder Höh'!" Er war also zuversichtlich, dass nach einem kalten und schneereichen Winter eine gute Ernte folgen würde. Das hoffte Odo auch.

Meistens konnte man den Weisheiten und Sprüchen der Bauern vertrauen, sie kannten sich schließlich damit aus. Als er etwa die Hälfte der Strecke hinter sich gebracht hatte, nahm er eine Handvoll Schnee und führte sie zu seinem Mund. Unmittelbar nach der Berührung mit seiner Zungenspitze schmolz dieser gleich fort und hinterließ nur einen kühlen Wasserfilm. Er fand das schon seit seiner Kindheit angenehm, und trank auf diese Weise oftmals in den kalten Jahreszeiten. Es machte ihm einfach immer noch Spaß und deswegen hatte er es beibehalten. Warum auch nicht. Als er am Rande des Dunkelwaldes angekommen war, fiel ihm auf, dass hier schon einige Äste unter der Last des schweren Schnees abgebrochen waren – teilweise waren ganze Bäume umgekippt. Er musste vorsichtig sein, wollte er nicht von herabstürzenden Ästen oder Schneemassen überrascht werden, denn es wehte ein kalter Ostwind, der dies begünstigen könnte. Außerdem machte er sich Gedanken darüber, wie es Wilhelm wohl ginge. So ganz alleine im Wald und in seiner kleinen Hütte war er dem Wetter doch deutlich mehr ausgeliefert als sie im Dorf.

Dort angekommen, nahm ihn sein Patenonkel erst gar nicht wirklich wahr. Erst als er ihn grüßte und schon bis auf wenige Schritte an ihn herangetreten war, fiel ihm auf, dass er Besuch hatte.

„Ach, Odo, das ist schön, dass du hier bist."

„Grüß Dich Wilhelm. Was machst du denn, dass du mich gar nicht gehört hast?"

„Holz sammeln und stapeln. Es wird ein harter und sehr langer Winter werden. Sag das deinen Eltern und gerne auch dem Rest der Dorfbewohner. Es kommen sehr harte Zeiten auf uns zu."

„Wie kommst du darauf?", wollte Odo wissen.

„Ich sehe es in der Natur. Die Tiere spüren das irgendwie. Schau, ich war letztens im Wald unterwegs, als ich einige Wildschweine sah. Sie hatten bereits ihr Sommerfell an den Bäumen abgescheuert und lagen dicht an dicht zusammengekauert beieinander. Das tun die Tiere öfters, um sich gegenseitig zu wärmen. Sie hatten außergewöhnlich dichtes und langes Winterfell, was auf einen recht kalten Winter schließen lässt."

„Beeindruckend, was du alles siehst und weißt", staunte der Junge.

Wilhelm lächelte. „Du musst nur die Augen aufmachen, die Natur zeigt dir alles. Es liegt an uns Menschen, sie zu verstehen."

Der Einsiedler stapelte weiter das Holz. Drei große Stapel hatte er bereits gesammelt und aufgetürmt. Dort waren verschiedene Äste und Stücke zu sehen, doch alle waren wichtig, um ihn Sicherheit für die bevorstehende Kälte zu geben. Zum Anheizen des Feuers hatte er Fichte und Tanne gesammelt, die diese leichter zu entzünden sind, als andere Holzarten, aber auch schneller abbrennen. Kiefer, Lärche, Eiche und Buche hatte er sich in den letzten Tagen in großen Mengen besorgt, da dieses Holz nur recht wenig Funkenentwicklung während des Verbrennens hat und hier im Dunkelwald häufig zu finden ist. Seltener in seiner Gegend anzutreffen, aber mit der schönsten Flamme, zumindest wenn es nach ihm ging, war die Birke. Er genoss es, an einem kühlen Tag oder Abend vor seinem Birkenholzfeuer zu sitzen, die helle, bläuliche Flamme gefiel ihm immer wieder aufs Neue, außerdem schätzte er den angenehmen Geruch, den das Holz verbreitete, sehr. So viel Holz wie diesen Winter hatte er noch nie zuvor gesammelt, doch er wollte sichergehen. Es gab nichts Schlimmeres, als mitten in der kältesten Zeit des Jahres kein geeignetes, trockenes Feuerholz mehr zu haben – und das wollte er verhindern.

„Hast du dieses Mal Bäume dafür gefällt?", fragte Odo.

Wilhelm schüttelte seinen Kopf, während er ein besonders großes Holzstück auf den Stapel wuchtete. „Nein, das ist gegen meine Natur. Ich möchte das nicht. Außerdem liegt hier in meinem Dunkelwald so viel trockenes Holz herum, das niemand mehr braucht. Davon kann ich mir immer etwas nehmen. Ich sammle schon einige Tage Holz – das war teilweise wirklich anstrengend, das kann ich dir sagen. Dieses Mal habe ich sogar darauf geachtet, welches Holz ich hole. Ich will auf alles vorbereitet sein."

„Du hast wirklich viel Holz hier. So viel habe ich noch nie bei dir gesehen", stellt Odo fest.

„Ja, das stimmt. Aber es wird auch ein Winter, den du in deinem kurzen Leben so noch nicht erlebt hast."

Die beiden schlichteten und stapelten noch eine Weile weiter, bis Wilhelm endlich zufrieden war. „So, das müsste jetzt für mindestens drei, vielleicht auch vier Monate reichen."

Gerade als sich der Junge wieder auf dem Rückweg nach Trautskirchen machen wollte, sah er, wie Max, der halbzahme Wolf von Wilhelm, um die Hütte schlich. Er traute ihm nicht so ganz über den Weg, aber wenn sein Patenonkel an seiner Seite war, hatte er keine Angst. Das Tier schlich näher, schnupperte kurz an seinem Bein und ging dann weiter zu seinem Menschenfreund. Jetzt fiel Odo auch auf, was Wilhelm vorhin angedeutet hatte. Max hatte viel längere Haare auf seinem Rücken, als letztes Mal, als er ihn gesehen hatte. Da war es noch Sommer und die Mähne, die sich vom Hals bis zum Schwanz zog, war zu der Zeit noch nicht da gewesen. Auch an den Schultern hatte der Wolf eine deutlich längere Behaarung bekommen. Vielleicht sollte er seinen Eltern und den Dorfbewohnern doch davon berichten, was Wilhelm ihm erzählt hatte.

Zurück im Dorf traf Odo dann zuhause auf seine Eltern und Ännlin, seine kleine Schwester.

„Wo kommst du denn jetzt her? Wir haben dich überall gesucht", sagte seine Mutter vorwurfsvoll. „Eduard hätte dich gebrauchen können. Er hat jetzt alle Schafe allein mit Heu versorgen müssen."

„Ich war bei Wilhelm. Tut mir leid." Er senkte den Blick und streifte die Schuhe sowie seinen Mantel ab. „Aber ich mache mir Sorgen."

„Setz dich zu uns an den Tisch. Was ist denn? Geht es Wilhelm nicht gut?", wollte Eduard wissen.

„Nein, das ist es nicht. Aber er…wie soll ich das sagen? Er hat so viel Holz gesammelt wie noch nie, weil er vermutet, dass es ein langer, harter und außergewöhnlich strenger Winter wird."

Der Vater nickte, lehnte sich zurück und verschränkte die Hände hinter seinem Kopf. Seine Mutter legte ihre Hand auf Odos und versuchte ihm die Sorgen zu nehmen. „Weißt du, Wilhelm kennt die Natur und den Wald sehr gut. Er kann in ihr lesen wie kein zweiter. Aber allwissend ist auch er nicht. Wie lange der Herrgott uns den Winter schickt und wann es wieder Frühling wird, das kann auch er nicht vorhersagen. Mach dir keine Gedanken mehr, es wird schon alles gut werden."

Odo nickte. „Ja, Mutter. Aber trotzdem. Er war innerlich so aufgewühlt und auch zutiefst beunruhigt. So kenne ich ihn gar nicht."

„Komm mit in unsere Scheune, Odo. Ich will dir etwas zeigen", forderte Eduard ihn auf.

Beide zogen sich geschwind etwas über, schlüpften in ihre Stiefel und gingen nach draußen. Sie überquerten den kleinen Hof und Eduard öffnete das Scheunentor. „Komm rein und schließe das Tor hinter dir, dass die Kälte nicht reinkommt."

Nun standen beide in der Mitte und der Vater zeigte seinem Jungen, was hier alles so lagerte.

„Sieh genau hin, Odo, alles, was du hier siehst, ist dazu da, dass wir im Winter nicht allzu sehr leiden müssen. Du hast hier unten das Holz. Es trocknet teilweise noch, aber ist in so großer Zahl vorhanden, dass wir bestimmt drei oder vier Monate davon heizen können. Hier, wo wir jetzt stehen, dreschen wir das Getreide, das hier hinten lagert. Auch reichlich vorhanden, wie du erkennen kannst. Und dort oben, da siehst du das Heu für die Tiere. Wir haben das ganze Jahr hart dafür gearbeitet, dass unsere Scheune bis zum Rand mit Nahrungsmitteln gefüllt ist.

Hier ist alles, was wir brauchen. Mach dir keine Sorgen, wir kommen gut über den Winter, egal wie hart und wie lange er wird!" Eduard legte seine Hand auf Odos Schulter und tätschelte sie.

„Ja, das weiß ich. Meine Sorge galt nicht in erster Linie uns. Sondern dem ganzen Dorf und um ehrlich zu sein auch Wilhelm. Ich hoffe einfach, dass wir alle unbeschadet durch diese schwere Zeit kommen."

„Das werden wir. Ganz bestimmt."

So gingen beide zurück ins Haus, sprachen noch ein wenig miteinander und legten sich dann schlafen, denn die Sonne war schon lange untergegangen. Die Eiseskälte nahm jeden Tag zu und vor allem nachts sanken die Temperaturen stark ab, sodass die Dorfbewohner akkurat darauf achten mussten, dass das Feuer im Haus nicht ausging. Mit der Zeit versschwanden auch die fröhlich spielenden Kinder aus den Straßen. Sie rutschten nicht mehr den Hügel hinunter, sie schlitterten nicht auf der zugefrorenen Zenn und sie bewarfen sich nicht mehr mit Schnee. Auch die Erwachsenen gingen nur nach draußen, wenn es unbedingt sein musste und nicht vermeidbar war. Das kannte man so von jedem Jahr, die Menschen blieben in den warmen Stuben, um sich zu schützen. Und wenn doch einmal ein Trautskirchner hinausging, so lief er im Winter schneller als sonst. Sie versuchten, die alles durchdringende, klirrende Kälte mit eiligen Schritten abzuhängen, sie flüchteten fast vor ihr, möchte man meinen. Sie liefen so schnell, als wären sie auf der Flucht vor einem unsichtbaren Feind, auf der Flucht vor einem unsichtbaren Gegner, auf der Flucht vor den eisigen Krallen des Winters, der nach ihnen griff. Die Tage wurden immer kürzer, die Nacht breitete sich stetig aus – und mit ihr der eisige Wind, der andauernde Schneefall und die durchbrechende Kälte. Odo machte sich immer wieder Gedanken darüber, wie es Wilhelm wohl im Wald erging, er sorgte sich wirklich um seinen Patenonkel. Aber unter diesen Umständen wollte er den beschwerlichen Weg zu dessen Hütte im

Dunkelwald nicht riskieren. Außerdem beruhigten ihn seine Eltern, dass Wilhelm die Welt und die Natur so gut kannte, dass er sicherlich keine Probleme hatte. Das hoffte Odo sehr. Vor der Haustür sah er nur noch farblose Landschaft und einen trostlosen, wie ausgestorben wirkenden Ort, der vom grauen Himmel und dem weißen Schnee eingehüllt war. Einzige Abwechslung bot die tiefschwarze Nacht – und sie war gefährlich. Manche Winter schienen unüberwindbar und genau so einer war dies. Obwohl jeder wusste, dass auf einen Winter stets ein Sommer folgte, merkte man es den Dorfbewohnern an, dass sie unter der Situation litten. Und dann kam Weihnachten. Da es so kalt war, fand nicht einmal ein Gottesdienst statt, Pfarrer Anselm wollte nichts riskieren und wahrscheinlich wäre sowieso niemand gekommen. Traditionell erinnerten sich die einzelnen Haushalte in Trautskirchen an die geweihte Nacht und bereiteten sich schon ab Ende November darauf vor. Sie fasteten von da an und nahmen nur spezielle Getränke und Speisen zu sich. So trank man neben Wasser nur Fastenbier und zum Essen gab es hauptsächlich Lebkuchen, Honigkuchen oder Fastengebäck. Die letzten beiden Tage dann gab es sogar nur Brotsuppe und getrocknetes Brot zu essen. Für diese Suppe wurde das alte, harte Brot mit Bier vermengt und in einen Topf gegeben. Dann gab die Köchin, meist die Mutter des Haushaltes, etwas Honig und Butter dazu, ergänzte dies mit getrockneten Kräutern aus dem Garten und kochte dies schließlich auf. Und schon war sie fertig. Ein einfaches Gericht, welches das Fasten beendete. Trotzdem freuten sich Odo und Ännlin jedes Jahr wieder darauf, wenn sie die letzten beiden Tage vor Weihnachten erreicht hatten, so bereiteten sie sich immer auf die Heilige Nacht vor. In dieser Zeit richtete Margarete immer die Vorräte für die Weihnachtstage her, meistens buk sie und dekorierte ein wenig. Traditionell hängte sie ein paar Tannenzweige auf, um etwas Farbe in die Stube zu bringen und stellte eine Kerze auf den großen Holztisch. Am 25. Dezember dann aßen sie zumeist Fisch, dazu gab es Bohnen und Linsen. Frisch gebackenes Brot, Butter und Äpfel hatte sie eigentlich auch immer. Und manchmal, wenn noch etwas vom letzten Schlachten übrig war, schmausten sie davon auch noch die Reste. Es war jedes Jahr herrlich – und so auch in jenem harten Winter. So vergaßen die Menschen des kleinen fränkischen Dorfes ihre Sorgen, die Eiseskälte, die Entbehrungen, die harte Arbeit über das ganze Jahr und konnten im Kreis ihrer Liebsten ein paar unbeschwerte Stunden verleben.

Doch der Winter war unnachgiebig, so schneite es fast acht Tage ununterbrochen hindurch, sodass die Dorfbewohner gar nicht hinterherkamen, einen Weg freizuräumen. Und dann noch diese Kälte, diese klirrende Kälte. Beim Gehen im Freien, hörte es sich so an, als würde man über Glassplitter laufen, da der Schnee noch einmal gefroren war. Bloße Hände konnten sie kaum der allumfassenden Kühle aussetzen, es drohten Erfrierungen. Aber auch wenn man zu lange draußen herumlief, kroch der Frost in die Schuhe und Stiefel, sodass die Füße nach kurzer Zeit zu schmerzen begannen. Mit jedem Tage wurden die Entbehrungen größer, alle schränkten die Nahrung weiter ein, weil sie sich nicht sicher waren, wie lange diese Eiszeit noch dauern würde.

Auch Wilhelm in seiner Hütte im Dunkelwald war völlig eingeschneit. Er konnte kaum einen Fuß vor die Tür setzen, so hoch war der Schnee. Aber er hatte gut vorgesorgt. Das Holz würde bis fast in die Mitte des neuen Jahres reichen und auch seine Vorräte müssten noch einige Zeit ausreichen. Alles, was er brauchte, hatte er. Und wenn es ihn dürstete, dann holte er sich einfach Schnee von außen und schmolz ihn über dem Feuer, schon war sein Durst gestillt. Nur die Einsamkeit, die er in dieser schwierigen Zeit verspürte, vermochten nicht einmal die spärlichen Besuche seines halbzahmen Wolfes Max zu verdrängen. Zumal diese bei diesem Wetter eher selten waren. Und er vermisste die regelmäßigen Begegnungen mit Odo. Sollte er seine Hütte im Wald verlassen und über den Winter ins Dorf gehen? Dann wäre er nicht alleine. Aber wollte sie ihn denn tatsächlich bei sich haben? Meist wischte er die Gedanken nach wenigen Augenblicken wieder weg und lenkte sich ab. Entweder schnitzte er an einer Holzfigur oder er reparierte die eine oder andere Dachlatte, dass es nicht so stark hineinregnen konnte, sobald der Schnee schmolz. Außerdem beobachtete er ganz genau, wie sich die Dachkonstruktion unter der heftigen Last des weißen Schnees bog. Es lag ein enormes Gewicht auf dem Holz, das ihn vor Kälte und Witterung schützte, es durfte nicht brechen. Daher stützte er es immer wieder nach und hatte dieses Problem stets im Auge. Ein paar Mal war er auch schon nach draußen gegangen und hatte das Dach etwas freigeräumt, doch es fiel immer wieder so viel Schnee nach, dass es ein erfolgloser Kampf war. Aber kein aussichtsloser – solange das Dach hielt, blieb er der Sieger. Und im Frühjahr dann konnte er genügend Zeit und Kraft investieren und die nötigen Verbesserungen vornehmen. Ab und an hörte er aus weiter Ferne die Glocken der Michaelskirche in Trautskirchen klingen, jedoch auch nicht mehr so häufig. Wahrscheinlich war es selbst Pfarrer Anselm zu mühselig in diesen harten Zeiten. Aber ewig konnte diese entbehrungsreiche Kälteperiode schließlich nicht mehr dauern.

Ein lautes Krachen ließ Odo aus dem Schlaf hochschrecken. Er rieb sich kurz die Augen, um dann schnellen Schrittes zur kleinen Fensteröffnung in der Wand zu gehen. Er drückte den in den Wandausschnitt gesteckten Strohsack ein wenig zur Seite. Mit ihm hatte Eduard, wie die anderen Dorfbewohner auch, die Öffnung abgedichtet, um so zu verhindern, dass noch mehr Kälte in das Haus eindrang. Trotz der seit langer Zeit stetig geschlossenen Holzfensterläden, kam der Frost doch ins Haus. Er konnte aber nichts erkennen. Doch von der Lautstärke her, konnte er darauf schließen, dass der Ursprung nicht allzu weit entfernt war. Es schneite wieder einmal stark und der graue

Nebel hing über dem Dorf. Die eisigen Schneestürme der letzten Tage waren noch immer nicht abgeklungen und so konnte man das Pfeifen des heftigen Windes außen hören. Es dämmerte gerade und so war auch noch nicht genügend Sonnenlicht vorhanden, um etwas erkennen zu können. Nun traten auch seine Mutter, Ännlin und Eduard an ihn heran.

„Was ist passiert?", wollte seine kleine Schwester wissen.

„Ich weiß es nicht. Ich bin von dem Lärm wach geworden und kann aber noch nichts sehen."

Margarete legte ihre Hand auf seine Schulter und sah auch nach draußen.

„Ich gehe nachsehen. Ich glaube, es war bei Bauer Kasimir." Eduard zog sich seine Winterkleider an und schlüpfte in die fellgefütterten Stiefel.

„Ich komme mit." Auch Odo drehte sich um und holte sich die Kleider.

Besorgt blickte die Mutter, ihre Tochter auf dem Arm haltend, zu den beiden Männern. „Aber seid vorsichtig. Wir wissen nicht, was dort draußen passiert ist."

Odo und Eduard nickten, als sie die schwere Eingangstür aus Holz aufstießen. In dieser Zeit war der Winter eine wilde und ungestüme Erscheinung, der keinerlei Spaß verstand und das öffentliche Leben in Trautskirchen nahezu vollständig zum Erliegen brachte, doch die zwei Männer wollten – oder mussten – erfahren, was der Grund für dieses ohrenbetäubende Lärmen war. Dies war nicht ungefährlich, war doch erst kürzlich der alte Hans, der Vater von Müller Dieter, in einer Schneeverwehung gestorben. Wahrscheinlich war er zu tief versunken und konnte sich nicht mehr aus eigener Kraft befreien. Seine Frau Bettl machte sich dann, nachdem er einen halben Tag nicht zurückgekehrt war, so große Sorgen, dass er Dieter losschickte, der dann schließlich seinen Vater fand. Es kam jede Hilfe zu spät und war bereits so fest und steif gefroren, dass Dieter große Mühe hatte, ihn aus der Verwehung zu holen. Vor allem, weil ja weiterhin Schnee fiel und auch der Müller durch die Entbehrungen der letzten Wochen und Monate nicht mehr voll bei Kräften war. Ja, dieser Winter verlangte den Dorfbewohnern wahrlich einiges ab. Dadurch, dass der Grund so tiefgefroren und hart war, konnte er seinen Vater nicht einmal beerdigen. Dieses Leid kam noch hinzu. Nun lag er in einem Leinensack hinter dem Haus und die ganze Familie wartete auf den Frühling, um ihn endlich unter die Erde bringen zu dürfen. Immerhin war er jetzt nicht mehr zu sehen, zu viel Zeit war schon vergangen und zu viel Schnee gefallen. Der Winter - mit diesen seit einigen Tagen tobenden Schneestürmen - zeigte den Dorfbewohnern und vor allem unseren beiden Männern, mit welcher Gewalt er durch Trautskirchen zog. Dieser Wind, der vor und hinter den beiden nur eine Wand von Schnee erscheinen ließ, erschwerte das Vorwärtskommen enorm. Ihr Weg durch das Dorf war nur noch an den Häusern links und rechts zu erahnen und die Kälte kroch stetig unaufhaltsam unter ihren Kleidern höher. Dann waren sie am Ort des Unglücks angekommen. Sie konnten ihren Augen nicht trauen: Durch die um sie wehende Wand aus Schnee erkannten sie die Scheune des Bauern. Oder zumindest das, was noch von ihr übrig war. Das Dach war unter der Last des Schnees zusammengebrochen. Sie gingen näher und erkannten Kasimir mit den Tagelöhnern Josef und Ferdinand. Sie versuchten sich gerade ein Bild der Katastrophe zu machen.

„Können wir helfen?", fragte Eduard und ging auf die Männer zu.

Kasimir schüttelte den Kopf. „Nicht bei dem Wetter. Dieser verdammte Winter bringt uns noch alle um!"

Odo erkannte, dass nicht nur das Dach eingestürzt, sondern auch die Zwischenlage aus Brettern, auf der das Heu für das Vieh gelagert war, von der Wucht des Zusammenbruches zerstört war. Fast das gesamte restliche Futter, was die Tiere durch den Winter hätte bringen sollen, war nun nass und somit nicht mehr lange zu gebrauchen. Das war wirklich fatal. Wie sollte es für ihn weitergehen?

Gegen Mittag desselben Tages, als die Sonne am höchsten stand, hatte der Schneesturm merklich nachgelassen. Eduard, Odo, Kasimir, Ferdinand, Josef und Heinrich fanden sich bei der eingestürzten Scheune ein, um zu retten, was noch zu retten war. So versuchten sie gemeinsam, möglichst viel Heu ins Trockene zu bringen. In der Bewegung kam es ihnen auch nicht mehr ganz so kalt vor, doch ewig konnten sie nicht im Freien arbeiten. Sie schoben das am Boden liegende Futtermaterial in eine Ecke der Scheune, die noch überdacht war, in der Hoffnung, dass dies ausreichen würde. Einen anderen Teil trugen sie ins Innere des Bauernhauses und legten es dort aus. Selbstverständlich möglichst weit weg von der Feuerstelle, denn Bauer Kasimir konnte nach diesem Unglück nicht noch ein weiteres ertragen. Es war harte Arbeit, zumal ihnen der Winter in den Knochen steckte, doch sie waren auch gleichzeitig froh, endlich einmal wieder etwas tun zu können. Sie packten gerne mit an und halfen tatkräftig.

„Wenn uns dieser teuflische Winter noch länger plagt, gehen wir alle noch drauf", schimpfte Bauer Heinrich.

„Ja, ich kenne keinen aus dem Dorf, der nicht schon eine oder zwei Notschlachtungen gemacht hat. Das Vieh wird krank oder zu dünn, dann hilft eben nur noch eines. Immerhin haben wir dann noch einige Zeit wieder zu essen. Aber ewig kann das nicht so weitergehen. Wir brauchen das Vieh ja im Sommer!", stimmte Kasimir zu.

„Wir müssen so gut es geht zusammenhalten. Das wird schon wieder", munterte Heinrich sie auf.

Ferdinand nickte. „Jetzt muss der Winter erstmal seine Sachen packen und abhauen, dann sehen wir weiter. Und wir helfen dir, im Frühjahr die Scheune wieder aufzubauen."

„Genau. Du kannst dich auf uns verlassen", ergänzte Josef.

„Das Futter wird dir jetzt noch einige Zeit reichen. Melde dich aber auf jeden Fall, bevor es zu knapp wird. Hörst du? Ich habe noch genügend, davon kann ich dir etwas abgeben. Dann rationiere ich es eben für meine Schafe ein wenig, das macht nichts", bot Eduard an.

Sichtlich gerührt wischte sich Kasimir eine kleine Träne aus dem Auge. Er war ergriffen, dass er so viel Unterstützung erhielt. Dieser Umstand fiel allerdings nicht sonderlich auf, denn die Männer mussten sich sowieso immer wieder ins Gesicht fassen, damit es nicht so sehr fror.

„Ich danke euch. Von Herzen. Ihr seid mehr als nur Nachbarn, ihr seid ein Segen und wahre Freunde!", glücklich reichte er allen die Hand und sah ihnen voller Dankbarkeit in die Augen.

Zurück zu Hause rückten Eduard und Odo eng ans Feuer in der Stube, um sich aufzuwärmen. Sie rieben sich die Hände und spürten die angenehme Wärme in ihren Körper zurückkehren. Eine Zeit lang schwiegen die beiden und sahen in das flackernde Licht.

Dann unterbrach Eduard das Schweigen: „Hörst du die Flammen, Odo? Es ist fast so, als würden sie uns etwas zuflüstern wollen."

Der Junge blickte nachdenklich ins Feuer, so als würde er ganz genau hinhören. „Es knistert, zischt und knackt", sagte er schließlich.

„Ja, genau. Damit warnt es uns Menschen, dass wir es nie unbeaufsichtigt lassen dürfen, sonst greift es um sich und holt sich alles, was es in die Finger bekommt. Es hilft uns sehr, aber es ist und bleibt auch gefährlich."

Odo nickte.

„Das sieht man auch an den züngelnden, wabernden, ja fast tanzenden Flammen. Sie zucken und flackern vor unseren Augen, aber hinterlassen nur Asche und Rauch. Ihr Wärme ist gut für uns, ja sogar lebensnotwendig, aber die Kraft darf nie unterschätzt werden." Eduard sah zu Odo hinüber. „Verstehst du?"

„Ja, das tue ich", der Junge nickte erneut. „Mich fasziniert es dennoch. Und wir kontrollieren es ja. Da kann nichts passieren. Aber wir müssen vorsichtig bleiben!"

„Stimmt", bestätigte Eduard.

Die allumfassende Kälte hielt sich noch bis in den März hinein und bis dahin wollte auch der Schnee nicht gehen. Da alle Dorfbewohner von dem Unglück des erfrorenen Hans gehört hatten, wollte keiner mehr ein unnötiges Risiko eingehen und so hielten sich alle fast ausschließlich in den Häusern auf. Glücklicherweise reichten bei den meisten Leuten das gesammelte Stroh für die Tiere, es gab genügend Holz zum Heizen und bis auf ein paar Notschlachtungen, die im Winter nicht unüblich waren, konnten alle Trautskirchner auch diese entbehrungsreiche und schwierige Zeit hinter sich bringen. Mit dem Frühjahr kamen dann die wärmeren Temperaturen und der Schnee schmolz. Zunächst freuten sich alle, die Kinder gingen zum Spielen wieder ins Freie und auch die Menschen begannen wieder, sich miteinander zu unterhalten und über die Erfahrungen des vergangenen Winters auszutauschen. War die Kälte doch nicht nur grimmiger als sonst, sondern auch deutlich länger als üblich geblieben. Doch die Dorfbewohner mussten schnell feststellen, dass auf diese quälende Zeit ein nasser Frühling folgte. Einsetzender, strömender Regen, der tagelang andauern sollte, brachte zusätzliches Wasser, das sich mit dem ganzen Schmelzwasser des Schnees mischte und die Pegel der Flüsse und Weiher rapide ansteigen ließ. Ein weiteres Problem für die Bauern war, dass der Boden erst im April richtig auftaute und bis dahin die Saat größtenteils abgestorben war. So machten sich die Bürger langsam aber sicher große Sorgen um die Lebensmittelversorgung des gesamten Ortes. Durch den überaus harten Winter und die darauffolgende schwierige Zeit, starben in Trautskirchen einige Neugeborene, da sie zu schwach waren und ihre Mütter nicht genügend Milch für sie produzieren konnten. Aber auch einige Alte schliefen ein und wachten nicht mehr auf, da die Versorgung mit Nahrung nicht mehr gewährleistet war, was das Dorf zusätzlich in Aufruhr versetzte. Manche hatten noch ein paar Tiere übrig, die sie, so gut es möglich war, am Leben hielten, um noch ein wenig Sicherheit für das tägliche Überleben zu behalten. Andere hatten buchstäblich nichts mehr. Je länger die Hungerzeit dauerte, desto weniger waren die Bewohner bereit, ihr Essen mit anderen zu teilen. Und so entbrannten auch immer wieder Streitereien, wenn es darum ging, dass man dem anderen etwas neidete. Es war ein Kampf ums Überleben geworden, der den Zusammenhalt schwächte. Jeder war sich selbst der nächste und jeder wollte das eigene Durchhalten sichern.

Die Hungersnot griff mit ihren Verheerungen immer weiter um sich, sodass die Auslöschung des gesamten Ortes zu befürchten war. Es herrschte weiterhin eine ungünstige Witterung, die Menschen glaubten nicht, dass sich dies so schnell ändern würde und besorgniserregend wurde beobachtet, wie die Wasserstände der Zenn und der anderen Bäche stetig stiegen. Das Wetter machte es den Bauern unmöglich, eine geeignete Zeit zum Säen zu finden und auch wenn sie es versuchten, der Boden war so durchnässt, dass nicht einmal die Furchen, die sie mit dem Pflug zogen, blieben. In sie liefen direkt wieder Schlamm und Wasser und verschlossen sie erneut. Die Saat, die die Bauern dennoch versuchten, auszusäen, ertrank und ging nicht auf. Das Einzige, was auf den Feldern noch wuchs, war das Unkraut. Dies war allerdings nicht für den Verzehr geeignet und so war guter Rat teuer. Also begannen die Trautskirchner alle Tiere, die sie in der Zenn und den Weihern fanden, zu fangen und sie zu essen oder sie für die bevorstehende schwierige Zeit haltbar zu machen. Es begann logischerweise mit Fischen, die die Dorfbewohner schon lange kannten: Karpfen, Hechte, Zander, Barsche, Schleie, Welse und die seltener vorkommenden, aber sehr schmackhaften Forellen. Sie wurden entweder eingesalzen und gepökelt, sodass sie mehrere Monate haltbar waren. Hierfür wurde eine Salzbrühe mit Gewürzen kurz über dem Herd aufgekocht und anschließend, nach dem Abkühlen, über den Fisch gegossen. Als Gefäß eignete sich ein großer Topf, denn zum einen musste die Flüssigkeit die Tiere darin vollständig bedecken und zum anderen musste sie zwei oder drei Wochen ziehen. Im Anschluss daran wurde der Fisch, meist in einem Leinenbeutel, zum Trocknen im Haus aufgehängt. Es gab auch die Möglichkeit, den Fisch durch Trockenpökeln haltbar zu machen. Der Vorteil hierbei war, dass man nichts kochen musste, da die Fische nur in einem großen Fass oder Topf aufbewahrt wurden. Man wusch den Fisch gründlich und befreite ihn, wenn nötig, von den groben Schuppen. Danach wurde er – entweder im Ganzen oder bereits in Stücken zugeschnitten – zusammen mit dem Salz schichtweise in dem Gefäß gestapelt. Auf diese Weise umgab das Salz den gesamten Fisch und entzog ihm die Feuchtigkeit, was ihn haltbar werden ließ. Durch das Pökelsalz erhielt das Fischfleisch nebenbei ein würziges Aroma, welches durch Zugabe verschiedener Gewürze eine eigene Note bekam. Die am häufigsten verwendete und einfachste Art, Lebensmittel haltbar zu machen, war das Dörren. Hierbei wurden die Fische entweder durch die Sonne oder in kälteren Zeiten durch den Wind getrocknet. Meist hingen die Menschen diese Stockfische unter den Dächern der Häuser auf und warteten darauf, sie verzehren zu können. Dies funktionierte übrigens selbstverständlich auch mit allen Sorten von Fleisch der Nutztiere, die die Trautskirchner hatten. Doch diese zu schlachten tat ihnen mehr weh, als sich Fisch zu besorgen, da sie einen Großteil der Lebensgrundlage der Dorfbewohner darstellten und nur im äußersten Notfall getötet und verzehrt wurden. Gerne wurde auch geräuchert, da dies eine recht simple Methode war, alle Sorten von Fisch und Fleisch lange haltbar zu machen. Hierbei hing man die Fische oder eben das Fleisch an Haken über den Ofen, der mit Erlen- oder Eichenholz befeuert wurde, da dies ein besonders schmackhaftes Aroma lieferte. Manch einer mischte auch für die besondere Note noch Fichtennadeln unter. Vorher wurde das zu räuchernde Lebensmittel ordentlich eingesalzen und getrocknet, um es länger genießbar zu machen und anschließend wurde es einige Zeit dann in dem Rauch hängengelassen und so haltbar gemacht. So konnte man in dieser Zeit fast alle Trautskirchner beobachten, wie sie sich eine möglichst große Anzahl an Nahrung konservierten, da keiner von ihnen sagen konnte, wann dieser Regen ein Ende nehmen würde und sie wieder etwas auf den Feldern anbauen konnten.

Wilhelm bekam von alldem nichts mit. Er war froh, dass er den kalten und harten Winter schadlos überstanden hatte und auch wenn es an der einen oder anderen Stelle Verbesserungsarbeiten an seiner Hütte zu erledigen gab, war er glücklich, dass er wieder nach draußen und in die Natur gehen konnte. Der Dauerregen machte ihm wenig aus, er empfand es zwar nicht als sonderlich angenehm, aber er kam damit zurecht. Ein großer Vorteil des Lebens im Wald war die Tatsache, dass der Untergrund sehr viel Flüssigkeit aufnehmen konnte, da die Wurzeln der Bäume und Pflanzen dieses benötigten. So sammelte der Boden das Wasser, er saugte es sozusagen auf und speicherte es für die Natur. Der Waldboden war bedeckt mit Moos, Wurzeln, abgestorbenen Ästen, Tannennadeln und Blättern, die das Wasser in die darunter befindlichen Hohlräume leitete, weshalb es einfacher in den Boden einsickern konnte. Daher konnte der Waldboden viel mehr Flüssigkeit in Form von Niederschlag aufnehmen, als der Boden rund um Trautskirchen. Wilhelm merkte nur nach einiger Zeit, dass die Druidenquelle über den Rand lief und deutlich mehr Quellwasser zu ihr floss, als üblich, doch auch darüber machte er sich keine großen Gedanken. Er stellte sich schließlich immer auf die Gegebenheiten der Natur ein, ob nun Dürre, Hitze, Dauerregen oder ein eiskalter Winter. Auch Max war, nach dem der Schnee weggetaut war, gleich wieder von ihm weggegangen und tat jetzt das, was jeder Wolf tat: Er ging auf die Jagd. Das Tier war die letzten Wochen fast ausschließlich bei Wilhelm in der Hütte geblieben und ging nur äußerst selten raus, um sich umzusehen oder sich zu erleichtern. Sogar ihm war es zu kalt gewesen. Und Wilhelm erfreute sich an seiner Anwesenheit, so war er in diesen einsamen Wintertagen nicht so alleine. Nachdem er seinen Rundgang beendet hatte, kehrte er zu seinem Häuschen zurück und machte sich gleich daran, das morsch und brüchig gewordene Holz auszutauschen und Ausbesserungen vorzunehmen. Er hatte sowieso nichts anderes zu tun und diese Arbeit musste getan werden. Zumal sein Dach an einigen Stellen undicht geworden war und sich die Tropfen beobachten ließen, die in stetig seine Behausung herunterfielen.

Im Dorf verabschiedete sich Odo von seiner Mutter, denn er wollte nach all der langen Zeit Gewissheit darüber haben, dass es seinem Patenonkel im Dunkelwald gut ging. Er hatte von Margarete noch ein kleines Stück Brot und drei Eier mitbekommen, denn, auch wenn sie alle ihre Nahrungsmittel streng einteilen mussten, wollte sie ihrem langjährigen Freund und Retter etwas Gutes tun. Odo wickelte die Lebensmittel in ein Tuch und machte sich auf den Weg. Auf seinem Weg durch die durchnässten Wiesen und schlammigen Wege dachte er pausenlos an Wilhelm und wie es ihm wohl erging. Jeder Schritt war beschwerlich, da er teilweise bis über seinen Knöchel in Matsch versank, was das Vorankommen aufreibend und ermüdend gestaltete. Er hatte sich einen Gehstock mitgenommen, um sich etwas mehr Sicherheit beim Laufen zu geben, er musste schließlich einen Hügel hoch, der recht steil war, und er wusste nicht, was da auf ihn zukam. Schließlich stellte er fest, dass aus allen Richtungen Wasser ins Tal, in dem Trautskirchen lag, floss. Keine Sturzflut und kein reißender Strom, aber stetig zufließende Wassermassen und von oben erkannte er auch, dass die Zenn in den letzten Tagen noch einmal deutlich an Fließgeschwindigkeit und Wassermenge zugenommen hatte. Auch die kleineren Bächlein, die von ihr gespeist wurden, waren bis zum Rand gefüllt und teilweise sogar schon darüber hinaus. Er ging die letzten Meter der Teufelsschlucht nach oben und hatte so einen recht guten Überblick über das westliche Zenntal. Merzbach lag höher, auch von dort floss stetig eine große Menge Wasser ins Tal. Fröschendorf hatte bereits Probleme, da die Zenn gefährlich nah gekommen war und zwischen Mettenbach, Zenn und dem Kellerbuck war eine der Wiesen schon teilweise unter Wasser. Er hoffte, dass der Regen bald aufhören würde, sonst bekämen sie in Trautskirchen nach dem eisigen Winter einen neuen, stillen und gefährlichen Feind: Das Wasser. Er betrat den Dunkelwald und schon merkte er, dass der Regen nachließ. Zumindest wirkte es so, da die dichten Bäume einen Großteil des Wassers abhielten. Auf seinem Weg durch den schier endlosen Wald ließ Odo den kleinen Trampelpfad zum Haus seines Paten nie aus den Augen, denn, auch wenn er schon hunderte Male hier war, sicher war er sich beim Finden des Weges nie gewesen. Er bewunderte Wilhelm dafür, dass er jeden Baum, jede Wurzel und jede Ecke im Dunkelwald kannte und stets wusste, wo er sich befand. Er hatte eine eingebaute Landkarte, nach der er sich immer richtete. Obwohl seine Beine langsam schwer wurden, schleppte er sich weiter und zeigte keine Anzeichen von Müdigkeit. Durch den langen Winter und die rationierte Nahrungszufuhr fehlte ihm die Ausdauer für lange Wanderungen und der tiefe Boden tat sein Übriges. Plötzlich hörte er ein lautes Knacken wenige Schritte vor ihm. Odo sah in die Richtung und blieb wie angewurzelt stehen. Dann geschah alles sehr schnell, sodass er gar nicht reagieren konnte. Ein Mann sprang vor ihm aus dem Gebüsch und schwang einen Knüppel über seinem Kopf. Odos Schrei erstickte, er brachte keinen Ton heraus, denn der Mann traf seine Schläfe mit solch einer Wucht, dass er auf den feuchten Waldboden geschleudert wurde. Odo blinzelte und hielt sich instinktiv den Kopf. Warmes, rotes Blut lief aus der Wunde und mischte sich mit den fallenden Regentropfen. Vor seinen Augen flimmerte die ganze Welt und er spürte, wie ihn der Mann durchsuchte. Mit einem festen Ruck entriss er ihm die Eier und das Brot und suchte das Weite. Mit einem Geistesblitz packte Odo seinen Spazierstock und warf ihn dem Flüchtenden zwischen die Beine. Dieser stürzte und verlor seine Beute. „Dieser Bursche war sicher noch verzweifelter als wir, wenn er unschuldige Passanten überfiel", dachte sich Odo als er versuchte, aufzustehen. Dann sah er den Mann in dem dunklen Rock mit den rotbraunen Haaren auf ihn zugehen. Er sah Odo direkt in die Augen und zeigte sein von Narben entstelltes Gesicht. Ein Gesicht, das eher einer Teufelsfratze ähnelte, als dem eines Menschen. Er musste schon viel durchgemacht haben. Außerdem fiel ihm auf, dass der Mann barfuß unterwegs war – und das zu dieser Jahreszeit. Dieser Anblick ließ Odo schaudern, doch er wollte das Essen für Wilhelm nicht einfach so hergeben. Er nahm die Stimme des Mannes nur äußerst dumpf und unwirklich wahr. „Kleiner, bleib liegen und lass mich in Frieden, wenn du weiterleben willst..." Geistig umnebelt richtete sich Odo auf und stand auch wieder auf seinen wackligen Beinen, er stützte sich an einen Buchenstamm. Der Wegelager wandte seinen Blick von Odo ab, offensichtlich war ihm die Beute wichtiger. Das hellrote Blut sickerte weiter in Odos Haare und liefen seine Wange hinab, auf einmal änderte sich sein Blick von betroffen zu entschlossen. Er würde sich das Essen zurückholen. Er käme ihm nicht einfach so davon! Der junge Mann nahm all seinen Mut und all seine Wut, die er aufbringen konnte zusammen und stürzte sich auf den Dieb. Mit seinem gezielten Faustschlag traf er den Fremden allerdings nicht richtig, er verfehlte das anvisierte Gesicht und so schlug er auf dessen Schlüsselbein. Schmerzverzerrt hielt er sich seine Schulterpartie und stieß Odo mit einem kräftigen Schlag in den Bauch weg. Der nächste Treffer landete im Gesicht des Jungen und ließ diesen erneut zu Boden gehen. „Lass es gut sein!", rief der Halunke lachend und lief schnell davon. Jetzt musste sich Odo entscheiden: Liegen bleiben und es auf sich beruhen lassen oder die Verfolgung aufnehmen? Noch bevor er richtig darüber nachdenken konnte, merkte er, wie er dem Fremden hinterherrannte. Er nahm die Verfolgung auf. Der Fluchtweg des Mannes war leicht zu verfolgen, denn Odo konnte das niedergetrampelte Gras und die umgeknickten Äste deutlich erkennen. Er jagte ihn so schnell er konnte, getrieben von panischer Wut und Verzweiflung, doch er konnte nicht einschätzen, ob er näherkam oder nicht. Der niedergetrampelte Pfad des Flüchtenden führte einen steilen Hügel hinauf und ganz oben meinte Odo die schattenähnlichen Umrisse des Fremden erkannt zu haben. Er musste sich beeilen. Der junge Mann keuchte schwer, als er den Abhang hinaufrannte und seine Lunge brannte wie Feuer. Ebenso schmerzten seine Beine bei jedem Schritt mehr. Dennoch hatte er das Gefühl, dass er den Abstand verringert hatte, denn er konnte den Flüchtenden nun deutlicher vor sich erkennen. Unglücklicherweise brachte er keinen Ton heraus. Gerne hätte er ihm „Halt" oder „Bleib stehen" zugerufen, um ihm zu zeigen, dass er da war, doch er schaffte es nicht. Zu sehr war sein gesamter Körper damit beschäftigt, nicht zusammenzubrechen. Was Odo tun wollte, wenn er ihn erreichte hatte, darüber hatte er genau so wenig nachgedacht, wie darüber, wie weit er mittlerweile in den Dunkelwald vorgedrungen war. Wenn er sich nicht täuschte, verfolgte er den Mann Richtung Norden – also immer tiefer hinein in den Wald. Und immer weiter weg von Wilhelm. Aber seine Beine gehorchten seinem Verstand nicht mehr, der Zorn hatte von ihm Besitz ergriffen. Es fehlte nur noch ein kleines Stückchen, dann würde er den Fremden zu packen kriegen und ihn hoffentlich überwältigen können. Jetzt oder nie! Odo sprang ab, bekam den Mantel des Diebes zu fassen und riss ihn zu Boden. Die beiden Kontrahenten rollten auf dem nassen Waldboden herum und hielten sich dabei aneinander fest. Mit einem Fußtritt ins Gesicht des Jungen befreite sich der Wegelagerer von der Umklammerung. Odo krachte dabei in einen der hinter ihm befindlichen Büsche. Sofort rappelten sich die beiden wieder auf und standen sich einen Augenblick regungslos gegenüber.

„Gib mir mein Essen!", keuchend aber mit Nachdruck forderte Odo den Fremden auf, sein gestohlenes Gut wieder herzugeben.

Der Fremde lachte laut auf. „Dein Essen? Ich glaube das gehört jetzt mir! Wenn du es willst, dann musst du es dir schon holen!" Wieder lachte er.

Odo blieb ruhig stehen und sah sich um. Er musterte jeden Baum, jeden Strauch. Konnte er irgendetwas in der Gegend zu seinem Vorteil nutzen?

Noch bevor er sich einen Plan zurechtlegen konnte brach die Hölle los. Der Halunke schlug mit all seiner Kraft auf Odo ein, der sich mit seinen Händen schützte und mit den Füßen zu wehren versuchte. Dies gelang nicht sonderlich gut. Der Fremde strauchelte nur einmal kurz, als er einen Tritt gegen sein Knie bekam, aber nicht einmal der ließ ihn zu Boden gehen. Dieser Kampf war verloren bevor er begonnen hatte. Mit dem Mut der Verzweiflung landete Odo noch ein paar Glückstreffer, einer traf dem Fremden sogar am Kinn, doch als der sich auf den Jungen setzte und seine Fäuste wie Schmiedehämmer auf sein Gesicht niederfielen, konnte sich Odo nicht mehr helfen und den Hieben auch nicht mehr ausweichen. Ein donnernder Kopfstoß fühlte sich so an, als würde Odo von einem großen Stein erschlagen. Der letzte Faustschlag traf ihn voll auf seine Nase, die mit einem lauten Krachen unter der Wucht des Aufschlags brach. Dann ließ der Wegelagerer von ihm ab, nahm seine frisch erbeuteten Sachen und lief davon. Blutüberströmt und mit großen Schmerzen blickte ihm der Junge hinterher, bis Odo schließlich schwarz vor Augen wurde und er seinen Kopf ohnmächtig zu Boden sinken ließ. Dann war da nur die Dunkelheit, die ihn umgab.

Wie lange er dort so gelegen war, konnte er nicht sagen. Das Nächste, woran er sich erinnerte, war das vertraute

Gesicht Wilhelms über ihm und das Häuschen, das er so gut kannte. Dann schlief er wieder ein. Er träumte unruhig und wirr – zu viel war in der letzten Zeit passiert. Besorgt saß Wilhelm neben Odo, den er in seiner Hütte auf ein wenig Stroh gelegt hatte. Er hatte den Jungen blutüberströmt und nass bis auf die Knochen unterkühlt im Dunkelwald gefunden. Es war wie ein Wunder. Eigentlich hatte Wilhelm nicht auf die Anhöhe gehen, sondern nach der Druidenquelle sehen wollen, doch irgendetwas trieb ihn dorthin. Als er den Jungen – sein Patenkind – dort liegen sah, wusste er, warum ihn seine innere Stimme diesen Weg gehen ließ. Erschrocken ob der vielen Verletzungen nahm er Odo auf seine Arme und trug ihn den langen, beschwerlichen Weg zu seiner Hütte. Dort musste er ihn erst einmal entkleiden, um die Ausmaße der Verletzungen erkennen zu können. Die Verstauchungen, Blutergüsse und Prellungen behandelte der kräuterkundige Mann gleich mit Beinwell. Von ihm hatte er eigentlich immer etwas da, denn diese Pflanze konnte er auch selbst gut gebrauchen. Zu finden war sie für Wilhelm leicht. Da dieses Kraut recht steife, breite Blätter mit spitzzulaufendem Ende und einen borstigen, behaarten Stängel hatte, war es gut zuzuordnen. Außerdem blühte der Beinwell von Mai bis September, manchmal sogar bis in den Oktober hinein, in einem schönen violetten, ja fast purpurfarbenen Ton, der ihn einzigartig und unverwechselbar machte. Da er auch bei Knochenbrüchen nicht schadete, verteilte Wilhelm die Pflanzenteile großzügig über die Wunden. Zur Beruhigung reichte er Odo einen Tee aus Baldrianwurzeln, den er mit etwas Melisse mischte. Die Pflanzen fand er auch in und um seinen Dunkelwald, sie waren nicht schwer zu finden, förderten aber einen ruhigen und gesunden Schlaf. Baldrian konnte er in der Nähe der Druidenquelle oder an den anderen Bachläufen häufig finden, der eindeutig an seinen großen, spitzen und gezähnten, leicht behaarten Blättern erkannt werden konnte. Auch die Blüten, die von Mai bis Juli zu sehen waren, rochen stark süßlich und hatten eine weißlich-rosa Einfärbung. So konnte er auch diese Pflanze problemlos zuordnen. Und mit Melisse kannten sich die meisten Dorfbewohner gut aus, denn sie kam so gut wie überall vor. Ihr angenehmer Geruch entfaltete sich, nachdem die Blätter zwischen den Fingern gerieben wurden und so nutzen sie die Trautskirchner für Tee, rieben sich damit die Beine an heißen Sommertagen ab oder verwendeten sie, um die Nahrung schmackhafter zu machen. Für alle Fälle hatte Wilhelm auch immer ein wenig getrocknete Tollkirsche zur Hand, die er bei stärkeren Schmerzen verabreichen würde, um die Pein seines Patenkindes zu lindern. Die Tollkirsche war ein interessantes Gewächs, wie Wilhelm fand, denn sie blühte im Sommer leicht violett und bildete kelchartige Blüten aus, dennoch war sie eine seltsam duftende, ja fast stinkende Pflanze, die er sehr spannend fand. Er traf sie immer wieder auf Waldlichtungen oder mageren Wiesen, teilweise an Waldrändern oder neben den Äckern der Bauern an. Besonders markant waren ihre tiefschwarzen Beeren, die besondere Eigenschaften hatten. Richtig angewandt und nur in sehr geringen Mengen verabreicht, konnte sie Schmerzen lösen und Krämpfe reduzieren. Doch, wenn man sich mit ihr nicht gut auskannte, konnte sie auch ihr wahres Gesicht zeigen: Sie machte die Menschen verrückt. Sie begannen dann Dinge zu sehen, die nur ihrer Einbildung entsprachen und die niemand sonst wahrnehmen konnte, sie verfielen dem Wahnsinn. Es sollen schon Menschen nach der Einnahme gestorben sein, wenn sie zu viel der gefährlichen, interessanten Frucht gegessen hatten – und dafür reichten bereits sehr geringe Mengen. Daher nutzte er diese Pflanze nur äußerst selten, auch wenn er sich im Umgang mit ihr sicher war, so hatte er doch großen Respekt davor.

„Ich krieg dich!" Odo schreckte aus seinem Schlaf hoch und bemerkte, dass er nur geträumt hatte. Er sah sich verwundert um und erkannte wo er war. Bei Wilhelm. Gerettet.

Sein Pat legte seine Hand auf den Unterarm des Jungen. „Psssst. Alles ist gut. Du bist in Sicherheit."

„Wilhelm... Er hat dein Essen... Wo ist er...?"

„Er ist weg. Du bist in Sicherheit."

„Mutter hatte mir extra ein Stück Brot und ein paar Eier für dich mitgegeben und jetzt ist alles fort." Odo ließ seinen Kopf wieder nach hinten auf die Strohunterlage sinken. „Mutter? Weiß sie, dass ich noch bei dir bin?"

„Ja, nachdem ich dich gefunden hatte, bin ich ins Dorf gelaufen und habe es deinen Eltern gesagt. Sie waren sehr besorgt, aber ich konnte sie beruhigen. Ich habe ihnen nicht die ganze Wahrheit gesagt... ich sagte, du wärst gestürzt. Sie sollten sich nicht noch mehr Sorgen machen. Du hast fast fünf Tage geschlafen. Jetzt wirst du erst einmal wieder gesund und dann sehen wir weiter. Was ist denn überhaupt passiert?"

Odo erzählte Wilhelm alles, woran er sich noch erinnerte und versuchte kein Detail auszulassen. Immer wieder musste er unterbrechen und sich kurz sammeln, der Halunke hatte ihn wirklich übel zugerichtet.

Danach ergriff Wilhelm das Wort. „Ich hoffe, das war dir eine Lehre, Odo. Dein Körper wird sich von den Blessuren erholen und dein Verstand sollte davon profitieren. Hör zu, in eine Schlägerei kann jeder geraten. Das hat in den seltensten Fällen etwas mit Mut zu tun. Der weise, kluge Mann erkennt die Problematik und vermeidet sie. Die wahre Intelligenz und der wahrhaftige Mut zeigen sich im Heraushalten aus Konflikten."

Odo blickte etwas verwundert zu Wilhelm. „Aber... ich wollte dir das Essen geben. Wir haben nicht viel und wollen es gerne mit dir teilen – und nicht mit irgendeinem dahergelaufenen Fremden, der es sich auch noch mit Gewalt holt."

Odo nickte. „Ich verstehe. Das ehrt dich ja auch. Aber: Was hat es dir gebracht? Du bist nicht sonderlich stark, du hast noch nie wirklich hart gearbeitet. Wie willst du es mit einem ausgewachsenen und offensichtlich verzweifelten Mann aufnehmen?"

Jetzt schämte sich der Junge fast. Sein Patenonkel hatte Recht.

Wilhelm fuhr fort: „Sieh her, Odo, du bist intelligenter und gescheiter als alle anderen Bewohner des Dorfes. Du siehst ein Problem, denkst darüber nach und löst es mit der Kraft deines Verstandes. Nicht mit der Kraft deiner Muskeln. Das ist etwas ganz Besonderes!"

Odo verstand, was ihm sein Patenonkel sagen wollte. „Ja, ich weiß. Ich dachte nur, ich könnte ihn besiegen und dir das Essen bringen."

„Das ehrt dich ja auch. Aber ich habe hier alles, was ich brauche. Der Wald und die Natur ernähren mich jetzt schon so lange, da wird so ein langer Winter oder ein langer Regen nichts daran ändern." Wilhelm grinste und streichelte über die Haare des Jungen.

„Regnet es denn immer noch?", fragte Odo.

„Ja, fast unaufhörlich."

„Wir müssen das beobachten, Wilhelm. Ich habe gemerkt, als ich mich zu dir auf den Weg gemacht habe, dass die Zenn und ihre Nebenbächlein schon deutlich mehr Wasser als üblich mitführten und auch aus dem Dunkelwald und den anderen Anhöhen flossen immer wieder Wasserströme ins Tal Richtung Trautskirchen."

„Eins nach dem anderen. Du ruhst dich jetzt noch ein wenig aus, dann kümmern wir uns um dieses Problem." Kurz nachdem Wilhelm dies gesagt hatte, fielen Odo seine Augen wieder zu und er schlief ein.

Als Odo und Wilhelm am übernächsten Tag gemeinsam ins Dorf liefen, schwiegen sie sich zunächst ungewöhnlich lange an. Der Junge schämte sich noch immer ein wenig und sein Patenonkel wollte das Schweigen nicht brechen, ihm war es wichtig, dass er wirklich noch einmal darüber nachdachte, was geschehen war. Er hatte ihn schließlich zum zweiten Mal das Leben gerettet und man merkte ihm noch immer an, dass er nicht problemlos laufen konnte. Außerdem sah man ihm die Verletzungen ebenfalls noch immer an. Als die beiden dann oberhalb des Ortes, an der Teufelsschlucht, standen und die ersten Schritte aus dem Dunkelwald machten, blieb Wilhelm stehen.

„Sieh dich mal um, Odo. Dieses Tal, unser Zenngrund, ist so wunderschön." Sie ließen ihre Blicke schweifen, sahen in die Ferne und in die nahegelegene Ebene. „Es ist unsere Aufgabe, dass wir es schützen und die Natur mit allen Bewohnern so gut es geht bewahren."

„Ich finde es auch sehr schön, Pat. Immer wenn ich zu dir laufe, bleibe ich hier kurz stehen und sehe mich um." Odo lächelte.

Wilhelm nickte. „Jetzt sieh dir aber einmal unser Tal an. Fällt dir etwas auf?"

„Ja, natürlich. Die Zenn führt mindestens dreimal so viel Wasser wie gewöhnlich. Uns ein Teil der umliegenden Wiesen ist schon überschwemmt."

Wieder nickte der Einsiedler. „Das beunruhigt mich etwas. Und es regnet immer noch. Es ist normal, dass wir jetzt mehr Wasser haben als das restliche Jahr über, aber so viel ist nicht normal."

„Und aus dem Dunkelwald und von der anderen Seite fließen immer weiter Bäche ins Tal, in dem Trautskirchen liegt", stellte Odo bestürzt fest.

„Wir sollten das Dorf warnen."

„Unbedingt."

Sie setzten ihren Weg durch matschig-nasse Wiesen fort in Richtung Dorf. Die beiden Männer waren sich einig und so beschlossen sie, dass sie nach dem Besuch bei Margarete und Eduard gleich danach eine Dorfversammlung einbestellen wollten. Sie hoffte, dass die Dorfbewohner offen für ihre Besorgnis waren.

Als sie von den beiden wieder aufbrachen, waren sie schon zu dritt, denn auch Eduard selbst wollte es sich nicht nehmen lassen und begleitete sie. Einerseits, weil es ihm wichtig war und andererseits, weil wer fand, dass Odo ziemlich übel aussah und er wollte bei ihm sein, falls es ihm schlechter ginge. Als erstes wollten sie versuchen, Kasimir davon zu überzeugen, dass eine schnell einberufene Dorfversammlung von äußerster Wichtigkeit sei, denn sie müssten sich darauf vorbereiten, dass das Essen knapp und die Wassermassen noch größer würden. Auch die Tagelöhner Joseph, Ferdinand und Theo schlossen sich sofort der kleinen Gruppe an. Dies machte die Situation viel leichter, denn je mehr sie waren, desto einfacher war es, den Rest des Dorfes für sich gewinnen. Steinmetz Konrad und Zimmermann Reinhard waren sich des Problems bereits bewusst und waren auch sofort dabei. Müller Dieter und Pfarrer Anselm sowie Schmied Lambert schlossen sich ebenso an. Nur Albert konnte nicht über seinen Schatten springen und lehnte es ab, Eduard überhaupt zuzuhören. Auch die Überredungsversuche von den anderen Trautskirchnern scheiterten und so blieb er fast als einziger Bewohner der Versammlung fern. Sogar sein langjähriger Begleiter Diethard kam, um sich alles anzuhören. Pfarrer Anselm schlug vor, sich in der Kirche zu treffen, da es dort trocken war und jeder Platz fand. Ein paar andere Mitglieder Trautskirchens konnten sie nicht persönlich antreffen, wahrscheinlich waren sie gerade unterwegs, um etwas Essbares zu suchen, aber Odo und Wilhelm waren sich sicher, dass sie auch deren Unterstützung bekämen. Als sich die Männer zusammen in der Kirche eingefunden hatten, redeten alle aufgeregt durcheinander, denn sie machten sich Sorgen um ihr Leben und das ihrer Familien – nach so einem ungewöhnlich harten Winter mit dermaßen viel Schnee konnten sie jetzt keine erneute Katastrophe gebrauchen.

„Pssst…liebe Leute…ich bitte euch nun still zu werden", Pfarrer Anselm ergriff das Wort, „wir haben uns hier versammelt, um darüber zu diskutieren, ob wir irgendetwas tun können, um uns abzusichern. Es scheint so, als hätte der Herrgott eine zweite Sintflut gesandt, um unseren Glauben zu testen. Zumindest fällt seit vielen Tagen und

Wochen fast unaufhörlich Regen und wir machen uns alle Sorgen, was da noch kommen mag." Dann setzte er sich zu den restlichen Trautskirchnern und nickte den beiden Männern vorne zu.

Die Dorfversammlung wurde langsam still und sah in Richtung Altarraum. Dort standen Odo und Wilhelm, mit etwas Abstand hatte sich Eduard seitlich positioniert.

„Bitte hört mich an", begann Wilhelm. „Ich weiß, dass ihr mich nicht richtig kennt. Ihr haltet mich für seltsam und findet es befremdlich, dass ich alleine im Wald lebe. Das weiß ich. Auch, dass ihr ab und an hinter meinem Rücken darüber lächelt, was ich dort tue. Ich bitte euch nur, dieses Mal die ganzen Vorverteilungen beiseite zu schieben und mich anzuhören. Es ist wirklich dringlich und wichtig, was ich euch zu sagen habe."

Kurzes Murmeln und Getuschel zwischen den Männern, dann war es wieder still.

„Sprich!", forderte ihn der Steinmetz Konrad auf.

Wilhelm nickte ihm freundlich zu. „Ich erzähle euch nichts Neues, wenn ich euch sage, dass durch die Schneeschmelze des Winters und dem Dauerregen unsere Flüsse immer weiter anschwellen und jeden Tag mehr Wiesen und Weideflächen mit Wasser bedecken. Ich habe auch gehört, dass die anderen, größeren Flüsse um uns herum, die Aisch oder die Tauber, bereits hohe Wasserstände erreicht haben. Ich würde nicht so weit gehen wie unser Pfarrer und von einer neuen Sintflut sprechen, aber es könnte schon ein großes Problem auf uns zukommen."

Wieder steckten die Dorfbewohner ihre Köpfe zusammen und flüsterten.

„Was mein Pate sagen will, ist, dass wir jetzt noch Zeit hätten, ein paar Vorkehrungen zu treffen. Wir müssen uns aber beeilen, sonst wird es zu spät sein." Nun meldete sich Odo zu Wort. „Ihr habt alle schon Vorräte gesammelt, das ist gut. Das müssen wir weiterhin tun! Am besten ihr schickt eure Frauen, die Mädge und Knechte und auch eure Kinder los, sie sollen so viel Essen sammeln, wie nur möglich. Wir werden es brauchen!"

„Und warum können wir nicht einfach losgehen und Nahrung besorgen? Das wäre bei dieser schwierigen Witterung doch unsere Aufgabe als Männer!", rief Lambert, der Schmied, nach vorne.

Wilhelm hatte schon mit solchen Einwänden gerechnet.

„Seht, wir müssen zusammen das Dorf auf eine größere Wassermasse vorbereiten, die uns erreichen wird. Es geht nicht nur darum, dass jede Familie in Trautskirchen genug Essen hat, sondern, dass wir zusammen unser schönes Dorf schützen und alles dafür tun, dass es für uns möglichst gut ausgeht. Und dazu brauchen wir jeden Mann!"

Nun riefen viele der anwesenden Männer wild durcheinander und waren aufgebracht. Man konnte kaum noch sein eigenes Wort verstehen. Nur Eduard, Kasimir und Dieter blieben ruhig.

„Ich weiß nicht, ob meine Meinung hier viel zählt, denn ihr wisst, dass Odo mein Sohn und Wilhelm ein langer Freund unserer Familie ist", sprach Eduard, „aber ich glaube ihnen. Seht einmal nach draußen. Dauernder Regen, aufgeweichte Böden, es lässt sich schon einige Zeit keine Ackerfurchen mehr ziehen und das ganze Saatgut ertrinkt. Das ist nicht normal. Und dass die Zenn bereits gefährlich nahe am Dorf ist, das müsste jedem von euch aufgefallen sein."

„Freunde, ich weiß genau, dass es seltsam klingt. Aber ich glaube ihnen auch." Kasimir erhob sich und zeigte auf die beiden Männer vorne am Altar. „Niemand kennt unsere Natur und die Gegebenheiten so gut wie Wilhelm. Er findet sich im Dunkelwald zurecht und kennt jeden Baum, jedes Pflänzchen und wahrscheinlich jedes Tier dort. Wenn er die Natur nicht deuten kann, wer dann? Ich vertraue ihnen. Ihr wisst, ich bin Bauer, aber ihr habt auch mitbekommen, dass es bisher unmöglich war, anzusäen. Wie soll ich mich und meine Familie oder euch ernähren, wenn wir keine Ernte haben? Dann werden wir hier alle verhungern! Und falls diese Flut wirklich kommt, dann ertrinken wir, bevor wir verhungert sind!"

Stille.

Odos Herz klopfte bis zum Hals. Er wusste nicht, ob ihm Kasimir wirklich so sehr vertraute, oder ob er sich dafür revanchierte, dass er ihn letzten Winter bei seiner eingestürzten Scheune so viel geholfen hatte, aber das war ihm egal. Er freute sich und hoffte sehr, dass dies genügend Überzeugungsarbeit war. Und tatsächlich, die Männer stimmten zu. Sie hatten verstanden, dass es jetzt darum ging, das Schicksal Trautskirchens in die Hand zu nehmen und etwas zu tun. Nur was?

Wieder äußerte sich Wilhelm. „Es geht sehr, sehr schnell, wenn der Starkregen weiterhin fällt – oder noch schlimmer wird – und das Flussufer die Wassermassen nicht mehr bändigen kann. Binnen weniger Augenblicke steht das gesamte Hab und Gut unter Wasser, Menschen, vor allem Kinder, werden von der Kraft des Wassers hinfort gerissen und ertrinken qualvoll. Dies müssen wir verhindern!"

Daraufhin erklärte Odo seine Idee. Er wollte rund um Trautskirchen verschieden hohe Erdaufschüttungen errichten, die das Wasser davon abhalten sollte, in den Dorfkern vorzudringen und dadurch die bevorstehende Flut zu verhindern. Dies erläuterte der junge Mann so genau und so gut er konnte, denn solch ein Plan war völlig neu für die Bewohner. Es musste sich erst einmal total befremdlich anhören. Zu seiner Verwunderung erhob sich nach seinen Argumenten direkt der Totengräber Magnus. „Also, auch auf die Gefahr hin, dass ich längere Zeit keine Arbeit habe, ich bin dafür, dass wir diese Idee umsetzen. Es hört sich für mich wirklich plausibel an und ich möchte, dass wir alle überleben."

Jetzt mussten doch einige Männer lachen, da gerade er ja von einigen Todesfällen profitieren würde. Aber sie waren recht schnell einer Meinung. Sie wollten es versuchen.

So verabredeten sich die Männer für den übernächsten Tag in den frühen Morgenstunden vor dem Dorf, um die

Arbeiten aufzuteilen, in der Hoffnung noch schnell genug voranzukommen. Wilhelm und Eduard waren unglaublich stolz auf den Mut, die Idee und die Überzeugungskraft von Odo, obwohl sie auch erkannten, dass er noch etwas schwach auf den Beinen war. Am Abend dann, in seinem Bett, konnte der Junge gar nicht so gut einschlafen, obwohl er sehr müde und entkräftet war. Schließlich fehlte ihm noch eine genaue Idee, wie er seinen Plan umsetzen wollte, doch das konnte er weder seinem Patenonkel noch seinem Vater erzählen. Ihm musste einfach etwas einfallen! Ihm blieb nur noch ein Tag. Während er intensiv darüber nachdachte, fielen ihm die Augen zu und er schlief ein.

Als er tief in der Nacht aus unruhigen Träumen erwachte, wusste Odo, wie er es anstellen wollte. Er hoffte nur, dass es auch so umsetzbar war und dass Wilhelm die Idee gut finden würde.

Wie verabredet trafen sich fast alle Männer Trautskirchens kurz nach Sonnenaufgang vor dem Ort und warteten auf Odo und Wilhelm. Als sie schließlich eintrafen, waren die Männer neugierig, was sie für einen grandiosen Plan präsentieren würden.

Odo grüßte die Männer und erklärte ihnen, was er sich ausgedacht hatte. „Mir ist aufgefallen, dass wir um Trautskirchen einige Hügel haben, auf die Eduard unsere Schafe gebracht haben, um sie vor dem Wasser zu schützen. Und auch Falk hat seine Tiere auf die Anhöhe am Langert gebracht, dass ihnen nichts passiert."

„Wir können doch nicht unser ganzes Dorf auf einen Hügel bringen!", rief Josef und lachte dabei.

„Das stimmt. Aber wir können eine Art Hügel um Trautskirchen bauen, der das Wasser abhält und damit den Ortskern schützt. Am besten wäre natürlich eine hohe Mauer um unser Dorf gewesen, aber das schaffen wir nicht mehr. Das würde wahrscheinlich das ganze Jahr dauern und ich weiß nicht, wie viel Zeit uns tatsächlich noch bleibt. Stellt es euch so vor, wie es die Biber machen. Sie bauen einen Damm – das wollen wir auch versuchen. Es ist ja nun bereits Mitte Juni und der Regen lässt nicht nach. Allein in den letzten Tagen hat das Flusswasser der Zenn wieder einen großen Teil der Wiese davor verschluckt und kommt immer näher." Odo zeigte in Richtung des Flüsschens, das mittlerweile deutlich größer geworden war. „Und wenn ihr euch unsere Zenn einmal genauer anschaut, werdet ihr sehen, dass sie mittlerweile ein reißender Strom geworden ist, der alles mitreißt, was sich ihn in den Weg stellt. Nicht mehr lange, und sie hat unseren Ort erreicht. So lange möchte ich nicht warten!"

„Und auch von den Hügeln und Anhöhen um uns herum, fließt das Regenwasser in Strömen hinunter ins Tal – ich habe es selbst gesehen. Ich bin hier, weil ich helfen will. Wir müssen zusammenhalten!", erklärte Wilhelm nachdrücklich.

Nun hatte Odo die ungeteilte Aufmerksamkeit der Männer und sie hingen an seinen Lippen, als er seinen Plan darlegte.

„Unser Damm um Trautskirchen muss vielen Anforderungen standhalten. Es wird eine Wassermenge auf ihn zukommen, die wir noch nicht abmessen können. Er muss also fest sein und gleichzeitig kräftig genug sein, nicht vom Wasser fortgespült zu werden. Wenn er zerbricht, wird das ganze Dorf geflutet und das darf nicht geschehen. Der Hügel muss auch halten, wenn das Wasser so hoch steigen sollte, dass es über ihn hinüberströmt. Es wäre nicht nur unsere jahrhundertelange Arbeit vernichtet, sondern viele Tiere und Menschen würden sterben. Bevor wir diesen Damm aber bauen, müssen wir alle unsere Fenster vernageln. Versucht sie so dicht wie möglich zu bekommen, um im Notfall zurück in die Häuser zu können."

Dann unterbrach Reinhard, der Zimmermann, die Rede Odos: „Am besten ihr nagelt außen die Holzfensterläden ans Haus, steckt Strohsäcke in die Fensteröffnung, füllt diese so gut es geht damit aus und dann nagelt ihr noch einmal

112

Bretter von innen gegen die Fensteröffnungen. So wird es dicht und ihr haltet relativ viel Wasser ab, von außen ins Haus einzudringen."

Dankbar nickten ihm Odo und Wilhelm zu. Alle Anwesenden bestätigten dies und stimmten zu. Die beiden Verantwortlichen spürten, dass jetzt ein Großteil der Männer hinter ihnen stand und sie ernst nahm.

„Zur Verstärkung des Hügels, den wir bauen wollen, können wir auch Hecken, Balken, Holzbretter und Steine einbauen, so schwemmt das Wasser die aufgeschüttete Erde nicht so leicht fort", rief Müller Dieter.

„Eine wirklich gute Idee. So werden wir es machen", antwortete Wilhelm.

„Wir brauchen also jeden verfügbaren Mann, der uns helfen kann! Nehmt eure Väter mit, holt die Alten noch einmal zum Arbeiten und auch eure Kinder, die schon kräftig genug sind, nehmt sie bitte mit. Es wird eine schwierige Aufgabe und wir haben wenig Zeit. Bringt alle Werkzeuge mit, die ihr auftreiben könnt und schlaft ausreichend. Morgen treffen wir uns wieder und dann geht es los!"

Die Männer liefen schnell nach Hause und bereiteten wie ihnen geheißen war, die Häuser vor. So wurden alle vernagelt und bestmöglich gegen das Wasser geschützt, in der Hoffnung, dass es ausreichend sein würde.

Als sie sich am nächsten Morgen trafen, kamen wirklich alle Männer, die verfügbar waren, um mitzuhelfen. Zwischen der Gruppe Arbeiter stand sogar der Tagelöhner Albert, der zuvor nicht gesehen worden war. Er hatte sich rigoros geweigert, eine Idee des Bastards seiner geliebten Marga anzunehmen. Offensichtlich war ihm aber auch gekommen, dass es gar nicht so wichtig war, wer diese Idee hatte, sondern dass alle zusammen dafür sorgten, dass Trautskirchen so gut es ging verschont blieb.

So packten alle mit an, sie holten Erde aus allen Himmelsrichtungen heran, mischten diese mit Steinen und Hölzern, Wurzeln, Hecken, Sträuchern und allerhand Material, das zum Befestigen des Hügels dienlich war. Baumeister waren alle Handwerker, vor allem aber Zimmermann Reinhard, denn er hatte das Geschick, die passenden Puzzlestücke treffend zusammenzusetzen. So wuchs der Bau stündlich an und schien recht gut zu gelingen. Große Sorgen machte den Bewohnern nur der Dauerregen, der einfach nicht nachlassen wollte. Das war nicht üblich für den Monat Juni, vor allem, weil der Juli auch nicht mehr weit und es normalerweise warm und eher trocken war. Immer wieder richteten sie besorgt den Kopf zum Himmel und fragten sich, was da noch kommen sollte. Pfarrer Anselm packte auch so gut er konnte mit an und betete jeden Abend für sein Dorf und die Menschen, er hoffte, dass der allmächtige Gott den Regen bald beenden würde. Immer wieder mussten sich die Arbeiter etwas einfallen lassen, da die Erde so durchnässt, dass sie nur schlecht aufzuschütten war. Sie rutschte jetzt bereits ab, da sie die Flüssigkeit in ihr zum Ausgleiten brachte. Daher hatte der Bauer Heinrich die Idee, Stroh beizumischen, um es besser verkleben zu können. Das aber stellte ein mittelgroßes Risiko dar, da man das Stroh als Futter für die Tiere benötigte. Aber wie hatte er es so treffend formuliert? „Wenn das Wasser uns alle ertränkt, nützt es uns auch nichts, genügend Fressen für das Vieh zu haben!" So wurde etliche Tage an dem Hügel gebaut, er wuchs stets ein wenig an und machte einen recht stabilen Eindruck. Die Männer arbeiteten Hand in Hand, niemand stritt sich in diesen Tagen oder hatte eine größere Meinungsverschiedenheit, es war, als würden alle spüren, dass nur durch den Zusammenhalt das Problem gelöst werden konnte. Anfang Juli dann, es mag so um den 14. gewesen sein, hörte der Regen auf und die Situation begann sich etwas zu entspannen. Die Arbeiten an dem Wall wurden dennoch fortgeführt, da sie sich nicht sicher waren, ob nicht doch noch weiterer Regen folgen sollte.

„Da habt ihr es nun! Keine dunkle Wolke mehr am Himmel und wir basteln immer noch an diesem Hügel...was soll das? Lasst uns aufhören und uns lieber um unser eigenes Haus kümmern!", rief Albert.

Wilhelm ging nur kurz darauf ein. „Es heißt noch nicht, dass es vorbei ist. Wir sollten vorbereitet sein."

„Halt lieber die Klappe und pack mit an", forderte der Steinmetz Konrad den Tagelöhner auf. „Wir ziehen das jetzt durch. Gemeinsam. Auf geht's!"

Widerwillig packte Albert die andere Seite einer großen, schweren Wurzel und verbaute sie in den aufgebauten Hügel, der sich mittlerweile fast um das ganze Dorf zog. Wenn die Männer direkt davorstanden, konnten nur noch wenige darüber hinwegsehen und so hatte er doch schon eine stattliche Höhe erreicht. Odo hoffte nur, er würde halten, falls das Wasser tatsächlich kommen sollte.

Nicht einmal eine Woche hielt es der Himmel aus, ohne weiteres Wasser zu schicken. Doch dieses Mal war es anders. Es war, als würde jemand eimerweise Regen senden. Dies war mit keinem vorherigen Regen zu vergleichen, den die Dorfbewohner jemals gesehen hatten. Die Kraft der Sonne wurde fast vollständig durch eine schwarze Wolkenmauer verdeckt und es schien fast so, als hätte der Teufel selbst die Pforten des Himmels geöffnet, und ließe das Wasser nun unentwegt fließen. Auch wenn sie eigentlich noch einige Stabilisierungsarbeiten vornehmen wollten, so konnten sie unter diesen Umständen nicht weiterarbeiten. Alle Trautskirchner gingen zurück in ihre Häuser und verrammelten alle Eingänge.

Bange Zeiten begannen nun, da man nicht beobachten konnte, wie schlimm der Regen die Flüsse anschwellen ließ und wie weit das Wasser noch vom Ort weg war. Einzig und allein der Wall machte ihnen Hoffnung und alle beteten, dass er hielte. Sie hatten unendlich viele Stunden harter Arbeit investiert, er musste einfach halten – sonst wären sie alle verloren.

Wilhelm blieb während der Zeit bei Margaretes Familie. Er wollte nicht gehen, schließlich ging es hier auch darum, das Überleben des Dorfes zu sichern und nicht nur sein eigenes. Er hatte in seiner Waldhütte alle Vorkehrungen getroffen, die möglich waren, außerdem war er sich recht sicher, dass das Hochwasser ihr nichts anhaben konnte. Sie war zu geschützt durch den sie umgebenden Dunkelwald. Worüber er allerdings ständig grübelte, war die kommende Wassermenge. Würde der Wall halten? Hätten sie doch lieber auf die Trautskirchen umgebenden hohen Hügel fliehen und alles zurücklassen sollen? War es möglich, diese Massen, die wahrscheinlich auf sie zukamen, aufzuhalten? Wasser suchte sich immer seinen Weg und es war fast unmöglich, es fernzuhalten, aber es musste ja auch nur soweit reduziert werden, dass sie damit umgehen konnten. Er wusste, dass nach diesem eiskalten und schneereichen Winter die Schneeschmelze im März bereits erste kleinere Hochwasser bewirkt hatte, welche aber dem Ort keinerlei Schwierigkeiten brachten. Nach dem dermaßen feucht-nassen Frühsommer, der für konstant hohe Pegelstände der Flüsse und Bäche sorgte, ließ die Böden so feucht, dass sie wahrscheinlich fast nichts mehr an Wasser aufnehmen konnten. Und dann war da noch dieser heftige Regen, der nun schon wieder tagelang anhielt und dessen Ende noch nicht in Sicht war. Der Himmel wirkte wie ein großer, dunkelgrauer, fast schwarzer Teppich, durch welchen es kein Sonnenstrahl schaffte. Dieser andauernde Starkregen kam aus südöstlicher Richtung und zog weiter gen Nordwesten, doch er schien kein Ende zu nehmen.

In der Nacht vom 20. auf den 21. Juli dann kam die Flut. Sie kam nicht mit Donnergrollen und lautem Getöse, nein, sie kam auf leisen Sohlen und schlich sich des Nachts heimlich in Richtung Trautskirchen. Nicht einmal eine genaue Richtung konnte ausgemacht werden, von welcher die Wassermassen Richtung Ort flossen. Von allen Seiten schlich sich das Wasser bedrohlich heran. Das Dorf merkte es erst am nächsten Morgen, als die ersten Bewohner erwachten und außen nach dem Rechten sahen.

Die Nachricht verbreitete sich wie ein Lauffeuer. Das Wasser hatte den aufgeschütteten Hügel erreicht. Die Nervosität war nun fast greifbar. Odo, Eduard und Wilhelm liefen, gleich nachdem sie davon erfahren hatten, in Richtung Dorfrand, um sich ein Bild von der Lage zu machen. Dort trafen sie auf Müller Dieter, Schmied Lambert mit seinem Bruder, dem Schankwart Martin, und dem Zimmermann Reinhard. Sie alle sahen besorgt, aber noch zuversichtlich auf den Wall.

„Bisher scheint es so, als hätten wir gute Arbeit geleistet", stellte Reinhard fest.

„Hoffen wir, dass er so stabil bleibt", merkte Dieter an.

Die anderen Männer nickten. Sie standen schon mehr als knöcheltief im Schlamm, denn der Boden hatte viel seiner Festigkeit eingebüßt, er erinnerte eher an einen weichen Brei aus Matsch und Dreck.

„Mehr war nicht möglich. Wir haben alles gegeben", fand Lambert.

„Wenn nur dieser vermaledeite Regen aufhören würde! Der macht die Schissdreckssituation auch nicht besser!", regte sich Martin wieder einmal auf.

Odo schmunzelte kurz, denn er fand es nach wie vor witzig, wie unflätig sich der Schankwart ausdrückte, wenn er sich aufregte.

Die Männer gingen zurück in ihre Häuser, waren sie doch nach dieser kurzen Zeit bereits wieder bis auf die Knochen durchnässt. Aber jeder von ihnen wusste, dass es nicht der letzte Besuch dort gewesen war. Sie wollten schließlich immer auf dem Laufenden bleiben, wie es mit dem Hügel lief. Bisher war alles gut, obwohl die Pegel stetig weiterstiegen.

In seiner Kirche betete Pfarrer Anselm derweil an die Heilige Maria Magdalena, deren Gedenktag der 22. Juli war. Welch ein Zufall, dachte er sich, denn sie war die Schutzpatronin der Frauen, der reuigen Sünder, der Winzer, aber vor allem war sie die Heilige, die man gegen Gewitter und Ungeziefer anrufen konnte. Das konnte für den gläubigen

117

Mann kein Zufall sein: Am Magdalenentag, oder genauer gesagt einen Tag vorher, begann die Flut das fränkische Dorf zu erreichen. Sie musste dafür sorgen, dass sie alle wohlbehütet durchkamen und sie musste ihre Hand schützend über die Gemeinde halten. Dafür wollte er sich mit all seinem Glauben und seiner priesterlichen Macht einsetzen.

Am Nachmittag erkannten die Männer, dass das Wasser noch weiter angestiegen und der untere Teil des Walls bereits abgetragen war. Mit Sorgenfalten auf der Stirn beäugte Eduard die Situation. Er war sich nicht sicher, wie lange er noch standhalten würde. Er hoffte, wie alle anderen auch, dass alles gutgehen würde.

In der Nacht schlossen nahezu alle Trautskirchner den gebauten Hügel in ihre Gebete ein. Er möge doch bitte halten und der Allmächtige persönlich solle doch bitte dafür sorgen, dass sie verschont blieben. Diese Anspannung löste sich noch immer nicht, denn der unaufhörliche Regen ließ nicht nach. Drei Tage waren nun schon vergangen und der Wasserstand stieg stetig an, außerdem brachen immer mehr und immer größere Stücke aus dem Wall heraus. Das Wasser arbeitete ohne Unterlass daran, das von Menschenhand mühselig errichtete Konstrukt zum Einsturz zu bringen. Doch bisher wehrte es sich noch erfolgreich. Aber für wie lange?

Kein Bewohner fühlte mehr eine innere Ruhe, alle trieb es immer wieder kurz nach draußen, um zu prüfen, wie es ihrem Schutzwall ging. Ihr dunkles Herz wurde nur noch von einem kleinen Licht der Zuversicht gespeist und sogar Odo und Wilhelm hegten innere Zweifel, wenn sie auch nach außen hin Sicherheit vorspielten. Ebenso erging es den anderen Männern. Alle sprachen anders als sie empfanden. Sie alle erwarteten sehnsüchtig den nächsten Tag, der hoffentlich ein Ende des Regens und einen Rückgang des Wassers bringen würde – doch bisher wurden sie immer wieder enttäuscht. Fünf lange Tage, fünf unruhige Nächte und fünf Mal keine Verbesserung – im

Gegenteil – fünf Mal höhere Wasserstände und fünf Mal mehr abgetragener Hügel. Und am fünften Tag dann kamen sie: Die Ratten! Sie schwammen auf Trautskirchen zu und kletterten mit dem Mut der letzten Verzweiflung den Wall nach oben, überquerten ihn und enterten das Dorf. Es mussten wohl tausende gewesen sein. Sie rannten wie ein schwarzer, umherwuselnder Teppich in den Ort und suchten irgendwo Unterschlupf. Meist fanden sie diesen in den Scheunen und Ställen, denn die Häuser waren ja bereits verschlossen. Die Bauern Heinrich und Kasimir wollten diese ungebetenen Gäste nicht auf ihrem Hof haben und so gingen sie mit Mistgabel bewaffnet auf Nagerjagd und spießten jedes einzelne der Tiere auf, das sie fanden. Nicht ein einziges sollte das Futter für das Nutzvieh verspeisen und die Menge dadurch reduzieren. Doch, um ehrlich zu sein, es war ein aussichtsloser Kampf. Sie reduzierten zwar die Zahl der Tiere, doch sie konnten nicht alle töten! Doch alles in allem war dies nur das kleinste Problem, das der Ort momentan hatte.

Langsam aber sicher wurde es eng, denn am sechsten Tage sah man die ersten kleineren, aber Stunde um Stunde stärker werdenden Rinnsale durch den Wall sickern. Nun war guter Rat teuer. Und noch immer war kein Ende des Regens in Sicht.

„Wenn im Geiste die Finsternis und die Angst den klaren Blick verhüllen, kann man nicht gut denken, Odo", sagte Wilhelm, saß dann wieder schweigend auf seinem Strohbett und versuchte angestrengt nachzudenken, doch er konnte keinen klaren Gedanken fassen. Seine Sorgen waren zu groß. Auch Odo und der Rest des Dorfes hatten nur noch eines im Kopf: Der Wall musste halten! Sie hofften, dass sie unsichtbare Hand des Herrn stark genug war, den Hügel zu stützen und ihn nicht brechen zu lassen, aber sicher war sich niemand.

Dann kam der 25. Juli. Kurz vor dem Morgengrauen wachte Odo auf. Er wischte sich den Schlaf aus den Augen und fühlte eine größere innere Unruhe als in den letzten Tagen. Irgendetwas war anders, aber was? Er setzte sich auf und blickte sich in dem fast dunklen Raum um. Nur die Feuerstelle sorgte für ein wenig Licht und Wärme, sonst konnte er nichts Ungewöhnliches feststellen. Plötzlich schreckte er hoch und spitzte seine Ohren. Es war still! Völlig still! Der Regen hatte aufgehört! Sofort weckte er aufgeregt Wilhelm, Eduard, Margarete und seine Schwester Ännlin. Er konnte es nicht für sich behalten – sein Herz drohte zu zerspringen. Schnell zogen sich alle an und gingen ins Freie und tatsächlich, der Regen hatte aufgehört. Kurze Zeit später kamen weitere Dorfbewohner auf die Straßen und umarmten sich erleichtert. Hatten sie es tatsächlich geschafft? Als die Sonne langsam aufging und erstmals seit sehr langer Zeit ihre Strahlen die scheinbar undurchdringliche Wolkendecke durchbrachen, tanzten schon die ersten Trautskirchner im Matsch und freuten sich. Er hatte gehalten! Der Wall war stark genug! Und der Regen hatte aufgehört! Diese Erleichterung ging durch das gesamte Dorf und alle waren sich sicher, dass nun eine bessere Zeit auf sie zukam. Pfarrer Anselm küsste sein Kreuz, nachdem er auf seine Knie gefallen war und betete erleichtert einen Dank an den Herrn, der sie beschützt und verschont hatte, dann ging er nach draußen und feierte mit den Bewohnern.

Die Pegel sanken im Laufe des Tages und es setzte kein weiterer Regen ein, sodass sich alle Bewohner abends beruhigt und zufrieden schlafen legten. Heute Nacht würden sie zum ersten Mal nach langer Zeit wieder entspannt und ohne Sorgen einschlafen. Eine große Last war von allen abgefallen.

Doch sie hatten sich leider geirrt. Der nächste Morgen begann recht gelockert, denn die Einwohner versuchten sich einen Überblick zu verschaffen, ob der Regen größeren Schaden angerichtet hatte, oder ob sie glimpflich davongekommen waren. Die meisten Trautskirchner hatten bis dato tatsächlich großes Glück gehabt – nicht zuletzt dank des Schutzwalls.

Dann, gegen die Mittagsstunde, hörte sie ein lautes Knacken und ein Rauschen, das sie nicht zuordnen konnten. Kurz darauf die ersten Schreie. Der Hügel – er war gebrochen! Panik machte sich breit und ergriff die Menschen. Sie rannten wie aufgescheuchte oder kopflose Hühner durcheinander, als die Flut aus Schlamm, Dreck und Wasser, die Steine, Holz und unendlich viel anderes Material mit sich führte, ins Dorf schoss. Wie eine Schlange auf der Suche nach Beute glitt sie durch den Ort und verschlang alles, was sich ihr in den Weg stellte. Sie riss alles mit sich, wirklich alles, Menschen, Tiere, unbefestigte Holzstämme und -balken, das Wasser kam mit solch einer Gewalt, die keiner für möglich gehalten hätte. Sie drückte manche Holzschuppen um, als wäre es überhaupt keine Schwierigkeit. Und das mit einer unerträglichen Leichtigkeit. Stetig und unentwegt hatte die Flut an dem Wall gearbeitet und schließlich, als es besser zu werden schien, doch noch gewonnen. Eduard hatte sich gerade noch ins Haus retten und die Türe versiegeln können, als die Welle das Haus erreichte. Unter der Schwelle drückten Massen herein und innen stemmten sich Odo, Wilhelm und Margl dagegen. Mit aller Kraft pressten sie Strohsäcke unten an die Tür, um das weitere Eindringen zu verhindern. Außen hörten sie schreiende Menschen, verzweifelte Rufe von Frauen und Kindern, die offensichtlich von der Flut mitgerissen wurden. Männerschreie mit Ansagen an ihre Familienmitglieder, wo und wie diese etwas tun sollten, waren ebenso zu vernehmen. Ihnen wurde buchstäblich der Boden unter den Füßen weggezogen, und da die meisten nicht gut oder gar nicht schwimmen konnten, war es fast unmöglich, sich zu retten. In ihrer Verzweiflung klammerten sie sich an alles, was ihnen in den Weg kam, um weiteratmen zu können. Durch die heimtückischen Strömungen aber, wurden sie immer wieder unter Wasser gezogen und einige tauchten erst gar nicht wieder auf. Auf der Oberfläche schwammen neben den Menschen, Bretter, ganze Wagen und auch Vieh wurde mitgerissen. Und

Ratten. Hunderte, tausende der Nager waren an der Wasseroberfläche in ihren persönlichen Überlebenskampf verwickelt, andere wurden leblos von der Laufrichtung des Flusses mitgezerrt. Hofhütten wurden weggerissen, als wären sie nicht befestigt gewesen und manch einer kletterte in seiner Verzweiflung auf das Dach des Hauses. Nach einiger Zeit erlosch das Feuer im Gut von Eduard, denn das Wasser stieg auch dort immer weiter – es war nicht aufzuhalten und suchte sich eben seinen Weg durch die Barrikade. Dennoch hielten sie es so gut es eben ging auf, es war nur bis zum Knöchel gestiegen, während es außen den Menschen schon über die Brust ging. Aber es stand sowieso niemand mehr – wer jetzt noch außen war, wurde fortgespült, aus dem Leben gerissen und konnte nur hoffen, nicht sterben zu müssen. Es ging nur noch um das nackte Überleben. Auch Pfarrer Anselm hatte sich in die Michaelskirche zurückgezogen und als das Wasser eintrat, in die oberen Ränge gerettet. Von dort beobachtete er – unfähig irgendwem zu helfen – die Flut, die sich durchs Dorf fraß. Wie ein hungriges Raubtier verschlang sie alles, was sich ihr in den Weg stellte und er sah wie die harte Arbeit von vielen, vielen Jahren in wenigen Augenblicken zerstört wurde. Aber, was noch schlimmer war, er erkannte auch, dass Menschen mit hinfort gerissen wurden. Er flehte Gott um Hilfe für diese armen Seelen an und dass sie sich irgendwie retten konnten.

Albert und Diethard indes kämpften mit dem Wasser, das durch die Tür und durch die Fenster ein trat. Sie vermochten es nicht zu stoppen und aus purer Angst, zu ertrinken, retteten sie sich nach draußen – ein fataler Fehler! Wenige Sekunden konnte sich Albert nur auf den Füßen halten, dann riss ihn die Kraft des Wassers zu Boden. Es stand ihm bereits höher als die Hüfte und hatte so eine Wucht und einen Sog, den nicht einmal er, als kräftiger Mann, widerstehen konnte. Er konnte mehr schlecht als recht schwimmen, doch selbst den besten Schwimmer hätte es hier nicht geholfen. Wenige Augenblicke nachdem er mitgerissen worden war, zog ihn der Strudel erneut unter Wasser, dieses Mal schlug er aber dabei mit dem Kopf gegen einen Baumstamm, der ebenso hilflos wie er selbst dort trieb. Von da an sah man nur noch seinen leblosen Körper an der Wasseroberfläche, zusammen mit etlichen ertrunkenen Tieren, durch das Dorf treiben und die Bewohner mussten mit ansehen, wie er mit fortgenommen wurde. Diethard hatte etwas mehr Glück, denn er kletterte sofort auf das Dach des kleinen Schuppens neben dem Haus und wenn dieser hielte, dann wäre er in Sicherheit. Jedoch konnte er auch nicht helfen, als sein langjähriger Freund weggeschwemmt wurde. Er rief ihm noch verzweifelt hinterher, doch eine Antwort erhielt er nicht mehr.

Voller Kummer und Betrübnis mussten die Dorfbewohner, die in ihren Häusern geblieben waren und einen Blick nach außen wagten, mitansehen, wie Freunde und Nachbarn von der Flut hin und hergeworfen wurden, als wären sie Meerestiere in ihrem Element. Niemand konnte sagen, wer den Wassermassen bereits zum Opfer gefallen war, denn die Familien kümmerten sich in dieser Zeit ausschließlich um sich selbst. Sie hatten allesamt damit zu kämpfen, ihre Tür verschlossen zu halten und das eindringende Wasser davon abzuhalten, auch sie hinfort zu spülen. Ännlin und ihre Mutter Margarete drückten mit all ihrer Kraft weitere Strohsäcke von innen gegen die vernagelten und verriegelten Fenster, sie mussten einfach verhindern, dass noch mehr Wasser ins Haus gelangte. Ebenso hart kämpften Eduard, Odo und Wilhelm dagegen an. Der Vater drückte Tücher und einen anderen Sack mit Stroh gegen den Türschlitz. Auch wenn er nicht verhindern konnte, dass Wasser hereinkam, so konnte er doch den Großteil daran hindern, das Haus zu fluten. Wilhelm und Odo waren am Stall. Der schloss sich im hinteren Bereich direkt an das Haus an. Dort zog die Flut direkt vorbei und hatte schon einige Nutztiere weggespült. Die beiden Männer hatten noch drei Holzbretter an die Durchgangstür genagelt, um die Höhe anzupassen, dass das Wasser erst höher steigen musste, um das Innere des Hauses zu erreichen. Doch es kam schon gefährlich nahe und so waren sie sichtlich nervös. Odo hatte sich ebenfalls zwei Strohsäcke geholt und stützte die Bretterkonstruktion von hinten ab, außerdem hinderte er somit das Wasser daran, durch die Spalten der Bretter zu sickern oder vielmehr zu fließen. Ähnliche Kämpfe fochten alle Dorfbewohner in dieser Zeit. Es war wohl für alle der längste Tag ihres Lebens, denn erst am frühen Abend entspannte sich die Situation ein wenig, als sie merkten, dass die Fließgeschwindigkeit nachließ, auch wenn der Pegelstand noch nicht zurückging. Trotzdem war ihnen damit klar, dass sie es vorerst geschafft hatten, solange kein neuer Regen fiel. In der Nacht schliefen die übrigen Bewohner Trautskirchens recht unruhig, da manche nicht wussten, wo ihre Männer, Frauen oder Nachbarn waren. Hatten sie überlebt? Waren sie in einem anderen Haus gerettet worden oder waren sie ertrunken? Diese quälenden Fragen konnten für den Moment nicht beantwortet werden, da das Wasser noch zu hoch stand, um die Fenster oder Türen zu öffnen und ins Freie zu gehen. Erst als am übernächsten Tage dann die Pegel so weit gesunken waren, dass man relativ gefahrlos durch ein Fenster hinaussteigen konnte, wagte sich ein Teil der Trautskirchner hinaus. Sie wateten durch das knietiefe Wasser und erahnten das Ausmaß der Zerstörung. Odo blieb dicht hinter Wilhelm und Eduard, ihm war übel und er fühlte sich so richtig schlecht. War es seine Schuld, dass der Hügel nicht gehalten hatte? Hätte er es anders bauen lassen sollen? Er saugte alle Eindrücke auf wie ein Schwamm, die sich sofort in sein Gehirn brannten. Aufgeschwemmte Tierkadaver von dutzenden ertrunkenen Viechern, die keine Chance hatten. Schweine, Katzen, Rinder, Hunde, Hühner…die Liste war schier endlos. Und hier und da meinte er auch einen Menschen zu erkennen. Dann schloss er schnell seine Augen und versuchte sich abzulenken. Er ertrug den Gedanken nicht, dass ein Bewohner oder vielleicht sogar ein Freund verstorben war.

Die drei kämpften sich weiter vorwärts in Richtung des Hauses der Eltern von Margarete. Seine Mutter hatte sie gebeten, bei ihnen vorbeizugehen und zu prüfen, ob alles in Ordnung war. Auf dem Weg dorthin sahen sie die Bauern Heinrich und Kasimir, die sich im Wasser stehend unterhielten und gleichzeitig die eine Scheune untersuchten, ob denn viel Schaden entstanden war.

„Seid gegrüßt, Männer. Ich hoffe, es ist euch gut ergangen und ihr habt keine größeren Verluste zu beklagen!", sprach sie Eduard an.

„Grüßt euch", antwortete Heinrich.

Kasimir nickte freundlich. „Danke, bei uns ist alles soweit in Ordnung. Habt ihr schon jemanden getroffen?"

„Nein, ihr seid die ersten Personen, die wir sehen", entgegnete Wilhelm.

„Es ist schlimm. Walter, der Vater von Agnes, der Frau des Steinmetzes' Konrad, ist ertrunken. Die Flut hat ihm von der Hand seiner Frau gerissen. Agnes wollte hinterher, doch sie hat es nicht geschafft", erklärte Heinrich geknickt.

„Schrecklich." Der Schock stand Eduard und den beiden Begleitern ins Gesicht geschrieben.

„Das war leider noch nicht alles", meinte Kasimir, „auch der älteste Sohn des Totengräbers Magnus starb in den Fluten. Er hatte ebenso keine Chance. Seine Eltern haben ihn erst kürzlich gefunden."

„Wenzel?", fragte Odo zögerlich.

Heinrich nickte stumm.

„Oh nein, er war so alt wie ich. Ich kannte ihn seit wir Kinder waren..."

„Schlimm war es auch für Dieter, unseren Müller. Er hat seine Mutter in der Überschwemmung verloren... Bettl ist ebenso vor seinen Augen weggerissen worden und ertrunken, er musste untätig zusehen", erklärte Heinrich.

„Oh mein Gott! Er hat doch erst seinen Vater in dem harten Winter betrauern müssen. Und jetzt noch seine Mutter? Schrecklich!", Eduard schüttelte den Kopf.

Einen Moment lang schwiegen die Männer, dann durchbrach Heinrich die Stille.

„Hätte unser Hügel doch nur ein wenig länger gehalten, was Odo?"

Odo nickte, ohne seinen Kopf zu erheben.

„Was hast du?", fragte Heinrich nach.

„Nun, es ist mir so, als hätte ich enormes Leid über Trautskirchen gebracht. Die Bewohner hatten sich auf mich verlassen und jetzt? Jetzt sind Menschen gestorben, qualvoll ertrunken und das Wasser steht noch immer so hoch hier im Dorf..."

Heinrich legte seine Hand auf die Schulter von Odo. „Jetzt hör mir mal zu! Ohne dich und deine Idee wären wir hier alle ertrunken. Oder zumindest würde es uns viel, viel schlechter gehen. Wir stehen in deiner Schuld – in eurer Schuld! Zähle nicht die Toten, sondern die Überlebenden, die nur weiterleben können, weil du die Idee mit dem Hügel hattest. Du kannst stolz auf dich sein."

Jetzt ging es Odo ein wenig besser, so hatte er die Sache noch nicht gesehen. Doch er fühlte sich noch immer ein wenig verantwortlich dafür, was geschehen war.

„Ich mag mir gar nicht ausmalen, wie es den anderen Orten erging", sagte Kasimir, „die liegen noch tiefer als Trautskirchen."

„Merzbach, Daubersbach, Hohenroth und Kräft werden wohl keine größeren Schwierigkeiten gehabt haben", erklärte Wilhelm, „sie liegen auf einer Anhöhe und bei ihnen dürfte das Wasser einfach durchgeflossen sein, auf dem Weg zu uns runter ins Tal. Etwas besorgt bin ich aber bei Stöckach, Schußbach, Freschendorf, Buch und Dagenbach, sie liegen, so wie Trautskirchen, im Tal. Hoffentlich hören wir bald, wie es ihnen ergangen ist."

Die anderen Männer nickten zustimmend.

„Habt ihr was von meinen Schwiegerleuten gehört?",
wollte Eduard wissen.

Kasimir schüttelte den Kopf. „Die habe ich noch nicht gesehen."

„Ich habe nur Jobst vor einiger Zeit aus dem Haus gehen
sehen, er watete Richtung Dorfkern, aber wir haben uns
nicht gesprochen", sagte Heinrich. „Ist aber schon etwas
her."

„Wir sehen mal nach ihnen. Macht's gut und haltet durch!"
Eduard verabschiedete die beiden Männer mit einem
Handschlag.

Odo und Wilhelm grüßten sie per Handzeichen und gingen
mit.

Als sie im Haus von Lina und Jobst angekommen waren,
stand die Haustüre noch immer offen und das Wasser war
bis fast unters Fenster in der Stube gestiegen. Offensichtlich war Eduards Schwiegervater beim Verlassen des
Hauses nicht wie sie durchs Fenster gegangen, sondern
hatte die Türe genommen.

„Lina?", rief Eduard in das Gebäude hinein.

„Ich sehe oben nach ihr", sagte Odo und kletterte eine
wacklige Holzleiter hoch, die in das Strohlager führte. Er
vermutete, dass sie sich dort vor dem Wasser versteckt
hatte. Doch dort war sie nicht.

„Jobst wird noch unterwegs sein", sagte Wilhelm, „bei den
Tieren ist er zumindest nicht."

Eduard hakte nach: „Sind überhaupt noch Tiere da?"

„Ich weiß nicht, wie viele es vorher waren, aber es stehen
da noch zwei Kühe", antwortete Wilhelm.

Eduard kniff die Lippen zusammen. „Immerhin."

Als sie das gesamte Anwesen durchsucht hatte, waren sie
sicher, dass Margaretes Eltern noch außen waren, denn
im Haus selbst waren sie nicht anzutreffen. Vielleicht suchten sie noch nach ihren Tieren und hoffte, vielleicht noch
ein paar einzelne lebend anzutreffen. Oder sie sprachen
mit den Menschen aus der Nachbarschaft, schließlich

kannten sie einige ja schon ihr gesamtes Leben lang – und sowas hatten sie alle noch nie erlebt.

Also gingen die drei Männer nach draußen und sahen in einiger Entfernung Jobst zurückkommen. Auf seinen Armen trug er liebevoll und so zärtlich wie es nur ging, den leblosen Körper seiner Frau, Lina.

Schweigend saßen Margl, Ännlin, ihr Vater Jobst, Wilhelm, Odo und Eduard im Heuboden ihres Hauses im Kreis zusammen, ein kleines Feuerchen loderte in der Mitte und spendete ein wenig Wärme. Die Hitze der Flammen vermochte zwar die durchnässten Kleider zu trocknen und ihnen äußerliche Wärme zu spenden, doch die Eiseskälte ihres Herzens konnte kein Feuer der Welt bessern. Niemand hatte ein Gefühl dafür, wie lange sie so schon zusammensaßen, niemand wollte oder konnte sprechen. Sie sahen einander an, dann blickten sie wieder zu Boden. Jobst starrte unentwegt ins Feuer und auch er konnte seine Trauer nicht verbergen. Ännlin schluchzte im Arm ihrer Mutter und Margl ließ auch die eine oder andere Träne fallen. Dann kam der Abend und die Nacht, irgendwann schliefen sie dann beieinander ein. Als die Sterne schon hell über dem kleinen fränkischen Ort leuchteten, erwachte Odo, legte noch zwei Scheite Holz nach, um die Flamme nicht ausgehen zu lassen und ging nach unten. Als er in dem noch kälter wirkenden Wasser stand, stellte er fest, dass es ihm nur noch bis zur Mitte des Oberschenkels ging. Wenigstens etwas, der Pegel schien zu fallen. Das stimmte ihn zuversichtlich, aber deswegen war er in erster Linie nicht aufgestanden. Er ging in den Stall. Dort, auf einem Stapel Stroh, lag seine Großmutter, eingewickelt in Leinen. Langsam und bedächtig näherte er sich ihrem Körper. Sanft streichelte er den Leinensack, der sie umgab und verlor sie dabei nie aus den Augen. In Gedanken sprach er mit ihr. Wie sehr sie ihm fehlen werde, was für eine tolle Frau sie war und wie schlimm er es fand, dass sie nicht mehr bei ihm war. Er hatte noch so viele Fragen an sie, hätte noch so unendlich viel von ihr lernen können. Ihre große Liebe und Zuneigung würden ihm fehlen und er konnte sich ein Leben ohne sie wirklich nicht vorstellen. Dann hob es sanft das Leinen an, er wollte sie noch einmal sehen! Er musste sie sehen...

Plötzlich erschrak er, denn eine Hand packte von hinten seine Schulter! Als er sich umdrehte, blickte er in die rotgeweinten, freundlichen Augen von Jobst.

„Großvater!"

Er nahm Odo schweigend in den Arm, drücke ihn ganz fest an sich und streichelte seinen Rücken. Dann weinten beide wortlos eine kurze Weile miteinander.

„Ich muss Großmutter noch einmal sehen...bitte!"

Jobst nickte. „Ich verstehe, aber ich muss dich warnen. Sie ist sehr blass und sieht nicht mehr so aus wie zu ihren Lebzeiten."

Odo streckte seinen Arm aus und legte mit einer raschen Handbewegung das Gesicht seiner Großmutter Lina frei. Kurz schreckte er zurück, dann sah er sie genau an.

Sie sah aus, als würde sie schlafen, doch ihre Haut war ganz weiß oder gräulich, nicht mehr so schön wie vorher. Und sie sah aus, als wäre sie verschrumpelt. Sie roch für ihn nach Wasser und irgendwie süßlich, sogar ein wenig nach Metall, aber gar nicht unangenehm. Es gab diesen alten Brauch, der hier im Dorf schon sehr lange Zeit praktiziert wurde: Man legte der toten Person Lavendel, Rosmarin oder Lorbeer in den Leinensack, der den Körper umschließt, so werden böse Geister abgewehrt, das hatte Großvater bereits erledigt. Er hatte wohl noch etwas in seinem Haus davon gefunden. Odo streichelte Lina noch einmal kurz an der Stirn und deckte sie dann wieder zu. Es war ein komisches Gefühl, die Haut war gar nicht mehr richtig fest, sondern eher wie Wachs einer Kerze.

Sein Großvater legte der Arm um die Schulter seines Enkels und forderte ihn auf, mit ihm wieder zurück zu Bett zu gehen. So versuchten beide nach der nächtlichen

Verabschiedung noch ein wenig Schlaf zu bekommen, bevor der neue Tag erwachte.

Als das letzte Wasser einige Zeit später das Dorf verlassen hatte und auch die Opfer der Flut im Kirchhof beerdigt waren, ging es darum, alle Schäden zu beheben und Trautskirchen wieder auf Vordermann zu bringen. Doch bevor dies anstand, konnte man Zeuge eines wahrhaftigen Wunders werden: Der totgeglaubte Albert marschierte etwas verwirrt, mit zerrissenen Kleidern und einigen Blessuren am Körper lebendig ins Dorf zurück. Die Freude war bei allen groß und sogar Eduard sprang über seinen Schatten, reichte ihm die Hand und erklärte ihm, dass er sich freute, dass er wieder zurück wäre. Gefunden hatte ihn sein alter Freund Diethard, der sich erst mit Alberts Tod abfinden wollte, wenn er seinen leblosen Körper gefunden hätte. Nun, so war es ihm noch lieber gewesen. So stützte er seinen Kameraden und half ihm wieder zu genesen. Zunächst war sich im Ort jeder selbst der nächste, denn es gab kein Haus, das nicht unter der Überschwemmung gelitten hatte. Dennoch waren die Schäden in den umliegenden Dörfern viel größer: In Dagenbach waren mehr als die Hälfte der ohnehin nur wenigen Einwohner ertrunken und in Stöckach hatten sogar nur zwei Familien überlebt. Auch in Freschendorf, Buch, Steinbach und Schußbach konnte sich lediglich knapp die Hälfte der Menschen retten und so hatten sie in Trautskirchen wahrlich das Glück auf ihrer Seite – zusammen mit Odos genialem Einfall. So konnte man in den Wochen nach der Katastrophe überall viele fleißige Arbeiter auf ihren Anwesen beobachten, die betriebsam und geschäftig ihre Besitztümer wieder aufbauten oder zumindest ausbesserten. Auch Eduard und seine Familie mussten am Haus Ausbesserungen vornehmen, sie begannen mit dem Dach. In der Zwischenzeit kümmerten sich seine Eltern Otto und Eleonore um die Schafe, sie hatten die Flut von einer Anhöhe aus mit den Tieren beobachtet und waren dadurch davon nicht betroffen gewesen. Ännlin und ihre Mutter Margarete schnürten das vorher gedroschene Stroh zu Bündeln und gaben es an Jobst und Odo weiter. Sie brachten diese dann nach oben aufs Dach des Bauernhauses, wo sie Eduard und Wilhelm entgegennahmen. Dort klemmten sie sie zwischen die Dachlatten und angebrachte Haselnussstangen, anschließend wurden sie mit Ringen aus Weidenruten zusammengebunden und mit einem Brett auf die gleiche Länge gestoßen. So wurde daraus ein recht dichtes Geflecht, das sehr gut als Dach diente und vor allem dichthielt. Wilhelm hatte bereits angekündigt, dass er sich nach den Reparaturarbeiten, an denen er sich selbstverständlich noch beteiligen wollte, wieder zurück in seinen Wald gehen wollte. Er vermisste die Natur, die Abgeschiedenheit und ehrlich gesagt auch sein Häuschen. Es war nun schon eine lange Zeit vergangen und er wusste ja nicht, was davon noch übrig war. Außerdem würde ihn sein Freund, der Wolf, sicherlich auch schon vermissen. Nach einem Tag voller intensiver Arbeit, hatten sie das Dach neu gedeckt und es ging daran, die Außenwände auszubessern. Da die Wände das Dach nicht trugen, konnten sie problemlos einzelne Bereiche erneuern, ohne den gesamten Aufbau zu gefährden. Vorher hatten sie Zimmermann Reinhard das Innengerüst des Hauses bewerten lassen. Denn wenn dieses morsch geworden wäre, hätten sie ein weit größeres Problem gehabt. Dann wäre wohl das gesamte Haus erneuert oder neu aufgebaut worden. Aber sie hatten Glück und er meinte, dass dies noch sehr stabil war. So konnten sie sich zufrieden den Außenwänden widmen. Dieses Mal arbeiteten Odo und Ännlin zusammen, ihre Aufgabe war es, eine Mischung aus Lehm und Stroh herzustellen, die sie dann an Wilhelm und Eduard weitergaben. Margarete war derweil im Haus und entfernte die letzten Reste Schlamm und Dreck aus dem Inneren. Wilhelm klatschte dann das von Ännlin und Odo hergestellte Gemisch an die Wand zwischen die von Eduard angebrachten Geflechte aus Weiden- und Haselnussruten. So entstanden die typischen weitmaschigen Fachwerke, die es häufig in Trautskirchen gab. Und so waren nach einigen Arbeitstagen die wichtigsten Erneuerungen bereits abgeschlossen, also konnte Wilhelm seinen Heimweg antreten. Andere brauchten dafür deutlich länger, sie hatte die Flut härter getroffen. Diejenigen, die bei sich aufgeräumt und ausgebessert hatten, arbeiteten Hand in Hand zusammen, um das Dorf wieder aufzubauen. Zunächst erneuerten sie gemeinsam den Dorfetter, den Flechtzaun, der Trautskirchen umgab. Durch ihn waren sie ein wenig vor wilden Tieren geschützt und auch ihr eigenes Nutzvieh konnte nicht so leicht fliehen. Lediglich ein Eingang wurde frei gelassen, um ankommenden Kutschen Einlass zu gewähren. Insgesamt hatte der Ort die Flutkatastrophe, die schnell als „Magdalenenhochwasser" im Volksmund bekannt wurde, recht gut überstanden, was nicht zuletzt an Odos Idee mit dem Erdwall lag. Und auch jetzt, während des Wiederaufbaus, kam ihm eine Idee. Da sein größter Unterstützer, Wilhelm, bereits wieder im Dunkelwald war, vertraute er sich seinem Vater Eduard eines Abends an.

„Vater? Ich bräuchte einmal deinen Rat."

„Gewiss. Worum geht es denn?"

„Wir haben in unserem Haus ja recht kleine Fenster, die nur von außen durch Holz-Fensterläden geschützt sind. Glas, wie das in unserer Michaelskirche, können wir uns niemals leisten, also habe ich mir ein paar Gedanken gemacht."

„Ich höre. Das klingt interessant. Zu welchem Entschluss bist du gekommen?" Eduard kannte Odo nun schon so gut und so lange, dass er wusste an seinem Gesicht abzulesen, dass er wieder mit einer neuen Idee kommen würde. Und meist hatte der Junge wirklich bahnbrechende Einfälle, die allen das Leben erleichterten oder zumindest verschönerten.

„Ich habe mir gedacht, dass wir uns innen doch vor der Zugluft, dem Regen oder im Winter dem Schnee irgendwie schützen müssen. Wir könnten dafür ja Tierblasen spannen, trocknen und anschließend von außen an die Fenster nageln. Vielleicht von Schweinen und Rindern, die sind recht groß und wir kennen sie schon, wenn wir Wurst machen. Wenn das klappt, bleibt ein Teil der Wärme im Inneren und die Kälte außen. Das wäre doch gut, oder?"

Stolz und begeistert, tätschelte Eduard den Kopf des Jungen. „Das ist eine wahrhaft grandiose Idee. Lass uns das gleich morgen einmal ausprobieren."

Tiere hatten sie ja genug, denn die Flut kostet leider vielen ihr Leben. Ein Teil von ihnen lag vor dem Dorf in den Hecken und verwesten langsam, andere wurden schnellstmöglich aufgebrochen und das Fleisch haltbar gemacht. So besorgten sich Odo und Eduard am nächsten Tag die Blasen einiger verendeter Schweine und starteten ihre Versuchsreihe. Zunächst entfernten sie die benötigten Organe aus dem Bauchraum und nahmen sie mit zu ihrem Haus. Da sie den Geruch selbst fast nicht aushielten, entschlossen sie sich, Margl zu verschonen und in der Scheune zu arbeiten. Die ersten Versuche, das zähe Material zu dehnen, um es dann anschließend auf einen Holzrahmen zu spannen, scheiterten. Doch sie ließen sich nicht unterkriegen und so gelang es ihnen nach einigen Bemühungen schließlich tatsächlich. Sichtlich stolz strahlten die Augen der beiden Männer. So machten sie sich daran, die Erfindung an das Haus anzubauen. Zufrieden machten Odo und Eduard einen Schritt zurück, um ihr beendetes Projekt zu begutachten. Sie nickten sich lächelnd zu und gingen nach innen, um das auch von dort noch einmal anzusehen. Die neugierige Ännlin hatte das Treiben schon beobachtet und wollte jetzt wissen, was da genau vor sich ging.

„Vater, was macht ihr da?"

„Komm her", er nahm seine Tochter auf den Arm und ging ins Haus. „Wir haben etwas gebaut, das uns das Leben ein bisschen besser macht. Sieh her", er zeigte auf das Fenster, „jetzt kann kein Wind herein, aber wir können hinaussehen."

Begeistert öffnete das Mädchen den Mund und vergaß völlig, diesen wieder zu schließen. „Ich kann ja draußen die anderen Häuser sehen! Das ist ja lustig."

„Genau so war es gedacht", der Vater lächelte. „Margl! Margl, komm mal her! Das musst du dir ansehen!"

Die Mutter begutachtete die Anfertigung der beiden und drückte Odo anschließend fest an ihre Brust. „Du bist etwas ganz Besonderes, weißt du das?"

Dann machten sich Eduard und Odo auf den Weg ins Dorfinnere, sie mussten schließlich allen Bewohnern von der neuen Idee erzählen. Als erstes machten sie bei Zimmermann Reinhard Halt, der gerade mit seinen Söhnen Adam und Ingmar einen Balken an der Scheune stützte. Er war ebenso leicht für diese Erneuerung zu begeistern, wie der Steinmetz Konrad und Schmied Lambert. Und als die drei Männer dann alle Einzelheiten erfahren hatten, ging es für sie an die Umsetzung. Als Beispiel diente das Fenster am Haus der Familie von Eduard, deswegen sah man in den folgenden Tagen immer wieder Dorfbewohner vorbeikommen, um sich das neue Konstrukt ganz genau anzusehen. Eduard und Odo standen für alle Trautskirchner Rede und Antwort, wenn sie etwas wissen wollten, während die beiden weitere Rahmen mit Schweineblasen bespannten und so langsam aber sicher das ganze Haus damit ausstatteten. Wie ein Lauffeuer verbreitete sich die freudige Kunde des neuen Schutzes vor Wind und Kälte im Ort und bis Ende des Sommers hatten sich tatsächlich alle Leute mit solchen Fenstern – manche sogar das komplette Haus – ausgestattet und Odo wurde immer wieder dankend im Dorf angesprochen. Auch wenn diese Fenster immer wieder erneuert werden musste, dennoch konnten sich die Trautskirchner dafür begeistern. So hatte sich doch alles, nach dieser schweren Katastrophe, zum Guten gewendet und jeder konnte sich wieder seiner eigentlichen Tätigkeit widmen. Bereits nach wenigen Wochen war in Trautskirchen wieder Alltag eingekehrt und die Menschen lebten weiter wie zuvor.

Auch im Dunkelwald war alles wie immer: Wilhelm hatte seine Hütte an einigen Stellen zwar ausbessern müssen, aber im Großen und Ganzen hatte sie den strengen Winter und die anschließenden heftigen Regenfälle gut überstanden. Sie war auch deutlich einfacher gebaut, als die Häuser im Ort. Der Einsiedler konnte also die Reparaturen selbstständig tätigen und brauchte zumeist keine Hilfe von anderen. Er war ja sowieso die meiste Zeit auf sich allein gestellt. Nach all den Jahren war er auch immer geschickter geworden, was das Ausbessern und Erneuern seiner Hütte anging, so dauerte es nicht allzu lange und sie stand wieder so da wie zuvor. Auch Max, sein halbzahmer Wolf, hatte sich bereits nach ihm umgesehen und so war auch der Mann selbst beruhigt, dass auch sein vierbeiniger Freund in dieser schwierigen Zeit gut durchgehalten hatte. Der Einzelgänger setzte sich auf die alte Wurzel vor seiner Hütte, lehnte sich mit dem Rücken an einen Baum, atmete tief ein und erkannte, wie gut er es doch hatte – und wie sehr er sich freute, jetzt wieder allein mit der Natur zu sein, nach dieser langen Zeit im Dorf.

4

1343-1344

Die Folgezeit nach dem Magdalenenhochwasser war geprägt von Entbehrungen und Hunger, da auch der nachkommende Sommer zu feucht und zu kühl war. Alle Bewohner des Dorfes mussten Essen rationieren und konnten sich kaum genug Nahrung besorgen, wie sie zum Überleben brauchten. Die Folgen der Flut waren der Natur noch längere Zeit anzumerken und da dadurch die Ernte nahezu komplett ausfiel, war es den Bauern nicht möglich, die Trautskirchner zu versorgen. Die von den ab und an vorbeiziehenden Händlern angebotenen Waren konnte sich die Bevölkerung nicht leisten, sie waren schlichtweg unbezahlbar hoch. Es konnte jeder Wucherpreis gefordert werden, doch die hungernden und armen Dorfbewohner Trautskirchens hatten keinen Pfennig mehr in ihren Taschen und nicht einmal mehr Waren zum Tauschen zur Verfügung und so schickten sie sie wieder fort. Diese Zeit war geprägt von alles auszehrendem Hunger, der sich in die Körper der Menschen fraß, ohne dabei Rücksicht auf Alte, Kranke oder Kinder zu nehmen. Es traf jeden, vom starken Arbeiter bis zum zarten Mädchen – alle litten große Not. Die blassen und hageren Dorfbewohner hatten Angst ums Überleben und so schlachteten sie nach und nach ihr gesamtes Nutzvieh, das noch da war. Sie mussten schließlich etwas essen, um zu überleben. Und eben in dieser unsäglichen Not, aßen die Trautskirchner alles, was sie in die Finger bekamen. Nachdem alle wilden Tiere, die sie fangen konnten, und alle Vögel verzehrt waren, begannen sie, Aas und andere Dinge, die kaum zu benennen sind, zu sammeln und anschließend zu essen. Auch Bisamratten, Biber und sogar Frösche wurden gegessen. Sie mussten sich sättigen! Die geschwächten Menschen wurden anfällig für Krankheiten und das feuchte Wetter bot gefährlichen Keimen die besten Lebens- und

Verbreitungsverhältnisse, dass die Menschen alles aßen, was sie in die Finger bekamen, erledigte dann sein Übriges. So waren viele der Männer körperlich nicht mehr in der Lage, ihre oft schweren alltäglichen Arbeiten zu verrichten und mussten das Tagespensum deutlich reduzieren. Auch geistig waren sie nicht mehr auf der Höhe, sich auf etwas zu konzentrieren fiel allen sehr schwer. Dies zeigte sich, als der Zimmermann Reinhard mit den Tagelöhnern Theo und Ferdinand bei Schmied Lambert die Scheune ausbesserten. Die Verzapfung an den Balken war nicht richtig eingerastet und so stürzte am zweiten Tag der gesamte Aufbau ein. Um ein Haar hätte er fast den jüngsten Sprössling, seine kleine Gundl, erschlagen – wenn sie nicht ihr großer Bruder Sibert geistesgegenwärtig an der Hand zu sich gerissen hätte. Solche Dinge passierten normalerweise nicht, aber unter diesem Mangel, den alle zu erleiden hatten, konnte so etwas eben auch vorkommen. Der Streit, der dann dadurch entstand hielt das Dorf mehrere Tage in Atem und drohte sogar zu eskalieren, denn keiner der Streithähne wollte einknicken. Reinhard hatte sich bereits mehrmals entschuldigt, doch Lambert wollte oder konnte diese nicht annehmen. Er hatte viele Jahre zuvor seine Ehefrau bei einem Absturz verloren, als sie gerade Kräuter holen war, und die vier Kinder waren alles, was ihm von ihr geblieben war. Trautskirchen drohte sich in zwei Teile zu spalten, die Streitereien nahmen zu und auch der allgemeine Ton wurde rauer. Doch schließlich und endlich vertrug man sich irgendwie wieder und besann sich darauf, dass sich die beiden Männer schon so lange kannten und gegenseitig nicht nur wegen ihrer Arbeit schätzten.

Diese Mangelernährung führte aber nicht nur dazu, dass viele gereizter waren und nicht mehr so bei Kräften, sondern ließ Kinder auch langsamer wachsen. So sahen manche Knaben von acht oder neun Jahren aus, als wären sie erst fünf. All dies führte dazu, dass man sich in Trautskirchen auch langsam uneins darüber war, wem was gehörte. Die Dorfversammlung hatte zu Beginn der Hungerzeit noch beschlossen, dass der gesamte Ort die Nahrung teilen würde und somit bessere Überlebenschancen hätte, doch das wurde nach Wochen und Monaten des Leids schnell über den Haufen geworfen. Jeder neidete dem anderen das Essen und keine wollte mehr die spärlichen Reste seines Essens teilen. Der Getreidemangel zwang die Menschen dazu, dass sie Brot aus Baumrinde buken, das natürlich nicht sonderlich gut schmeckte, aber immerhin sättigte. Hierfür wurde die Rinde gemahlen und zerkleinert, anschließend mit Wasser vermengt, sodass ein zäher Brei entstand und schließlich dann über dem Feuer gebacken. Viele Leute gruben auch weiße Erde aus dem Boden, sie hatte die Beschaffenheit von Ton, oder war diesem zumindest sehr ähnlich, und mischten diese mit Kleie, um auch daraus Brot zu machen. Die Dorfbewohner sammelten in ihrer Not, um den Tod zu entgehen, oftmals in den umliegenden Hecken und Wäldern wilde Wurzeln oder in der Zenn und den anderen Bächen das Wasserkraut. Es schmeckte nicht – doch danach konnte man in dieser Zeit nicht gehen. Dieser schreiende Hunger, dessen Stimme tief im Inneren des menschlichen Leibes seinen Ursprung hatte, konnte nur zum Schweigen gebracht werden, wenn etwas in den Magen kam, so behalf man sich mit allem, was die Natur hergab. Sogar Moos, Gras und Blätter wurden verzehrt. Die Anzahl der Todesfälle stieg überall im Zenngrund sprungartig an, zuerst traf es wie immer die Alten und Kinder, auch Eduards Mutter, Eleonore hatte es nicht geschafft. Zu schwach war sie geworden und schließlich eines Tages am Morgen nicht mehr aus dem Schlaf erwacht. Aus tiefer Verzweiflung heraus, sollen sogar manche Trautskirchner – und sicherlich war es in anderen Orten ebenso - die Leiber der frisch Verhungerten dazu verwendet haben, sich daran zu laben. Eine grauenhafte Vorstellung, doch was sollte man denn tun? Die Person, die vor einem lag, war ja bereits tot und nichts würde sie je wieder ins Leben zurückholen können.

Wer mochte also über diejenigen richten, die sich einen Teil des leblosen Körpers als Nahrungsquelle sicherten? Verlängerten solche Mahlzeiten doch das Leben der Menschen um einige Zeit. Fürwahr, dies war kein Glanzstück, niemand war stolz darauf und niemand sprach je darüber, doch es war notwendig, um nicht dasselbe Schicksal zu erleiden. Die Überreste wurden anschließend, wie üblich, in Leinen gewickelt und dem Totengräber übergeben. Hatte Magnus die Leiche dann abgeholt, wurde sie in einer Zeremonie mit Pfarrer Anselm und anderen Dorfbewohnern auf dem Gottesacker an der Kirche beigesetzt. Über den Grund für den folgenreichen Ausfall des Sommers, der Ernte und der Verbindung zwischen dem kalten, langen Winter, der Flut und der Hungersnot herrschte bei den Menschen derweil völlige Unwissenheit. Sie hatten nur eine Erklärung: Die Bevölkerung bemühte die Erklärungsmuster, die sie verstanden und so war es klar, dass Gott sie bestrafen wollte. Doch wofür, war ihnen allen nicht bekannt. Selbst Anselm fragte in seinen Gebeten stets nach dem Hintergrund dieser Zeit und erbat beim Herrn ein Ende des Leides.

Eine Zeit des Schweigens begann. Die Trautskirchner sahen sich beim Grüßen nicht mehr ins Gesicht, das gesellschaftliche Leben, die gemeinsamen Gespräche, der Austausch, die Dorfgemeinschaft war nicht mehr existent. Jeder kämpfte um das eigene Überleben und konnte oder wollte sich nicht mit anderen unterhalten. Nur Wilhelm bekam von alldem nicht viel mit, da er in seinem Dunkelwald recht weit weg und sowieso als Einzelgänger auf sich selbst angewiesen war. Aber auch an ihm ging der Hunger nicht spurlos vorüber. Hatte er doch einige Zeit länger verfügbare Nahrung gefunden, so wurde es auch für ihn langsam aber sicher enger. Immer weniger genießbare Pflanzen wuchsen in dem Wald und es gab fast kein frisches Aas mehr, das er sich nehmen konnte. So entschloss er sich, gegen eine seiner wichtigsten Regeln zu verstoßen: Er wollte ein Tier erlegen, um zu überleben hatte er keine andere Wahl. So nahm er sich sein Lieblingsmesser, das er vor vielen Jahren von Lambert, dem Dorfschmied, fertigen ließ, setzte seinen Hut auf und ging los. Er hatte starke Magenschmerzen, teilweise vor Hunger, aber vor allem, weil er jetzt gleich ein Tier töten würde. War er dazu fähig? Er wollte es nicht, doch er musste! Es ging jetzt tatsächlich nur ums Überleben! Die Natur würde es ihm verzeihen. Hoffentlich. Die Jagd war eigentlich dem Adel vorbehalten, wenn er sich nun ein Tier erlegte, dann verstieß er gegen das Gesetz, das wusste Wilhelm. Und dennoch hatte er keine andere Wahl. Dieser Sport diente den Adeligen als eine Art körperliche Ertüchtigung und manchmal auch als Mutprobe, doch die normale, ländliche Bevölkerung durfte nicht einmal daran denken, Wild zu erlegen, um dieses anschließend zu verspeisen. Der König selbst veranstaltete regelmäßig große Jagden und lud dazu dann hochadelige Landesherren ein, sie töteten die Tiere zum Spaß, zur Belustigung, aber auch, um sich gegenseitig zu übertrumpfen. So wurde das Gewicht, die Grüße und das Aussehen der Beute verglichen, sie war Beweis der Tüchtigkeit und auch ein Beleg der Macht sowie der Stärke und des Könnens der jeweiligen Person. Das war Wilhelm schon immer zuwider gewesen. Er akzeptierte und respektierte jedes einzelne Lebewesen auf Gottes Erde und fand es falsch, sie zum persönlichen Vergnügen zu erlegen. Außerdem mussten die hohen Adligen in diesen Zeiten des Hungers sicher nicht darben, sondern hatten genug zu essen, sie konnten sich bestimmt täglich den Magen vollschlagen. Sie interessierten sich nicht für die Menschen. Dies gilt auch für Bischöfe und Äbte in Klöstern. Sie erhielten das Recht, selbst zu jagen und die Jagdausübung durch andere zu regeln. Meist hatten sie dieses Privileg direkt vom König erhalten, das machte auch sie zu Menschen, die keinen Hunger leiden mussten. Bei ihm war das nicht so. Ihm war jedes Leben – egal, ob von Mensch oder Tier – wertvoll. Doch nun konnte er nicht mehr anders. Sein Glück, das natürlich auch das Glück der Dorfbewohner war, war, dass der Abt des Klosters Heilsbronn, Ulrich Kötzler, zwar das Patronatsrecht über das Gotteshaus in Trautskirchen hatte, doch das Kloster selbst recht wenig Macht über das Umland ausübte. Dies half der Deutschordenskommende Virnsberg mit ihrem Komtur Berthold von Zollern und auch den Nürnberger Burggrafen, immer wieder kleinere Streitigkeiten und Konflikte vom Zaun zu brechen, wer denn nun der eigentliche Herrscher im Zenngrund war. Diese Auseinandersetzungen waren eher kleinere Streitigkeiten, führten aber dazu, dass Trautskirchen und die umliegenden Ortschaften nicht so genau kontrolliert und demnach auch nicht so intensiv überwacht wurden, wie es in anderen Gebieten des Reiches üblich war. So konnte sich Wilhelm bei seinem Vorhaben doch ziemlich sicher sein, nicht erwischt und bestraft zu werden. Abgesehen davon hatte er keine andere Wahl: Wollte er überleben, musste er töten. So einfach war es. Sollten sie sich doch darüber streiten, wer nun hier das Jagdrecht hatte. Die Besitzer des Gebietes hatten meist als einzige Personen das Recht, Schwarz- und Rotwild zu jagen, während sich die Grundherren mit Füchsen, Hasen, Dachse, Federwild oder Kleintiere begnügen mussten. Ihm war es egal, ob es ein adliger oder kirchlicher Mann sein Grundherr war, er interessierte sich nicht für den Unterschied zwischen Geburtsstand und gekauftem Eigentum, alles was er wollte, war in Ruhe leben. Dazu benötigte er nicht mehr als das, was er hatte. Wilhelm glaubte sogar, dass der Dunkelwald – oder irgendein anderer Wald – niemandem als der Natur gehörte. Kein Mensch sollte über die Natur bestimmen, sondern mit ihr im Einklang leben. Jetzt wusste er noch nicht, welches Wildtier seinen Weg kreuzen würde, also wusste er auch noch nicht, ob er ein schlimmes oder weniger hartes Vergehen begehen würde, aber ihm war klar, dass er gleich gegen das Gesetz verstoßen würde. Das war ihm bewusst. Doch um zu überleben, war ihm jedes Mittel recht. Da sein Messer nicht ausreichen würde, soviel war ihm klar, schnitzte er sich einen

Speer aus Holz. Seine Waffe war zwar noch überaus scharf, doch eben auch recht kurz. So hätte der Einsiedler sehr nahe an seine Beute herankommen müssen, um sie zu erlegen. Er spitzte das vordere Ende an, um ihn entweder zu werfen oder das Wild damit aufzuspießen. So pirschte er auf leisen Sohlen durch den Dunkelwald und musste erkennen, dass es deutlich weniger Tiere gab, als noch vor einiger Zeit. Selbstverständlich. Auch sie hatten unter den Folgen des Hungers zu leiden und waren wahrscheinlich in ihrer Zahl deutlich dezimiert. Nur die Stärksten überlebten eben. Er hätte natürlich auch Fallen aufstellen können, doch das erschien ihm feige. Er wollte nicht, dass das Tier hinterhältig getötet wurde, ihm war es wichtig mit dem Tier im Reinen zu sein, so empfand er es. Er wollte sich bei dem Wild bedanken, dass es für ihn starb, um sein Überleben zu sichern. So schlich er also durch seinen geliebten Dunkelwald, in der Hoffnung, auf etwas Essbares zu stoßen. Sein Speer aus Eschenholz, das er ausgewählt hatte, da es sehr stabil war, in der Hand, war ihm befremdlich. Sanft, ja fast zärtlich umklammerte er ihn, um stets bereit zu sein, falls ein Wildtier seinen Weg kreuzte. Er lief schon einige Zeit durch den Dunkelwald, als er plötzlich, nicht weit vor ihm, ein Rascheln im Unterholz vernahm. Den Atem anhaltend wagte er es nicht, sich zu bewegen. Wie gebannt starrte Wilhelm in die Richtung, aus welcher das Geräusch kam. Zweige bewegten sich und er hörte es erneut knistern und knacken. Er war sich sicher, dass dort ein Tier war. Fünf, vielleicht auch sechs Schritte von ihm entfernt. Doch erkennen konnte er es noch nicht. Vorsichtig setzte einen Fuß nach vorne und beugte seinen Oberkörper leicht, in der Hoffnung, erkennen zu können, was sich dort im Gehölz befand. Er versuchte, so geräuschlos und ruhig wie möglich zu atmen, doch es gelang ihm nicht sonderlich gut. Sein Herz schlug bis zum Hals und er wagte kaum vernünftig Luft zu holen. Dann hob das Tier den Kopf. Es war ein Wildschwein! Kein richtig großes, aber auch kein Frischling mehr. Er schätzte es auf 40, vielleicht auch 50 Pfund. Das würde ihn retten! Diese große Menge Fleisch würde ihn für Wochen ernähren und am Leben erhalten, sodass er keinen Hunger mehr leiden müsste. Doch wie wollte er es töten? Er hatte so etwas schließlich noch nie getan. Offensichtlich hatte das Tier unter den Hecken etwas Leckeres entdeckt, denn sein Kopf senkte sich wieder und Wilhelm hörte erneut ein Rascheln, verbunden mit einem leisen Schmatzen. Da er schon recht nah an dem Wildtier war und sich zwischen ihm und seiner Beute einige Äste befanden, entschloss er sich dazu, den Speer nicht zu werfen. Außerdem wusste er gar nicht, ob er mit einem Wurf genügend Wucht aufbringen konnte, die dicke Schwarte zu durchbrechen. Und er wollte das Schwein keinesfalls unnötig leiden oder es gar mit einer Verletzung entkommen lassen. Da das Wildtier seitlich zu ihm stand, fasste er den Entschluss, den Speer mit der scharfen Spitze mit all seiner Kraft, die er aufbringen konnte, in den Brustkorb des Tieres zu rammen. Er hoffte dabei, einen schnellen und vor allem möglichst schmerzfreien Tod herbeizuführen. Ihm war bewusst, dass ein Wildschwein durchaus stark war und recht angriffslustig sein konnte, wenn es nur verwundet war. Solche Geschichten hatte er schon zur Genüge gehört. Meist nach den Jagden, wenn sich der Adel in den Wäldern unterhielt und er dann traurig mit ansehen musste, wie eine große Menge von getöteten Wildtieren abtransportiert wurde. Es trieb ihm immer wieder die Trauer in seinen Körper, wenn er – aus sicherer Entfernung – das Geschehen beobachtete. Doch jetzt war es anders. Er nahm keine Hunde zu Hilfe, er hatte keine Armbrust oder Pfeil und Bogen, nein, er hatte nur einen Holzspeer und sein Messer. Er war alleine. Er hatte keine große Hetzjagd veranstaltet, die das Tier bis zur Erschöpfung verfolgte, um es leichter erlegen zu können. Er hatte keine Fallen aufgestellt, die die Tiere aus dem Nichts packten und festhielten. Diese Schmerzensschreie des Wildes in Todesangst fuhren ihm bei jedem Mal wieder durch Mark und Bein.

Wenn schon ein Lebewesen für ihn sterben musste, dann sollte es in einer möglichst schmerzfreien Art passieren. Wilhelm hob den Speer an und zielte auf die Stelle bei dem Wildschwein, die er sich überlegt hatte. Genau hinter dem linken Vorderlauf. Dort wollte er zustechen. Zur Verstärkung fasste er auch mit der linken Hand an seine Waffe, denn mit beiden Händen hatte er deutlich mehr Kraft, und er hoffte einfach, dass diese ausreichen würde. Eine gefühlte Ewigkeit stand er so da und ließ den anvisierten Punkt nicht aus den Augen. Ihm war übel. Er wollte es nicht. Konnte er es? Er musste. „Es tut mir leid!", schrie Wilhelm, als er die letzten Schritte zurücklegte und mit voller Wucht und all seiner Kraft den selbstgebauten Holzspeer in den Körper des Wildschweines rammte. Ein lautes, kurzes Quieken war zu hören – dann schwieg der Dunkelwald. Wilhelm hatte die Augen fest zusammengepresst und wagte nicht, sie zu öffnen. Dann überkahmen ihm die Gefühle und er konnte seine Tränen nicht unterdrücken. Erst als er sich nach einigen Augenblicken wieder unter Kontrolle hatte, blinzelte er. Dann fiel ihm auf, dass er auf dem toten Tier lag – er hatte es direkt nach dem Todesstoß umarmt und seither nicht mehr losgelassen. Der Speer steckte noch im Körper des toten Keilers. Nun drehte er sich von dem Wildschwein weg, setze sich daneben und lehnte sich mit dem Rücken an das Tier. Er begrub das Gesicht in seinen Händen, ein Gefühl der Schuld, aber auch der Erleichterung breitete sich in seinem gesamten Körper aus. Als er sich wenig später wieder gefasst hatte, drehte er sich zu seiner Beute um und bedankte sich aufrichtig. „Danke, du Geschenk der Natur. Danke, dass du meinen Weg gekreuzt hast. Danke, dass du mir als Nahrung dienst. Danke, dass du mit deinem Tod mein Überleben sicherst. Danke, dass du mich ernährst und mir neue Kraft für die kommenden Aufgaben gibst." Wilhelm hatte das Bedürfnis, sich bei dem toten Tier zu bedanken, deshalb tat er es. Dann band er die Beine des Wildschweins zusammen, um es besser transportieren zu können, denn es war doch ein ganzes Stück Weg zurück zu seiner Hütte. Zunächst versuchte er es hinter sich herzuziehen, doch das stellte sich als außerordentlich schwierig dar, da immer wieder Wurzeln und Büsche im Weg waren. Er lief schließlich nicht auf einem Waldweg, sondern durch das dichte Gestrüpp des Dunkelwaldes. Nach einiger Zeit schulterte er das Schwein, was an sich schon viel Kraft erforderte, aber auf die Dauer besser für ihn war. So konnte er seine frisch erlegte Beute sicher nach Hause bringen und verarbeiten.

Er kannte sich nicht wirklich gut damit aus, hatte lediglich vor etlichen Jahren ein paar Mal dabei geholfen, ein Schwein im Dorf zu schlachten. Da war aber immer jemand dabei gewesen, der sich gut mit dieser Arbeit auskannten, er selbst diente nur als Handlanger. Jetzt aber war er auf sich alleine gestellt, doch er würde das schon hinbekommen. Zunächst schnitt er mit seinem Messer den Bauch des Tieres bis zum Unterkiefer auf. Er erinnerte sich, dass man sehr vorsichtig schneiden musste, um keines der inneren Organe zu beschädigen. Sie mussten unbedingt intakt bleiben, da ansonsten das Fleisch ungenießbar werden könnte. Dennoch musste Wilhelm jetzt das Innere des Tieres entfernen und anschließend neben das Wild legen, er würde sich später darum kümmern. Er räumte es sozusagen von innen heraus leer, um dann anschließend beim Zerkleinern des Fleisches keine Schwierigkeiten zu bekommen. Bevor er das Wildschwein zerlegen konnte, musste er es häuten. Er setzte seinen Schnitt unten vom Fuß an entlang der Innenseite der Beine bis hin zur Brust des Tieres. Jetzt zog er heftig am Fell des Wildschweines, er riss fast daran. Dieses ruckartige Anziehen bewirkte, dass die Haut sich vom Fleisch löste. Und war sie doch einmal sehr fest mit diesem verbunden, half er mit einem kleinen Schnitt nach. Er schwitzte, denn es war härtere körperliche Arbeit, als er vermutet hatte. Beim Schlachten im Ort sah es so einfach und problemlos aus und er hatte hier wirklich zu kämpfen. Es mochte aber auch daran gelegen haben, dass er damals bei bester Gesundheit und wohlgenährt war – im Gegensatz zu heute. Ihn strengten mittlerweile ja sogar schon die Fußmärsche durch den Dunkelwald an, wenn es einen steileren Hügel hinauf ging. Das kannte er von sich gar nicht. Im Anschluss hängte Wilhelm seine Beute an einem festen Haken mit den zusammengebundenen Hinterbeinen an der Außenseite seiner Waldhütte auf, um besser arbeiten zu können. Zunächst schnitt er den Kopf ab, was sich wieder als äußerst schwierig herausstellte. Er schaffte es nicht direkt, den Schädel mit seinem Messer abzutrennen und so musste er durch ruckartiges Hin- und Herbewegen des Tierhauptes nachhelfen. Erst als er ein lautes Knacken vernahm, ging es leichter und er konnte ihn endgültig abtrennen. Gleich danach entfernte er die vier Füße des Wildschweines vom Körper. Nun hatte er fast nur noch Fleisch und Knochen vor sich. Jetzt fühlte er sich etwas sicherer, denn er konnte nun schon erkennen, was davon essbar war und was nicht. So trennte Wilhelm erst die Vorderbeine mit den Schlegeln, anschließend die Rippen und dann die Hinterbeine heraus. Letztere konnte er durch eine Drehbewegung, an die er sich glücklicherweise noch erinnerte, relativ einfach auslösen. Das war es. Er hatte es geschafft! Das Fleisch sah zwar nicht so sauber und gründlich aus, doch für sein erstes Mal war er recht zufrieden. Als er an sich hinuntersah, stellte Wilhelm fest, dass er sich ganz schön mit Blut bekleckert hatte. Seine Arme waren bis zu den Ellenbögen blutverschmiert und auch sein Hemd war beschmutzt. So wusch er sich erst einmal die Spuren in einem nahegelegenen Bachlauf und reinigte auch noch das Fleisch, das er weiterverarbeiten wollte. Die Reste, vor allem Knochen und Gerippe sowie die Füße und der Kopf des Tieres, warf er in den Dunkelwald in der Nähe eines Fuchsbaus. So konnte er der Natur wenigstens ein wenig zurückgeben. Auch wenn die Nahrung der Füchse hauptsächlich aus Würmern, Insekten und Mäusen bestand, so fraß er, wenn sich die Gelegenheit ergab, auch Beeren, Früchte oder Aas. Dementsprechend würde er mit seinen Resten wohl dafür sorgen, dass auch die Füchse ein Festmahl erhielten. Wenn ihnen nicht eine Krähe, ein Dachs oder vielleicht sogar ein Mäusebussard zuvorkommen würde. Aber auch dann hatte das Aas seinen Zweck erfüllt. Und um den Rest würden sich dann die Ameisen und andere Kleinstbewohner des Waldes kümmern.

Wilhelm machte sich daran, neben seiner Hütte eine kleine Kammer zu errichten, in welcher er das neu gewonnene Fleisch haltbar machen konnte. Am besten erschien ihm, alles zu räuchern. Dies war keine sonderlich aufwändige Methode und machte die Nahrung recht lange haltbar. Während der Bauphase seiner Räucherkammer, packte er das Fleisch in große Leinensäcke und bestrich sie immer wieder mit einer Mischung aus Salz und aromatischen Blättern aus dem Wald. Da er nicht mehr viel Salz hatte, nutzte er Wacholder, Salbei und Beifuß, um mehr Masse zu schaffen. Außerdem nahm das Fleisch so schon einmal ein wenig Geschmack an. Anschließend verbrannte er die genutzten Kräuter mit dem gesammelten Buchenholz, das er mit einigen Tannenzweigen vermengte. So entstand für ihn ein ganz besonderer Geruch beim Verbrennen, der sich – so hoffte er – um das Fleisch legen würde, das anschließend noch schmackhafter werden würde. Einen Schenkel des Schweins aber musste er nicht behandeln, ihn verzehrte er gleich am ersten Abend über dem Feuer vor seiner Hütte. Welch ein Genuss! Selten hatte er so bewusst und intensiv an einem Stück Fleisch gegessen, wie an jenem Abend. Er genoss es, auch wenn er nach wie vor ein schlechtes Gewissen hatte, dass das Wildschwein durch seine Hand gestorben war. Nach ein paar Tagen Arbeit war seine Räucherkammer fertig und Wilhelm war mit seinem Werk durchaus zufrieden. Das darin glimmende Feuer durfte nur nicht so stark werden, dass seine ganze Kammer niederbrannte, denn das wäre wahrhaftig fatal für ihn gewesen. So hängte er das Fleisch in dem luftigen

Raum von oben nach unten auf, entzündete das Holz am Boden und sah, dass der Rauch recht gut nach oben abzog. Er freute sich, denn sein Plan hatte funktioniert. Noch etwas Geduld und er würde für die nächste Zeit ausreichend Essen für sich haben.

In Trautskirchen selbst hingegen machte sich langsam aber sicher die Verzweiflung breit. Der Hunger zerstörte das Gemüt der Menschen, sie fingen an, sich Dinge zu neiden. Streitigkeiten über Alltäglichkeiten trieben einen Keil zwischen die Menschen und nach der langen Zeit voller Entbehrungen, trauten viele den Mitmenschen nicht mehr über den Weg. Einmal war ein Streit zwischen den eigentlich befreundeten Bauern Heinrich und Kasimir so hochgekocht, dass er fast nicht beizulegen war. Unter anderen Umständen hätten sich die beiden Streithähne abends bei einem Bierchen unterhalten und die Meinungsverschiedenheit aus dem Weg geräumt, doch zu dieser Zeit war dies eben kaum mehr möglich. So sehr waren alle auf sich und ihr eigenes Leben begrenzt. Anders als beim vorherigen Streit zwischen dem Schmied Lambert und dem Zimmermann Reinhard ging es bei den beiden Bauern um die Nutzung der Allmende. Die Nutzflächen rund um das Dorf, die jeder Bewohner Trautskirchens gleichermaßen nutzen konnte, bestand aus Wald, Wiesen, Bächen und ebenso dem Dorfbrunnen. Im Wald konnten sich die Trautskirchner Feuerholz oder auch eine angemessene Mengen Baumaterial holen. Die Bäche, Teiche und Weiher standen allen zur Verfügung, wenn man einmal Löschwasser benötigte, wenn man fischen wollte oder falls man doch einmal Zeit zum Baden fand. Die Wiesen waren frei zugänglich und so konnte jeder sein Vieh darauf grasen lassen oder aber die Blumen oder Kräuter von dort pflücken.
Jeder wusste, dass es Allgemeingut war, an welchem man sich bedienen konnte und jeder kannte die Grenzen ganz genau. Dieser Besitz gehörte eben dem ganzen Dorf und

das wussten alle. Schon die Kinder konnten die Obstbäume, die zur Allmende gehörten, von denjenigen unterschieden, die eben auf Privatbesitz wuchsen. Die saftigen Kirschen, Äpfel oder Birnen auf den Streuobstwiesen der Allmende konnten sie sich immer und zu jeder Zeit pflücken, wenn sie aber andere Früchte holen wollten, sollten sie sich besser nicht dabei erwischen lassen, ansonsten gab es vom Besitzer etwas hinter die Ohren. Das kam schon einmal vor, denn für die Kinderaugen waren die verbotenen Früchte seit vielen Generationen die saftigsten und leckersten. Dennoch kam es in solchen Fällen fast nie zu größeren Auseinandersetzungen, da die Kinder ja wussten, warum sie Ärger bekamen. Meist verheimlichten sie diese Schläge, die sie einstecken mussten, sogar zuhause, da sie von ihren Eltern noch einmal Ärger bekommen hätten. Und so war es eben seit vielen Jahren schon eine Art Spiel zwischen den abenteuerlustigen Kindern, die die Früchte stahlen und den Besitzern, die sie zu erwischen versuchten. Nicht selten ließen sie die Kinder aber auch gewähren und taten nur so, als würden sie sich darüber ärgern, dass sie sich an ihren Obstbäumen bedienten. Doch dieses eine Mal eben war es kein Spaß oder kein Spiel mehr. Mitten in dieser Hungerzeit machten sich Katharina und Bruno, die beiden jüngsten Nachkommen von Bauer Heinrich auf den Weg aus dem Dorf, um sich nach etwas zu Essen umzusehen. Vielleicht hatten sie doch die Möglichkeit, noch etwas Essbares zu ergattern und für die Familie somit ein wenig Entlastung zu schaffen. So gingen die beiden über die Wiese, die westlich von Trautskirchen lag und stocherten mit ihren gesammelten Stöcken aus Weidenruten im Boden herum. Es machte ihnen nach wie vor Freude, auch wenn es nicht mehr so unbeschwert war, wie noch vor der schwierigen Zeit, die sie ja momentan durchmachen mussten. Sie sahen müde aus, abgemagert sowieso und hatten fahle, eingefallene Gesichter. Die Begeisterung war dennoch nicht aus ihren Mienen auszulöschen und das Lachen beim Spielen war nach wie vor echt. Dunkle Ränder unter den Augen zeugten vom Mangel des Moments und doch blieben sie Kinder. Kinder, die noch spielten, die sich an einfachen Dingen erfreuten. Kinder, die alles entdecken und möglichst viel erleben wollten, obwohl der Alltag hart und manchmal ungerecht war. So sprangen sie über Maulwurfshügel und nutzten ihre Stöcke als Schwerter, wenn sie Ritter spielten. Immer weiter liefen sie nach Westen, bis sie schließlich am Rande der Allmende angekommen waren. Sie war deutlich zu erkennen, da dort ein kleiner Bach lief. Auf der anderen Uferseite lag der Grund von Bauer Kasimir. Und wie es der Zufall wollte, erkannten sie aus einiger Entfernung ganz oben in der Baumkrone eines Apfelbaums, einige Früchte, die noch nicht verdorben waren. Vielleicht ein wenig angefault, aber sicherlich noch genießbar. Bruno sah sich um und als er sicher war, dass niemand von den Erwachsenen da war, nahm er seine Schwester bei der Hand und rannte los in Richtung Obstbaum. Die Kinder standen kurz darauf im Schatten der ausgedünnten Baumkrone, die kaum Blätter und noch weniger Früchte hatte. Abgestorbene und verschrumpelte, braune Äpfel waren vereinzelt noch an den dürren Ästen zu erkennen, aber eben recht weit oben auch zwei oder drei Früchte, die noch essbar erschienen.

„Lass es mich versuchen, Bruno. Du bist noch sehr klein und kannst dich vielleicht nicht oben halten. Ich möchte nicht, dass du dich verletzt oder sogar herunterfällst."

Der Junge nickte. „Dann passe ich auf, dass niemand kommt."

Katharina testete zunächst, ob der unterste, verdorrt wirkende Ast, ihr Gewicht überhaupt hielt. Als sie sich an ihm hochzog und er nicht brach, lächelte sie ihren Bruder an.

„Bruno? Es geht. Ich versuche hochzuklettern…"

„Pass auf dich auf!" Der Kleine duckte sich in das Gras, um nicht von Weitem erkannt zu werden, falls doch jemand käme.

150

Katharina ließ sich Zeit, da sie sich jeden einzelnen Schritt zweimal überlegen musste. Sie wollte nicht riskieren abzustürzen, weil die dürren Äste nicht hielten. Irgendwie schaffte sie es bis fast ganz nach oben zu kommen und so waren die drei Äpfel tatsächlich zum Greifen nahe.

„Und? Bist du da?", fragte Bruno ungeduldig.

„Ja, fast. Ich muss mich nur ein wenig strecken, dann müsste ich rankommen."

Das Mädchen richtete sich auf und klammerte sich mit der linken Hand am Stamm des Apfelbaumes fest, um nicht abzustürzen. Ihre rechte Hand streckte sie so weit es ging nach oben, doch es reichte knapp nicht. Also stellte sie sich auf ihre Zehenspitzen und berührte die verbotenen Früchte. Nun war ihr Ehrgeiz geweckt. Sie machte einen leichten Hüpfer und schlug den ersten Apfel vom Ast. Die anderen beiden, die fast direkt daneben hingen, wackelten ein wenig, doch fielen noch nicht.

„Ich hab ihn!", rief ihr kleiner Bruder von unten und versteckte den Apfel unter seinem Hemd. „Er sieht gut aus."

Katharina lächelte. Dann ließ sie den Baumstamm los, um sich an einem der dickeren Äste festzuhalten, so konnte sie die beiden letzten Äpfel noch erreichen. Dies stellte sich jedoch als fataler Fehler heraus. Das Mädchen streckte sich erneut und stieß die Früchte an. Sie fielen zu Boden und Bruno sammelte sie wieder auf, um sie schnellstmöglich ebenfalls unter dem Hemd zu verstecken. Just in diesem Moment aber brach der Ast mit einem lauten Knacken und Katharina stürzte nach unten. Sie schlug mit dem Kopf seitlich auf einen anderen Ast, konnte sich aber irgendwie an einen der unteren Äste klammern, um nicht vollends in die Tiefe zu stürzen.

„Katha? Katha? Was ist passiert?" Bruno fürchtete sich. „Geht es dir gut?" Er stand unter dem Apfelbaum und sah besorgt nach oben.

„Ja... Ja, ich glaube es ist alles in Ordnung. Ich bin nur abgerutscht. Aber es geht." Katharina rieb sich die schmerzende Stelle an ihrem Kopf und bemerkte, dass ihre Hand rot vom Blut eingefärbt war. Sie hatte sich offensichtlich beim Sturz eine kleine Platzwunde zugezogen. Und als sie dies festgestellt hatte kamen die Schmerzen. Sie biss auf die Zähne und stieg langsam vom Baum herab. Als sie nach einem letzten beherzten Sprung neben ihrem kleinen Bruder landete, umarmte er sie ganz fest. Sie lächelte und versuchte sich nicht anmerken zu lassen, dass sie Schmerzen hatte.

„Lass uns schnell nach Hause gehen, Katha. Ich will nicht, dass wir erwischt werden."

Und so liefen die Kinder schnell zurück in Richtung Dorf. Als sie am Bachlauf angekommen waren, hörten sie ein Rufen aus der Ferne.

„Ihr Hundsfottn! Ich glaub's ja nicht! Bleibt sofort stehen, ihr Diebe!"

Die Kinder wagten nicht sich umzudrehen, doch die Stimme kam ihnen nur allzu bekannt vor. Sie gehörte zu Bauer Kasimir. Ihm gehörte der Apfelbaum und somit war er der rechtmäßige Besitzer der Früchte. Sie sahen sich kurz an und rannten dann so schnell sie konnten los. Mit einem draufgängerischen Sprung hüpften sie über den kleinen Bach, der die Grenze seines Besitzes markierte und wagten es nicht, auch nur einen kurzen Blick zurück zu werfen.

Wütend und mit hochrotem Kopf stapfte der Bauer hinter den beiden flüchtenden Kindern her. Auch er hatte sie gleich erkannt. Sie würden ihn kennenlernen, wenn er sie in die Finger bekäme. Dreiste Räuber! Ihm seine letzten Äpfel stehlen, das könnte ihnen so passen!

Bruno und Katharina kamen völlig außer Atem und pustend zuhause an. Der Junge legte die drei Äpfel auf den Tisch und lächelte seine Mutter an. Katharina ging schnell in Richtung Stall, um sich an der Tränke das Blut aus den Haaren zu waschen. Sie wollte nicht, dass sich ihre Eltern Sorgen machten.

„Wo habt ihr die denn gefunden?", wollte ihre Mutter Emma wissen.

Schnell antwortete Bruno: „Aus der Allmende. Drüben am Bach. Das waren die letzten, die noch übrig waren."

Seine Mutter streichelte ihm den Kopf und lächelte ihn an. „Sehr schön. Das wird heute ja ein Festmahl für uns werden. Ich überlege mir etwas ganz Besonderes für heute Abend."

Gerade als Emma die Äpfel auf den Schrank gelegt hatte, pochte es außen gegen die Tür. Katharina und Bruno zuckten zusammen und verkrochen sich in den hintersten Winkel des Bauernhauses.

Wieder schlug jemand fest gegen die Tür. „Aufmachen! Sofort!", brüllte Kasimir erzürnt.

Emma öffnete. „Sei gegrüßt. Was hast du denn? Ist etwas geschehen?"

„Tu nicht so scheinheilig! Wo sind sie?", brüllte er.

„Ich weiß nicht, was du meinst..."

„Meine Geduld ist langsam am Ende, Emma. Wo sind diese falschen Halunken, die du deine Kinder nennst?"

Langsam wich auch die Geduld aus Emmas Gesicht. „Willst du weiter brüllen oder mir endlich einmal erklären, worum es geht?"

„Verstell dich nicht, du falsches Weib! Ich weiß alles! Aber ich prügle deinen Bälgern schon Vernunft in den Leib!" Kasimir hob drohend die Faust.

Angelockt von dem Geschrei kam in diesem Moment Bauer Heinrich um die Ecke und sah Kasimir und seine Frau in der Tür.

„Was ist denn hier los?", erkundigte er sich, während er näherkam.

„Wo sind sie? Wo sind deine Kinder?", schrie ihn Kasimir an. Es schien, als wollte er sich gar nicht mehr beruhigen.

„Jakob hat mir im Stall geholfen und Dorothea flickt hinten im Hof ein paar Getreidesäcke. Warum?", entgegnete Heinrich.

„Ich meine die feigen Apfeldiebe, die Hurenkinder, die du dein Eigen nennst!"

„Pass auf, was du sagst!" Heinrich machte zwei Schritte nach vorne und stand so nahe bei Kasimir, dass sich ihre Nasen fast berührten. Dabei sah er ihm ganz fest in die Augen. „Zügle deine Worte. Du bist hier auf meinem Grund und Boden. Ich lasse nicht zu, dass du meine Familie beleidigst!"

Im Haus hielten sich Katharina und Bruno fest an den Händen und saßen auf dem Boden, die Rücken an die Wand gelehnt. Sie hörten den Streit und hofften, dass er bald vorüber sein würde. Kurz überlegten sie, nach draußen zu gehen und alles aufzuklären. Aber die Mutter hatte sich so sehr über die Äpfel gefreut. Sie wollten sie nicht so enttäuschen. Sie konnten sie nicht so enttäuschen! Nein! Sie mussten mit dieser Lüge, mit diesem Geheimnis leben. Sie konnten ihren Eltern nicht die Wahrheit sagen. Nicht mehr. Es war zu spät, sie mussten jetzt mit dieser Lüge bis ans Ende ihrer Tage weiterleben und hoffen, dass der Herrgott ihnen irgendwann verzieh. Ebenso hofften sie, dass der Streit nicht noch weiterging und sich die Streitenden wieder vertrugen.

Dann fing Kasimir erneut an: „Eure Kinder", er zeigte dabei durch die Tür ins Haus, „die beiden Jüngsten, waren auf meinem Grund und Boden. Drüben auf den Streuobstwiesen! Da habe ich sie dabei erwischt, wie sie mir meine letzten Äpfel gestohlen haben!"

„Bruno sagte, sie waren noch auf dem Gemeindegrund. Von da hätten sie die Äpfel", erklärte Emma.

„Dieser kleine Zungeklaffer! Lüge! Eine dreiste Lüge! Ich habe sie doch mit eigenen Augen gesehen. Und es waren locker noch zwanzig Schritte bis zur Grenze!", schrie Kasimir weiter. „Wo ist er? Dem werd' ich Manieren beibringen!"

„Gar nichts wirst du! Gar nichts!", Heinrich stellte sich neben seine Frau in die Türschwelle. „Du gehst jetzt besser, bevor ich mich vergesse."

Zähneknirschend und noch immer mit geballter Faust drehte sich Kasimir um. Nach einigen Schritten blickte er

154

noch einmal über seine Schulter nach hinten. „Das letzte Wort ist noch nicht gesprochen, das sage ich dir!" dann stapfte er davon.

Heinrich nahm seine Frau Emma in den Arm und ging nach innen.

„Bruno! Katha! Kommt bitte einmal her!", rief er seine Kinder zu sich und setzte sich mit seiner Frau an den hölzernen Tisch.

Die Kinder gehorchten und setzten sich ebenfalls. Kleinlaut und zu Boden blickend saßen sie ihren Eltern gegenüber und warteten darauf, was nun passieren würde.

„Ich frage euch das nur ein einziges Mal. Hört also gut zu. Habt ihr diese Äpfel gestohlen?"

Stille.

Nach einigen Augenblicken schüttelten beide den Kopf, ohne ihren Blick vom Boden zu heben.

„Er…Er…Er hat gesehen, wie wir die Äpfel geholt haben und wollte sie dann für sich haben", Bruno versuchte seinen Eltern die Situation zu erklären. „Aber das darf er nicht. Wir haben sie geholt. Katha ist sogar auf einen Baum geklettert, um sie zu holen! Sie gehören uns!"

Emma nahm Heinrichs Hand.

„Gut, dann ist die Sache für mich geklärt, Kinder." Ihr Vater nickte ihnen zu. „Ihr habt nichts Verbotenes gemacht. Die Allmende gehört uns allen. Ihr wart einfach schneller oder aufmerksamer als Kasimir. Der Hunger setzt uns allen sehr zu. Ich hoffe nur, dass er sich wieder beruhigt. Ich will keinen Streit mit ihm."

„Ich habe Angst vor ihm", sagte Bruno kleinlaut.

„Das musst du nicht. Bleibt einfach in den nächsten Tagen in der Nähe unseres Hauses, falls er wieder auftaucht, hier seid ihr sicher. Und in kürzester Zeit wird er sich wieder beruhigt haben." Emma lächelte ihren jüngsten Sohn an, um ihn zu beruhigen.

Diese Nacht schliefen zwei der vier Kinder nicht gut. Bruno und Katharina konnten sich einfach nicht beruhigen. Das wollten sie doch nicht! Sie wollten nur endlich keinen so großen Hunger mehr haben und keinen schlimmen Streit hervorrufen. Ihr schlechtes Gewissen ließ die beiden kein Auge zumachen und bei dem Mädchen kamen noch stechende Kopfschmerzen von ihrem Beinahe-Absturz hinzu. Sie hofften inständig, dass die Auseinandersetzung bald beendet und Gras über den Diebstahl gewachsen sein würde. So eisig wie die Stimmung zwischen den beiden zerstrittenen Bauernfamilien in den kommenden Wochen und Monaten war, kam der folgende Winter glücklicherweise nicht. Trotzdem war auch diese Jahreszeit geprägt von Entbehrungen und Mangel, kaum Nahrung und viel zu wenig zum Leben. Pfarrer Anselm gab sein Bestes, die Trautskirchner in seinen Predigten weiter zu motivieren, nicht aufzugeben und ihnen einen Lichtblick in der schwierigen Zeit zu sein. Es ging nicht nur den Bewohnern dieses fränkischen Dorfes so, sondern dem gesamten Gebiet im Süden des Reiches. Manche Regionen hatten mehr Glück, andere noch weniger als sie, aber Not und Lebensmittelknappheit mussten alle leiden. Nach dem recht kurzen und nicht sehr kalten Winter kam dann das Frühjahr, welches wiederum zu nass war, um erneut säen und pflanzen zu können. Eines kühlen Sonntages war das gesamte Dorf in der Michaelskirche anwesend, um den Worten des Pastors zu lauschen, da ging der Tagelöhner Josef, welcher gleichzeitig als Tagwächter angestellt war, im Dorf umher. Seine Aufgabe war es, die Häuser während des sonntäglichen Gottesdienstes vor Diebstahl zu schützen und im Falle eines Feuers oder Überfalls unverzüglich Meldung zu machen. Meist wechselten sich die Tagelöhner Trautskirchens mit dieser Art Arbeit ab, so konnte jeder von ihnen ein klein wenig dazuverdienen und die anderen in die Kirchen gehen. Außerdem mussten sie darauf achten, dass auch wirklich jeder in die Kirche ging, einzig und allein Mütter mit Neugeborenen und Kleinkindern sowie gebrechliche Alte oder Kranke waren davon befreit. Wer aus dem Ort gegen die Messepflicht verstieß, wurde von dem Tagwächtern notiert und anschließend Meldung bei

Pfarrer Anselm gemacht. So konnte es vorkommen, dass sogar eine Kirchenstrafe ausgesprochen wurde – je nachdem, wie häufig so etwas vorkam. Aber Josef und auch die anderen Tagelöhner drückten häufig ein Auge zu, wenn sie die Ausrede des Trautskirchners für verständlich hielten. Manchmal bekamen sie dafür auch etwas, doch in jener Zeit des Hungers blieb selbst kaum etwas zum Überleben übrig, also konnten die Dorfbewohner auch nichts abgeben. An jenem Sonntag im Frühjahr 1344 schlenderte Josef den Weg, der fast schnurgerade durch den Ort lief, entlang und erkannte in recht weiter Ferne, dass sich ein Fremder näherte. Er nahm seine Glocke in die Hand, um Meldung zu machen, falls sich der Unbekannte auffällig verhielt. So wollte er das ganze Dorf warnen, wenn nötig. Sobald sie ihn hörten, könnten sie umgehend aus der Kirche treten, bevor Schlimmeres passierte. Aber noch war ja nichts geschehen. Erst einmal musterte er den Mann, der sich gemächlichen Schrittes seinem Heimatort näherte. Der Tagwächter ließ ihn nicht mehr aus den Augen und je näher er kam, desto besser konnte er ihn beobachten. Ein großgewachsener, blonder Mann, der sich eigentümlich zu kleiden pflegte. Ein langes, braunes und viel zu groß wirkendes Oberkleid, das im Halsbereich Knöpfe hatte, an welchem eine Mütze angenäht und um die Hüfte mit einem dicken Strick als Gurt versehen war, bedeckten den Oberkörper bis über die Knie. Recht hohe Stiefel schützten die Unterschenkel und ein hölzerner Stab mit Schnitzereien half ihm beim Gehen. Der Fremde wirkte erschöpft und stütze sich mit seinem Körpergewicht auf den langen Stock, dennoch bewegte er sich direkt und ohne Umwege auf Trautskirchen zu. Um seinen Oberkörper hatte er eine Art große Tasche gehängt, die aus Leder zu sein schien und verschlossen war. Josef konnte nicht erkennen, was sich darin befand, doch sie sah recht schwer aus. Als der Mann am Dorfetter angekommen war, konnte der Tagwächter sein Gesicht erkennen. Es hatte etwas

Freundliches, dennoch beschlich ihn ein ungutes Gefühl, als er ihm in die graublauen Augen sah.

„Was ist dein Begehr, Fremder?", rief er ihm entgegen.

„Sei gegrüßt", sagte der Mann und hob seine rechte Hand. „Darf ich eintreten? Ich bin ein Reisender, der eine Unterkunft und etwas Gesellschaft sucht."

„Wie willst du bezahlen? Hast du Geld?"

Der Fremde griff an seine Hüfte und holte einen kleinen Beutel heraus, der mit Münzen gefüllt war. „Ich kann für die Unannehmlichkeiten aufkommen, Herr."

„Ich bin kein Herr. Nur die Tagwache. Wie ist euer Name?"

„Man nennt mich Constantin. Darf ich ihren werten Namen erfahren?"

„Josef."

„Sehr erfreut. Ist es erlaubt, einzutreten?"

Josef nickte und begleitete den Mann bis vor die Kirche. Dort, so hoffte er, würden sich dann die anderen um ihn kümmern und er hätte seine Schuldigkeit getan. Sie saßen einige Zeit schweigend nebeneinander und es schien dem Mann nicht unangenehm zu sein. Josef hingegen wurde schon ein wenig unruhig, er hatte das Gefühl etwas sagen zu müssen – aber ihm fiel nichts ein.

„Ihr habt ein schönes, kleines Örtchen. Wie ergeht es euch momentan?"

Josef blickte skeptisch in die Richtung des Neuankömmlings. Er wollte nicht gleich ausplaudern und entschied sich dazu, zunächst nachzufragen und zu schweigen.

„Was meinst du?"

„Nun ja, wir erleben gerade eine lange Zeit ohne wirkliche Ernte und all die vielen Orte, die ich auf meinen Wegen bereist habe, berichten mir dasselbe: Die Menschen hungern, streiten aufgrund der Ernteausfälle. Da wollte ich wissen, wie es euch hier ergeht."

„Ebenso", entgegnete Josef knapp.

„Hm", der Mann nickte, „das ist tragisch. Es bleibt die Hoffnung, dass sich dies bald ändern wird."

Josef stimmte ihm zu, dann läuteten die Glocken als Zeichen des Endes des Gottesdienstes. Kurze Zeit später saßen Pfarrer Anselm, Eduard, Konrad und der Fremde auf der Holzbank vor der Kirche zusammen, um sich auszutauschen und kennenzulernen, die anderen Dorfbewohner waren zügig nach Hause gegangen. Josef hatte den Mann noch kurz vorgestellt und berichtet, wie er ihn gefunden habe. So ging es nun nur darum, ob ihm erlaubt werden würde, im Dorf zu bleiben oder ob er weiterziehen musste.

„Ihr seid schon viel herumgekommen, Constantin? Wo kommt ihr denn her?", wollte Pfarrer Anselm wissen.

„Nun, zunächst einmal war ich ein Geistlicher, oder besser gesagt, ich sollte einer werden. Meine Eltern hatten mich, als ich noch ein Kleinkind war, vor der Klostertüre abgelegt und dort liegen gelassen. Einer der Mönche, Bruder Arnulf, fand mich und hat mich aufgezogen. So blieb ich bis zu meinem 15. Lebensjahr im Bistum Passau."

Der Pfarrer wirkte erstaunt und kratzte sich am Kinn. Damit hatte er nicht gerechnet.

Konrad hakte ein: „Und was ist passiert, dass ihr heute hier bei uns und nicht als Mönch tätig seid?"

„Ich will versuchen, es so zu erklären, dass es nicht allzu befremdlich auf sie wirkt. Aber sagt, könnte ich vorher wohl ein Getränk erbitten?"

Pfarrer Anselm reagierte sofort und reichte ihm einen Trunk, den der Fremde eilig bis zur Hälfte in sich hineinschüttete. „Danke. Ich will nun fortfahren. Da mir nicht nur das Beten und Arbeiten beigebracht wurde, sondern ich im Kloster auch das Lesen lernen durfte, fing ich an, mich für Schriften zu interessieren. Und eines schönen Tages habe ich in der Klosterbibliothek der Grafschaft Hals ein Buch entdeckt, das mich sofort faszinierte. Es handelte sich um ein Werk, das teils in Geheimschrift verfasst war. Diese galt es für mich zu entschlüsseln, um zu erfahren, was darin zu lesen war. Offensichtlich war der Inhalt des Werkes es wert, ihn zu verschlüsseln, sonst hätte er ja auch einfach niedergeschrieben werden können."

„Das klingt wie ein Märchen", warf Konrad ein.

„Richtig. Genau das war es auch für mich. Ein unglaublich anziehendes und spannendes Abenteuer, das ich als junger Mann innerhalb der Klostermauern erleben durfte. Dieses Buch faszinierte mich."

Eduard fragte nach: „Handelte es sich dabei um ein verbotenes Buch? Oder gar um ein gotteslästerliches Werk?"

Pfarrer Anselm wirkte zunehmend nervös und rutschte aufgeregt auf der Bank hin und her.

„Nein, keine Sorge", verneinte Constantin. „das Buch, das übrigens *Alchymey teuczsch* hieß, war ein Werk, das von Geistlichen und hohen Fürsten gefördert wurde. Es ging um den interessanten Beruf des Alchemisten, wie ich herausfinden durfte, nachdem ich die Geheimschrift entschlüsselt hatte. Sie hatten ein Schweigegebot gegenüber Außenstehenden, daher hatten sie die Schriften des Buches zum Teil verschlüsselt, da sie nicht wollten, dass er von jedem gelesen werden konnte. Die Alchemisten waren aber allesamt kirchentreu und suchten ihr Wirken in die kirchliche Lehre einzubinden."

„Was ist ein Alchemist?", wollte Eduard wissen.

„Eine sehr gute Frage", bemerkte Constantin. „Wenn ich es richtig verstanden habe, dann war der Grundgedanke, dass sie einen Weg finden sollten, aus Metallen Gold oder Silber herzustellen. Bisher ist es aber niemandem gelungen."

„Bedauerlich. Dann hätten wir euch hier in Trautskirchen zum König unseres Ortes ernannt." Der Steinmetz lachte laut auf und nach kurzem Zögern stimmten auch die anderen in das Lachen ein.

„Ich muss euch enttäuschen. Bisher habe auch ich es nicht geschafft."

„Und warum habt ihr dann das Kloster verlassen?", hakte Eduard nach.

„Ich habe gemerkt, dass ich lieber selbst tätig werden wollte, wenn jemand erkrankt war, als nur unseren Gott um Gnade anzubeten. Dies konnte ich teilweise durch die

Nutzung von Kräutern aus dem Klostergarten tun, doch das war mir irgendwann nicht mehr genug. Ich wollte selbst Mittel und Wege finden, den Menschen zu helfen. So ging ich los. Auf Wanderschaft und um zu lernen. Ich arbeitete mit Metallen und besonderen Steinen. Ich lernte, die Steine und Stoffe zu erforschen unter anderem ihr Vorkommen in der Natur. Mich interessierte alles, die Farbe und das Gewicht der Stoffe und wie die Stoffe sich verändern, wenn sie fest, flüssig oder gasförmig sind. Ich bereiste den Süden und kam sogar bis ins Morgenland im Osten. Dort erfuhr ich auch vom „Stein der Weisen". Diese Tinktur soll nicht nur Metall zu Gold oder Silber verwandeln können, sondern auch ein Allerheilmittel sein. Egal welche Krankheit jemand erlitt, er konnte damit gesund werden. Dies zu finden war mein größter Traum. Man könnte so vielen Menschen helfen, doch die Entdeckung blieb mir ebenfalls bis heute verwehrt. Also suche ich weiter."

„Schade, dass sie so viele Jahre verschenkt haben", warf Anselm ein.

„Nicht verschenkt, Pfarrer", der Fremde hob seinen Zeigefinger und bewegte ihn hin und her. „Ich habe auf meinen Reisen dennoch viel gelernt. Viel über die Menschen, deren Kulturen und vor allem auch jede Menge über Wundversorgung bei Verletzungen, Aderlass, Schröpfen und sogar ein wenig über die Behandlung schmerzender Zähne. Von daher konnte ich auf jeden Fall davon profitieren."

„Beeindruckend", erkannte Konrad an. „Ich glaube, wir können so jemanden bei uns wirklich gut gebrauchen. Vor allem, weil es uns gerade wirklich schlecht geht. Wir haben wenig zu essen und die Ernte ist seit geraumer Zeit fast vollständig ausgeblieben. Lange werden wir so nicht durchhalten können. Die Menschen werden schwächer und dadurch häufiger krank. Der Teufel lauert eben überall und holt dich in deinen schwächsten Momenten."

„Es geht nicht nur euch so. Überall wo ich in den letzten ein oder zwei Jahren war, gab es die gleichen Probleme wie hier."

„Schrecklich. Was der Herr wohl noch mit uns vor hat? Ihr könnt übrigens die ersten Tage bei mir übernachten, wenn ihr wollt", bot Anselm freundlich an.

„Sei mir nicht böse, Pfarrer, aber Constantin bringen wir bei Martin unter. Sie werden sich verstehen und so lernt er wenigstens ein paar Leute aus dem Dorf kennen. Es wird sich eh herumsprechen, dass ein Fremder hier angekommen ist, der vorhat, eine Weile zu bleiben. Das wird besser sein", erklärte Konrad und stand auf. Er wollte keinen Zweifel aufkommen lassen, dass das die beste Lösung für alle war.

Etwas verwundert blickte Anselm schon drein, als er mit einem Nicken die Idee des Steinmetzes akzeptierte. Eduard musste grinsen, da das Gesicht des Pfarrers zu witzig war.

So begaben sich Eduard, Konrad und Constantin wenig später auf den Weg zum Schankwart, der nur wenige Häuser von der Kirche weg wohnte und meist ein Zimmer frei hatte. So viele Reisende und Wanderer kamen nicht nach Trautskirchen, also sollte er nichts dagegen haben, ihn bei sich aufzunehmen. Außerdem war das Haus der Treffpunkt der Trautskirchner – zumindest in unbeschwerten Zeiten – um sich auszutauschen, gemeinsam ein Bier zu trinken oder sich zu unterhalten. Zunächst war Martin etwas skeptisch, doch als er hörte, dass Eduard und Konrad den Fremden bereits kennen gelernt hatten und er, was erschwerend hinzukam, noch ein wenig Bargeld bei sich hatte, willigte er ein und hieß ihn in seinem bescheidenen Haus willkommen. Binnen weniger Tage hatte sich Constantin im Ort eingelebt, die meisten Bewohner schon persönlich getroffen und fühlte sich recht wohl. Dennoch konnte er noch nicht sagen, wie lange er vor hatte zu bleiben. Dies war von so vielen Faktoren abhängig, dass er es beim besten Willen noch nicht wusste. Er einigte sich dann mit Martin auch darauf, dass er sich, da sein Geld auf Dauer nicht zum Bezahlen des Zimmers reichte, im Haushalt und auf dem Grundstück nützlich machte und dem Schankwart unter die Arme griff, wenn etwas zu erledigen war. Dies war für beide Seiten eine sehr gute Lösung, denn Constantin brachte sich gerne ein und Martin konnte eine helfende Hand gut gebrauchen.

Im Laufe der Wochen und Monate entwickelte sich zwischen den beiden zusammenlebenden Männern eine echte Freundschaft und so kam ihnen eines Tages die Idee, sich zusammenzutun. Ihnen war bewusst, dass sie weder mit dem Wirtshaus von Martin noch mit den medizinischen Fähigkeiten von Constantin viel verdienen konnten, da die Kunden allesamt durch den noch immer grassierenden Hunger weder Geld noch Lebensmittel zum Tausch hatten. So schmiedeten sie einen Plan. Die zwei Männer wollten im kleinen Nebenzimmer der Wirtschaft eine Badestube einrichten, wo die Trautskirchner sich behandeln lassen konnten. Lambert, der Schmied, der der Bruder von Martin war, fertigte ihnen eine große Wanne, in der etwa vier oder fünf Personen Platz hatten. Diese stellten sie in der Mitte des Raumes auf, füllten sie mit Wasser und legten Feuerholz darum, mit welchem sie das Wasser erhitzen konnten, wenn sie es entzündeten. So entstand zum einen eine angenehme Temperatur und zum anderen stieg der Dampf nach oben und erfüllte das kleine Zimmer. Constantin hatte diese Technik aus dem Osten mit hergebracht und versprach Lambert, dass er der erste Gast sein dürfte, den er dort behandelte, da er ihm die Wanne kostenlos zur Verfügung stellte. Der Alchemist mischte Kräuter wie Zitronenmelisse, Melissenblüten, Pfefferminze, Rosmarin, Lavendel, aber auch Honig und Milch in das Wasser, um damit eine wohlriechende und entspannende Atmosphäre zu schaffen. Auch das Setzen von Blutegeln zur Behandlung von Schmerzen oder Entzündungen beherrschte der Mann. Darüber hinaus wollte er den Männern noch eine weitere Leistung anbieten: Das

Scheren der Haare und des Bartes, doch er wusste nicht genau, ob sie daran Interesse hätten. Das musste er zunächst einmal vorsichtig erfragen. Ihm war bewusst, dass die Bewohner des kleinen fränkischen Ortes nicht für diesen Service bezahlen konnten, aber er hatte die Hoffnung, dass sie ihm im Gegenzug Lebensmittel gaben oder ihn bei Reparaturarbeiten oder im handwerklichen Bereich unterstützten. Außerdem blieben sie hoffentlich danach noch bei Martin und nahmen den einen oder anderen Trank zu sich. So profitierten beide davon. Die Idee war gut. Aber bisher hatte die Lebensmittelknappheit und der Hunger weiter die Menschen im Griff und daher dachte niemand daran, sich zu entspannen oder kleinere Blessuren heilen zu lassen. Wie lange mochte dieser Mangel noch anhalten?

Oft saß Odo am Fenster und blickte durch die von ihm und Eduard angebrachte Konstruktion aus aufgespanntem Schweinedarm. Er zermarterte sich das Gehirn, wie er seiner Familie und den Menschen helfen konnte, den Hunger zu überwinden. Doch vergebens. Ihm fiel nichts ein. Auch die Schafe waren entweder geschlachtet worden oder verhungert – nur eine paar wenige Tiere waren übriggeblieben. Das garstige und bösartige Wetter wollte nicht besser werden. Was hatten sie denn getan, dass sie diese göttliche Strafe verdienten? Die Bauern fanden weder die richtige Zeit für die Aussaat, noch für die Ernte. Insbesondere wegen des weiterhin dauerhaft fallenden Regens, konnten sie nur einen Bruchteil der Ernte einbringen, als gewöhnlich. Die Ernte fiel weiterhin mehr als schlecht aus, denn ein Scheffel Saatgut ergab nur eine gute Handvoll Korn. Das war eine Katastrophe! Das verbreitete Unkraut, das unter diesen Umständen wucherte, störte die Ernte zusätzlich und bedeckte weite Teile der Ackerflächen. Anselm predigte sonntags immer, dass er diesen Phänomenen göttliche Ursachen zuschrieb und animierte die Dorfbewohner dazu, noch gottesfürchtiger und andächtiger zu leben, um alles zum Guten zu wenden. Odo konnte das irgendwie nicht glauben. Doch das sagte er niemandem – nicht einmal seiner Mutter. Er behielt es besser für sich. Für den Pfarrer war alles so einfach erklärt: Die menschlichen Verfehlungen, Überheblichkeiten und Irrtümer waren die Sünden, die Gott verärgerten und so hatte er die Menschheit mit dieser Hungersnot bestraft. Da er von Constantin erfahren hatte, dass nicht nur der Zenngrund und einige umliegende Ortschaften betroffen waren, sondern es ein viel größeres Gebiet betraf, war er sich sicher, dass es keine Strafe für den Ort Trautskirchen an sich, sondern für die Menschen war. Für ihn war klar, dass diese Fehler die Ursache für den Nahrungsmangel darstellten, also musste ein noch andächtigeres und frommeres Leben die Lösung für diese Krise sein. Damit würden sich die Menschen von ihren Sünden befreien und Gott müsste sie nicht mehr bestrafen. Irgendwie stellte dies Odo nicht zufrieden. Wenn er recht hatte, wieso konnte sich dann der Adel die Bäuche vollschlagen und es sich gut gehen lassen, während sie darben mussten? Die Burgherren aus Nürnberg litten keine Not und auch die Klöster im Umkreis hatten stets genügend zum Überleben. Sie stopften sich den Wanst mit den Abgaben der hungerleidenden Bauern voll, genossen Brot, Wein, Pasteten, Fisch, Fleisch, Flusskrebse, Aal, Gemüse und Käse, wahrscheinlich noch jede Menge Früchte danach. Bei dem Gedanken an das gute Essen lief Odo das Wasser im Mund zusammen. Ja, die hohen Personen konnten sich satt essen und kümmerten sich kein bisschen um ihr Volk. Doch, warum sollte Gott denn die armen Menschen strafen? Er müsste die Herren holen und ihnen ihre Verfehlungen vor Augen führen. Und zu allem Überfluss hatte er von anderen Orten gehört, die von ihrem Burgherrn überfallen und geplündert wurden, wenn sie nicht mehr genügend Abgaben leisteten. Der Zehnt, den jeder erfüllen musste, war schon hart in diesen Tagen. Sie hatten kaum genügend zum Überleben, doch ungeachtet dessen mussten sie alle den zehnten Teil der spärlichen Ernte abgeben. Odo grübelte manchmal stundenlang gedankenverloren vor dem Fenster und schreckte dann entgeistert hoch, wenn ihn jemand ansprach. Dann brauchte er einen Moment, um seine Gedanken zu sortieren und sich mit der Person unterhalten oder ihr helfen zu können. Eduard hatte ihm einmal gesagt, dass er sich nicht über alle Probleme in der Welt Gedanken machen solle und es auch nicht für alles eine Lösung gäbe, die man mit Verstand bewältigen könnte. Manchmal müsste man einfach abwarten und das Beste aus der Situation machen. Odo wünschte sich, dass er das könnte. Doch er konnte nicht! Es war ihm nicht möglich, sein Gehirn auszuschalten und nicht mehr darüber nachzudenken, was man tun könnte, um die Lage zu verbessern. Und so saß der Junge, wenn er nicht seiner Mutter Margarete oder Eduard helfen musste, tagaus, tagein an seinem Fenster und grübelte.

Und dann geschah etwas, mit dem schon fast kein Trautskirchner mehr gerechnet hatte: Das Wetter besserte sich. Der Regen wurde deutlich weniger, endete sogar etwas später und der Boden trocknete langsam aber sicher wieder. Auch die Pegelstände der Flüsse und Bäche gingen mit der Zeit zurück und so schöpften die Bewohner des beschaulichen fränkischen Ortes neue Hoffnung, dass sich doch alles zum Guten wenden würde.

Dann kamen jedoch die Überfälle, von denen auch Trautskirchen nicht verschont blieb. Johann II. war zu dieser Zeit Burggraf von Nürnberg und er trug seinen Spitznamen nicht umsonst – man nannte ihn „Erwerber". Er war einer der Nachkommen der Grafen von Zollern, die sich seit einigen hundert Jahren als Burggrafen von Nürnberg einen Namen gemacht hatten und ihre Macht nutzten, um das Territorium im Westen und Norden der Stadt auszudehnen. Dies gelang ihnen recht gut und so besaßen sie unter den Burggrafen im gesamten Reich eine Ausnahmestellung, da es ihnen relativ früh mit geschickter und intelligenter Politik gelungen war, zu den mächtigsten Landesherrn in ganz Franken aufzusteigen. So zählten sie zum Kreis der einflussreichsten Geschlechter des Reichsadels und beeinflussten sogar aktiv und maßgeblich die Politik des Reiches. Und eben dieser mächtige und einflussreiche Johann II. startete nun Überfälle auf das Umland, wenn man seine Abgaben nicht rechtmäßig bezahlte, um sich selbst ein Bild davon zu machen, wie viel in der jeweiligen Gegend zu holen war. Er wollte in der Zeit des Mangels nicht über den Tisch gezogen werden und selbst kontrollieren, wie viel Ernte die jeweiligen Dörfer tatsächlich eingeholt hatten – da sich ja die Umstände langsam besserten. Die Ortschaften, die sich wehrten, wurden gnadenlos unterdrückt, Männer, Frauen und teilweise sogar Kinder getötet, die Häuser in Brand gesteckt und manchmal ganze Dörfer dem Erdboden gleichgemacht. Der Nachbarort Neuhof verfügte seit einiger Zeit über eine Mauer als Schutz um das Dorf, doch in Trautskirchen war solch ein Verteidigungswall nicht vorhanden. Ankommenden Angriffen solch überlegener Männer waren sie ungeschützt ausgeliefert. Es drangen immer mehr Berichte von Augenzeugen oder Umherziehenden in den Zenngrund, wie brutal und herzlos die Soldaten vorgingen, wenn sie einen Ort angriffen: Keine Gnade war dabei wohl das Motto der Überfälle. Eine direkte Konfrontation galt es somit zu verhindern. Es musste dringend ein Plan her.

Es wurde viel diskutiert und viele Dorfbewohner glaubten, eine passende Lösung für das bevorstehende Problem gefunden zu haben. Manche wollten kämpfen. Sie dachten, sie könnten genügend Waffen zur Verteidigung des Ortes aufbringen und die Eindringlinge damit abhalten, es zu plündern. Andere hatten die Idee, alles kampflos freizugeben und damit den Fremden Trautskirchen mehr oder weniger zu überlassen. So blieben wenigstens die Unschuldigen verschont und die Häuser ganz. Doch eine Garantie gab es dafür auch nicht. Was, wenn die Ritter Lust dazu hatten, alles niederzubrennen? Hier war guter Rat teuer. Die Trautskirchner wollten verhindern, dass die

Männer totgeschlagen, ihr Dorf niedergebrannt, ihre karge Ernte geraubt, die Alten und Kinder verprügelt oder sogar getötet und die Frauen gegen ihren Willen gefügig gemacht wurden. In dieser Zeit war es gerecht, dass widerständige Bauern erschlagen und ihre Felder abgebrannt wurden, die Ritter taten also rein rechtlich nichts Unrechtes. Diese Gesetzeslage erzürnte viele Bauern, doch ändern konnten sie nichts. Warum war es gegen das Gesetz, eine adlige Frau zu vergewaltigen, eine Bauersfrau zu schänden hingegen war gerecht? Warum konnten Adlige Kaufleute umbringen, wenn ein Ritter mit einer Stadt eine Fehde führte? All diese Fragen geisterten immer wieder durch Odos Kopf, aber er musste sie beiseiteschieben, denn es ging jetzt um viel mehr. Wenn die Ritter kamen, um den Ort zu plündern, mussten sie vorbereitet sein! Wieder einmal trafen sich einige Männer des Dorfes, um sich zu beraten und darüber auszutauschen, wie nun vorzugehen war. Lange und intensiv wurde gestritten, dann hatten sie sich auf eine Lösung geeinigt, die sie versuchen wollten. Es ging darum, dass sie die direkte Konfrontation vermeiden wollten und möglichst viel der Ernte an einen sicheren Ort zu bringen, sodass diese nicht geholt werden konnte. Wo wäre sie besser aufgehoben, als in einem der Keller? Die Trautskirchner mussten sich zwischen dem Nordkeller am Acherwäldla und dem Gewölbe am Kellerbuck entscheiden. Welcher war wohl besser geeignet? Nun, der Nordkeller war sicherer versteckt und der Zugang fast unauffindbar, wenn man nicht wusste, wonach man konkret suchen sollte. Aber er war auf einer Anhöhe und recht weit vom Dorf entfernt. Der Kellerbuck war deutlich näher, einfacher zu erreichen und unterirdisch sowieso mit dem Nordkeller verbunden – im Fall der Fälle könnte man also auch durch die weit verzweigten unterirdischen Gänge fliehen. Daher fiel die Wahl auf den Kellerbuck. Sie durften keine Zeit mehr verlieren, es konnte jeden Moment soweit sein. So sammelten alle Dorfbewohner in den kommenden Tagen ihre hart erarbeiteten Feldfrüchte zusammen und verstauten diese sicher in dem unterirdischen Kellergewölbe. Jedoch behielt jeder Dorfbewohner noch einen recht kleinen, aber nicht unerheblichen Anteil der Ernte bei sich auf dem Hof. Die ankommenden Plünderer sollten schließlich nicht mit leeren Händen gehen und das Gefühl haben, dass sie Beute gemacht hatten. So hofften die Trautskirchner, dass sie die Ritter milde stimmen und zum Weiterziehen bewegen konnten, ohne dass sie größeren Schaden im Ort und bei der Bevölkerung anrichteten.

Trotzdem war er im ersten Moment wie gelähmt, als die Ritter ins Dorf stürmten. Odo stand wie angewurzelt da und beobachtete, was passieren würde. Dann, nach endlos langen Sekunden, schüttelte er kurz den Kopf und trat einige Schritte zurück. Er stellte sich neben Eduard, der die Hand seiner Mutter fest umklammert hielt. Seine kleine Schwester Ännlin musste im Haus bleiben. Margarete hatte ihr befohlen, dass sie dortbleiben musste, völlig egal, was dort draußen passieren würde. Sie hatte Angst, doch sie gehorchte und versteckte sich zuhause. Die Fremden schrien und grölten laut, fuchtelten wie wild mit ihren Armen und fielen mit Getöse ins Dorf ein. Es ging alles so schnell, dass die Bewohner gar nicht wussten, worauf sie achten sollten. Die Männer trugen nur leichte Rüstungen, lediglich ein Kettenhemd und Helme, dafür aber schwere, schmutzige Lederstiefel. Sie schrien, grölten und brüllten, als sie in Trautskirchen einfielen, um den Menschen Angst zu machen. Das gelang ihnen wahrlich gut! Die Reiter hatten die Schwerter gezückt und schwangen sie hoch über ihren Köpfen, fuchtelten mit den Waffen wild in der Luft herum und galoppierten wild im Dorf durcheinander. Odo fand sie alle unglaublich böse und hässlich. Einer hatte eine große Narbe auf der zur Seite gekrümmten Nase, die sicherlich von einem Kampf herrührte. Ein anderer hatte eine große Zahnlücke, die durch seinen langen Bart hervorlugte, als er schreiend an ihm vorbeiritt. Die Angreifer traten mit ihren schweren Stiefeln von ihren Pferden einzelne Dorfbewohner um, nur um ihre Stärke und Überlegenheit zu demonstrieren, ab und an schlugen sie sogar unnachgiebig mit dem Knauf ihrer Schwerter zu. Sogleich sanken die Getroffenen zu Boden und hielten mit ihren Händen die verletzte Stelle, an welcher teilweise sogar klaffende Platzwunden zu erkennen waren. Die Pferde, allesamt feurig und brutal wirkende Schlachtrösser, die sich vor nichts fürchteten, trampelten durch den Ort und hinterließen dabei tiefe Hufabdrücke auf den Wegen. Man könnte meinen, der Teufel höchstpersönlich hätte diese Tiere auf die Erde gesandt, um der Bevölkerung Angst zu machen. Rotglühende Augen, Schaum vorm Mund und einen Blick, der keine Zweifel daran ließ, dass irgendein böser Dämon von ihnen Besitz ergriffen hatte, so galoppierten die Tiere mit ihren Reitern durch den Ort. Der Steigbügel eines der Männer hätte beinahe die Müllerin Eva getroffen und der Huf des Tieres hätte ihr um ein Haar den Fuß zertrümmert. Die aufgewühlte Erde fiel wie ein leichter Sommerregen auf die Bewohner Trautskirchens herab und blieb in ihren Haaren kleben. Es gab keine Zweifel, dass mit den Besuchern nicht zu spaßen war. Die Bewohner wagten kaum zu atmen und auch Odo selbst war hin- und hergerissen, ob ihn dieses Schauspiel nun begeistern oder ängstigen sollte. Einerseits fand er es beeindruckend, wie die Männer durch ihre bloße Anwesenheit und dem damit verbundenen Auftreten Eindruck machten, andererseits wollte er, dass diese brenzlige Situation schnellstmöglich wieder verging. Sein Blick wanderte ein wenig umher und kreuzte den der anderen Dorfbewohner, die ebenfalls vor ihren Häusern standen. Manch einer nickte kurz, andere wagten kaum zu blinzeln. Die Spannung war fast greifbar. Nach wenigen Augenblicken beruhigten sich die kräftigen Pferde ebenso wie ihre Reiter und fanden sich inmitten des Ortes, direkt neben der Kirche ein.

„Versammelt euch. Es eilt!", rief ein dunkelhaariger, großgewachsener Mann laut. Es schien der Anführer zu sein, wahrscheinlich Johann II. oder zumindest einer seiner Vertrauten. Die Trautskirchner, die das Rufen vernommen hatten, liefen in Richtung Dorfzentrum und bildeten unbewusst und wie von einer fremden Macht geführt, eine Art Halbkreis um den Eindringling und sein Gefolge. Es waren binnen kürzester Zeit fast alle da – diese Botschaft hatte sich wie ein Lauffeuer verbreitet.

„Hört gut zu!", rief der Mann wieder sehr laut. „Ich werde mich nicht wiederholen! Unser aller gütiger Herrscher und geliebter Burggraf Johann II. hat folgende Ankündigung zu machen: Durch den andauernden Ernteausfall und dem damit verbundenen Hunger sieht er das Überleben unseres gesamten Geschlechtes in Gefahr. Wie soll er euch schützen, wenn er nicht bei Kräften ist? Es ist daher unumgänglich, die Abgaben für euch alle zu erhöhen und noch einmal Steuern einzusammeln."

Als der Mann dieses gesagt hatte, begann das allgemeine Gemurmel und man sah ihm an, dass ihn das nicht sonderlich passte.

„Schweigt, Bauern! Ich habe meine Nachricht noch nicht beendet! Es wird also eine zweite Steuer fällig, die direkt an den Burgherrn gehen wird. Wir, seine direkten Vertrauten, sind von ihm dazu beauftragt worden, diese hier und in eurem Umland einzutreiben." Er hielt einen Brief in die Höhe, der seine Aussage zu bestätigen schien. Dies konnte allerdings keiner der anwesenden Trautskirchner prüfen, denn sie alle konnten nicht lesen. Und der Pfarrer wollte sich nicht in den Vordergrund drängen, also schwieg er und blickte auf den Boden vor sich.

Wieder Gemurmel und Getuschel.

„Schweigt!", rief der Mann erneut ungeduldig und hob seine linke Hand gen Himmel. Langsam wurde er etwas unruhig und wirkte nicht mehr so selbstsicher, wie noch zu Beginn seiner Ankündigung. „Geht nun. Geschwind! Geht und holt mir eure Ernteabgaben, die ihr in euren Hütten habt. Es soll kein weiterer Zehnt sein, so wie ihr ausseht, besitzt ihr nicht viel mehr, als ihr an eurem schmutzigen

Körper trägt. Dennoch: Bringt reichlich, so stimmt ihr uns milde!" Dann lachte er herzhaft und laut los, als er sah, wie die Dorfbewohner losgingen, um in ihren Scheunen den verlangten Ernteanteil zu holen. Dabei trat er sein Pferd in die Seite, das laut wiehernd die gewaltigen Vorderbeine in die Luft hob, bäumte sich auf und fuchtelte wild mit ihnen herum. Der Mann saß dabei locker im Sattel und hielt sich lediglich mit einer Hand am Zaumzeug fest, als wäre es die leichteste Übung, dieses Tier ohne Anstrengung im Griff zu behalten.

Jeder aus dem Dorf wusste, was er zu tun hatte. Sie liefen schnell in ihre Kammern, zu ihren Scheunen oder in die Vorratsräume und trugen die restliche Ernte zum Dorfplatz vor die Kirche. Währenddessen trabten die Eindringlinge auf ihren Schlachtrössern durch den Ort und beobachteten argwöhnisch das muntere Treiben. Wie Ameisen in ihrem Bau liefen die Trautskirchner durcheinander, um die Lebensmittel eilig abzuliefern.

„Ist das alles?", rief der Mann erzürnt und blickte finster in die Runde.

„Ich habe gefragt, ob das alles ist?"

Niemand antwortete, alle hatten den Blick gesenkt und hofften, dass er keine Antwort erwartete.

Er ritt langsam und bedächtig den Kreis der Dorfbewohner ab. Schritt für Schritt – sein Pferd und er selbst schienen das Treiben zu genießen. Dann, aus heiterem Himmel, riss er sein Schwert aus der Scheide und ließ die Klinge auf den Kopf von Josef niedersausen. Der Tagelöhner stand noch einen schier nicht enden wollenden Augenblick wie angewurzelt da, bevor er in die Knie ging und zur Seite kippte. Das frische, hellrote Blut lief in Strömen aus seinem Kopf und er regte sich nicht mehr. Kreischend bargen Frauen und Männer ihre entsetzten Gesichter in ihren Händen, um dies nicht mit ansehen zu müssen. Väter und Mütter verdeckten ihren Kindern die Augen, andere wandten sich voller Entsetzen und Abscheu ab. Theo sackte neben seinem Kameraden auf die Knie und nahm seine

Hand. Sie fühlte sich an wie immer. Rau, mit Schwielen vom Arbeiten besetzt, aber immer noch warm und voller Tatendrang. Er konnte und wollte seine Tränen nicht verbergen, lautlos liefen sie ihm die Wangen hinab. Sein graues Kleid färbte sich blutrot an den Knien, doch das bemerkte er nicht einmal. Er entfernte seinen Blick keine Sekunde von seinem toten Freund, als würde er ihn dadurch wieder ins Leben zurückholen können. Nichts in Theos kurzem Leben oder im Alltag der Dorfbewohner hatte darauf hingedeutet, dass der bewaffnete Eindringling seine Klinge zücken und einen willkürlichen Mann niederstrecken würde. Unter anderen Umständen – und wenn sie nicht die Gesandten des Burggrafen zu Nürnberg gewesen wären – hätten sich die Trautskirchner gemeinsam ihrer angenommen und die bewaffneten Reiter aus dem Dorf gejagt. Oder ihre sterblichen Überreste vor dem Ort ausgebreitet. Doch dies ging nicht. Sie würden nur den Zorn und die Rache des Burggrafen auf sich lenken und das wollten sie unter keinen Umständen. Sie hatten schließlich genügend andere Probleme in diesen Tagen. Männer dieses Schlages verspotteten oder quälten Juden zum Spaße, machten sich über alte Frauen lustig, versuchten sich junge Frauen zu nehmen oder provozierten gegen Mitternacht Schlägereien in Tavernen und Schenken. Sie waren von ihrer Stärke und Überlegenheit besessen und mussten diese immer wieder unter Beweis stellen. Sie hatten schon unzählige Schlachten und Kämpfe hinter sich, wenn sie abends zu Bett gingen, hörten sie immer noch die Schreie der Sterbenden in ihren Ohren – sowohl von den Feinden als auch von den Freunden an ihrer Seite. In solchen Blutbädern ist es eine Kunst, seinen Verstand nicht zu verlieren, denn auch wenn die Gefechte siegreich beendet wurden, so bezahlte man mitunter einen sehr hohen Preis dafür: Seine Geisteskraft und ruhige Nächte. Beides war ihnen irgendwann in den letzten Jahren abhandengekommen und so durchstreiften die Schergen des Burggrafen die Lande, um die von ihm festgelegten Regeln durchzusetzen. Immer auf der Suche nach Blut, Streit und Tod. Ihre innere Gier nach diesen drei Zielen war es, was sie vorantrieb. Und so streiften sie von Dorf zu Dorf, von Stadt zu Stadt, um dort einzufallen wie der Wolf in die Schafsherde. All dies war ihnen an den gezeichneten, verzerrten Gesichtern und den starren Augen abzulesen.

„Ich frage euch jetzt noch einmal: Ist das alles?", rief der Anführer der Gruppe laut.

Erneutes Schweigen.

Wieder zog der Mann sein Schwert. „Soll noch jemand sterben, bevor ich hier eine Auskunft bekomme?"

„Nein!", rief Konrad, der Steinmetz. „Haltet ein, Herr!"

„Nun, ich frage erneut: Ist das alles, was ihr habt?"

„Ja, Herr. Der Winter und die Missernten haben uns schlimm zugesetzt. Und dann kam auch noch die Flut. Wir haben nicht mehr. Es hat uns wirklich hart erwischt. Herr, überzeugen sie sich selbst. Wir haben nur noch behalten, was wir wirklich zum Überleben brauchen."

Der Mann auf dem Pferd machte eine kurze Kopfbewegung und schon verteilten sich seine Begleiter im Ort, durchsuchten stichprobenartig die Vorratsräume und Speicher der Dorfbewohner.

Odo ließ unauffällig seinen Blick durch die Menschen gleiten. Keiner wagte es, dem Mann auf dem Pferd ins Gesicht zu sehen, alle hatten ihre Köpfe gesenkt und warteten darauf, dass sie anderen Männer zurückkamen. Manche wagten kaum zu atmen. Nur Theo saß noch immer neben seinem toten Freund und hielt schweigend seine Hand. Ein Anblick, der Odo das Herz brach. Für einen Moment kreuzte sein Blick den von Bauer Heinrich, sie nickten sich knapp zu und sahen dann beide wieder auf den Boden. Er hätte jetzt Wilhelm an seiner Seite gebrauchen können. Nicht, dass Eduard keine Unterstützung gewesen wäre, nein, so konnte man es wahrlich nicht sagen, aber sein Patenonkel und er verstanden sich irgendwie ohne Worte und er hatte immer ein besseres Gefühl, wenn er ihn in seiner Nähe hatte. Doch der war gerade weit weg im Dunkelwald und vor allem in Sicherheit, was Odo etwas beruhigte.

Eine gefühlte Ewigkeit später kamen die Späher zurück. Nun wagten auch die Dorfbewohner wieder, ihre Häupter zu erheben. Sie machten ihrem Herren Meldung, dass es tatsächlich so war, wie es das Dorf dargestellt hatte. Sie hatten keine weiteren versteckten Vorräte finden können. Etwas mürrisch und ungläubig presste der Mann auf dem Schlachtross seine Lippen zusammen und knurrte: „Nun denn, wenn es so ist, dann will ich es glauben. Sammelt die Nahrungsmittel ein und beladet die Pferde damit." Seine Begleiter gehorchten sofort. Dabei ließ er seinen Blick durch die Menschen schweifen, die allesamt eingeschüchtert wegsahen, wenn er sie anblickte. „Aber wir kommen wieder." Dann drehte er sein Pferd, nahm erneut das Schwert aus der Scheide und ließ es ohne Vorankündigung in Richtung Odo sausen. Ein Kreischen ging durch die Menge, dann wurde es plötzlich mucksmäuschenstill und alle Augen waren auf Odo gerichtet. Nur wenige Finger breit vor seinem Kopf stoppte der Ritter die Waffe und lachte laut auf. Der Junge hatte seine Augen geschlossen und verharrte in einer Position, die so wirkte, als wäre er versteinert. Des Schwertes Schneide schwebte immer noch knapp über ihm, doch er wagte nicht zu blinzeln. Dann nahm der Herr die Waffe zurück und steckte sie schwungvoll weg. Noch immer lachend gab er seinem gewaltigen Pferd die Sporen und ritt davon. „Hey! Hey! Hey!", hörte man ihn noch aus weiter Ferne rufen, während seine Begleiter mit den letzten Waren die Taschen füllten und wenige Augenblicke später Trautskirchen verließen. Obwohl die Gefahr vorerst vorüber war, wagte sich einige Zeit lang kein Bewohner zu bewegen. Der Schock stand ihnen ins Gesicht geschrieben. Erst als sich das Donnern der sich entfernenden Hufschläge in Stille aufgelöst hatte, trauten sich die Menschen, wieder tief durchzuatmen. Sie hatten es geschafft. Sie hatten die Schergen des

Burggrafen getäuscht und ihr eigenes Überleben vorerst gesichert. Doch hatten sie dies mit einem teuren Pfand bezahlt: Josef lag noch immer leblos in ihrer Mitte. Eine tief klaffende Kopfwunde zeugte von der Ernsthaftigkeit, die die Gesandten an den Tag legten. Pfarrer Anselm nahm Theo in seine Arme und führte den apathischen Mann zur Kirche. Er brauchte offensichtlich Hilfe und die bekam er von dem Geistlichen. Der Totengräber Magnus und seine Frau Ursel holten zuhause einen großen Jutesack und legten den Toten behutsam hinein. Mit einem kleinen Wagen schoben sie ihn zu sich, um ihn aus dem Blick der Trautskirchner zu schaffen. Fast war es so, als wäre nie etwas passiert. Nur die große Lache Blut, die auf dem Weg noch zu sehen war, erinnerte an die grauenhafte Tat.

Als das Dorf wenige Tage später gemeinsam die sterblichen Überreste von Josef beisetzte, kümmerte sich Pfarrer Anselm mit Totengräber Marius darum, dass alles rechtens ablief. Da der Tagelöhner keine Angehörigen und keine großen Ersparnisse hatte, einigte man sich darauf, dass es eine Angelegenheit der Gemeinschaft war, ihn ordentlich und in geweihter Erde beizusetzen. Er hatte sich ja im Grunde, wenn auch unfreiwillig, für die Dorfgemeinschaft geopfert. So gestaltete der Zimmermann Reinhard ein Holzkreuz mit den Lebensdaten des Verstorbenen gemeinsam mit Theo, um es auf seinem Grab zu platzieren, den Jutesack zur Aufbewahrung des Leichnams stiftete der Müller und seine Frau. Gemeinsam mit Magnus hatten Heinrich, Lambert und Konrad das Grab ausgehoben, außerdem nahm sich Pfarrer Anselm, wie üblich, der Sorge für den Verstorbenen an. Bestattungen liefen in Trautskirchen meist gleich ab: Der Tote wurde mit dem Gesicht zum Himmel und mit dem Körper Richtung Osten gewandt, in einem Jute-, Stroh- oder Leinensack ins Grab gelegt. Nach Osten sollte er zeigen, um gen Jerusalem zu sehen, außerdem mit dem Gesicht nach oben, um in das bevorstehende Himmelreich zu blicken, die Arme wurden vor der Brust verschränkt. Die reicheren Bewohner konnten sich Särge leisten, dies war allerdings die Ausnahme – außer man konnte vor seinem Ableben einen guten Handel mit Zimmermann Reinhard machen. Ebenso war es mit Steinplatten als Grabsteine. Fast alle Trautskirchner hatten recht einfache Holzkreuze, die ab und an mit Schnitzereien verziert waren, an ihren Gräbern stehen. Lediglich Konrads Familie, die schon seit einigen Generationen Steinmetze waren, nutzten Steinplatten zu diesem Zweck. Auf ihnen wurden dann die wichtigsten Daten des Verstorbenen vermerkt und ab und an sogar durch Bibelzitate ergänzt. Dies stellte eine recht große Herausforderung dar, da fast keiner aus dem Ort lesen oder schreiben konnte. So waren sie abhängig von Pfarrer Anselm beziehungsweise auch von seinen Vorgängern und Nachfolgern, da er die einzige Person war, die diese Fähigkeiten hatte. Er schrieb also die Angaben zur Person auf und der Steinmetz oder der Zimmermann kopierte diese anschließend möglichst originalgetreu. Obwohl der Tod in dieser Zeit etwas Alltägliches für die Trautskirchner war, so erschütterte er dennoch jedes Mal wieder das gesamte Dorf. Ihre Gemeinschaft lebte schließlich davon, dass möglichst alle zusammenhielten und miteinander Probleme meisterten. Fiel ein Glied aus dieser Kette weg, so musste es ersetzt werden oder man brauchte eine neue Idee, wie der Verlust wettgemacht werden konnte. Und auch wenn das Sterben zum Alltag gehörte, so fürchteten sich die Menschen damals trotzdem davor. Dadurch, dass man von Faulgasen noch nichts wusste, konnte man die Toten Tage später noch kauen und schmatzen hören, was dazu führte, dass diese Angst allgegenwärtig war. Pfarrer Anselm bereitete den Verstorbenen dann vor der Beerdigung intensiv auf sein bevorstehendes Leben nach dem Tod vor, er sollte schließlich bestens versorgt in den Himmel kommen. Etliche Gebete und Fürbitten sollten dies für Josef garantieren. Er erklärte dem Herrn ausführlich in seinen Anrufungen, dass der Tagelöhner ein wichtiger Bestandteil des Dorfes, er ein rechtschaffener und aufrichtiger Mann und ein ehrlicher Christ war. Mehr konnte er nicht mehr für ihn tun, der Rest lag in den Händen Gottes.

Immer wenn Odo später diesen Tag in sein Gedächtnis rief, erwachte er schweißgebadet aus einem Albtraum. Dort verarbeitete er seine erste Erfahrung mit einem kaltblütigen Mord, die er wohl nie ganz vergessen würde, solange er lebte. Manchmal rief er sogar laut im Traum „Nein" – was er vielleicht damals auch hätte brüllen sollen. Er hätte mit all seiner Kraft, Trauer, Wut und Verzweiflung in der Stimme „Nein" rufen sollen. So laut, wie er noch nie vorher hatte rufen müssen. Doch seine Kehle war wie zugeschnürt. Er hätte mit den anderen Dorfbewohnern die Eindringlinge vom Pferd ziehen, sie entwaffnen und schließlich hinrichten sollen. Das war es, was sie verdient hatten! Doch sie entschieden sich alle dazu, nichts zu tun. Was hätte es denn gebracht? Sie hätten die Männer sicherlich ausschalten können. Dann hätten sie sie auf möglichst grausame Weise ins Jenseits befördert, um ihren Freund zu rächen. Doch was wäre dann gewesen? Hätte sich der Burggraf nicht wiederum mit unvorstellbarer Härte an ihnen gerächt? Wahrscheinlich schon. Er hätte wohl das gesamte Dorf dem Erdboden gleichgemacht und alle Trautskirchner töten lassen. Das war es nicht wert. Sie hatten richtig gehandelt. Vernünftig. Und trotzdem verfolgten Odo die Bilder bis ins Bett und in seine Träume. Immer wieder fällt wie aus dem Nichts die scharfe Klinge des Schwertes auf den Kopf Josefs herab und er sinkt jedes weitere Mal erneut in sich zusammen wie ein Sack Getreide.

Nachdem der erste Schock des Überfalls verwunden war, traf man sich in Trautskirchen zu einem spontanen Dorffest bei Martin, dem Schankwirt. Die Freude ob des gelungenen Plans war so groß, dass sich jeder Einwohner erleichtern wollte. Diese Unbeschwertheit des Alltags kam äußerst selten vor, deswegen feierten sie umso ausgiebiger. Es wurden ordentlich viel Bier und Wein ausgeschenkt. Bis spät in die Nacht tranken, sangen, tanzten und lachten die Bewohner des kleinen, mittelfränkischen Dorfes, weil sie dem großen Burggrafen ein Schnippchen geschlagen hatten. Selbstverständlich nutzten sie auch die von Martin und Constantin gestaltete Badestube – manch einer intensiver als erwartet. Jakob brachte es auf den Punkt, als er wohl gegen Mitternacht rief: „Potz Blut, wie haben wir gesoffen! Ich habe mich heute wohl dreimal vollgesoffen und eben zum vierten Male gekotzt!" Zu noch späterer Stunde, es war bereits weit nach Mitternacht und das Bad hatte sich geleert, erwischten Theo und Ferdinand einen ihrer Tagelöhner-Kameraden beim Liebesspiel mit der Bauerstochter Barbara. Sie streichelte seine starken und muskulösen Arme, während er sanft ihren Hals küsste. Die sich steigernde Ekstase machte sich am zuckenden Pomuskel des Mannes bemerkbar und auch die Bauerstochter schloss voller Lust die Augen, grub ihre Fingernägel in die kräftigen Oberarme von Albert. Angetrunken und übermütig klatschte ihm Theo seine Hand mit voller Wucht auf den nackten Hintern und Ferdinand rief ihm ermutigende Sprüche zu, während er ihn mit seinem halb gefüllten Krug Bier auf den Kopf goss. Die junge Frau begann zu kreischen und versuchte, ihre Blöße mit dem Kleid von Albert zu bedecken. Dieser sprang aus dem Wasser und begann die Verfolgung – völlig nackt jagte er sie durch die Wirtsstube und rannte ihnen hinterher, bis alle drei wenige Meter außerhalb des Hauses zu Boden stürzten. Dann erst fiel Albert auf, dass er nichts anhatte und die Männer mussten lauthals auflachen. Die noch anwesenden Dorfbewohner hatten das Spektakel natürlich verfolgt und stimmten in das helle Lachen der am Boden liegenden Betrunkenen ein. Man reichte ihm seine Kleider, nahm ihn in die Mitte, schenkte ihm ein weiteres Bier ein und begleitete ihn nach innen. Glücklicherweise konnte Barbara dieses Durcheinander nutzen, um sich unbemerkt nach Hause zu schleichen. Nur Constantin saß still grinsend auf der Bank hinter dem Haus und verfolgte die Flüchtende mit seinen Blicken. Er trank seinen Krug in einem Zug leer und ging zurück in die Wirtsstube. Ohne jemandem von seinen Beobachtungen zu erzählen, stimmte er in das Gelächter der anderen Feiernden ein und erfreute sich der Geschichte, die ihm aufgeregt von den Trautskirchnern erzählt wurde. Aber nicht nur das: Er konnte zufrieden beobachten, dass sich Barbara und Albert nach dieser gemeinsamen Nacht regelmäßig trafen und schließlich einige Zeit später sogar ein Paar wurden. Dies bestätigte ihn, dass er in jener Nacht geschwiegen hatte. So konnte die junge Frau ihr Gesicht wahren und Albert vorher Kasimir und Gertrud offiziell als seine zukünftigen Schwiegereltern kennenlernen, ohne von dem Ereignis auf dem Fest erzählen zu müssen. So blieb der Vorfall bei den Unbeteiligten einzig und allein in Constantins Gedächtnis, die anderen Anwesenden hatten ihn entweder verdrängt oder konnten sich nach dieser intensiven Nacht des Feierns schlichtweg nicht mehr daran erinnern.

Einige Monate später – die Trautskirchner hatten seit jenem Besuch der Schergen des Burggrafen zu Nürnberg nichts mehr von ihnen gehört oder gesehen – stand der Johannistag vor der Tür. Dieser wurde traditionell mit einem großen Fest am Acherwäldla begangen, bei welchem das gesamte Dorf zusammenkam und die Geburt von Johannes dem Täufer feierte. Er wurde als letzter Prophet vor Jesus Christus verehrt und schon Tage vor der eigentlichen Feier war das gesamte Dorf auf den Beinen, um zu einem guten Gelingen des Abends beizutragen. Pfarrer Anselm bereitete seinen Gottesdienst vor, der am Nachmittag des 23. Junis in der Kirche stattfand und nach welchem dann gemeinsam zu dem kleinen Eichenhain im Norden Trautskirchens gepilgert wurde. Dort hatten die Männer dann bereits einen großen Haufen trockenes Holz aufgeschlichtet, der dann später am Abend entzündet wurde. Die Frauen des Ortes verbrachten die Stunden

vorher mit dem Backen des Johanniskuchens. Hierfür vermengten sie Eier, Butter, Mehl zu einer festen Masse und buken diese anschließend aus. Danach wurde er mit frischen Beeren oder Früchten garniert und dann verzehrt. Meist fanden sich Johannisbeeren darauf, da sie zu dieser Zeit reif waren. Jedes Kind – und insgeheim auch jeder Erwachsene – freute sich bereits seit vielen Tagen darauf, diese Köstlichkeit essen zu dürfen. So stibitzten die beiden Jungen vom Zimmermann Reinhard und Sophia, seiner Frau, einen der gebackenen Kuchen, die am Fenster zum Kühlen standen und verspeisten ihn gemeinsam mit ihren Freunden hinter dem Hof. Ihre Mutter war so in ihre Arbeit vertieft, dass sie gar nicht mitbekam, dass anstatt der sechs gebackenen Kuchen nur noch fünf da waren. Und ihre Jungs Adam und Ingmar waren glücklich, dass ihr kleiner Diebstahl nicht aufgefallen war. Agnes, die Frau des Steinmetzes Konrad, bereitete zu dieser Gelegenheit immer ihre berühmten Hollerküchle zu. Sie hatte das Rezept von ihrer Mutter bekommen und diese wiederum hatte es von ihrer Mutter. So wurde es von Generation zu Generation weitergegeben und auch sie würde es eines Tages an ihre Schwiegertochter weitergeben, wenn denn ihr Sohn Christian einmal heiraten würde. Aber dafür hatte er ja noch eine Menge Zeit. In ihre wundervoll süß schmeckenden Küchle kamen Butter, Eier, frisch gepflückte Holunderblüten – am besten als Dolden lassen, das erleichterte das Ausbacken - sowie Honig, Milch und Mehl. Am Ende sahen diese Küchle wie gebackene, süße Sträußchen aus und schmeckten allen ganz wunderbar.
Wilhelm, der Einsiedler, hatte eine ganz eigene Art, sich auf das Johannisfest vorzubereiten. Er nahm an jenem Tage immer schweigend ein Bad in der Druidenquelle. Dieses Ritual, das Johannisbad, so erklärte er den anderen Dorfbewohnern, war ein Brauch, bei welchem er besonderen Schutz für das kommende Jahr und besondere Kraft bekam. Er nutzte auch stets den Tau der Johannisnacht, sammelte und trank diesen am Morgen des 24.

Juni, um Krankheiten vorzubeugen und um böse Geister von ihm fernzuhalten. Als Constantin von diesem Kult erfuhr, beschloss er, die Gelegenheit zu nutzen, um jenen geheimnisvollen Mann endlich persönlich kennen zu lernen, von welchem er schon so viel Kontroverses gehört hatte. Als der Alchemist davon erfuhr, dass sich der Einsiedler immer an der Druidenquelle einfand, machte er sich auf den Weg und hoffte, sich nicht zu verlaufen. Odo hatte ihm zwar den Weg möglichst genau und detailliert beschrieben, aber sicher war er sich nicht, dass er sich dort auch zurechtfinden würde. Doch es lief besser, als er vermutet hatte. Nach einem zum Ende hin ein wenig anstrengenden Fußmarsch, erreichte er sein Ziel. Von Wilhelm fehlte allerdings jede Spur. So setzte sich der Alchemist an den Rand der Quelle, trank einen großen Schluck des kühlen, erfrischenden Wassers und machte es sich bequem. Er wusste schließlich nicht, wann er den interessanten Fremden treffen würde. Er legte sich auf den Rücken und verschränkte die Arme unter seinem Hinterkopf. Dieser Platz war etwas ganz Besonderes, das konnte er fühlen. Diese Ruhe, dieser Friede, dieser Einklang mit der Natur – nur selten hatte er dies so sehr gefühlt, wie in diesem Moment. Dann musste Constantin eingenickt sein, denn als er das nächste Mal mit seinen müden Augen blinzelte, sah er einen Mann neben sich sitzen. Er vermochte nicht zu sagen, wie lange er schon beobachtet wurde, so sprang er auf, rieb sich die Augen und begrüßte den Mann. „Sei gegrüßt. Mein Name ist Constantin und ich hoffe sehr, dass ihr Wilhelm seid."

Sein Gegenüber nickte. „Was ist euer Begehr?"

„Ich wollte euch kennenlernen. Die Dorfbewohner und vor allem Odo haben mir eine Menge über euch erzählt. Daher war es mir ein großes Anliegen, euch persönlich zu treffen."

„Ihr seid aus Trautskirchen gekommen?", wollte der Einsiedler wissen.

„Ich kam vor einiger Zeit ins Dorf und bin geblieben. Vorher reiste ich viel umher und hatte kein richtiges Ziel vor Augen. Doch hier fühlte ich mich gleich wohl und blieb." Normalerweise hatte er nicht viel Interesse daran, sich länger mit Fremden zu unterhalten, aber er wohnte in Trautskirchen und kannte Odo, also beschloss er, ihm eine Chance zu geben. Und so kamen die beiden Männer ins Gespräch, tauschten sich aus, erzählten aus ihren Leben – schließlich fanden sie sich recht sympathisch und bemerkten, dass sie, obgleich sie doch recht unterschiedliche Leben führten, viele Gemeinsamkeiten hatten. Wilhelm interessierte sich sehr für die Arbeit des Alchemisten und Constantin wiederum erfreute sich an den Erzählungen über die Natur rund um den Ort und die Geschehnisse im Dunkelwald. So verging die Zeit wie im Fluge und beinahe hätten die zwei Männer vergessen, welcher Tag heute war. Wilhelm erklärte seinem Gesprächspartner, was er nun vorhatte und lud diesen ein, es ihm gleich zu tun. Constantin willigte neugierig ein. Wilhelm entkleidete sich vollständig und erklärte vorab noch einmal, dass es wichtig ist, während des Bades ausnahmslos zu schweigen, um die Kraft der Natur in sich aufnehmen zu können. So badeten die beiden Männer eine Zeit lang in der Druidenquelle, wuschen ihre Körper ausgiebig, benetzten möglichst jeden Winkel ihres Körpers mit dem frischen Quellwasser und sprachen dabei kein Wort. Am Ende legten sie sich ausgestreckt noch einmal in das kühle Nass und schlossen ihre Augen. Diese letzten Augenblicke konnte Constantin nicht mehr so genießen, wie das Ritual zuvor, denn es war ihm mittlerweile schon recht kalt geworden. Dennoch zog er es durch und versuchte, es sich nicht anmerken zu lassen. Im Anschluss daran setzten sie sich im Schneidersitz nackt ins Gras am Rande der Quelle und schwiegen noch einen Moment, bis Wilhelm die Ruhe durchbrach.
„Und? Wie fühlst du dich?"

„Ich will ehrlich sein", entgegnete sein Gegenüber, „ich fühlte mich selten so nahe an der Natur, wie jetzt. Und obwohl mir am Ende ziemlich kalt war, durchströmt mich gerade ein Strudel aus Wärme, der meinen ganzen Körper durchfährt."

Wilhelm nickte. „So soll es sein. Das ist die Stärke der Natur, die in deinen Körper schießt. Du nimmst ihre Kraft und Gewalt in dich auf. Sie ist jetzt ein Teil von dir. Und das ist es, was du gerade fühlst."

„Ich bin überwältigt. Herzlichen Dank, dass ich diese Erfahrung machen durfte!" Constantin reichte dem Einsiedler die Hand.

Wilhelm nickte. Sie zogen ihre Kleider wieder an und fühlten sich beide wie neugeboren. Gemeinsam gingen die beiden Männer nebeneinander in Richtung Dorf. Dabei wählte der Eigenbrötler bewusst einen anderen als den kürzesten Weg, um seinem Begleiter noch einen Teil des Dunkelwalds zu zeigen.

Die Nacht vor dem Johannistag saß das gesamte Dorf an einem riesengroßen, hohen Feuer und unterhielt sich. Es wurde gesungen, getanzt und musiziert. Eduard hatte seine Schalmei dabei und spielte gemeinsam mit dem fiedelnden Tagelöhner Diethard und der trommelnden Müllerin Eva für die Trautskirchner auf. In dieser Nacht, so erklärten die Bauern des Dorfes jedes Jahr aufs Neue, konnte man das Wetter für die kommenden Wochen oder sogar Monate voraussagen: War das Wetter am Johannistag gut, so konnten alle davon ausgehen, dass für den weiteren Verlauf des Jahres eine gute Ernte zu erwarten war. Hatte man allerdings schlechtes Wetter, so konnten sich die Dorfbewohner darauf einstellen, dass es eine äußerst magere Ernte sein würde. So waren alle Trautskirchner beruhigt und blickten positiv in die Zukunft, denn es war eine sternenklare und warme Sommernacht, welche auf eine gute Zeit hoffen ließ. Auch die mystischen Geschichten von Wilhelm erfreuten die Menschen immer wieder, so sprach er zu ihnen über Geisterwesen, die sich in dieser Nacht besonders aktiv zeigten, über Feuerstreifen am Nachthimmel, die eine große Kraft auf die Leute übertrugen, die sie beobachteten, über die Kraft des Feuers am Johannistag, die in alle Anwesenden übergeht und über den Rauch des Feuers, der die Trautskirchner vor Krankheiten und vor Leid beschützte. Sie alle klebten förmlich an seinen Lippen und lauschten aufmerksam seinen Erzählungen, aber besonders begeistert zeigte sich hier Constantin – für ihn war es schließlich das erste Mal. „Seht tief und genau in das Feuer, nehmt euch die Zeit. Seht, wie es lodert, zischt und flackert! Seht es brennen, wüten, toben. Allein durch das Hineinsehen ist es möglich, eure Zipperlein zu heilen, euch vor weiteren Krankheiten zu schützen und euch Heil und Glück zu bringen. Das Johannisfeuer ist das stärkste Feuer, das es gibt. Nutzt es!" Wilhelm beschwor noch einmal die Dorfbewohner und im Laufe des Abends konnte man immer wieder Trautskirchner beobachten, die seinem Worten glaubten und einige Zeit ins Feuer starrten.

Auch die am nächsten Morgen übriggebliebene Asche wurde von Wilhelm als besonders kraftvoll beschrieben und so holten sich viele Dorfbewohner einen Teil davon, um ihre Häuser vor bösen Geistern zu beschützen, oder um sie über ihrem Feld zu verstreuen und so eine ertragreiche Ernte zu sichern.

An diesem Johannistag hingen im ganzen Dorf geflochtene Kränze an den Haustüren, die aus sieben unterschiedlichen Pflanzen geflochten wurden. Die Frauen des Ortes sammelten Tage zuvor die benötigten Kräuter und banden gemeinsam diese Kränze, die sie dann an alle in Trautskirchen verteilten. Wichtig war, dass sie bestimmte Gewächse verwendeten und diese auch auf eine besondere Art zusammenbanden, denn nur so hielt der Kranz böse Geister und Dämonen fern und brachte gleichzeitig Glück und Freude für die kommende Zeit. Auch am Eingang Dorfetters wurde ein besonders großer Kranz angebracht, so schützten sie das Dorf zusätzlich. Die Pflanzen, die die Frauen hierfür benötigten, waren alle in oder um Trautskirchen zu finden, so mussten sie meist nicht weit gehen, um fündig zu werden: Bärlauch, Beifuß, Eichenlaub, Johanniskraut, Kornblumen, Rittersporn und Farnkraut waren die Zutaten, die diesen Schutz bringen sollten. Sie blieben dann an der Türe hängen, bis sie vertrocknet waren und ihre Heilkraft verloren hatten. Dies konnte bis in den Winter hinein dauern und je länger sie noch gut waren, desto länger hielt der Schutz. Manche setzten sich diese Kränze, in kleinerer Ausführung, auch auf den Kopf, um zu signalisieren, dass man bereit war, das große Glück und die wahre Liebe zu finden. Die jungen und noch unverheirateten Frauen zogen los, banden sich ebenso aus jenen sieben Pflanzen einen kleinen Kranz und nahmen ihn mit nach Hause. Diesen legten sie unter ihr Kopfkissen, um im Traum ihrem zukünftigen Ehemann zu begegnen. Die Blumen mussten allerdings allein und schweigend gepflückt werden: Wer plauderte, brach den Zauber.

Je später der Abend wurde, desto ausgelassener feierten die Dorfbewohner wieder einmal. Und so kam es, wie jedes Jahr, auch dieses Mal zum traditionellen „Feuersprung". Im Zenngrund war es üblich, dass die Männer - meist die jungen Burschen, aber es gab auch Alteingesessene, die sich daran beteiligten – einen Wettbewerb im Springen über das Feuer begannen. Da der Holzstoß so hoch war, dass niemand darüber springen konnte, wurde am Rand begonnen. Je höher und wild lodernder allerdings die Stelle war, die man für seinen Sprung auswählte, desto begeisterter zeigten sich die Zuschauer und desto verwegener galt man. Vor einigen Jahren wäre es beim Feuersprung fast zu einem tragischen Unglück gekommen, denn der damals noch recht junge Schäfer Rudolf überschätzte seine eigene Sprungkraft, blieb mit dem Fuß an einem hervorstehenden, brennenden Ast hängen und fiel ins Feuer! Er schrie laut auf und sofort waren zwei oder drei Helfer da, die den Mann an seinen Füßen aus dem Feuer zogen, auf den Boden legten und die noch teilweise glimmende Kleidung austraten. Er selbst hatte großes Glück, denn er kam ohne schwerwiegende Verletzungen und vor allem mit seinem Leben davon. Die eine Seite seiner Haare waren bis auf kurze Stummel heruntergebrannt und seine rechte Körperhälfte war schwarz von Ruß. Als man sein Gesicht und den Arm gewaschen hatte, konnte man deutlich die Verbrennungen sehen. Glücklicherweise waren sie nicht so schlimm, wie anfangs befürchtet, doch Rudolf trägt bis heute eine sichtbare Narbe am Hals und seinem Ohr, die von dem waghalsigen Sprung über das Feuer herrühren. Es dauerte einige Wochen und viele Kräuterumschläge von Wilhelm, bis es ihm wieder so gut ging, dass er seinem Vater Falk mit den Schafen zur Hand gehen konnte. Trotz dieses Schocks und der Folgen wurde das traditionelle Feuerspringen im kommenden Jahr am Johannisfeuer wieder abgehalten. So war es schließlich jedes Jahr und so wird es wohl auch für immer sein... Diese körperliche Herausforderung, die sowohl eine große Portion Mut als auch Kühnheit und Leichtsinn verlangte, begann meist bei Einbruch der Dunkelheit. Es wurde eine Reihenfolge der Springer festgelegt und dann suchte sich jeder selbst eine passende Stelle aus, an welcher er über das Feuer hüpfen wollte. Je höher und weiter der Sprung dann war, desto kühner und tapferer galt man bei den anderen. Und, bevor man sprang, riefen die Jungen immer den gleichen Vers: „Sonnenwend, ach bei Sonnenwend, pass auf, dass sich es Feier nit brennt. Hupf richti hoch und auch so weit, dann hast alsbald a gute Zeit". Der Spruch wurde schon seit vielen, vielen Jahren beim Feuersprung verwendet und hatte eine ähnliche lange Tradition wie der Brauch selbst. Dieser Wettbewerb konnte sich einige Stunden hinziehen, denn hatte man seinen Sprung hinter sich, konnte man immer noch einen weiteren, noch waghalsigeren, nachschieben, um zu zeigen, dass man noch mehr Courage als beim ersten Mal besaß.

So überboten sich die Männer immer weiter, bis schließlich ein Sieger feststand, der dann dementsprechend von allen Trautskirchnern gefeiert wurde. Paare, die in diesem Jahr noch heiraten wollten, sprangen oft Hand in Hand über eine niedrigere und einfachere Stelle des Feuers, um sich dadurch von den guten Geistern eine glückliche gemeinsame Zukunft zu erhalten. So begannen dieses Jahr Albert und Barbara mit ihrem Sprung, während die Dorfbewohner klatschend um das Johannisfeuer standen und dem frischvermählten Paar applaudierten. Und wieder musste Constantin schmunzeln und an jenen Abend zurückdenken, als er Barbara dabei beobachtet hat, wie sie sich aus Martins Wirtshaus schlich und ihr kleines erotisches Miteinander mit Albert für die anderen unentdeckt blieb. Aber er freute sich jetzt, dass sie offensichtlich ihr Glück gefunden hatten und heiraten wollten. So fügte sich doch alles passend.

Während die jungen Männer ungestüm und kühn über das Johannisfeuer sprangen, tanzten die Frauen mit einem Blumengebinde aus Beifuß um den Festplatz. Das gesamte Acherwäldla wurde in den goldenen Schein der Flammen getaucht und auch auf den Gesichtern der Menschen spiegelte sich die Feuersbrunst, sie brachte Augen zum Leuchten und die Leute zum Staunen. Am Ende des Tanzes nahmen die Frauen ihre Kränze ab, streckten diese in ihren Händen zum Himmel empor und warfen sie schließlich mitsamt aller Anfeindungen und schlechten Gedanken des vergangenen Jahres in die Flammen. Pfarrer Anselm erklärte dann, dass der Beifuß nicht nur bei bestimmten Krankheiten half, sondern eine besondere Bedeutung hatte. Ihn trug, laut Bibel, Johannes der Täufer an seinem Ledergürtel, als er durch die Wüste von Judäa wanderte, um nicht so schnell zu ermüden. Und somit konnte der gewiefte Geistliche gleich wieder eine christliche Verbindung zu diesem Fest herstellen, das sich die Trautskirchner merkten und in den kommenden Jahren auf den nächsten Johannisfeuern weitergeben konnten.

So saßen alle friedlich zusammen, ohne Zank und Streit, ohne Neid und Missgunst, ohne Eifersucht und Argwohn. Zu späterer Stunde holte dann Constantin seinen selbstgebrauten Schnaps aus dem Versteck hinter Büschen, ganz in der Nähe des Acherwäldlas. Die ganzen Trautskirchner freuten sich auf diesen Augenblick, da es dieses „Lebenswasser", wie er es nannte, zum ersten Mal am Johannistag gab und er zuvor schon allen Leuten davon erzählt hatte. Das Geheimnis, wie er ihn hergestellt hatte, behielt er für sich, aber immer wieder einmal, zu Hochzeiten oder Geburtstagen, wurde ein wenig davon ausgeschenkt. Die Produktion war auch recht aufwändig, das wussten die Dorfbewohner aber nicht. Vor etwas mehr als 100 Jahren hatten die Menschen überhaupt erst herausgefunden, wie man den Wein so weiterverarbeiten konnte, dass ein starker Branntwein entstand. Das Verfahren, durch Erhitzen, Verdampfen und schließlich Kondensieren, den Alkohol so zu konzentrieren, dass er hochprozentiger wird, war langwierig und nicht einfach. Er musste gut aufpassen, sonst würde ihm sein gesamter Aufbau um die Ohren fliegen. Die Brennapparaturen hatte er für sich etwas verbessert und angepasst, aber eigentlich waren sie seit der Entwicklung durch den Gelehrten Albertus Magnus nicht großartig verändert worden. Auf einer seiner Reisen hatte Constantin von einem Hochschullehrer zum ersten Mal dieses Getränk probieren dürfen und war sogleich interessiert daran gewesen. Nach einiger Zeit und vielen Nachfragen dann, weihte er ihn schließlich in sein Geheimnis ein. So verstand der Alchemist schließlich das Prinzip der Schnapsherstellung und versuchte es sogleich selbst. Zunächst gelang es ihm nicht gut genug, sein Schnaps schmeckte sehr scharf und brannte beim Schlucken, aber mit weiteren versuchen und einigen Verbesserungen dann erreichte er einen Geschmack, den er selbst mochte. Er musste nur vorsichtig sein! Einmal hatte er seine Apparatur in einem kleinen Dorf im Osten Österreichs aufgebaut und wollte ihnen zeigen, wie das

Schnapsbrennen funktionierte, um etwas Geld zu verdienen. Er hatte schließlich keinen Pfennig mehr in seinem Säckchen und erhoffte sich dadurch etwas verdienen zu können. Er gab sein Bestes und holte das gesamte Dorf auf den Kirchplatz, um ihnen seine selbstgebaute Maschine zu präsentieren, mit der er aus Obstsaft „Lebenswasser" herstellen konnte. Der Versuch glückte auch und es kam leckerer Schnaps heraus. Leider waren die Dorfbewohner nicht gerade offen für solche neuen Errungenschaften und sie beschimpften ihn als Zauberer und Hexer. Schnell wie der Wind packte Constantin seine Sachen ein und verließ das Dorf, bevor sie ihn noch vor ein Gericht stellen und zum Tode verurteilen konnten. Im Laufe seiner Reisen stellte er immer wieder einmal Schnaps her und gab ihn an Menschen, die er vertraute, allerdings hatte er es seitdem nie wieder in der Öffentlichkeit getan, zu groß war die Gefahr, erneut als Geisterbeschwörer oder Hexer bezeichnet und angeklagt zu werden. Er stellte aber auch fest, dass die Menschen in den unterschiedlichen Orten durchaus offen und interessiert an diesem neuen Getränk waren. Sie probierten gerne und kaum jemand fand es nicht gut, was er da mitgebracht hatte. Und so verkaufte der Alchemist ab und an einen Teil seines hergestellten Getränks, um wieder an Geld zu kommen. Die benötigten Früchte, meist Äpfel und Birnen, fand er überall an Wegen oder Wiesen, sie wuchsen nahezu überall. Die berauschende Wirkung, die sein „Lebenswasser" hatte, setzte außerdem deutlich schneller ein, als beim Trinken von Wein und Bier. Das hatte er ebenfalls binnen kürzester Zeit herausgefunden. Und so dachte er sich, da sich Constantin in Trautskirchen wirklich sehr wohlfühlte, dass er ihnen am ersten gemeinsamen Sonnwendfeuer etwas Gutes tun wollte und brachte einige Flaschen seines Tranks mit. Bevor er diesen verteilte, warnte er die Trautskirchner allerdings eindringlich.

„Bevor ihr euer Glas erhebt und leert, seid gewarnt. Der Inhalt wird euch überraschen! Er schmeckt gut, aber wird euch schnell berauschen! Trinkt mit Demut und vorsichtig. Er kann den stärksten Mann nach wenigen Schlucken schon von der Bank werfen. Nehmt euch in Acht!" Dabei lächelte Constantin verschmitzt. Er wusste aus Erfahrung, dass die Männer, die ihre Trinkfestigkeit unter Beweis stellen wollten, nicht auf ihn hören würden.

„Da braucht es schon mehr als einen Schluck aus deinem Gebräu, um mich umzuwerfen!", lachte Lambert, der Schmied, laut.

„Wenn es kein Zaubertrank ist, dann wüsste ich nicht, wie es mich von der Bank stoßen sollte!", ergänzte Bauer Heinrich.

„Nein, es ist kein Zaubertrank", versicherte der Alchemist, „dennoch ist es stärker als jedes Bier, das ihr bisher probiert habt."

So ließ Constantin seine Flaschen bei den Männern kreisen und keiner der Anwesenden wollte so recht zugeben, dass es ein doch sehr starkes Gebräu war. Sie tranken munter miteinander und mit jedem Schluck schien die Stimmung zu steigen und die Freude am Johannisfeuer größer zu werden. Wenig später lagen sich die Männer in den Armen und tauschten alte Geschichten aus oder schmiedeten neue Pläne für die Zukunft. Manch einer schlief wenig später am Rande des Acherwäldlas ein – wahrscheinlich hatte er das Getränk doch unterschätzt. Wieder andere Anwesende musste sich schnell zurückziehen, denn sie hatten definitiv zu viel des Schnapses erwischt und übergaben sich. Diejenigen, die brechen mussten, waren meist jüngere Dorfbewohner, die doch noch recht naiv mit den angebotenen alkoholischen Getränken umgingen. Constantin sah sich das Spektakel schmunzelnd an und freute sich, dass sein Gebräu so gut ankam. Er selbst trank selbstverständlich mit, jedoch mit Bedacht - er kannte schließlich die Wirkung! So genossen alle Trautskirchner den Abend in vollen Zügen und feierten bis tief in die Nacht hinein gemeinsam den längsten Tag des Jahres.

Neben den Aufräumarbeiten am nächsten Morgen, holten sich auch etliche Dorfbewohner noch Asche des Johannisfeuers ab. Auch Constantin war hier und erkundigte sich bei einigen, wie es ihren Köpfen denn gehe. Er hatte die Erfahrung gemacht, dass man, wenn man zu viel seines „Lebenswassers" getrunken hatte, am nächsten Tage über Kopfschmerzen klagte. So erging es auch ein paar Trautskirchnern.

„So gut wie dein Gebräu schmeckt, aber ich glaub, mein Kopf zerspringt!", erklärte Reinhard der Zimmermann zerknirscht.

„Das kann ich bestätigen. Es kommt mir so vor, als würde jemand in meiner Stirn Steine schlagen", sagte der Steinmetz Konrad.

„Ich hatte euch gewarnt", sagte Constantin lächelnd. „Aber um euch zu beruhigen: Es wird in Kürze vorbei sein. Normalerweise hält dieser Kopfschmerz nicht sehr lange."

„Ich habe da etwas für euch", sagte Wilhelm. „Es schmeckt nicht sehr gut, aber ich nutze es gerne, wenn ich Kopfschmerzen habe. Es ist ein Rezept, das ich seit vielen Generationen aus meiner Familie kenne. Wenn ihr wollt, braue ich es euch. Es wird euch helfen"

Beide Männer willigten ein.

„Wenn es möglich ist, so braue doch etwas mehr. Ich denke, es werden noch einige Männer kommen, die dir dankbar sind", ergänzte Constantin lächelnd.

Wilhelm nickte.

Er ging fort und kam nach einer Weile mit einem großen Bündel Erdefeu und Eberraute zurück. Diese beiden Pflanzen verrieb er mit Salz und rührte sie in einen Kessel mit Wasser ein, das er anschließend etwas über einem Feuer erwärmte. Nachdem es abgekühlt war, gab er es den Männern zu trinken. Zunächst nippten die Männer nur ein wenig daran. Sie fanden den Geschmack nicht ansprechend, aber auch nicht schlimm und so schütteten sie das Gebräu in einem Zug in ihre Kehlen. Und tatsächlich: Nach einiger Zeit löste sich der Schmerz in Luft auf und es ging ihnen wieder besser.

„Dein Trank wirkt wahre Wunder, Willi", staunte Konrad.

„Danke. Wie gesagt, er ist keine Köstlichkeit, aber schon seit langer Zeit ein Familienrezept, das ich selbst auch ab und an schon benutzt habe."

Es war gut, dass der Waldschrat Wilhelm eine etwas größere Menge von dem Mittel zubereitet hatte, denn im Laufe des Vormittags kamen dann immer mehr – vorwiegend männliche – Dorfbewohner, die von seiner Mixtur probieren wollten, um ihre schnapsbedingten Kopfschmerzen zu lindern. Constantin gefiel dies natürlich, auch wenn er es sich nicht anmerken ließ.

Im Spätsommer des Jahres 1343 dann, die Bauern, unterstützt von den Tagelöhnern, waren gerade dabei, das erste Getreide von den Feldern zu holen, kam ein Fremder nach Trautskirchen. Das gesamte Dorf war in Aufruhr, denn man konnte nie gewiss sein, ob es wieder einer der Leute des Burggrafen war, der noch weitere Abgaben verlangte. Sie hatten doch so sehr gehofft, dass damit nun endlich Schluss sei – zumindest bis zur nächsten fälligen Zwangsabgabe. Es dauerte nicht lange, da war wieder einmal fast das gesamte Dorf um die Kirche versammelt. Der Mann sah befremdlich und zugleich wohlhabend aus. Er war in rot-gelben Stoff gehüllt, trug einen dunklen, fast schwarzen Umhang. Dazu trug er eine schwarze Strumpfhose und knöchelhohe, schwarze Lederschuhe. Seine Kleidung war sauber, als er von seinem Pferd stieg. Dies zeigte ebenfalls deutlich, dass er vermögend war, denn er hatte in diesem Aufzug offensichtlich nicht gearbeitet. Der Mann nahm, nachdem er neben seinem Pferd auf dem Boden stand, seinen schwarzen Hut ab und verbeugte sich kurz vor den Trautskirchnern.

Diese blickten etwas verwundert drein und erwiderten den Gruß zögernd.

„Seid gegrüßt, ihr Männer und Frauen. Lasst mich euch vorstellen. Mein Name lautet Arnold von Seckendorff. Seit nunmehr fast 100 Jahren führt mein Geschlecht den Namen nach dem Ort Seckendorf bei Cadolzburg, etwa einen Tagesritt von hier entfernt. Unsere Burg steht fest und stark, außerdem ist meine Familie seit langer Zeit mit den Burggrafen aus Nürnberg verwandt und in guten nachbarschaftlichen Beziehungen."

Ein Raunen ging durch die versammelten Dorfbewohner. Hier und da hörte man das Flüstern, sie befürchteten, dass es wieder neue Tribute leisten mussten. Sie hatten schließlich in der letzten Zeit meist schlechte Erfahrungen mit dem Nürnberger Burgherrn gemacht.

Arnold von Seckendorff fuhr fort: „Wir haben seit einigen Jahren das Amt des Truchsesses inne und ich darf euch mitteilen, dass wir dadurch unser Verhältnis noch verbessern konnten. Meine Familie hat bei dem Burggrafen die oberste Aufsicht über die fürstliche Tafel und ist Vorsteher der gesamten Hofhaltung. Dies ist ein sehr verantwortungsvolles Amt, das uns vorzügliche Möglichkeiten eröffnet, mit Johann II. zu sprechen und Einfluss auf ihn zu nehmen. Und ich sage euch ehrlich, dass er seit dem letzten Besuch seiner Ritter bei euch, nicht allzu gut auf Trautskirchen zu sprechen ist."

Wieder tuschelten die Dorfbewohner aufgeregt durcheinander und der Fremde unterbricht seine Rede.

„Herr, lasst mich bitte sprechen", bat Eduard um Gehör.

Der Mann nickte.

„Wir haben dem Burggrafen alles gegeben, was wir hatten. Er hat fast unsere gesamte Ernte abgeholt. Durch schlimme Zeit und das Ausbleiben eines Großteils der Ernte, konnten wir nicht mehr abgeben. Wir sind nur ein armes, kleines Dörfchen, das keinen Ärger möchte...", fuhr Eduard fort.

Der Fremde hob seinen rechten Arm gen Himmel.

„Halt ein. Du musst nichts weiter ausführen. Andere Orte aus dieser Gegend konnten deutlich mehr Abgaben leisten als ihr. Das ist die Wahrheit. Ich habe die Aufzeichnungen gesehen und gründlich geprüft."

Wieder murmelten die Trautskirchner und sahen sich aufgeregt an.

„Aber, ihr müsst euch nicht sorgen. Es ist alles fürs Erste in Ordnung. Ich frage euch nicht, wie ihr es gemacht habt und vielleicht sprecht ihr auch die Wahrheit. Mir ist es gleich, was war. Ich bin nicht hier, um euch neue Probleme zu bereiten. Ich bin hierher gekommen, um euch davon in Kenntnis zu setzen, dass ich vor einiger Zeit den Ort Trautskirchen und das umliegende Land von unserem Burggrafen gekauft habe."

Nun regte sich lautes Geplapper der anwesenden Menschen. Aufgeregt und aufgewühlt redeten sie durcheinander, denn keiner von ihnen wusste genau, was dies nun zu bedeuten hatte. Da ergriff der fremde Mann wieder das Wort.

„Hört her, ihr Leute! Hört! Es wird sich nichts für euch ändern. Johann II. war froh, dieses aufsässige und störrische Dorf loszuhaben und ich möchte hier ein Rittergut entstehen lassen. Das Rittergut Trautskirchen! Ich bin von nun an euer Grundherr, das heißt, ihr könnt dürft und müsst jetzt alle größeren Rodungen, Wegebaumaßnahmen oder auch Ernteausfälle mit mir besprechen."

Stille.

„Das ist etwas Gutes, würde ich sagen. Ich bin kein Burggraf – zumindest noch nicht", sagte Arnold lächelnd, „und ich werde hier bei euch wohnen. Ich bin nah bei euch und kein Fremder auf einer Burg in Nürnberg. Mir liegen die Menschen am Herzen. Ich würde mich sehr freuen, wenn ich in eurer Mitte aufgenommen werde und wenn ihr mir eine ehrliche Chance einräumen würdet, ein Trautskirchner zu werden."

Die Trautskirchner waren zu aufgewühlt und zu schockiert, um gleich die richtigen Worte zu finden. Sie hatten mit vielem gerechnet, aber nicht mit solchen Neuigkeiten. Konnten sie dem Fremden trauen? War er ehrlich oder einer der

Spitzel des Königs? Eine gemeinsame Dorfversammlung wäre jetzt genau richtig. Doch wie konnten sie dem Mann erklären, dass sie diese erst einmal ohne ihn abhalten wollten? Hier war guter Rat teuer, denn es konnte mitunter gefährlich sein, ihm solch einen Vorschlag zu unterbreiten. Dieses Mal ergriff Constantin das Wort. Er ging einen Schritt nach vorne und begann zu reden:

„Werter Herr, lasst mich kurz für mein Dorf sprechen. Ich bin, genauso wie ihr, vor einiger Zeit als Fremder hierhergekommen und erbat mir Einlass sowie eine Weile Aufenthalt. Die Menschen hier sind einfache Leute, sie sind Handwerker, Bauern und Tagelöhner, aber vor allem sind sie herzlich und ehrlich. Es hat eine Weile gedauert, aber mittlerweile fühle ich mich als einer von ihnen. Ich erbitte gnädigst darum, kein falsches Spiel mit ihnen zu treiben. Ihnen wurde in der Vergangenheit übel mitgespielt, das Schicksal meinte es nicht gerade gut mit Trautskirchen. Wenn ihr der Ehrenmann seid, der ihr vorgebt zu sein, dann begrüßen wir euch aufs Herzlichste. Genau so einen Beschützer und Herren können wir hier gut gebrauchen. Falls ihr es aber nicht ehrlich meint und etwas im Schilde führt, dann werdet ihr bald merken, dass es weder für uns Dorfbewohner noch für Euch eine angenehme Zeit werden wird."

Er senkte sein Haupt und sah zu Boden. Die Anderen sahen sich mit großen Augen an und befürchteten schon, dass der Fremde direkt zu Constantin gehen und ihn für diese Worte strafen würde.

„Wie heißt ihr?", fragte der Edelmann.

„Constantin, Herr."

„Werter Constantin, euren Mut und eure Entschlossenheit bewundere ich. Ihr macht eurem Namen wahrlich alle Ehre: Unter Kaiser Constantin wurde das Christentum im Römischen Reich zunächst geduldet. Den Christen wurde dann unter ihm die freie Ausübung ihrer Religion zugesichert. Kurz vor seinem Tod ließ sich Constantin sogar selbst taufen und trat somit zum Christentum über – ein großes Zeichen damals! Ebenso ist die Ehrlichkeit, die ihr mir gegenüber an den Tag legt, nicht selbstverständlich. Wenn ich ein anderer wäre als der, der ich vorgegeben habe, dann wärt ihr jetzt wohl einen Kopf kürzer." Er lachte kurz. „Aber ich bin ich. Kein anderer." Er blickte in die Runde der Dorfbewohner. Pfarrer Anselm nickte beeindruckt – wahrscheinlich wegen des Wissens über die Ursprünge des Christentums im antiken Rom. „Hört, ihr Trautskirchner. Ich will euch nicht schaden. Ich möchte euch schützen. Vor dem Burggrafen von Nürnberg und den anderen Adligen, die sich in der nächsten Zeit einfinden werden, um ihm seinen Posten streitig zu machen. Es könnte zum Krieg kommen. Ihr wisst es nicht, aber ich sehe es kommen. Es ist schön hier bei euch im Zenntal." Er lächelte. „Gebt mir die Möglichkeit, einer von euch zu werden. Ich werde euch nicht enttäuschen."

Er ging zurück zu seinem Pferd und wartete auf die Reaktionen der Menschen. Vielen war die Erleichterung ins Gesicht geschrieben und es machte sich allgemein gute Stimmung breit.

Da sprach Eduard: „Herr, ich bin Eduard, ein Schäfer." Er verbeugte sich. „Nehmt es mir nicht übel, aber wir haben die lange Tradition, über große und derart schwerwiegende Entscheidungen stets eine Dorfversammlung abzuhalten. Jeder sollte dort gehört werden können und danach wurde immer abgestimmt, wie das Dorf weitermachen wollte. Hättet ihr etwas dagegen, es auch dieses Mal so zu tun?"

Odo beobachtete die gesamte Situation aufmerksam, vor allem das Gesicht des Fremden. Für ihn zeigte es nichts außer ehrlichem Interesse an Trautskirchen und seinen Bewohnern, aber sicher konnte er auch nicht sein. Er bewunderte den Mut seines Ziehvaters, ebenso gefielen ihm die Worte des Alchemisten. Er hätte es sich so nicht getraut. Dennoch vertraute er dem Fremden irgendwie. Er machte auf ihn einen ehrlichen Eindruck, aber genauer begründen konnte Odo diese Meinung nicht. Arnold von

Seckendorff trat langsam und nachdenklich auf Eduard zu, seine rechte Hand stets am Griff seines Schwertes. Die Trautskirchner wagten kaum zu atmen und auch der Schäfer spürte sein Herz in seinem Halse schlagen. Hatte er den Fremden verärgert? Hatte er mit seiner Bitte übertrieben? Eduard presste seine Augen und Lippen fest zusammen, in der Hoffnung, dass nichts Schlimmes geschehen würde. Der Adelige legte seine rechte Hand auf Eduards Schulter. „Gewiss, Eduard, der Schäfer, gewiss. Ich bin ein Mann von Ehre und lege viel Wert auf Traditionen. Wenn es die Eurige ist, so haltet die Dorfversammlung ab." Er nickte ihm freundlich zu. „Wäre es möglich, dass ich mir in der Zwischenzeit die Kehle etwas befeuchte?" Erleichtert blickte Eduard auf und bedankte sich nickend.

„Ja, Herr, kommt mit mir. Ich habe eine Wirtschaft und immer ausreichend Bier für durstige Reisende, wie ihr einer seid. Außerdem könnt ihr euch in meinem Bade erfrischen und die müden Knochen entspannen." Martin nahm den Adligen mit, einige Dorfbewohner folgten ihnen. Die restlichen Männer trafen sich kurz darauf in der Kirche zur Dorfversammlung.

„Setzt euch bitte und schweigt für einen Moment, Pfarrer Anselm möchte die Versammlung mit einem Gebet eröffnen, welches er *Te Deum* nennt." Der Steinmetz Konrad unterbrach das Murmeln im Gotteshaus. Als kurz darauf Ruhe eingekehrt war und alle ihre Hände zum Gebet gefaltet hatten, sprach der Dorfpriester:
„Dich, Herr, loben wir. Dich, Herr, preisen wir. Dir, dem ewigen Vater huldigt das Erdenrund. Dir rufen alle Engel, die Himmel und Mächte insgesamt, die Kerubim und die Seraphim mit nie endender Stimme zu: Heilig, heilig. Herr, Gott der Scharen, voll sind Himmel und Erde von deiner erhabenen Herrlichkeit. Dich preist der glorreiche Chor der Apostel, dich der Propheten lobwürdige Zahl, dich der Märtyrer leuchtendes Heer. Dich preist über das Erdenrund die heilige Kirche. Herr, lass uns gut entscheiden.

198

Herr, hilf uns, die rechte Wahl zu treffen. Herr, gib uns deine Einsicht der Dinge. Amen."

„Amen", sagte alle Anwesenden wie aus einem Mund.

„Nun, was halten wir von dem Adligen?", richtete Bauer Heinrich die Frage direkt an alle.

Alle redeten wild durcheinander, sodass man nichts Genaues verstehen konnte.

„Meine Herren, einer nach dem anderen bitte", sagte Pfarrer Anselm.

Kasimir entgegnete daraufhin: „Also mir ist der Fremde nicht geheuer. Warum sollte er gerade zu uns wollen und uns beschützen? Was hat er davon? Er könnte ein Spitzel des Burggrafen sein, um an unsere restlichen Vorräte und hinter das Geheimversteck zu kommen!"

Falk, Albert und Diethard gaben ihm sofort Recht. Einige andere nickten still.

Dann sprach der Schmied Lambert: „Möglich wäre es, gewiss. Aber wieso sollte er es sich dann so schwer machen und mit uns sprechen? Er hätte doch auch einfach einen Dorfbewohner nach dem anderen töten oder foltern können – dann hätte sicherlich einer von uns geplaudert. Ich kann nicht sagen, warum, aber ich glaube ihm."

Auch er bekam von einigen Anwesenden stille Zustimmung durch ein Nicken und Eduard, Odo, Heinrich sowie Dieter stimmten ihm gleich zu.

Von da an fand tatsächlich jeder Gehör, der etwas dazu sagen wollte. Odo konnte beide Seiten verstehen. Er verstand, dass einige Dorfbewohner Zweifel an der Ehrlichkeit des Mannes hegten, da ankommende Adlige bisher tatsächlich immer Ärger und neue Bürden brachten, keine Hilfe oder Erleichterungen. Aber er selbst war dennoch auf der Seite derjeniger, die dem Fremden eine Chance geben wollten. Er konnte es nicht erklären, es war so ein Gefühl.

Es wurde lange diskutiert und viel besprochen, man wollte eben kein unnötiges Risiko eingehen, dann hatte die Dorfversammlung schließlich eine Lösung gefunden. Sie würden den Fremden aufnehmen und ihm eine Möglichkeit geben, seinen Worten Taten folgen zu lassen. Aber sie würden gleichzeitig auch vorsichtig bleiben und ihm vorerst noch nichts von ihren Geheimnissen erzählen - sie wollten erst sicher sein, dass sie ihm vertrauen konnten.

Als sie an die Dorfschenke kamen, trauten sie ihren Augen kaum. Die Männer saßen beisammen – sichtlich angetrunken – und in ihrer Mitte Arnold von Seckendorff. Er hatte es in dieser Zeit geschafft, der betrunkenste Gast bei Martin zu sein. Sie lagen sich in den Armen, hielten ihre Krüge hoch und sangen gemeinsam. Odo musste lachen, aber er versuchte es sich nicht anmerken zu lassen. So hatte der Alkohol wohl dafür gesorgt, dass die Trautskirchner keine Vorurteile mehr hatten. Zumindest sah es so aus.

Martin nickte den neu angekommenen Gästen zu. „Der scheint in Ordnung zu sein. Geht alles auf ihn heute. Wollt ihr auch eines?" Er lächelte und wartete die Antwort nicht ab, sondern füllte die Gläser.

Schon schmetterten die Männer das nächste Lied, wobei es sich dabei mehr und ein gemeinsames Rufen als ein melodisches Lied handelte: „Wer ist für uns mehr wert als Gold? Der reiche Nold! Der reiche Nold! Wer kriegt von uns den größten Sold? Der reiche Nold! Der reiche Nold! Wen finden alle Weiber hold? Den reichen Nold! Den reichen Nold! Wer hat hierher zu uns gewollt? Der reiche Nold! Der reiche Nold!"

Als Kasimir und Diethard das hörten, musste selbst die beiden laut lachen. So brüllten sich die Dorfbewohner also die Stimmen heiser, während sie mit dem wankenden Adligen feierten, dessen Augen bereits blutunterlaufen und starr waren. Ein Bild für die Götter! Sie stießen mit Odo, Eduard, Magnus und Dieter an.

„Sowas habe ich selten erlebt", musste Kasimir lächelnd und kopfschüttelnd zugeben. „Kaum sind wir weg und diskutieren darüber, ob der Fremde hierbleiben darf oder nicht, hat das Volk sozusagen schon entschieden."

Auch der Müller Dieter konnte nur lachen und zustimmen.

„Selbst wenn ich dafür bin, ihm eine Chance zu geben, wir müssen dennoch vorsichtig sein, bis wir ihn besser kennen", mahnte Eduard. „Aber es ist schon erstaunlich, was er in so kurzer Zeit erreicht hat."

Als sich die Gesellschaft langsam auflöste, setzte sich Arnold von Seckendorff, der von nun an im Dorf „der Nold" oder „der reiche Nold" genannt wurde, an den Tisch zu Eduard, Odo, Heinrich und Kasimir. Die anderen Gäste waren bereits gegangen oder schliefen im Gras vor der Wirtschaft.

Der Nold begann zu reden, wobei sich seine verwaschene und undeutliche Aussprache durchaus als hinderlich darstellte. Die anderen Männer mussten sich sehr konzentrieren, um zu verstehen, was er meinte.

„Meine Herren, es war ein Fest. Ein Fest, so schön…so schön ich es mir nicht erträumt hätte. Ich bin froh, hier zu sein."

„Seid willkommen, Arnold", sagte Heinrich. „Wir hoffen, ihr fühlt euch bald wie zuhause hier."

„Bin ich doch schon. Ich bin zuhause. Trautskirchen ist zuhause. Alle Leute sind zuhause. Hier ist zuhause", antwortete Nold und umfasste mit seiner Hand den Nacken des Bauern.

„Herr, wisst ihr, wo ihr die erste Zeit wohnen wollt?", fragte Odo.

„Ich habe Martin bezahlt, er richtet mir ein Zimmer. Dort bleibe ich. Dann baue ich eine Burg und ziehe dort ein", der reiche Nold lachte und leerte seinen Krug. „Martin! Bring er mir noch einen Krug!"

Der Schankwart nickte.

„Ist das euer Ernst?", fragte Odo nach.

„Gewiss. Ich habe das Land und den Ort erworben, um eine Burganlage zu bauen. Es soll hier mein Rittergut entstehen."

Die Männer sahen sich ungläubig an. Wenn das stimmte und nicht nur das wirre Gebrabbel eines Betrunkenen war, dann würde das für Trautskirchen große Veränderungen bedeuten! Sie wären dann nicht mehr der Spielball der Adligen und ihrer Machtstreitigkeiten, sondern hätten einen Mann bei ihnen, der sie beschützen konnte. Sie würden nur ihm persönlich Abgaben leisten müssen, nicht mehr dem Burggrafen, was eine enorme Erleichterung wäre. Und er würde damit auch die Rechtsprechung übernehmen: Er wäre also derjenige, der entschied, wer im Ort recht bekam und wer nicht. Was aber am schwersten wog, war die Tatsache, dass der Mann, der jetzt so betrunken und redselig vor ihnen saß, dann die Macht hätte, ihnen das Jagen in den umliegenden Wäldern zu erlauben! Falls wieder einmal eine Hungersnot käme, so könnte er den Entbehrungen und Nöten direkt entgegenwirken, indem er dem Dorf erlaubte, in seinen Wäldern das Wild zu erlegen. „Darauf trinken wir, Herr!" Heinrich hob seinen Krug und prostete ihm zu. Die anderen Männer taten es ihm gleich. „Gerne. Aber bitte nennt mich doch Nold", sagte Arnold und stieß mit ihnen an.

So gingen einige Monate ins Land und der neue Mann im Dorf integrierte sich prächtig. Er hatte es geschafft, bis zum Winter des Jahres 1344 alle Handwerker des Ortes zum Bau seiner Burg zu verpflichten. Im Frühjahr sollte es losgehen. Lambert sollte die Fenstergitter, Türriegel, Schlösser, Ketten und alles, was aus Metall war, schmieden, außerdem musste er Nägel herstellen, Ornamente aus Metall und die Werkzeuge anfertigen beziehungsweise während des Baus dann reparieren. Konrad, der Steinmetz, überwachte das Schlagen der Steine in den nahegelegenen Steinbrüchen sowie den Transport nach Trautskirchen mit Ochsen- und Pferdekarren und den Aufbau der Burg. Er musste die Planung der Bauarbeiten übernehmen und den gesamten Bau der Burg beaufsichtigen. Dies war ein für ihn außerordentlich verantwortungsbewusstes Amt, was von dem Burgherrn reichlich entlohnt wurde. Der Zimmermann Reinhard war verantwortlich für alle Holzarbeiten und -bauten. Er musste die

Baumaterialien beschaffen und mit anbringen, Dämmmaterial herbeiholen, die Baugerüste bauen, Bauelemente anbringen sowie die Haltbarkeit des Holzes verbessern. Er war es auch, der Nold empfahl, das Holz für seine Burg um Weihnachten, bei abnehmendem Mond kurz vor Neumond zu schlagen. Als Alternative hatte er ihm einen Termin Anfang März genannt. Dies waren für den Zimmermann die günstigsten Zeitpunkte, um Mondholz zu gewinnen. Mondholz nannte er es, da es eben vom Mond abhängig war. Laut Reinhard war dieses Holz besonders trocken, rissfrei, unempfindlicher und witterungsbeständiger. Außerdem, so behauptete der Handwerker, verkohlte bei diesem Holz lediglich die Oberfläche, wenn es zu einem Brand käme, nicht aber das Innere. Die Tagelöhner Diethard, Albert, Theo und Ferdinand wurden für die gesamte Dauer des Baus angestellt, hatten also die ganze Zeit über eine Festanstellung bei Nold, da sie für den Bau gebraucht wurden. Ebenso beschäftigte der reiche Adlige alle Trautskirchner, die noch mithelfen wollten. Geld schien keine Rolle zu spielen. Es halfen alle Bewohner gerne mit – so konnten sie sicher sein, auch Schutz von ihrem Nold und seiner Burg zu erhalten, wenn sie doch einmal wieder angegriffen wurden. Eine Ausnahme stellten die Bauern dar, sie mussten sich schließlich intensiv um ihre Äcker kümmern und auch Eduard und Falk, beide Schäfer, halfen nur, wenn es die Zeit erlaubte. Und das war genau das Problem: Ab und an musste der reiche Nold seine Dorfbewohner dazu verpflichten, zu arbeiten! Es ging nicht anders. Es musste schließlich der Bauplatz gerodet, die Felsbrocken herausgebrochen und auch etliche Bäume gefällt werden. Dies missfiel zwar einigen Trautskirchnern, aber sie verstanden, dass dies Teil des neuen Lebens sein würde. Es bedeutete schließlich auch weniger Abgaben und ein menschlicher Herr, der sie nicht wie Vieh behandelte, sondern sich als einer von ihnen betrachtete. Als passenden Ort hatte sich Nold den Hügel nördlich der Kirche ausgesucht. Von dort hatte er einen guten Überblick, sah nahende Angreifer schnell und konnte seinen Ort und die Bewohner – und nicht zuletzt sich selbst – angemessen verteidigen.

Und dies sollte sich alsbald schon als zwingend notwendig herausstellen.

5

1345 - 1356

Die folgenden Jahre standen im Schatten des Burgbaus und auch wenn zunächst lediglich eine kleine Wehrburg entstand, so vereinnahmte der Bau doch das gesamte Dorf. Er verlangte von den Trautskirchnern viel ab – jedoch besserte sich ihr Leben durch die gute Bezahlung für die Arbeiten deutlich. Die schlimmen Jahre der Entbehrungen und des Leids schienen vorbei und endlich überwunden zu sein. Arnold von Seckendorff hielt seine Versprechen. Außerdem holte er hunderte Arbeiter aus dem Zenngrund nach Trautskirchen, um sie für ihn arbeiten zu lassen, denn so eine große Baustelle erforderte viele Hände, die mit anpackten. Das konnten die wenigen Trautskirchner nicht leisten. Schankwart Martin hatte jeden Abend alle Hände voll zu tun, die durstigen Bauarbeiter zu bewirten und auch seine beiden Gästezimmer waren stets ausgebucht. Auch das von ihm und Constantin betriebene Bad war häufig im Einsatz, um den geschundenen Knochen etwas Erholung zu geben. Eduard und Falk verkauften fast ununterbrochen ihren Schafskäse, Lammfleisch oder Schafsmilch an die hungrigen Arbeiter. Und auch das selbstgebackene Brot der Müller und Bauernfamilien fand großen Anklang, sie versorgten die arbeitenden Männer mit allem, was das Herz begehrte. Nold selbst integrierte sich ins Dorf, hielt immer Wort und schien tatsächlich ein Mann von großer Ehre zu sein – das erfreute den gesamten Ort und so waren die anfänglich gehegten Zweifel bald verflogen.

Im ersten Schritt wurde der Bauplatz für die Burg gerodet, das heißt, es mussten alle Bäume, Sträucher, Hecken und sonstigen Gewächse entfernt werden. Alles wurde mehr oder weniger eingeebnet, um Platz für den Baumeister zu schaffen, der den Grundriss mit Pflöcken und Seilen absteckte. Das Holz, welches als Baumaterial zu gebrauchen war, wurde gelagert und getrocknet. Der Rest, den nicht weiterzuverarbeiten war, wurde als Brennholz genutzt. Gleich danach legte der reiche Nold Wege an, um die Burgbaustelle mit Nachschub versorgen zu können. Es war schließlich schon schwer genug, die vielen Materialien den Berg hinaufzuziehen, da sollten die Arbeiter wenigstens freie Bahn haben. Immer wieder sprach er zu den Menschen, die für ihn arbeiteten, um ihnen zu zeigen, dass er ihre Anstrengungen wertschätzte. Die Arbeit war sehr, sehr hart – aber jeder tat sie gerne, denn für ihn war es ein sicheres Einkommen und ein gesicherter Arbeitsplatz für einen längeren Zeitraum. Dessen waren sich alle bewusst. Und die Trautskirchner, die nicht ganz so viel wie die Auswärtigen verdienten, sparten sich durch ihre Hilfe die Abgaben, was auch eine große Erleichterung des Alltags darstellte. Die meisten Arbeiter waren Mörtelrührer und Handlanger, ihre Aufgabe war es, die Bauteile an die Stellen zu tragen, an denen sie gerade gebraucht wurden. Meist nutzen sie Schulterkörbe, um die Ziegel, den Mörtel, die anderen Steine und die Holzteile zu transportieren. Odo half so gut er konnte, doch seine Kraft war begrenzt. Er bewunderte wieder einmal Männer wie Albert, Diethard oder auch Gerald, die unermüdlich schwere Gewichte schleppen konnten, ohne zu ermüden. Vor allem letztgenannter war durch seine Kraft stets in der Lage, selbst die über den Rand befüllten Körbe zu tragen. Der schmächtige Odo beteiligte sich meist an den Aushubarbeiten von Gräben oder Fundamenten und ebnete Plätze ein. Dies war für ihn anstrengend genug, jedoch konnte er sich seine Kraft etwas besser einteilen. Als Steinbrecher im Steinbruch, zum Beispiel, wäre er völlig aufgeschmissen gewesen. Er war einfach nicht stark genug, die Steine herauszubrechen und anschließend an Ort und Stelle zu behauen. Diese Vorarbeit für die Steinmetze war harte körperliche Arbeit, dafür war er nicht geeignet. Daher war er froh, dass dies Nold und Konrad auch so sahen und ihn für andere Aufgaben eingeteilt hatten. Konrad übernahm dann die ankommenden Quadersteine und integrierte sie – mit den anderen Arbeitern – ins Mauerwerk. Ab und an bearbeitete er einzelne Quader zu Ziersteinen, welche der Steinmetz dann an Eingänge, Fenster oder Gewölbe setzte. Die wichtigsten Utensilien der Bauarbeiter waren damals wie heute das Lot und eine Schnur. Mit ihnen richteten sie die Steine in der Waagrechten sowie Senkrechten aus, ohne diese Grundausstattung war es nahezu nicht möglich, die Wände gerade nach oben zu ziehen. Zunächst trugen die Arbeiter eine Art Mörtelbett auf, darauf wurde dann der Stein gesetzt und anschließend mit jenen Werkzeugen angeordnet. Den Kalkmörtel, den die Männer in unglaublich großen Mengen auf der Baustelle benötigten, wurde von den Mörtelrührern hergestellt. Diese mischten Sand, Kies und gelöschten Branntkalk mit Wasser. Dadurch, dass sie Wasser dazugaben, fing der gebrannte Kalk an zu sieden und erhitzte sich stark. Dieser Schritt war sehr wichtig, denn heiß verarbeiteter Kalkmörtel gab dem Mauerwerk eine besondere Festigkeit und damit auch Stabilität für viele Jahre. Um an den Kalk zu kommen, brauchte man die Kalkbrenner. Diese gab es leider nicht in Trautskirchen und den umliegenden Dörfern, so musste sich Arnold von Seckendorff an den Ort Windsheim wenden, der seit einiger Zeit sogar die Reichsfreiheit hatte und somit zur Reichsstadt aufgestiegen war. Die Reichsstädte waren allein direkt dem Kaiser unterstellt und hatten damit gleichsam eine eigene landesherrliche Hoheit, dies war der Grundstock für eine Jahrhunderte währende, bedeutende Stellung Windsheims, die der Stadt und den Bürgern Wohlstand gebracht hat. Dieser Ort war dadurch Trautskirchen einiges voraus, was nicht nur an der guten Lage zu begründen war, sondern auch daran, dass es seit nunmehr 30 Jahren ein Spital und eine Spitalkirche gab. Kurzum, der Stadt ging es sehr gut. Und durch diesen Wohlstand und Einfluss, den Windsheim gewann, florierte der Handel und das Gewerbe dort. Arnold von Seckendorff ließ seine vorzüglichen Kontakte spielen und erreichte, dass für ihn dort Branntkalk hergestellt und dieser nach Trautskirchen transportiert wurde. Dies war durchaus eine harte körperliche Arbeit, denn die Kalkbrenner mussten den Rohstoff, kalkhaltiges Gestein, unter enormer Hitzezufuhr und in riesigen Brennöfen verschüren. Anschließend wurde dieser dann in Ochsenkarren weitertransportiert und auf der Baustelle verarbeitet. Aus Obernzenn bekam der reiche Nold die Ziegel, welche aus Ziegellehm geformt und gebrannt wurden.

Reinhard, der Zimmermann, hatte die Verantwortung über alle anwesenden Zimmermänner aus dem Zenngrund, die hier beschäftigt waren. Er musste alle Türen, Fenster, Dachstühle sowie Wehrgänge planen und diese dann korrekt mit den anderen Holzarbeitern umsetzen. Zusätzlich war es seine Aufgabe, die hölzernen Gerüste, Leitern, Laufschrägen, Aufzüge und Kräne zu konstruieren – ging etwas schief, war er es, der sich vor Arnold von Seckendorff verantworten musste! Nicht zu seinem Aufgabenbereich zählte das Bretterschneiden und – zusägen. Dies war die Arbeit der Säger und Brettschneider, die direkt auf der Baustelle mit Rahmensägen oder Handsägen die Bretter aus den Baumstämmen schnitten und ebenfalls aus den Dörfern rund um Trautskirchen hierher kamen. Allerdings mussten die anwesenden Zimmermänner oft auch die Aufgabe des Dachdeckens mit übernehmen. Sie verwendeten Tonziegel oder Bleiplatten als Deckmaterial, da Holz und Stroh auf Grund der großen Feuergefahr, bei Angriffen durch Feinde, nicht empfehlenswert war. Selbstverständlich musste Reinhard mit den anderen Zimmermännern zusammen auch alle Tore, Türen, Zugbrücken und Fachwerkgänge anfertigen.

Odo beobachtete jeden Tag beim Arbeiten die anderen Männer und versuchte sich die jeweiligen Arbeitsschritte einzuprägen, daraus zu lernen und zu verstehen, warum etwas auf diese bestimmte Art und Weise getan wurde. Er war eben ein Kopfmensch und niemand, der sich nur auf seine Muskelkraft verließ. Er sah wie in der Zeit des Baus eine beachtliche, kleine Burg entstand, die er als absolut gelungen und stattlich ansah. Sie hatte drei Rondelle, die zur Verteidigung dienten, zwei Scheunen, einen etwas erhöhten Turm, um weiter blicken zu können und ein größeres Gebäude, wo Nold dann zu wohnen plante. Der Graben, der die kleine Wehrburg umgab, konnte nur über eine hölzerne Zugbrücke überwunden werden – außerdem hatte die gesamte Anlage nur den einen Eingang, sonst musste man die Mauern einreißen oder anderweitig überwinden, um in das Innere zu gelangen. Er sah täglich dabei zu, wie die Arbeiter das Material mit Tragen, Rollen, Körben oder Wagen hin- und hertransportierten, wie sie durch den Einsatz ihrer Muskelkraft große Felsen oder schwere Lasten bewegten und wie die Männer miteinander zusammenarbeiteten, um das große, gemeinsame Ziel erreichen zu können. Odo hatte den Eindruck, dass das Dorf und seine Bewohner in dieser Zeit noch näher zusammenrückte und sich noch besser verstand, als zuvor. Das gefiel ihm. Besonders beeindruckt war er von den Flaschenzügen und Hebewinden, mit welchen tonnenschweres Material nach oben transportiert wurde. Obwohl auch hier reine Muskelkraft nötig war, imponierte ihn die Tatsache, dass man sich mit geschicktem Einsatz von Hilfsmitteln Kraft sparen und große Höhen überwinden konnte. Meist half er Eduard erst mit den Schafen, denn die Tiere mussten versorgt werden, um anschließend gleich auf die Baustelle zu gehen und dann bis spät am Abend dort zu arbeiten. Diesen Umstand akzeptierte der reiche Nold auch so – nur an den wirklich sehr heftigen und arbeitsintensiven Tagen mussten alle Trautskirchner Männer direkt beim Burgbau mit anpacken und ihr Tagwerk musste warten. Im Sommer arbeiteten die Männer von Sonnenauf- bis Sonnenuntergang an der Burg, im Winter immerhin solange es hell war und es das Wetter beziehungsweise die Temperaturen zuließen. Es ging aber nicht nur Eduard so. Auch Falk und Rudolf, die anderen Schäfer um Trautskirchen, handhaben es so. Sie hatten nur etwas weniger Schafe und konnten deshalb auch ein wenig früher schon auf die Baustelle gehen. Nichtsdestotrotz war es für alle Dorfbewohner eine spannende aber auch arbeitsintensive Zeit mit wenig Ruhe.

Und doch, genau in dieser schweren und belastungsreichen Episode des Ortes kam es, dass sich für Odo alles veränderte. Er hatte es nicht geplant. Er hatte es nicht darauf angelegt. Er wollte es auch nicht. Viel zu viel ging ihm durch den Kopf und beschäftigte ihn. Und auch das Gerede der Älteren, wann er sich denn einmal ein Mädchen nehmen wolle, perlte an ihm herab. Er quittierte solche Sticheleien eher mit einem Lächeln, als näher auf sie einzugehen. Aber eben in dieser Zeit geschah es. Jeden Tag sah er dutzende, manchmal hunderte Menschen aus der Umgebung, die auf der Burgbaustelle halfen, mitarbeiteten oder Material brachten. Es erinnerte ihn an einen Ameisenhaufen, auf welchen man versehentlich getreten war. Nach wenigen Augenblicken wimmelten die kleinen Tierchen aus und versuchten alles, ihren Bau möglichst schnell wieder auf Vordermann zu bringen und zu verhindern, dass noch weiterer Schaden entstand. Ein ebenso organisiertes und gleichzeitig willkürlich wirkendes Gewusel stellte er tagtäglich auf der Burg fest. Es faszinierte ihn immer wieder aufs Neue. Und dann kam der Tag, an welchem er sie sah! Ein Mädchen oder eine junge Frau, die er noch nie zuvor gesehen hatte: Dunkelbraunes, lockiges Haar quoll unter einer kleinen Haube hervor. Fast schwarze Augen, sodass man die Pupille nur ansatzweise erkennen konnte und ein makellos schönes, weiches Gesicht. Sie lud mit einem älteren Mann, der hoffentlich ihr Vater und nicht ihr Ehemann war, Holz von einem Wagen. Ihre zarten und filigranen Hände verrieten, dass sie nicht jeden Tag solch eine schwere Arbeit zu erledigen hatte. Er beobachtete sie eine Weile und versuchte, dabei nicht aufzufallen. Aber als er aus Ungeschick den Korb mit Steinen fallen ließ, den er zu den Maurern bringen sollte, wurde ihm klar, dass es wohl nicht klappen würde. Einige Männer lachten und machten sich über sein Missgeschick lustig, doch er konnte seinen Blick nicht von der Schönheit abwenden. Sie drehte sich direkt zu ihm um und kicherte, als sie sah, dass er die herumliegenden Steine unbeholfen und etwas umständlich in den Korb zurücklegte. So kannte er sich gar nicht. Er war doch kein Tollpatsch! Plötzlich erschrak er, als Odo eine ihm vertraute Stimme hinter ihm hörte.

„Junge, was machst du denn?"

Es war tatsächlich Wilhelm, der sich nach längerer Zeit wieder einmal ins Dorf begeben hatte.

„Ist alles in Ordnung mit dir?"

Odo antwortete nicht, sondern umarmte seinen Patenonkel. Dieser lachte und erwiderte die Umarmung.

„Bring die Steine rüber und dann komm mit mir. Wir müssen uns mal unterhalten." Wilhelm grinste und beobachtete die junge Frau, von der Odo offensichtlich den Blick nicht abwenden konnte, wie sie mit dem Mann auf dem Wagen die Baustelle verließ.

Als sich die beiden Männer dann oberhalb des Bauplatzes an einer Hecke nebeneinander ins Gras setzten, schwiegen sie erst einen kleinen Moment. Dann brach Odo das Schweigen. Er hielt es meist nicht so lange durch wie Wilhelm, er war es schließlich nicht gewohnt, alleine für sich zu sein und nichts zu sagen.

„Ich habe dich schon lange nicht mehr gesehen. Es ist schön, dass du wieder einmal ins Dorf gekommen bist. Hast du Mama oder Eduard schon gesehen?"

„Ja und nein, Odo. Deine Mutter hat mir gesagt, dass ihr auf der Baustelle seid. Aber bevor ich deinen Vater gesehen habe, bist du mir aufgefallen. So ungeschickt kenne ich dich gar nicht. Ob das wohl mit dem dunkelhaarigen Mädchen zu tun hat?" Er lächelte verschmitzt und sah zu Odo hinüber. Dieser lief ein wenig rot an.

„Nun... also, irgendwie war das ganz komisch, Wilhelm. Ehrlich. Ich hatte sie noch nie zuvor gesehen und konnte mich vom ersten Moment an nicht mehr recht konzentrieren. Außerdem war es unmöglich, den Blick von ihrem makellosen Gesicht abzuwenden."

„Aha." Wilhelm lächelte noch immer und antwortete bewusst recht knapp.

„Ich habe dann sogar meine Steine fallen gelassen…"

„…das habe ich gesehen…"

„…aber, weißt du Wilhelm, ich weiß nichts von ihr! Ich konnte sie weder nach ihrem Namen fragen, noch in Erfahrung bringen, woher sie kommt. Ich weiß nicht einmal, wer der Mann bei ihr war. Und dann, als ich vom Steine abladen zurückgekommen bin, war sie schon weg. Das ärgert mich!"

Wilhelm nickte verständnisvoll.

„Vielleicht bin ich als Einzelgänger und Junggeselle nicht der richtige Partner, um darüber zu sprechen. Aber eines verstehe sogar ich: Du bist verliebt!"

„Verliebt?", fragte Odo zweifelnd, „Soweit würde ich jetzt nicht gehen. Mir gefällt sie und sie ist sehr hübsch, ohne Zweifel, aber mehr weiß ich auch nicht."

„Aber ich. Ich weiß es, auch wenn du selbst es noch nicht erkennen kannst:"

Odo schmunzelte.

„Und ich weiß noch mehr. Ihr Name ist Ida."

Die Augen des Jungen begannen zu funkeln. „Weißt du noch mehr?"

„Sie ist die Tochter von Siegmar, einem Holzbauern aus Windsheim. Du kannst dich also beruhigen, der Mann, der bei ihr war, war ihr Vater."

„Ich bin ganz ruhig", entgegnete Odo mit einem breiten Grinsen. „Ida."

„Genau. Ida heißt sie."

„Ida. Ein schöner Name." Er ließ sich nach hinten ins Gras fallen und sah in den Himmel.

Sein Patenonkel tätschelte den Bauch des Jungen, der mittlerweile ein erwachsener Mann geworden war, und tat es ihm gleich. Er konnte sich noch so gut erinnern, als Odo ein kleiner, unbeschwerter und vor allem neugieriger

Junge war. Nie hätte er gedacht, sich jemals einem Menschen so nah zu fühlen. Er hatte so viel mit ihm erlebt: Seine ersten Schritte, sein erstes Wort, das Verstehen der Natur, die Bäume und Beeren kennenlernen und vieles, vieles mehr. Die Zeit rannte offensichtlich, denn es fühlte sich für Wilhelm so an, als wäre das alles erst gestern passiert. Und nun sah er in die Augen des erwachsenen Odos, eines gestandenen Mannes von nunmehr 17 Jahren, der sich den Respekt der Dorfbewohner erarbeitet hatte. So lagen die beiden Männer nebeneinander im Gras, ohne ein Wort zu verlieren. Sie beobachteten schweigend wie die Sonne als dunkelroter Feuerball hinter den Hügeln verschwand und sich langsam die Dunkelheit breit machte. Die Nacht kam.

Derweil ging es auf der Baustelle mit großen Schritten voran. Da der Schutz im Vordergrund stand, wurde zunächst die Ringmauer erbaut. Sie bestand aus drei Schichten und war insgesamt etwas mehr als drei Meter hoch und zwei Meter dick: Eine Außenmauer, die Innenmauer und dazwischen wurde eine Füllung aus Bruchsteinen, Erde, Mörtel, Geröll und Dreck geworfen. Sie war am Boden knapp mehr als drei Meter dick, nahm allerdings in ihrer Stärke nach oben hin ab, da in der Höhe keine Rammböcke oder Ähnliches zu befürchten waren, hier war es also nicht nötig, so stark zu sein. So sollte sie die Burg schützen und ein schweres – oder im Idealfall gar nicht – einzunehmendes Hindernis darstellen. Dieser Schutz um die Burg wurde zur besseren Verteidigung in drei Ecken noch durch Türme verstärkt. Entlang der Mauer waren etliche Öffnungen untergebracht, durch welche man Steine, siedendes Wasser, Pech oder Teer auf herannahende Feinde schüttete. Diese Zinnen waren im Abstand von etwa einem Meter angebracht. Diese Zinnen dienten dazu, einem Mann Deckung zu geben, während er beispielsweise seine Armbrust aufzog. Die Lücken dazwischen wurden freilich dazu genutzt, sich zum Schießen oder Werfen hinauszulehnen.

Doch so weit war es noch lange nicht, war ja die Burganlage eben noch im Bau und ein feindlicher Angriff glücklicherweise nicht in Sicht. Dahinter lag ein schmaler Wehrgang, der um die gesamte Burg reichte. Eigentlich waren dies lediglich große, aus der Mauer hervorstehende Steinplatten, auf denen Bretter befestigt waren, sodass man darauf gehen konnte. Allerdings waren diese nicht einmal breit genug, um zwei Männer aneinander vorbeigehen zu lassen – doch zur Verteidigung sollten sie genügen. In der Mauer integriert war die Zugbrücke. Sie war der einzige Zugang zur Burg und konnte hochgezogen werden, falls ein gegnerischer Trupp sich näherte. Hier konnten sich die Trautskirchner sicher fühlen, das war ihnen klar. So bauten sie eifrig an der Fertigstellung des Zufluchtsortes weiter, um im Falle eines erneuten Überfalles, dorthin fliehen und sich in Sicherheit bringen zu können.

Ebenfalls hatte Arnold von Seckendorff an ein Vorratshaus gedacht, das er auf der Burg errichten ließ. Im Falle einer längeren Belagerung war es wichtig, ausreichend Nahrung zu haben, da man sonst schnell ausgehungert wurde. Dies wollte er tunlichst vermeiden. Er brauchte stets eine große Menge an Lebensmitteln auf seiner Burg, von der auch die Dorfbewohner möglichst lange zehren konnten, falls sie belagert würden. Lediglich die Frage, womit der Vorratsraum gefüllt werden sollte, machte ihn noch stutzig. Er konnte sich nicht vorstellen, wie Trautskirchen so lange überleben konnte, wo doch nur sehr wenige Abgaben und Erträge auftauchten. Doch darum konnte er sich erst kümmern, wenn die Burg größtenteils fertiggestellt war. Im Moment war es wichtiger, dass der Bau voranging.

Jeden Tag konnte er sehen, wie seine Burg wuchs und immer weiter in die Höhe strebte. Das machte ihn stolz und glücklich.

Nun war es an der Zeit, den Palas, das Wohnhaus des Burgherrn, in Auftrag zu geben. Hierfür versammelte Nold Reinhard und Konrad bei sich, um die Details zu besprechen.

„Männer, ihr seid mir meine Vertrauten. Ihr baut mir meinen Palas. Bedenket, er wird mein Herrschaftssitz, er repräsentiert meine Macht. Daher soll er gar vortrefflich anzusehen sein."

„Gewiss, mein Herr", nickte Reinhard. „Wir haben erst kürzlich trockenes und stabiles Holz bekommen."

„Und ich werde Euch die besten Steine zuschlagen, die Ihr je gesehen habt", nickte Konrad.

„Mir schwebt ein Fachwerk vor, was es so im Umkreis kein zweites Mal gibt. Er ist auch das Wohnhaus meiner Familie, also ein Zeichen meiner Macht. In ihm soll außerdem ein großer Saal sein, wo ich meine Versammlungen und Sitzungen abhalten kann. Dort sollen alle Gäste beim Betreten denken, wie einflussreich und stark ich bin."

„Gewiss, gewiss. Wir werden Euch den besten Palas bauen, was wir können", bestätigte Konrad.

„Ich würde Euch noch vorschlagen, ein großes und üppig ausgestaltetes Kaminzimmer zu integrieren. Dort könnt Ihr Euch mit Eurer Familie in der kalten Jahreszeit versammeln und Euch wärmen. Hier würde ich einen Kamin einbauen, der pausenlos Feuer hat, um das Auskühlen Eurer Familie zu verhindern", erklärte Reinhard.

„Wahrlich eine gute Idee", stimmte der reiche Nold zu. Erfreut rieb er sich die Hände, er war sehr zufrieden mit seinen beiden Bauleitern und das konnte er auch sein.

Reinhard der Zimmermann und Konrad der Steinmetz sprachen sich während der gesamten Bauphase gut ab. Sie arbeiteten Hand in Hand zusammen und diskutierten manchmal stundenlang darüber, wie sie nun den nächsten Bauabschnitt am besten vom Plan in die Tat umsetzen konnten. Daher hatten beide den Einfall, die Decke des Kaminzimmers mit Tannenholz auszutäfeln und den Boden mit einem mehrere Zoll dicken Estrich von Kalkmörtel überdeckt wurde, bevor darüber ebenfalls Bretter gelegt wurden, so dass dieser Raum besser und schneller beheizt werden konnte.

Noch zu erwähnen wäre die im Palas zu findende Burgküche, da es in ihr das ganze Jahr über beheizt und warm, wegen des dort befindlichen Backofens, war. Deswegen wurde die Küche später auch nicht selten als Baderaum für den reichen Nold und seine Familie verwendet. Die bauliche Einrichtung bestand lediglich aus einem größeren Kamin, der die eben erwähnte Hitzequelle darstellte, mit Rauchabzug nach außen, einer weiteren Feuerstelle mit einem großen Kessel, auf dem die meisten Speisen zubereitet wurden. Der Herd war etwa kniehoch gemauert, dessen Feuer stets brennen sollte und nachts, nach dem Herunterbrennen, mit einem Tontopf bedeckt wurde, um ein Ausbreiten zu verhindern. Die Küchenutensilien wie Dreifußtöpfe, Pfannen, Backeisen, Bratenroste, Spieße, Mörser zum Zerkleinern der Zutaten, Kessel und vieles mehr standen in Griffweite um den Herd. Die Köche mussten diese beim Zubereiten des Essens schließlich schnell erreichen können. Kessel und Töpfe waren hierbei mit Hilfe von schwenk- und drehbaren Hebevorrichtungen an der Decke über dem Herd platziert. Sie hingen an höhenverstellbaren, schweren Eisenketten, um die Hitzeintensität regeln zu können. Hierfür ließ man sie einfach näher ans Feuer herunter oder hob sie wieder an, um erhöhte die Entfernung.

So wuchs die kleine, aber dennoch stabil gebaute, Wehrburg in Trautskirchen Schritt für Schritt heran. Lediglich auf eine eigene Kapelle verzichtete der Erbauer, denn er wollte kein zusätzliches Gotteshaus im beschaulichen Ort, er wollte lieber mit den Bewohnern zusammen zur Messe gehen. Nichtsdestotrotz wollte es sich der reiche Nold nicht nehmen lassen, einen kirchlichen Bezug zu seiner neuen Burg herzustellen. Daher war es ihm ein großes Anliegen, dass er die Innenräume mit biblischen Geschichten ausgestalten ließ. Hierfür bestellte er die drei besten Maler des Zenn- und Aischgebietes. Sie hatten immerhin einen halben Tagesmarsch nach Trautskirchen zurückzulegen, während ihrer Arbeit konnten sie dann aber direkt vor Ort nächtigen, das wurde für sie so arrangiert. So erreichten die drei bestellten Künstler Trautskirchen und legten sogleich mit der Ausgestaltung los. Diese Ausschmückung der Räume wurde bereits begonnen, als das Dach zwar schon dicht, aber noch nicht final fertiggestellt war. Dies war Nold wichtig, denn er wollte keine Zeit verschwenden, um schnellstmöglich hier einziehen zu können.

„Ihr seid Euer Geld wirklich wert", stellte Nold zufrieden fest, als er die ersten Malereien an seinen Innenwänden begutachtete. Dort waren die Figuren so realistisch, dass man individuelle Gestik und Mimik erkennen konnte, es war so, als hätte jede gemalte Person eine eigene Persönlichkeit oder einen eigenen Charakter bekommen. „Weiter so, es sieht wahrlich gelungen aus."

Die Künstler nickten. „Danke, mein Herr."

Zu erkennen waren zu Beginn, in der Nähe der Eingangstür zum großen Saal, der Gottvater bei der Erschaffung der Welt. Daneben konnte man König David erkennen, denn er war ein sehr gottgläubiger Mann, der viel erreicht hat. Als junger Schafhirte kam er an den Hof Sauls, der damals König von Israel war und tat sich schnell als geschickter Kämpfer hervor. So kam es, dass er in einer entscheidenden Schlacht gegen die Philister zur Schlüsselfigur wurde. Einer jener verfeindeten Philister hieß Goliat und war viel großer und stärker als alle anderen, sodass sich niemand gegen ihn kämpfen traute. David aber hatte keine Angst, denn er hatte als Schafhirte bereits einen Bären und einen Löwen besiegt – immer mit der Hilfe und Gnade Gottes. Mit ihm an seiner Seite konnte nichts passieren. Er trat dem Riesen also ohne Rüstung und nur mit seinem Hirtenstab und einer Steinschleuder bewaffnet entgegen. Ihm war klar: Gott würde ihn auch dieses Mal beschützen. Goliat sah David, schrie ihn an und verspottete ihn. Ein einfacher Hirtenjunge könne niemals einen so großen Krieger wie ihn besiegen! David vertraute auf den Herrn und fürchtete den übermächtigen Gegner nicht. Mit seiner Steinschleuder zielte er auf Goliat, der Stein traf ihn mittig an der Stirn, und der riesige Mann fiel zu Boden. Der Herr hatte David geholfen, Goliat ohne Schwert und ohne Rüstung zu besiegen. Als er später dann zum König über die israelischen Südstämme wurde, dauerte es nicht lange, da konnte er auch die Nordstämme für sich gewinnen und so das Land vereinen. David eroberte Jerusalem und machte es gleich zur Hauptstadt des neuen Reiches, er baute dort einen Königspalast und ließ die Bundeslade in die Stadt bringen, womit Jerusalem zum religiösen Mittelpunkt des Landes wurde. Er weitete stets seinen Machtbereich aus, schaffte Reichtum durch geschickte Handelspolitik und besiegte die benachbarten Philister. Weil David aber keinen seiner Söhne zum Nachfolger bestimmte, kam es unter ihnen schon vor seinem Tod zu Streit, was ihn beschäftigte, da er dadurch Mühe hatte, sein Reich innenpolitisch zusammenzuhalten. Aber schließlich wendete sich alles zum Guten, denn sein Sohn Salomo wurde der Nachfolger Davids. Gott gab ihm vorher noch die Zusage, dass jeder Nachkomme Davids immer der König von Israel sein sollte, so wurde Jesus Christus selbst auch zum „Sohn Davids".

Direkt weiter ging es mit jenem eben erwähnten König Salomo – eine von Nolds Lieblingsgeschichten der Bibel. Zwei Frauen kamen eines Tages mit einem schwierigen Problem zu König Salomo. Sie erklärten, sie wohnten im selben Haus und hatten fast zeitgleich einen kleinen Jungen bekommen. Eine Frau erklärte, dass das Baby der anderen nachts verstorben sei. Sie verdächtigte die trauernde Mutter dann, sie hätte ihr noch in derselben Nacht das Kind heimlich genommen und ihr den toten Jungen an die Seite gelegt. Als sie aufwachte, sah sie das tote Kind neben sich und wusste sofort, dass es nicht ihr eigen Fleisch und Blut war. Aber die andere Frau stritt alles ab und behauptete weiterhin, dass das ihr leiblicher Sohn war. Daher stritten sich die beiden Frauen und kamen damit zu König Salomo, um das Problem zu lösen. Salomo überlegte kurz, ließ sich ein Schwert bringen und befahl, das Kind in zwei Hälften zu schneiden, um jeder Frau eine Hälfte zu geben. „Nein!", rief die wahrhaftige Mutter. „Tötet den Jungen nicht! Gebt ihn lieber ihr, aber lasst ihn am Leben!" Nun wusste Salomo, wer die richtige Mutter war. Nur eine richtige Mutter hat ihr Kind so lieb, dass sie es sogar einer anderen Mutter geben würde, nur um es am Leben zu lassen. So konnte sie glücklich mit ihrem wahrhaftigen Sohn den Palast verlassen. Als die Menschen mitbekamen, wie Salomo das Problem gelöst hatte, waren sie glücklich, so einen weisen Mann zum König zu haben. Und weil Nold diese Geschichte so schön fand, ließ er sich eben jenen Abschnitt an die Wand malen.

Das letzte Wandgemälde zeigte Jona, wie er in Gottes Auftrag der Stadt Ninive ihren Untergang verkündete. Er mochte diese Geschichte, da Jona als Prophet Gottes seinen Auftrag augenblicklich nicht ausführen möchte und an Gottes Plan zweifelte. Zunächst möchte Jona nämlich der Stadt Ninive den Untergang nicht verkündigen. Er fürchtete diese Aufgabe und begab sich auf die Flucht. Daraufhin schickte Gott einen gewaltigen Sturm und das Schiff des flüchtenden Jona gerät in Seenot, das Unwetter beruhigte sich erst, als die Seeleute Jona über Bord geworfen hatten und er von einem großen Fisch verschlungen worden war. Im Leib des Fisches flehte Jona um Gnade und nach drei Tagen gab er ihn aus seiner Gefangenschaft frei. Nun gehorchte er und verkündigte der Stadt Ninive die göttliche Botschaft. Doch König und Einwohner wandten sich von ihrem Unrecht ab und erflehten Gnade, die Gott ihnen gewährte und so blieb die Stadt letztlich verschont.

Diese Geschichten bewegten den Adligen, er hörte sie immer wieder gerne und daher freute er sich sehr, dass diese nun seine Zeit in Trautskirchen begleiten würden, gut sichtbar an den Wänden.

Besondere Wichtigkeit stellte die Wasserversorgung dar. Hier holte sich Nold bei seinen Handwerkern Rat: „Konrad, habt Ihr Erfahrung, wie man am besten dem Wassermangel entgegenwirken kann?"

Der Steinmetz nickte. „Wir werden mehrere Ziehbrunnen, vielleicht zwei oder sogar drei, auf der Fläche der Burg verteilen. Es kann sein, dass wir den Schacht hundert Fuß tief graben müssen, bis wir auf frisches Quellwasser stoßen, aber das schaffen wir."

Arnold von Seckendorff nickte zufrieden. „Und wie befestigen wir den Schacht, dass er nicht einstürzt?"

Auch hierfür hatte Konrad eine Antwort. „Wir mauern ihn mit Quadern aus. So ist er fest und stabil genug, viele Jahre auszuhalten. Damit haben wir Erfahrung."

Außen war gerade der höchste Turm, der so genannte Bergfried, im Aufbau. Aus Sicherheitsgründen befand sich der Eingang nicht ebenerdig, sondern war im ersten Stock angebracht. Man konnte die Eingangstür nur mit Hilfe einer Leiter erreichen, welche bei Gefahr zerstört oder hochgezogen wurde. Er wusste zwar nicht genau, wer ihn oder die Dorfbewohner angreifen sollte, aber sicher war eben sicher. Im Inneren war ein mittelgroßer Saal untergebracht und durch eine kleine Wendeltreppe, konnte man in die oberen Stockwerke gelangen. Es gab aber noch eine weitere Besonderheit: Zwei Stockwerke lagen unterirdisch. In ihnen befanden sich ein kleiner Raum, der mit Vorräten gefüllt war, ein Brunnenschacht und eine Sickergrube für anfallende Fäkalien. Der Bergfried war der letzte Zufluchtsort bei einem Angriff, deswegen musste man auch für alles sorgen, denn man wusste ja nicht wie lange man sich dort aufhalten musste, wenn man belagert wurde.

Und eben um jene unterirdischen Räume ging es noch einmal im Besonderen. Hierfür beriefen Odo, sein Vater Eduard, Steinmetz Konrad, Zimmermann Reinhard und Schmied Lambert eine Versammlung ein, die sie geheim hielten, da die Männer den Burgherrn nicht dabeihaben wollten. Es gab etwas zu besprechen, was sie ohne seine Anwesenheit klären mussten.

„Gut, dass ihr alle Zeit gefunden habt", begann Reinhard, als alle im Hinterzimmer von Martins Schenke Platz genommen hatten. „Ich möchte mit euch über den reichen Nold reden. Er ist nun schon eine Weile bei uns und macht auf mich den Eindruck, als ob ihm wirklich etwas an unserem Ort liegt."

Konrad nickte. „Ich kann nur Gutes über ihn sagen. Die Zusammenarbeit ist sehr gewinnbringend und es wird eine Burg entstehen, die uns bei Angriffen schützen kann."

„Und er gibt nicht nur uns Dorfbewohnern Arbeit, sondern auch vielen Menschen aus der Umgebung. Es ist eine Wohltat", ergänzte Lambert.

„Ja", meinte Odo. „Ich kann mir trotzdem denken, warum ihr euch treffen wolltet."

„Ach...?", sah ihn Eduard fragend an. „Mir erschließt sich unser Treffen noch nicht."

„Ich glaube, sie wollen beschließen, ob wir ihn in unser Geheimnis einweihen können!?", erklärte Odo.

„Du hast einen wahrschlich schlauen Sohn, Eduard", lächelte Konrad.

Und auch Reinhard und Lambert nickten zustimmend.

„Genau darum soll es gehen und ich will euch auch erklären, warum es gerade jetzt wichtig ist, dass wir uns treffen." Konrad wurde ernst. „Wir bauen nun schon eine ganze Weile an der Burg, sie wächst beinahe täglich heran und nun sind wir dabei, unter dem Bergfried die beiden versteckten Räume auszugestalten."

„Und... Was hat das mit dem Nold und unserem Dorfgeheimnis zu tun?", fiel ihm Eduard ins Wort.

„Geduld, Geduld", mahnte Lambert ruhig.

„Wir haben jetzt die Möglichkeit, unseren unterirdischen Geheimgang, der vom Kellerbuck nach oben an den Rand des Dunkelwaldes führt, mit dem versteckten Raum unter dem Bergfried zu verbinden. Das hätte große Vorteile, da wir dann unbemerkt die Burg betreten und verlassen könnten. Außerdem könnten wir einfacher Vorräte in die Burg oder aus ihr schleusen. Und wir wären für Gegner noch schwieriger zu fassen oder auszurechnen."

„Das klingt sehr gut", nickte Eduard.

Auch Odo stimmte zu. „Damit wäre es fast unmöglich, dass wir einer Belagerung zum Opfer fallen. Auch ausgehungert könnten wir nicht mehr werden."

Reinhard ergänzte: „Und wenn wir die Verbindungen der Gänge mit Sackgassen versehen und vielleicht auch noch ein paar Ringwege einbauen, könnten wir diese als für Fremde undurchdringliche Irrwege ausgestalten."

„Wir selbst würden selbstverständlich versteckte Orientierungshilfen für die Dorfbewohner einbauen, sodass wir uns selbst nicht verirren können." Lambert lächelte.

„Das klingt doch alles sehr gut. Wo liegt das Problem?", fragte Eduard nach.

Odo antwortete wieder. „Es ist die Burg vom reichen Nold. Er ist dennoch kein richtiger Trautskirchner. Wir müssten ihn einweihen, wenn wir diese unterirdischen Irrwege anlegen würden. Er wäre damit der erste Auswärtige, den wir unser Geheimnis verraten würden."

„Falls er uns hintergeht oder verrät, ist unser Dorf dem Untergang geweiht", Konrad wirkte nachdenklich.

Die Männer nickten und schwiegen einen Moment.

Es war eine Entscheidung, die die Zukunft des Ortes und der Menschen entscheidend prägen würde. Man könnte einfach so weitermachen wie bisher, es lief für alle recht passend und es bedarf nicht unbedingt zwingend einer Änderung. Allerdings könnte man die Gelegenheit am Schopfe packen und einen großen Schritt nach vorne machen, der mehr Sicherheit und Unabhängigkeit für alle bieten würde. Sie diskutierten eine Weile die Vor- und Nachteile der Idee, kamen aber schließlich einstimmig zu dem Entschluss, dass sie den Nold einweihen wollten. Eduard wurde losgeschickt, um ihn zu holen. In seiner Abwesenheit – es dauerte nicht lange, dann trafen beide ein – wagte kaum jemand zu sprechen.

Wieder begann Konrad. „Nold, wir haben Euch zu uns gebeten, weil wir eine wichtige Entscheidung getroffen haben."

Nold war nervös. Er nippte an seinem Krug Bier und lauschte gespannt. Schließlich wusste der Adlige nicht, was jetzt kommen würde.

„Es gibt ein gut gehütetes Geheimnis, das seit vielen Generationen in Trautskirchen weitergegeben wird", ergriff Reinhard das Wort. „Wir würden Euch gerne einweihen und dich somit zu einem wahrhaftigen Trautskirchner machen."

Nold lächelte und trank angespannt erneut von seinem Krug.

„Wir vertrauen Euch. Ihr habt so viel Gutes in unser Dorf gebracht, gebt uns Arbeit, helft uns, schützt uns und seid immer für uns da. Wir haben den Eindruck, Euch liegt wirklich viel an uns." Eduard lächelte ihn an.

„So ist es", bestätigte Nold. „Ich fühle mich schon lange sehr heimatlich hier. Ich will für immer bleiben und alles in meiner Macht stehende tun, euch zu helfen."

Odo glaubte ihm. „Das, was wir jetzt erzählen, weiß jeder Dorfbewohner. Es wird aber nie darüber gesprochen. Es ist das bestbehütetste Geheimnis, es darf niemals nach außen dringen, sonst sind wir verloren." Er bekräftigte seine Aussage mit einem strengen Blick.

Danach lauschte Nold gebannt den Worten des Dorfrates, der ihm alles über den geheimen Gang unter dem Ort erzählte – von dem versteckten Eingang am Rande des Dunkelwaldes bis hin zur Öffnung am Kellerbuck. Er wurde vollständig eingeweiht. Seine Augen weiteten sich, er konnte den Worten folgen, aber ihnen fast keinen Glauben schenken. Es klang so unnatürlich und außergewöhnlich, dass es ihm schwerfiel, sich solch einen verborgenen Gang vorzustellen.

„Ich danke vielmals für euer Vertrauen, es ehrt mich sehr. Aber ich muss euch fragen: Warum erzählt ihr mir gerade jetzt davon? Ihr hättet es doch viel früher oder eben erst nach der Fertigstellung der Burg oder irgendwann in der Zukunft oder gar nie erzählen können. Wieso jetzt?", wunderte sich Nold.

„Das ist es ja", schmunzelte Konrad. „Wir haben eine Idee, die so neu und undenkbar ist, dass wir es berichten müssen. Es betrifft unser Geheimnis, Eure Burg und einen Kniff, den es wohl nirgends sonst gib."

Nold war neugierig geworden und beugte sich ein wenig nach vorne, als er den Worten seines Vorarbeiters und Steinmetzes lauschte. Dieser weihte ihn Schritt für Schritt in die Pläne ein und erklärte dem Adligen an den wichtigen Stellen ganz genau, wie dies ablaufen sollte und wie er es sich vorstellte.

Nold war begeistert. „Nicht nur, dass ihr mich in euer großes Geheimnis eingeweiht habt, nein, ihr kommt zu mir mit einer Idee, die so undenkbar ist, dass man sie gar nicht umsetzen kann!", sprach der Burgherr. „Das ist ja gar nicht umsetzbar. Und genau deswegen packen wir es an!" Er lachte laut und prostete den anderen Männern zu. Diese waren erleichtert und stießen freudestrahlend mit an. Es wurde ein langer Abend und erst als der Plan gezeichnet und alle Einzelheiten besprochen waren, verließen sie Martins Schenke, um sich nach Hause ins Bett zu legen. Morgen war schließlich ein neuer Tag, der viel Arbeit beinhaltete.

Nold hatte Konrad und Reinhard damit beauftragt, eine Handvoll Arbeiter auszusuchen – natürlich alles Einheimische – die sich sofort mit ihnen ans Werk machten, die unterirdischen Gänge auszubauen. Allen anderen war es von nun an verboten, den offiziell fertiggestellten Bergfried zu betreten. So konnten sich die Trautskirchner sicher sein, dass keiner der Auswärtigen ihr Geheimnis erfuhr. Auch Odo hatte endlich eine Aufgabe, die wichtig war, denn er war dafür zuständig, die engen, senkrechten Schächte für die Luftzufuhr durchzustoßen. Das erforderte zwar Kraft, die der junge Mann nicht so sehr hatte, aber auch einen genauen Plan, um abzumessen, wann der nächste Luftschacht wichtig war. Höchst merkwürdig, einzigartig und einmalig bauten so die Trautskirchner das aus unterirdischen Gängen und Gassen aus, welche sich in verschiedenen Tiefen und unterschiedlichen Breiten unter dem Ort erstreckten. Ab und an bauten sie einen kleinen Aufenthaltsraum ein, der quer und längs von Gängen durchschnitten wurde. Ohne genaue Kenntnis konnte man sich hier wunderbar verlaufen und das war auch das große Ziel der Dorfbewohner gewesen. Falls sich doch einmal ein Fremder oder ein ungebetener Gast Zugang verschaffte, so war es möglich, dass er sich so sehr verirrte, dass er nie in der Burg oder an seinem Ziel ankam. Dieser Gedanke gefiel den Trautskirchnern und vor allem Nold sehr. Während dieser Zeit vergaß Odo fast wieder, dass er Ida getroffen hatte, doch in einsamen Stunden erinnerte er sich an ihr makellos schönes Gesicht und träumte doch oftmals des Nachts von ihr.

Als an einem Nachmittag des Jahres 1348, es muss der 25. Januar gewesen sein, gerade wieder einmal die gesamte Burgbaustelle mit fleißig arbeitenden Männern bestückt war, geschah etwas, das die Trautskirchner so noch nicht erlebt hatten. Nur die Alten kannten es aus Erzählungen von lang vergangenen Zeiten. Balduin und Dominicus, zwei Hilfsarbeiter aus Hechelbach und Unteraltenbernheim, waren oben auf einem der Holzgerüste an den Ecktürmen. Dort befestigten sie noch einige Steine mit Mörtel und versuchten, die Wände weiter zu stabilisieren. Dann bebte die Erde. Sie bemerkten es als erste, denn ihr Gerüst begann zu wanken, sodass sich die Männer festhalten mussten. Es war für alle deutlich zu spüren, die aufgestellten und zur Weiterverarbeitung vorbereiteten Steine fielen zu Boden, Holzlatten und Balken stürzten um, gruppierte Ziegel fielen ineinander. Und die bereits stehenden Bereiche der Burg, die noch nicht komplett befestigt waren, wackelten beängstigend. Die Bauarbeiter hielten sich entweder aneinander oder dem nächstgelegenen festen Gegenstand fest, der sich in ihrer Nähe befand. Und dazu kam das aus dem tiefsten Höllenschlund stammende Grollen, das damit einherging. Es hörte sich so unglaublich bedrohlich und beängstigend an! Der reiche Nold kam gerannt, um nachzusehen, was sich auf seiner Baustelle ereignete. Dabei stürzte er sogar einmal, da der Boden unter seinen Füßen immer noch wackelte und wankte. Just in diesem Moment konnte sich Balduin nicht mehr auf dem Gerüst halten und kippte nach hinten. Er landete wenige Meter unterhalb auf einem quer verlaufenden Holzbrett, das zum Begehen der unteren Bereiche des Gerüsts angebracht war. Krachend schlug er mit dem Kopf auf, dass das Blut in Strömen unter seinen Haaren hervorfloss. Dominicus gar hatte noch mehr Pech. Er fiel ebenso vom Gerüst, wurde aber durch nichts gebremst. Mit einem markerschütternden Schrei stürzte er ungebremst in die Tiefe. Knackend, als wäre jeder Knochen in seinem Körper einzeln gebrochen, kam er auf dem Erdboden auf. Regungslos blieb Dominicus liegen, seine Gliedmaßen in alle Himmelsrichtungen gestreckt und in seltsamen Winkeln angeordnet. Er war durch das Beben der Erde aus dem Leben gerissen worden, der herbeigeeilte Schmied Lambert sprach ihn an, konnte aber nur noch sein Ableben feststellen. Erschüttert schüttelte er den Kopf, als er zu den anderen verängstigten Bauarbeitern aufsah. Als das Zittern und Wackeln der Erde noch immer nicht stoppte, versuchten sich manche zu Balduin zu begeben. Doch es war nicht so einfach, die umgestürzte Holzleiter, die zur höheren Ebene führte, auf der sich der Verletzte befand, wieder aufzustellen. Nold und Gerald packten mit vereinten Kräften an und schafften es tatsächlich, trotz des Wackelns und des damit verbundenen unsicheren Standes, sie aufzurichten. Mit einem Mal war es mucksmäuschenstill. Keiner der Männer wagte zu atmen. Auch die Tiere waren völlig verstummt, kein Vogel zwitscherte – es war beängstigend still. Nach einem kurzen Augenblick des Innehaltens machten sich die zwei Männer auf dem Weg nach oben, um nach Balduin zu sehen. Gerald drehte ihn auf dem Rücken, kniete sich hinter ihm auf das Holzbrett, nahm seinen blutenden Kopf auf seine Oberschenkel und stütze ihn mit seinen beiden Händen, während Nold versuchte, ihn anzusprechen. Der Verletzte konnte leise sprechen, aber leider war es nicht möglich zu verstehen, was er von sich gab. Offensichtlich hatte es ihn schwer erwischt. Gerald hatte in der Zwischenzeit vorsichtig versucht, herauszufinden, woher das viele Blut kam. An der Seite des Kopfes, etwa zwei Zoll über der rechten Schläfe, konnte er eine große Wunde erkennen, aus welcher unentwegt Blut floss. Er riss ein Stück Stoff seines Ärmels ab und drückte es so fest er konnte auf die Wunde. Der Burgherr, Arnold von Seckendorff, war schockiert. Was war das? Wieso rüttelte jemand so fest an unserer Erde? Wie konnte solch eine enorme Kraft entstehen? War es Gott persönlich, der ihnen etwas mitteilen wollte? Schnell schob er diese Gedanken beiseite und konzentrierte sich wieder auf den verletzten Mann vor ihm. Gerald und er beschlossen, ihn nach unten zu tragen. So nahm ihn der starke Bauer Gerald auf seinen Rücken und stieg die Leiter hinab, während Nold ein paar Sprossen unter ihm versuchte, den Verunglückten zu stützen. Glücklicherweise gelang es ihnen ohne selbst zu stürzen. Vorsichtig legten sie Balduin auf die Erde. Bereits wenige Augenblicke später eilte Bauer Kasimir mit einem hell glühenden Eisenstab herbei, setzte an und brannte die Wunde aus. Dieser laute, schrille und markdurchfahrende Schrei fuhr allen Anwesenden in die Glieder. Aber es war nötig. Nur so konnte die Wunde schnell geschlossen werden. Danach war Balduin still. Er war direkt eingeschlafen. Es dauerte nicht lange, da kam Constantin zurück. Er war daheim gewesen und hatte eine Flasche Rotöl geholt, welches er selbst im vergangenen Sommer angesetzt hatte. Dieses träufelte er auf die frisch ausgebrannte Wunde, um die Heilung zu beschleunigen. Hierfür hatte er Johanniskraut gesammelt – am besten zwischen dem 20. und 24. Juni des Jahres – dort hatte es am meisten Kraft und stand in voller Blüte. Die Pflanzenteile zerkleinerte er im Mörser und mischte sie mit Öl. Danach musste es mehrere Wochen auf der Fensterbank in

227

der Sonne ruhen und sich mischen. Mit der Zeit bekommt das Öl dann diese schöne, intensiv rote Farbe, was ihm den Namen „Rotöl" verlieh. Was er ebenfalls gern nutzte, war eine Tinktur, die ihm der Einsiedler Wilhelm empfohlen hatte. Diese war besonders bei entzündeten und eitrigen Wunden hilfreich. Aber natürlich konnte man diese auch direkt zur Erstversorgung der Wunden nehmen und so gab Constantin auch davon eine kleine Menge auf die Wunde. Man musste dafür nur Wegerich pflücken, wie er häufig in und um Trautskirchen zu finden war, in seiner Hand zerreiben und den Saft direkt auf die verletzte Stelle träufeln oder vorsichtig einmassieren.

Trotz aller Hilfe und des großen Bemühens, war der Kampf leider vergebens. Balduin erwachte nicht mehr und so hatten die Menschen zwei Opfer zu betrauern, die das Beben der Erde mit sich brachte. Die Männer wurden in Leinen gewickelt und anschließend auf Karren zu ihnen nach Hause befördert, um dort in ihrem Heimatdorf begraben zu werden. Nach diesem Unglück konnte Pfarrer Anselm wieder deutlich mehr Trautskirchner in seiner Kirche begrüßen, als noch zuvor. Alle wollte sichergehen, dass dieses Erdbeben kein göttliches Zeichen zu mehr Frömmigkeit war und so wollten sie lieber auf Nummer sicher gehen. Auch Nold zog seine Konsequenzen daraus: Er versuchte die Vorsichtsmaßnahmen noch zu verstärken, um weitere Unfälle zu verhindern.

Als dann Monate später ein Händler nach Trautskirchen kam, erfuhren die Dorfbewohner schließlich auch, dass das Erdbeben sie gar nicht so schlimm erwischt hatte. Er kam aus Südtirol und erzählte, wie es dort zugegangen war: „Das Beben der Erde war das Schlimmste, was ich oder irgendein Anwesender jemals in seinem Leben mitmachen musste", begann er seine Geschichte. Alle Trautskirchner lauschten gespannt und sogar die Kinder schwiegen, so neugierig waren sie darauf zu erfahren, was sich zugetragen hatte. „Es muss wohl in Kärnten oder zumindest der Gegend des Friaul rund um Udinese begonnen haben. Zumindest haben das einige Augenzeugen so berichtet. Ich selbst war zu der Zeit in Passau, aber auch dort genügte es mir. Immerhin schwankten die Kirchen bedrohlich, ein Kloster wurde beinahe vollends zerstört und es rutschten etliche Ziegel von den Dächern. Über den Schaden an den einzelnen Familienhäusern möchte ich hier gar nicht sprechen. Schrecklich. Die Folgen waren im Ursprungsgebiet noch fataler als bei uns in Passau, denn das Erdbeben zog einen massiven Bergsturz und Steinschlag mit sich, der die Gail – ein recht großer Fluss in dieser Landschaft – aufstaute."

Betroffenheit bei den Zuhörern, einige schlugen die Hände über dem Gesicht zusammen, sie mochten sich diese Tragödie gar nicht vorstellen. „Das war es noch nicht...", ergänzte der Händler. „Nachdem die Wassermassen immer mehr wurden, brach diese gestaute Masse aus Dreck, Schlamm, Bäumen und vielem mehr durch und so entstand eine riesengroße Flutwelle, die weite Teile des dortigen Tals unter sich begrub und alles zerstörte, was sich ihr in den Weg stellte. Ganze Dörfer und Weiler waren danach weggespült und schlichtweg nicht mehr da. Sogar starke, gut befestigt Burgen stürzten ein. Aber auch die durch das Beben verursachten Brände waren nur sehr schwer unter Kontrolle zu bringen...nun ja, zumindest bis die Flut kam, danach hatte sich das zumindest erledigt. Dennoch war das ein Unglück, das die dort lebenden Menschen noch lange, lange Zeit beschäftigen wird." Die Trautskirchner verstanden das Problem. Da hatten sie es tatsächlich noch recht gut erwischt, sie waren wohl weit genug vom Ursprung des Bebens entfernt.

Während der anstrengenden Bauphase im Anschluss arbeiteten alle Männer hart daran, dass die Burg möglichst stabil und dennoch schnell fertiggestellt werden würde. So kam es ab und an vor, dass bis zu den späten Abendstunden reger Betrieb auf der Baustelle war. So auch in jener Sommernacht des Jahres 1349. Konrad, der ja die Bauaufsicht hatte und Reinhard saßen mit einigen fleißigen

Handwerkern sowie dem Burgherrn Arnold von Seckendorff noch im Innenhof der beständig wachsenden Burg, tranken ein paar Krüge Bier und unterhielten sich. Es ging unter anderem um Nolds Frau Clementine, die er vor nicht allzu langer Zeit in Nürnberg geehelicht hatte und seine Pläne, sie baldmöglichst nach Trautskirchen zu holen. Während sie so langsam aber sicher redseliger und entspannter wurden, zeigte einer der Steinbrecher mit offenem Mund in den Nachthimmel. Die Männer wandten ihren Kopf und sahen zu der Stelle, die der Hilfsarbeiter ihnen zeigte.

„Seht! Seht! Seht! Es ist schrecklich! Der Himmel hat den Mond gänzlich verschlungen!", rief dieser ängstlich.

„Das verheißt nichts Gutes", ergänzte Reinhard. „Erst das Erdbeben und jetzt auch noch das!"

„Ein weiterer Vorbote für schlechte Zeiten", war sich Konrad sicher.

„Herr, bitte sendet mir dies nicht als Zeichen, dass meine Burg für unseren Ort schlecht ist. Sie soll schützen, helfen und Glück bringen. Als Sitz des Friedens." Der Nold kniete und bat Gott um Hilfe.

Der Mond war nicht mehr zu sehen. Nur noch die allesverzehrende Schwärze des Himmels. Es war mucksmäuschenstill, totenstill. Kein Tier wagte laut zu atmen oder sich sonst irgendwie bemerkbar zu machen. Ein unheimliches Gefühl. Die Männer fühlten den Teufel ganz nahe bei sich, wie er seine gierigen Finger nach ihnen ausstreckte und sie mit ihnen zu packen versuchte. Sie rückten näher zusammen und stimmten ins Gebet des Burgherrn ein. Wolken konnten sie alle ausschließen, denn der Himmel war klar und die Sterne gut zu erkennen. Es musste also eine Warnung Gottes sein. Handelte es sich hierbei um den Beginn der in der Bibel beschriebenen Apokalypse? Gottes Gericht und der bevorstehende Weltuntergang, die Johannes in seinem Buch erklärte? Die Offenbarung sprach eindeutig davon. Die sieben Engel mit den sieben Plagen bekommen sieben goldene Schalen gefüllt mit dem schier unendlichen Zorn Gottes. An den Menschen mit dem Kennzeichen des Tieres bildet sich ein böses und schlimmes Geschwür. Das Meer wird zu Blut, alle Lebewesen im Meer sterben, das Wasser wird zu Blut – es war für alle Dorfbewohner schlimm davon zu hören. Pfarrer Anselm hatte immer wieder von der Offenbarung gesprochen, dass diese Zukunft nichts anderes ist als der unmittelbar bevorstehende Anbruch der Endzeit, verbunden mit einer Abfolge von Katastrophen, Seuchen und Hungersnöten, die den Untergang der bestehenden Welt einleiten und im strengen Gericht Gottes über alle Menschen münden. Sie baten Gott um Hilfe, dieses Wunderzeichen war für die Männer beängstigend und unerklärlich zugleich. Sie baten den Herrn um Verzeihung, dass ihre Frömmigkeit im Dorf in der letzten Zeit etwas rückläufig war, sie baten ihn um Milde und um Nachsicht mit ihnen. Erst als morgens langsam die Sonne aufging und das alles durchdringende Dunkel dieser Nacht vertrieb, wagten die Männer ihre Gebete zu beenden. Die Vorkommnisse jener Nacht waren in der Folgezeit selbstverständlich das große Gesprächsthema im Dorf, vor allem, weil es sonst niemand beobachten konnte, weil alle anderen bereits zu Bett gegangen waren. Als Schutz vor und Hilfe gegen die bösen Wirkungen der Mondfinsternis suchten Gläubige in den Heilsangeboten der Kirche, sie gingen zur Beichte, besuchten Betstunden und entzündeten geweihte Kerzen. Die Trautskirchner wollten sichergehen, dass sie ihr Möglichstes taten, das bevorstehende Weltende zu verhindern.

Nur einer beobachtete dieses außergewöhnliche Ereignis in seiner kleinen Waldhütte – fernab des Dorfes und ganz alleine. Er dachte hier nicht an das vielleicht bevorstehende Ende der Welt, sondern genoss diese besondere Nacht. Wilhelm spürte nicht die Anwesenheit böser Geister oder gar des Teufels, er versuchte eher die Unnatürlichkeit und abnorme Kraft dieses Naturschauspiels in sich aufzusaugen und sich dieses Bild sowie das damit verbundene Gefühl in seinem Gedächtnis zu speichern.

So vergingen die Monate und die kleine Ringburg wuchs weiter heran, bis sie schließlich nach fast fünf langen Jahren fertiggestellt war. Erleichtert konnte der Burgherr feststellen, dass das böse Zeichen des Himmels, als die Nacht den Mond verschluckte, keinen Einfluss auf die Fertigstellung seiner Burg hatte. Dennoch wählte er einen der höchsten Feiertage des Jahres aus, um diese weihen zu lassen.

Am Ostersonntag des Jahres 1350 war es schließlich soweit: Der reiche Nold veranstaltete für alle Helfer, Dorfbewohner, Freunde und Adlige, die teilweise weit angereist waren, ein Burgfest, zur Eröffnung seiner Burg. Es war für Ende März recht mild und so musste keiner der Anwesenden frieren oder gar die Kälte fürchten. Pfarrer Anselm begann die Feierlichkeiten mit einer Messe für alle Anwesenden, in welcher er die Burg weihte und für die Dorfbewohner und natürlich auch Arnold von Seckendorff und seine Familie Schutz und Hilfe erbat. Inzwischen hatten einige Bedienstete mit Holzböcken eine große Tafel aufgebaut und diese festlich gedeckt. Es gab frisches Brot, das von den örtlichen Bauern selbst gebacken wurde – mit Mehl der Mühle von Dieter und Eva versteht sich. Es wurden Mengen von Apfelwein, manche mischten ihn sogar mit Honig, um ihn etwas süßer zu machen, Bier, Met und Obstsäfte dazu gereicht, sodass es niemandem an etwas fehlte. Jeder konnte sich an dem wohlgedeckten Tische laben und sogar Wilhelm war gekommen, was besonders Odo und seine Familie erfreute. In der Küche arbeiteten viele Leute, um das Festmahl am Abend vorzubereiten. Hierfür gab es Wildschwein, Reh, Huhn, Fasan und Brot mit Soße. Als Nachtisch gab es Pudding, Kuchen und Früchtepasteten. Während des Festmahls zeigten Akrobaten und Jongleure ihre Künste, die der Nold extra aus Nürnberg bestellt hatte. Die Musiker des Dorfes spielten Laute, Tamburin und Flöte. Nach dem Festmahl jubelten, tanzten und sangen alle Gäste miteinander bis in die späten Abendstunden. So erleichtert waren die Dorfbewohner

lange nicht gewesen: Hatten sie doch endlich dieses riesige Projekt zu Ende gebracht! Es war ein langer und beschwerlicher Weg gewesen, der ihnen doch zu schaffen machte. Dennoch hatten sie jetzt eine gewisse Sicherheit vor feindlichen Angriffen, falls welche kommen würden. Nold würde schon dafür sorgen, dass ihnen nichts zustieß.
Als es schon dunkel war und nur noch der helle Schein des Lagerfeuers die Gesichter erhellte, kam der Alchemist Constantin mit einigen Beuteln zurück, um eine seiner berühmten Zaubervorstellungen zu geben. Er genoss es, die Dorfbewohner zu verblüffen. So nahm er etwas Pulver in die Hand, warf es ins Feuer und alle jubelten, wenn es sich kurzzeitig grün, türkis oder blau verfärbte. Sie konnten es sich nicht erklären, aber sie fanden es wunderbar.
In dieser Nacht schlief Wilhelm bei seinem Patensohn Odo in der Kammer. Beide waren sehr zufrieden mit sich und mit allem, als sie sich glücklich eine „Gute Nacht" wünschten, obwohl in der Ferne bereits die ersten leichten Sonnenstrahlen zu sehen waren. Wenige Stunden später schlug Odo die Augen auf. Wilhelm lag nicht weit von ihm entfernt auf einem einfachen Bett aus Stroh, zugedeckt mit einer leichten Leinendecke. Sein gleichmäßiges, ruhiges Atmen sicherte dem jungen Mann zu, dass sein Pate tief und fest schlief. Er setzte sich auf. Irgendwie war er hellwach. Das Fest war grandios und würde ihm noch lange Zeit im Gedächtnis bleiben, aber er hatte wieder geträumt. Wieder von ihr geträumt. Das Mädchen, Ida, ging ihm einfach nicht aus dem Kopf. Er musste sie wiedersehen – und das lieber heute als morgen!
„Wilhelm...?", flüsterte Odo. „Wilhelm?" Keine Reaktion. So stand er auf, tapste die paar Schritte zu ihm hinüber und stupste ihn vorsichtig an. „Wilhelm..."
„Hm...was ist denn, mein Junge?", fragte dieser verschlafen. „Ist alles in Ordnung bei dir?"
„Ja... Ich meine... Nein... Ach, ich weiß es nicht. Mir liegt etwas auf der Seele und ich brauche jemanden zum Reden. Ich glaube, es ist wirklich wichtig." Odo ließ sich

neben dem zerzausten Mann nieder, der sich gleich aufsetzte, sich den Schlaf aus den Augen wischte und ihm aufmerksam zuhörte.

„Es geht um Ida", begann Odo aufgeregt. „Ich träume oft von ihr, ich denke oft an sie. Ich weiß nicht... aber ich glaube du hattest Recht. Ich habe mich verliebt. Doch, was soll ich tun? Sie ist die Tochter eines Holzbauern aus Windsheim, hast du mir vor langer Zeit mitgeteilt. Mehr weiß ich nicht. Vielleicht ist sie schon lange verheiratet. Oder sie erinnert sich überhaupt nicht mehr an mich. Ich weiß nicht..."

„Hahaha", lachte Wilhelm leise. „Junge, hör mir zu. Es ist so einfach. Du denkst zu viel nach." Vorsichtig tippte er mit seinem rechten Zeigefinder auf die Stirn Odos. „Schalte das jetzt einmal ab. Auch wenn es dir schwerfällt. Höre nur auf dein Herz. Schließe die Augen, atme tief ein und aus. So ist es gut." Er lächelte noch immer. „Ruhig, ganz ruhig... Was siehst du vor deinem inneren Auge?"

„Sie", sagte Odo leise und wohl selbst von seiner Antwort erstaunt.

„Da hast du es." So einfach ist es. Wilhelm nickte ihm zu und freute sich.

„Was soll ich tun?", fragte der Junge.

„Du musst nach Windsheim. Es gibt keinen anderen Weg. Ich begleite dich, wenn du willst. Wir finden sie und dann werden wir erfahren, wie es um ihr Herz steht oder ob sie vielleicht bereits versprochen oder verheiratet ist." Wilhelm sah ihn überzeugend an – so als ließe er kein „Nein" als Antwort zu.

Odo nickte und umarmte seinen Patenonkel.

„Wollen wir los?", fragte er sein Patenkind.

„Jetzt?", entgegnete Odo mit großen Augen.

„Natürlich. Wenn nicht jetzt, wann dann?", wieder lächelte der ältere Mann.

Beide Männer zogen sich Kleidung über und gingen dann in die Küche. Dort stand seine Mutter Margarete und hatte bereits den Herd angeschürt.

„So früh hätte ich euch beide gar nicht erwartet", sie lächelte. „Es war doch recht spät gestern Abend."

Wilhelm und Odo nickten.

„Wollt ihr etwas essen? Eduard ist schon draußen bei den Schafen, er ist erst später am Abend wieder zurück. Heute muss er sie auf eine neue Weide führen, hat er gesagt."

Margl hatte bereits, ohne eine Antwort zu erwarten, zwei dicke Scheiben Brot abgeschnitten und sie ihnen in die Hand gedrückt.

„Mutter...", begann Odo. „Wir müssen los. Wilhelm und ich machen uns auf nach Windsheim. Wir werden eine Weile unterwegs sein, warte nicht auf uns."

Margarete blickte verwundert drein und hielt einen Moment inne.

„Wir suchen jemanden...", ergänzte der junge Mann.

Wilhelm schmunzelte. „Wir suchen ein Mädchen."

Nun musste auch Margarete grinsen. „Ida?"

„Woher weißt du...?, staunte Odo.

„Du hast ihren Namen nachts oft gerufen oder im Schlaf mit ihr gesprochen. Ich dachte mir schon, dass sie irgendwie wichtig für dich ist", lächelte seine Mutter. „Tu, was du tun musst, Junge. Nur passt gut auf euch auf." Sie nickte freundlich und strich ihm sanft über den Kopf.

Beide Männer lächelten und gingen nach draußen.

„Achte bitte auf meinen Jungen, Wilhelm. Er ist zwar erwachsen, aber doch noch recht unerfahren", bat Margl, als sie das Haus verließen.

„Ehrenwort." Der Einsiedler hob seine rechte Hand und winkte ihr zu.

Dann machten sich die Zwei auf den Weg Richtung Windsheim. Es war nur etwa ein halber Tagesmarsch und der Weg nicht sonderlich beschwerlich, daher hatten sie keine größeren Schwierigkeiten zu erwarten. Zumindest wenn sie von den umherziehenden Räuberbanden verschont bleiben würden.

Windsheim war vor fast 100 Jahren von Kaiser Friedrich II. zur Reichsstadt ernannt worden und daher recht angesehen. Als der Kaiser des Heiligen Römischen Reiches, Ludwig IV., 1343 persönlich zu Besuch kam, war dort sehr viel los. Schaulustige, Kaisertreue, Ritter, Gaukler, Bauern, Handwerker, Mägde, Kinder – alle wollten den Kaiser einmal im realen Leben sehen. Die Stadt platzte aus allen Nähten! Es gab nicht einmal mehr genügend Unterkünfte für die Gäste und so mussten einige auf den Heuböden der Bauern nächtigen. Dennoch war der Besuch des Kaisers von großem Vorteil für Windsheim, denn er bestätigte der Stadt, die ein Jahr später sogar eine enge politische Verbindung mit der Reichsstadt Nürnberg einging, die von seinen Vorgängern gewährten Privilegien. Wohlstand und Wachstum waren seitdem den Windsheimern wohlgesonnen, allerdings weckte dies auch Begehrlichkeiten. So wurden sie von König Karl IV., der unter Geldmangel litt, bereits 1347 als Reichsstadt gegen eine hohe Silberzahlung an die Burggrafen Johann und Albrecht von Nürnberg verpfändet. Seither versucht Windsheim, sich davon wieder loszusagen. Man steht immer noch ich regen Verhandlungen mit den Burgherren und hofft auf eine zeitnahe Lösung des Problems. Die wirtschaftliche Kraft der Stadt und ihrer Bürger ist recht gut, daher könnte es in naher Zukunft gelingen, sich von der Verpfändung zu befreien. Windsheim hatte bereits ein Spital, das für bedürftige Bürger sorgen konnte und auch damals schon, unterstützt durch die Mönche des St. Augustinus Klosters, weithin bekannt war. Dieses eben erwähnte Kloster war etwas außerhalb Windsheims angesiedelt, in der Nähe Illesheims, und gehörte der ritterlichen Familie der Gailinger.

An den durch die Gegend um Trautskirchen führenden Wegen waren allenthalben Quellen zu finden, so dass unsere Reisenden sich nicht mit Trinkwasserschleppen belasten mussten. Dank fruchtbarer Landstriche und regelmäßiger Niederschläge fanden sie auch auf dem Weg ausreichend zu Essen, als sie eine kleine Pause einlegten. Die beiden Männer hatten das Brot von Margarete eingesteckt, ein wenig Bärlauch gepflückt und sich an einem Apfelbaum bedient. Franken und so auch der Zenngrund waren in den letzten Jahren zu einem Durchzugsland geworden – für unbewaffnete Pilger und schwerbewaffnete Kreuzfahrer, die durch das Heilige Land zogen. Durch schmale, leidlich gebahnte Pfade und breitere Wege verbunden, kamen sie ihrem Ziel immer näher. Sie ließen Merzbach sowie Steinbach und Schußbach hinter sich und waren gerade auf dem Wege Richtung Jobstgreuth. Hier teilte sich der Wald und eine große, gerodete Lichtung kam zum Vorschein. Das stimmte Wilhelm immer etwas traurig, denn der Wald war ihm stets heilig gewesen. Der Wald war Zuflucht, Schutz, Kraftort und Kraftquelle – deshalb sah er es nicht gerne, wenn er abgeholzt wurde. Die Reisenden allerdings kamen umso zügiger und sicherer voran, je mehr der Wald zurückgedrängt war. Über Mailheim führte sie ihr Weg weiter und als sie oben auf der Anhöhe standen, konnten sie in der Ferne bereits die Häuser Windsheims entdecken. Jetzt war es nicht mehr weit, nur noch Lenkersheim musste durchquert werden, dann waren sie angekommen.

Vor den Toren der Stadt wurden die beiden Männer allerdings erst aufgehalten und ihnen der Einlass verwehrt. Erst nach einer genauen Untersuchung in einer Nebenkammer des Stadttores, durften Wilhelm und Odo Windsheim betreten. Sie wunderten sich sehr darüber.

Der Mann, der sich selbst Pestdoktor nannte, hatte eine Maske an, die einen langen Vogelschnabel an der Stelle des Mundes hatte. Dazu trug er einen schwarzen Hut mit breiter Krempe, einen schwarzen Mantel, der seinen ganzen Körper bedeckte und bis zum Boden ging.

„Es ist zu unserem Schutz, müsst ihr wissen", erklärte der Arzt. „Habt ihr schon vom Schwarzen Tod gehört?"

„Nein", beide schüttelten ihren Kopf. Das hörte sich wahrlich schrecklich für sie an.

„Vor etwa einem Jahr kam er zu uns nach Franken und rafft seither jeden zweiten Kranken dahin. So viele Tote hat es vorher noch nie gegeben. Wir in Windsheim wollen uns schützen, nicht dass die Krankheit auch zu uns kommt", erklärte der dunkel gekleidete Mann besorgt.

„Und was ist das für eine schreckliche Krankheit?", fragte Wilhelm.

„Die Pest. Der Schwarze Tod." Der Arzt schwieg kurz und hielt einen Moment lang inne. „Ein Mittel gegen die Seuche mit den schwarzen Beulen gibt es leider noch nicht. Sie bekommen auch hohes Fieber und eben die gerade erwähnten schwarzen Beulen am ganzen Körper. Anfangs hat man die an der Pest erkrankten Patienten noch in die örtlichen Krankenhäuser gebracht, aber von aus dort breitete sie sich immer weiter in der gesamten Stadt aus. Weil jetzt ein Ende der Pest immer noch nicht mehr abzusehen ist, müssen die Betroffenen in Unterkünfte außerhalb der Städte ziehen. Zumindest wenn man den Berichten der Reisenden glauben kann. Es wird dann den Menschen der Kontakt mit ihren Mitmenschen verboten, um die Ausbreitung einzudämmen, dennoch wissen wir noch nicht, wie wir das in den Griff bekommen können."

„Das ist ja schrecklich", sagte Odo ergriffen.

„Das ist es", bestätigte der Doktor. „Wir haben verschiedene Theorien, wie es dazu kommen konnte und woher die Pest kommt. Manch einer glaubt an eine schlechte Konstellation der Himmelsgestirne, andere denken, dass Gott uns eine Strafe gesandt hat. Es könnte auch verseuchtes Wasser der Ursprung sein. In Mainz wurden die Juden beschuldigt, das Wasser in den Stadtbrunnen vergiftet zu haben und dadurch soll sich die Pest verbreitet haben – das weiß ich aber nicht genauer. Das wurde mir nur zugetragen."

„Und wie werden die Kranken behandelt?", hakte Wilhelm nach.

„Bei uns in Windsheim gab es zum Glück noch keinen Fall. Die meisten Ärzte schwören auf Aderlass. Mit einem gezielten Schnitt in eine Vene wurde, zusammen mit dem Blut, der Pesterreger aus dem Körper gespült. Manche

Kranke bekommen auch Brechmittel verabreicht, um die giftigen Erreger aus ihren Körpern zu befördern. In Freiburg tragen die Bewohner zum Schutz Tücher vor ihren Gesichtern, wurde mir berichtet. In den Häusern werden duftende Kräuter verbrannt und Rosenwasser versprüht, um die bösen Geister abzuhalten. Auch das Ausräuchern der Räume mittels Salpeter, Schwefel, Pech oder Kampfer und Weihrauch sollen angeblich helfen. Es wurde mir auch anvertraut, dass man die Kranken mit Essig einsprühte, um sie gesund zu machen", erklärte der Doktor weiter. „Erst gestern wurde mir ein Rezept weitergegeben. Wein in Maßen wäre hilfreich, aber Olivenöl tödlich. Dies konnte ich aber noch nicht ertesten, da wir ja noch keinen Fall hatten. Im Moment sammle ich lediglich alle möglichen Informationen dazu."

„Ich hätte nicht für möglich gehalten, dass es einmal eine solche Krankheit geben würde, die so viele Opfer forderte, wie die Pest, die ihr gerade beschrieben habt." Odo war sehr nachdenklich geworden. „Es bleibt zu hoffen, dass Windsheim und natürlich mein Heimatdorf, Trautskirchen, verschont bleiben."

„Und am besten der gesamte Zenn- und Aischgrund", ergänzte Wilhelm.

„Wir glauben, es könnte mit einem Gotteszeichen zu tun haben, welches sich im Sommer des letzten Jahres ereignet hat. Eine Art Prophezeiung des Himmels. In einer Nacht wurde der Mond gänzlich von der Dunkelheit verschluckt. Alle Gelehrten haben dies als Zeichen Gottes gewertet, dass etwas gar Schlimmes auf die Erde und ihre Bewohner zukommen würde. Daher wird angenommen, dass dies eben die Pest ist, die nun die Menschen befällt." Der Arzt mit der Maske wirkte überzeugt davon.

Wilhelm hatte seine Zweifel, er hatte dieses Ereignis schließlich selbst miterlebt. Ihm waren solche Mutmaßungen befremdlich. Aber er ließ es unkommentiert. Er wollte keinen Streit und daher sah er es nicht als sinnvoll, sich zu äußern. Stattdessen nickte er.

„Mir wurde davon nur berichtet, aber alle Augenzeugen waren gleichermaßen erschrocken und verängstigt. Möglich, dass die Pest tatsächlich dieses angekündigte Ereignis ist", bestätigte Odo.

„Was führt euch denn nun eigentlich nach Windsheim?", fragte der Doktor. „Was ist euer Begehr?"

Odo bekam rote Backen. „Ich suche ein Mädchen. Eine Frau. Ihr Name ist Ida und sie ist die Tochter von Siegmar, einem Holzbauern."

„Die kenne ich", nickte der schwarz gekleidete Mann. „Sie wohnt unweit von hier. Gehe schnurstracks zum Marktplatz und halte dich rechts. In der kleinen Gasse siehst du das Haus von Weitem schon, denn davor lagert Siegmar immer sein Holz, das er weiterverarbeiten oder verkaufen will. Dort werdet ihr sie finden."

„Habt Dank", bedankte sich Wilhelm.

Odo strahlte über das ganze Gesicht als er schnellen Schrittes mit seinem Taufpaten in die Stadt lief, um zum Haus von Ida zu gehen.

Als die beiden Reisenden dann aber schließlich vor der Tür standen, musste Odo doch noch einmal schlucken und seinen ganzen Mut zusammennehmen. Sein Herz pochte wie wild in seiner Brust, so wie er es zuvor noch nie gespürt hatte und sein Mund war plötzlich ganz trocken. So sehr machte ihm die Aufregung zu schaffen. Dann traute er sich doch und klopfte vorsichtig, aber gut hörbar, an der Holztür.

Es dauerte nicht lange, da öffnete ein braunhaariges Mädchen – wahrscheinlich die schönste Frau, die er jemals in seinem Leben gesehen hatte – eben jene Eingangstür. Es war Ida! Diese sah ihn mit großen, weit aufgerissenen Augen an, ihr Mund stand offen. Sie wirkte wie versteinert.

„Ich... Ich wollte... Sei mir gegrüßt, Ida... Ich...", stotterte Odo etwas. Dann kippte sie ohnmächtig nach vorne, sodass sie Wilhelm auffangen musste, damit sie nicht auf den Boden stürzte. Er hielt sie in seinen Armen. Odo und er sahen sich ungläubig und etwas ratlos an, dann rief der junge Mann laut nach ihrem Vater. „Siegmar! Siegmar! Kommt schnell zu uns...!"

Einen kurzen Augenblick später rannte der Holzbauer aus seiner Werkstatt neben dem Wohnhaus zur Eingangstür. In seiner Aufregung bemerkte er die beiden Fremden gar nicht richtig. Er kniete sich vor seine Tochter, streichelte zärtlich ihre Wange und nahm sie Wilhelm aus den Armen. Dann trug er sie ins Haus hinein und deutete den zwei Männern mit einer Kopfbewegung an, dass sie ihm folgen könnten. Er legte sie auf eine Wendebank, die er offenbar selbst gebaut hatte. Sie gefiel Odo gleich. Unter ihrem Sitz konnte man Hausrat aufbewahren, denn es war ein gewisser Stauraum darunter zu erkennen. Außerdem konnte die Rückenlehne durch das seitliche Gelenk einfach umklappen – und das tat Siegmar sogleich. Sehr schlau gelöst, fand der junge Mann. Dadurch konnte man von beiden Seiten sitzen, oder wie jetzt in diesem speziellen Fall liegen, oder sich dem wärmenden Ofen zuwenden, wenn man nach dem Abendbrot noch etwas gemeinsam Zeit verbringen möchte.

„Was ist geschehen?", fragte der Hausherr als seine Tochter langsam wieder zu Bewusstsein kam.

„Nun, wir klopften lediglich an eure Tür und dann...", erklärte Odo, wurde allerdings unterbrochen.

„Alle guten Geister! Potz Blut, ich traue meinen Augen nicht. Ihr seid doch...", dann lief Siegmar schnell in einen Nebenraum und kam mit einer kleinen, runden Holzscheibe zurück. Er sah auf das Holz, dann in Odos Gesicht. Dann wieder auf das Holz und wieder zu Odo. „Ihr seid es wirklich!"

Siegmar drehte die Holzscheibe um und zu erkennen war das gezeichnete Gesicht Odos.

Wilhelm und Odo konnten darauf gar nichts sagen, so erstaunt waren sie.

„Meine Tochter Ida hat das gezeichnet. Mit einem Stück Holz, das sie vorne an der Spitze zum Glimmen brachte und dann mit der Asche malte... Aber das seid sicher Ihr!

Sie war sich sicher, dass sie Euch auf unserer Baustelle in Trautskirchen gesehen hatte."

„Doch als wir zurückkamen, wart Ihr nicht mehr da", Ida war erwacht und setzte sich vorsichtig auf.

„Ich war doch immer auf der Baustelle. Das Schloss wurde ja in meinem Heimatort gebaut. Aber es wäre möglich, dass wir uns verpasst haben." Odo lächelte sie an. „Das ist ein sehr gelungenes Bild von mir. Fast schöner und stattlicher als ich selbst."

Wilhelm und Siegmar lachten. Ida wurde ein wenig rot.

„Sie spricht oft von Euch. Manchmal auch mit dem Gemälde. Ich bin ehrlicherweise sehr froh, dass Ihr wirklich existiert, Herr. Da ich Euch nicht gesehen hatte, war ich nicht sicher, ob ihr auf der Baustelle wahrhaftig anwesend wart." Ida warf ihrem Vater einen strengen Blick zu, der diesen allerdings weglächelte.

„Wir sind Odo", Wilhelm zeigte auf den Jungen, „und Wilhelm", er nickte. „Verzeiht, aber es gab noch keine Möglichkeit, uns vorzustellen, Herr."

„Siegmar und Ida, aber das wisst ihr ja bereits", der Holzbauer lachte erneut. „Wilhelm, seid ihr durstig? Ich würde sagen, wir lassen die beiden in Ruhe und trinken ein Bier zusammen. Dann können wir uns und sie sich ein wenig kennenlernen", schlug er vor.

„Guter Einfall, Herr", Wilhelm gab ihm die Hand und so setzten sie sich an den großen Eichentisch neben der Feuerstelle und redeten.

Als es langsam dunkelte, saßen die Vier in wahrlicher Eintracht beieinander und aßen noch Abendbrot. Siegmar hatte die Gäste eingeladen, die Nacht bei ihnen im Haus zu verbringen, was sie gerne taten, da sie somit nicht im Dunkeln nach Hause laufen mussten.

„Ja, mein Kind", nickte Siegmar und nahm die Hand seiner Tochter, die neben ihm saß, „ich habe wirklich zu Unrecht an dir gezweifelt. Er ist wahrhaftig ein Mann von Fleisch und Blut."

„Ja, Vater", lächelte Ida. „Ich bin sehr froh, dass uns das Schicksal erneut zusammengeführt hat." Dabei sah sie Odo tief in die Augen.

Wilhelm war glücklich. Er lehnte sich an die Rückenlehne seines Holzstuhles und trank einen kräftigen Schluck aus seinem Krug.

„Dann steht wohl einer Verlobung nichts mehr im Wege. Was denkt Ihr, Odo?", fragte der Holzbauer nach.

Odo errötete und auch Idas Backen wurden rot. „Ja... das wäre wunderbar. Seid Ihr denn einverstanden, Herr?"

„Gewiss. Ich kenne die Schwärmereien meiner Tochter und glaubt mir, ich habe sie selten so glücklich gesehen – obwohl sie Euch nicht wirklich kannte. Und ich bin glücklich darüber, dass sie in guten Händen ist. Seit dem Tod ihrer Mutter am Kindbettfieber war mein größter Wunsch, sie glücklich an einen Mann zu übergeben", erklärte der Mann.

„Nun, ich kann ihr keinen großen Reichtum bieten. Aber Ihr könnt Euch sicher sein, dass ich stets versuchen werde, dass sie glücklich ist und es ihr gut geht", sicherte Odo ihm zu.

„Reichtum, Geld, Edelsteine, Ländereien...das sind alles weltliche Dinge, die unserer Familie nicht das Wichtigste sind. Behandle sie gut und halte ihre Hand ganz fest. Das genügt", freute sich Siegmar.

Wilhelm umarmte seinen Patensohn – hatte er doch schließlich soeben die Einwilligung zur Eheschließung bekommen, ohne darüber diskutieren oder gar verhandeln zu müssen. Dies kam normalerweise nur vor, wenn sich Familien sehr nahestanden und schon über Generationen miteinander befreundet waren. Wer sich vermählen wollte, hatte stets eine entsprechende Erlaubnis einzuholen. Das betraf den Adel genauso wie die armen Bauern: Während Könige bei der Kirche und ihrem Rat um Erlaubnis fragten, mussten sich Bauern an ihren Lehnsherrn wenden. An diesen musste auch noch ein Brautgeld gezahlt werden, damit er auf sein Recht verzichtete, die Hochzeitsnacht mit der Braut verbringen zu dürfen. Da Odo ein freier Mann war, hatte er keinen Grundherrn, den er fragen musste. Dennoch wollte er mit seinen Eltern sprechen und anschließend kurz mit dem Nold Rücksprache halten. Nicht, weil er es musste, sondern weil er ihn in die Geschehnisse seines Dorfes einbinden wollte. Odo und Wilhelm besiegelten dann diese Eheschließung mit Hand und Mund, wie es üblich war. Sie gaben sich die Hand und sprachen ein paar feierliche Worte, dass er auf Ida achten und sie ehren müsste. Da Wilhelm anwesend war, fungierte er als offizieller Zeuge, der die Verlobung bestätigen konnte und so stand dem gemeinsamen Glück der Beiden nichts mehr im Wege.

Der Abschied fiel Ida und Odo sehr schwer, obwohl der Junge ihr sein Wort gab, nicht lange fern zu bleiben. Er wollte möglichst schnell wieder bei ihr sein, doch hatte er in Trautskirchen noch einiges zu erledigen. Er wollte ja mit seiner Familie und dem Burgherrn sprechen, außerdem wollte er Pfarrer Anselm fragen, ob er sich vorstellen konnte, eine Zeremonie für die Eheschließung zu arrangieren. Und er musste Eduard ja weiterhin mit den Schafen unter die Arme greifen. So verabschiedeten sich Odo und Wilhelm am nächsten Morgen aus Windsheim mit Trauer im Herzen und doch voller Vorfreude auf das, was in naher Zukunft auf sie warten sollte.

Als sie Merzbach hinter sich gelassen hatten und am Rande des Dunkelwaldes standen, blieb Wilhelm plötzlich stehen. Er stütze sich auf seinen Wanderstock und überblickte das Tal, in welchem Trautskirchen lag. Odo ging die drei Schritte zurück und stellte sich neben ihn.

„Mein Junge, ich freue mich sehr, dass du Ida gefunden hast und sie ebenso wie du fühlst. Das meine ich wahrhaftig so, wie ich es sage. Aber bitte nimm es mir nicht übel, dass du den Rest des Weges alleine zu gehen hast. Ich muss… Ich will wieder in meine Hütte gehen. Dort war ich schon einige Zeit nicht mehr, auch Max war schon länger nicht mehr bei mir und ich muss nach dem Rechten sehen.

Ich bin mir sicher, dass deine Eltern ebenso glücklich über die bevorstehende Vermählung sein werden, wie wir. Das schaffst du alleine..."

„Ich verstehe", antwortete Odo kurz. Ein wenig enttäuscht war er schon. Allzu gerne hätte er seinen Taufpaten an seiner Seite gehabt. Aber er kannte ihn nun schon mehr als zwanzig Sommer lange, sein gesamtes Leben eben, daher wusste er, dass Wilhelm immer wieder Zeit für sich in seinem Dunkelwald brauchte. „Ich besuche dich, sobald ich mehr weiß. Danke für deine Begleitung."

„Sehr gerne." Der ältere Mann drückte Odo und klopfte ihm kräftig auf den Rücken. Dann ging er beschwingt in den Wald und ward kurz darauf nicht mehr gesehen.

Oder hingegen lief schnurstracks zu seinem Vater, der sich mit der Schafherde wohl auf den abschüssigen Wiesen nordwestlich von Trautskirchen befand. Und genau so war es auch. Eduard setzte sich mit Odo in das saftig grüne Frühjahrsgras, teilte seinen Ziegenkäse sowie ein Stück Brot mit ihm und hörte sich gespannt seine Erzählung an.

„Das sind ja wirklich wundervolle Neuigkeiten, die du mir zu berichten hast", freute sich der Schäfer. „Weiß deine Mutter denn schon davon – oder von Ida und dir?"

„Nein, du bist der Erste aus unserer Familie, mit dem ich darüber spreche." Odo ließ sich nach hinten in die Wiese fallen.

„Mein Junge ist nicht nur erwachsen, sondern wird ein Mann. Ein Ehemann. Das ist eine schöne Vorstellung. Ich freue mich darauf, deine Braut kennen zu lernen", Eduard tätschelte Odo den Oberschenkel mit seiner Hand.

Sie bleiben noch eine Weile liegen und redeten in Ruhe miteinander, dann machte sich Odo auf, um seiner Mutter und seiner Schwester Ännlin von seinen Plänen zu erzählen. Zuhause freuten sich die zwei Frauen sehr, von der bevorstehenden Hochzeit zu hören. Sie nahmen Odo fest in die Arme und drückten ihn an sich. Seine Mutter Margl lief die eine oder andere Freudenträne über ihre Wange, denn sie konnte ihr Glück nicht verbergen.

Die Zeit verging wie im Fluge und so war der große Tag schließlich gekommen: Odo würde seine Ida ehelichen. Das gesamte Dorf war hier im Sommer 1351 versammelt und sogar Albert und Barbara waren gekommen. Auch die Gäste aus Windsheim hatten es rechtzeitig geschafft und verstanden sich allem Anschein nach gut mit den Dorfbewohnern. Es schien ein perfekter Tag zu werden, die Sonne schien, die Vögel zwitscherten und es gab keinerlei Anzeichen, was dieses Ereignis hätte trüben können. Pfarrer Anselm war bereit, beide Ehegatten zusammenzugeben. Dann erschien Ida. Odo blieb die Luft einen kurzen Moment weg – sie sah so wunderschön aus. Ihr Kleid war fast weiß und aus hochwertigem Sommerleinen mit smaragdgrünen Bändern kombiniert. An den Ärmelenden und am Untergewand konnte man Stickereien, Blüten und Blätter erkennen. Der Gürtel des Untergewands wurde fantasievoll mit allerlei Borten und Ornamenten bestückt, die sehr weiten Schleppen an den Ärmeln ließen sie so wirken, als wäre sie eine Adlige, die eben vermählt wurde. Zumindest sah sie für Odo wie eine Königin aus. Er selbst trug eine braune Leinenhose, die seine Mutter mit der Hilfe Ännlins allein für diesen Anlass genäht hatte, dazu ein weißes Leinenhemd mit schönen Stickereien, recht breiten Borten und darüber ein Gewand, welches an den Knien endete. Sie standen nebeneinander vor dem Geistlichen und lauschten seinen Worten gespannt. Die Trauung selbst fand zwar in der Kirche statt, doch war sie eine öffentliche Veranstaltung, zu der jeder kommen konnte, der sich dafür interessierte – selbstverständlich waren alle gekommen. So eine Hochzeit fand schließlich nicht jeden Tag statt.

Nach der Trauung wurde Ida dann offiziell an Odo übergeben. Zusammen mit der Braut wurden ihm Hut und ein kleines Schwert, das wohl eher ein größerer Dolch war, in die

Hand gedrückt. Diese standen für seine Schutzgewalt, die Odo von nun an ausüben musste. Dann ergriff er ihre Hände, trat ihr sanft aber bestimmend auf den Fuß und ummantelte sie mit seinem Gewand. Sogleich gingen beide frisch Vermählten in sein Haus. Dieser Brautlauf war schon seit vielen, vielen Generationen in Franken üblich gewesen. Ein weiteres Ritual stellte die Bettleite dar, die den Eheleuten glücklicherweise erspart blieb. Wilhelm und die gesamte Familie Odos hatten sich dafür eingesetzt, dass Ida und ihm dies nicht widerfuhr. Es gab eine Zeit, da war es üblich, einen Zeugen mit in das Schlafgemach zu nehmen. Dieser hatte die Aufgabe, den Eheleuten bei der Beschließung der Ehe zuzusehen und die Vereinigung der beiden Menschen offiziell zu bestätigen. Nachdem beide entkleidet waren, schlüpften sie unter die gemeinsame Decke und mussten – so die Tradition – vor jenem anwesenden Mann miteinander schlafen. Rechte und Pflichten eines Ehepaares begannen schließlich nicht mit der kirchlichen Hochzeit, sondern mit dem Geschlechtsakt. Und der musste notariell beglaubigt werden. Der Vorgang hatte Rechtskraft und brauchte deshalb Zeugen, die später die juristische Vollziehung der Ehe bestätigen sollten. Ein ranghoher Zeuge oder Verwandter erfragte später dann, ob alles rechtens abgelaufen war. Da dies allerdings für die Auffassung der Trautskirchner nicht mehr von Nöten war, hatten sie in der Dorfversammlung vor einigen Jahren bewirkt, dass ein Zeuge lediglich beteuern musste, dass sich das Brautpaar in ein gemeinsames Bett gelegt hatte. Weitere Einzelheiten musste er nicht mit ansehen und auch nicht versichern. So konnten Odo und Ida, nachdem der Zeuge Wilhelm bestätigt hatte, dass sie unter einer Decke gesteckt waren, zurück zur Hochzeitsgesellschaft gehen und die Feierlichkeiten mit allen Gästen genießen.
Am nächsten Morgen erwachte Odo mit seiner Frau ihm Arm. Die Sonne schien schon hell durchs Fenster, zum Glück hatte ihm Eduard für den Tag nach seiner Vermählung frei gegeben, er musste somit nicht mit ihm zu den

Schafen. Das war gut so, denn in seinem Kopf drehte sich immer noch alles. Es war wohl doch recht feucht-fröhlich gewesen. Er streichelte Ida zärtlich mit seinen Fingern über die nackte Schulter und küsste ihren Oberarm. Sie schlief so fest und friedlich. Odo konnte sich nichts vorstellen, was diesen Moment noch perfekter machen könnte. Ihre Haut war samtweich und kühl, ihr Herz aber so voller Feuer und bedingungsloser Liebe. Er könnte jetzt für immer so liegen – neben ihr – und den Eintritt in die Ewigkeit abwarten, nur um ihr beim Atmen zuzuhören. Das wäre schon genug. Es war ihm, als hätte der Herrgott persönlich in seinen Kopf geblickt und Ida aus seinen Träumen erschaffen. Und wäre sie nur ein Traum, so würde er für immer schlafen wollen, nur um sie ewig zu sehen. Nie wollte er sie wieder verlieren. Nie sollten sich ihre Wege jemals wieder trennen. Nie hatte er vorher solche Gefühle gehegt. Obwohl sie sich noch nicht ewig kannten, konnte er sich gar nicht mehr vorstellen, wie es sein würde, wenn sie nicht mehr da wäre. Schnell wischte er diesen Gedanken bei Seite, er empfand ihn als zu hart für diesen schönen Morgen. Diese Frau, seine Frau, war die Hoffnung auf die Zukunft, sein Anker im Schiff des Lebens, mit ihr würde er alle Stürme die da noch kommen sollten gemeinsam meistern. Dann nickte er überglücklich wieder ein.

Als die beiden Frischverheirateten dann gegen Mittag aus dem Bett krochen, fühlten sie sich sehr glücklich – wenn auch noch etwas flau im Magen. Odo zog sich geschwind etwas über und lief ein wenig aufgeregt zu dem an der Wand stehenden Holzschränkchen. Er öffnete die rechte oberste Schublade und nahm ein kleines, braunes Lederbeutelchen heraus. Voller Stolz und mit einem bewundernswerten Strahlen in seinen Augen überreichte er es Ida. Sie sah ihn fragend an.

„Meine Morgengabe", lächelte Odo. „Ist das bei euch in Windsheim nicht üblich?"

Ida freute sich. „Doch, doch…ich hätte nur nicht gedacht, dass ich etwas bekomme."

„Natürlich bekommst du etwas von mir. Auch wenn die Tradition verlangt, dass man seiner Frau etwas Wertvolles, Teures schenkt und ich nicht viel Geld habe, hätte ich es niemals zugelassen, dass du heute, am Tag nach unserer Vermählung, keine Morgengabe hast", erklärte er. „Außerdem sagt der Preis eines Geschenkes nichts über den Wert einer Sache aus."

Ida nickte und öffnete das Beutelchen. Ihre dunklen Augen weiteten sich und ein paar Tränen sammelten sich in ihnen, als sie sah, was sie da bekommen hatte. Ein kleines Herz hing als Kette an einem Lederriemen. „Das ist das schönste Geschenk, das du mir hättest machen können, Geliebter", flüsterte sie ergriffen.

Odo setzte sich neben sie und legte ihr die Kette um. Sanft streichelte sie das Herz an ihrem Hals, dann küsste sie ihn zärtlich.

„Ich freue mich, dass sie dir gefällt", sagte Odo. „Ich hatte etwas Hilfe von Eduard. Aber es war meine Idee, den Schafsknochen zuzuschneiden. Eigentlich ist es sogar eher geschnitzt, er ist ja sehr klein."

„Es ist wunderbar. So habe ich dich immer bei mir, auch wenn du einmal nicht da sein solltest", sie lächelte. Und von diesem Tage an legte Ida diese Kette nie wieder ab. Sie ließ sie um ihren Hals, als sichtbaren Zeichen ihrer Liebe und Zusammengehörigkeit.

So gingen Tage und Tage ins Land, der Alltag hatte das kleine mittelfränkische Dorf in seiner Gewalt. Die Bewohner hatten sich mittlerweile an den Anblick der kleinen, aber durchaus beeindruckend wirkenden Wehrburg gewöhnt, auch die Anwesenheit von Arnold von Seckendorff und seiner Frau störte niemanden hier, im Gegenteil, sie waren schnell in das Dorfleben aufgenommen worden. Wilhelm blieb weitestgehend in seinem Wald, erhielt regelmäßig Besuch von Max dem Wolf, nur ab und an ließ er sich mal blicken, um nach dem Rechten zu sehen und mit Odo, Ida, Margarete, Ännlin und Eduard zu plaudern. Die

Arbeit ging nie aus, so hatten Müller Dieter und seine Frau Eva alle Hände voll zu tun, ihre Mühle stand nur selten still. Auch Steinmetz Konrad, Schmied Lambert und Zimmermann Reinhard hatten so viel zu tun, dass sie die Tagelöhner gut beschäftigen konnten. Sollte es doch einmal so gewesen sein, dass sie keine Arbeit für die Helfer hatten, fragten sie einfach Heinrich, Kasimir oder Gerald – denn auch bei den Bauern gab es immer etwas zu tun. Schankwart Martin hatte viele Gäste, da es den meisten Bürgern des Dorfes recht gut ging und auch Constantin hielt sich weiterhin in Trautskirchen auf, kümmerte sich dort um Wundversorgung, Zahnmedizin und das eine oder andere Zipperlein.

Da die Wappenfigur der freiherrlichen Familie von Seckendorff ein schlingenförmig gebogener Lindenzweig außen besetzt mit vier Blättern war, übernahmen die Trautskirchner mit der Zeit diese Darstellung für ihr Ortswappen. Sie fügten noch zwei schräg gekreuzte Flammenschwerter hinzu, die für den heiligen Michael standen, dem die Kirche ja geweiht war. So wurde die Familie Seckendorff so eng mit dem Ort verbunden, dass man sich kurze Zeit später die eine Seite nicht mehr ohne die andere vorstellen konnte. Auch Odo und Ida war das Schicksal wohlgesonnen und so brachte die junge Frau zwei gesunde Kinder zur Welt – Odo unterstützte beinahe täglich seinen Vater mit den Schafen und stellte immer mehr fest, dass dies ein durchaus abwechslungsreiche und interessante Arbeit war, die ihm Freude bereitete. Er war an der frischen Luft, in der Natur, bei den Tieren und konnte sich intensiv um diese kümmern – alles Punkte, die er gerne hatte – und nicht zuletzt genoss er es, Zeit mit Eduard zu verbringen. Gegen Ende des Jahres 1356 kam dann ein Herold nach Trautskirchen. Sein Kommen wurde bereits einige Tage zuvor angekündigt und so war die Aufregung unter den Bewohnern groß. Was wollte er ihnen verkünden? Weshalb kam er zu ihnen? Der Herold war ein Fachmann, ein

Bote für Fragen des königlichen Zeremoniells, Herrscher-treffen, Empfängen oder für wichtige Nachrichten. Es war lange Zeit her, dass ein solcher Gehilfe des Königs in das mittelfränkische Dorf gekommen war. Nicht einmal die Ältesten konnten sich daran erinnern. Sie standen zumeist im Dienst des Fürsten, deshalb kamen sie nur in einen Ort, wenn es wirklich wesentliche Nachrichten waren, die sie zu überbringen hatten. Offensichtlich war dies nun der Fall. Eine wichtige Nachricht erwartete die Trautskirchner. Die Herolde genossen während des Krieges sogar eine Art „Unantastbarkeit", sie durften nicht angegriffen, gefangen genommen oder gar getötet werden. Sie selbst waren an einen Ehrenkodex gebunden, der es ihnen verbot, gegnerische Stellungen, Festungen oder Taktiken auszuspionieren und diese ihrem Landesherrn mitzuteilen. Deswegen trugen die Herolde auch keine Waffen oder andere kampf-festauglichen Gegenstände. Zu erkennen waren sie immer an ihrer speziellen Tracht, sie trugen einen mit dem Wappen des Dienstherrn geschmückten Mantel, der Tappert genannt wurde, meist dunkle oder schwarze Beinkleider, so konnte man gleich feststellen, wie wichtig oder ranghoch der jeweilige Überbringer der Nachrichten war. Alle Dorfbewohner kamen auf dem Platz vor der Kirche zusammen, sie wollten schließlich aus erster Hand erfahren, welche Art Neuigkeiten ihnen hier mitgeteilt werden würden.

Der Herold stellte sich auf einen Holzkarren, der an der Seite stand und begann zu rufen: „Hört, hört, Trautskirchner! Hört, hört! Ich, Kilian, seines Zeichens Herold im Dienste seiner Majestät Karl, der der römisch-deutsche König, der König von Böhmen, der König von Italien und römisch-deutscher Kaiser ist, bringe euch wichtige Kunde!" Ein Raunen ging durch die Menschenmenge, es wurde geflüstert und getuschelt. „Hört mich an!" Unmittelbar verstummten alle. „Unser alle Herrscher und großer Kaiser, Karl, hat im Januar dieses Jahres auf dem Hoftag zu Nürnberg ein neues Gesetzbuch ausgearbeitet, das euch alle betrifft und von diesem Tage und dieser Stunde an von allen hier als das neue Gesetz akzeptiert werden soll. Dieses Gesetzbuch soll den Namen „Unser Kaiserliches Rechtbuch" tragen. Sie betrifft in ihren Einzelheiten alle Einwohner bis hin zum letzten Winkel des Heiligen Römischen Reiches Deutscher Nation. Dieses Gesetz verändert und klärt alle Einzelheiten zur Wahl und Krönung des Königs und zukünftigen Kaisers unseres Reiches. Unsere Majestät erhofft sich davon, dass es von nun an weniger Konflikte und Kämpfereien um die Thronfolge geben wird. Seine Majestät, der Kaiser des Heiligen Römischen Reiches, erlässt diese Regelungen zur Königswahl, um den zukünftigen Herrscher durch Mehrheitswahl bestimmen lassen zu können. Hiermit demonstriert unser Herr den Zusammenhalt der Fürsten und die Einigkeit, die in diesen schwierigen politischen Zeiten so wichtig ist, da der gewählte König immer eine Mehrheit der Wählenden hinter sich wusste." Wieder begannen die Trautskirchner zu tuscheln und sich zu unterhalten. Es wurde teilweise sogar heftig diskutiert, ob sie dies nun gut finden sollten oder doch eher bestürzt darüber waren. „Hört, hört, ihr Leute! Zur Wahl des Königs des Heiligen Römischen Reiches Deutscher Nation berechtigt sind von diesem Tage an die sieben Kurfürsten, welche da sind der Erzbischof von Trier, als Kanzler für Burgund, der Erzbischof von Köln, als Kanzler für Reichsitalien und der Erzbischof von Mainz, als Kanzler der deutschen Lande. Außerdem stimmberechtigt sind der König von Böhmen, als gekrönter weltlicher Fürst und Erzschenk des Reiches, der Pfalzgraf bei Rhein, als Erztruchsess, der Herzog von Sachsen, als Erzmarschall sowie der Markgraf von Brandenburg, als Erzkämmerer. Diese sieben entscheiden nun in Zukunft über die Wahl des nächsten Königs." Wieder murmelten die Dorfbewohner, tuscheln und tauschen sich intensiv aus. „Hört, hört! Dieses kaiserliche Recht- und Gesetzbuch sieht noch folgende wichtige Ankündigung vor: Wenn unser aller Kaiser und König, seine Majestät Karl, eines Tages dahinscheiden sollte, so muss der Erzbischof von Mainz, als Kanzler der deutschen Lande, binnen 30 Tagen nach dem Tod die übrigen sechs Kurfürsten in Frankfurt am Main versammeln, um in der Bartholomäuskirche einen adäquaten Nachfolger zu wählen. Zuvor haben die Kurfürsten einen Eid abzulegen, der ihre Entscheidung ohne jede geheime Absprache, Belohnung oder Entgelt versicherte. Von dem heutigen Tage an soll also der König nicht mehr von der Zustimmung aller Kurfürsten abhängig sein, sondern er wird mit der Mehrheit der sieben Wählenden zum neuen König gekrönt." Dies verwunderte die Trautskirchner schon, obwohl sie selbst ja nur indirekt betroffen waren – kein Dorfbewohner würde es zum König oder Kaiser bringen, es fehlte ihnen schließlich an adligem Blut. Dennoch waren sie sichtlich verwundert über diese Neuerungen. „Hört, hört, Trautskirchner, es gibt noch mehr!", rief der Herold erneut. „Überdies lasst mich euch mitteilen, dass der Titel „Kurfürst" von diesem Tage an ein Erbtitel sein wird. Er wird vom Vater zum Sohne weitergegeben, kann aber auch an einen nicht blutsverwandten vererbt werden. Dieses Gesetz verbietet weiterhin Bündnisse aller Art mit Ausnahme von Landfriedenvereinigungen und Pfahlbürgertum. Auch müssen die sieben Kurfürsten von nun an einmal jährlich an einer Versammlung aller in Anwesenheit des Königs, unserer Majestät, teilnehmen, um sich mit dem Kaiser zu beraten. Die Kurfürsten genießen Immunität, erhalten das Münzrecht, das Zollrecht und das Recht zur Ausübung der uneingeschränkten Rechtsprechung. Ebenso wurde das „Judenregal" beschlossen – die Kurfürsten haben die Pflicht, die Juden gegen Zahlung eines Schutzgeldes, zu beschützen. Das Territorium der Kurfürsten gilt von nun an als unteilbar, seine Majestät unser Kaiser möchte verhindern, dass die Kurstimmen geteilt oder vermehrt werden. Die Söhne und Nachkommen der Kurfürsten sollen alle in deutscher, italienischer, lateinischer und tschechischer Sprache unterrichtet werden, um für eine spätere Königsregentschaft gut vorbereitet zu sein." Dann wurde der Herold, gestützt von zwei Vasallen, die ihn begleiteten, vom Wagen gehoben und setzte sich geschwind auf sein Pferd. Als seine fünf Gefolgsmänner ebenso auf ihren Tieren saßen, ritt der kleine Tross los und aus dem Ort. Die Trautskirchner Bürger blieben etwas ratlos und irritiert zurück. Warum wurden ihnen diese Neuigkeiten zugetragen? Was hatte das mit ihnen zu tun?

Nach einer Weile stieg der reiche Nold auf den Karren und ergriff das Wort. Er als Mann höherer Geburt verstand etwas besser, wieso diese Neuigkeiten hier kundgetan wurden.

„Macht euch keine Sorgen, es ist alles nichts Neues. Seid versichert, Freude, dass ihr euch dafür nicht das Hirn zermartern müsst. Das, was ihr soeben gehört habt, betrifft euch in unserem schönen Dorf nur bedingt." Er hob beschwichtigend seine beiden Hände. „Unser König Karl will damit seine Macht sichern und zukünftige Wahlen ebenso. Erinnert ihr euch an die Streitigkeiten um den Thron in der Vergangenheit?" Die Bürger stimmten zu. „Diese entstanden immer dann, wenn die Wahl nicht eindeutig ausfiel oder ein anderer Adliger dem König den Rang streitig machen wollte. Nun ist dies nicht mehr so leicht möglich. Doppelwahlen, wie es sie auch immer wieder gab, sind nicht mehr möglich, da die sieben Kurfürsten alleine über den neuen König entscheiden. Niemand sonst." Erneute Zustimmung der Trautskirchner. „Und, um ganz offen mit euch zu sprechen, wir haben andere Probleme, als uns mit dem König und seiner Wahl zu beschäftigen. Es steht außer Zweifel, dass wir durchaus wissen wollen, wer uns regiert und wie er sich uns gegenüber verhält. Dennoch ist es ein Mann, der ganz oben an der Spitze der deutschen Länder steht, weit weg von uns. Hat euch jemals ein König oder Fürst gefragt, wie es euch geht?" Alle riefen ihm ein lautes und energisches Nein entgegen. „Eben. Seht ihr? Nehmt die Veränderungen an und gut. Mehr ist es nicht." Er lächelte den Dorfbewohnern zu.

„Ich hätte trotzdem eine Frage!", rief Magnus, der Totengräber. „Wenn es so befremdlich für uns ist und wenn es uns nicht unmittelbar betrifft, wieso schickt der König seine Herolde ins gesamte Land, um es allen mitzuteilen?"

Arnold von Seckendorff hob beschwörend seinen rechten Zeigefinger und nickte. „Sehr gute Frage. Das habe ich mich auch gefragt. Ich glaube, er möchte, dass es in den Köpfen der Bürger verankert wird, sodass folgende Generationen gleich wissen, dass Gegenkönige oder machtbeflügelte Adlige keine Chance haben würden, den Herrscher zu stürzen. Dieses Gesetz soll unser Reich so stabilisieren und absichern, dass künftige Auseinandersetzungen und Konflikte im Keim erstickt würden. Dadurch, dass die Kurfürsten so viele wichtige Reichsrechte bekommen haben, werden die Territorien gegenüber dem Königtum an sich schon gestärkt." Er sah in nickende, zustimmende Gesichter. Manche lachten gar, denn diese Auswirkungen betrafen sie tatsächlich nicht. Aber es war ja auch nicht schlecht, zu wissen, was sich im Heimatland veränderte. „Ebenso könnte uns sogar etwas zugutekommen. In Frankfurt am Main wir der König gewählt und in Aachen gekrönt, das betrifft uns nicht. Aber da der erste Hoftag von nun an in Nürnberg stattfinden soll, könnte es sein, dass immer wieder Gäste von weit her durch Trautskirchen kommen, die eine Unterkunft und Verpflegung suchen, bevor sie den letzten Tagesritt nach Nürnberg antreten. Das gilt es zu unserem Vorteil zu nutzen."

Mit dem letzten Grund hatte der reiche Nold die Bürger gewonnen. Sie freuten sich und applaudierten laut. Abends beim Schankwart schilderten sie sich dann gegenseitig die großen Pläne, die sie hatten, um ordentlich Geld zu verdienen, wenn die fremden Reisenden kämen. Das dort verfügbare Bier beflügelte die Fantasie der Trautskirchner und so wurden fleißig Luftschlösser gebaut und Pläne geschmiedet. Odo und Eduard waren zu diesem Zeitpunkt schon lange bei ihren Schafen. Sie hatten sie für die Nacht im Ochsengrund eingepfercht und warteten Seite an Seite auf den Sonnenuntergang.

„Weißt du, Junge, alles verändert sich. Es fühlt sich so an, als würde jeder Tag in Windeseile an mir vorbeiziehen und mit jedem Morgengrauen würden wieder Veränderungen kommen", seufzte Eduard und legte seinen Arm um Odos Schultern. „Ich glaube, ich werde alt." Er lächelte still.

„Mitnichten. Du bist nicht alt. Sieh dich an, kräftig, gewieft, weitsichtig und voller Tatendrang. Ich bewundere dich weiterhin", erklärte Odo.

„Mag sein, mag sein. Dennoch ist es unzweifelhaft so, dass in unbeschwerten Kindertagen ein einzelner Tag sich oft so anfühlt, als würde er für immer andauern. Der Geruch von Frühlingsregen, die brennende Sonne an einem Sommertag, der kühle Herbstwind oder das Geräusch der brechenden, frostgefrorenen Grashalme unter den Schuhen an einem Wintermorgen, all diese Dinge sind es, die mir nun fehlen. Ich nehme sie hin, aber genieße sie nicht mehr so unbeschwert. Je älter ich werde, desto schneller vergeht die Zeit und desto weniger kann ich mich an den einzelnen Augenblick erfreuen."

„Sicherlich. Damit magst du richtig liegen, dennoch ist dies auch verständlich. Als Kind hast du all die Alltagssorgen nicht. Du musst keine Familie ernähren oder große Verantwortung tragen. Du lebst, du entdeckst und lernst, mehr nicht", lächelte Odo.

Einen Moment schwiegen beide.

„Sieh dir unsere Schafe an, mein Junge. Als ich dich vor vielen Jahren als mein eigen Fleisch und Blut annahm und großzog, hätte ich nie gedacht, dass du einmal in meine Fußstapfen treten und Schäfer werden würdest. Du warst von Anfang an schlauer als die anderen hier. Nicht die Kraft der Muskeln sprach für dich, sondern dein Gehirn. Damit hast du uns vor vielem bewahrt. Du bist ein Geschenk für Trautskirchen. Ich bin unglaublich stolz auf dich. Und jetzt bist du hier an meiner Seite, hast eine eigene Familie, bist ein erwachsener, tüchtiger Mann und rundum zufrieden. Nichts könnte mich glücklicher machen." Eduard genoss solche Momente, auch wenn er etwas rührselig wurde, dennoch waren es stets ehrliche Worte, die er sprach. Odo nickte dankbar, auch er genoss solche Augenblicke mit seinem Vater. Dann schwiegen beide Männer wieder und beobachteten das Spektakel der untergehenden Sonne, welche in einem Farbenspiel aus rot, gelb, blau und violett irgendwann verschwindet. Danach kommt die Dunkelheit – unaufhaltsam, mächtig und brutal. Durch nichts aufzuhalten. Die Nacht ist die unheimliche, gefährlich anmutende, kleine Schwester des Tages – voller Geheimnisse und mindestens ebenbürtig in ihrer Macht. Sie birgt Unvorstellbares in sich, Gefahren, nicht einmal mehr Schatten sind in ihr zu erkennen. Die Menschen fürchten sie, aber ebenso benötigen sie sie. Sie ist die Zeit zum Schlafen, zum Ruhen und Kraft für das kommende Tagewerk zu sammeln. In der Nacht wurden Häuser verriegelt, Stadttore verschlossen und ab und an gar in Trautskirchen Ausgangssperren verhängt, niemand wusste schließlich, was die Dunkelheit mit sich bringen würde. Böse Geister? Wilde Tiere? Niemand wollte dies riskieren und so gingen auch Odo und Eduard nach Einbruch der Nacht zurück nach Hause, nachdem sie ein letztes Mal den Pferch geprüft hatten. Der goldene Glanz der Sonne war längst verschwunden, das Schwarz hatte gesiegt. Das Dunkel saugt alles Leben, alles Licht in sich auf. Dies ist die Zeit, wenn die Vögel das Schweigen beginnen und sich tief in ihr Nest vergraben. Die Schafe liegen in ihrem Pferch, werden still, legen sich ab. Die Hütehunde liegen ebenfalls am Rand der Herde, ruhen, dennoch stets wachsam und auf jede Bewegung und auf jeden Laut achtend. Die Natur und ihre Bewohner verharren in Finsternis, bis – hoffentlich – am nächsten Morgen die Sonne von ihrer langen Reise wiederkehrt und das Licht die Dunkelheit besiegt. Ein ewiger Kampf, Gut gegen Böse, Gott gegen den Teufel, immer und immer wieder. Die Dunkelheit war schlicht und ergreifend undurchdringlich und bedrohlich.

Dies lag daran, dass jeder wusste, dass das Licht, somit der Tag, von Gott geschaffen worden war, die Nacht jedoch war die Abwesenheit des Lichts und deshalb auch eine gottlose Zeit. Die Dunkelheit nützte lediglich dem Bösen oder denjenigen, die anderen Menschen schaden wollten, wie Räuber, Diebe oder Plünderer. Diese machten sich die Blindheit der Menschen des Nachts zunutze und raubten Unschuldige aus. Außerdem wollte niemand der Bewohner Trautskirchens den Weg eines Boten des Todes kreuzen, denn eine alte Legende besagte, dass Eulen oder Kauze den Tod einer Person verkündeten, wenn man ihnen begegnete. Auch wenn Wilhelm Odo sehr früh erklärt hatte, dass dies lediglich Aberglaube der Menschen war, so wollte Odo nichts riskieren und mied solche Begegnungen, wenn möglich. In der Nacht gingen schreckliche Wesen um, wie Dämonen, Werwölfe und Strigas. Diese überschritten als Bewohner des Jenseits die Grenzen zur Welt der Lebenden am leichtesten in der Nacht, wenn diese Grenzen durchlässig waren. Sie suchten sich Opfer unter den Menschen, an welchen sie sich laben konnten und die sie schließlich mit in die Unterwelt nahmen. Wenn es hell wurde, begann die Hoffnung wieder, für sie leuchtete sinnbildlich die Sonne. Es würde weitergehen, alles erstrahlte und auch die Farben kehrten stets zuverlässig zurück. So wie Christus auferstanden war, ebenso verhielt sich die Sonne. Jeden Morgen stand sie wieder auf und vertrieb die Dunkelheit. Für Eduard und Odo, aber auch für viele andere Bewohner des mittelfränkischen Dörfchens war die Nacht zwar unheimlich, aber auch gleichzeitig die Zeit sich auszuruhen. Sie konnten sie sich von einem harten Arbeitstag erholen, neue Kräfte für den kommenden Tag sammeln, Zeit mit ihren Familien verbringen, gute Gespräche führen, sich austauschen und sich Geschichten erzählen.

Eine der liebsten Geschichten Odos war und ist das Rolandslied. Schon seit frühester Kindheit fesselten ihn die Tugenden der Menschen, erschütterte ihn der Verrat und brachte ihn das Ende zum Nachdenken. In unbeschwerten Kindertagen hörte er Eduard gerne zu, wenn er es vortrug, nun war es an ihm, seinen Kindern diese Geschichte zu erzählen – und sie lauschten ihm gespannt, auch Ida hing an seinen Lippen. In dieser Erzählung geht es um Roland und Karl den Großen – dem wohl mächtigsten und berühmtesten Herrscher der deutschen Länder vor mehr als 500 Jahren. Karl und seine Gefolgsmänner hatten nach sieben Jahren Krieg fast ganz Spanien erobert, lediglich das Gebiet um Saragossa blieb noch von den Heiden besetzt. König Marsilie, der dort herrschte, bat König Karl Unterwerfung und Übertritt zum Christentum an, meinte dies jedoch nicht ernst. Er tat dies nur, um einen Abzug der königlichen Truppen zu erreichen. Karl spürte, dass etwas an dem Angebot nicht stimmen konnte und ließ seine engsten Vertrauten um sich versammeln. Karls Schwager, Ganelon, riet ihm, das Angebot unverzüglich anzunehmen. Sein Neffe, der ungeliebte Stiefsohn Ganelons, wollte den Kampf fortsetzen, da auch er den fremden Heiden nicht über den Weg traute. Karl hatte nach der langen Kriegszeit genug vom Kämpfen und ließ sich von Ganelon überzeugen. Er wollte Frieden und das Angebot der Heiden annehmen. Roland aber schlug Karl vor, dass Ganelon König Marsilie die Botschaft überbringen könnte. Diese Idee fand Karl so gut, dass er ihn sogleich losschickte – schließlich vertraute er seinem Schwager. Dieser jedoch war persönlich beleidigt, dass Roland ihn als Sendboten vorgeschlagen hatte und sann auf Rache. Vor König Marsilie stellte er alsbald Roland als Kriegstreiber, Anstifter und Pulverhuber dar, was dem Heidenkönig stark missfiel. Ihm war klar, dass es nur Frieden geben könne, wenn er Roland beseitigen würde. So schmiedeten beide den Plan, dass Marsilie mit einem großen Heer die Nachhut der aus Spanien abziehenden Franken überfallen und Roland töten würde. Ganelon musste nur dafür sorgen, dass dieser auch die Nachhut anführte. So überzeugte er Karl den Großen davon und Roland fand sich mit zwölf befreundeten Rittern zu seiner Unterstützung als Anführer der Nachhut in Spanien wieder. Karl dem Großen war von einem Engel ein Schwert übergeben worden, welches er dem tapfersten Gefolgsmann im Kampf gegen die Heiden geben sollte. Das Heft des Schwertes enthielt einen Zahn des Apostels Petrus, Blut des Heiligen Basilius, ein Haar des Heiligen Dionysius sowie ein Stück vom Gewand der Jungfrau Maria. Dieses Schwert überreichte Karl Roland, bevor er diesen in den Kampf schickte. Als Roland dann später den Hinterhalt von Ganelon bemerkte und ein wilder Kampf entbrannt war, flehte einer seiner Vertrauten Roland an, er sollte das Signalhorn Olifant – eine Elfenbeintrompete – blasen, um das fränkische Heer um Hilfe zu rufen. Aber Roland war zu stolz, um Hilfe zu bitten. So kämpfte er und seine Vertrauten gegen die Übermacht des heidnischen Heeres an und sie konnten die ersten Angriffe sogar noch abwehren, wenngleich es eine äußerst verlustreiche Schlacht war. Erst als die Lage für Roland aussichtlos erschien, blies er fest in das Horn, um Karl das Signal zu geben, zu Hilfe zu eilen. Der zweite Angriff der Heiden raffte alle seine Freunde und etliche Mitstreiter dahin und auch Roland selbst wurde von Pfeilen und Speeren tödlich verwundet. Die Gegner flohen allerdings, da sie glaubten, das nahende Heer Karls des Großen zu hören. Doch Karl war zu weit entfernt, um rechtzeitig eingreifen zu können. Nach heldenhaftem Kampf starb Roland als letzter Überlebender seines Heeres einen Heldentod. Er beschwor Vaterland, Familie und Lehnsherrn und entbot seinem wundertätigen Schwert Durendal einen letzten Gruß. In dieser aussichtlosen Situation wollte er Durendal zerstören, er konnte schließlich nicht zulassen, dass dieses einzigartige Schwert jemand anderen in die Finger fiel. Er wollte es an einem Felsen zerschlagen, aber die Wunderwaffe schlug eine tiefe Schlucht in die Pyrenäen. Da das Schwert Durendal nicht zerbrach, schleuderte Roland es weit über Wälder und Berge durch die Luft, bis es in der Steilklippe von Rocamadour steckenblieb und seither nie wieder befreit werden konnte. Die von Gott ausgesandten Erzengel Gabriel und Michael geleiteten seine Seele schließlich ins Paradies. Karl und seine Gefolgsmänner kamen angeritten, verfolgten und schlugen die Heiden vernichtend. Neue Scharen von Heiden sammelten sich, jedoch Karl schlug sie alle in einer furchtbaren, blutigen Schlacht. Karl der Große nahm in diesem Zuge Saragossa ein und bekehrte die Heiden alle zum Christentum. Zurück in Aachen überbrachte der König Rolands Verlobten die Nachricht seines Todes, was sie tot zusammenbrechen ließ. Als Folge seines Verrates ließ er Ganelon und seine gesamte Familie in Aachen vor ein Gericht stellen und diese anschließend bestrafen.

Im Spätsommer des Jahres 1356 dann wurde Odo eines Nachmittags von den Schafen geholt. Eduard hatte sich mit einem der Hütehunde und ein paar Lämmern auf den Weg über den Nordhügel gemacht, um die Tiere zu tränken, als Ida aufgeregt und laut rufend zu ihrem Ehemann rannte.
„Schnell, schnell, mein Geliebter!", rief sie fast panisch. „Du musst kommen! Schnell! Hans, krümmt sich und schreit vor Schmerzen. Er liegt im Hof und leidet!"
Hans war ein kräftiger, großgewachsener Mann, der Sohn des Dorfschmiedes, den Odo bereits aus Kindertagen kannte. Es war nur schwer vorstellbar, was geschehen sein musste, wenn er sich so gepeinigt niederlegte.
„Hans? Warte, ich komme!" Schnell wies er seine Hunde ein, sie sollen auf die Tiere aufpassen und rannte mit Ida ins Dorf, direkt zum Hof Lamberts. Dort erblickte er den Mann, auf dem Rücken liegend, das Gesicht zu einer hässlichen Fratze verzerrt und beide Hände unter Stöhnen auf seinen Körper drückend, immer wieder würgte er kurz. Um ihn herum saßen seine Frau Lina, die mit ihrer Hand seinen Kopf und die Stirn streichelte und sein Vater Lambert, der sich große Sorgen machte. Mit etwas Abstand

standen einige Nachbarn, die von den Schreien angelockt worden waren.

„Ich verbrenne! Helft mir! Helft mir! Löscht das Feuer, das in meiner Mitte brennt und mich vernichten will!", rief der Leidende laut. Dann wurde er auf einmal still und senkte den Kopf zu Boden. Offenbar war Hans am Vorabend von einer kleinen Reise zurückgekehrt. Er hatte im nicht allzu weit entfernten Virnsberg auf der Deutschordenskommende geschäftliche Gespräche geführt und hoffte durch die Meier, die das Lehen verwalteten, einen neuen Auftrag erhalten zu können. Dort hatte er noch zu Abend gegessen – es gab wohl Mehlsuppe und Roggenbrot – somit nichts Besonderes, dann habe er sich auf den Rückweg gemacht.

Er war kreidebleich, blass und hatte eiskalte Hände, es stand offensichtlich nicht gut um Hans. Constantin war ebenfalls angekommen, griff an die Pulsadern am Handgelenk und war äußerst erstaunt. „Fast kein Puls mehr…"

Lina schreckte auf und schlug beide Hände vors Gesicht. „Nein, nein, nein, nein…", sie schüttelte ihren Kopf. „Nein, nein, nein…" Lambert nahm seine Schwiegertochter behutsam in seine starken Arme.

Odo und Constantin sahen sich besorgt an. Der Alchemist sah Hans in die Augen, er war nicht gut ansprechbar, aber reagierte noch ein wenig. Leise flüsterte er Constantin etwas zu: „Ich… Ich… Ich spüre meine linke Hand nicht mehr. Überall kribbelt es. Es ist kalt, so kalt…" Dann fielen ihm wieder die Augen zu. Plötzlich zuckte Constantin. „Ignis sacer!", sagte er zu Odo.

Dieser machte große Augen. Das „Heilige Feuer"? Das Antoniusfeuer? „Bist du sicher?", erkundigte er sich noch einmal.

Constantin nickte vorsichtig. „Ich bin kein Arzt, aber ich habe viele Jahre gelernt, studiert und mich geschult. Es passt alles zusammen, die Anzeichen stimmen überein. Kennt ihr es hier nicht? Noch vor wenigen Jahren konnte man es überall in der mir bekannten Welt finden. Es wird manchmal auch Kriebelkrankheit genannt, weil alle Glieder kribbeln, zittern und schmerzen."

„Doch, doch, wir hatten es hier auch schon manchmal, aber nicht so oft, dass wir uns sicher wären", erklärte Odo. „Aber ich – oder besser gesagt – wir vertrauen dir. Wenn du dir sicher bist, dann wird es so sein. Wir haben viel darüber gehört. Es scheint wohl sehr ernst um ihn zu stehen. Als ich noch ein junger Knabe war, hat das Antoniusfeuer mehr als zwei Dutzend Einwohner aus Obernzenn binnen weniger Tage dahingerafft."

Hans zuckte auf, von Krämpfen geplagt stöhnte er heftig auf. Der Schweiß stand auf seiner Stirn, obwohl er ganz kalt war. „Wasser, Wasser, bringt mir Wasser...", flehte er.

Lambert eilte los und kam einen Augenblick später mit einem Eimer Brunnenwasser und einem großen hölzernen Schöpflöffel zurück. Er und Lina setzten ihn auf und flößten ihm die Flüssigkeit ein.

„Packt mit an!", forderte Lambert die umstehenden Männer deutlich auf. „Tragt ihn mit mir ins Haus. Ich lasse meinen Jungen sicher nicht wie ein Vieh außen im Hof sterben." Er blickte verzweifelt in die Runde. Zusammen legten sie den Kranken in der Stube auf die Holzbank neben dem Ofen. Lina wich nicht von seiner Seite.

„Wenn du recht hast, was können wir tun?", fragte Odo voller Sorge.

Constantin seufzte tief, dann nahm er Odo zur Seite und sprach leise zu ihm: „Ich habe Menschen gesehen, deren Finger, Zehen oder noch größere Gliedmaßen daran abstarben. Sie wurden schwarz wie bei der Pest und mussten entfernt werden. Andere konnten nicht mehr Essen und erbrachen sich, sobald man ihnen etwas einflößte. Sie starben daran."

„Alle?", hakte Odo nach. „In Obernzenn starben damals alle, glaube ich."

Constantin schüttelte den Kopf. „Nein, nicht alle. Aber viele. Und die meisten Überlebenden waren danach Krüppel und mussten ein bedauernswertes Leben führen.

Diese rätselhafte Krankheit ist sehr heimtückisch. Die Ärzte wussten damals auch keinen Rat. Die Pastoren empfahlen den Kranken, zu beten und den Herrn um Hilfe zu bitten. Ob es ihnen etwas gebracht hat, vermag ich an dieser Stelle nicht zu sagen."

„Was können wir tun? Wir dürfen ihn doch nicht verenden lassen...!", Odo sorgte sich.

Inzwischen war auch Pfarrer Anselm eingetroffen, er kniete sich direkt neben Hans und betete zu Gott, ihm beizustehen.

„Ich brauche Wilhelm", sagte Constantin bestimmt und bat Odo, ihn zu holen. Dieser willigte ein und machte sich sogleich auf. Den Weg kannte er wie seine Westentasche, er war nur nicht sicher, ob er seinen Patenonkel auch in seiner Hütte antreffen würde. Schließlich war er oft tagelang in den Wäldern um Trautskirchen unterwegs. Doch das Schicksal meinte es gut mit ihnen. Odo schilderte ihm kurz und völlig außer Atem – er hatte die gesamte Strecke rennend hinter sich gebracht – den Ernst der Lage und dass sie seiner Hilfe bedürften. Wilhelm ließ alles stehen und liegen, schnappte sich seinen Lederbeutel mit den Heilkräutern, die er gesammelt hatte, zog seine Holztüre zu, die knarzend folgte und beide Männer begaben sich auf den Weg ins Dorf. Als sie zurückkamen, hörten sie bereits außerhalb des Hauses, dass es nicht gut um Hans stand.

„Mutter, Mutter, was tust du hier?", hörten sie ihn rufen. „Ich freue mich, dich bei mir zu haben. Verspürst du Hunger oder Durst, so bediene dich. Vater, bring ihr doch etwas zu essen. Siehst du nicht, wie ausgehungert sie aussieht?"

Wilhelm runzelte die Stirn. „Lamberts Frau ist doch schon vor vielen, vielen Jahren gestorben, oder täusche ich mich?" Odo nickte. „Das ist kein gutes Zeichen. Der Wahn hat ihn ergriffen, dies kann nichts Gutes verheißen."

Odo holte Constantin nach draußen, während Pfarrer Anselm innen versuchte, ihm die teuflischen Dämonen, von denen Hans scheinbar besessen war, mittels Gebete und Fürbitten auszutreiben.

„Gut, dass du da bist, Wilhelm." Constantin legte seine Hand auf die Schulter des Einsiedlers. „Ich habe vor vielen Jahren in einem Ort gearbeitet und gelernt, der Saint Antoine heißt. Dort verehrten sie einen Wüstenheiligen, der Heiligen Antonius. Er hatte aus freien Stücken ein Eremitendasein gewählt und erfolgreich gegen Dämonen, Versuchungen, Triebe, Emotionen und Laster angekämpft. Reliquien dieses Heiligen wurden in jenem Ort aufbewahrt und Berichten zufolge sollen diese in den Jahren darauf zu etlichen Wunderheilungen geführt haben. Der Ort wurde daraufhin zu einem Wallfahrtsort und es entstand ein Krankenhaus, um die vielen Kranken, von unerträglichen Schmerzen geplagten Pilger, zu versorgen. Daher auch der landläufige Name „Antoiniusfeuer" für die Krankheit, die hier vorliegt. Ich glaube es zumindest. Weshalb ich dir – oder besser gesagt euch – dies erzähle ist einfach: Ich glaube nicht an eine Wunderheilung durch Gebete oder durch die Verehrung einer heiligen Reliquie. Ich glaube, sie wurden durch die Tinktur geheilt, die die Mönche den Kranken verabreichten. Sie gaben ihnen den Antoniuswein zu trinken und versorgten den Körper mit Antoiniusbalsam."

„Das sehe ich ebenso", nickte ihm Wilhelm zu.

„Erinnerst du dich an die Zusammensetzung der Salbe?", fragte Odo ungeduldig und aufgeregt.

„Gewiss. Zumindest größtenteils. Aber ich weiß nicht, wo ich hier in der Gegend diese Kräuter finde...", dann sah er Wilhelm an.

„Wenn jemand weiß, wo etwas in der Natur zu finden ist, dann mein Pate", freute sich Odo.

Wilhelm stimmte zu.

„Als Odo dich geholt hat, habe ich meine Notizen in meiner Kammer zu Hause gesucht – und glücklicherweise auch gefunden", jetzt lächelten die drei Männer sogar kurt. „Wir benötigen Breitwegerich, den finden wir hier überall, das sollte kein Problem sein. Ebenso brauche ich Eisenkraut." „Das findet sich auf der Wiese Richtung Merzbach, direkt am Rande des Weges, der neben dem Mettenbach entlangführt", erklärte Wilhelm. „Aber ich habe hier getrocknetes Eisenkraut in meinem Beutel dabei. Das müsste auch gehen."

„Sehr gut", freute sich Constantin. „Hast du auch Spitzwegerich und Saatmohn dabei?"

„Spitzwegerich ja, Saatmohn müssten wir am Steinbruch nördlich von Trautskirchen holen. Dort wächst er wieder häufiger, seit die Burg steht und ihn nicht mehr hunderte Arbeiter täglich niedertrampeln." Wilhelm war glücklich, helfen zu können.

„Dann brauchen wir ebenfalls noch Kreuzenzian, Ehrenpreis, Taubnessel, kriechenden Hahnenfuß, Weißklee und Schwalbenwurz", zählte Constantin auf.

Wilhelm blickte in sein Ledertäschchen. „Wir haben Glück, ich habe noch einen letzten Rest Kreuzenzian dabei. Er wächst hier fast nicht mehr, den muss man sich weiter südlich, in der Nähe der Alpen besorgen. Dort gibt es ihn zuhauf. Taubnesseln habe ich auch hier. Den Weißklee sowieso. Ehrenpreis könnt ihr an der eben für das Eisenkraut beschriebenen Stelle finden. An dem etwas sumpfigen Abschnitt wächst es sehr gerne, ebenso wie der Hahnenfuß. Aber Schwalbenwurz habe ich nicht. Er wächst auch nicht hier bei uns in und um Trautskirchen. Soweit ich weiß muss man für diese Pflanze bis nach Österreich oder zu den Eidgenossen reisen. In unseren deutschen Landen ist sie sehr selten und wenn, dann eher in südlichen Regionen zu finden."

„Gut. Es müsste aber auch so gehen", meinte Constantin. Dann schickte er zwei Männer los, sie sollten schnellstmöglich die Pflanzen besorgen, während er und Wilhelm einen Topf mit Schweineschmalz ansetzte, um die Tinktur herzustellen. Dies dauerte seine Zeit, denn sie mussten viele Schritte beachten. Zur Salbenherstellung erhitzen sie

Fett und Öl, das sie von Lambert bekommen hatten, nutzten Tiegel und Töpfe zum Verrühren und Erwärmen, hatten Rührstäbe und schließlich ein Leinentuch zum Abseihen. Dies nahm einige Zeit in Anspruch, während Hans im Inneren weiter wirr mit seiner bereits verstorbenen Mutter oder anderen Dämonen und Geistern sprach.

Als der Alchemist, Wilhelm und Odo dann schließlich zu Hans ins Haus gingen, stellten sie fest, dass zwei seiner Finger der linken Hand bereits gänzlich schwarz waren. Kein gutes Zeichen.

Constantin blickte ernst zu den Anwesenden. Wir können diese nicht mehr retten, wir müssen sie abnehmen, sonst breitet sich die Schwärze weiter über seinen gesamten Körper aus.

„Ich mische ihm einen schmerzstillenden Trank, dann können wir ihm die Finger entfernen. Er wird Schmerzen haben, aber es wird ihn nicht töten. Zumindest nicht der Schnitt", erklärte Wilhelm. „Entfernst du sie ihm?"

Constantin nickte vorsichtig.

Auch Lambert war einverstanden, er hatte so große Angst um seinen Sohn, dass er wohl mit allem einverstanden gewesen wäre.

Wilhelm holte getrocknetes schwarzes Bilsenkraut und Schlafmohn aus seiner Tasche. Mit einem Stein pulverisierte er die Pflanzenteile und ließ sich ein Glas Wein geben. In dieses mischte er eine bestimmte Menge des Pulvers und rührte es um. Im Anschluss daran flößte er die Flüssigkeit Hans ein. Dieser trank begierig, er hatte sowieso andauernd starken Durst, seit er erkrankt war. „Nun müssen wir einige warten."

Die Anwesenden bemerkten später, dass Hans seltsam ruhig wurde und es sah fast so aus, als würde er mit offenen Augen schlafen. Wilhelm sah ihm in die Augen und erklärte, dass der Patient soweit sei. Odo kümmerte sich derweil um die Fertigstellung des Weines und der Salbe. Er konnte das nicht sehen. Lina und Lambert wichen nicht von Hans' Seite und kümmerten sich rührend um ihn.

Constantin nahm das Messer, welches der Schmied ihm gegeben hatte und legte es in die Glut des Schmiedeofens. Einige Augenblicke später leuchtete die Klinge hellgelb und rot. Dann nahm es der Alchemist aus dem Feuer und ging die vier Schritte zu dem Patienten. Lina hatte den Kopf ihres Mannes in der Hand, Lambert hielt die rechte Hand fest umschlungen, Wilhelm fixierte die linke Hand mit den beiden schwarzen Fingern auf der Holzbank, dass Hans nicht zucken oder wegziehen konnte. Dann atmete Constantin einmal tief ein, setzte das Messer an und durchschnitt die dunkle Haut. Das glühende Messer glitt durch die Finger wie durch Butter. Stöhnend versuchte sich Hans aufzusetzen, doch er wurde von den Anwesenden gehalten. Schnell umwickelte Constantin die Wunde mit sauberen Leinentüchern und verknotete sie. Dann sackte Hans erschöpft zusammen. Dies war aber nur der erste Teil der bevorstehenden Behandlung. Trotzdem beschlossen sie, dass sie Hans eine oder zwei Stunden Ruhe gönnen konnten. Sie wollten ihn schließlich heilen und nicht töten. Als sie wiederkamen, sahen sie einen noch besorgteren Lambert, der ihnen berichtete, dass Hans mittlerweile fast ununterbrochen von Flammen- und Drachenerscheinungen sprach. Er war fast nicht mehr ansprechbar und rede nur noch im Wahn. Lina verzweifelte langsam und versuchte ihren Mann zu beruhigen – bisher ohne Erfolg. So behandelten Constantin, Wilhelm und Odo den Kranken nun auf die einzige Weise, die ihnen noch sinnvoll erschien, mit ihrem Kräuterwein und der Salbe. Sie rieben seinen gesamten Körper großzügig mit der Salbe ein und flößten ihm einen gut gefüllten Becher mit dem Trank ein. Dies wiederholten sie mehrmals täglich, meist erledigten das dann aber Lina und Lambert für sie. Neben dem Balsam und dem Antoniuswein wurde stärkende, gute Nahrung verabreicht: Weizenbrot und Schweinefleisch. Schweinschmalz - das die Haut sehr gut durchdringt - diente weiterhin als Salbengrundlage. Schließlich kam noch die regelmäßige Versorgung der

Wunde durch Constantin hinzu, der Alchemist kümmerte sich intensiv um den Mann. Wilhelm war kurz darauf wieder in den Dunkelwald verschwunden, er verabschiedete sich nur kurz von Lina und Lambert sowie Constantin und Odo. Begründen wollte er es nicht so recht, aber er meinte, dass seine Anwesenheit nicht mehr von Nöten wäre und seine Hütte auf ihn warten würde. Dankbar waren ihm die Familie und seine Freunde allemal und so ließen sie ihn ziehen.

Zur Freude und Überraschung alle Trautskirchner erholte sich Hans fast gänzlich von der Krankheit – was zur Folge hatte, dass Constantin und auch Wilhelm, in seiner Abwesenheit, gefeiert wurden. Für die Dorfbewohner grenzte diese Heilung schon an ein Wunder... oder an Zauberei. Auch Pfarrer Anselm erwähnte die beiden Retter in seiner Sonntagspredigt, als er sie „Gesandte und Werkzeuge Gottes" nannte und ihnen „göttliches Wirken" nachsagte. Sie hätten die Dämonen, die von Hans Besitz ergriffen hatten, durch unerschütterlichen Glauben, Menschenverstand und Einfallsreichtum sowie die Kenntnisse der Natur, aus seinem Körper vertrieben. Die Krankheit war aber in irgendeiner Form eine Strafe Gottes, davon war Anselm überzeugt, denn wieso sollte es sonst einen einzelnen Mann treffen, der auch noch von einer kurzen Reise zurückgekehrt war? Er sah es eindeutig als Warnung und Zeichen göttlichen Zornes über die Missachtung des Gottesfriedens und als Grund nannte er die rückläufigen Zahlen der Gottesdienstbesucher in der Region. Die Menschen müssten auch dann, wenn sie viel Arbeit hätten, in die Kirche gehen und Gott gedenken. „Seht euch diesen Verstümmelten, der mit fremden Zungen sprach, krampfte, Besessenen war, genau an. Nehmt ihn als warnendes Beispiel dafür, dass ihr euren göttlichen Bezug nicht verliert", hatte er den Trautskirchnern mit auf den Weg gegeben.

Kurz darauf erreichte eine schreckliche Nachricht das Dorf: Nahezu die Hälfte der Bewohner der

Deutschordenskommende in Virnsberg waren gestorben! Es wurde von albtraumhaften Wahnvorstellungen berichtet, von Krämpfen, Anfällen, Tobsucht, Schwäche, abfaulenden Gliedmaßen, unstillbarem Durst und Stumpfsinn. All jene Merkmale eben, die auch Hans aufwies. Offensichtlich hatte er sich in Virnsberg angesteckt und glücklicherweise nicht sein Leben, sondern lediglich zwei Finger verloren. Die Virnsberger waren nicht einmal stark genug, um in das Spital nach Windsheim transportiert zu werden, es stellte sich bei allen Personen, die besessen oder erkrankt waren, die gleiche Krankheit ein. Sie überfiel plötzlicher Schmerz oder Schwindel, der sie zu Boden warf, sie waren nicht mehr Herr ihrer Sinne, begleitet wurde es von Gliederzittern und starken Zuckungen - alle Gelenke bogen sich krampfhaft zusammen, so dass gewöhnlich die Ellenbogen gegen die Brust gedrückt, die Finger in die Faust geklemmt und die Beine zusammengezogen waren. In dieser Stellung verharrten die Betroffenen dann. In der Regel endete dieser schreckliche Zustand mit dem Tode. Die Leichen gingen auch zur Überraschung der anderen Menschen sofort in Verwesung über. Alle Erkrankten hatten das Gefühl des Ameisenlaufes über den ganzen Körper – und auch in ihrem Inneren. Bei einigen Geretteten blieben jedoch Spuren von Irrsinn, Augenschwäche und Krämpfen in den Fingern und Gliedern zurück. Diese rätselhafte Krankheit war nur schwer zu durchschauen, aber Hans war sehr glücklich, dass er noch rechtzeitig Hilfe bekommen hatte.

Von diesem Tage an nutzten viele Bürger unseres kleinen Ortes das Wissen Constantins, des Alchemisten, um ihre Beschwerden zu lindern. So war er doch schon weit herumgekommen, hatte viel gehört, gelesen oder gesehen und freute sich, ihnen helfen zu können. Nur, wenn es darum ging, wo er bestimmte Pflanzen finden konnte, musste auch er des Öfteren Rat im Dunkelwald bei Wilhelm einholen. Bald war Constantin als „Heiler" über die Grenzen Trautskirchens hinaus im gesamten Zenngrund bekannt und verdiente damit auch ein paar Gulden oder Pfennige, je nachdem wie aufwändig es für ihn war, jemanden zu heilen beziehungsweise zu behandeln. Die Menschen kamen zu ihm, um beispielsweise ihre Zahnschmerzen zu lindern. Meistens wurde ihnen nur geholfen, indem man den angegriffenen Zahn entfernte, besser gesagt ausriss. Der Trautskirchner Alchemist aber erkannte, dass der Zahnwurm, der offensichtlich Löcher in die Zähne der Menschen fraß, auch anderweitig bekämpft werden konnte: Er ließ eine Pflanze, welche er aus Spanien bekommen hatte, Aloe genannt, zu gleichen Teilen mit Myrrhe versetzen. Diese wiederum konnte ihn Pastor Anselm besorgen. Beide Kräuter wurden in einem Tongefäß vermengt und anschließend in eine Flasche gegeben, die am Hals eine enge Öffnung hatte. Auf glühende Buchenholzkohle wurden diese dann gesetzt und anschließend angezündet. Der entstehende Rauch sollte von dem gepeinigten Mann mit geöffneten Lippen und zusammengepressten Zähnen aufgesaugt werden, allerdings ohne diesen zu tief einzuatmen. Er soll lediglich die schmerzenden Zähne umspielen und dadurch heilen. Wenn man diese Prozedur mehrmals täglich über eine Woche wiederholte, so konnte es sein, dass der Zahnwurm abstarb, bevor der Zahn vollends gefressen war. Falls auch dies nichts nützte, musste man den kaputten Zahn ziehen. Aber sie kamen auch, um von Constantin ein Mittel gegen den Halbseitenkopfschmerz zu bekommen. Auch hier konnte er nicht allen helfen, aber er wusste etwas, das die Beschwerden lindern konnte: Man musste Aloe und doppelt so viel Myrrhe zu einem feinen Pulver vermengen und danach Semmelmehl hinzugeben, etwas Mohnöl beimengen, sodass ein Teig entsteht. Mit dieser zähen Masse wird dann der Kopf bis zu den Ohren bedeckt und bis an den Hals hinunter, danach sollte man eine Mütze darüberziehen und drei Tage und Nächte ruhen. Anschließend, wenn man alles entfernt hatte, sollte der Schmerz vorbei oder zumindest besser sein. Bei Erkältungen mischte Constantin eine

Paste aus Honig, Kresse, etwas Eibischblätter und Senf-
kraut. Dies kann auch gegen Halsbeschwerden wirksam
sein und ist ebenso wundheilungsfördernd. Durch seine
vielen Reisen konnte er auf ein erstaunliches Repertoire
an Tränken oder Salben zurückgreifen, auch wenn er an
einige Ideen der Viersäftelehre nicht glauben konnte. Unter den Medici war es seit hunderten Jahren bekannt, dass
die Menschen aus vier Säften bestünden: Schleim
(Phlegma genannt), Blut (Sanguis), schwarze Galle (Me-
lancholia) und gelbe Galle (Chole). Diese vier Säfte sollten
sich immer in einem harmonischen Gleichgewicht befin-
den, wenn man gesund sein wollte. Eine Krankheit entstand laut dieser Auffassung also immer dann, wenn einer
dieser vier Säfte überwog oder von einem zu wenig zur
Verfügung stand. Demnach entsprechen den vier Säften
auch vier Organe im menschlichen Körper, die als Ur-
sprungsquelle der jeweiligen Säfte gelten. Die Säfte
schwanken mit den Jahreszeiten, so dass in jeder Jahreszeit ein Saft überwiegt: Im Winter der Schleim, im Frühling
ist es Blut, im Sommer die gelbe Galle und im Herbst die
schwarze Galle. Laut einiger Ärzte konnte man sogar den
Charakter eines Menschen anhand der Vorherrschaft eines der vier Säfte vorhersagen. Je nachdem welcher Saft
nun vorherrschte, lag ein Phlegmatiker, Melancholiker,
Choleriker oder Sanguiniker vor. Alle Heilkundigen mussten dieses komplizierte System beherrschen und verstehen, vor allem, weil zudem noch der Stand des Mondes
und der Gestirne mitbedacht werden musste. Constantin
konnte diesem System nichts abgewinnen – er glaubte gewisser Maßen nicht daran – er erforschte lieber die Wirkung einzelner Kräuter und Pflanzen auf den Menschen,
um direkte Hilfe leisten zu können. Daher ließ er seine Patienten nicht schröpfen oder auch den Aderlass schätze er
nicht sehr und auch die Harnschau beherrschte er deswegen nicht. Er konnte nicht sehen, ob der Urin nun gold-
braun oder eher gelbgräulich war. Das hatte er nie gelernt,
daher ließ er seine Finger davon.

Durch seinen Austausch mit Wilhelm profitierten beide Männer gegenseitig von ihrem Wissen. Auch bei Heilpflanzen entscheidet die Dosis über die Wirkung. Die Dosis entscheidet zwischen schädlicher und heilender Wirkung. Und auch das Wissen, welche Teile der Pflanze eine medizinische Wirkung haben und wann geerntet werden kann, spielt eine entscheidende Rolle – dies wusste Wilhelm nur zu gut. Die Zubereitung und Dosierung der Heilkräuter wurden ihm von seinem Vater und Großvater über viele Generationen überliefert. Bei einfachem Nasenbluten legte Wilhelm sich einen kühlenden Umschlag aus frischem Dill auf die Nase und die doppelte Menge an Schafgarbe auf die Schläfe, die Brust und die Stirn, so stoppte er die Blutung recht schnell. Dies hatte Constantin noch nie zuvor gehört, doch es funktionierte sehr gut. Die Versorgung von Brandwunden erfolgte mit ungesalzenem Schweineschmalz, Ei und Wacholder. Auch hier war der Alchemist überrascht, wie gut es die Wundheilung unterstützte. Diese Zutaten wurden anschließend zusammengemischt und als Salbe aufgetragen.

Constantin zeigte dem Einsiedler aber auch neue Wege der Wundheilung oder zur Linderung von Beschwerden. So wuchsen die beiden so unterschiedlichen Männer zusammen und bedingten ihr gegenseitiges Wachstum – ganz wie zwei Pflanzen die miteinander stärker wuchsen als jemals zuvor.

Nur in einem waren sich beide einig: Sie wollten nichts mit Hexen zu tun haben! Beide Männer wollten ja keine Liebes-, Todes- oder Flugsalben und Tränke mit ähnlicher Wirkung herstellen. Auch wenn Wilhelm einheimische Pflanzen wie die Tollkirsche, Stechapfel, das Eisenkraut und die Wegwarte richtig dosiert ab und an selbst verwendete, so lehnte Constantin dies völlig ab. Die Männer wollten aber auch nicht für Hexer oder Zauberer gehalten werden – denn das waren sie nicht. Sie waren nur zwei Pflanzenkundige, die den Menschen halfen, dies hatte nichts mit Hexerei zu tun. Eines Abends, als der Alchemist noch bei dem Einsiedler vor der Holzhütte saß und sie sich über die Wirkung der Pflanzen austauschten, gestand Constantin, dass er einmal bei einem Medicus war, der ihm einige interessante Informationen gegeben hatte. Es handelte sich um ein Rezept für Hexensalben. Und auch wenn er nicht vollends an Zauberei und Hexen glaubte, so war es sich bis zum heutigen tage nicht sicher, ob er nicht doch bei einem Zauberer Zeit verbracht hatte.

„Es begann damit, dass er mir immer wieder unterschiedliche Giftkräuter und ihre Funktion für den Menschen erklärte", sagte Constantin nachdenklich. „Eigentlich recht harmlos. Aber er erwähnte immer wieder den Begriff ‚Hexensalbe'. Das kam mir schon komisch vor. Er bräuchte dafür Eisenhut, Bilsenkraut, Tollkirsche, Natternkopf und Stechapfel, um Salben herzustellen."

„Dies sind typische Kräuter oder Pflanzen, die einem Menschen an die Grenze zwischen Leben und Tod führen können", erklärte Wilhelm. „Nimmt man zu viel davon ein, so erwacht man nicht mehr und gelangt zum Teufel persönlich. Davon ist noch niemand zurückgekehrt. Zumindest keiner den ich kenne."

„Ja, er sprach davon, dass sich dein Gemüt und der Zustand veränderte. Es wäre so, als würde man mit offenen Augen träumen. Und Gespenster sehen…", Constantin nickte verschwörerisch. „Er behauptete, dass er diese Salben nur für sich selbst verwendete, da er dann in diesem traumähnlichen Zustand alles klar sehen würde, mit Geistern sprechen und eine besondere Form von Hellsichtigkeit erreichen könnte. Ab und an wäre es ihm sogar gelungen, in die Zukunft zu sehen, wenn man ihm glauben konnte."

„Möglich wäre es", stimmte Wilhelm zu, „dennoch ist es sehr gefährlich mit diesen Pflanzen zu arbeiten. Man muss eben die genaue Menge kennen, die man verwenden darf. Die Alraune ist hierfür ein gutes Exempel. Richtig dosiert fördert sie die Ideen und Visionen, falsch dosiert stirbt man daran. Aber auch mit Fliegenpilzen ist nicht gut Kirschen essen, man muss sich wirklich gut auskennen."

Dann fiel Constantin noch etwas ein: „Einmal nahm er Fliegenpilz in meiner Anwesenheit. Er hatte erweiterte Pupillen und alle Gegenstände, die auf dem Tisch vor ihm lagen, erschienen in ungeheurer Vergrößerung und er äußerte sich erschrocken darüber. Ein kleines Loch im Tisch erschien ihm wie ein schrecklicher, tiefer Abgrund und der Löffel voll Wasser schien für ihn ein See zu sein. Entsprechend lief er dann um den Tisch, um von diesen seltsamen Dingen wegzukommen. Nachdem er ein paar Schritte gegangen war, lag ein kleines Hindernis, ich glaube, es war ein Stöckchen, in seinem Weg. Er blieb unmittelbar stehen, mustert dasselbe und sprangt schließlich mit einem gewaltigen Satz darüber hinweg. Danach drehte er sich um und wunderte sich darüber, dass er dies vollbringen konnte."

„Der Mann schien gerne mit giftigen Kräutern und Pilzen experimentiert zu haben", stellte Wilhelm fest. „So viel steht fest."

„Er hat sich sogar einmal für jeden Tag eine andere Salbe zubereitet. Montag nahm er Mondviole, Dienstag Eisenkraut, Mittwoch Bingelkraut, Donnerstag Dachhauswurz, Freitag Frauenhaarfarn, Samstag Alraune und Sonntag Wegwarte. Der Mann nahm von jedem Kraut einen Teil - bei Alraune nur einen halben Löffel - und mahlte die getrockneten Kräuter im Mörser zu einem ganz feinen Pulver. Anschließend erhitzte er in einem Wasserbad ein wenig Bienenwachs und gab die Kräuter hinzu. Danach ließ er die Flugsalbe etwas abkühlen, bevor er sie in saubere Salbentiegel abfüllte. Diese Flugsalbe wurde auf die Handflächen, Fußsohlen, Arm- und Kniekehlen sowie den Halsansatz und das Brustbein aufgetragen. So konnten die Wirkstoffe leicht in die Haut einziehen und entfalteten dort eine beruhigende, schlaffördernde und leicht anregende Wirkung – zumindest behauptete er das." Constantin sah es immer noch vor seinem inneren Auge, als wäre es gestern erst gewesen. „Er war dann oft lange Zeit wie weggetreten, nicht ansprechbar. Er hatte weit aufgerissene Augen, antwortete mir aber nicht – und er sprach mit fremden Zungen. Wirres Zeug, das ich nicht verstehen konnte. Irgendwie machte das einem Angst. Er schwitzte oft auch stark und zuckte hin und her. Ich habe dann nach einiger Zeit beschlossen, dass ich nicht mehr dabei sein möchte, wenn er diese Flugsalben benutzte."

Wilhelm lächelte. „Na, jeden Tag wird er das hoffentlich nicht versucht haben. Aber wie du es mir beschreibst, wollte der Mann entweder Schmerzen vergessen, die ihn plagten oder er wollte tatsächlich mit Geistern in Verbindung treten. Das sind ganz schön heftige Kräuter und Mischungen, die er da verwendete. Oder er wollte tatsächlich mit seinen inneren Dämonen in Verbindung treten und sie dadurch loswerden, das könnte auch sein..."

Trautskirchen profitierte in der Folgezeit von Wilhelms und Constantins Austausch, denn sie konnten tatsächlich vielen Dorfbewohnern bei ihren Wehwehchen und Zipperlein helfen, die sie alltäglich plagten. Vor allem dem Alchemisten merkte man an, dass er wohl seinen inneren Frieden gefunden hatte, er war ausgeglichen und ging in seiner neuen Rolle auf. Wilhelm der Einsiedler blieb weiterhin am liebsten für sich – zurückgezogen im Dunkelwald, in seinem kleinen Holzhaus. Dort fühle er sich frei und geborgen zugleich, er genoss die Zeit für sich, ab und an besuchte ihn sein halbzahmer Wolf Max, was ihn erfreute. Auch wenn sich Constantin, Odo oder ein anderes Familienmitglied nach ihm umsah, genoss er die Zeit mit ihnen, doch ebenso froh war er ehrlicherweise auch, wenn er dann einmal wieder alleine für sich war. Er bleib eben ein Waldschrat, der Einzelgänger war.

6

1358

Es war immer ein besonderes Ereignis, wenn ein Trautskirchner aus Nürnberg zurückkam. Der Tagelöhner Ferdinand hatte einen Auftrag in der großen Stadt erhalten und
kam nach nun nach einigen Wochen wieder nach Hause.
Er hatte Glück gehabt, einen lukrativen Auftrag Ende des
Winters erhalten zu haben und so erzählte er den Bürgern
bei einem Bier bei Schankwart Martin, was er so erlebt
hatte.
„Hört her", begann er geheimnisvoll. „Ich habe unseren
neuen Burggrafen gesehen. Er heißt Friedrich und ist ja
bereits seit letztem Jahr im Amt, nachdem sein Vater Johann II. verstorben war. Vielleicht haben wir es ja jetzt
leichter unter ihm, denn sein alter Herr war uns ja nicht
gerade wohlgesonnen. Er hat sich nicht wirklich gut um die
kleineren Orte der Region gekümmert…nur unsere Nachbarn aus Neuhof haben unter ihm das Marktrecht bekommen. Ansonsten hat er ja eher von sich Reden gemacht,
wenn er wieder überhöhte Abgaben oder Steuern verlangte. Jedenfalls haben mir die Nürnberger erzählt, dass
Friedrich einen ganz guten ersten Eindruck macht, er
scheint sehr geschäftstüchtig zu sein und will vor allem
Nürnberg und seine Kaiserburg als strategisch wichtigen
Punkt sichern. Die Bürger trauen ihm sogar zu, dass er es
schaffen kann, die Nähe zu unserem Kaiser Karl zu suchen und ihm von seiner Tüchtigkeit und Treue zu überzeugen. Das wäre ein enormer Zugewinn an Wichtigkeit
seiner Person, aber auch für die Stadt Nürnberg. Er war
auch bei der Einweihung der Altäre am Choreingang der
Frauenkirche anwesend, an deren Vollendung ich mitge-
arbeitet habe. Das hat mich schon überrascht. Aber es war
ihm offensichtlich wichtig. Die Kirche sah wirklich beeindruckend aus mit ihren Steinstrukturen, den großen Glas-
fenstern, den Säulen und dem hohen Turm. Ihr Rippenge-
wölbe am Eingang war filigran und gigantisch zugleich und
überall war sie aufwändig verziert. Dieses hochstrebende
Bauwerk mit den Spitzbögen, dem außenliegenden

Strebe- und Maßwerk, den Ziergiebeln und den Wasserspeiern am Westportal beeindruckte mich beim bloßen Hinsehen und so war ich schon stolz, dass ich meinen bescheidenen Teil dazu beitragen konnte, es zu bauen. Sie hat drei Kirchenschiffe, einen Balkon und einen wunderschönen Altar in der Mitte. Was ich mir sehr lange und ausführlich angesehen habe, war das Kaiserfenster. Es ist mit Glas verkleidet und ganz bunt ausgestaltet. Wenn dann einmal die Sonne durchscheint, wird der Innenraum besonders schön erhellt und in die unterschiedlichsten Farben getaucht. Ein wahres Spektakel. Die Leute nennen es übrigens so, weil es von unserem Kaiser Karl gestiftet wurde. Es ist geteilt und zeigt verschiedene Szenen, die auch in der Bibel beschrieben sind. In seiner kurzen Rede hat der Burggraf dann auch erwähnt, dass er sich schon darauf freue, wenn die Kirche endlich ganz vollendet sein werde. Erbaut wurde das Gotteshaus an dem Platz am Grünen Markt, an welchem vor ein paar Jahren eine jüdische Synagoge zerstört wurde. Mehr als 200 Jahre lebten dort die Juden, sie hatten aus dem sumpfigen Gebiet in all der Zeit ein schönes Viertel entstehen lassen. Und dann kamen bei der Zerstörung der Synagoge auch noch mehrere hundert Juden ums Leben, wirklich tragisch. Sie wurden einfach abgeschlachtet."

Er trank kurz einen Schluck von seinem Bier, denn er spürte einen kleinen Kloß in seinem Hals sitzen, den er schnell hinunterspülen wollte.

„Die Synagoge war von den Nürnbergern während der Pest völlig dem Erdboden gleich gemacht worden. Ihr habt sicher davon gehört, bei uns war ein Herold und hat uns erklärt, dass die Juden wohl die Pest verbreiteten. Nun ja, ich weiß nicht…wir Trautskirchner hatten ja damals – während der Pest – auch nicht unbedingt daran geglaubt, dass Menschen, ob nun Juden oder nicht, diese schreckliche Krankheit erfunden hatten, um der Erdbevölkerung zu schaden. Aber die Nürnberger waren vollends davon überzeugt gewesen, dass die Juden ihnen mit der Pest schaden wollten. Und so wurde die Synagoge vernichtet und sehr viele der Juden getötet. Und auf jenem Platz strahlt nun die Frauenkirche in ihrer ganzen Pracht. Unser Kaiser Karl persönlich soll den Bau der Kirche in Auftrag gegeben haben. Und eine Besonderheit hat sie noch: Das Männleinlaufen! Und auch das soll vom Kaiser höchstpersönlich angeordnet worden sein. Allerdings ist es noch nicht vollendet. Aber es ist wirklich beeindruckend, wenn es denn so umgesetzt werden kann. Zur Erinnerung an die Goldene Bulle hatte Kaiser Karl diese besondere Uhr anfertigen lassen, die ganze Welt sollte immer mitbekommen, wie er die Königswahl erneuert hatte. Deswegen kommen aus dem Westgiebel der Kirche die sieben Kurfürsten zu einem dem Kaiser huldigenden Rundgang aus der rechten Türe heraus und laufen dreimal um unsere Majestät herum. Die Figur des Kaisers hat ein Zepter in der Hand und grüßt mit diesem, während die Kurfürsten-Figuren sich vor ihm verneigen. Jetzt fragt ihr euch sicherlich, wie das gehen soll. Ich kann es euch auch nicht genau erklären, aber irgendwie wird ein Mechanismus in Gang gesetzt und die kleinen Figuren setzen sich in Bewegung. Es ist wirklich schön anzusehen und während meiner Zeit in der Stadt, habe ich es mir immer, wenn es möglich war, angesehen.

Und kurz nach dieser feierlichen Einweihung, fand genau an diesem Platz, dem Grünen Markt, eine öffentliche Hinrichtung statt. Das war ein riesiges Spektakel, kann ich euch sagen!"

„Hast du zugesehen? Warst du dabei?", fragte Bauer Heinrich ungeduldig nach, während die anderen Anwesenden gespannt den Worten Ferdinands lauschten.

„Selbstverständlich. Ganz vorne in der Menge standen die Kinder, sie wollten es hautnah mitbekommen, was dort geschah. Ich reihte mich etwas weiter hinten ein, aber ich wollte schon auch gute Sicht haben. Schließlich erlebte man so etwas nicht jeden Tag. Aus allen Himmelsrichtungen trafen die Menschen ein, Männer, Frauen, Jungfern,

Alte, Junge, jeder schien dabei sein zu wollen. Sie näherten sich fast lautlos, vorbei an den windschiefen Häusern, Hütten und Holzverschlägen. Es fanden sich auch einige Bettler ein, die hofften, einige milden Gaben zu erhalten, schließlich waren die Bürger gut gelaunt an Tagen wie diesen. Allerdings mussten sie auch Hohn, Spott und Beleidigungen über sich ergehen lassen, denn vor allem die Kinder und Heranwachsenden nutzten die Gelegenheit, sie mit kleinen Kügelchen, welche sie aus Dreck und Schlamm geformt hatte, zu bewerfen. Es schien eine Art Feiertag für die Jüngsten zu sein, denn sie konnten tun und lassen, was sie wollten. Niemand disziplinierte sie. Ab und an kam jemand vorbei, der Essen anbot – meist recht günstig und erschwinglich für die Menschen. Ich kaufte nichts, mein hart verdientes Geld war mir hier zu wertvoll, außerdem war ich gespannt, was hier gleich geschehen würde. Aber die Nürnberger versorgten sich mit Bier, Brot und weiteren Leckereien. Dann konnte es losgehen: Zunächst wurde der verurteilte Dieb den Zuschauern präsentiert. Er saß auf einem kleinen hölzernen Karren, der von einem Ochsen gezogen wurde. Vor und hinter dem Karren liefen jeweils drei Soldaten, es waren Ritter des Burggrafen. Sie sollte dafür sorgen, dass der Täter auch an seinem Bestimmungsort ankam. Der Täter bewegte sich kaum und reagierte auch nicht auf die Beschimpfungen der Nürnberger, er sah sie nicht einmal an, sondern blickte stumm und ohne Regung auf den Karrenboden vor sich. Alle buhten ihn aus oder pfiffen und bewarfen den Mann mit allerlei faulem Obst und Unrat. Er wurde mit den hinter dem Rücken gefesselten Händen zu dem kleinen Podest geführt. Die sechs Ritter stellten sich in gebührendem Abstand als Wachen um den Ort der Hinrichtung. Dann dauerte es nicht lange, bis der Scharfrichter – der sein Gesicht hinter einem dunklen Sack, welcher über seinen Kopf gezogen war, verbarg - eintraf. Man legte den zum Tode verurteilten Dieb auf den Boden, die Gliedmaßen weiterhin gefesselt und man hatte sogar seine Beine auf kurze

Holzpflöcke gebunden. Auf Nachfrage erfuhr ich, dass kaum jemand aus Nürnberg bei der Verurteilung des Diebes anwesend gewesen war. Sie waren lediglich zur Vollstreckung des Urteils gekommen.

Dann kam der große Auftritt des Henkers. Unter dem ohrenbetäubenden Jubel der Menschenmassen trat er langsam und bedächtig auf das Podest. Dann war es plötzlich mucksmäuschenstill. Die Menge hielt den Atem an. Er nickte und grüßte zu allen Seiten, dann ging es ans Werk. Ohne Vorwarnung schlug er den Mann mit dicken, festen Stangen und anderen Werkzeugen auf die Unter- und Oberschenkel. Danach auf den Oberkörper, bis er schließlich an den Armen angekommen war. Auch diese traktierte er mit seinen Waffen. Immer wieder und wieder. Ohne Unterlass. Und das Volk jubelte."

Erneut musste Ferdinand einen großen Schluck Bier aus seinem Bechern nehmen, um seine Stimme zu ölen und etwas Zeit zu gewinnen. Es nahm ihn noch immer mit, was er in Nürnberg beobachtet hatte.

„Ich konnte aber auch zwei Frauen beobachten, eine jung, die andere alt, welche keine Freude empfanden. Ich vermutete, dass es sein Weib oder vielleicht die Schwester und seine Mutter waren. Die junge Frau verbarg ihr tränenbemanteltes Gesicht in ihren Händen, die Alte schrie - oder besser gesagt kreischte - unentwegt. Mit jedem Schlag des Henkers wurde ihr Rufen verzweifelter. Selten habe ich so etwas Grausames und gleichzeitig Faszinierendes gesehen! Man hörte die Knochen krachen und ächzen, der Mann schrie aus voller Kehle und stöhnte. Ab und an glaubte ich, ein Gebet oder das Anrufen unseres Herren verstanden zu haben, doch ich kann es mir auch eingebildet haben, so laut war es um mich. Der gesamte Grüne Markt schrie voller Begeisterung. Erst nach einiger Zeit ließ der Scharfrichter von dem Dieb ab, untersuchte ihn kurz und gab seinem Helfer ein Zeichen. Danach wurde der Verurteilte mit den gebrochenen Armen und Beinen zwischen die Speichen eines großen Holzrades geflochten. Jenes Rad wurde mit der tatkräftigen Unterstützung seines Helfers an einem hölzernen Pfosten aufgestellt und der misshandelte Körper den neugierigen Zuschauern zur Schau gestellt. Damit war die Darbietung beendet. Der Henker verließ den Ort des Geschehens, der geräderte Mann wurde der Bevölkerung übergeben. Er musste nun allerhand Beschimpfungen über sich ergehen lassen, wurde bespuckt, getreten und mit Dreck beworfen. Aber er hat wohl von alldem nichts mehr mitbekommen, zumindest reagierte er nicht mehr."

Die Trautskirchner standen mit offenem Mund vor ihm und konnten nicht glauben, dass der Tagelöhner solch ein beeindruckendes Ereignis miterleben durfte. Immer wieder fragten sie ihn, ob er die Geschichte noch einmal erzählen könne. Ferdinand tat dies gerne, so stand er im Mittelpunkt und fühlte sich wichtig. Auch Jahre später kam es vor, dass der Hilfsarbeiter sein Erlebnis aus Nürnberg erzählen musste – meist auf Festen oder während einer Feierlichkeit. Und dennoch: Er überwand nie ganz, was er miterlebt hatte und dachte oft an den hingerichteten Mann und was wohl aus seiner Familie geworden war.

An einem Tag im März stellte Odo fest, dass die Natur gerade aus ihrem Winterschlaf erwachte und sich in fast schon voller Pracht zeigte. Die Bäume waren mit zarten hellgrünen Blättern bedeckt, während bunte Blumen langsam aber sicher wie ein Teppich den Boden bedecken – zu allermeist Löwenzahngewächse, die wie aus dem Nichts aus dem Boden schossen. Der Duft von frischen Blüten lag in der Luft und Vögel zwitscherten fröhlich von den Ästen. Das kleine Blütenmeer war ein atemberaubender Anblick, der die Sinne verzauberte. Es war eine einzigartige Szenerie, in der unzählige Blumen in voller Blüte standen und ein farbenprächtiges Spektakel boten. Als hätte Gott persönlich seinen Pinsel geschwungen und die Wiese mit lauter kleinen, farbenfrohen Klecksen versehen. Die Blüten sprossen in verschiedenen Formen, Größen und Farben und erzeugten ein harmonisches, einzigartiges Zusammenspiel. Die Luft war erfüllt von einem betörenden Duft, der von den Blüten ausging und eine magische Atmosphäre schaffte. Für ihn war der Frühling und die Blumen ein Symbol für Schönheit, Lebensfreude und den Reichtum der Natur. Die Sonne strahlte warm und sanft, und die milden Temperaturen luden zu Spaziergängen ein. Sogar Pfarrer Anselm war fast den ganzen Tag in seinem Kirchgarten und hegte seine Pflanzen. Er hatte mit den Jahren ein umfangreiches Angebot aufgebaut, das er stets zu erweitern versuchte. So gab es bei ihm Sellerie, Zwiebel, Salbei, Fenchel, Anis, Schlafmohn, Bohnen, Gartenrettich, Petersilie, Gartenkerbel, Gurken, verschiedene Salatarten, Bohnenkraut, Gemüsekohl und Schwarzkümmel. Aber auch einige Bäume waren zu sehen, die zumeist viele Früchte trugen: Birne, Apfel, Zwetschge, Kirsche und Kastanie. Auch wenn letztere nicht zum Essen geeignet war, so erfreute sich der Gläubige doch an ihrem Aussehen. Die Liebe, die er dabei in seinen Garten investierte, beeindruckte viele der Trautskirchner und sie konnten auch ihren Nutzen daraus schlagen, da der Mann Gottes gerne mit ihnen teilte, wenn er von etwas reichlich geerntet hatte.

So beschloss Odo kurzerhand, seinen Patenonkel Wilhelm wieder einmal zu besuchen. In den kalten Wintermonaten hatte er ihn nur selten gesehen, da der Weg in den Dunkelwald durch den tiefen Schnee mitunter beschwerlich sein konnte und es daher bevorzugte, zuhause bei seiner Familie zu bleiben. Schnee und Eis ließen viele Trautskirchner zuhause bleiben, nur das Nötigste wurde erledigt und man versuchte, wenn möglich, längere Wegstrecken nicht mehr zurückzulegen. So angenehm und besonders sich das Knirschen des Schnees unter den Füßen anhörte und -fühlte, dennoch blieb er eine Gefahr für die Bewohner. Ein falscher Schritt, eine seltsame Bewegung und schon stürzte man, mitunter sogar schwer. Und eine Verletzung oder gar einen Bruch eines Knochens wollte niemand riskieren. Der Winter blieb eine Zeit der kurzen Tage, die Licht spendeten und der langen Nächte, die Kälte, Dunkelheit und Ruhe brachten. Die Natur erstarrte. Für den Großteil der Trautskirchner war dies eine bittere und unerfreuliche Zeit, denn meist hatten sie nur notdürftige und ungeeignete Kleidung für diese Jahreszeit. Daher schliefen einige auch bei den Tieren im Stall, denn dort bleib eine gewisse Wärme, auch durch die eisigen Nächte hindurch, erhalten. Hunger, Nässe und Kälte prägten diese Monate. Dies war aber auch die Zeit der häuslichen Arbeiten, es wurde Vieh geschlachtet, gedroschen, Holz gefällt, Hecken geschnitten, das Werkzeug in Ordnung gebracht und repariert, Zäune ausgebessert oder Schafwolle gesponnen, die Frauen nähten meist. Meist schlachtete man seine Schweine im Dezember, für dieses komplizierte Unterfangen waren viele helfende Hände nötig: Zunächst wurde das Tier geschlachtet, alle Teile abgetrennt und aufbewahrt. Danach wurden die wichtigsten Fleischstücke gesalzen, um sie möglichst lange haltbar zu machen. So bekam man auch gesalzenen Schinken, den Odo besonders mochte. Dieses Pökelfleisch aß er gerne zu Brot und da sie diesen Winter selbstverständlich auch geschlachtet hatten, hatte er für Wilhelm auch ein großes Stück eingepackt, er mochte es nämlich ebenso gerne. Außerdem aß der Einsiedler in der Natur fast kein Fleisch, da konnte es nichts schaden, ihm etwas mitzubringen. Da die Tage kurz waren, gingen die Menschen früh zu Bett. Ihr Lebensrhythmus war nach dem Tageslicht der Sonne ausgelegt. Im Sommer arbeitete man von früh morgens bis spät in den Abend auf den Feldern oder ging seiner geregelten Arbeit nach. Im Winter hingegen endete solch ein Arbeitstag bereits am späten Nachmittag, da es in den meisten einfachen Unterkünften nicht gab. In Trautskirchen hatte es am Tag der Heiligen Drei Könige Frost und so konnten sich die Bewohner darauf einstellen, dass es weitere sechs Wochen gefrieren würde. Diese Bauernregel traf zumeist zu – so auch in diesem Jahr. Aber dies war nun endlich vorbei und das Dorf sowie die Natur erwachte zu neuem Leben, zumindest wirkte es so. Der Dunkelwald im Frühling war trotz seiner Dichte und mystisch anmutender Erscheinung ein Ort voller Leben und Erneuerung. Die Bäume erstrahlten in saftigem Grün und die Luft war erfüllt von einem süßen Duft nach Blumen und frischer Erde. Die Vögel zwitscherten fröhlich und bauten ihre Nester in den Ästen. Hier und da sprießten bereits bunte Blüten und brachten Farbe in die Landschaft. Der Boden war mit einem Teppich aus grünem Gras und Moos bedeckt, auf dem kleinere Insekten herumkrabbelten. Die Sonne schien an manchen Stellen durch die Baumkronen des Dunkelwaldes und ließ ihn in einem goldenen Licht erstrahlen, dennoch blieb er irgendwie immer unheimlich und mystisch durch seine vielen dunklen Stellen. Das sah und fühlte er schon, als er die Teufelsschlucht hochstapfte. Im Frühlingswald konnte man das Erwachen der Natur sehr schön beobachten. Die Knospen an den Bäumen öffneten sich langsam, Bienen summten von Blüte zu Blüte und sammelten Nektar für ihren Honig. Es war eine Zeit des Wachstums und der Veränderung, in der die Natur ihre volle Pracht entfaltete. Ein Spaziergang durch den Wald im Frühling war eine wahre Wohltat für die Sinne und für Odo stets ein Stück weit Erholung. Er konnte das Rascheln der Blätter unter den Füßen hören und das sanfte Rauschen des Windes in den Baumwipfeln. Er atmete ruhig den Duft der Blumen ein und genoss die frische Luft. Es war für ihn immer eine Zeit des Friedens und der Ruhe, an dem er dem Alltag entfliehen und die Schönheit der Natur erleben konnte. Der Wald war aber weit mehr: Hatten er und seine Schafe einmal eine schwierige Zeit mit wenig Nahrung zu durchleben, so trieb er die Tiere zur Mast in den Wald, damit sie Eicheln, Bucheckern oder andere Früchte fressen konnten. Zwar gab es seit einigen Jahren ein Gesetz, dass man für jede gefällte Eiche eine neue pflanzen müsse, doch streng genommen fällten seine Schafe die Jungbäume ja nicht, sie knabberten sie nur ab.

Odo wusste, dass dies nicht gern gesehen war, aber in der Not hatte er keine andere Wahl. Außerdem war er so naturverbunden, dass er streng darauf achtete, dass die Schafe und Lämmer nicht zu viel frische, kleine Bäumchen abfraßen. Als er an der Druidenquelle vorbeikam, erinnerte er sich an die alten Geschichten, die ihm Wilhelm und Eduard immer wieder erzählt hatten: Wie unsere Vorfahren, die Germanen und Kelten, den Wald verehrten. Sie widmeten ihren Göttern sogar einzelne Bäume. So war die Eiche dem Donnergott Donar geweiht und der Göttin der Liebe, Freya, die Linde. Laut einer der althergebrachten Sagen, gibt es irgendwo einen Weltenbaum, die Esche mit Namen Yggdrasil. Sie soll der größte und schönste Baum der Welt sein und verbindet als Achse der Welt Himmel, Erde und die Unterwelt. Ihre Baumkrone soll angeblich den Himmel stützen. Odo mochte diese Geschichten, denn sie führten ihn näher zur Natur. Wenn er so durch den Dunkelwald lief und nach oben blickte, wusste er genau, woher solche Sagen stammten. Es fühlte sich für ihn auch so an, als könnte nichts und niemand das über ihm befindliche Blätterdach entzweien oder zerstören. Da dieser Wald bei Trautskirchen finster, unheimlich und düster war, war er seit vielen, vielen Jahren auch in den Köpfen der Menschen als gefährlich festgesetzt. Sie sahen in ihm das Zuhause für Missetäter, Dämonen, Geistern, Hexen, Fabelwesen oder gar dem Teufel selbst. Deswegen konnten sie auch nicht verstehen, wie es Wilhelm hier aushielt. Eine Sage erzählten sich die Trautskirchner schon etliche Jahrzehnte: Angeblich soll es im Dunkelwald „Waldmännli" geben. Es handelte sich um kleine Spukgestalten, die den Menschen, die sich im Dunkelwald verlaufen hatten, näherten, um ihnen vorzugaukeln, sie seien ehrenwerte Kreaturen. Sie boten ihnen schließlich an, sie auf sichere Pfade oder gar aus dem Dunkelwald hinaus zu geleiten, doch anstatt ihnen zu helfen, führten sie die Menschen so in die Irre, dass diese sich überhaupt nicht mehr auskannten. Dies war die größte Freude für diese kleinen

Figuren. Sobald sie jemanden dann dermaßen verwirrt hatten, dass er nicht mehr wusste, wo er sich befand, verschwanden sie auf magische Weise wieder, sie lösten sich fast in Luft auf und waren nie wieder gesehen. Der Zurückgelassene aber musste auf eigene Faust versuchen, das Ende des Dunkelwaldes wiederzufinden oder er würde hier dort selbst sein Ende finden. So lange er aber Wilhelm schon kannte, er hatte ihm nie von einer derartigen Begegnung berichten hören.

Eine blieb ihm besonders im Gedächtnis, denn es handelte sich hierbei um eine Geschichte über ein Waldmännla, das einem Bauern nicht den rechten Weg durch den Dunkelwald verwehrte, sondern ihm gar den Weg in ein fremdes Land wies. Es soll sich wie folgt zugetragen haben: Jener Bauer aus dem Zenngrund soll des Nachts von einer Brücke geträumt haben. Sie war über einen mächtigen und starken Fluss erbaut und war ihm fremd. Er kannte sie nicht aus dem Leben, sondern entsprang vollends seinen Träumen. Sie wölbte sich in einem hohen Bogen von Uferrand zu Uferrand und über sie liefen viele Menschen, Kutschen und Soldaten hinweg. Als er am nächsten Tag dann zum Holzmachen an den Rand des Dunkelwaldes ging, vernahm er eine leise, kratzige Stimme, die ihm etwas zuflüsterte. „Auf der geträumten Brücke wirst du dein Glück finden. Beeile dich! Gehe hinfort und suche sie!" Der Bauer schüttelte sich, sah sich um und erkannte niemanden. Er konnte nicht sagen, wer da mit ihm gesprochen hatte, aber es war ihm so, als hätte er noch im Augenwinkel eine kleine Gestalt in den Wald flitzen sehen. Er machte sich weiter an die Arbeit, aber er konnte keinen rechten Gefallen mehr daran finden. Auch in den nächsten Tagen ging ihm jene Brücke, wo er sein Glück finden sollte, nicht mehr aus dem Kopf. Er sah sie ganz deutlich vor sich, wenn er aufs Feld fuhr, hatte sie in Gedanken dabei, wenn er Abendbrot aß und manchmal glaubte er sie zu sehen, wenn er über seine Wiese ging. Wenn er mitten in der Nacht erwachte und aus dem

Fenster seines Bauernhauses sah, meinte er im Schein des Mondes zwischen den Wolken eben jene Brücke zu erkennen und dann war es ihm wieder so, als hörte er die Stimme, die ihn ermutigte, diese Brücke zu suchen. Immer öfter hörte er das Flüstern, immer mehr wurde er fast schon genötigt, weiter zu suchen. Dann wurde seine Seele von solch einem Verlangen gepackt, dass er aufbrach, diese Brücke zu finden. Er ging fort und kam weit herum, in unzähligen alten Städten Frankens – aber kam nie an sein Ziel. Er wanderte zum Meer, doch auch dort war nicht die Brücke aus seinen Träumen. Er kam weit herum, sah die unterschiedlichsten Brücken, doch keine war eben jene, die er so sehr suchte. Der Bauer beschrieb sie vielen Menschen, Passanten und Händlern, doch die meisten erklärten ihn für verrückt oder konnten ihm nicht helfen. Eines Tages aber klatschte ein Mann in die Hände und rief ihm erfreut zu: „Hah, die Brücke, die du suchst kenne ich sehr gut. Sie steht im fernen Land Italien und wölbt sich von Insel zu Insel über das Meer. Sie ist eine der ältesten und schönsten Brücken der Welt. Ich war bereits dort. Ich erkläre dir den Weg." Der Bauer freute sich, ließ sich genau erklären, wo er sie finden konnte und machte sich auf den Weg. Und er kam hin und war überwältigt. In der alten Stadt Venedig hatte er sie endlich gefunden. Es war alles so, wie er es geträumt hatte. Nach all der langen Zeit des Suchens, war er endlich dort. Viele Irrwege, unzählige Meilen, etliche Fehlversuche und schließlich war er da. Er stand nun genau dort, wo er so lange hatte sein wollen und dennoch verspürte er keine Genugtuung. Hatte er doch auf seiner langen Reise so viel erlebt, dass dies für ihn fast schon gleichgültig geworden war. Er stand lange dort und wartete auf die Erfüllung – doch sie kam nicht. Und dann, plötzlich und unerwartet, sah er ein kleines Waldmännla vor ihm stehen. Es lachte ihn aus und rief ihm zu: „Geh wieder nach Haus, wenn du den Weg noch findest. Hier wirst du kein Glück finden." Dann rannte es kichernd davon. Enttäuscht machte sich der Bauer auf den Heimweg, zurück in sein kleines Häuschen im Zenngrund und sprach fortan nie wieder von der Brücke, bis er starb. Die anderen Leute wussten nicht, ob er seinen Lebensmut dadurch verloren hatte, aber er kam als anderer Mensch von seiner Reise zurück. Er war wie ausgewechselt. So fristete er fast stumm sein irdisches Dasein, bis ihn der Herr schließlich erlöste. Und der Bauer bleib bis zu seinem Ende allein. Wahrscheinlich war es doch nur eine von vielen Schauergeschichten. Oder Ausreden für diejenigen, die sich hier einmal verirrt hatten. Dieser Wald hier, der Dunkelwald, war nahezu undurchdringlich, außer an den Stellen – wenn man sie denn kannte und zu finden vermag - an denen sich bereits kleine Trampelpfade durch Wilhelm oder die Wildtiere gebildet hatten.

Eine weitere Geschichte aus dem Dunkelwald – und mit Bezug auf die Waldmännli – wusste er dennoch. Sie war ihm abends oft am Lagerfeuer von den älteren Trautskirchner erzählt worden. Es ging um einen Bereich des Dunkelwaldes, der etwas ab von Trautskirchen war. Eine Flanke des bebaumten Gebietes ging nämlich bis nach Obernzenn. Und dort, zwischen Ickelheim und Obernzenn, erstreckte sich ein Bereich des Dunkelwaldes, der etwas lichter und offener war, man nannte es den Steinschlag. Früher hatte man diese Gegend dennoch gemieden, obwohl sie nicht so düster und angsteinflößend wie der Dunkelwald rund um Trautskirchen war, denn es wurde sich erzählt, dass dort eben jene Waldmännli aktiv waren. Eines Tages soll einmal aus dem Zenngrund ein junger Soldat dort vorbeigekommen sein, der seinen Sold in Windsheim abholen wollte und daher den kürzesten Weg dorthin einschlug. Als er dann am Steinschlag war, stand vor ihm ein kleines Männlein, das ein Säckchen auf dem Rücken hatte. Als der Soldat dann fragte, was es wolle und woher es käme, drehte sich das Männlein um, gab ihm keine Antwort und war blitzschnell irgendwo im Unterholz verschwunden. Wenig später schwebte – oder rannte – aus dem nahen Steinschlag das winzige

Männchen wieder heran und rief „Heh, heh, heh… hinfort!"
und verschwand erneut. Den Soldaten kümmerte die Warnung oder das Gerede von dem seltsamen Männlein nicht
und er ging unbeirrt seines Weges. Auf einmal vermeinte
der Bursche lauter Männchen vor sich zu sehen, nicht
mehr nur eines. Sie hüpften auf die Bäume, krochen aus
Büschen, kletterten hinter Sträucher, raschelten mit dem
hohen Gras und ließen die Zapfen von den Nadelbäumen
fallen. Dies erschreckte den mutigen jungen Soldaten so
sehr, dass er losrannte. Was dann geschehen ist, weiß
niemand. Einzig und allein sicher ist, dass man seinen leblosen Körper kurz darauf im Gras liegend gefunden hat, er
soll ein Gesicht so weiß wie Kreide gehabt haben.
Doch war das nun eine Geschichte oder hatte es sich tatsächlich so zugetragen? Was sich Odo schon als Kind
fragte: Wie konnte man diese Erzählung überliefern, wenn
doch der einzige Mann, der sie erlebt hatte, dabei gestorben war? Wahrscheinlich war sie irgendwann der Fantasie
der Menschen entsprungen und er selbst war so oft im
Dunkelwald gewesen, ihm war noch nie eines der Waldmännli begegnet. Und sein Pate Wilhelm hätte ihm sicherlich auch von einer solchen Begegnung erzählt. Außerdem
kam jetzt der Frühling und das war gut, denn die kalte,
triste Zeit hatte lange genug vorgeherrscht. Mit dieser
neuen Zeit kam auch wieder neuer Mut zu den Menschen,
vor allem den Bauern.

Für ihn war der Dunkelwald im Frühjahr auch stets ein Ort
der Hoffnung und des Neuanfangs, nach einem kalten und
dunklen Winter erwachte die Natur zu neuem Leben und
zeigte ihm, dass es immer einen Glauben an die Zukunft
gab. Es war ein Ort, an dem er die Kraft der Natur spüren
und sich inspirieren lassen konnte, um selbst neue Wege
zu gehen. Der gesamte Dunkelwald war für ihn stets Quell
von Mythen, Märchen und Geschichten, aber auch ein Ort
voller Schönheit, Leben und Erneuerung. Da erinnerte er
sich an einen Fleck im Dunkelwald, an welchem fast

ausschließlich Eiben wuchsen. Wilhelm hatte ihn diesen vor einigen Jahren gezeigt, aber er wollte den kleinen Umweg gehen und sich dort einmal umsehen. Diese Bäume waren für Odo etwas Besonderes, da sie ein so knorriges, krummes und wandelbares Aussehen haben. Seit dem Altertum, also der Zeit seiner Vorfahren, galt dieser Baum bereits als „Baum des Todes". In diesen vergangenen Zeiten pflanzte man den Baum öfters auf Friedhöfen oder an Stellen, wo Menschen begraben wurden. Wilhelm hatte ihm erklärt, dass die alten Kelten dem Baum gar Zauberkräfte nachsagten, so soll er angeblich Schutz vor Hexen und bösen Geistern bieten. Daher hatte Eduard eine Eibe auch in der Nähe seines Hauses gepflanzt, um all dies Böse von seinem Heim und der Familie fernzuhalten. Bei den Kelten nutzten die Druiden oft diesen Baum, vielleicht gab es deswegen dieses kleine Eibenwäldchen mitten im Dunkelwald in der Nähe der Druidenquelle. Sie nutzten sogar die Nadeln, um daraus ein Elixier zu brauen, das den Menschen bei den unterschiedlichsten Schmerzen helfen sollte. Für Odo war die Eibe auch ein besonderes Gewächs, denn sie blieb das gesamte Jahr grün – so wie die anderen Nadelbäume auch. Das mochte er irgendwie. Im Winter sahen viele Laubbäume so trostlos und traurig aus – ohne ihre Blätter und nur mit den dünnen Ästen versehen. Sie wirkten manchmal wie dürre Finger, die sich hilfesuchend an den Himmel richteten. An den Eiben hatten die Kelten lange Freude, viele stehen heute noch, obwohl sie aus ihrer alten Zeit stammten. Das lag daran, dass sie nur langsam altern, außerdem ist ihr Holz ist sehr widerstandsfähig und langlebig. Außerdem hatte sie keine Zapfen, sondern leuchtend rote Beeren, die dazu einladen, sie zu kosten. Dies sollte man allerdings unterlassen, außer man entfernte den giftigen Kern zuvor, das Fruchtfleisch ist dann allerdings sehr lecker und schmeckt süßlich. Die Kelten hatten damals schon erkannt, dass man aus dem Holz dieses Baumes – wegen seiner guten Biegsamkeit – Waffen und Werkzeug herstellen konnte. Manche

Kämpfer tauchten die Pfeilspitzen gar in einen giftigen Eibensud, um dem Gegner so den Garaus zu machen. Sie bauten sich Brotschieber, Stampfer, Schaufeln, Fässer und vieles mehr daraus. Aber auch Holzschalen, Dosen, Schüsseln oder Trinkbecher wurden daraus gefertigt. Sie wussten schon wieso. In der heutigen Zeit wurde das Holz zumeist für die Herstellung von Armbrüsten verwendet, jedoch nutzen es die Bauern auch für ihre Spazierstöcke, Pfähle und Peitschen. Es war eben recht vielseitig einsetzbar und genoss hohes Ansehen in der Bevölkerung. Und auch in diesen alten Zeiten wussten die Kelten von der Gefährlichkeit der Rinde und des Samens, sie waren giftig und daher mit äußerster Vorsicht zu nutzen. Es rankten sich seit vielen, vielen Jahren schon zahlreiche Mythen, Legenden und Erzählungen um die Eibe und als Odo nun unter beziehungsweise zwischen ihnen stand, spürte er ihre besondere Kraft. Zumindest glaubte er diese zu fühlen. Ihr etwas düsteres Erscheinungsbild inmitten des Dunkelwaldes gefiel ihm, so pflückte er vorsichtig ein paar Zweige, um sie Wilhelm mitzubringen. Er würde sie vor der Tür seines Patenonkels aufhängen, um böse Geister abzuwehren und Dämonen fernzuhalten. Vielleicht war die Eibe so ein besonderer Baum, da sie im Schatten gedeihen kann. So hielt sich Odo eine Zeit lang zwischen den Eiben auf und versuchte, die Energie, die von den Bäumen ausging, in sich aufzunehmen, so wie es ihm von Wilhelm damals gezeigt worden war. Danach setze er seinen Weg durch den Dunkelwald fort, denn er hatte noch ein ganzes Stück zu gehen, bevor er bei der Holzhütte seines Patenonkels ankommen würde.

Der Wald war – nicht zuletzt dank Wilhelm – ein besonderer Ort für ihn, den Odo immer als ein Geschenk Gottes wahrnahm und sehr wertschätzte. Er genoss den weiteren, langen Weg in und durch den Wald in vollen Zügen und sog all diese Eindrücke förmlich in sich auf. Der Frühling war stets eine Zeit des Neubeginns und der Hoffnung, in der die Natur ihre volle Schönheit entfaltete und die

Trautskirchner endlich den Winter verabschieden konnten – und das tat der junge Mann auf seinem Spaziergang zweifelsohne.

Odo konnte sich nicht erinnern, ob er Wilhelm jemals hatte weinen sehen. Doch an jenem warmen Frühlingstag war es soweit: Er kam zu seinem Patenonkel an die Hütte im Dunkelwald und spürte bereits wenige Meter zuvor, dass irgendetwas nicht stimmte. Es lag etwas in der Luft, das konnte der Mann genau fühlen. Aber zuordnen konnte er seine Gefühle nicht. Dicke Tränen bahnten sich ihren Weg unaufhaltsam über das zerfurchte, von den Jahren gezeichnete Gesicht des Einsiedlers.
„Wilhelm...?"
Ohne auch nur ein einziges Wort zu verlieren ging er die letzten drei Schritte auf Odo zu und nahm ihn fest in den Arm.
Dieser legte auch seinerseits die Arme um die starken Schultern des über den Winter stark gealterten Mannes. So verharrten sie einige Augenblicke, dann ergriff Odo wieder das Wort.
„Was ist geschehen?"
Wilhelm wollte antworten, aber er konnte nicht. Er hob den Kopf und flüsterte nur kraftlos: „Innen...Max..."
Odo erschrak und sprang in die Holzhütte und drückte vorher Wilhelm geistesabwesend das Stück Schinken in die Hand, die Eibenzweige ließ es neben sich zu Boden sinken. Dort lag er, zusammengekauert und leise wimmernd, vor der Feuerstelle. Der halbzahme Wolf und längste Freund Wilhelms litt, das erkannte man umgehend. Vorsichtig näherte sich Odo ihm, ohne dass das Tier in wahrnahm. Schwach atmend und offensichtlich völlig entkräftet blieb er liegen. Behutsam streichelte er den Wolf. Max bemerkte es, reagierte recht freundlich, zumindest fletschte er nicht die Zähne und wehrte sich nicht. Odo konnte fühlen, wie kraftlos der einst so starke und tatkräftige Wolf war.

„Ich glaube, er kam zu mir, um... um..." Wilhelm wischte sich mit dem Ärmel seines Leinenhemdes die Tränen aus dem Gesicht. „...um nicht alleine sterben zu müssen."
Odo nickte ihm zu, während er dem Wolf weiterhin sanft über den Kopf streichelte. Wilhelm setzte sich zu ihnen. Odo schob ihm vorsichtig den Kopf des Tieres auf die Knie und sogleich begann Wilhelm Max zu streicheln. Unbewusst, liebevoll und mit aller Zärtlichkeit, die in ihm steckte. Es war ein rührender Anblick. Eine Zeitlang wurde geschwiegen, denn jedes Wort wäre hier unangebracht gewesen. Es war doch alles gesagt. Dieses Tier war ohne Zweifel Wilhelms größte Liebe – und eine, die auch er als Einzelgänger aushielt. Sie passten perfekt zusammen, respektierten und schätzten sich gegenseitig, aber ließen sich auch ihre Freiheiten. Max kam unangemeldet vorbei, blieb so lange er wollte bei Wilhelms Hütte und verließ ihn nach einiger Zeit wieder. Dennoch konnten sich beide sicher sein, in dem anderen Partner einen zuverlässigen Freund gefunden zu haben. Diese Beziehung war ohne Zweifel etwas ganz Besonderes.
„Odo...möchtest du hören, wie Max und ich uns kennengelernt haben?", fragte Wilhelm.
Der junge Mann nickte. „Sehr gerne."
Und so begann Wilhelm zu erzählen. Es war keine seiner üblichen Geschichten, die er voller Kraft und Leidenschaft zum Besten gab, sondern eher eine Erzählung mit ruhiger, besonnener und freundlicher Stimme.
„Es muss im späten Sommer des Jahres 1329 gewesen sein. Ich ging mit meinem Stock gerade von den Brombeersträuchern am Rande des Dunkelwaldes – du weißt ja, wo diese stehen – zurück und lief durch die Hecken, um mit meinem mit Beeren gefüllten Beutel auf meinen Pfad zurückzukehren. Dann vernahm ich ein leises Wimmern, das eindeutig von einem verletzten oder verängstigten Tier herrührte. Reh, Wildschwein und andere wildlebende Tierchen des Waldes konnte ich gleich ausschließen. Ich dachte an einen Hund aus dem Dorf, der sich

vielleicht verirrt hatte und nährte mich dem Ort, von welchem das Geräusch kam. Es fiel mir nicht leicht, doch ich schaffte es, die richtige Richtung einzuschlagen. Und dann – als sich das Dickicht etwas lichtete – sah ich ihn: Einen Wolfsfang! Wolfsfänge sind Gruben, die meist rund angelegt sind."

Odo kannte selbstverständlich Wolfsfänge, doch er ließ Wilhelm weitersprechen, da er spürte, dass es ihm wichtig war, sich alles von der Seele zu reden.

„Sie haben mit Holzpfählen verstärkte Außenwände und sind meist zwischen drei und fünf Metern tief. Diese hier vor mir mag etwas weniger als drei Meter Tiefe gehabt haben. Und sie war breiter als dass ein Mann darüber hüpfen konnte. Unten in ihrer Mitte befanden sich drei Holzpfähle mit angespitzten und gen Himmel gerichteten Enden, die auf einem alten Holzrad befestigt waren. Zwischen den Pfählen war ein alter Gänseflügel festgebunden, der dazu diente, das Tier anzulocken. Überall lagen Äste und Reisig herum, was dazu diente, den Wolfsfang zu tarnen. Und als ich nach unten in die Tiefe sah, erkannte ich einen jungen Wolf, der sich beim Sturz das Bein verletzt hatte. Wie schlimm die Verletzung war, konnte ich aus der Ferne nicht beurteilen. Aber er blutete und wimmerte vor Schmerzen. Dieses Geräusch werde ich nie wieder vergessen! Hörst du Max gerade leise Jammern?"

Odo antwortete seinem Patenonkel: „Ja, sicherlich. Es klingt schrecklich für mich. Ich würde ihm so gerne helfen..."

„Das, was du gerade hörst ist nicht ganz so schlimm wie damals, aber es ist ähnlich hart für mich, Max so zu sehen..."

Odo verstand.

Dann fuhr Wilhelm fort. „Jedenfalls musste ich kurz nachdenken, was zu tun war. Es war ein offensichtlich noch sehr junger Wolf, dem ich gerne helfen wollte. Aber was wäre, wenn er mich in Stücke reißen würde, sobald ich ihm zu Hilfe käme? Hier war guter Rat teuer. Ich legte mich flach auf den Bauch und blickte nach unten. Der Wolf sah mich direkt an. Und, halte mich gerne für verrückt, aber es war mir so, als hätte ich seine Stimme in meinem Kopf vernommen, die mir sagte. „Hilfe. Bitte hilf mir. Es wird dir nichts geschehen!" Jedenfalls war ich mir von diesem Moment an ganz sicher, dass von diesem Wildtier keine Gefahr ausgehen würde, wenn ich es rettete. Dennoch wollte ich es zunächst einmal vorsichtig angehen lassen. Ich streckte meine Hand langsam nach unten – dem Wolf entgegen. Er schnappte nicht nach mir, er fletschte seine Zähne nicht, er legte seine Ohren an, rollte sich noch weiter zusammen und kauerte in der hintersten Ecke. Ganz als würde er mir sagen wollen: „Fass mich nicht an. Ich vertraue niemandem von euch Zweibeinern." Trotzdem sprachen seine Augen mit mir, sie hofften, dass ich ihm helfen konnte. Falls er mich angreifen würde, würden meine Hilfeschreie ungehört im Dunkelwald verhallen, soviel war sicher. Aber irgendwie spürte ich auch, dass mir nichts geschehen würde. Und so riskierte ich es einfach." Odo strich seinem Patenonkel kurz über die Schulter. „Und das war genau richtig". Wilhelm nickte still, er rang weiterhin mit den Tränen während er Max unentwegt zärtlich streichelte. Der Wolf lag recht ruhig mit seinem Kopf auf den Knien des Mannes und genoss jede Berührung. Nur das leichte Wimmern verdeutlichte, dass das Tier Schmerzen hatte.

„Ich legte ein paar längere Äste und umgestürzte Bäume an den Rand der Falle, um später wieder hoch zu kommen, dann kletterte ich nach unten zu dem Wolf. Dieser blieb ruhig in seiner Ecke liegen und beobachtete jede Bewegung, jeden meiner Schritte. Ich weiß noch genau, dass ich mir damals dachte, dass es ein beeindruckend schönes Tier war. Nicht der typische Isegrim, wie es in Märchen dargestellt wurde. Irgendwie schön. Majestätisch, anmutig und in diesem speziellen Augenblick so verletzlich. Zunächst setzte ich mich ihm gegenüber in die Falle. Ich tat nichts, sah ihn nur an. Zur Beruhigung sprach ich ihm freundlich „schschschschsch" zu. Es schien zu funktionieren, denn der Wolf blieb ganz ruhig sitzen. Dann streckte ich dem Tier vorsichtig meine Hand entgegen und er schnupperte daran. Ohne jedoch seinen Blick von mir abzuwenden. Wahrscheinlich spürte auch er, dass von mir keinerlei Gefahr ausging. Jedenfalls leckte er vorsichtig an meiner Hand und das war der Beweis für mich, dass ich mich ihm nähern konnte und dies auch durfte. Ohne mich aufzurichten, um ihn nicht zu verängstigen, bewegte ich mich auf den Wolf zu. Als ich direkt vor ihm kniete, sah ich mir seine Verletzungen an. Einer der Holzspieße hatte seinen rechten Vorderlauf verletzt und auch seine Seite verkratzt. Soweit ich es sehen konnte, blutete das Tier zwar noch immer, aber es schien mir keine lebensgefährliche Verletzung zu sein. Ziel so einer Wolfsfalle war auch nicht das direkte Töten des Tieres, sondern lediglich sein Tod. Oft trat dieser durch Verhungern ein – zu welch grausamen Dingen der Mensch doch fähig ist. Es war Wilhelm unbegreiflich und einer der Gründe, warum er allein im Dunkelwald lebte. Er wusste, dass die Geschichten, die sich die Menschen seit vielen, vielen Jahren erzählten, nicht ganz der Wahrheit entsprachen. Wölfe verhielten sich seit jeher und von Natur aus vorsichtig dem Menschen gegenüber und mieden die direkte Begegnung. Meistens wichen die Wölfe dem sogar Menschen aus, noch ehe er sie bemerkt hatte. Ein direktes Zusammentreffen war die Seltenheit – auch wenn diese dann natürlich breitgetreten und ausgeschmückt wurden. Nur die Schäfer hatten immer wieder einmal einen Schafstod zu beklagen – allerdings sei hier auch erwähnt, dass sie ja ausgebildete Schäfer- oder Hütehunde dabeihatten. Und wenn diese ihre Aufgabe vernünftig erledigten, dann hatte ein Wolf meist keine Möglichkeit, ein Tier zu reißen. Aber das weißt du ja auch von deinem Vater, ihr seid ja schon viele Generationen Schäfer."

„Wilhelm?", Odo unterbrach noch einmal, da ihn diese Stelle besonders interessierte. „Wie kam es dann dazu, dass die Menschen den Wolf als Bestie oder gefährlichen Mörder sahen?"

„Das ist eine gute Frage und die Antwort darauf zu geben ist nicht wirklich einfach, aber ich will es mal versuchen. Vielleicht ist es so, weil das Verhalten der Wölfe im Rudel dem der Menschen irgendwie ähnlich ist. Sie leben in kleineren Familiengruppen, es gibt Anführer und Tiere, die sich unterordnen, jeder kennt seinen Platz im Rudel genau und ab und zu gibt es sogar Rangstreitigkeiten. Die Mitglieder eines Rudels helfen sich gegenseitig, unterstützen sich, betreuen die Jungen zusammen und gehen sogar gemeinsam auf die Jagd. Aber die Menschen jagen das unliebsame Raubtier ja auch wirklich mit teilweise ausgefallenen Methoden. Neben den Wolfsfängen gab es auch das Vergiften oder das Auslegen von mit Nägeln durchsetzten Ködern, Fallgruben mit Pfählen oder Labyrinthe. Es wird auch heute noch oftmals von ‚Wolfsmenschen' erzählt, die wie normale Menschen aussehen – allerdings völlig behaart sind. Sie werden von manchen auch Werwölfe genannt und verfolgt, meist sogar getötet. Einige Menschen glauben, dass sie sich bei Vollmond verwandeln und dann einen anderen Menschen zum Töten suchen, um ihm das Fleisch von den Knochen zu fressen und sein Blut zu trinken, kurzum: ihn zu verspeisen. Mir ist so eine Bestie noch nie begegnet und ich weiß nicht, ob sie wirklich existieren. Es gibt ja sehr viele Erzählungen und Geschichten darüber, vielleicht stimmen sie ja auch, aber eines ist sicher: Falls es solche Monster gibt, haben sie nichts mit einem normalen Wolf zu tun."

„Ja, diese Schauergeschichten kenne ich auch. Die werden ja auch oft sogar den Kindern erzählt. Die haben dann natürlich Angst", gab Odo seinem Patenonkel Recht. „Angeblich sollen sich bei Vollmond die Zähne dieser Menschen-Werwölfe zu einem Raubtiergebiss verformen, das Gesicht wird zu einer Wolfsschnauze, die Hände verändern sich zu Klauen und ein haariger Pelz bedeckt binnen weniger Augenblicke ihren ganzen Körper. Unmenschlich stark und mit einem schier unstillbaren Hunger ausgestattet, geht er dann während der Nacht umher, um Menschen zu reißen und diese zu essen. Das macht natürlich Angst." Wilhelm nickte. „Ja, genau. Und wir dürfen nicht vergessen, dass die Kirche solche Geschichten auch immer weiter verbreitet. Bei uns in Trautskirchen glücklicherweise nicht, aber die Inquisition hat in ganz Europa ihren Teil dazu beigetragen, solche Angst weiter zu schüren. Vor etwa hundert Jahren hat die Katholische Kirche ihre große Machtstellung in unserem Raum sichern wollen, darum haben sie ihre Gegner gezielt verfolgt und bestraft. Es war – und geschieht sogar heute noch – eine einzige Lüge. Hier ging es immer nur um Macht. Doch, Odo, du musst dich immer fragen: Braucht man Macht, um mächtig und einflussreich zu sein? Oder ist es vielleicht manchmal besser, anderen Respekt entgegenzubringen und ihnen vielleicht mehr Freiheiten zu lassen, um mächtig zu sein? Ist der Schäfer besser, der seine Schafe schlägt, damit sie seinem Weg folgen? Oder vielleicht derjenige, der ihnen keinen konkreten Weg vorgibt, sondern eine Richtung, der sie folgen können?"

„Ich glaube, es ist der, der sie gut behandelt und nicht mit Gewalt über sie herrscht." Odo verstand, was Wilhelm ihm sagen wollte.

„Eben", stimmte der Waldschrat zu. „Nur haben das viele der Mächtigen noch nicht verstanden. Aber es wird nicht mehr lange dauern, da wird sich etwas ändern. Die Menschen werden beginnen, dass Vorgegebene zu hinterfragen und dann wird die Obrigkeit Schwierigkeiten bekommen... Dessen bin ich mir sicher. Ich habe mehrmals davon geträumt. Aber ich glaube, ich werde das nicht mehr erleben. Es wird noch dauern... Und solange werden weiterhin tausende Gegner der Kirche oder eben angebliche Werwölfe zu tausenden auf den Scheiterhaufen verbrannt. Schon vor vielen Jahren schrieb Bischof Burchard von Worms und der Prediger Berthold von Regensburg über die angebliche Gefährlichkeit der Werwölfe. Und so entstehen eben Geschichten, die dann von Generation zu Generation weitererzählt werden. Weit hinter Windsheim soll es einmal einen Eigenbrötler namens Johann gegeben haben, der nicht nur Hirte war, sondern dem auch magische Kräfte zugeschrieben wurden. Die Bauern der umliegenden Dörfer brachten ihr Vieh zu ihm, um es von ihm segnen zu lassen, zum Schutz gegen Wölfe. Da es so etwas natürlich nicht gibt, geschah das Unvermeidliche: Es wurden zwei Ziegen eines Bauern von einem Wolf gerissen. Dieser beschuldigte daraufhin Johann, dass er selbst als Werwolf die Ziegen gerissen hatte. Daraufhin wurde dieser von den Mitarbeitern der Kirche gefoltert und gestand schließlich unter Schmerzen die Tat. Er wurde schließlich – wie viele, viele andere unschuldige Männer – auf dem Scheiterhaufen verbrannt. Und die Geschichten um Werwolf-Taten hatte wieder ein weiteres Kapitel dazu bekommen. Menschen, die angeblich Werwölfe sind, verwandeln sich laut Volksmund im Laufe der Zeit immer häufiger bis sie schließlich für immer oder zumindest für eine sehr lange Zeit als Wolf leben müssen. In ihrer Wolfsgestalt können sie eigene Familienangehörige und Freunde nicht erkennen und töten sie sogar im Blutrausch. Nachdem sie wieder Mensch wurden, können sie sich an nichts mehr erinnern. Sofern dieser Fluch nicht rechtzeitig erkannt und behandelt wird, hilft als einziger Ausweg nur noch der Tod, um dieser Qual zu entgehen. Und daher rührt auch die Angst vor den Wölfen – die Menschen wissen nicht mehr, was sie vor sich haben: Ein Tier oder eben eine Bestie. Aber der Wolf ist alles andere als ein bestienartiges Tier, er ist wundervoll und einzigartig."

Odo wusste, dass er jetzt nichts darauf antworten musste. Er streichelte sanft die Schulter seines Patenonkels während dieser noch immer den Kopf von Max auf seinen Knien stütze und diesen unentwegt streichelte und Nähe gab. Es zerriss ihm das Herz, die beiden Freunde so sehen zu müssen. Auch wenn der Tod zum Leben gehörte, so kam er dennoch immer zu früh und man war nie richtig darauf vorbereitet. Der unerträgliche Schmerz stand Wilhelm jeden Augenblick ins Gesicht geschrieben, man konnte es deutlich in seinen Augen lesen. „Constantin hat mir einmal eine Geschichte eines angeblichen Werwolfes, einer Bestie, aus Frankreich erzählt. Möchtest du sie hören?", fragte Odo vorsichtig. Wilhelm nickte.

„Er erzählte mir einmal, dass der Wolf in dem französischen Gebiet, in welchem diese Geschichte vor etlichen Jahren spielte, als listiges und gefräßiges Raubtier galt und wohl bis heute gilt. Er soll ein Tier sein, das von Hunger angestachelt, alles tötet, was ihm in die Quere kommt. Vor allem, weil er nie alleine jagt, sondern immer im Rudel oder in Herden, so wird er sogar dem Menschen gefährlich, denn niemand sollte sich ihm in den Weg stellen, wenn er auf Beutezug ist. Ich dachte mir damals schon, dass ich das nicht so sehe, was unser Alchemist uns da erzählt, aber ich hörte dennoch aufmerksam zu. Es sollen dort angeblich ganze Wolfsrudel Schafherden und ihre Schäfer angegriffen, verletzt und gerissen haben, da sie so hungrig waren, dass ihnen jedes Mittel recht war. Mein Vater allerdings lehrte mich bereits in frühen Jahren, dass vom Hunger angelockte Wölfe zwar gefährlich, aber durch lautes Gerufe oder Geklapper ebenso leicht zu vertreiben sind. Und er muss es wissen, er ist schließlich Hirte – wo wie mein Großvater und dessen Vater auch schon."

Wilhelm stimmte zu. „Verlass Dich ruhig darauf, was du von Deinen Ahnen gelehrt bekommen hast, Geschichten sind oftmals verfälscht oder entspringen der Fantasie der Menschen."

„Jedenfalls erzählten sich die Menschen in dem Gebiet in Frankreich, dass die dort lebenden Wölfe nicht nur Tiere rissen, sondern auch menschliche Leichen wieder aus der Erde auszugraben, um diese danach zu verspeisen. Zumindest glaubten das die Menschen dort und hatten Angst. Mehr als hunderte Menschen und bereits vergrabene Leichen soll ein einzelner Wolf – oder Werwolf – so zeitlebens verspeist haben. Angeblich überlebten nur wenige, die diese mörderische Bestie zu Gesicht bekommen hatten, diese Begegnung. Daher machte schon bald bei den ortsansässigen Bauern die Runde, dass dies kein gewöhnlicher Wolf sein konnte, es musste sich um eine verzauberte oder verwunschene Bestie handeln, da das Untier blutrünstig und nahezu unverwundbar war. Seltsamerweise wurde aber bekannt, dass die Opfer nicht nur Bisswunden aufwiesen, sondern ihnen ebenso die Kehle durchgeschnitten worden war. So glaubten die Leute, dass ein Serienmörder gemeinsam mit einem Wolf auf die Jagd ging. Oder war es doch ein Mannwolf, ein Werwolf, gewesen, der sich seine Opfer gezielt suchte? Nach dreijährigem Morden und keinerlei Möglichkeit, dem Tier Einhalt zu gebieten, soll es schließlich doch geglückt sein: Ein junger Hirte nutzte sein Geschick und seinen Verstand, um das Untier in die Enge zu treiben, wo es schließlich gelang, das Tier mit mehreren Stichen mit einem langen, angespitzten Speer zu töten. Danach soll es dort nie wieder zu solchen Zwischenfällen oder ausgegrabenen Leichen gekommen sein."

„Ein traurige Geschichte", kommentierte Wilhelm. „vor allem, weil ich sie nicht glaube. So wie ich die Wölfe in all den Jahren kennengelernt habe, sind sie eher scheue Tiere, die die Nähe zum Menschen gar nicht suchen, sondern ihm eher aus dem Weg gehen. Ein Wolf greift nicht immer gleich an, eben nur, wenn dieser völlig ausgehungert oder gereizt ist. Für mich ist er kein Feind des Menschen – eher sind wir die Feinde des Wolfes. Das darfst du nie vergessen, Odo. Weißt du, ein bewaffneter Bauer, der eine Mistgabel in der Hand hält, schafft es schon, einen ausgewachsenen Wolf zu vertreiben. So ist es sehr unwahrscheinlich, dass dieser Wolf in Frankreich so viele Bauern getötet hat."

„Das sehe ich auch so…", stimmte Odo zu. „Aber von Werwölfen sprechen schon viele alte Geschichten."

„Stimmt. Das tun sie…", nickte Wilhelm. „Aber werden sie deshalb wahr?"

Odo verstand, was sein Patenonkel sagen wollte. Dann sprach Wilhelm weiter:

„Nun...", fuhr er fort, „jedenfalls nahm ich den jungen, verletzten Wolf vorsichtig auf meinen Arm. Er war schwer, aber verhielt sich die ganze Zeit eher ängstlich als aggressiv. Während ich ihn aus der Wolfsfalle holte, hätte er mir ohne Schwierigkeiten die Kehle durchbeißen können, aber er tat es nicht. Er spürte wohl, dass von mir keine Gefahr ausging und ich ihm helfen wollte. Oben angekommen legte ich ihn sanft neben mir ins Gras und versuchte – so gut es ging – seine Wunden anzusehen und die Blutung zu stillen. Notdürftig verschloss ich seine Verletzungen mit Blättern und einem Lederriemen meiner Schuhe, danach nahm ich ihn auf meine Schultern. Ich trug ihn wie ein erlegtes Wildschwein durch den halben Dunkelwald bis zu meiner Hütte. Dort habe ich seine Wunden erneut mit klarem Wasser ausgewaschen und anschließend mit möglichst sauberen Leinentüchern umwickelt. Zuvor habe ich auf die Wunden noch eine Tinktur aus Ringelblumenblüten, Beinwell und Johanniskraut verteilt. Sie fördern die Wundheilung und verhindern außerdem schlimmere Entzündungen oder Wundbrand. Danach ist das Tier friedlich und erschöpft zu meinen Füßen eingeschlafen. Ich habe mich dann für die erste Nacht zu ihm auf den Fußboden meiner Hütte gelegt, ich wollte und konnte ihn ja nicht alleine lassen. In den folgenden Tagen fütterte ich den Wolf und pflegte ihn so gut ich nur konnte. Dies hat uns ohne Zweifel eng zusammengeschweißt. Und so gab ich ihm den Namen Max. Er erschien mir passend – und dem Wolf gefiel er offensichtlich auch. Denn von nun an hörte er auf seinen Rufnamen."

„Und seitdem seid ihr gute Freunde?", fragte Odo nach.

„Ja und nein. Diese Zeit hat eine besondere Verbindung zwischen uns geschaffen, das steht außer Frage. Aber dennoch weiß ich nicht sicher, ob wir wirklich gute oder beste Freunde sind. Wir akzeptieren, wir mögen und wir respektieren uns. Ja... Aber dennoch war uns beiden klar, dass wir nicht für immer miteinander leben würden. Es war sicher, dass Max mich dann verlassen würde, wenn es ihm besser ging. Das war mir klar. Und er wusste es sowieso. Dennoch blieben unsere Herzen verbunden – für immer. Und er ist älter geworden als jeder andere Wolf, den ich bisher kennenlernen durfte. Wenn ich richtig liege, ist er jetzt fast zwanzig Jahre alt. Das ist sehr, sehr selten..."

Wilhelm blickte wehmütig auf seinen Wolf, küsste ihm sacht die Stirn und streichelte ihn weiter.

„Und was ist das sonst?", Odo sprach ruhig aber bestimmend. „Wenn das nicht die perfekte Beschreibung von Freundschaft ist, dann weiß ich nicht mehr, was sonst. Ihr empfindet gegenseitig Respekt, Zuneigung und ich würde sogar sagen Liebe. Der alte Wolf Max kommt an seinem Lebensabend zu dir, um nicht alleine sterben zu müssen. Und du? Du streichelst ihn unentwegt, du bist an seiner Seite, du begleitest ihn in seinen schwersten Stunden. Das, mein lieber Wilhelm, das ist mehr als Freundschaft, das ist wirkliche, echte und wahrhaftige Liebe! Egal, ob ihr immer wieder einmal nicht beieinander wart, ihr wusstet doch stets, dass ihr euch aufeinander verlassen konntet. Mehr geht nicht."

Wilhelm lächelte, wobei ihm zwei dicke Tränen die Wangen entlang nach unten liefen und am Kinn hängenblieben. Dort hielten sie sich mit letzter Kraft fest, um nicht als Tropfen zu Boden fallen zu müssen.

„Weißt du, Odo, ich wusste stets, dass da jemand war, der auf mich aufpasste." Wilhelm sah ihn mit gläsernen Augen an. „Max war da. Auch wenn wir uns längere Zeit nicht gesehen hatten, er war immer da. Ich wusste, dass es ihn für mich gab und er wusste auch, dass er immer zu mir kommen konnte. Zahm war er nie, das wollte ich gar nicht. Ich brauchte keinen Haushund oder Hütehund, ich hatte Max. Einen wilden, freien und wunderschönen Wolf, der mich schätzte. Er nahm mich so an, wie ich war. Das kann ich von den Menschen wahrlich nicht behaupten. Aber Odo, mir geht es gut hier. Ich hatte mehr als Glück, dass ich damals deine Mutter getroffen habe und war überglücklich, dein Patenonkel zu werden – und bin bis heute noch sehr stolz darauf. Das war überhaupt nicht selbstverständlich, bis dato war ich im Dorf eher verschrien oder belächelt. Die Trautskirchner fanden mich eher seltsam und aus ihrer Sicht mag dies auch zutreffen. Aber ich hatte Max. Immer. Es mag seltsam klingen, doch an manchem Tag, wenn ich mich doch mal einsam fühlte, dann tauchte er plötzlich vor meiner Hütte auf und schon ging es mir besser. Mir war so, als hätten wir irgendwie eine innere Bindung, die für mich nicht zu erklären war."

Odo verstand. „Die habt ihr zweifelsohne. Wahrscheinlich seit jenem Tag, an dem du ihn gerettet hast."

Wilhelm nickte. Einige Augenblicke war es mucksmäuschenstill, Odo wagte kaum zu atmen und dann hob Max ein letztes Mal seinen Kopf. Er leckte sanft Wilhelms Hand, legte seinen offensichtlich schwer gewordenen Kopf auf den starken Arm seines Freundes, atmete tief aus und schloss seine Augen für immer.

Und genau in diesem Moment wehte ein lauer Wind durch die Natur, es entstand eine lebendige und dynamische Atmosphäre, als würde die Seele des entschlafenen Wolfes abgeholt und von einer höheren Macht auf ihrem letzten Weg begleitet. Odo wusste nicht, ob Wilhelm das mitbekommen hatte, doch für ihn war dies eindeutig erkennbar gewesen. Der Wind bewegte die Blätter der Bäume und ließ sie sanft rascheln, sie tanzten fast, ebenso ließ er das Gras auf den entfernten Feldern wie Wellen tanzen. Dem jungen Mann überkam ein Gefühl der Geborgenheit und er hatte das starke Empfinden, unerklärlich, aber tief in sich drin, dass es Max gut ging, dort wo er jetzt war.

Odo nahm das alles trotzdem sehr mit, obwohl er dem Wolf nicht einmal annähernd so nahestand wie sein Patenonkel. Und Wilhelm? Er blieb stumm. Einige Tränen machten sich lautlos auf die Reise von seinen Augen nach unten in Richtung Kinn. Er ließ das Tier nicht los. Fest an sich gedrückt streichelte er Max weiter und starrte regungslos ins Nichts. Es war der lauteste stumme Schrei, den Odo jemals vernommen hatte. Er war bestimmt durch den ganzen Dunkelwald bis nach Trautskirchen und noch weiter zu hören.

Der Tod hinterlässt in den Trauernden eine Leere und auch ein Stück weit Hilflosigkeit. Diese Lücke, die nur schwer bis gar nicht wieder zu füllen ist, konnte Odo schon wenige Augenblicke später bei Wilhelm fühlen. Das Bewusstsein, dass das Leben an sich endlich ist, führt Odo nicht zuletzt auch die eigene Vergänglichkeit vor Augen – und die seiner Eltern, seiner Freunde und die seines Patenonkels. Und vielleicht dachte Wilhelm gerade auch daran. Oder er erinnerte sich an die unzähligen schönen Momente, die er mit Max erleben durfte.

Nach diesem Vorfall wurde Wilhelm für lange Zeit nicht mehr im Dorf gesehen und auch Odo oder seine Eltern hatten keinen Kontakt mehr mit dem Waldschrat. Er erklärte sich auch nicht näher. Auf Nachfragen antwortete er kurz und knapp, dass er Zeit für sich selbst gebraucht hatte. Mehr nicht. Nur Agnes, die Frau des Steinmetzes Konrad, erklärte den anderen Dorfbewohnern, dass aus ihrer Sicht Wilhelm um Jahre gealtert sei, seit Max nicht mehr lebte. Darin mag wohl etwas Wahres liegen, doch man muss zugeben, dass Trautskirchen am Ende des Sommers 1358 nicht unbedingt friedlich und entspannt war. Es gab immer wieder Streitigkeiten zwischen den Dorfbewohnern, meist um Grenzen ihrer Felder und Wiesen, die ab und an sogar in Handgreiflichkeiten endeten. Vielleicht wollte sie davon ein wenig ablenken und das Dorfgespräch auf ihn lenken. Zumeist vertrugen sich die Streithähne abends bei einem Bier in Martins Schenke wieder, doch ab und an musste tatsächlich das Dorfgericht tagen. Warum die Streitigkeiten gerade in dieser Zeit gehäuft auftraten, konnte man sich im Ort nicht wirklich erklären. Pfarrer Anselm versuchte es in einer seiner sonntäglichen Kirchenpredigten zu erklären: „Immer dann, wenn der Mensch im Überfluss lebt, keine Not leiden oder darben musste, besann er sich auf die Mehrung seines Eigentums und Besitzes. Da er nicht mehr ausschließlich ums Überleben kämpfen muss, will er möglichst gut vorbereitet in die nächste Leidenszeit gehen, also versucht er Besitz und Grund zu horten. Wenn denn irgendwann wieder einmal eine Zeit des Leides bevorstand, so fühlte er sich sicherer, diese möglichst unbeschadet durchleben zu können." Dies stieß unter den Trautskirchnern nicht gerade auf offene Ohren, doch fanden manche diese Erklärung nicht gänzlich falsch. Es ging ihnen schließlich nach den vielen harten Jahren nun schon eine ganze Weile gut und so kamen eben auch die Streitigkeiten auf, die es vorher nicht gegeben hatte. Vielleicht waren Pfarrer Anselms Worte wahr. Auch wenn sie einige Dorfbewohner zum Nachdenken brachten, sie änderten irgendwie trotzdem nichts an der angespannten Situation. Diese Auseinandersetzungen gab es trotz eindeutiger und unveränderbarer Regelungen: Die Grenzen der Gemarkung wurden, außer in unmittelbarer Nähe der Zenn, dort wurde diese als Grenze genommen, durch Grenzsteine und markierte Bäume kenntlich gemacht. Dies erschien den Bürgern als die einfachste Möglichkeit, Übergänge von einem Acker zum Nächsten oder von einer Wiese zur Benachbarten aufzuzeigen. Die Grenze und die Grenzzeichen galten als unverletzlich, das wusste jeder Trautskirchner, und Grenzfrevel oder gar bewusster Grenzbruch wurde hart bestraft. Über diese Strafen entschied eben jenes Dorfgericht, das von Lambert, dem Schmied, geleitet wurde, unterstützt wurde er dabei vom „reichen Nold" und dem Müller Dieter. Sie hatten in dieser Zeit viel zu tun. Diese drei Dorfvorsteher, wenn man sie denn so nennen möchte, beriefen die Gemeindeversammlungen ein und führten den Vorsitz im niederen Dorfgericht. Die Beschlüsse und Urteile – wenn man sie so nennen möchte – wurden in den Trautskirchner Gerichts- und Haderbücher niedergeschrieben. So konnte man ältere Streitigkeiten nachlesen und musste sich nicht immer anstrengen, um sich zu erinnern. Außerdem vermied man dadurch unnötige Streitigkeiten, da sich wohl jeder Dorfbewohner und Beteiligte anders an die Vorfälle erinnerte. Da Pfarrer Anselm lange Zeit der Einzige im Dorf war, der lesen und schreiben konnte, übernahm er die ehrenvolle Aufgabe der Niederschrift der Ergebnisse. Als ein Mann der Kirche genoss er ohnehin das Vertrauen der Bewohner und so störte sich niemand daran, dass er dies tat. Rings um das Dorf erstreckte sich das weite Ackerland, das auf die Bauern aufgeteilt war. Jenseits der Äcker erstreckte sich die Allmende, die von den Landwirten und Trautskirchnern gleichermaßen genutzt wurde. Die Nutzung der Allmende war recht vielfältig, aus ihr wurde Brennholz, Bauholz, Gras zur Heuherstellung, Wasser aber auch Pilze und Beeren zur Erweiterung des Speiseplans gewonnen. Im Herbst trieben manche ihre Schweine zur Eichelmast in den Wald und im Winter sammelten sie Laub als Streu für die Viehställe, es war den Menschen in der Allmende sogar das Fischen und Jagen erlaubt. Allerdings nur für den eigenen Bedarf, man durfte es nicht weiterverkaufen oder tauschen. Nur Schankwart Martin hatte eine Art „Sondergenehmigung", denn er durfte – eine von der Gemeinschaft festgelegte Anzahl an Tieren - fangen und sie anschließend in seiner Schänke zum Verzehr anbieten. Man darf dennoch nicht vergessen, dass die Dorfbewohner nicht reich waren. Sie lebten in ihrem Familienverbund und arbeiteten so, dass sie ihre Existenz irgendwie sichern konnten, nicht um größeren Besitz oder Reichtümer anzuhäufen. Die Selbstversorgung stand im Mittelpunkt und sie war es, die es zu sichern galt. Die meiste Zeit und größte Anstrengung gingen in den eigenen Hof oder in das Handwerk, von dem jeder Dorfbewohner meist sein eigenes ausübte. Daher war es so, dass jeder Haushalt in irgendeiner Form handwerkliches Geschick haben musste, denn es mussten Reparaturarbeiten oder Erweiterungen selbstständig durchgeführt werden. Metalle waren für die meisten Trautskirchner viel zu teuer, daher kam hauptsächlich Holz zum Einsatz, so bestand nicht nur der Großteil der Häusereinrichtung aus Holz, sondern auch das Geschirr und Besteck.

Da auch nicht jeder Acker mit einem Feldweg zu erreichen war, mussten sich die Trautskirchner einigen. Zu manchen Gewannen, so wurde das in große Blöcke geteilte Ackerland auch genannt, konnte man nur über die Felder der Nachbarn kommen, was zumeist keine Schwierigkeit darstellte. Allerdings mussten sich die Bauern an eine streng geregelte Flurordnung halten, sie konnten also nicht mehr willkürlich Feldfrüchte anbauen, sondern mussten sich an eine gemeinsam beschlossene und vorgegebene Abfolge bestimmter Früchte halten. Auch die Zeit der Aussaht und des Erntens wurde genau festgelegt, um zu verhindern, dass andere Bauern über das frisch angesäte Feld laufen müssen und vielleicht einen Teil der Ernte dadurch zerstören. Nach der Ernte standen auf den Äckern meist noch Stoppeln und so wurde das Dorfvieh dorthin gebracht und durfte die Reste vertilgen. Einmal hatten sich zwei Bauern Trautskirchens richtig in den Haaren und es kam sogar zu einer handfesten Prügelei auf dem Acker. Hintergrund war das Problem, dass einer der Streithähne es nicht geschafft hatte, zur rechten Zeit zu ernten – und anstatt es den anderen Bauern mitzuteilen, vor allem seinem direkten Acker-Nachbarn, hat er das Saatgut einfach noch etwas stehen lassen. Nun, der andere Bauer hat dann sein Vieh geholt und es über das in voller Ernte stehende Feld des Anderen getrieben, sodass sie das nicht geerntete Getreide zertrampelten und teilweise sogar auffraßen. So kam es zum Streit, der immer schlimmer wurde, bis die Fäuste flogen. Dies bekamen dann andere Dorfbewohner mit, da sie hörten, wie die Streitenden schrien, sich beschimpften und laut riefen. Es gelang ihnen zwar recht schnell, die zwei Widersacher voneinander zu trennen, dennoch hatte einer ein blaues Auge und der andere eine blutende Lippe, außerdem waren die Hemden der beiden ziemlich zerrissen. Und dann tagte eben jenes Dorfgericht, denn sie mussten bestimmen, wer in diesem Fall Recht zugesprochen bekam.

So fanden sich Dieter, der Müller, der reiche Nold und Lambert der Schmied am folgenden Tage unter der großen, schattenspendenden Eiche in der Dorfmitte ein. Sie saßen auf einer Bank und hatten einen Tisch vor sich, obwohl diesen eigentlich nur Pfarrer Anselm benötigte, der ganz links saß und alles von Wert schriftlich festhielt. Außerdem hatten sich, wie fast immer, einige Trautskirchner versammelt, die in sicherer Entfernung dem Spektakel lauschten. Man kann es wohl als eine Art Schauspiel betrachten, das die Dorfbewohner unterhielt, sie teilweise amüsierte und erschreckte, ihnen aber stets eine kurzweilige Abwechslung zum ansonsten von Arbeit dominierten Tag lieferte. Der Grund, weshalb sich das Dorfgericht erst am nächsten Tag traf, ist im Grunde genommen recht logisch: Jeder musste Verstöße, die er gesehen oder von denen er gehört hatte, vor der Öffentlichkeit verborgen beim Dorfgericht rügen, also sozusagen zur Anzeige bringen. So konnten sich die drei verantwortlichen Männer bereits vor der eigentlichen Verhandlung einen Überblick über die Sachlage verschaffen.

Am Verhandlungstag dann, begann immer der Geschädigte mit einem kurzen Vortrag, der seine Unschuld erklären und eindeutig nachweisen sollte, dass ihm ein Schaden zugefügt worden war.

„Nun, ich will erklären, warum es zu der Prügelei mit Agnan, der das Feld neben meinem hat, kam", begann der Bauer Magnus. „Wie ihr alle wisst, war es mir vor ungefähr zwei Wochen für ein paar Tage nicht möglich gewesen, meiner Arbeit nachzugehen. Ich lag mit Hitze und Schweiß im Bett, meine Frau nährte mich mühsam mit dünner Suppe und pflegte mich mit kalten Wadenwickeln, um meinen Zustand zu bessern. In dieser Zeit blieb viel Arbeit liegen, da meine beiden Söhne noch zu jung sind, um sich alleine um den Hof und die Aufgaben zu kümmern. Ihr wisst, wie es ist, wenn einen der Dämon packt und so schüttelt, dass man sich kaum seiner erwehren kann. Er hatte mich zeitweise am Rande der totalen Schwäche, sodass er mich hätte dahinraffen können. Der Geist kam rasch und verschwand nach einigen Tagen wieder, ohne mich mitzunehmen oder mich mit meinen Fantasien zurückzulassen. Erst nachdem es mir wieder besser ging, konnte ich also meiner täglichen Arbeit wieder nachgehen und meine Söhne unterstützen. Und dann sah ich eben, wie Agnan seine Tiere schon auf sein abgeerntetes Feld zum Fressen geführt hatte. Mitten durch mein noch in voller Frucht stehendes Getreide! Sein Vieh hatte einen Teil meiner Ernte niedergetrampelt und einen anderen Teil davon gefressen. Wie soll ich denn jetzt durch den Winter kommen? Da bin ich aus Verzweiflung und Angst in rasende Wut verfallen und bin auf ihn zugestürmt. Ich habe ihn beschimpft und wollte Entschädigung haben. Doch er sah mich nicht einmal an, sondern stieß mich mit all seiner Kraft nach hinten, sodass ich stolperte und zu Boden fiel..."

„Das ist so nicht passiert!", rief Agnan dazwischen. „Lügner! Du Hund! Unehrenhafter Schwindler!" Der Beschuldigte war sichtlich aufgebracht, was den Dorfbewohnern gefiel, denn so wurde ihnen wenigstens etwas geboten.

„Halt dich zurück", zischte Dieter scharf. „Setz dich sofort wieder hin! Du bist danach dran und darfst deine Sicht der Lage darstellen."

Agnan folgte und setzte sich wieder, obwohl er seine Lippen fest zusammenpresste, um nicht noch etwas zu sagen.

„Fahre fort", Lambert nickte dem Bauern Magnus zu.

„Danke. Ich rappelte mich wieder auf, obwohl mein Rücken stark schmerzte. Dann übermannte mich der Zorn und ich schlug Agnan ins Gesicht, dabei traf ich wohl seine Lippe, denn er blutete danach stark aus dem Mund. Er wischte sich das Blut aus dem Mundwinkel und packte mich an meinem Hemd, welches daraufhin zerriss. Ich nahm ihn nun seinerseits an seinem Kittel und riss und zerrte auch an diesem. Erst nachdem auch sein Hemd an einer Naht aufplatzte, rutschte er zu Boden, woraufhin ich von ihm abließ. Er sprang danach plötzlich hoch und traf mit einem gezielten, harten Faustschlag mein linkes Auge. Diesen stechenden Schmerz werde ich wohl nie wieder vergessen, einen Moment dachte ich, ich wäre erblindet, so stark hatte er mich getroffen. Danach weiß ich nicht mehr viel, nur, dass wir kurz darauf von den herbeigeeilten Dorfbewohnern getrennt wurden."

Pfarrer Anselm schrieb fleißig mit, es dauerte aber ein paar Augenblicke, bis er Dieter zunickte und ihm so zu verstehen gab, dass er alles Wichtige notiert hatte.

„Danke", der Müller bat Magnus, sich zu setzen. „Wir hören nun Agnans Sicht der Geschehnisse. Du kannst vortreten und uns alles erläutern."

Agnan ging die wenigen Schritte langsam und bedächtig, vergaß dabei aber nicht, Magnus mit einem verächtlichen Blick zu strafen.

„Für mich stellte sich das Ereignis etwas anders dar. Wir haben feste Regeln, an die wir uns alle halten müssen, damit unser Leben nicht im Chaos versinkt. Wenn es überhandnimmt, sehnen sich alle Menschen danach, wieder Ordnung zu haben. Unser großer Gott selbst war es, der zu Beginn der Schöpfung das Chaos beherrschte, er bändigte es und stellte eine Ordnung her, der sich alles unterordnete. Daraus erwuchs schließlich unsere geordnete Welt. Und eben an jene Vorgaben und Regeln habe ich mich gehalten. Wir haben alle gemeinsam in unserer Dorfordnung festgehalten, dass wir zu diesem Tage im Kalender ernten dürfen. Dies habe nicht ich alleine entschieden, nein, wir alle gemeinsam haben die festgelegt. Deshalb habe ich mein Vieh, nachdem ich mein eigenes Feld abgeerntet hatte, aus dem Stall geholt und es zu meinem Acker geführt, dass es sich von den restlichen Stoppeln auf dem Feld sättigen konnte. Ich habe keinen Feldweg, der zu meinem Land führt und so musste ich die Tiere über Magnus' Acker führen. Ich trieb sie vorsichtig und umsichtig durch seine Pflanzen, um möglichst wenige zu beschädigen, ich wollte ihm ja nicht seine Ernte nehmen. Außerdem hätte er ja mit mir reden können, dann wäre es mir ein Leichtes gewesen, meine Fütterung der Tiere noch ein paar Tage hinauszuzögern, bis er selbst geerntet hätte. Jedenfalls stürmte Magnus einige Zeit später wild mit den Armen fuchtelnd und brüllend auf mich zu. Ich verstand nicht genau, was er von mir wollte, allerdings war mir klar, dass ich mich verteidigen musste, denn er kam schon recht angriffslustig rüber. Als er kurz vor mir angekommen war und weder seine Geschwindigkeit, noch sein Schreien und Zetern oder sein wildes Fuchteln mit den Armen verringerte, stieß ich ihn aus Notwehr von mir weg und sagte ihm, dass er mit mir reden sollen anstatt sich mit mir zu schlagen. Darauf hörte Magnus keineswegs. Er ballte die Faust und schlug mir Mitten ins Gesicht, sodass mir die Lippe aufplatzte und das Blut nur so herausfloss. Der Schmerz ließ die Wut in mir hochkochen und so schlug ich ihm meinerseits mit meiner Faust ins Gesicht, traf dabei allerdings nicht richtig und so erwischte ich ihn nur an seinem Auge. Nun riss er an meinem Kleid, bis der Stoff nachgab und unter seinen Händen zerriss- Um nicht aus dem Gleichgewicht zu kommen, hielt ich mich meinerseits an seinem Hemd fest, das dabei wohl einen Riss bekam – zumindest hörte sich das Geräusch für mich so an. Danach trafen die ersten Dorfbewohner ein, trennten uns und meldeten unseren Streit wohl bei euch."

Magnus saß still da und schüttelte immer wieder den Kopf, wenn er nicht einverstanden war, doch er konnte sich gut genug beherrschen, dass er Agnan nicht unterbrach.

Die Trautskirchner verfolgten das Spektakel mit Spannung. Wie würde das Dorfgericht wohl entscheiden? Sie konnten es kaum abwarten. Als sich der reiche Nold, Schmied Lambert und Dieter der Müller, begleitet von Pfarrer Anselm, zur Beratung zurückzogen, gingen unter den Zuschauern die Gespräche los. Jeder wollte seine Sicht auf die Dinge erläutern und erzählte es seinem

Nebenmann. Es wurde richtig laut und teilweise gestikulierten die Einwohner wild, um ihren Standpunkt dadurch
zu bekräftigen. Einige Zeit später kam das Dorfgericht zurück und verkündete das Urteil.

Der reiche Nold erklärte: „Für uns war es keine leichte Aufgabe, hier eine Entscheidung zu fällen, die beiden Seiten
gerecht wird. Vorab: Es lässt sich für uns nicht genau beurteilen, wer von den beiden Streithähnen nun zuerst zu-
geschlagen hat oder wie genau die beschriebenen Handgreiflichkeiten begonnen haben. So werden wir die Punkte
„Verletzung an Leib" sowie „unrechtes Maß an Gewalt"
nicht behandeln, wir werden lediglich klären, ob es sich um
einen „Feldfrevel" oder nicht handelte. Daher haben wir
uns auf die gegebenen Tatsachen beschränkt. Klar ist für
uns, dass Agnan mit seinen Tieren über Magnus Feld
ging, dadurch ein Teil der Ernte zerstört wurde und deshalb die Auseinandersetzung begonnen hat. Wir drei Ver-
treter Trautskirchens mussten jetzt für uns entscheiden,
ob dies zu verhindern gewesen wäre und wer nun schluss-
endlich die Schuld an der gegenwärtigen Situation trägt.
Ebenso war für uns wichtig, dass ihr beiden keine freien
Bauern seid, sondern unfreie. Ihr seid durch die zu leistenden Abgaben abhängig von eurem Grundherrn. Euer
Glück ist nur, dass ich euer Grundherr bin..." Die Zuschauer und Zuhörer lachten laut auf und sogar die beiden
Streitenden mussten lächeln. „Ihr habt bisher euer Lehen
immer gut und zuverlässig bestellt, habt in der Vergangenheit ohne Auseinandersetzung und ohne Streit nebeneinander das Feld bestellt und es stets geschafft, euch ab-
zusprechen. Uns ist nicht klar, wieso dies in diesem Fall
nicht ebenso funktioniert hat. Lambert, Dieter und ich sind
uns aber sicher, dass euer Verhältnis auch wieder zu nor-
malisieren ist. Doch nun zum eigentlichen Urteil: Wir sind
der Meinung, dass Agnan hier keine Straftat begangen
hat, als er seine Tiere über Magnus' Feld führte..." Ein
Raunen ging durch die Menge, es wurde getuschelt, manche Trautskirchner schimpften gar. „...aber...es ist uns

auch klar, dass er nicht völlig frei von Schuld ist. Ebenso wenig gilt Magnus als unschuldig." Die beiden Streitenden sahen sich verwundert an und auch die restlichen Dorfbewohner verstanden nicht recht, was Nold damit meinte. „Hört mich an, ich erkläre es euch. Zunächst zu Agnan: Es war sein Recht, dass er die Tiere auf sein Feld brachte, um diese zu nähren. Es war ebenso rechtens, dass er zu dieser Zeit sein Vieh über das Feld von Magnus führte. Dies hatten wir alle gemeinsam beschlossen und so soll es auch sein. Daher kann Agnan nicht für diese rechtmäßige Tat belangt werden. Allerdings fragen wir uns als Dorfgericht schon, ob es nicht möglich gewesen wäre, vorher ein Gespräch mit Magnus zu führen. War es denn zwingend nötig, genau an jenem Tage und zu jener Stunde das Vieh auf das Feld zu bringen? Wäre es möglich gewesen, Magnus vorab zu unterrichten und bei ihm Erkundungen einholen, weshalb er seinen Acker noch nicht abgeerntet hatte? Durch bessere Gespräche wäre dieser Streit ganz sicher zu verhindern gewesen, Agnan. Und nun zu dir, Magnus: Auch du hast hier nicht gerade weitsichtig gehandelt. Du hättest unmittelbar nach deiner Krankheit, die dich zeitlich ins Hintertreffen brachte, was deine Ernte angeht, das Gespräch mit Agnan suchen können, um ihm deine Situation zu schildern. So hättet ihr bestimmt eine für beide Parteien passende Lösung gefunden, die alle zufriedengestellt hätte. Da aber auch du nicht gesprochen hast, ist die Situation schlimmer ausgegangen, als es nötig gewesen wäre."
Beide Streithähne nickten Nold demütig zu.
„Nun, es bleibt noch die Frage offen, wer für den zerstörten Teil der Ernte aufkommen wird." Plötzlich hoben beide Männer ruckartig den Kopf und spitzten die Ohren. Sie sahen sich kurz an und jeder hoffte insgeheim, dass es nicht er sein würde, der dies zu bezahlen hatte. Auch die Schaulustigen schwiegen schlagartig und warteten gespannt darauf, was Nold noch zu verkünden hatte.

„Nun ja, es stellt sich so dar, dass ihr beide teilweise schuldig und zum Teil unschuldig seid. Daher gebe ich im Namen des Dorfgerichts folgendes Urteil bekannt: Der entstandene Schaden an Ernte und Feld wird Magnus von den zu leistenden Abgaben an den Grundherrn abgezogen, somit schuldest du mir diesen Herbst weniger. Diese Erleichterung ist allerdings an eine Bedingung gebunden: Du, Magnus, gehst heute Abend mit Agnan zu Schankwart Martin und ihr plaudert – friedlich, nachbarschaftlich und freundschaftlich. Trinkt etwas, würfelt, spielt, aber verweilt gemeinsam und sprecht euch aus. Ohne zu streiten und ohne zu zanken. Wie es eure Eltern und Großeltern auch schon geschafft haben und wie es euch bis zu diesem Vorfall möglich war. Seid ihr beide einverstanden und nehmt dieses Urteil an?"

Agnan nickte: „Ja, Herr Nold…"

„Selbstverständlich, Herr", auch Magnus stimmte zu.

Dann ist die Verhandlung des Dorfgerichtes hiermit geschlossen und ihr könnt wieder eurem Tageswerk frönen.

Die Dorfbewohner verließen den Dorfplatz rund um die alte Eiche, nur Dieter, Lambert und Nold sowie Pfarrer Anselm blieben zurück.

„Nold, jetzt hast du eigentlich die Strafe, wenn man sie so nennen will, für diesen Streit getragen, da du von Magnus weniger Abgaben zu erwarten hast", merkte Pfarrer Anselm an.

Nold bestätigte. „Richtig. Doch wir haben mit recht einfachen Mitteln erreicht, dass sich die zwei Streitenden wieder vertragen, ohne dass ein langer schwelender Konflikt entsteht. Wir haben also niemanden direkt gestraft, obwohl die Schuld praktisch bei Magnus lag. Agnan hatte nichts rechtlich Verwerfliches getan. Ein reines Gewissen konnte aber auch er nicht haben…"

„Einen haben wir schon, der indirekt bestraft wurde…", lächelte Dieter.

„Sehe ich auch so. Du hast im Herbst weniger Abgaben!", ergänzte Lambert.

„Ich werde es überleben. Mir ist der Dorffrieden wichtiger als ein paar Pfund Getreide. Und nun lasst uns zu Martin gehen, ich freue mich auf ein kühles Bier." Nold klatschte in seine Hände und die drei Männer folgten ihm in die Schänke.

Derartige Streitigkeiten häuften sich tatsächlich in dieser Zeit des Überflusses, in welcher es den Dorfbewohnern an wenig mangelte und sie im Sommer stets so viele Feldfrüchte anbauen konnten, dass sie im Winter nicht hungern mussten. Aber wie bereits erwähnt, waren die meisten Auseinandersetzungen schnell beigelegt und nur ab und an musste das Dorfgericht tagen.

An jenem Abend dann fanden sich nach und nach immer mehr Trautskirchner in der Schänke ein und so war die Wirtsstube nach dem Abendbrot bereits gut gefüllt. Sie tranken miteinander Wein und Bier, aber auch der eine oder andere Obstler wurde gereicht. Es gab schließlich einen Grund zum Feiern: Das Dorfgericht hatte es geschafft, die beiden Streithähne zu strafen, ohne ihnen einen Schaden zuzufügen. Das gefiel den Dorfbewohnern und allen voran Magnus und Agnan. Die Gesellschaft wurde alsbald fröhlich und gelöster, die Getränke waren gut und stark und ein großer Sorgenbrecher. An diesem ausgelassenen und stimmungsvollen Abend erinnerte das gemeinsame Trinken mit zunehmend später Stunde eher an ein Gelage: Die jungen Burschen wollten ihre Trinkfestigkeit unter Beweis stellen und die älteren Trautskirchner wollten sehen, was sie am Krug denn so leisten konnten. Die Trinksitten verlangten mehr oder weniger, dass man ein angebotenes Getränk nicht ablehnen durfte oder sollte. Dies nutzten die alten, erfahreneren Wirtshausgänger stellenweise schon aus. Sie bestellten in recht kurzen Abständen bei Martin Nachschub und ließen ihm diese Becher dann den Jungen vorsetzen. Sie bedanken sich artig dafür und tranken. Ein weiteres ungeschriebenes Gesetz in unserem mittelfränkischen Dörfchen war, dass man – solange die Mittrinker noch tranken – nicht aufhören konnte. Dies wurde als

Zeichen der Schwäche oder Unmännlichkeit ausgelegt und einem dann die nächsten Tage und Wochen immer wieder vorgehalten. Man kann diese Trinkspiele wohl als eine Art Duell ohne Waffen ansehen, denn es wurde schon recht ernst genommen. So dauerte es gar nicht so lange, da kippte der erste Junge mehr oder weniger bewusstlos von der Wirtshausbank. Das Gelächter war groß und seine Freunde hoben ihn auf, um ihn nach Hause zu bringen. Die Verantwortlichen aber stießen sanft mit ihrem Becher an und schmunzelten stolz über ihre erbrachte Meisterleistung.

Die Leute dachten nicht mehr an ihren Alltag, vergaßen eventuelle Probleme und beschlossen, einfach glücklich zu sein. Speisen wurden aufgetragen, Martin – mit der Unterstützung Constantins – tischte ordentlich auf, wohl zubereitet mit Gewürzen des Alchemisten und mit Kräutern der umliegenden Flure. Je mehr gegessen wurde, desto mehr süßlicher Wein wurde getrunken und desto gelöster wurde die Stimmung. Selten hatte einer der Gäste ein leeres Glas vor sich stehen, sie wurden umgehend nachgeschenkt und erneut gefüllt. In dieser gelösten Stimmung sah man an einem Tisch die beiden Bauern, Agnan und Magnus, sitzen und ausführlich über ihren Streit sprechen. Sie steckten die Köpfe zusammen, stießen an, gestikulierten ab und an deutlich, aber vertrugen sich am Ende und umarmten sich. Selbst als sich bei etlichen Dorfbewohnern bereits die Aussprache veränderte und ihre Köpfe knallrot angelaufen waren, kannte man kein Erbarmen und füllte die Becher erneut. Schankwart Martin erfreute dies, solch einen Umsatz für seine kleine Wirtschaft gab es nicht alle Tage. Selbst die geübtesten Trinker wankten bereits und konnten sich kaum auf ihren Beinen halten, als der angetrunkene Pfarrer höchstpersönlich um Ruhe bat und ein Lied zum Besten gab, in welches die ganze Kneipe einstimmte: „Krambambuli, das ist der Titel des Tranks, der sich bei uns bewährt, das ist ein ganz probates Mittel, wenn uns was Böses widerfährt. Des Abends spät, des

Morgens früh, trink ich ein Glas Krambambuli, Krambimbambuli, Krambambuli!"[1] Die Männer hielten sich in ihren Armen, als sie gemeinsam das Trinklied grölten, schunkelten dabei, erhoben ihre Trinkbecher, stießen an und genossen den Augenblick in vollen Zügen. Dann brachte Martin unter den lauten Rufen der trinkfesten Gäste tatsächlich drei große Krüge, gefüllt mit eben jenem gerade besungenen Krambambuli, einem tiefroten Getränk, das eine Mischung aus Branntwein und Wacholderbeeren war. So verteilte die Gesellschaft den Trunk auf die leeren Becher, trank und stieß erneut johlend und grölend auf den Schankwart an.

Dann forderten sie gemeinsam Eduard auf, sein Lied anzustimmen. Die Feiernden klopften und schlugen mit ihren Händen auf die Eichentische in der Wirtsstube oder gegen die Wand, bis Eduard schließlich seine Hände hob und aufstand. Er trank einen großen Schluck von seinem Bier, wischte sich den Schaum von der Oberlippe und begann: „Wenn wir in der Schenke sind, scheren wir uns nicht um die Welt, sondern eilen zum Spiel, und kommen dabei ins Schwitzen. Was in der Schenke vor sich geht, wo die Münze Mundschenk ist, das sollte man erkunden. Hört also, was ich euch berichte: Manche spielen, manche trinken, manche führen sich liederlich auf. Aber sie, die beim Spiel verweilen, von denen werden manche nackt. Manche werden dort bekleidet, manche ziehen sich Säcke über. Dort fürchtet keiner den Tod, sondern sie werfen das Los um Bier und Bacchus. Zunächst um die Zeche des Weines, von der sie dann ausgelassen trinken. Einmal trinken sie auf die Gefangenen, dann trinken sie dreimal auf die Lebenden, viermal auf alle Christen, fünfmal auf die seligen Toten, sechsmal auf die eitlen Schwestern, siebenmal auf die Raubritter. Achtmal auf die schlechten Brüder, neunmal auf die Vagantenmönche, zehnmal auf die Seefahrer, elfmal auf die Zwieträchtigen, zwölfmal auf die

---

[1] Aus: volksliederarchiv.de

Reumütigen, dreizehnmal auf alle, die auf den Straßen leben. Auf den Papst und auf den König trinken alle ohne Maß. Es trinkt die Herrin, es trinkt der Herr, es trinkt der Kleriker, es trinkt der Soldat, es trinkt dieser, es trinkt diese, es trinkt der Sklave mit der Magd, es trinkt der Flinke, es trinkt der Träge, es trinkt der Weiße, es trinkt der Schwarze, es trinkt der Standhafte, es trinkt der Unstete, es trinkt der Ungebildete, es trinkt der Weise. Es trinkt der Arme und der Kranke, es trinkt der Verbannte und der Unbekannte, es trinkt der Knabe, es trinkt der Alte, es trinkt der Bischof und Dekan, es trinkt die Schwester, es trinkt der Bruder, es trinkt der Vettel, es trinkt die Mutter, es trinkt diese, es trinkt dieser, es trinken hundert, es trinken tausend. Sechs Münzen reichen nicht weit, wo diese alle trinken, ohne Maß und Ziel. Allerdings: Sie trinken mit fröhlichem Sinn. So nehmen uns alle Völkerschaften aus, und deshalb werden wir arm. Wer uns ausnimmt, soll zuschanden werden und sein Name nicht im Buche der Gerechten stehen.“[2]

Als sie gemeinsam das Ende des Liedes gesungen hatten, schrien, riefen und brüllten alle Gäste gemeinsam, so voller Freude waren sie. „Eduard, lebe hoch – hoch – hoch!“ Dann packten ein paar übermütige Trautskirchner den Sänger und warfen ihn ein paar Mal in die Höhe, fingen ihn aber selbstverständlich wieder auf. Mit der Zeit hatten es selbst die Stärksten schwer, sich noch auf den Wirtsbänken zu halten, während Martin stets neue Krüge brachte oder die leeren füllte. In Freundschaft saßen alle zusammen und plötzlich fiel ihnen ein, dass sie Lust hätten, Buße zu tun für all ihre Sünden. Ein Tosen, Schreien und Lärmen entstand, bis sich Pfarrer Anselm, der selbst auch bereits ordentlich angetrunken war, überreden ließ, die Kirche aufzuschließen und eine Messe für die Bürger zu halten. So wurde am späten Abend eine Messe gehalten, als die Sonne bereits schon lange hinterm Horizont

---

[2] Aus: fabelnundanderes.at

verschwunden und der helle Mond am Himmel leuchtete. Und eine betrunkene Menschenmenge lauschte im Gotteshaus der Predigt eines Priesters. Als Predigttext wählte der Mann des Glaubens, passend zum Anlass des Abends, Jeremia 25, 27-28: „Sag zu ihnen. So spricht der Herr der Heere, der Gott Israels: Trinkt, berauscht euch und speit, stürzt hin und steht nicht mehr auf vor dem Schwert, das ich unter euch schicke. Weigern sie sich aber, den Becher aus deiner Hand anzunehmen und zu trinken, dann sag zu ihnen: So spricht der Herr der Heere: Trinken müsst ihr." Selten sah man in dem Dorf Trautskirchen einen derart ausgelassenen Gottesdienst mit so vielen Lachern und mit ähnlich großer Freude wie an jener Abendandacht. Danach beschlossen allerdings die Bürger, dass es besser wäre, nach Hause zu gehen. Auch wenn sich mancher nur schwerlich auf den Beinen halten konnte. Sich manche Trinker gegenseitig zu stützen versuchten und wieder andere mehr krabbelten als gingen, sie wollten alle heim. Schankwirt Martin und Constantin hatten ohnehin, nachdem ihre Gäste in die Kirche gegangen waren, zügig die Wirtsstube verschlossen und das Licht gelöscht, nicht dass noch einer auf die Idee kam, wieder den Weg ins Wirtshaus zu suchen. Für heute hatten alle mehr als genug.

Als am nächsten Morgen, nach nur wenigen Stunden Schlaf, die Sonne langsam aber sicher das Dunkel der Nacht besiegte und es zu dämmern begann, mussten Eduard und Odo ihre Schafe auf die Weide führen. Beide Männer konnten kaum ihre Augen offenhalten, man konnte ihnen genau ansehen, dass es wohl am Vorabend das eine oder andere Getränk zu viel war. Dennoch freuten sie sich, eine Arbeit unter freiem Himmel und an der frischen Luft zu haben, das tat ihnen gut. Als die Tiere einige Zeit später am Ziel angekommen waren, ließen sich die beiden Schäfer in das herbstliche Gras sinken und legten sich ab.

„Aaaah…Das tut gut. Es fällt mir doch heute etwas schwer, Arbeiten zu verrichten. Aber so ein Fest erlebt man nicht alle Tage, da muss man einfach mitfeiern", Eduard lächelte und trank einen großen Schluck aus seiner braunen Lederflasche, die mit frischem, kühlem Wasser gefüllt war. Dann reichte er sie Odo, der auch gierig daraus trank.

„Ja, das stimmt. Schwere Arbeiten müssen wohl auf den morgigen Tag aufgeschoben werden."

Sie sahen verträumt in die Wolken und schwiegen eine Weile, dann ergriff Odo das Wort.

„Eduard? Weißt du, warum mir Mutter noch immer nicht gesagt hast, wer mein Vater ist? Ich meine, du weißt ja, dass ich dich als meinen Vater sehe und dich auch so liebe, als wärst du mein leiblicher Vater. Aber mittlerweile bin ich selbst Vater und sie hat mir immer noch nicht viel darüber gesagt. Ich glaube, ich bin alt genug, die Wahrheit zu erfahren."

„Ja, ich sehe dich auch als meinen Sohn an, egal wer dein Erzeuger ist. Ich weiß auch nicht alles, weil es mir in der Vergangenheit nicht wichtig war. Ich weiß nur, dass er nicht aus Trautskirchen war und nur sehr kurz im Dorf war, vermutlich auf der Durchreise oder so. Mehr ist mir nicht bekannt. Weißt du, Odo, ich habe mich in deine Mutter verliebt, da warst du bereits geboren und so kenne ich sie nur mit dir. Ich liebe euch beide und dich habe ich stets als mein eigen Fleisch und Blut betrachtet. Daher habe ich nie nachgefragt, natürlich habe ich einige Geschichten gehört, doch darauf muss man nichts geben."

Odo nickte glücklich und legte seine Hand auf die Schulter Eduards, dann richtete er seinen Oberkörper auf. „Dennoch, ich muss es wissen – von ihr direkt. Ich werde Mutter noch einmal fragen…"

„Tu das, Junge. Aber nicht jetzt. Ruh dich noch etwas aus."

Am Abend dann, als sich Margl vor der Feuerstelle niederließ, um einige Näharbeiten zu erledigen, sprach sie Odo darauf an.

322

„Mutter, ich bin jetzt bald 28 Jahre alt. Ich finde, es ist an der Zeit, dass ich meine wahre Herkunft und den Namen meines Vaters erfahre." Er sah ihr freundlich, aber dennoch streng in die Augen. Es war ihm ernst.

Margl ließ Nadel und Faden sinken, legte sie beiseite und nickte still. Mit ihrer linken Hand signalisierte sie ihrem Sohn, dass er sich neben sie setzen sollte. Dann fing sie langsam und bedächtig an zu erzählen.

„Bevor ich auf deinen Vater zu sprechen komme, muss ich kurz ausholen: Wir haben, obwohl wir mittlerweile alle Christen sind, unsere vier Feiertage aus alten Zeiten beibehalten: Samhain, Beltane, Lammas und Imbolc. Die kennst du ja noch, auch wenn wir nun nicht mehr all diese Feierlichkeiten so ausführlich feiern, wie damals noch. Es hat heute schon etwas nachgelassen, aber zu jener Zeit waren eben diese vier Feste noch in unserem Dorfjahr hinterlegt. Das Totenfest Samhain kennst du ja, vor allem als Kind hast du dich immer darauf gefreut, obwohl viele Kinder zum Teil auch Angst davor haben. In der Nacht vom 31. Oktober auf den 01. November sollen Geister den Winterbeginn einleiten und daher auf die Erde kommen, um die Menschen zu warnen. In dieser besonderen Nacht soll angeblich das Tor zur Totenwelt weit geöffnet stehen und man kann mit Verstorbenen sprechen oder anderweitig mit ihnen in Kontakt treten. Die meisten Trautskirchner aber vermieden es, mit Toten in Kontakt zu treten, blieben lieber zu Hause oder hielten einfache Räucherrituale ab, um sich vor den bösen Geistern zu schützen. Beltane ist das Gegenstück zu Samhain, es ist der Sommeranfang in der Nacht vom 30. April auf den 01.Mai, hier feiern wir die Fruchtbarkeit der Erde und die Tatsache, dass sie uns ernährt. Wir bedanken uns hier traditionell bei der Mutter Natur für die reichlichen Gaben. Darum werden die Häuser mit grünen Zweigen und Blumenketten geschmückt, aber auch hier sind die Tore zum Jenseits weit geöffnet: Unsere Ahnen blicken überall herum und nehmen an unserem Leben teil, sie sehen wie gut wir es haben und erfreuen sich daran. Lammas ist, wie du sicherlich weißt, das Fest, das den Beginn der Erntezeit einläutet und an welchem wir der Natur für ihre Gaben danken. Normalerweise begehen wir diesen Festtag vom 01. auf den 02. August, dann stellen wir einen Laib Brot aus dem ersten geernteten Getreide her, brechen ihn in vier gleich große Teile und legen diesen in die Ecken der Scheune, in der dann unsere Ernte lagert. Sie sollen die Saat des nächsten Jahres beschützen und gleichzeitig als Dankesgabe für die vergangene Ernte danken. Diese Feste kennst du sicherlich, Junge. Wir begehen sie ja immer noch recht regelmäßig in unserem Ort."

Odo nickte. „Ja, Mutter, aber was hat das mit meinem Vater zu tun?" Er spürte, dass sie diese Informationen nur an ihn weitergab, um sich die folgenden Worte in ihrem Kopf genau zurechtzulegen, denn es war ihr klar, dass er das alles schon wusste. Er kannte die Feste, Rituale und Feiern der Trautskirchner sehr gut.

Sie fuhr fort: „Dazu komme ich gleich. Es war im Winter des Jahres 1330, genauer gesagt am Tag unseres Imbolc-Festes, das wir auch heute noch feiern, wie du weißt. In jenem Jahr fiel dies auf eine recht milde Nacht vom 01. auf den 02. Februar und es fand wie üblich eine kleine Feier in Trautskirchen statt. Wir haben, wie du weißt, die Tradition dieser Feierlichkeit noch von unseren alten Ahnen übernommen, bevor wir Christen wurden. Imbolc ist als das Reinigungsfest in unserem Kalender bekannt und findet deshalb im Februar statt, weil dieser Monat eine Zeit des Umschwungs und des Überganges ist. Der Winter bäumt sich noch einmal auf und zeigt seine große Kraft, die noch in ihm steckt, aber es dauert nicht mehr lange, bis die Temperaturen wieder ansteigen. Manchmal kommt es in dieser Zeit des Jahres auch zu heftigen Stürmen, Wintergewittern und kalten Temperaturen. Während dieser Stürme befreien sich die Bäume von kaputten, morschen Ästen und den letzten, zurückgebliebenen Ästen, denn diese werden von den starken Winden hinfort geblasen. Trotzdem spüren wir ab Anfang Februar eine Veränderung in der Natur, die Sonne gewinnt wieder an Kraft und es dauert nicht mehr lange, dann blühen schon die ersten Frühlingsboten. So feierten die Trautskirchen Imbolc mit einer rituellen Reinigung von den Härten des Winters und der kalten Zeit. Die Häuser wurden aufgeräumt und geputzt, es gab eine Andacht zu Ehren der Heiligen Brigid und es wurden aus Schilf Brigids-Kreuze geflochten. Durch die spezielle Flechtform entstand in der Mitte des Kreuzes ein gewebtes Viereck, von welchem die an den Enden zusammen gebundenen Arme des Kreuzes abgehen. Hatte man dies gefertigt, dann wurde die ursprüngliche Königin Brigid angerufen, um Haus und Hof für ein weiteres Jahr zu beschützen. Brigid galt in früheren Zeiten als die Göttin des Feuers, der Heilung und der Geburt, sie ist es, die das Eis und den Schnee schmolz und die winterliche Erde erwärmte, sie vertrieb also den Winter und sorgte für wärmere Temperaturen. Zumeist schützte Brigid die Kinder und die Frauen, sie wurde beispielsweise auch während der Geburt angerufen, um auf das Neugeborene aufzupassen, es zu beschützen. In der Nacht, an Imbolc, hängen wir Trautskirchner nur schon seit langer, langer Zeit helle Leinenbänder außen auf, dass Brigid diese auf ihrer Wanderung weihen kann. Hierbei gehen ihre Heilkräfte auf die Bänder über und sie nehmen ihre heilende Energie, die für die Menschen genutzt werden kann, in sich auf. Hängt man dann eines jener Bänder über das Bettchen eines Kindes, so lehnt sich Brigid persönlich liebevoll schützend darüber und dem Kleinen wird nichts geschehen. Über dem Bett eines frisch vermählten Paares angebracht, bringt es gute Energie, Fruchtbarkeit und gute Empfängnis. Hängt man das Bändchen bei einem Kranken auf, so bringt es ihm Genesung und er kommt schneller wieder zu Kräften. Jedenfalls war es in jener Nacht, Imbolc, als ein kleines Fest im Dorf stattfand. Alle jungen und unverheirateten Jungen und Mädchen waren dort, tanzten und tranken auch den einen oder anderen Becher Wein und Bier. Und gerade an jenem Abend sah ich ihn zum ersten Mal…und ich muss ergänzen, auch zum letzten Mal! Dieser junge, gutaussehende, fremde Mann war wohl im Laufe des Nachmittags nach Trautskirchen gekommen, denn er hatte bereits Quartier bei Martin in der Schänke bezogen. Mir fielen sein dichter, brauner Bart und vor allem seine lebhaften, großen Augen sofort auf. Sie leuchteten so stark und es war mir so, als blickte er mir direkt in die Seele. Diese grünen Augen werde ich nie wieder vergessen – solch einen Blick hatte ich noch nie zuvor gesehen. Ebenso hatte er lange, gepflegte, dunkelbraune Haare, die in Wellen auf seine Schultern fielen. An seinen Händen waren keinerlei Schwielen zu erkennen, also konnte er auch kein reicher Bauer oder Handwerker sein, er musste einem anderen Beruf nachgehen. Seine Kleidung zeigte mir aber deutlich, dass er vermögend war. Sein langes, rotes Gewand endete knapp über seinen Knien und wirkte nicht schmutzig oder verdreckt, es sah so aus, als hätte er es nur kurze Zeit zuvor getragen. Die spitz zulaufenden Schuhe wurden, wie es bei vermögenden Menschen üblich war, durch Trippen geschützt. Die kennst du ja. Seine hatten sogar ein Muster eingeschnitzt, und das, obwohl sie nur das Leder der Schuhe vor Dreck und Verschmutzung schützen sollen. Die Fibel, die seinen rechteckigen, gelben Mantelumhang über der Schulter zusammenhielt, schien aus purem Gold zu bestehen, so sehr glänzte diese. Sie zeigte als Symbol oder Zeichen zwei Drachenköpfe, die sich gegenseitig bissen. Er war von stattlicher Größe und fiel dadurch unter seinen Begleitern sofort auf. Ebenso wirkte er am erhabensten von allen anwesenden Fremden. Es mag wohl sein Gefolge gewesen sein, denn diese Handvoll Männer begleiteten ihn nahezu auf Schritt und Tritt. Und im Laufe des Abends lernten wir uns ein wenig kennen, kamen ins Gespräch und… und… und wir verstanden uns recht gut. Er stellte sich mir als Karl vor, ein Kaufmann auf der Durchreise, der zufällig hier in Trautskirchen gelandet war. Sein Weg führte ihn aus

Paris offensichtlich direkt in meine Arme. Ich erinnere mich nicht mehr an jedes Detail, da es schon viele Jahre her ist und wir einiges getrunken hatten, aber ich weiß noch genau, dass er vorhatte, nach Italien weiterzuziehen. Dort wollte er Stoffe, Wachs, Wein und weitere Güter besichtigen und unter Umständen investieren oder diese direkt käuflich erwerben, um sie mit Gewinn nach Mitteleuropa zu verkaufen. Seiner Aussagen nach war er ein schlauer Geschäftsmann, der gut handeln konnte und sich bereits in jungen Jahren ein beachtliches Vermögen aufgebaut hatte. Ich machte mir nichts vor, wir waren viel zu verschieden, dass aus uns ein Paar hätte werden können. Dummerweise hörte mein Herz an jenem Abend nicht auf mein Hirn. Ein reicher Kaufmann und ein armes Mädchen vom Lande, das gab es in Geschichten, die man sich vor dem Einschlafen erzählte, aber nie im wirklichen Leben. Als Karl dann zu späterer Stunde meine Hand nahm und mich sanft hinter sich her nach draußen zog, schlug mir mein Herz bis zum Hals. Er nahm mein Gesicht in seine beiden warmen, sanften Hände und küsste mich innig. Dieser Wirbel aus allen möglichen Gefühlen überkam mich, traf mein tiefstes Inneres und ließ mich nicht mehr los. Dieses warme Glücksgefühl breitete sich in meinem ganzen Körper aus. Dieser Kuss schien eine Ewigkeit zu dauern."
Margarete stockte kurz und hielt einen Moment in ihrer Erzählung inne. Längst verdrängte oder tief ins Innere ihrer Gedanken verbannte Erinnerungen schlichen sich nach oben und waren so präsent wie in jener Nacht.
Er schmiegte sich ganz eng an sie. So eng, dass sie seine Erregung spüren konnte. Ihr Herz klopfte noch immer wie verrückt. Es schlug so schnell wie damals, vor vielen Jahren, als sie als Kind eines der frisch gebackenen Brote, die zum Auskühlen vor der Tür bei Hartmuts Bauernhof lagen, gestohlen hatte und damit zu ihren Freunden rannte. Sie teilte das noch warme und so unglaublich leckere Brot mit ihren Freunden und bis heute weiß niemand davon – außer die Mittäter und Mitesser von damals. Es war ein

ähnliches Gefühl, das sie jetzt überkam. Es war neu, aufregend und irgendwie auch spannend, weil es verboten war. Sie hatte noch nicht lange zu bluten begonnen und war sich sehr wohl bewusst, dass sie jetzt eine Frau war. Dennoch dachte sie in diesem Moment nicht daran, sie genoss es, in den starken und zugleich sanften Armen Karls zu liegen. Die Küsse wurden immer heißer und inniger, dann hielt er inne. Er sah ihr tief in die Augen, seine rechte Hand lang auf ihrer Wange. Sie gingen weg. Weg von der Feier. Weg von dem Getümmel der Leute. Es sollte nur ihr Augenblick sein, sie wollten alleine sein. Einige Meter weiter kletterten sie auf einen Heuboden und ließen sich dort nieder. Das eingelagerte Stroh war genug für sie. Er hatte sich während ihres kurzen Spaziergangs genau Gedanken darüber gemacht, was jetzt folgen sollte. Er wollte sanft sein, sehr sanft und vorsichtig. Doch es kam irgendwie ganz anders. Sie küssten sich wieder und ihr wildes Verlangen nach ihm brachte ihn dazu, dass er seine Sanftheit vergaß. Sie drückte ihr Becken in seinen Schoß und biss ihn zärtlich in die Unterlippe. Währenddessen überkam die Beiden eine Lust, die ihnen vorher fremd war. Wie ein Gewitter in völliger Dunkelheit spürten sie beide, dass sich etwas Großes ankündigte. Vorsichtig, aber mit großer Überzeugung, entledigten sie sich ihrer Unterkleider und Karl legte sich auf sie. Als er zum ersten Mal in sie eindrang und sie ihn so nahe wie noch niemanden zuvor spürte, stieß sie einen kleinen Schrei der Erleichterung und Freude aus. Sie hatte sich hier nicht mehr beherrschen können. Karl war rücksichtsvoll als Liebhaber, zumindest soweit sie es beurteilen konnte, denn sie hatte zu diesem Zeitpunkt keinen Vergleich. Er liebkoste ihre Brüste, ließ seine Hände immer wieder unter ihr Kleid gleiten und streichelte sie. Margarte umklammerte ihn mit ihren muskulösen Oberschenkeln, langsam hatten sie einen gemeinsamen Rhythmus gefunden. Es war so, als ob ihnen Brigid persönlich ihre Unterstützung gab, denn mit jeder Welle der Lust, der ihre Köper durchfuhr, wurden ihre

Bewegungen schneller. Dann gruben sich ihre Fingernägel tief in den Rücken Karls und sie bäumte sich auf, mit einem Schrei, der lauter als das Glockenläuten der Kirche war. Er beschleunigte nun seine Stöße, sie wusste nicht wohin mit ihrer ganzen Lust und als auch er mit einem zufriedenen Stöhnen reagiert hatte, war es einen kurzen Augenblick völlig ruhig. Sie hielten einen Moment inne und ließen sich anschließend in das Stroh sinken. Sie schlossen die Augen und sprachen kein Wort. Erst nach einiger Zeit gingen sie zu den Feierlichkeiten im Dorf zurück – ohne dass es jemandem aufgefallen wäre.

Aber das waren Details, die nicht für Odos Ohren bestimmt waren. Ebenso wenig musste er erfahren, dass sie versuchte, das Kind loszuwerden, als sie erfahren hatte, dass sie schwanger war. Sie trug ein magisches Amulett, dass das Kind austreiben sollte, was allerdings bei ihr nicht klappte. Ebenso hob sie auf dem Hof ihrer Eltern vorwiegend besonders schwere Lasten, sprang jeden Morgen und am Abend mehrmals vom Tisch auf den Boden. Dies war zumindest das, was ihr empfohlen wurde, um das Ungeborene zu verlieren. Sie fand sogar eine Kräuterfrau im benachbarten Markt Erlbach, die ihr einen Kräuterextrakt aus Mutterkorn, Sadebaum, Gartenraute, Wacholder und Petersilie mischte – ebenfalls ohne Ergebnis. Mit der Zeit allerdings fand sich Margarete damit ab und lernte das Kleine zu akzeptieren und sogar zu lieben. Allerdings war für sie trotzdem klar, dass es nicht soweit kommen durfte, dass sie das Kind großzog. Sie wollte nicht als die unverheiratete Mutter ohne passenden Mann dastehen. Es war die schwierigste Entscheidung ihres gesamten Lebens gewesen, als sie sich dazu entschloss, ihren neugeborenen Jungen auf den Teufelstisch zu legen und ihn seinem Schicksal zu überlassen. Vor allem, weil sie ihn ja wohlbehütet zurückbekam und er zu ihrem größten Schatz auf Erden wurde.

„Mutter?", zögernd stupste Odo Margarete an. Diese zuckte kurz, schüttelte ihren Kopf und sah ihn mit großen Augen an.

„Ja...?"

„Du warst kurz weggetreten. Ist alles in Ordnung?"

„Ja", Margarete nickte. „Dieser Kuss war einzigartig. Und dann ist es eben passiert. Wir haben uns auf einem Heuboden vereint und daraus bist schließlich du entstanden, mein großes Glück." Sie glaubte, dass Odo keine Einzelheiten benötigte und diese wahrscheinlich nicht hören wollte.

„Und mein Vater? Was ist mit ihm geschehen?", fragte ihr Sohn nach.

„Nun, das war die unschöne Seite dieser Nacht. Als ich am nächsten Vormittag zur Schänke ging, um ihn noch einmal wiederzusehen, waren sowohl er als auch seine Gefolgsleute bereits abgereist. Ohne Nachricht, ohne Gruß. Sie hatten die Zimmer und ihre Zeche bereits am Abend zuvor komplett beglichen, ein gutes Trinkgeld dagelassen und als Martin dann selbst aufstand, waren die Gäste bereits abgereist. Ich habe nie wieder etwas von ihm gehört. Wahrscheinlich hatte es ihm weniger bedeutet, als mir. Und er weiß nicht einmal, dass es dich gibt und du das Ergebnis unserer gemeinsamen Nacht bist."

Odo presste seine Lippen fest aufeinander. „Hm...Das ist nicht gerade schön zu hören. Wahrscheinlich ist es besser so, sonst hättest du Eduard nie geheiratet. Er war mir immer ein guter Vater und mir ein wunderbarer Mann."

„Das stimmt", bestätigte Margarete und nahm ihren Sohn in die Arme.

Nun wusste er es. Alles. Allerdings beruhigte ihn diese Information keineswegs. Er hatte gehofft, dass er die Identität seines Vaters erfahren würde, doch das stellte sich als äußerst schwierig heraus. Aber er hatte nun Gewissheit, nach all den Jahren wusste er endlich, wieso er ohne richtigen Vater aufgewachsen war. Und, das musste Odo seiner Mutter lassen, sie hatte Recht behalten, es ihm erst als

Erwachsener zu erzählen. Als Kind wäre es ohnehin nicht verständlich für ihn gewesen.

Er hatte das Bedürfnis, zu ihm zu gehen. Er wollte ihn sehen, er wollte ihn sprechen. Daher machte sich Odo einige Tage später auf den Weg in den Dunkelwald, um zu Wilhelm zu gehen. Den Weg kannte er mittlerweile wie seine Westentasche und hatte daher keine großen Probleme, sich zu orientieren. Dennoch nutzte er die Zeit des Weges, um sich an die Worte seiner Mutter zu erinnern. Sie beschäftigten ihn noch immer, obwohl er nun endlich Gewissheit hatte. Als er an Wilhelms Hütte ankam, war diese leer. Jedoch vernahm er aus nicht allzu weiter Entfernung ein leises Stöhnen, das man auch als ein dumpfes Grunzen wahrnehmen konnte. Vorsichtig und leise folgte er der Richtung, aus der das Geräusch kam. Dann sah er einen offensichtlich noch verwahrlosteren Wilhelm auf dem Boden knien. Um ihn herum hatte er Blätter, Zweige und Früchte in einem Kreis gelegt – er hatte sich selbst genau in die Mitte dessen platziert. Um seinen Hals trug sein Patenonkel eine auffällige Kette, die Odo noch nie zuvor gesehen hatte. Sie war neu und sah aus, als hätte sie Wilhelm eigenhändig gefertigt. Auf einem dicken Faden aufgefädelt konnte man die verschiedensten Früchte von Bäumen und Sträuchern erkennen: Eicheln, Eichenblätter, Hagebutten, Tollkirschen, Nüsse und vieles mehr. Außerdem waren unterschiedliche Steine zu erkennen, die in allen Farben und Formen – aber einer gewissen Regel folgend - angeordnet waren. Es wirkte so, als hätte eine fremde Macht von Wilhelm Besitz ergriffen, der er bewegte sich irgendwie unmenschlich, fast schon dämonisch. Odo blieb still und wagte kaum zu atmen. Was tat der Waldschrat da? Dann erkannte er, dass Wilhelm ein Stück von seinem Steinkreis entfernt, Alraunen liegen hatte. Sie waren unverwechselbar, da ihre violette Blüte und die knollenförmige Wurzel einzigartig in der Natur waren. Er wusste nicht allzu viel darüber, nur dass ihm Wilhelm einmal erzählt hatte, dass sie gefährlich sein kann, wenn man die falsche Menge zu sich nimmt. Hier war äußerste Vorsicht geboten, daher hatte er ihm immer davon abgeraten. Man konnte diese Pflanze gut zum Lindern von Schmerzen nutzen, in Salben und Tinkturen, aber es wurde ebenso behauptet, dass der Teufel höchstpersönlich in dieser Pflanze wohnte. Offensichtlich hatte Wilhelm einen Selbstversuch unternommen. Odo machte sich Sorgen, doch er wollte seinen Patenonkel gerade nicht stören. Dieser begann nun, seinen Oberkörper zu drehen, den Kopf gen Himmel gerichtet, und leise zu murmeln. Er sprach. Aber mit wem denn? Seine Hände zitterten, er lauschte, doch konnte die Worte nicht verstehen. Er sprach aber eindeutig mit jemandem, allerdings wir niemand hier. Die Gesten und Zeichen Wilhelms wurden immer intensiver, er schwitzte und schien langsam zu entkräften. Sein ganzer Körper zuckte, als entlüden sich Blitze aus seinem Inneren, die mit unglaublicher Kraft aus ihm herausdrängten. Dann erstarrte er plötzlich und versteinerte für einen Augenblick, ehe der Mann nach hinten kippte und schwer atmend zu Boden fiel. Er lag nun regungslos inmitten des Naturkreises, nur das leichte Auf und Ab seines Brustkorbes ließ darauf schließen, dass er noch lebte und atmete. Odo hastete zu ihm, stützte seinen Kopf und streichelte vorsichtig seine Wangen.

„Wilhelm…?", er fragte leise und voller Sorge in der Stimme. „Wilhelm…Hörst du mich?"

Er öffnete langsam seine Augen. Die blutunterlaufenen, roten Augen mit deutlich erweitertem Schwarz im Inneren blickten durch Odo hindurch.

„Ein Segen, dass du da bist…Junge…", mit schwacher Stimme reagierte Wilhelm. „Es ist mir gelungen. Er lebt. Er lebt in mir…"

„Was meinst du? Wer lebt…?", Odo begriff nicht, was Wilhelm ihm mitteilen wollte.

„Na Max, er lebt. Ich habe ihn gesehen. Ganz deutlich vor mir. Ich habe mit ihm gesprochen, seine Seele mit meiner vereint. Er lebt. Er lebt in mir", glücklich lächelnd schloss Wilhelm entkräftet die Augen und schlief ein.

Odo wusste nicht, was er davon halten sollte, doch er entschloss sich, seinen Patenonkel erst einmal in die Hütte zu bringen und ihn ins Bett zu legen. Er musste sich ausschlafen. Die einzige Hoffnung, die ihm bleib, war, dass Wilhelm die richtige Dosis Alraune gefunden hatte und keine weiteren Schäden davontrug. Das war sein Wunsch. Der Teufel persönlich oder einer seiner Dämonen schien ja in ihn gefahren gewesen zu sein, allerdings hatte Odo das Gefühl, dass er den Körper bereits wieder verlassen hatte. Diese Tatsache beruhigte ihn ein wenig. Dennoch wollte er seinen Patenonkel nicht alleine lassen und beschloss bei ihm zu bleiben, bis es ihm besser ging.

Es dauerte einige Stunden, aber als die Nacht bereits ihr schwarzes Kleid ausgebreitet und die Welt eingeschlafen war, konnte Odo wieder recht normal mit Wilhelm sprechen.

Er war neugierig. „Was hast du getan?"

Wilhelm setze sich vorsichtig auf. „Nun, ich wollte noch einmal mit Max in Kontakt treten. Ich wollte ihn noch einmal bei mir haben. Und deswegen habe ich mir einen Trank gemischt, wie ihn nur unsere Vorfahren kannten. Ein Alraunen Getränk, hergestellt nach einer Zusammensetzung, die auf die Druiden aus der Keltenzeit zurückgeht. Nur mit der Menge der Alraune war ich unsicher, aber es schien alles gut gewesen zu sein."

„Gut?", Odo riss verwundert seine Augen auf. „Gut? Es war alles andere als gut! Du bist ohnmächtig umgekippt und hast wirres Zeug geredet. Ich habe mir Sorgen gemacht…"

„Das wollte ich nicht. Du hättest nicht hier sein sollen. Ich dachte nicht, dass du mich genau jetzt besuchen kommst." Wilhelm versuchte es zu erklären. „Mir hat Max so sehr gefehlt, dass ich ihn noch einmal sehen oder spüren musste! Und es hat geklappt. Das bedeutet, dass die alten Rezepte tatsächlich getestet wurden und sich über all die

Jahrhunderte gehalten haben. Sie stammen wirklich von den Druiden, die hier vor langer Zeit in dieser Gegend gelebt haben. Max war bei mir und er ist es noch immer. Er ist nun ein Teil von mir, unsere Seelen haben sich sozusagen vereint. Es war ein beeindruckendes Gefühl. Jetzt geht es auch mir wieder besser. Vor allem, weil ich weiß, dass es Max gut geht."

„Und wie konntest du ihn sehen? Oder mit ihm reden?", fragte Odo nach.

Wilhelm versuchte es so einfach wie möglich zu erklären. Diese Erfahrung in Worte zu fassen, fiel ihm sehr schwer.

„Zunächst brauchst du ein paar rituelle Zutaten, wie Kraftsteine, eine selbstgemachte Kette aus Naturgaben und – das Wichtigste – den Trank. Hierfür musste ich die meiste Zeit aufwenden, um alles zu bekommen und um sicher zu gehen, dass es die richtige Dosierung ist. Dann begibst du dich an den Ort, an welchem der Leichnam liegt und gewährst dann während des Rituals dem Toten das Leben. Du lädst ihn sozusagen in das Reich der Lebendigen ein. Die alten Druiden sprachen immer davon, dass es tote Menschen waren, die sie besucht hatten. Aber ich wollte, nein, ich musste es mit Max versuchen. In der ersten Zeit wirkt es so, als würdest du vollkommen von bunten Lichtern umgeben werden. Wie ein Regenbogen, der sich auf dich legt. Das klingt recht angenehm, allerdings kannst du nicht wirklich genau sagen, ob es dir gefällt. Ich weiß es bis jetzt noch nicht. Auf jeden Fall war es mir so, als wäre ich zu einer Farbe geworden – welche vermag ich nicht zu sagen. Und dann wird man plötzlich in das Innere der Farben gezogen und sieht nur noch helles Licht, das einen fast blendet. Keine bunten Farben, nur noch weißes Leuchten. Zunächst habe ich mich dagegen gewehrt, ich wollte die bunten Farben nicht verlassen und hatte das Gefühl, gegen meinen Willen in das Licht gehen zu müssen. Doch dann ließ ich es geschehen, ich hörte auf, dagegen anzukämpfen, ich gab nach. Das war der Moment, in welchem ich dann Max begegnete. Er war vor mir und in mir zur gleichen Zeit. Ich sah ihn vor mir sitzen. Majestätisch, jung, kraftvoll, stark, würdevoll und edel. Gleichzeitig spürte ich genau, dass er in meinem Körper war. Ich kann es dir leider nicht besser mit Worten beschreiben, es war aber genau so wie ich es dir schildere. Die alten Druiden sprachen davon, dass man dem Menschen begegnet, den man am meisten vermisst, den man am liebsten hat oder den man unbedingt noch einmal treffen möchte. In meinem Fall war es eben kein Mensch, sondern mein Freund, der Wolf Max. Danach war es einfach ein unglaublich erlösendes, befreiendes und angenehmes Gefühl in mir, bis ich irgendwann dann glaubte, zu fliegen und durch den Dunkelwald bis hierher geflogen bin. Ich sah mich auch in meinem Naturkreis sitzen und – wenn ich mich recht erinnere – konnte ich auch dich hinter mir erkennen, dann wurde ich zurück in meinen Körper gezogen. Als ich zu mir kam, sah ich dich und war glücklich."

„Du hast noch etwas gesagt", Odo blickte ihn an. „Du hast mehrmals gesagt so etwas gesagt wie: Warum lässt du das Kindlein denn hier im Wald zurück? Und du hast Mutters Namen dreimal ganz deutlich gesagt... Hat Mutter ein Kind im Wald verscharrt oder gar getötet?"

Wilhelm zögerte mit einer Antwort. Er wirkte etwas aufgebracht. „Nein... Nein, so ist es nicht."

„Wie denn dann?", Odo wurde ungeduldiger.

Wilhelm wischte mit seinen Händen über sein von tiefen Falten gezeichnetes Gesicht, atmete tief ein und aus. Dann erzählte er Odo, wie er damals mit Max der dunklen Gestalt folgte, wie er sie als Margl erkannte und wie er dann sah, dass sie ein Bündel im Wald auf dem Teufelstisch niederlegte. Außerdem erklärte er Odo auch, dass er das kleine Menschlein zu sich nahm, sich um es bestmöglich kümmerte und er es schließlich seiner Mutter zurückbrachte. „Sie freute sich so sehr, wie sich seitdem nie wieder jemand in meiner Gegenwart gefreut hat, als sie dich wieder in ihre Arme schließen konnte", ergänzte der Einsiedler.

„Was?", Odo sprang auf. „Mutter wollte mich meinem Schicksal überlassen? Sie wollte mich zum Sterben alleine im Wald zurücklassen? Was? Nein, nein, nein...!", er schüttelte seinen Kopf.

„Sie war verzweifelt...es gibt da noch etwas, Junge, dass du noch nicht weißt. Dein Vater..." Wilhelm versuchte ihn zu beruhigen.

„Die Geschichte kenne ich bereits", unterbrach Odo. „Er war ein Kaufmann auf der Durchreise, der nur sehr kurz in Trautskirchen war und dann nie wiederkam."

Überrascht wich Wilhelm kurz zurück. „Du weißt...?"

Odo nickte. „Ich habe es erst kürzlich erfahren, darum bin ich zu dir gelaufen, um mit dir zu sprechen."

„Deine Mutter war überglücklich, sie konnte ihre Freude nicht verbergen, als ich dich zu ihr zurückgebracht habe. Deswegen wurde ich dein Taufpate. Das Schicksal hat uns beide zusammengeführt. Gräme dich nicht, dass deine Margarete fast einen folgenschweren Fehler gemacht hätte, es ist alles gut gegangen. Sieh, du hast jetzt eine eigene Familie, bist ein großartiger junger Mann geworden, bist ein liebevoller Ehemann und wunderbarer Vater, was hättest du dir mehr wünschen können?", fragte Wilhelm.

Dies konnte Odo nur bestätigen. Er hatte recht. Sein Leben war genau richtig, er hatte alles, was er sich wünschte. Trotzdem brach irgendwie eine Welt in seinem Inneren in sich zusammen. Seine Mutter, die Frau, die sein Zentrum des Lebens über so viele Jahre gewesen war. Sie hatte ihn alleine im Wald zurückgelassen.

Der Eigenbrötler nahm ihn in seine Arme und klopfte ihm aufmunternd auf den Rücken. „Nun weißt du alles über deine Vergangenheit. Jetzt wird es Zeit, dass du deine Zukunft kennen lernst."

Odo lächelte ein wenig.

Als er dann bei Dämmerung nach Hause aufbrach, drückte er Wilhelm noch einmal fest und bedankte sich für seine Aufrichtigkeit. Der Weg durch den Dunkelwald stellte sich als beschwerlicher als gedacht heraus, denn die Nacht kam mit großen Schritten und so musste Odo genau darauf achten, wohin er trat. Doch wo ging er eigentlich hin? Nach Hause? Was war denn sein Zuhause...? Sein gesamtes Leben lang war er belogen worden - oder zumindest war ihm nicht die Wahrheit gesagt worden. Konnte er seiner Mutter denn vertrauen? Diese uneingeschränkte Liebe, die er zeitlebens von ihr gespürt hatte, war sie denn echt? Eduard, ja, er hatte ihn angenommen, als wäre er sein leiblicher Sohn. Sein Fleisch und Blut. An seiner Aufrichtigkeit gab es keinen Zweifel. Aber gerade seine Mutter, die Frau, die alles für ihn tat...gerade sie hatte versucht, ihn loszuwerden. Hatte ihn alleine und hilflos im Dunkelwald gelassen. Wilhelm war ihm auch immer wohlgesonnen und treusorgend begegnet. An ihm hegte Odo ebenfalls keine Zweifel. Aber Margarete? Seine Mutter war mit dieser einen Wahrheit in ein völlig anderes Licht gerückt. Wieso konnte er nicht einmal genau erklären...aber es war so. Aber es gab noch Ida. Sie war in den letzten Jahren stets sein großer Rückhalt gewesen, die Mutter seiner Kinder, die Stütze in schwierigen Zeiten und die Person, der er blind vertrauen konnte. Sie war sein Zuhause. Sie war seine Heimat, sein Lebensmittelpunkt. Er spürte tiefe Dankbarkeit und Glück, so beschleunigte er seine Schritte, als er die Teufelsschlucht hinabging, um etwas schneller bei ihr sein zu können.

Die Kinder schliefen bereits, als Odo die knarzende Haustür öffnete und sich zu Ida in die Stube setzte. Sie bemerkte gleich, dass er verändert war und etwas auf dem Herzen hatte, sie kannte ihn einfach zu gut, dass ihr so etwas nicht auffallen würde.

„Was bedrückt dich?", fragte sie vorsichtig.

Odo sah sie einen Moment lang still an, lächelte kurz und nahm sie dann wortlos in die Arme. Sie streichelte sanft seinen Rücken und schwieg mit ihm. Eine gefühlte Ewigkeit später ließ er locker, nahm ihre Hand und begann, alles zu erzählen, was er in den letzten Stunden so über sein

337

Leben und seine Vergangenheit erfahren hatte. Mit weit aufgerissenen, ungläubigen Augen saß sie vor ihm, hörte ihm zu und konnte seinen Worten keinen Glauben schenken. Sie war genauso erschüttert, wie er. Margl, jene Margarete, die sie als liebevolle, sich kümmernde Mutter, Großmutter und Schwiegermutter und besondere Frau kennen gelernt hatte, hatte Odo sich selbst überlassen wollen? Welch' Verzweiflung war damals in ihr versteckt gewesen? Das hätte sie ihr nicht zugetraut. Sie verstand, warum er so still und in sich gekehrt war, sie konnte nachvollziehen, dass er sich schlecht fühlte. Sie nahm ihn noch einmal in den Arm und küsste sanft seine Wange.

In dieser Nacht schlief Odo sehr unruhig, Träume plagten ihn. Er wurde von einem schwarzen Geist verfolgt, der ihm nach dem Leben trachtete. So schnell Odo auch lief, er ließ sich nicht abschütteln und kam unaufhaltsam näher. Seine langen, dürren, schwarzen Finger griffen nach ihm, wollten ihn packen, doch er wehrte sich, schüttelte den Geist ab, nur um kurze Zeit später festzustellen, dass er wieder hinter ihm war. Nicht nur einmal schreckte Odo in dieser Nacht auf und war erleichtert, in seinem Bett neben seiner Ehefrau zu liegen. Aber als er wieder eingeschlafen war, verfolgte ihn der Geist weiter. Diese dunkle, bedrohliche Gestalt packte ihn, drohte ihn zu ersticken. Er legte seinen langen, dünnen Finger immer fester um Odos Hals und drückte zu – Odo bekam kaum noch Luft, er spürte, dass er kurz davor war, das Bewusstsein zu verlieren und es gab keinen Ausweg: Er konnte die Arme des Geistes nicht packen oder die Umklammerung öffnen, er war nicht stark genug. Kurz bevor er aufgeben und alles über sich ergehen lassen wollte, erwachte Odo. Die Sonne schob gerade die Nacht beiseite und lugte hinter den Wolken am Horizont hervor. Dieser Morgen tauchte das Tal in die unterschiedlichsten Rottöne. Er ging ans Fenster und sah in die Ferne. Es mag vielleicht fünf Uhr sein und Odo wartete darauf, dass die Natur erwachte. Er drehte sich kurz um und sah Ida im Bett liegen. Leicht bekleidet und friedlich.

Wunderschön, wie am ersten Tag. Sie war seine große Stütze und das größte Glück. Er sagte es ihr viel zu selten, wie er für sie empfand. Doch gleichzeitig hoffte er, dass sie es wusste. Dann sah er wieder aus dem Fenster und beobachtete, wie die Sonne und das Licht die Nacht mit ihrer allesfressenden Dunkelheit besiegten. Vielleicht konnte ihm ein neuer Tag neue Zuversicht und neuen Mut bringen.

Als Odo kurz darauf bei seinen Schafen auf einer Wiese östlich von Trautskirchen war und mit seinem treuen Hund an einem Baum lehnte, war er froh, dass Eduard heute nicht bei ihm war. Noch immer quälten ihn die Gedanken und er wollte – oder konnte – nicht darüber sprechen. Die Tiere stürzten sich gierig auf die ersten hellgrünen Pflänzchen, die nach dem Winter ihren Weg nach draußen gefunden hatten, denn das Gras hatte bereits vorsichtig zu sprießen begonnen. Die Schafe sind bekanntermaßen Weidetiere und so ist es verständlich, dass sie so lange es nur möglich ist, ihr Futter selbst suchen. Nun war es aber in diesem Jahr so gewesen, dass der Winter und der Frost mit Schnee und Eis recht früh eingesetzt hatten, daher war es für Odo nicht mehr möglich gewesen, die Tiere auf die Weide zu bringen. Daher war ein langer Winter nun endlich zu Ende gegangen, das genossen die Tiere sichtlich. Endlich konnten sie wieder recht frei und unabhängig auf einer Wiese stehen und fressen. Die Zeiten waren überwunden, da sie in dem ungeliebten Stall stehen mussten und mit Heu oder Stroh durchgefüttert wurden. Er hatte mit Eduard zusammen vor knapp einem halben Jahr eine gestelzte Heuberge gebaut, um das Stroh und Heu für die Schafe aufbewahren zu können. Es sah aus wie eine Art Scheune, aber war mit einigen besonderen Möglichkeiten ausgestattet. Dort war das Heu vor Regen und allem Wetter geschützt, denn es war überdacht – eben wie in einer Scheune auch. Eine Besonderheit hatte die Konstruktion, die sich Odo hatte einfallen lassen allerdings: Das Dach war in seiner Höhe verstellbar. Man konnte es, wenn man sehr viel Heu und Stroh einzulagern hatte, weiter oben in die Stelzen hängen, dann stand mehr Stauraum zur Verfügung. Und falls es einmal ein schlechteres Erntejahr gab, wurde das Dach nachgeführt und weiter unten eingehängt. Das Besondere war daran, dass durch das einstellbare Dach, stets Regen und Wind ferngehalten wurden. Und da Eduard ihn noch darauf hingewiesen hatte, dass es wichtig wäre, das empfindliche Heu von der Bodenfeuchtigkeit zu schützen, ließ sich Odo auch hier etwas einfallen. Der Holzboden der Heuberge lag nicht auf der Erde auf, sondern stand – ebenso auf Stelzen – darüber. Mit dieser Idee, wehte die frische Luft stets durch das Heu und trocknete es langsam vollständig aus. Es machte Odo großen Spaß, sich neue Dinge einfallen zu lassen, besondere Ideen zu entwickeln und Probleme zu lösen, aber ohne Eduard war er aufgeschmissen, da er der bessere Handwerker war. Ein Macher, der die Einfälle dann in die Tat umsetzte. Er war ihm gegenüber stets loyal, liebevoll und ehrlich gewesen. Hätte sich Odo einen Vater wünschen können, wäre es Eduard gewesen. So ließ er seine Gedanken weiter schweifen… Pfarrer Anselm hatte vor einiger Zeit in einer seiner Predigten erzählt, dass man durch das Lesen oder Hören des Wort Gottes alles überwinden könne. Man würde dabei erkennen, was gute und was schlechte Gedanken seien und würde neue, geistige Nahrung erhalten. Dies sah er anders. Die Bibel oder ein Gebet konnten ihm nicht helfen. Er selbst hatte ja keinen Fehler gemacht, er war es nicht gewesen, der sein Kind weggeworfen hatte. Er war es nicht, der sich falsch verhalten hatte. Er war nur geboren worden. Als Bastard seiner Mutter und eines reichen Kaufmannes. Er war es, der durch des Schicksals Fügung überlebt hatte. Doch wie konnte er seine schlechten Gedanken vergessen und wie konnte sich seine Mutter von der Sünde reinwaschen? In den letzten Jahren hatte Odo immer wieder von Geißlerzügen gehört. Vor allem während des Schwarzen Todes zogen diese durch die Lande. Die Menschen geißelten sich selbst und riefen zur Buße auf. Vor allem um das nicht allzu weit entfernte Nürnberg, aber auch bei Würzburg waren haufenweise Geißler unterwegs, diese kamen allerdings nicht bis nach Trautskirchen. Was könnte ihr denn sonst noch helfen? Er faltete seine Hände, schloss die Augen und betete. Nicht für sich. Für Margl, seine Mutter.

7

1373

Viele Jahren waren vergangen, Odo hatte sich damit abgefunden, dass er in seiner frühen Kindheit nur knapp dem Tode entronnen war und konnte seiner Mutter nach einiger Zeit auch verzeihen. Dies war wichtig für ihn und für sie ebenso. Schließlich war sie immer eine liebende Mutter für ihn gewesen, die ihm vor allem beschützte, das auf ihn niederprasselte. Nun musste sie ihn nicht mehr schützen, er war ein stattlicher Mann von 42 Jahren, der selbst Vater war und mittlerweile häufiger als Eduard die Schafe hütete. In Trautskirchen war es wie immer gewesen: Menschen starben, Menschen wurden geboren, Menschen alterten, Menschen arbeiteten – es war das bekannte Dorfleben. Und doch hatte sich etwas grundlegend verändert. Der reiche Nold war gestorben! Der von Seckendorff, der sich so wunderbar in die Dorfgemeinschaft eingefügt hatte, erlag im Jahre des Herren 1365 einem kurzen, aber intensiven Leiden. Dies traf die Trautskirchner ins Mark, nicht nur, weil sie ein wertvolles Gemeindemitglied verloren hatten, sondern weil sie nicht wussten, was nun mit ihrer kleinen Schutzburg geschehen würde. Jetzt, da die Überfälle im Zenngrund durch die Nürnberger wieder zunahmen. Bisher waren sie noch verschont geblieben, aber wie lange würde das noch so weitergehen? Der reiche Nold hätte sie sicherlich beschützt und ihnen geholfen, unbeschadet davonzukommen. Immerhin hatte er zeitlebens den Auftrag gegeben, die kleine Wehrburg in Trautskirchen zu einer größeren Burganlage zu erweitern und dieses begonnene Bauvorhaben wurde durch seinen Sohn Johann Wilhelm weitergeführt. Zwar war dieser nicht so häufig mehr in dem beschaulichen fränkischen Ort anzutreffen, aber er blieb ihnen wohlgesonnen, was wichtig für die Bürger war. Dennoch erzählten sie ihrem neuen Burgherrn erst einmal nichts von den geheimen unterirdischen

Gängen unter dem Dorf, sie wollten eben nichts riskieren. Und offensichtlich hatte der reiche Nold sein Versprechen gehalten und seine Familie nicht in das Geheimnis eingeweiht. Der Bau oder genauer gesagt, die Erweiterung dieser, schritt schnell voran und so waren Mitte der 1370er Jahre bereits die Wehranlage vergrößert, die Burgmauern verstärkt und die Türme etwas erhöht worden. Es waren beschwerliche Arbeiten, dennoch herrschte – wie bereits beim Bau der Burg zu Trautskirchen vor etlichen Jahren - gelöste, fast heitere Stimmung. Man war einerseits froh, dass die Burg nun so stark wurde, dass sie einem drohenden Angriff oder gar einer Belagerung durch die Nürnberger standhalten konnte, andererseits hatte sie auch die nötige Größe, den Bürgern Unterschlupf und Schutz zu bieten. Daher arbeiteten sie gerne daran, ihre Zukunft zu sichern. Als der Ausbau nahezu vollendet war, kündigte sich Johann Wilhelm an, er wollte gerne das Resultat des Auftrags seines Vaters sehen. Als er mit seinem Ross und etlichen Begleitern – meist vornehm wirkenden Rittern – daherkam und durch das kleine Dorf ritt, sah er sich genau um. Auch er wurde von den neugierigen Dorfbewohnern gemustert. Grüßte er? Wirkte er offen und freundlich oder war er einer der vielen Adligen, die sie als niederes Gesinde betrachteten und sie keines Blickes würdigten? Aber es verlief recht harmonisch, der hochgewachsene Mann mit dem dunkelbraunen Bart und schulterlangen, braunen Haaren begrüßte sein Dorf und lächelte sogar ab und an. Das gefiel den Trautskirchnern. Er erreichte den Fuß des Burgberges, mitten im Ort, gleich neben der Kirche und sah einen schmalen, geschotterten Ziehweg, welcher rechts nach oben zur Burg führte. Er blieb einen Moment am Fuße des Hügels stehen und betrachtete die Kirche genauer. Sie verzückte den Mann offensichtlich, denn er nickte seinen Begleitern zu und gab ihnen so zu verstehen, dass es ein schönes Gotteshaus nach seinem Geschmack war. Er wirkte etwas erschöpft, dies mag einerseits mit dem doch etwas längeren Ritt von Cadolzburg zu tun haben, oder damit, dass er es nicht so sehr gewohnt war, in voller Rüstung zu reiten. Sein Kettenhemd unter dem Wappenkleid, der Helm, die restliche Rüstung, all dies wog schwer und raubte dem Reitenden Kraft. Seine Mitstreiter waren dies eher gewohnt, denn sie ließen sich keine Müdigkeit oder Ermattung anmerken. Auf dem Weg untersucht er seine Burg, denn er wollte sich versichern, dass es Feinde auch schwer haben würden, diese einzunehmen. Rund um die Burg, die ja oben auf einem Hügel liegt, um die Weite des Zenngrunds zu überblicken, befanden sich dichte Sträucher und Unterholz, durch das es kaum ein Durchkommen gab. Sein linker Arm, der Schildarm bei Angreifern, zeigte weg von der Burg, der Schwertarm hin zu der Wehranlage. Dies war wichtig, da somit alle verwundbar waren, die sich ihr ohne Erlaubnis nährten. Jeder war dadurch ein leichtes Ziel durch die Pfeile, die man von der Burg schießen konnte. Johann Wilhelm blickte nach oben und nickte zufrieden, als er die Schießscharten erkannte. Ebenso gefielen ihm die Pechnasen an der Mauer, die dann eingesetzt wurden, wenn sich ein Angreifer doch weiter nach vorne durchschlagen konnte und es bis an den Fuß der Wand schaffen sollte. Dann würden von dort aus siedendes Pech, heißes Wasser, Unrat, Abfälle oder Steine geworfen.

Sie ritten die letzten Schritte hoch zur Burg und durchquerten das große, hufeisenförmige, eichenhölzerne Vortor der Anlage und ritten über die Zugbrücke. Innen angekommen half dem Herrn gleich der Knecht beim Absteigen und tränkte sein Pferd. Er war zufrieden. Die Burg sollte schützen, Sicherheit ausstrahlen und weithin sichtbar das Zeichen seiner Macht sein. Sie sollte Gegner abschrecken. Sie gingen – oder besser gesagt schritten – über den Vorhof der Burg und sahen sich neugierig um. Links und rechts befanden sich die Scheunen mit kleineren Ställen, die zur Lagerung der Naturalien und natürlich zur Aufbewahrung der Tiere dienten. Umringt wurde die Vorburg von dicken Mauern mit drei Rondellen, die wie kleine Türme wirkten. Erhalten wurde auch der kleine Wehrgang rund um die Anlage, der im Verteidigungsfall wichtig werden konnte. Der Zugang zur Hauptburg war wieder durch eine kleine Zugbrücke abgetrennt, man konnte also, falls sich Feinde doch irgendwie Zugang verschaffen konnten, in die Hauptburg zurückziehen und sich dort verschanzen. So hätten sie nicht viel erreicht, wenn sie den Durchgang zur Vorburg überwunden hätten. Dann erblickte man den Palas, der weiterhin einen erhabenen Eindruck machte und zwei höhere Türme, die aber neben dem Bergfried recht klein wirkten. Eben jener höchste Turm der Anlage war noch einmal von einer dicken Mauer geschützt, er stellte den letzten Zufluchtsort im Ernstfall dar. Der Palas war durch einen Anbau erweitert worden, er sicherte dadurch recht sicheres Wohnen für die Herrschaften und schmiegte sich geschickt am Altbau an, sodass es dem ungeschulten Auge wahrscheinlich gar nicht aufgefallen wäre, dass dieser erst später errichtet worden war. Der Brunnen nahm eine schier unendlich große Menge Regenwasser auf, wurde aber auch von einer unterirdischen Quelle gespeist. Tief in den Untergrund getrieben und weit in den Stein geschlagen, konnte man den Boden des Brunnens von oben nicht erblicken. Johann Wilhelm zeigte sich äußerst zufrieden. Da er Hunger verspürte, begab sich der Tross in die Küche des Palas, um sich zu stärken. Dort sah man direkt den großen, metallenen Kochkessel über der Feuerstelle der Küche hängen. Der schwarze Rauch zog durch den Rauchfang ab, dennoch roch es im gesamten Raum danach. Er setzte sich an den langen Eichentisch und winkte sein Gefolge herbei, es ihm gleichzutun. Vor ihnen lag, vorbereitet von den Haushälterinnen, das Holzgeschirr. Als sie das duftende Essen serviert bekommen, freuten sie sich, da sie alle längere Zeit nichts mehr im Magen hatten, ihr letztes Gericht war am Morgen gewesen und bestand nur aus einem Hirsebrei. Es wurde gebratene Ente gereicht, dazu Brot und Dörrobst, ebenso tranken sie dünnes Bier und Wein, der mit Salbei, Nelken

345

und Rosmarin gewürzt worden war. Sie ließen es sich gut gehen und lobten den Koch in den höchsten Tönen, welch delikate Speisen er für sie dargebracht hatte. Plünderungen und Überfälle waren in dieser Zeit an der Tagesordnung, auch wenn Trautskirchen verschont geblieben war, so konnte Johann Wilhelm nach der Besichtigung der Burg doch etwas mehr Sicherheit haben – seine Burg würde die Menschen beschützen. So wie er es seinem Vater am Sterbebett versprochen hatte. Er hatte von ihm gehört, wie wichtig und besonders dieser Ort und seine Bewohner waren. Auch wenn der junge Mann dies nicht verstehen und ebenso wenig nachvollziehen konnte, so setzte er doch alles daran, seinem Vater diesen letzten Wunsch zu erfüllen. Vielleicht würde er dahinterkommen, wenn er ein wenig mehr Zeit hier verbringen würde. Es gefiel ihm in Trautskirchen, es war ein beschauliches, kleines Dorf mit starker Gemeinschaft und funktionierendem Zusammenhalt, das imponierte ihm. Als Kind war er öfters hier gewesen, hatte mit den Kindern Fangen und Verstecken gespielt oder sich in Schaukämpfen mit dem Holzschwert – oder dicken Stöcken - geübt. Sein Vater hatte ihm stets gesagt, dass es hier im Dorf keinen Unterschied zwischen den höher gestellten Menschen und den Bauern gab. In Nürnberg durfte er nie mit den niedergestellten Kindern spielen, hier schon. Irgendwie war es hier anders. Aber den Grund hatte er bis zum heutigen Tage nie erfahren, er respektierte die Entscheidungen seines Vaters und genoss das unbeschwerte Toben in den Straßen des Dorfes und den Wiesen ringsum. Unzählige Male waren sie zu dritt, zu viert oder zu fünft an die Zenn gelaufen oder gerannt, um dort mit Stöcken nach Fischen und Flusskrebsen zu angeln. Hatten sie doch einmal Erfolg, so machten sie gleich ein kleines Feuer, um die Tiere zu braten und im Anschluss zu essen. Das war jedes Mal aufs Neue ein großes Abenteuer, denn alle Kinder wussten, dass dies alles verboten war. Sie wussten aber ebenso, dass es ihnen niemand übelnehmen würde, solange das Feuer nicht unkontrolliert um sich griff. Vielleicht wussten es die Erwachsenen auch und sagten nichts. Ach, er erinnerte sich sehr gerne an die schöne Kindheit, wenn er auf Besuch hier war. Irgendwann, als er älter wurde, nahmen seine Besuche ab. Er kam nicht mehr so oft mit seinen Eltern mit, begleitete sie nicht mehr auf jede Reise und hatte eigene herrschaftliche Aufgaben zu erfüllen. So geriet der schöne Ort ein wenig ins Hintertreffen, jedoch ganz vergessen hatte er ihn nie. Und dann, als sein Vater ihm das Versprechen kurz bevor ihm der Tod ereilte, abgenommen hatte, war ihm klar, dass er hierherkommen würde, um alles zu veranlassen, dass es dem Dorf gut gehe. Zeitlebens sprach sein Vater immer sehr wohlwollend über Trautskirchen, er fühlte sich hier daheim und hatte guten Anschluss im Ort gefunden. Johann Wilhelm war sich sicher, dass er es ebenso versuchen wollte. Er wollte seinen Vater stolz machen und sich auch in Trautskirchen engagieren, den Ort mit all seiner Kraft beschützen und - wenn nötig – bis zum letzten Atemzug verteidigen. Das war er ihm schuldig. Und sich selbst. Und seiner Kindheit.

„Seid ihr alle satt geworden?", fragte er seine Gefolgsmänner. Als diese nickten, begann er zu lächeln.

„Dann müssen wir ins Dorf. Legt eure Waffen und die Rüstung ab, wir wollen zum Wirtshaus gehen und uns ein wenig unter die Menschen mischen."

„Herr, verzeiht bitte, aber ist es nicht gefährlich, in diesen Zeiten ohne Schutz umherzuziehen?", gab ein Ritter zu bedenken. Dabei senkte er seinen Kopf und wagte nicht, Johann Wilhelm in die Augen zu blicken.

Sein Herr lachte. „Ich weiß, was ich tue. Macht Euch keine Sorgen, es wird schon alles gutgehen. Ihr müsst Euch nicht darüber sorgen. Worüber ich mir allerdings an eurer Stelle mehr Sorgen machen würde, ist die Tatsache, dass euer aller Trinkfestigkeit nun auf eine harte Probe gestellt wird. Mein Vater berichtete mir, dass die Trautskirchner sehr viel trinken können. Dies gilt es heute herauszufinden. Seid ihr trinkfest und mutig genug, dies unter Beweis zu stellen?"

Seine Begleiter grölten laut schlugen mit ihren geballten Fäusten auf den schweren Eichentisch. Dies bedeutete wohl „ja".

Er wies ihnen den Weg zu ihren Schlafgemachen und ging dann in seine Kemenate, um sich umzuziehen. Sie wollten sich alle kurze Zeit später wieder treffen, um gemeinsam ins Dorf zu gehen.

Es war noch nicht so später Nachmittag, weswegen die Herrschaften als erste Gäste bei Martin in der Schänke eintrafen.

„Heiliger Pfaffenfurz, wen verschlägt es denn da in meine bescheidene Hütte? Sehen meine trüben Augen richtig? Seid ihr es, Johann Wilhelm?", begrüßte sie der Schankwart.

Johann Wilhelm lächelte. „So ist es. Und wie ich höre, habt ihr euch nicht verändert. Schön, wieder hier zu sein."

„Ich werde mich hüten und mich verändern. Als ich euch das letzte Mal hier gesehen habe, gingt ihr mir noch bis zur Brust, nun überragt ihr mich um ein ganzes Stück. Die Zeit vergeht wie im Fluge, verdammter Hundsarsch!"

Der Burgherr erinnerte sich an die unflätige Ausdrucksweise, die bezeichnend für Martin war. Als Kind hatte er stets aufmerksam zugehört und jede Beleidigung, jeden Fluch und jeden Ausdruck in sich aufgesogen. Es war immer etwas Besonderes, wenn er mit seinem Vater hier bei ihm Halt machte. Und denselben Blick, den er wohl als Kind gehabt haben musste, konnte er jetzt bei seinen Kameraden feststellen. Sie hielten ihr Lachen zurück, grinsten aber bis über beide Ohren und amüsierten sich köstlich.

Johann Wilhelm legte seine Hand auf die Schulter des Schankwirts. „Zeig mir und meinen Begleitern doch einen Tisch in deiner Stube. Wir sind durstig und könnten ein köstliches Bier vertragen."

Martin klatschte in die Hände und setzte die vier Männer an einen Tisch in einer Ecke des Wirtshauses. Kurz später standen bereits die bis zum Rand gefüllten Becher mit Bier vor ihnen. Sie stießen an und leerten diese in einem Zug. Johann Wilhelm wischte sich den Rest des Schaumes mit dem Ärmel aus seinem Bart. „Ich hatte fast vergessen, wie köstlich das Bier hier auf dem Land schmeckt."

Seine Begleiter stimmten zu und lauschten anschließend ein paar Erzählungen des Wirtes, welche besondere Geschichten sich mit dem reichen Nold hier zugetragen hatten. Sie lachten und erinnerten sich in schöner Weise an den vor nicht allzu langer Zeit verstorbenen Mann, der sich hier in Trautskirchen immer heimisch fühlte und bei den Bewohnern sehr beliebt gewesen war.

Es dauerte selbstverständlich nicht lange, da hatte sich die Nachricht, dass Johann Wilhelm bei Martin sitzt, wie ein Lauffeuer verbreitet. Nach und nach trafen immer mehr Männer ein und wollten sich selbst ein Bild ihres neuen Burgherrn machen. Besonders interessiert war der junge Mann am Leben Constantins, der ja als Alchemist und Reisender viel herumgekommen war, das imponierte ihm. So unterhielten sie sich zu Beginn über alle möglichen wissenschaftlichen Erkenntnisse und neue Ideen, die man entwickeln könnte. Für Constantin war das Studium der Literatur ebenso wichtig wie die Versuche, die er durchgeführt hatte, da er glaubte, dass er ohne das Wissen nicht genügend Hintergrund hat, Forschung zu betreiben. Diese Meinung teilte Johann Wilhelm und so hatten sie schon ein gemeinsames Thema für ihr Gespräch gefunden. Er bezeichnete sich aber bewusst als Alchemist und nicht als Gelehrter, man könnte ihn auf Grund seiner Vergangenheit und der Erfahrungen, die er bereits gemacht hatte, durchaus so bezeichnen, aber er fand es unpassend. Was hätte er denn beispielsweise an den Universitäten in Bologna, Paris oder Oxford zu suchen? Da gehörte er nicht hin, da sah er sich selbst einfach nicht. Überrascht war der Burgherr allerdings, als er erfuhr, dass Constantin an manchen Plätzen als Scharlatan und Betrüger bezeichnet wurde, teilweise haben sie ihn sogar aus der Stadt oder dem Dorf gejagt, weil sie ihn nicht dort haben wollten.

Gegen Abend war die Wirtsstube gut gefüllt und die Stimmung wurde immer gelöster. Es wurde diskutiert, gestritten, empfohlen und sich erkundigt, was denn nun in Zukunft das Beste für Trautskirchen sei, wenn doch die Nürnberger immer mehr Dörfer überfielen. Sie sprachen über Gott und die Welt, die Pläne Johann Wilhelms, er erzählte ihnen von seinem Versprechen gegenüber seinem Vater, sie berichteten ihm von dem stets respektvollen, guten Verhältnis, das Nold mit den Bewohnern hatte und so lernte man sich an diesem Abend neu kennen. Es ging nicht mehr darum, dass der Sohn des Burgherrn hier zu Gast war, sondern sie hießen ihren neuen Herrn im Ort willkommen.

Die Überfälle der Nürnberger waren nicht unbedingt die Regel, aber kamen weiterhin so häufig vor, dass sich die Trautskirchner schon regelmäßig darüber unterhielten, wann denn nun sie einmal fällig wären. Es war in dieser Zeit nun einmal so, dass viele Dörfer im Umkreis geplündert wurden – manche bereits zum zweiten oder dritten Mal – sie waren leergeräumt worden und alles Interessante mitgenommen worden.

Dennoch fuhr der Schrei des kleinen Joseph durch Mark und Bein: „Sie kommen!"

„Reiter?", dachte er verwundert. „Was wollen die Reiter denn hier? Kommt etwa Johann Wilhelm zu Besuch?" Aber es wirkte auf ihn anders als bei einem normalen Besuch. Dafür ritten sie deutlich zu schnell. Der Junge blinzelte in die Ferne, da er ein wenig von der tiefstehenden Sonne geblendet wurde. Er hörte das Trampeln immer lauter werden und meinte auch schon das wütende Schnauben der Pferde wahrzunehmen. „Sie kommen!"

Mehr musste er nicht rufen. Er rannte so schnell er konnte ins Dorf: „Sie kommen!" So weit ihm seine kleinen

Füßchen trugen rannte er weiter: „Sie kommen!" Mit sei-nen Rufen versetzte er den gesamten Ort in Aufruhr. Wie die Ameisen rannten die Trautskirchner durcheinander, ohne Ziel, ohne Führung, ohne wirklichen Plan. Odo trat vor sein Haus. Er spürte, wie sich seine Nackenhaare auf-stellten und sich sein Magen zusammenzog. Das metalli-sche Knallen der Reiter war für ihn eindeutig einzuordnen: Es waren Krieger! Gleich vermutete er, dass es sich um die Nürnberger handeln musste. Er ging ins Haus, packte seine Frau Ida am Arm und sagte ihr, dass sie mit den Kindern schnellstmöglich und ohne Umwege zur Burg müsse. So ernst hatte sie ihren Mann selten gesehen, des-wegen nickte sie nur und folgte seinen Anweisungen di-rekt. Es erleichterte den Mann, dass sie den Weg hoch, um in Sicherheit zu sein, bestimmt noch schaffen würden, bevor die Feinde eintreffen würden. Odo duckte sich hinter einem Busch, um nicht gleich entdeckt zu werden und sich kurz sammeln zu können. Was sollten sie nun tun? Am besten alle auf die Burg in Sicherheit bringen. Allerdings blieb nicht mehr genügend Zeit, vermutete er. Viele Men-schen rannte bereits den Burgberg nach oben, sie müss-ten es normalerweise schaffen. Aber was wurde aus dem Rest? Odo half instinktiv einigen Bürgern, die nicht wuss-ten, was los war. Er zeigte ihnen den rechten Weg. Dann war es soweit: Die Ritter trafen ein. Mit beeindruckender Geschwindigkeit ritten sie auf ihren Schlachtrössern durch die engen Dorfwege und schlugen mit ihren Waffen um sich. Als Odo zur Seite treten wollte, verlor er das Gleich-gewicht. Es war sein Glück, denn fast hätte ihn der Schwerthieb des wütenden Mannes mit den langen, schwarzen Haaren und dem grau-schwarz melierten Bart getroffen. Mit seinem gesamten Körpergewicht landete er auf seinem linken Arm, der direkt eine Welle von Schmer-zen durch seinen Körper schickte. Auch eine Rippe schmerzte so stark, dass er kaum atmen konnte. Auf dem Boden liegend stellte er fest, dass er in großer Lebensge-fahr war. Die meisten Menschen waren hier nicht mehr anzutreffen und so würden die Ritter ihre Wut und den Frust an denjenigen auslassen, die sie noch auffanden. Hastig und etwas ungelenk rappelte er sich auf. Obwohl in der damaligen Zeit alle Dorfbewohner wussten, dass sie nicht kämpfen, sondern in die Festung fliehen wollten, wurden manche dennoch so von den Angreifern überrascht, dass sie zu überrumpelt waren, um sich rechtzeitig in Sicherheit zu bringen. Nun fiel Odo auf, dass um ihn herum einige Trautskirchner bereits regungslos am Boden lagen. Nun stieg die Angst in ihm hoch. Keine Angst um sein Leben, er hatte Angst, dass Ida und die Kinder nicht mehr rechtzeitig in der Burg angekommen waren. Die Lage der Körper deuteten darauf hin, dass sie von den Angreifern wehrlos überrumpelt wurden. Bei den Toten fanden sich keine Waffen oder Abwehrverletzungen, sie wurden mit einem gezielten, schweren Schlag mit dem Schwert niedergestreckt. Odo biss auf die Zähne und schlich sind zwischen den Häusern entlang zum Burgberg, denn der Weg zum Geheimgang am Kellerbuck war nicht zu erreichen. Als er an seinem Fuße angekommen war, legte er sich hinter einen Strauch vor der Kirche. Die Seitentür war weit geöffnet und von Pfarrer Anselm keine Spur. Offensichtlich war er auch geflohen, hatte sein geliebtes Gotteshaus zurückgelassen. Er beobachtete die in bizarren Formationen durchs Dorf galoppierenden Ritter, um den besten Moment abzupassen, die Straße zu überqueren. Dann hörte er einen lauten Schrei. Mit wildem Gebrüll und bloßen Händen rannte Peter, der Sohn des Schmiedes Lambert, der selbst nun diesen Beruf ausübte, auf den Ritter zu und versuchte ihn vom Pferd zu ziehen. Er packte sein linkes Bein und riss an seinem Gewand. Als sich der Angreifer nach vorne beugte, rammte Peter ihm seinen Kopf ins Gesicht. Es krachte, der Ritter stöhnte, es knirschte und beide Männer lagen neben dem Tier auf dem Boden. Peter kniff ein Auge zusammen, offensichtlich hatte er Schmerzen, doch seinem Kontrahenten lief das hellrote Blut über das Gesicht. Er hatte ihn erwischt. Der Ritter wischte sich das Blut mit seiner Hand ab, es lief ihm ins Auge und schränkte sein Sichtfeld ein. Den Helm hatte er bereits verloren, er lag neben ihm im Schmutz. Beide wälzten sich am Boden und hatten sich ineinander verkeilt. Während sich Odo über die Straße schlich, gewann Peter die Oberhand und saß auf seinem Gegner, seine Knie fixierten die Arme des Ritters und er holte aus, um seine Faust in sein Gesicht stürzen zu lassen. Dies gelang zweimal, allerdings kam er nicht dazu, es einen dritten Hieb zu setzen. Die eiserne Faust des am Boden liegenden Mannes traf ihm knallhart an der rechten Schläfe. Der Schmerz war ungeheuerlich und kaum auszuhalten, so kippte er zur Seite. Peter schmeckte Blut und spürte wie der warme Lebenssaft seine Wange hinunterlief. Wieder traf ihm die Faust seines Gegners im Gesicht, dieses Mal drohte er ohnmächtig zu werden, so hart schlug er auf ihn ein. Peter schüttelte sich und spürte, dass sich ein Zahn gelöst hatte. Mit einem Schwall Blut spuckte er diesen zu Boden. Er wollte nicht aufgeben, er konnte nicht aufgeben. Das Letzte was der tapfer kämpfende Mann sah, war das erhobene Schwert eines zweiten Ritters, der seitlich zu den Streitenden gerannt kam. Dann wurde es dunkel. Odo kniff seine Augen fest zusammen, als er Peters Körper leblos zur Seite kippen sah, mit einem in der Mitte gespaltenen Schädel. Er lag nun regungslos auf der Erde, an seinem Kopf klaffte eine weit geöffnete Wunde, aus der schier endlos viel Blut trat und sich auf dem Boden verteilte. Die beiden Nürnberger lachten laut und schritten davon.

So setzte auch Odo seinen Weg in Richtung Burg fort. Als er am Fuße der hohen Burgmauer angekommen war, sah er Adam, den Sohn des Zimmermanns Reinhard. Er lag auf dem Bauch und hatte das Knie eines Ritters mit hellblonden Haaren im Rücken. Odo tauchte unter einem Busch unter.

Er schrie Adam an: „Wer bist du? Nenne mir deinen Namen!"

Adam schwieg.

Krachend ließ er seine Faust auf den Hinterkopf Adams niedersausen. Dieser stöhnte auf.

„Dein Name!", brüllte er eindringlich und schlug erneut hart zu.

„Adam", unter Schmerzen nannte er doch seinen Namen. „Ich heiße Adam und bin Zimmermann, wie mein Vater auch."

„Wo sind die ganzen Bürger? Sind sie geflohen?", verärgert drückte der Ritter sein Knie fester in den Rücken. Adams Gesicht war über und über mit Dreck beschmutzt und er strengte sich gar nicht mehr an, seinen Kopf zu heben.

„Sie sind in der Burg...", antwortete er kraftlos.

Als er die erhoffte Antwort bekommen hatte, rammte der Ritter Adam ohne Zögern sein Schwert in den Nacken. Danach ging er den Burgberg nach unten, wahrscheinlich um seine Mitstreiter über die Neuigkeiten zu informieren.

Das war Odos einzige Möglichkeit. Er rannte so schnell er konnte zum ersten Tor. Dort angekommen rief er den Geflüchteten zu, sie sollten schnell öffnen, er wäre allein und hätte nur wenig Zeit, bis die Ritter herkommen würden. Nachdem sie sich davon überzeugt hatten, öffneten sie das Tor und zogen den Mann ins Innere. Gerettet. Gott sei Dank. Als Odo seine Familie in die Arme schloss, verspürte er das größte aller Glückgefühle.

Kurz darauf kamen die fremden Ritter und schlichen um das Tor. Sie erkannten recht schnell, dass sie hier keine Chance hatten. Es lag ihnen nichts daran, die Burg einzunehmen oder das Volk auszulöschen. Sie wollten nur möglichst viel Beute machen. So versuchten sie nicht einmal, das Tor aufzubrechen oder ins Innere zu gelangen. Sie gingen fast wortlos wieder zurück ins Dorf, um die Häuser leerzuräumen. Mehr wollten sie nicht. Im Idealfall fette Beute machen und dann wieder abziehen. Je weniger Menschen im Ort waren, desto besser – so mussten sie wenigstens keine Kämpfe führen.

Guda, die Tochter des Totengräbers Magnus, hatte bisher nichts von dem Überfall mitbekommen. Sie kam gerade ins Dorf zurück, als die Ritter durch die Häuser zogen, um nach Habseligkeiten zu suchen. Vor Schreck ließ sie ihren Korb fallen, dessen Inhalt sich auf dem kleinen Weg ausbreitete. Sie stand einen Augenblick wie angewurzelt da, ohne sich zu regen, dabei sah sie dem fremden Mann direkt in seine fast schwarzen Augen. Dann drehte sie sich um und rannte so schnell sie ihre Füße trugen Richtung Burg. Sie kam nicht weit, dann packte sie etwas von hinten an ihren langen, zu einem Zopf geflochtenen, Haaren und riss sie zu Boden. Der starke Mann lachte triumphierend. Sie kniete vor ihm und flehte ihn an, sie bitte loszulassen. Er schüttelte den Kopf und zerrte sie in das nächste Haus. Dies sah Hubertus, der aus Kräft herübergeeilt war, um nachzusehen, was in Trautskirchen los war. Ein Rumpeln und ein Klirren drang aus dem Haus nach draußen, so wagte Hubertus einen flüchtigen Blick durch das Fenster. Er sah den Ritter, der Guda ein Messer an die Kehle drückte. Sie lag mit geöffneten Schenkeln vor ihm auf einem Holztisch und wagte kaum zu atmen. Ein tiefer Kratzer war bereits an ihrem Hals in der Nähe des Messers zu erkennen, dieser war wahrscheinlich als Warnung des Ritters zu verstehen, dass sie nun Folge leisten müssen, sonst würde sie sterben. Auf dem Gesicht des Mannes erkannte Hubertus ein teuflisches Lächeln, als er einhändig an seiner Hose herumfummelte, um sie zu öffnen oder ein wenig nach unten zu ziehen. Angeekelt und voller Angst blickte Guda zur Seite und Hubertus direkt in die Augen. Er nickte ihr zu und legte dabei seinen Zeigefinger auf den Mund. Die Tür des Hauses stand weit offen, er konnte also, falls er sich traute, problemlos eintreten oder noch besser: hineinstürmen.

„Halt still, du kleines Biest oder ich mach dich kalt", drohte der Ritter, als er seine Hose nach unten gezogen hatte. Seine Hand hielt den Griff des Messers am Hals der Frau weiterhin fest umklammert. „Jetzt wird es dir so richtig schön besorgt, hahahahaha!"

Nun versuchte er, das Untergewand der Frau auszuziehen, es gelang ihm allerdings nur unter größeren Anstrengungen.

„Wird wohl nichts mit dem besorgen, was? Wenn du nicht einmal mein einfaches Kleid beiseiteschieben kannst", schimpfte Guda.

„Schweig, Weib, sonst steche ich dich auf der Stelle ab. Du wirst schon sehen…!" Dann riss der Ritter das Unterkleid in Fetzen und lachte ihr ins Gesicht. „Jetzt geht es los…"

Er legte sich auf sie und wollte gerade mit der Tortur beginnen, da sah die Frau hinter ihrem Peiniger das Gesicht von Hubertus. Mit voller Kraft schlug er dem Ritter ein Holzscheit auf den Hinterkopf. Dieser kippte zur Seite, rollte von Guda herunter und landete unsanft auf dem Boden. Die Frau bedeckte ihre Scham und wich nach hinten aus, um sich an der Wand lehnend auf den Boden zu setzen. Der Ritter hielt sich voller Schmerzen den Hinterkopf und erkannte, dass er blutete. Als er sich aber gerade aufrappeln wollte, traf ihm ein gezielter Tritt genau in die Weichteile. Wieder sackte er zusammen. Sofort musste er sich übergeben und brach mitten in das Haus. Guda nutzte die Gunst der Stunde, hauchte Hubertus ein „danke, komm mit, wir gehen zur Burg" zu und nahm seine Hand, um Richtung Tür zu fliehen. Die beiden wollten gerade ins Freie treten, da packte den Mann etwas am Fuß. Er sah hinter sich und erkannte den Ritter, der am Boden liegend seinen Fuß fest umklammert hielt.

„Lauf, Guda, bring dich in Sicherheit!", schrie Hubertus befehlend.

Sie sah in traurig und mitleidig für den Bruchteil einer Sekunde an, dann rannte sie los.

„Du kommst hier nicht mehr lebend raus", lachte ihn der Ritter an. Dann trat Hubertus, so fest er nur konnte, in das Gesicht seines Gegenübers. Es knirschte und sofort schoss das Blut aus seiner Nase. Wieder lachte der Mann nur und gemischt mit dem Blut, das über sein Gesicht und in seinen Mund lief, sah er wie der Teufel höchstpersönlich aus. Hubertus erschrak.

„Ist das alles?", fragte dieser. Dann stand er auf.

Hubertus wollte rennen, weglaufen, fliehen – doch seine Beine gehorchten ihm nicht mehr.

Dann packte ihn der Ritter und warf ihn durch das halbe Haus. Unsanft landete er an einer Holzbank, die er mit seinem Aufprall umkippen ließ. Sein Rücken brannte wie Höllenfeuer. Der blutüberströmte Mann packte ihn erneut, richtete ihn wieder auf, schlug in zweimal so hart in den Magen, dass er glaubte zu ersticken und warf ihn gegen den Eisenkessel, der über einer glimmenden Feuerstelle aufgehängt war. Schnell rollte sich Hubertus ab, um keine Verbrennungen davonzutragen. Aber gerade als er sich aufrichten wollte, trat ihn der Ritter mit den schweren Stiefeln in die Rippen. Solche Schmerzen hatte Hubertus noch nie erleiden müssen. Der Ritter erkannte die Wehrlosigkeit des jungen Mannes.

„Hättest du dich nicht eingemischt. Hättest du mich mit dem Miststück alleine gelassen, mir meinen Spaß gelassen, dir wäre nichts geschehen. Du wärst jetzt schon in Sicherheit." Wieder trat er auf ihn ein, Hubertus drehte sich auf seinen Bauch. „Du könntest jetzt bei den anderen Feiglingen in der Burg sitzen." Er schlug ihn zweimal auf dem Hinterkopf. „Die Schlampe sitzt jetzt schon bei den ganzen Dorfbewohnern und lacht, dass sie es geschafft hat. Zumindest wenn sie keiner von uns auf dem Weg erwischt hat. Hahahahaha." Ein harter Tritt ging an die Schläfen von Hubertus. Er sah um sich nur noch Dunkelheit und bleib regungslos liegen. „Jetzt ist es dein Pech. Du wolltest es so. Jetzt musst du dafür büßen." Der Ritter packte den blutüberströmten Mann am Schlafittchen und zerrte ihn ins Freie. Er trat ihn von hinten in die Kniekehlen, sodass er zu Boden fiel. Hubertus blickte nach oben in den Himmel. Ein schönes Blau hatte er heute, die Sonne schickte sogar ein paar Strahlen an den Wolken vorbei in Richtung Menschen. Er lächelte. Der Ritter fesselte ihn an den Füßen und band das andere Ende an seinem Sattel fest. Dann setzte er sich auf das Pferd und galoppierte los. Der wehrlose Körper, der nun hinterhergezogen wurde, hatte keine Chance. Immer wieder schlug er mit seinem Kopf gegen Hindernisse und an die Zäune der Grundstücksbegrenzungen. Der Ritter gab seinem Pferd die Sporen und ritt zur Burg hoch. Am Tor machte er Halt. Gerade kamen im Inneren Kasimir und Gertrud aus dem Bergfried. Das Bauernpaar hatte den geheimen Zugang vom Kellerbuck ausgewählt, waren also unter dem Dorf in die Burg geflohen. Für sie war es der kürzeste Weg gewesen, da sie vor Trautskirchen auf den Feldern arbeiteten, als sie die Eindringlinge kommen sahen. Sie hörten den Mann von außen rufen.

„Sehr her, seht genau her! Das machen wir mit jedem Einzelnen von euch, wenn er sich uns in den Weg stellt. Hahahahaha!" Er lachte laut.

Dann erkannten die Wachen, die nach unten sahen, dass das Kleidungsbündel voller Blut, das hinter dem Schlachtross hergezerrt wurde, Hubertus war. Ihnen wurde schlecht und sie spürten ihr Herz bis zum Hals schlagen. Der Ritter versuchte Augenkontakt mit jemandem herzustellen, jedoch ohne Erfolg. Er konnte niemanden erkennen. Guda saß im Inneren der Befestigung in den Armen ihres Vaters und betete. Sie würde diese Stimme wohl nie wieder vergessen, sie hatte sich in ihrem Gedächtnis tief eingebrannt. Sie zitterte am ganzen Körper betete, dass dieser Alptraum bald zu Ende sein würde.

Dann ritt der Mann mit lautem Geschrei wieder den Burgberg hinunter, all dies bekam Hubertus nicht mehr mit. Leblos wurde er noch von dem Ritter nach unten gezogen. Als dieser nach hinten blickte und erkannte, dass sein Gegner bereits tot war, durchtrennte er das Seil mit einem Schwerthieb und ließ ihn auf dem Weg vor der Kirche im Dreck liegen.

Der Anführer der Truppe rief seinen Gefolgsleuten: „Wir sind hier fertig! Packt alles zusammen und dann lasst uns gehen!"

Sie folgten ihm bedingungslos. Alles, was nicht niet- und nagelfest war, wurde eingesteckt. Immerhin hatten sie das Dorf nicht angezündet, das soll auch bereits vorgekommen sein. Die Ritter hatten einige Lebensmittel geraubt, aber den Großteil hatten die Trautskirchner sowieso in der Burg versteckt oder in die unterirdischen Tunnel in Sicherheit gebracht. Das war ihr großes Glück. Viel hatten sie also nicht gestohlen, aber der Verlust der Mitbürger wog schwerer als jeder Diebstahl.

Als Guda später den leblosen Körper ihres Retters sah, brach sie zusammen. Sie weinte bittere Tränen und war nicht mehr zu beruhigen. Sie fühlte sich so schlecht, da sie wusste, dass sie der junge Mann vor einer Vergewaltigung bewahrt hatte und jetzt? Jetzt war er selbst deswegen gestorben...getötet worden. Sie bereute es, dass sie ihm nicht mehr dafür danken konnte. Es tat ihr so sehr weh, seinen Vater Gerald leiden zu sehen, als dieser wortlos und leer, voller innerem Schmerz den Leichnam seines Sohnes auf den Karren lud, um ihn heim nach Kräft zu bringen. Ein so ein starker Mann wie Gerald, der alles schaffen konnte, der so viel Herzlichkeit und Lebensfreude in sich trug, dieser Mann stand vor ihr und litt stille Qualen. Er kämpfte mit sich selbst. Mit seinen Gefühlen, mit seinem Unverständnis, mit seiner Wut und mit seinem Frust. Vor allem aber kämpfte er damit, dass er seinen Sohn nicht mehr sprechen konnte. Er hatte ihm noch so viel zu sagen, so viele Momente wollte er noch mit ihm teilen. Guda trauerte mit Klara, Hubertus' Mutter, nahm sie in die Arme. Beide weinten miteinander, ohne sich gegenseitig trösten zu können. Alles war so schnell geschehen, dass die junge Frau es nicht verhindern konnte. Sie wusste nur, dass sie Todesangst auszustehen hatte, bis sie in die Augen von Hubertus blickte und dieser sie schließlich vor der Pein und dem Mann rettete. Und jetzt war er tot.

Ihretwegen. Auch wenn ihr alle Trautskirchner erklärten, dass sie dies alles nicht zu verantworten hatte, fühlte sie sich dennoch schlecht.

Gerald sah sie an und sagte nur: „Nein, Guda, weine nicht, das war nicht deine Schuld. Mein Hubertus wollte dir helfen, das hat er geschafft. Es war seine freie Entscheidung. Sein Beschützerinstinkt hat ihn dazu bewogen. Aber die Kaltblütigkeit, mit der ihn diese Männer getötet haben, das beweist nur, dass die Nürnberger keine Skrupel mehr kennen." Seine Stimme war ruhig und deutlich. Es ließ sich kaum eine Regung in ihr vernehmen. Dann nickte er den Dorfbewohnern zu und verließ mit Klara und dem Leichnam seines Sohnes auf dem Karren den Ort. Der Schmerz war unerträglich und wuchs mit jedem Schritt, den das Pferd fort machte. Er fühlte sich furchtbar verloren. Mit dem Tod seines Sohnes war auch etwas im ihm gestorben. Er hinterließ eine Lücke, die wohl nie wieder geschlossen werden würde.

Einige Wochen später hatte sich das Dorf beruhigt. Nicht, dass die Trauer vergangen gewesen wäre, nein, sie war weiterhin allgegenwärtig. Aber die Toten waren vergraben, die Schäden beseitigt und alles ging wieder seinen gewohnten Gang. Odo saß im frühen Sommer bei seiner Herde. Um die Mittagszeit nahm er unter einem blühenden Apfelbaum Platz, der bereits einige kleine Früchte erkennen ließ, nahm ein Stück Dörrfleisch heraus und biss in eine Scheibe Brot. Er mochte den Geschmack, wie es seine Frau zubereitete. Sie wechselte sogar ab und an die Getreidesorten, je nachdem, was zur Verfügung stand. Heute gab es Gerstenbrot. Aber an manchen Tagen hatte er Haferbrot, ab und an auch ein Mischbrot aus Hafer und Roggen oder Weizenbrot dabei. Keine Speise der adligen Herrschaften, aber für ihn gut genug. Odo war zufrieden. Außerdem hatte er hier draußen sowieso noch genügend andere Möglichkeiten, zu Essen zu bekommen. Die Natur gab allerhand Leckereien her und was für die Tiere gut war, konnte für ihn auch nicht grundlegend schlecht sein. Wie er also auf seinem Mittagessen kaute, fielen Odo die vielen frisch blühenden Blumen auf der Wiese vor ihm auf. Sie hatten oft ganz unterschiedliche Blütenformen. Blüten, die für Käfer geschaffen sind, da sie einfache Landungsmöglichkeiten haben und eher flach sind. Andere, die gut zu Faltern oder Schmetterlingen passen, haben einen langen und auffälligen Sporn, in welchem Nektar und Pollen angeboten werden. Manche Blüten sind mit einladenden Blättern ausgestattet, so können sie sowohl die dickeren Hummeln gut anfliegen, als auch die wendigeren Bienen. Odo liebte die Tiere und die Pflanzen, manchmal saß er lange Zeit hier auf der Wiese, seine Schafe grasten und er beobachtete. Besonders mochte er in diesen Tagen ein Tier, das meist erst herauskam, wenn die Nacht langsam die Oberhand gewann. Diese kleinen Glühwürmchen beeindruckten ihn immer wieder aufs Neue. Sie leuchteten so schön und für Odo sah es immer so aus, als würden sie tanzen, wenn sie durch den Nachthimmel flogen. Er hatte sich schon lange gefragt, wie diese Tiere es schafften, sich zum Leuchten zu bringen. Eine Art inneres Feuer hatte sie gepackt, ihre Hinterteile glühten weit sichtbar und es wirkte beinahe so, als würde die Sterne des Himmels hier unten tanzen. Wie konnte dieses Tierchen so leuchten? Er hatte sogar einmal eines gefangen und vorsichtig angefasst, jedoch war es nicht einmal heiß gewesen. Offensichtlich brannten sie ohne Hitze, das konnte der Mann nicht verstehen. Er hatte das Glühwürmchen im Anschluss wieder freigelassen, doch gerne hätte er es noch genauer angesehen. Er hatte aber Angst, er könnte ihm wehtun. Das würde wohl ein ewiges Rätsel bleiben. In solchen Momenten fühlte er sich dem Schöpfer ein bisschen näher, er bewunderte Gott, der solche Geschöpfe geschaffen und ihnen diese besonderen Eigenschaften gegeben hatte. Odo genoss allerdings auch den Gesang der vielen Vögel. Jedes Tier zwitscherte anders, er konnte einige von ihnen sogar schon an ihren Lauten zuordnen. Gut, den Kuckuck mit seinem weit hörbaren Ruf konnte wahrscheinlich jeder Dorfbewohner problemlos erkennen. Sogar die kleineren Kinder machten sich daraus einen Spaß und riefen „Kuckuck". Dies war wahrlich keine große Kunst. Allerdings erkannte er den Sperling, der einen Ruf wie „Tschip" ausstieß, was wahrscheinlich für etliche Dorfbewohner schon zu schwierig gewesen wäre. Eine Amsel flötete für ihn, ihr melodisches, helles Pfeifen konnte er auch eindeutig zuordnen – sie hörte er gerne. Ein Rotkehlchen hatte ebenso einen sehr melodischen Gesang für Odo, aber diese Tiere klangen eher etwas traurig, bedrückt und nicht so froh wie eine Amsel. Wer einmal den Grünspecht gesehen und gehört hat, wir seinen Ruf wahrscheinlich auch nicht wieder vergessen. Es hörte sich ein wenig nach „Kjückjückjück" an und zauberte dem Schäfer immer ein Lächeln ins Gesicht. Die Drossel rief eher „Zik", aber auch sie war klar erkennbar, ebenso wie der Fink mit seinem rhythmischen „Jupp". So konnte Odo die Rufe der Vögel zumeist deuten, zuordnen und bewerten. Manchmal glaubte er gar, dass ihn die Vögelchen grüßten, wenn er in ihre Nähe kam. Neben den fliegenden Tieren sah Odo auch gerne den Kröten und Fröschen auf ihren Wanderungen zu. Sie fühlten sich offensichtlich in jedem Tümpel wohl, denn nahezu überall ließen sich mit Froschlaich gefüllte Pfützen, Weiher und Seen finden – tausende Tiere schlüpften dann wenig später und bevölkerten diese Lebensräume. Zuvor aber fanden sie eine Partnerin und hüpften auf ihren Rücken, die Männchen klammerten sich mit all ihrer Kraft fest und verließen sie erst wieder, wenn sie alle Eier abgelegt hatte. Diese Gabe der genauen Naturbeobachtung hatte er wohl von Wilhelm, denn weder seine Eltern noch andere Dorfbewohner hatten sich jemals so genau mit der Welt der Tiere auseinandergesetzt. Sie wussten wohl, dass die Kröten zu ihrem Geburtstümpel liefen, das war schließlich von den Vorgängergenerationen überliefert worden, doch machten sie sich keine weiteren Gedanken mehr darüber. Er schon. Er fragte sich manchmal, wieso sie das taten und wie sie jedes Mal zielsicher den Weg dorthin fanden. Dann wischte er diese Gedanken wieder weg, denn er fand doch keine Antworten darauf. Wenn Odo sich so in der Natur umsah, gab es viele Dinge, die er nicht verstehen konnte und dennoch bezaubernd und wunderschön fand. Er konnte sich vieles nicht erklären, dennoch bewunderte er alles, was um ihn herum geschah. Sein Gott muss Großes geleistet haben, als er dies alles geschaffen hat. Das stand außer Frage. Was ihm in letzter Zeit noch mehr als die Tiere, die Pflanzen und die Bedrohung aus Nürnberg beschäftigte, war sein Patenonkel Wilhelm. Er war mittlerweile ein alter Mann und Odo wusste nicht, wie lange der kauzige Eigenbrötler noch alleine in seiner Hütte im Dunkelwald zurechtkommen würde. Er würde nie mit ihm ins Dorf kommen, das wusste Odo ganz genau. Und er konnte nicht zu ihm in den Wald ziehen, er hatte Familie und Verpflichtungen. So würde es wohl eines Tages so kommen, dass Odo ihn besuchen und seine sterblichen Überreste finden würde. So sollte es wohl sein. Und wenn er mit sich selbst ganz ehrlich war, dann wusste er auch, dass es das war, was sich Wilhelm wünschte. Das musste er respektieren. Odo hoffte einfach, dass es noch möglichst lange dauern würde, bis der Tag gekommen war.

Dann hörte er lautes Hufgetrappel. Er drehte sich vorsichtig nach hinten um und sah in der Ferne einen Reiter, der seinem Pferd die Sporen gab und so schnell er konnte Richtung Trautskirchen ritt. Nicht allzu weit hinter ihm konnte Odo eine Gruppe von Reitern erkennen, es mögen vielleicht vier oder fünf gewesen sein, die seine Verfolgung aufgenommen hatten und versuchten, den Mann zu einzuholen. Neugierig wendete er seinen Blick nicht ab, auch wenn er sich etwas hinter dem Baum duckte, um nicht vom Weitem erspäht zu werden. Als der flüchtende Fremde dann nicht mehr allzu weit von ihm entfernt war, pfiff er ihm zu und winkte kurz. Warum er das tat, konnte er sich selbst nicht erklären. Es war so ein Bauchgefühl. Irgendetwas in ihm gab ihm zu verstehen, dass er dem Mann helfen sollte.

Oder zumindest mit ihm sprechen. Dieser ritt schnurstracks auf ihn zu und brachte sein Pferd erst kurz vor Odo zum Stehen.

„Bitte, helft mir. Wenn sie mich kriegen, ist es um mich geschehen", flehte der Mann.

„Lasst mich aufsteigen", Odo wusste nicht, warum er ihm half, er konnte es sich wirklich nicht erklären. Der starke Mann reichte ihm die Hand und als der Schäfer diese ergriffen hatte, zog ihn der Fremde ruckartig nach oben auf sein Pferd. Dann gab er dem Tier die Sporen und sie ritten weiter in Richtung Trautskirchen. Für Odo fühlte es sich fast wie Fliegen an, so stellte er es sich vor, wenn ein Vogel frei und unbeschwert über die Wiesen und Felder zieht. Er selbst konnte zwar auch reiten, allerdings nicht annähernd so schnell und so sicher wie der Mann. Nach einiger Zeit, die Verfolger hatten nicht merklich aufgeholt, kamen sie an den Kellerbuck.

„Halt an", befahl Odo.

„Brrrrrrrr", der Fremde reagierte sofort und brachte sein Pferd zum Stehen.

„Hier", Odo zeigte auf den Kellerbuck. „Wir gehen dort hinauf, es ist nicht sehr hoch, aber zumindest können wir dich eine Weile dort verstecken. Das Gestrüpp ist undurchsichtig und das Wäldchen schützt dich. Solange dein Pferd still ist, finden sie dich hier nicht gleich."

„Dank dir." Der Mann duckte sich hinter einen Dornbusch, sein Pferd hatte er hinter dem Kellerbuck an einem Strauch platziert, dass es von vorne nicht gleich erkennbar war. Er flüsterte seinem Ross noch zu: „Ruhe jetzt, Artemis, keinen Mucks mehr!" Dann schwieg auch er und wagte kaum zu atmen.

„Ich gehe ein paar Schritte in Richtung Dorf und laufe dann wieder in diese Richtung, dass deine Verfolger glauben, ich würde gerade aus dem Ort kommen. Hoffentlich lassen sie sich so von mir täuschen."

Der Flüchtende nickte Odo zu.

Gesagt getan. Es dauerte nicht sehr lange, da kamen ihm die Ritter, jetzt erkannte Odo auch, dass sie zu viert waren, entgegengeritten. Sie brachten ihre Tiere ruckartig zum Stehen und sprachen ihn an. Er versuchte, ruhig zu bleiben, obwohl ihm sein Herz zum Halse schlug, da er die Wappen, die sie führten, sehr wohl erkannte: Es waren Nürnberger!

„Schäfer! Hör zu!", knurrte ihn einer an.

Odo hob seinen Blick und sah dem Mann direkt in die Augen.

„Ist hier ein Flüchtender vorbeigekommen?"

Odo nickte. „Er hat mich fast niedergetrampelt, so schnell war er. Ich konnte gerade noch zur Seite springen, sonst hätte Schlimmes geschehen können. Und wer hätte sich dann um meine Tiere gekümmert?"

„Deine Viecher kümmern mich doch nicht, zum Geier! Wir müssen den Barbaren fangen, er ist ein Strauchdieb und hat uns schon zu oft ein Schnippchen geschlagen. Diesen Mistkerl holen wir uns... In welche Richtung ist er denn geritten?"

Odo zeigte mir seiner Hand am Dorf vorbei, dort führte ein kleiner geschotterter Weg zwischen Trautskirchen und der Zenn entlang. „Dorthin. Er war sehr in Eile, müsst ihr wissen."

„Das kann ich mir gut vorstellen. Den holen wir uns. Auf, Männer! Dieser Eppelein darf uns nicht wieder entwischen!", rief der Anführer und trieb mit seinen Sporen dem Pferd das Zeichen, dass es wieder losging.

Odo ließ sie passieren, dann ging er langsam und gemächlich wieder in Richtung Kellerbuck. Hatte er gerade richtig gehört? Eppelein? Der Eppelein, von dem der gesamte Zenngrund sprach? Jetzt war er sich plötzlich gar nicht mehr so sicher, ob das eine gute Idee gewesen war, diesen gesuchten Dieb und Räuber zu beschützen. Andererseits hatten sie immerhin gemeinsame Feinde, denn die Nürnberger konnte Odo nicht mehr gutheißen.

Als er zurück am Kellerbuck war, setzte er sich zu dem Fremden, von dem er ja mittlerweile den Namen wusste.

„Ich danke dir, Schäfer. Wie kann ich das wieder gutmachen?", fragte er.

Odo lächelte. „Gern geschehen. Du schuldest mir nichts. Die Nürnberger machen uns das Leben hier auch recht schwer. Daher habe ich dir gerne geholfen."

„Wer bist du?", wollte der Fremde wissen.

„Odo. Ich lebe hier in Trautskirchen mit meiner Familie. Wir wurden erst kürzlich von den Nürnbergern überfallen. Sie haben einige getötet und viel geraubt. Wir waren zwar gut vorbereitet, die meisten Bewohner konnten sich in die Burg retten, dennoch mussten wir vielerlei Verluste beklagen. Und du?" Jetzt war er gespannt, wie der Mann reagieren würde. Würde er ihm die Wahrheit sagen oder eine dreiste Lüge auftischen? Davon würde es Odo abhängig machen, ob er ihm weiterhelfen würde oder ob sich ihre Wege hier trennten.

„Kann ich dir vertrauen?", kam als Gegenfrage.

Odo nickte stumm und sah dem Mann dabei tief in die Augen.

„Mein Name ist Eppelein. Eppelein von Gailingen. Hast du schon von mir gehört?"

„Ja, das habe ich. Aber nur, dass du angeblich ein Räuber und sehr gefährlich bist."

„Nun", Eppelein grinste breit, „ich bin ein Räuber, das stimmt, allerdings haben weder du noch dein Dorf etwas zu befürchten, denn ich überfalle nur diejenigen, die zu viel haben. Am liebsten raube ich Adlige aus, die den Bauern zu viel Abgaben entreißen. Niemals Unschuldige oder Arme."

„Komm", sagte Odo und stand auf. „Wir holen meine Schafe von der Weide und gehen nach Hause. Du bist heute mein Gast. Ich würde mich freuen, dich bei mir zu haben. Und ich bin auf deine Geschichte gespannt. Du bist doch bestimmt hungrig. Was sagst du?"

„Gerne", Eppelein war tatsächlich hungrig, denn er hatte seit dem Vorabend nichts mehr gegessen.

Als die beiden Männer die Schafe im Pferch hatten, dämmerte es bereits. Odo mochte die Dämmerung, es war für ihn immer wieder ein mystischer, erhabener Zeitraum. Hier ging der Tag in die Nacht über, es war weder völlige Dunkelheit noch die Helligkeit des Tages, eher ein Tanz von beidem. Als würden sich Tag und Nacht umarmen und ein letztes Mal miteinander auf der Himmelsbühne spielen, bis es dunkel wurde. Ida war erstaunt, als Odo mit einem fremden Mann in die Stube kam und ihr erklärte, dass sie heute einen Gast hätten, dennoch deckte sie, ohne Fragen zu stellen, den Tisch für eine weitere Person ein. Als Artemis, sein Pferd, versorgt war und sich Eppelein gerade am Wasserfass vor der Tür vom gröbsten Schmutz befreite, erklärte ihr Odo kurz, warum der Mann hier war und sagte ihr auch, wer es war. Ida war erstaunt, selbst sie hatte schon von dem berühmten Verbrecher gehört. Ganz wohl war ihr dabei nicht, ihn im Haus zu haben, trotzdem war sie auch neugierig und vertraute auf das Gespür für Menschen, das ihr Ehemann zweifelsohne hatte.
Nach dem Abendessen saßen sie noch am Herdfeuer bei einem Bier zusammen und unterhielten sich.
„Wollt ihr meine Geschichte erfahren?", fragte Eppelein.
„Soll ich sie euch erzählen?"
Ida und Odo wollten alles erfahren. Gespannt lauschten sie den Worten des Mannes...
„Nun, dass ich Eppelein bin, wisst ihr ja bereits. Eigentlich heiße ich Appolonius, aber so nennt mich niemand mehr. Allerdings war ich nicht immer der Räuber und Strauchdieb, für den mich alle halten. Die Geschichten, die über mich kursieren sind größtenteils wahr, allerdings muss man auch dazu sagen, dass ich euch oder andere einfache, ehrbare Menschen niemals ausrauben würde. Das ist gegen meine Natur. Mein Vater, Ritter Konrad der Schwarze und meine Mutter Margarethe aus Ergersheim

zogen mich auf unserem Anwesen unweit der freien Reichsstadt Windsheim auf. Wir lebten aber auch auf der Burg zu Wald, in der Nähe von Gunzenhausen. Diese Burg hatte mein Vater vor etwa 40 Jahren von den Grafen von Hohenlohe bekommen. Ich selbst bin aber auf der Burg Röllinghausen aufgewachsen, aber das hatte ich ja schon erwähnt. Wir waren wirtschaftlich von den Naturalien der umliegenden Bauern abhängig, achteten aber stets darauf, sie nicht unnötig stark mit unseren Abgaben zu belasten. Wir wollten aber nicht solche niedrigen Adlige sein, die nur auf ihren Burgen sitzen und von den Ernteabgaben der Bauern zu leben. Einen anderen Beruf erlernen, kam für uns auch nicht in Frage. Wir wollten einen Sinn, eine Aufgabe. Jedenfalls war es so, dass wir eher arme Ritter waren und karges Land besaßen. Windsheim, Nürnberg und dann auch noch Rothenburg, das unter dem Schultheiß Toppler die Besitztümer beachtlich ausdehnen konnten, wurden immer mächtiger. Es war einfach nicht in Ordnung, dass die Kaufleute und Städter immer reicher wurden, während sich der Kaiser nicht mehr um uns kümmerte. Wir waren ihm egal. Die Berufsritter und Steuereintreiber, die diese Städte für teures Geld anstellten, konnten wir uns nicht leisten. Außerdem waren wir durch unser Lehen der Burg zu Wald an die Burggrafen der Hohenzollern gebunden – sie wiederum waren die Feinde der Nürnberger. Somit lagen auch wir mit den Nürnbergern in Fehde. Doch die Nürnberger Burggrafen sind eines der mächtigsten Geschlechter des Reiches – nicht zuletzt, weil unser Kaiser Karl der Schwager des Burggrafen Friedrichs ist. Somit stehen sie in enger Verbindung zueinander. Das ist nicht gut für mich."

Eppelein trank einen großen Schluck aus dem Becher.

„Da bin ich ja fast froh, dass wir einfachen Leute solche Probleme nicht kennen", lächelte Ida. „Diese Politik ist mir fremd."

Odo lachte und auch Eppelein musste lachen. Sie stießen darauf an.

„Und", ergänzte Ida, „es stimmt, dass ihr eure euch umgebende Bauern recht ehrenhaft behandelt habt. Ich komme aus Windsheim und dort wurden diese Geschichten über euch erzählt. Zumindest bevor das Rauben und die Überfälle begonnen haben."

Eppelein nickte, lehnte sich auf der Holzbank zurück und erzählte weiter. „Die Lage für uns wurde immer bedrohlicher, unsere Grundherrschaft reichte nicht mehr aus und die teuren Berufskrieger mit den Rüstungen, Waffen und Kriegspferden konnten wir uns ohnehin nicht leisten, das hatte ich euch ja bereits erzählt. Von den vielen Gefolgsmännern ganz zu schweigen. Irgendwann konnten wir es uns nicht mehr leisten, dass wir nur das Land verwalteten, den Bauern wollten wir die Abgaben aber nicht noch mehr erhöhen, was sollten wir also tun? Ich beschloss dann, zunächst aus Verzweiflung, erste Überfälle zu machen. Am besten geeignet erschien mir die Hochstraße bei Virnsberg, denn sie war schon seit längerer Zeit eine vielbefahrene Handelsstraße zwischen Rothenburg und Nürnberg. Mein erster Raub müsste jetzt vielleicht 10 oder 15 Jahre her sein, so genau weiß ich das nicht mehr. Nun ja, so war das eben... als dann die ersten Überfälle gelungen waren, habe ich gemerkt, dass dies durchaus lohnenswert war. Und um ehrlich zu sein, hatte ich auch großen Gefallen daran gefunden. Diese Spannung, das Abenteuer, die Ungewissheit, der Reiz und das Vergnügen, das man kurz vor einem Raub empfindet, es war wie ein Fieber, das mich gepackt hat. Und so hörte ich nicht mehr damit auf – bis zum heutigen Tage."

Wieder trank Eppelein aus seinem Krug und leerte diesen. Ida merkte, als sie nachfüllen wollte, dass in der Karaffe nichts mehr war. Dann stand sie wortlos auf, um sie erneut zu befüllen. Odo spürte ganz deutlich, dass von diesem Mann keine Gefahr ausging. Dennoch fühlte er sich nicht so ganz wohl, er ließ immerhin einen gesuchten Verbrecher bei sich übernachten. Lange würde das nicht gehen, bevor es jemandem auffiele. Aber damit wollte er sich jetzt noch nicht befassen, er hing an den Lippen Eppeleins und wollte wissen, wie seine Geschichte weiterging.

„Ihr wisst sicherlich auch, dass ich seit einigen Jahren mit der Reichsacht belegt wurde", erklärte er. Ida und Odo wussten es. Natürlich hatten sie davon gehört. Immerhin kam dies nicht so häufig vor, dass ein Herold ins Dorf kam, um ihnen zu erklären, dass der Schuft Eppelein von Gailingen nun offiziell im Namen des Kaisers im gesamten Reichsgebiet für vogelfrei erklärt worden war.

„Ich habe seitdem keinen Besitz mehr, kein Zuhause, keine Rechte und kein Eigentum mehr. Aber ich habe auch nichts mehr zu verlieren, wenn man es mal genau betrachtet." Er lachte. „Die Handelsfuhrwerke, auf die ich es zu Beginn nur abgesehen hatte, waren ein leichtes Ziel. Sie waren reich beladen und nur wenig geschützt, das änderte sich erst, als bekannt wurde, wo ich mein Unwesen trieb. So musste ich mir immer öfter andere Plätze für die Raubzüge suchen, denn ich wollte ja nicht gefasst werden. Es kommt tatsächlich immer wieder vor, dass mir Bauern helfen, mich eine Nacht in ihrem Stall oder dem Heuboden nächtigen lassen, mich verstecken, wenn ich verfolgt werde oder mir zu Essen oder zu Trinken geben. Sie werden von den Nürnbergern unterdrückt, ausgenommen und unterjocht, weswegen sie mir gegenüber offen und teilweise sogar herzlich sind. Ein gutes Gefühl. Dennoch muss ich aufpassen, wem ich vertrauen kann. Es wäre mein Ende, wenn ich gefasst oder im Schlaf übermannt werden würde. Ich stehe heute wirklich und tatsächlich als ein völlig mittelloser Mann vor euch. Daher werde ich weiter Kaufmannszüge, Kaufleute und Handelsfuhrwerke ausrauben, meine Beute nutzen, um Bauern und Bürger dafür zu bezahlen, mir ein Nachtlager zu bieten oder sie zu bestechen, dass sie falsche Auskunft geben, wenn sie von den Nürnbergern befragt werden. Bislang läuft es gut."

Er unterbrach sein Reden und sah Odo in die Augen. „Ich bin dir und Ida unendlich dankbar für eure Hilfe, aber ich kann euch nicht bezahlen. Die Männer verfolgten mich heute, weil sie mich an einem Raubzug gehindert haben. Aber ich werde mich erkenntlich zeigen, das sei euch versichert. Es klappt sicherlich beim nächsten Versuch, dann kann ich wieder die Nürnberger ärgern und die Rothenburger oder Windsheimer ein wenig erleichtern." Er lachte erneut.

Odo und auch seine Frau lehnten dankend ab. Sie hatten ihm schließlich nicht geholfen, weil sie eine Gegenleistung erwarteten, sondern weil sie überzeugt waren, das Richtige zu tun.

„Ich muss dich trotzdem noch einmal etwas fragen, Eppelein", ergriff Odo das Wort.

„Bitte", der Mann grinste, er fühlte sich sicher und wohl.

„Es wird ja allerhand über dich erzählt und eine besondere Geschichte würde mich interessieren. Hast du einmal den Nürnbergern ein goldenes Vogelhaus gestohlen, das über und über mit Edelsteinen wie Diamanten und Rubinen besetzt war?"

Eppelein lachte nun laut auf.

„Es war so... Der Kaiser war vor einiger Zeit in Nürnberg zu Gast und da meistens viele Schaulustige da sind, wenn so hoher Besuch ansteht, dachte ich mir, dass ich mich auch dort umsehen könnte. Da ich aber vogelfrei bin, ist dies ein sehr gefährliches Unterfangen. Also musste ich mich verkleiden. Ich hüllte mich in Bettlerkleidung, beschmutzte mich mit dem Unrat, den ich auf der Straße fand und traute mich so in die Menge. Wisst ihr, je mehr jemand nach Mist riecht und dreckig aussieht, desto mehr Abstand hält man zu ihm. Mein Vorhaben war es eigentlich, ein paar reichen Männern etwas den Geldbeutel zu erleichtern oder einen der Kaufleute zu bestehlen. Dann fiel mir aber das Gastgeschenk für den Kaiser auf: Ein goldenes Vogelhäuschen. Das gefiel mir auf Anhieb, auch wenn die Edelsteine, mit welchen es angeblich ausgestattet war, in Wirklichkeit nicht zu sehen waren. Sie entsprechen der Fantasie der Bürger, die solche Geschichten auch gerne ausschmücken. Als Bettler hatte ich die Möglichkeit, ein paar kleinere Diebstähle zu begehen, kam aber nicht nahe genug an die Gesellschaft heran. Ich brachte meine Beute in Sicherheit und änderte dann meine Herangehensweise: Ich schlich mich mucksmäuschenstill von hinten an die Menschentraube, die den Kaiser umgab, heran. Dann sprach ich mit einem der Ritter, seiner Leibgarde. Ich fragte, wer der Mann sei, den alle Adligen hier so bewunderten und was er hier wollte. Sie waren erzürnt und amüsiert zugleich, da ich ja offensichtlich nicht einmal den Kaiser höchstpersönlich erkannte, wenn ich vor ihm stünde. Sie schickten mich fort und machten mir deutlich, dass ich in so einem Aufzug dem Kaiser nicht unter die Augen treten konnte und ich sie nie wieder ansprechen dürfte. Ich bedankte mich und ging fort. Tatsächlich aber schlich ich nur hinter das aufgestellte Zelt, um eine gute Möglichkeit zu finden, mir hinterrücks Zugang zu verschaffen. Dies gelang überraschender Weise recht leicht, da alle Wachen am Eingang vorne beschäftigt waren, alles für Karl zu sichern. Schließlich durfte sich niemand dem Kaiser auch nur annähern. Ich konnte dann schnell und lautlos die drei Schritte zum Gabentisch machen und mit einer geschickten Handbewegung das goldene Vogelhaus unter meinen Mantel verschwinden lassen. Als ich wieder außen hinter dem Zelt stand, lächelte ich und suchte schnellstmöglich das Weite, ohne jedoch Aufsehen zu erregen. Ich ging noch zwei oder drei Häuserecken weiter, dann legte ich den Bettlermantel ab, wickelte das kleine Häuschen in eine Decke, schabte mir den Schmutz vom Gesicht und stieg auf mein Pferd Artemis, das noch an selber Stelle angebunden auf mich wartete. Als ich die Stadtmauer hinter mir gelassen hatte, lachte ich laut auf und freute wie ein kleines Kind."

„Eine tolle Geschichte…", kommentierte Ida. „Was hast du dann mit dem Vogelhaus gemacht? Ich meine, sie suchen es ja bis heute."

„Ganz einfach", Eppelein winkte kurz ab. „Ich habe es am nächsten Tag einschmelzen lassen. Der Goldschmied hat seinen Anteil bekommen, dafür schweigt er. So werden die Nürnberger auf Ewig danach suchen und ich konnte das Gold in kleinen Mengen unter die Leute bringen. Manche bezahlte ich so für Übernachtungen, andere erhielten es als Lohn für Waffen oder Ausrüstung, einige bekamen einen kleinen Klumpen Gold im Tausch gegen Nahrung und so weiter."

„Schlau gelöst", kommentierte Odo diese Geschichte und stieß mit seinem Gast erneut an.

Erst als der Mond hell und stark leuchtend über dem kleinen Dorf in Mittelfranken stand, verabschiedeten sie sich ins Bett. Es war später geworden, als sie es geplant hatten, dennoch bereuten sie es nicht, sich so lange unterhalten und kennengelernt zu haben. So schätzten sie sich gegenseitig seit diesem Abend sehr und versprachen sich, dass sie den Kontakt hielten. Eppelein wusste, dass dies vor allem an ihm lag, denn er war derjenige, der vogelfrei war. So konnte Odo sich schlecht zu ihm durchfragen, denn dem gesuchten Mann war es nicht möglich, ihm seine Verstecke oder Standorte zu verraten. Das wäre zu riskant gewesen, aber immerhin versicherte er seinem neugewonnenen Freund beim Abschied am nächsten Morgen, dass er immer wieder einmal in Trautskirchen vorbeikommen würde, wenn es denn die Situation oder die Lage erlaubte. Sie gaben sich die Hand, sahen sich tief in die Augen und spürten genau, dass sie sich vertrauen konnten.

Dann ritt Eppelein auf seinem treuen Pferd Artemis davon. Im Wegreiten hob er noch einmal seine rechte Hand zum Gruße, ohne sich aber dabei umzudrehen. Odo hoffte in diesem Moment, dass er ihn noch einmal wiedersehen würde.

In dieser Zeit wurden von den Bewohnern in Franken immer wieder steinerne Sühnekreuze aufgestellt. Sie waren ein sichtbares Zeichen für Menschen, die unverschuldet zu Tode gekommen waren. Wie eben im Fall von

Hubertus. So fragte Gerald eines Tages Konrad den Steinmetz, ob er ihm ein steinernes Kreuz fertigen würde. Über den Preis war man sich schnell einig, schließlich war es etwas, dass auch Konrad gut fand und das gesamte Dorf unterstützte. Die steinernen Kreuze sollten das Seelenheil des Verstorbenen retten – und wer hatte das mehr verdient als Hubertus, der sich heldenhaft zum Schutze von Guda geopfert hatte? So trat der mutige Mann ohne Vorbereitung vor seinen Schöpfer und dies konnten die Dorfbewohner, allen voran sein Vater Gerald, nicht verantworten. Hubertus' Seelenheil konnte durch solch ein Sühnemal gerettet werden, wenn die Vorbeigehenden eine Fürbitte für ihn sprechen würden, schließlich hatte er kein Sterbesakrament erhalten. Diese guten Wünsche für den Toten waren dann dazu da, dass seine Zeit im Fegefeuer verkürzt wurde. Schließlich war klar, dass jeder Sünder war – manche eben größere als andere. Und die Zeit im Fegefeuer sollte für jeden so kurz wie möglich sein. Er konnte seine Schuld nicht zu Lebzeiten völlig sühnen, obwohl seine Tat am Ende seines zu kurzen Lebens sicherlich dazu beitragen sollte, die Zeit im Fegefeuer zu reduzieren. Gerald hatte noch dazu ein „H" für „Hubertus" einmeißeln lassen, so wusste jeder Passant, dass es für ihn war. Die Geschichte des heldenhaften Todes sprach sich schnell im Zenngrund herum und so konnte sein Sohn sich über viele Fürbitten zu seinen Ehren freuen. Auch wenn sie den mutigen Jungen nicht zurückholten, so gab dies seinen Eltern ein gutes Gefühl. Konnten sie doch von einem Ritter, der im Namen des Burggrafen ritt, keine Sühne erwarten. Unter anderen Voraussetzungen hätten Gerald und Klara vom Täter verlangt, dass er sich im Büßergewand auf das Grab ihres Sohnes legen musste. Oder noch besser: Er hätte, um Buße zu tun, nackt durch das ganze Dorf zum Grab ihres Sohnes pilgern müssen, um dort vor Zeugen um Vergebung der Sünden zu bitten. Doch leider ging das nicht. Sie waren eben einfache Bauern und keine Edelmänner. Eben genau deswegen wollte Gerald für seinen Sohn dieses Kreuz aus Sandstein aufstellen – jeder sollte daran erinnert werden, dass er getötet worden war. Ein stummer Ruf an alle Vorbeiziehenden: „Denke daran, dass auch du sterben musst! Erinnere dich daran, dass es dich auch treffen kann!" Dieses steinerne Kreuz half dem Ehepaar aus Kräft tatsächlich, in ihrem Leben etwas Halt und Orientierung zurückzubekommen. Es war so, als hätte sie dadurch etwas Trost erhalten.

Als wenige Wochen später der Sommer da war, konnte Odo auf die Hilfe von Wilhelm zählen. Der mittlerweile gebrechlich wirkende, ältere Mann kam nur noch selten aus dem Dunkelwald ins Dorf, aber wenn sein Patenkind ihn benötigte, war es für ihn selbstverständlich, dass er kam. So eben auch jedes Jahr im Mai oder Anfang Juni, wenn die Schur der Schafe anstand. Wilhelm genoss den Sommer ebenso wie Odo. Nicht nur, weil es die wärmste Zeit des Jahres war, sondern auch, weil die Tage schier endlos lange dauerten. Die farbenfrohe Pflanzenwelt und die vielen verschiedenen Tiere begeisterten die Männer gleichsam. Das angepflanzte Getreide wuchs ebenso üppig wie die Wiesenblumen, die Bienen waren auf der Suche nach Futter und flogen die unterschiedlichsten Blüten an, aber auch andere Insekten waren sehr aktiv, vor allem die bunten Schmetterlinge hatten es Wilhelm und Odo angetan. Sie wurden von den farbigen Blüten und ihrem betörenden, süßen Duft angelockt. Dies wiederum erfreute die Vögel, da für sie daher der Nahrungstisch reich gedeckt war. Zwischen den langen Grashalmen wuchsen unterschiedlichste Blumen mit roten, gelben, weißen, violetten oder blauen Blüten – sie leuchteten im Sonnenschein und wirkten jedes Jahr aufs Neue wie gemalt. Auf dem Boden tummeln sich Grillen, Käfer, Schnecken, Würmer und Ameisen – aber auch Erdhummeln und Maulwürfe konnte man entdecken, die ebenso auf der Suche nach Futter weite Wege zurücklegten. Auf den Blättern und Stängeln der Pflanzen fanden sich Tiere wie Spinnen, Heuschrecken oder Marienkäfer, die dort lebten und auf Beutejagd gingen. Und inmitten dieser besonderen Natur wurden die Schafe geschert. Odo war mittlerweile geübt, sein Vater sowieso. Und so war es Wilhelms Aufgabe, die Tiere zu Eduard und Odo zu bringen. Sie wurden vorher in ein kleineres Gatter gesteckt, dass man sie nicht lange jagen musste, sondern problemlos greifen konnte. Die Tiere sollten schließlich möglichst wenig Angst verspüren. Vorher hatten sie die Schafe noch durch die Zenn waten lassen, somit war ihre Wolle vom gröbsten Schmutz befreit und die Parasiten herausgewaschen worden. Die Männer waren gut aufeinander abgestimmt. Dennoch nahm es einige Zeit in Anspruch. Pro Tier konnte die Schur schon einmal gut und gerne eine Viertelstunde dauern. Zunächst setzten sie das Schaf auf das Hinterteil zwischen ihre Beine, dann hielt es zumeist recht still. Dies war wichtig, denn je ruhiger sich das Tier verhielt, desto einfacher war die Arbeit. Eduard und Odo mussten schnell und vorsichtig zugleich sein, denn das scharfe Schneidwerkzeug war eine große Schere, die sie kurz zuvor noch einmal ordentlich geschärft hatten. Sie wollten keines ihrer Schafe verletzen, das war ihnen stets oberstes Gebot bei der Arbeit. Die gesamte Schur wurde anschließend weiterverkauft oder – falls nötig – für den Eigenbedarf behalten, wenn man seine Kleidung ändern oder ausbessern musste. Besonders vorsichtig war Odo an den beiden Flanken des Schafes, denn dies war die teure und qualitativ beste Wolle, während die Wolle am Bauch und Hinterteil eher kratzte und deswegen weniger Geld brachte.

Zwei Tage benötigten die Männer meist, um alle Schafe geschoren zu haben. Und abends, wenn sie nach getaner Arbeit ruhen konnten, taten sie dies traditionell bei den Tieren. Sie entzündeten ein Lagerfeuer, aßen gemeinsam, tranken etwas und unterhielten sich. Sie sprachen von den alten Geschichten, tauschten Neuigkeiten aus oder schwiegen, wenn es nötig war.

„Ich spüre große Veränderung", hatte Wilhelm zu denken gegeben. „Ich spüre es in meinem Wald, ich spüre es hier unter euch und ich spüre es, wenn ich durchs Dorf gehe."

„Was meinst du?", fragte Eduard.

„Ich kann es nicht genau sagen. Vielleicht bin ich schon zu alt, meine Sinne sind nicht mehr die Besten. Aber irgendetwas Großes kommt auf uns zu. Etwas Neues. Veränderung eben", Wilhelm sah keinen der beiden Männer an, er sprach sozusagen in die Dunkelheit, den Blick in die Ferne gerichtet.

„Fühlst du Böses?", hakte Odo nach.

„Auch das vermag ich nicht zu sagen. Jeder Knochen meines Körpers, jede Sehne, jeder Muskel fühlt es: Veränderung. Dennoch weiß ich nicht, was es für mich oder für uns alle bedeuten wird." Er zuckte mit den Schultern.

Eduard legte seine Hand auf Odos Schultern und gab ihm mit einem Blick zu verstehen, dass er glaubte, dass Wilhelm nicht ganz bei Sinnen war.

Odo strich die Hand seines Vaters beiseite.

„Was meinst du?", hakte er nach.

„Nun, ich nehme es bei jedem Schritt im Wald wahr. Die Tiere verhalten sich etwas anders, die Stimmung, die Gefühle haben sich verändert...", versuchte Wilhelm Worte zu finden.

„Dir wird Max fehlen, das wird es sein." Eduard beruhigte den Mann.

„Mag sein. Zweifellos fehlt er mir. Jeden Tag. Immer. Aber es ist noch etwas Anderes, das ich noch nicht vermag genau zu verstehen oder zu erkennen."

Dann schwiegen die drei Männer. Dieses Mal war es kein gutes, kein zufriedenes Schweigen. Odo spürte äußerstes Unbehagen dabei und so durchbrach er diese ohrenbetäubende Stille.

„Ich muss euch etwas sagen..."

Eduard und Wilhelm hoben ihre Blicke und richteten sie auf Odo.

„Ihr kennt doch Eppelein, oder?"

„Den Strauchdieb?", meinte Eduard.

„Den Räuber, der gerade von allen gesucht wird?", ergänzte Wilhelm.

„Genau den." Odo sah beide an. „Ich habe ihn getroffen. Und noch mehr. Ich habe ihm geholfen."

Sein Vater und der Waldschrat rissen ihre Augen auf und lauschten gespannt der Geschichte, die er zu erzählen hatte.

Danach entbrannte eine rege Diskussion, in der alle drei Männer schließlich gemeinsam entschlossen, dass es vollkommen richtig war, dem Mann zu helfen. Die Nürnberger waren es schließlich, die Trautskirchen überfallen hatten, was sie quasi zu unseren Feinden machte. Und Eppelein raubte keine Dörfer oder arme Menschen aus, sondern bestahl die Reichen, die Adligen und die Kaufleute oder Händler. Dies machte ihn zu einem Feind der Nürnberger. Und der Feind unserer Feinde war ja irgendwie so etwas wie unser Verbündeter.

So schliefen sie kurze Zeit später beruhigt zwischen den Tieren ein, die Hunde wachten nachts ja aufmerksam über die Schafe. Bei der kleinsten Regung wachten sie auf und gaben Laut, sodass es keinen Grund zur Sorge gab.

Als am nächsten Morgen die ersten Sonnenstrahlen über das Weideland schienen und Eduard sowie Odo weckten, bemerkten die zwei Männer, dass Wilhelm verschwunden war. Die ganze Welt war in einem wunderschönen Duett aus gelb und rot getaucht, doch sie konnten dieses Naturschauspiel nicht genießen. Odo fasste neben sich an seine Decke, auf der er abends noch gelegen hatte, doch sie war kühl. Er muss also schon eine ganze Weile verschwunden sein. Sie sprangen hoch, rechneten unmittelbar mit dem Schlimmsten. War Wilhelm doch am Vorabend noch so seltsam gewesen und hatte von „Veränderung" gesprochen... Wollte er etwas andeuten? Hätten sie besser nachfragen sollen? Sie teilten sich auf und beschlossen, auf die Suche nach ihm zu gehen. Gerade, als sie sich auf den Weg machen wollten, sahen sie den alten

Mann mit einem Bund voller Möhren, Fenchel, Waldmeister und sogar ein paar Eiern auf sie zugehen. Er winkte schon von Weitem. „Grüßt euch! Ich dachte, uns könnte ein üppiges Frühstück nicht schaden, zusätzlich zur Schafsmilch natürlich."

Odo und Eduard waren erleichtert. Sie beschlossen, ihre kurze Angst um Wilhelm für sich zu behalten und aßen gemeinsam, während die Sonne das Tal und Trautskirchen mit Licht und Leben füllte. Danach machten sie sich wieder an die Arbeit und scherten die restlichen Tiere. Eduard lud am frühen Abend die übrige Wolle auf einen Karren, denn diese wollte er am nächsten Tag auf dem Markt in Erlbach verkaufen.

Doch soweit sollte es nicht kommen, denn erneut hatte das Dörflein Trautskirchen Glück im Unglück. Eppelein kam angeritten, dieses Mal jedoch nicht auf der Flucht vor Rittern, sondern um die Bürger zu warnen. Er klopfte an Odos Türe und trat mehr oder weniger ein, ohne auf eine Antwort von innen zu warten. „Der Kaiser höchstpersönlich hat seine Schergen beauftragt, den Weg nach Rothenburg freizumachen, denn dort würden ihm zu viele Gelder und Schätze abhandenkommen." Er lachte kurz. „Dies habe ich aus sicherer Quelle erfahren. Nun sieht es so aus, als würden die Ritter, die in seinem Auftrag handelten, die gleichen wie beim letzten Mal sein und hätten beim Kaiser bewirkt, dass sie alles Nötige unternehmen dürften. Es sieht so aus, als würden sie wieder hier bei euch Halt machen. Sie kommen zurück! Angeblich hat ihr Anführer es genau auf euch hier abgesehen. Warum weiß ich allerdings nicht. Wir müssen handeln und zwar schnell!"

Er schien ernsthaft besorgt zu sein, Odo zweifelte keinen Moment daran, dass er die Wahrheit sprach. Er nickte und gab ihm ein Zeichen, ihm zu folgen. Er wusste genau, wieso sie noch eine Rechnung mit Trautskirchen zu begleichen hatten, doch hätte es zu lange gedauert, das alles zu erklären. Wilhelm war noch bei Eduard und seiner Mutter, so hatte er sie alle recht schnell von seinem

Anliegen überzeugt. Ein offener Kampf wäre sinnlos, denn selbst wenn sie erfolgreich wären, kämen immer neue Ritter und würden schließlich das gesamte Dorf dem Erdboden gleich machen. Also beschlossen sie, möglichst alle in die Burg umzusiedeln. Zumindest bis der ungebetene Besuch wieder verschwunden war. Dennoch musste eine schnelle Entscheidung her: Konnten sie Eppelein ihr großes Geheimnis verraten? Kannten sie ihn gut genug, um ihm von den unterirdischen Gängen zu berichten? Odo lief so schnell er konnte zu Konrad, Reinhard und Lambert. Er brauchte ihre Zustimmung. Glücklicherweise sahen sie es ähnlich wie er und waren gleich einverstanden, Eppelein zu vertrauen. Sie mussten es wagen, es war ihre einzige Chance, die sie hatten. Und er hätte sie ja nicht warnen müssen, er tat es, weil er auf ihrer Seite war.

So schnell sie nur konnten, verstauten die Trautskirchner ihre wichtigsten Lebensmittel in die Burg und brachten alle Bewohner in Sicherheit. Nur einige Nahrungsmittel ließen sie in den Häusern zurück, um kein großes Aufsehen zu erregen. Ebenso ließen sie es so aussehen, als wären die Dorfbewohner erst kürzlich und Hals über Kopf in die Burganlage geflüchtet. Odo war mit Eppelein so schnell er konnte zum Kellerbuck gerannt.

„Was wollen wir hier?", fragte dieser nach einiger Zeit verwirrt.

„Ich verrate dir unser größtes Geheimnis. Und wahrlich, wenn du es irgendjemandem erzählst, werde ich dich mit meinen eigenen Händen erwürgen", beschwor Odo den Mann.

Eppelein zeigte sich verwundert, bemerkte allerdings, dass er es ernst meinte.

„Wir müssen dort entlang", Odo zeigte nach rechts.

Wenige Meter später kamen sie an eine Eiche, deren Krone von einem Blitz gespalten worden war, dennoch bei bester Gesundheit schien. Unweit von ihr befand sich ein kleiner Felsenstein und wenige Schritte weiter kroch Odo zwischen Gestrüpp und Ästen hindurch. Eppelein folgte ihm.

„Wir sind da."

„Wo? Ich verstehe nicht…", verwundert sah sich Eppelein um.

Odo grinste. „Gut, du siehst es noch nicht. Wir haben es offensichtlich gut versteckt. Ich zeige dir nun den Zugang zu einem unterirdischen Labyrinth aus verschiedenen Gängen und Sackgassen, die entweder deinen sicheren Tod bedeuten können, falls du dich verläufst, oder dich sicher in die Burg bringen können. Genau genommen führt dich der Weg hindurch sogar noch weiter: An den Nordkeller."

Eppelein lachte plötzlich laut auf. „Ihr verrückten Hunde, ihr! Ausgeburten der Hölle! Ihr seid ja wahnsinnig! Das ist das Beste, was ich in all den Jahren gehört habe."

Odo musste auch lachen, dann drückte er den Bewuchs zur Seite und zog ihn hastig ins Innere des Gewölbes.

Nachdem er eine Fackel entzündet hatte, konnte der Gesuchte erkennen, dass Odo nicht zu viel versprochen hatte. Ein unterirdisches Gängesystem, das für ihn befremdlich, spannend, einschüchternd, beängstigend und erstaunlich zugleich war.

„Folg mir und versuche dir, so gut es geht, den Weg zu merken", befahl Odo.

Eppelein war sich nicht sicher, ob er überhaupt eine Chance hatte, die willkürlich angelegten Gänge zu durchschauen. Aber er folgte ihm und konzentrierte sich, dem Verlauf zu folgen.

„Es ist zu verwirrend, Odo, tut mir leid. Unmöglich, sich das zu merken", sagte Eppelein nach einiger Zeit und blieb stehen.

Odo lächelte. „Keine Sorge. Folge mir wenige Schritte." Dann blieb er stehen. „Siehst du das hier? An jeder Gabelung sind – für Fremde willkürlich – angebrachte Zeichen und Buchstaben in den Wänden eingeritzt. Sie sind allerdings nicht zufällig, sondern von uns bewusst angebracht worden. Falls du irgendwann einmal in die Situation kommen solltest, dass du hierhinein fliehen musst, dann musst du nur sechsmal die richtige Abzweigung nehmen!"

„Sechsmal?", fragte Eppelein ungläubig nach. „Wie soll ich mir das merken?"

„Ganz einfach", Odo beruhigte ihn. „Die richtige Wahl der Abzweigung folgt einem System. Du musst nur das Kennwort wissen: RETTER."

„Retter?" Eppelein verstand nicht.

„Genau", Odo nickte. „Nimm an jeder Gabelung den Weg, der mit dem richtigen Buchstaben versehen wurde. An der ersten Kreuzung das „R", danach das „E", dann zweimal das „T", dann wieder das „E" und zuletzt noch einmal das „R" und schon kommst du in der Burg heraus. Wir haben dies nachträglich eingeritzt, weil wir es den Dorfbewohnern möglichst leicht machen wollten. Die Meisten von uns können nicht lesen und schreiben, aber drei verschiedene Buchstaben können sie sich merken. Sie wissen somit das Wort nicht, aber finden den Weg. Und sie fanden den Weg auch zurück, denn das Wort war vor- wie rückwärts gelesen identisch."

„Genial! Ihr seid wirklich erstaunlich...", Eppelein amüsierte sich. „Wie seid ihr auf so etwas gekommen? Das ist wirklich wundervoll."

„Die Idee hatte Constantin, unser Alchemist, er ist weit gereist und wirklich schlau", erklärte Odo. „Jetzt lass uns weitergehen."

Sie bogen noch dreimal ab und standen in der Burg. Eppelein kam aus dem Staunen nicht mehr heraus. Dieses Dorf und seine Bewohner waren wirklich ganz besonders. Er fühlte sich geehrt, in ihr Geheimnis eingeweiht worden zu sein und schwor sich heilig, diese Informationen mit ins Grab zu nehmen. Niemals würde jemand auch nur eine Silbe aus ihm herauspressen können.

Odo hatte ihm den anderen Weg zum Nordkeller noch nicht offenbart, da er die Notwendigkeit noch nicht gesehen hatte, nicht aus Misstrauen. Aber es musste jetzt schnell gehen, da noch einiges an Arbeit bevorstand und die Nürnberger jeden Moment ankommen konnten.

Es war fast wie beim letzten Mal. Sie kamen mit ungeheurer Wucht ins Dorf, schrien, grölten, brüllten und schimpften, während sie in Hochgeschwindigkeit durch die engen Straßen Trautskirchens ritten. Doch dieses Mal ritt der Anführer, der Mann mit dem langen, schwarzen Haaren und dem grau-schwarz melierten Bart, fast direkt zur Burg. „Feiges Pack! Hört mich an! Ihr könnt euch nicht ewig dort verstecken. Wir nehmen all euer Hab und Gut. Wir räumen eure Ortschaft leer! Kommt heraus und stellt euch! Dann rettet ihr eueren Ort!"

Keine Reaktion. Im Inneren der Burg saßen die Menschen beisammen, Familien hielten sich im Arm, Kinder wurden getröstet.

„Kuhgeher!", rief Martin der Schankwart mit all seiner Kraft, die er in der Stimme hatte. Direkt danach hallte das schallende Gelächter der Dorfbewohner aus dem Inneren nach Draußen. Er hatte mit diesem Schimpfwort den Nagel auf den Kopf getroffen und die Angst der Menschen in eine Art Sicherheit verwandelt. Er würde nie hier hereinkommen. Was wollte er also schon tun?

„Ohne eine eig'ne Frau, nutzt dir nur die Kuh im Stall!", schrie Heinrich.

„Muuuuuuh!", brüllte Eppelein laut hinterher.

Daraufhin stimmten die Trautskirchner ein und machten so laut sie konnten alle gemeinsam das Brüllen der Kühe nach. Dieses Muhen mischte sich mit lautem Gelächter.

Wütend brüllte der Ritter vor dem Tor: „Einfältiges Bauernpack! Euch wird das Lachen noch vergehen!", dann trat er seinem Pferd in die Flanken und ritt den Burgberg nach unten. Er erreichte seine Männer wenig später. „Macht hier alles kurz und klein. Die glauben tatsächlich, sie könnten es mit uns aufnehmen!" Dann drehte er sein Pferd und erkannte einen einzelnen Mann Mitten in der Straße stehend, auf ihn wartend. Der Mann war ruhig, hatte in seiner Hand ein Schwert, ansonsten war er völlig unbewaffnet.

Es war Gerald. Er hatte, nachdem seine Familie in Sicherheit war, beschlossen, den Mörder seines Sohnes noch einmal von Angesicht zu Angesicht begegnen zu müssen. Er war entschlossen, sich zu rächen. Den Schmerz durch Blut zu vergelten. Und falls ihm dies nicht gelänge, würde er selbst dabei draufgehen. Wie ein Falke einen Hasen jagte, ebenso konzentriert war der wütende Bauer. Er ließ sein Opfer nicht mehr aus den Augen, verfolgte jeden seiner Schritte. Er war nicht hier, um zur Unterhaltung zu jagen, er wollte seinen Hunger und Durst stillen. Er wollte Vergeltung.

„Feigling!", rief der muskulöse Bauer dem Ritter auf seinem Streitross zu. Ein Wort, das ehrlicher und treffender nicht gewählt hätte sein können.

Der Ritter schmunzelte. Er war sowieso gerade in Tötungslaune, warum dann nicht ihn schnell um die Ecke bringen? Er hatte sich genug über die Frechheiten der Dorfbewohner geärgert. So konnte er seinem Frust Luft machen. Langsam stieg er von seinem Pferd ab, klopfte dem Tier auf die linke Flanke und gab ihm so zu verstehen, dass es ein paar Schritte weitergehen konnte.

Gerald rannte los und mit all der Wut, dem Frust und der Enttäuschung die er in sich trug, hob er das Schwert über seinen Kopf. Es klang wie ein Glockenschlag der Laurentiuskirche neben ihnen, als die beiden Klingen aufeinandertrafen. Der Ritter war erstaunt, wie kräftig Gerald doch war. Er parierte den Hieb des Bauern und bemerkte, dass er zwar eindeutig kampftechnisch überlegen war, sein Gegenüber jedoch ungeheure Kräfte zu haben schien. Der Ritter holte kurz aus, schlug zu, doch Gerald parierte den Angriff mit einem schnellen Schwertschlag, der dem Angreifer fast die Waffe aus der Hand fallen ließ. Was hatte der Bauer denn für Kräfte?

Währenddessen erkannte Klara in der Burg, dass ihr Mann fehlte. Sie befürchtete das Schlimmste und sprach mit dem Steinmetz Konrad. Dieser erklärte ihr, dass sie nichts für ihn tun könnten. Ihre Stärke war die Überlegenheit in

Bezug auf das Territorium und die Gegebenheiten rund ums Dorf, nicht im Kampf mit den Rittern. Sie weinte und flehte, aber er blieb hart. Dies war durchaus verständlich, denn er musste verhindern, dass die Feinde ins Innere der Burg gelangten, sonst wären sie alle verloren gewesen. Wilhelm, Odo und Eduard beschlossen, dass sie durch den Geheimgang zum Kellerbuck gehen wollten, um zu prüfen, ob sie Gerald irgendwo finden konnten. Eppelein erklärte sich sofort dazu bereit, mit ihnen zu gehen. Er war schließlich der Einzige, der bereits Erfahrungen in Kämpfen hatte. Dies überzeugte die Männer und so machten sie sich sofort auf den Weg.

Gerald ließ den Ritter nicht aus den Augen. Er war konzentriert und ruhig. Kein Zweifel. Keine Angst. Er war heute hier, um seinen Sohn zu rächen. Als der Ritter zu einem Schwerthieb ansetzte, änderte Gerald seinen Schlachtplan und wich einen Schritt zurück, sodass die Waffe seines Gegenübers ins Leere schlug. In diesem Moment erkannte er seine Chance und trat mit all seiner Kraft in die Kniekehle des Mannes, der daraufhin tatsächlich zu Boden ging. Der bärtige Mann drehte sich auf den Rücken und wehrte Geralds Hieb mit seinem Schwert ab. Wieder krachte es laut, als sich die Stahlklingen trafen. Daraufhin trat der Ritter mit seinem schweren Stiefel gegen Geralds Bein, was ihm um ein Haar aus dem Gleichgewicht gebracht hätte. Diesen Moment nutzte der Angreifer, um zurück auf die Beine zu kommen. Dann kamen seine Mitstreiter an. Die vier Ritter blieben auf Abstand zu den Kämpfenden, als würden sie auf weitere Befehle warten.

„Schnappt ihn!", gab der Ritter zu verstehen.

Es dauerte nicht lange, da hatten sie Gerald entwaffnet und gefesselt. Zwei Mann konnte er noch niederringen, aber vier waren dann auch für ihn zu viel gewesen. Er spuckte dem Mörder seines Sohnes noch einmal ins Gesicht als ihm dieser in die Augen sah. „Feigling!"

Der Ritter wischte sich das Gesicht ab, lächelte zynisch und erklärte ihm: „Nun ja, es mag für dich so wirken,

Bauer. Ich mache mir nur die Hände nicht an dir schmutzig."

Just in diesem Moment waren Eduard, Wilhelm, Odo und Eppelein angekommen. Sie sahen, dass die Männer Gerald überwältigt hatten.

„Herr, was soll mit dem Bauern geschehen?", fragte einer der Männer.

„Blendet ihn. Aber nicht hier. Geht nach oben vor das Tor der Burg. Es soll jeder sehen, was mit den Dorfbewohnern passiert", erklärte der Anführer.

Sie zerrten Gerald den Burgberg nach oben. Nun war guter Rat teuer und sie mussten schnell handeln. Sie wollten auf keinen Fall zulassen, dass sie Gerald blendeten.

„Ich gehe", erklärte Eppelein. „Und bevor ihr etwas sagt, hört mir zu. Ich bin es, den sie im ganzen Land suchen, sie werden mich erkennen. Diesen Moment nutzt ihr, um Gerald zu holen. Dann versuche ich die Ritter abzuschütteln und wir treffen uns wieder in der Burg. Wilhelm ist ein alter Mann, er ist nicht mehr flink genug. Eduard und Odo, ihr habt keinerlei Erfahrung im Kampf. Es ist die einzige logische Alternative."

Mit einer großen Portion Unbehagen im Bauch stimmten die drei Männer zu. Er hatte recht. Die Vier schlichen sich hinter den Rittern in gebührendem Abstand nach oben.

Zwei der Ritter hielten Gerald, dessen Hände hinter seinem Rücken gefesselt waren, fest und ein dritter fixierte seinen Kopf, indem er ihn an den Haaren packte. Der Anführer rief: „Seht genau her, Bauernpack! Seht her, was mit euch passieren wird. Der Tod wäre ein Geschenk! Ihr alle, die ihr euch dort oben verkriecht, ihr alle werdet leiden. Ihr werdet meinen Zorn zu spüren bekommen!" Er legte die Klinge seines Schwertes in ein am Straßenrand loderndes Feuer. Ein Raunen ging durch die Dorfbewohner. „Jetzt seid ihr nicht mehr so frech, was? Fürchtet ihr euch?" Er hielt seine Nase in die Luft und atmete mehrmals laut ein und aus. „Ich rieche eure Angst! Aaaaaah, wie ich diesen Duft liebe! Hahahahaha!" Dann nahm der

Mann sein Schwert. Das hellrot glühende Ende hielt er noch einmal demonstrativ in die Luft, dann näherte er sich Geralds Gesicht.

Dieser schloss seine Augen nicht. Er starrte seinem Angreifer in die Augen, ohne auch nur eine Miene zu verziehen.

Gerade als der brutale Fremde Gerald das Augenlicht mit seinem glühenden Schwert rauben wollte, rief Eppelein, der alleine auf der Straße - wenige Meter von dem Schauplatz entfernt - stand: „Halt ein! Was gibst du dich mit den kleinen Fischen ab, wenn du mich doch schon so lange suchst?"

Als sich der dunkelhaarige Ritter zu ihm umdrehte, erwischte er das linke Auge Geralds unabsichtlich mit der Spitze seiner Waffe, das zischende Geräusch ließ sogar die Männer, die den Bauern festhielten, zusammenzucken. Gerald stöhnte kurz, doch gab sich nicht die Blöße, den Schmerz zu zeigen. Er kniff sein Auge zusammen und schluckte den Schmerz einfach herunter. Er hatte weitaus Schlimmeres in seinem Leben erfahren, als das. Es brannte buchstäblich wie Feuer und bohrte sich tief in das Innere seines Kopfes. Sein Auge begann zu tränen. Sturzbäche von Tränen ergossen sich über seine Wange. Er atmete schwer, doch wollte sich nichts anmerken lassen.

„Sehe ich recht? Wen haben wir denn da? Wenn das nicht der meistgesuchte Mann Frankens ist!", rief der Ritter, während er ein paar Schritte auf Eppelein zumachte. „Warum wundert es mich nicht, dass du hier in Trautskirchen bist?"

„Das ist nur ein Zufall, ich habe nichts mit den Leuten hier zu schaffen. Allerdings habe ich gesehen, wie ihr zu viert einen armen Bauern gepackt habt und das wiederum geht gegen meine Natur", erwiderte dieser.

„Red' keinen Stuss!", rief der Ritter. „Ehrgefühl? So etwas hast du nicht! Ein gemeiner Strauchdieb und Nichtsnutz bist du! Hinterhältige Angriffe, Diebstähle und Räubereien stehen bei dir an der Tagesordnung. Unschuldige

Menschen sorgen sich deinetwegen um ihr Leben! Erzähl du mir nichts davon, dass es dich stört, wenn wir in Überzahl einen Mann bestrafen, der sich uns widersetzt hat."

„Wohlan, tretet näher", Eppelein winkte ihn herbei. „Meine Klinge freut sich schon."

Der Ritter stürmte auf ihn zu, Eppelein parierte den ersten Stoß mit seinem Schwert. Dieser Kampf war völlig anders als der Vorausgegangene, denn beide hatten eine ähnlich gute Technik. Wenn Eppelein einen Angriff versuchte, wich der Ritter aus oder antwortete seinerseits mit einem Hieb, den wiederum der Räuber parieren musste. So ging es eine ganze Weile hin und her. Odo und Eduard hatten sich in der Zwischenzeit bemerkbar gemacht, Gerald hatte sie mit seinem noch gesunden Auge erspäht. Sie mahnten ihn mittels Zeichensprache zur Ruhe. Er nickte. Sie hatten sich zwei lange Holzstöcke mit abgebrochenen Enden besorgt und schlugen gleichzeitig auf die Ritter ein, welche nach vorne zuckten und sich die Köpfe hielten. Gerald ergriff die Gunst der Stunde, nahm einen der Spieße an sich und bohrte ihn tief in den Oberkörper eines der Männer. Auf der Rückseite trat das rot verschmierte, spitze Ende wieder heraus. Einen Moment lang standen Eduard und Odo regungslos daneben. Sie hatten nicht gedacht, dass sie dies einmal so nahe sehen würden, aber als Gerald seine Waffe aus dem Körper des Mannes zog und sich dieser stöhnend am Bode wälzte - die Hände über dem offenen Unterleib verkrampft – erkannten sie genau die weichen und unförmigen Organe, die neben ihm am Boden lagen. Den zweiten Mann ereilte dasselbe Schicksal, als Gerald ihn packte und zu Boden schleuderte. Seine Wut schien unermesslich zu sein und ihm noch mehr Kraft zu verleihen. Er griff nach seinem Schwert und bohrte das spitze Metall in die Haut seines Peinigers. Dieser riss seine Augen weit auf, öffnete den Mund und Fluten aus Blut ergossen sich daraus. Sie färbten das Hemd, Geralds Hand und seinen Ärmel tiefrot. Der Bauer drehte die Klinge seiner Waffe einmal nach links und einmal nach rechts, dann zuckte der Mann ein letztes Mal. Er riss den Kopf zur Seite und schloss die Augen für immer. Dann stieß ihn Gerald zu Boden. Langsam realisierte er, was hier gerade passiert war. Odo und Eduard stützten ihn und halfen ihn, die letzten Meter bis zur Burg zurückzulegen. Da die restlichen Angreifer nicht in der Nähe waren, öffneten die Trautskirchner kurz das Vortor und holten Gerald nach innen. Dort kümmerte sich Constantin umgehend um die Verletzung. Er sah sich die Wunde etwas genauer an und entschloss sich dazu, eine eigens angefertigte Wundabdeckung zu benutzen. Es war ein Stück Leinen, das er in den Harzen Galbanum, Opopanax, Myrrhe, Weihrauch, Guggulharz, Olivenöl und Kampfer getränkt hatte. So erhoffte er sich eine schnelle Linderung, obwohl er befürchtete, dass Gerald sein Augenlicht auf dieser Seite nicht wieder erlangen würde. Odo und Eduard blieben noch außen, schließlich wollten sie Wilhelm und Eppelein ebenso unversehrt wieder bekommen. Wilhelm? Wo war er eigentlich? Der Waldschrat lief gerade um sein Leben. Die Lunge brannte, seine Füße trugen ihn kaum noch, doch die Verfolger kamen immer näher. Er war ihnen am Fuße des Burgberges praktisch in die Arme gelaufen. Nun rannte er so schnell seine alten Füße noch trugen in Richtung Kellerbuck. Vielleicht konnte er sie dort abhängen. Wenn er es überhaupt so weit schaffte.

In der Zwischenzeit hatte Eppelein die Oberhand gegen den Eindringling gewonnen. Er rief Odo und Eduard zu, dass sie in diese Richtung laufen müssten. Wilhelm sei dorthin vor drei Männern geflohen. Gesagt getan, sie rannten los.

„Hast du noch etwas zu sagen?", Eppelein stützte sich auf seinem Schwert ab.

„Hochmut kommt vor dem Fall", der Ritter trat gegen das Bein des Mannes, dieser rutschte etwas nach vorne ab und fiel auf sein rechtes Knie. In diesem Moment stach der Ritter zu und traf ihn am linken Oberarm, sodass sich ein Schwall warmen Blutes auf den Boden ergoss. Eppelein hielt sich schmerzverzerrt die Wunde, richtete sich umgehend auf und hob seine Waffe. Der Ritter parierte den Angriff und stach seinerseits zu und traf ihn erneut – dieses Mal auf Hüfthöhe. Stöhnend registrierte dieser, dass er wohl doch nicht so überlegen war, wie er vielleicht kürzlich noch angenommen hatte. Der Schmerz, der jetzt durch seinen ganzen Körper pulsierte, stieg in den Kopf und ganz hinunter zu den Füßen. Es war fast unerträglich, aber er konnte jetzt nicht aufgeben. Sein Leben durfte hier nicht enden! Er wollte unbedingt seine geliebte Frau Elisabeth noch einmal wiedersehen…seine Söhne Eckelein, Hans, Dietrich…seine Töchter Margret, Kathrin, Elsbeth, Soffey, Anna…und nicht zuletzt wollte er die Trautskirchner nicht enttäuschen. Sie verließen sich auf ihn! Sie hatten ihn gerettet, jetzt würde er für sie siegen! Als der Ritter erneut zustechen wollte, rollte sich Eppelein zur Seit und stieß sein Schwert mit aller Kraft und Präzision, die er aufbringen konnte, in die Seite seines Gegners. Dann stand er auf, zog sein Schwert ruckartig zurück und schlug seine Waffe mit einem schweren Hieb in den Rücken des Ritters. Er hörte das Krachen der Knochen und sah sein Gegenüber daraufhin zusammensacken. Blut rann aus seinem Körper, entzog ihm jede Kraft. Eppelein stieß noch ein letztes Mal zu, um wirklich sicherzugehen, dass es das endgültige Ende dieses brutalen und rücksichtslosen Mannes war. Dann atmete er einmal tief ein und aus, wischte sich sein eigenes Blut grob ab und machte sich auf den Weg, um Wilhelm zu helfen.

Die Verfolger hatten den Waldschrat erst am Kellerbuck gestellt. Er war von ihnen in die Enge gedrängt worden, hinter ihm der Eingang zu den unterirdischen Gängen, vor ihm kein Ausweg, da sie in der Überzahl waren. Er hatte nur einen Schmiedehammer, sie hatten Schwerter – auch hier hatte er schlechte Karten. Seine Gedärme sackten nach unten, er hatte das Gefühl, das Bewusstsein zu verlieren, wahrscheinlich war er jetzt schon so überanstrengt vom Rennen, dass er kaum noch Luft bekam. Sein Kopf hämmerte und eine gefühlte Ewigkeit standen sich die Männer wortlos gegenüber. Dann nahmen die Angreifer aus der Ferne das Rufen der nahenden Retter wahr: Eduard und Odo kamen.

Wilhelm war es heiß, was nicht nur am Frühsommer lag, sondern daran, dass er sich zu sehr anstrengen musste, die Verfolger auf Distanz zu halten – leider vergebens. Das Wäldchen am Kellerbuck schenkte etwas Abkühlung, da sie sich im Schatten der Eichen und Buchen befanden und so von der Sonne geschützt waren. Die Drei stellten Wilhelm und sorgten dafür, dass er keinen Schritt machen konnte. Ebenso wussten sie, dass sie schnell handeln mussten, da seine Verstärkung nicht mehr weit entfernt war. Dann überraschte der alte Mann sie mit einer Drehung, er floh durch das Dickicht und war verschwunden! Vor ihren eigenen Augen! Wie vom Erdboden verschluckt... Ging es hier mit Hexerei zu? Einer der Männer trat ihm hinterher und entdeckte daraufhin die geheime Öffnung und den dahinter befindlichen Gang. „Folgt mir, Männer! Er ist in den Tunnel gegangen", befahl er ihnen und winkte sie herbei.

Nun war Wilhelm im Vorteil. Er kannte den Weg zur Burg genau, die Verfolger aber würden sich bestimmt erst einmal verlaufen. Es war dunkel, denn auch der Eigenbrötler hatte natürlich keine Fackel entzündet. Er wartete in einem Seitengang darauf, dass sich einer dorthin verlaufen würde. Den Griff seines Hammers umklammerte er so fest er konnte, während er versuchte, seinen Atem zu kontrollieren. Wenige Schritte war der Mann noch von Wilhelm entfernt. Der Fremde tastete sich langsam und bedächtig nach vorne. Er konnte sich in diesem Moment ausschließlich auf sein Gehör und sein Gefühl verlassen, das Augenlicht war ihm durch die Dunkelheit fast genommen. Als er nur kurz vor ihm stand, hielt er inne und blieb stehen.

„Sackgasse!", rief ihm einer seiner Begleiter zu.

„Bei mir geht es noch etwas weiter, der Gang ist noch nicht zu Ende", antwortete der Andere.

„Ich bin auch noch nicht ans Ende gestoßen", rief er laut zurück. Das letzte, was er spürte war der dumpfe Schlag eines harten Gegenstandes auf seinem Hinterkopf. Dann ging ihm buchstäblich das Licht aus. Schwer atmend stand Wilhelm über ihm und schlug ein zweites Mal zu. Er schloss dabei seine Augen ganz fest, um es nicht mitzubekommen, schließlich war er zuvor noch nie dazu gezwungen worden, jemanden zu töten. Das laute Knacken des zweiten Kopftreffers und das Schmatzen, als Wilhelm den Schmiedehammer wieder hochhob, zeigten ihm, dass sein Gegner kampfunfähig war. Er rührte sich nicht mehr. Kurz darauf spürte der Waldschrat, dass eine warme Flüssigkeit seine Schuhe vollsog. Blut. Just als er weglaufen musste, hörte er Odo und Eduard am Eingang rufen.

„Gebt besser auf! Ihr werdet euch verlaufen! Die Gänge sind für euch nicht zu verstehen und werden sonst zu eurem Grab werden!" Eduard versuchte, sie vom Aufgeben zu überzeugen. Aber tief in seinem Inneren wusste er, dass es nichts nützen würde.

„Wilhelm?", rief Odo.

„Mir geht es gut", schrie dieser als Antwort zurück. „Sie sind nur noch zu zweit." Dies hatte er bewusst gesagt. Einerseits um seinen Helfern dies mitzuteilen und andererseits, um den Fremden zu sagen, dass einer bereits gestorben war.

„Niemals!", brüllte einer der Männer verzweifelt. „Wir kriegen euch und dann gnade euch Gott!"

„Er ist ganz sicher im Mittelgang", flüsterte Eduard Odo zu. „Wilhelm war, glaube ich zumindest, im richtigen Gang. Oder was denkst du?"

Odo nickte.

„Dann lass uns zuerst in den Mittelgang gehen, vielleicht können wir ihn überwältigen. Es ist dunkel und er kennt sich nicht aus", schlug der Vater vor.

Die Beiden gingen in den Geheimgang und warteten einen Moment, dass sich ihre Augen an die Dunkelheit gewöhnen konnten. Dann liefen sie an der ersten Weggabelung schnellen Schrittes in den Mittelgang. Sie mussten sich etwas ducken, denn die Tunnel waren nicht sonderlich breit ausgebaut. Kurz darauf trafen sie auf den Eindringling. Er hatte sie erwartet und hob sein Schwert, um in das Dunkel zu schlagen, in der Hoffnung, einen der beiden Verfolger direkt zu töten. Doch er kratzte einzig und allein an der steinernen Umschalung der Wände und so verpuffte sein Angriff sofort. Eduard hingegen stieß wuchtig und zielsicher mit seinem Holzspieß zu. Der Widerstand, auf den die Spitze seiner Waffe traf, war nur von sehr kurzer Dauer, denn sie bohrte sich komplett durch den Mann. Dieser umklammerte den Holzstab in seiner Verzweiflung, sank auf die Knie und röchelte. Er wollte schreien, doch das ging nicht mehr. Es fühlte sich in seinem Mund so an, als würde ein Dämon darin stecken, der seine Zunge festhielt. Er wollte so gerne aufstehen, weglaufen, sich wehren, doch sein Körper gehorchte ihm nicht mehr. Das war wohl sein Ende. Dieses modrige, dunkle und muffige Gemäuer würde zu seinem Grab werden. Nun nahm er eindeutig den metallenen Geschmack seines Blutes wahr, es lief ihm unkontrolliert aus den Mundwinkeln und tropfte vor ihm auf den Boden. Eduard zog mit einem festen Ruck den Spieß aus dem Körper des Fremden und vernahm ein dumpfes Pochen.

Odo tastete nach seinem Vater und fasste ihn an der Schulter. Dann kehrten sie um, denn Eppelein war am Eingang und rief nach ihnen.

„Ihr geht zu Wilhelm und bringt ihn umgehend zur Burg", befahl Eppelein. „Wenn wirklich nur noch einer der Männer übrig ist, dann gehört er mir. Ihr habt eure Hände heute genug beschmutzt, um meine ist es nicht mehr schade."

Zunächst widersprachen sie, doch dies währte nicht lange. Der Raubritter bestand darauf und so ließ sich nichts mehr machen. Außerdem war es Odo recht, er wollte wirklich niemanden töten, wenn er nicht unbedingt musste – und bisher war dieser Kelch Gott sei Dank an ihm vorübergegangen.

„Wir sehen uns, mein Freund", verabschiedete sich Odo und nickte Eppelein zu, dann entzündete er eine kleine Fackel, um dem Weg besser folgen zu können. Danach gingen sie den richtigen Weg entlang, gabelten Wilhelm bei bester Gesundheit auf und schritten unterirdisch weiter in Richtung Burg.

Doch der letzte verbliebene Ritter folgte ihnen. Er war schlau genug, zu verstehen, was hier vor sich ging. Er war sich sicher, dass er nur dem stillen Schein der Fackel vor ihm folgen musste, dann würde er es schon schaffen, wo auch immer er herauskommen würde. Schließlich war er nicht allein. Doch, das war er – aber der Ritter wusste dies nicht. Er dachte immer noch, dass seine restlichen Mitstreiter im Ort auf ihn warteten, sonst wäre er wohl umgekehrt oder hätte sich ergeben.

Eppelein seinerseits lief in den Schacht, um den Gegner schnellstmöglich zu erwischen.

Der hellblonde Ritter holte unbemerkt auf, er war nicht mehr weit hinter den sich in Sicherheit wiegenden Trautskirchnern. Ohne es zu wissen, hatten sie ihm schon viermal die richtige Abzweigung gezeigt. Eppelein verfolgte sie mit einigem Abstand, er konnte nicht einmal sagen, ob sein Gegner vor oder hinter ihm war. Dieses Katz- und Mausspiel beschäftigte alle beteiligten Männer.

„Hier ist das „E", wir müssen nach rechts", gab Odo zu verstehen. Wilhelm und Eduard folgten ihm. Da hörten sie eindeutig Schritte und ein Kratzen hinter sich. Sie blieben auf der Stelle stehen. War das Eppelein? War es der Verfolger? Odo klopfte das Herz bis zum Hals, als er im Schein seiner Fackel die Umrisse des feindlichen Ritters erkannte. Er hatte nur ein Kettenhemd an, aber das Schwert in seiner Hand zeugte davon, dass er es nach wie vor ernst meinte.

„Seid gegrüßt", lächelte er, als er einige Schritte auf die Drei zuging. Wilhelm umklammerte den blutigen Schmiedehammer, ebenso fasste Eduard seinen Holzspieß fester. Odo hatte in der linken Hand die Fackel, in der rechten

Hand seine Schafschere, die einzige Waffe, die er bei sich trug. „Nun ist wohl die Zeit gekommen, euch ins Jenseits zu schicken. So wie ihr es mit meinen Freunden getan habt. Nur werdet ihr bei mir kein Glück haben."

„Hör, Fremder, du bist der letzte Überlebende eurer Truppe. Lass das Schwert fallen und wir lassen dir das Leben. Hast du keine Frau und Kinder, die du wiedersehen willst?", schlug Eduard vor.

„Warum sollte ich dir glauben, Bauer? Ihr tötet mich, wenn ich meine Waffe fallen lasse. Und wir sind sicherlich nahe am Ausgang, sonst würdet ihr mir es nicht vorschlagen, aufzugeben. Wenn wir – wo auch immer das sein wird- hier herauskommen, werdet ihr sehen, wie euer Dorf nun aussieht. Leergeplündert, niedergebrannt und ausgenommen. Es wird das Blut eurer Familien und Freunde durch die Straßen fließen und wir werden einmal mehr triumphieren." Der Fremde war sich seines Sieges sicher. „Ein alter Mann, der noch immer außer Atem ist, ein unerfahrener Jüngling ohne Waffe und ein Mann mit einem abgebrochenen Holzstock. Mit euch nehme ich es gerne auf!"

„Wilhelm, gib mir den Hammer", sagte Odo mit einer Überzeugung in der Stimme, die die beiden Männer so von ihm nicht kannten. Gleichzeitig versteckte er seine Schere hinter seinem Rücken am Gurt. „Eduard, bring Wilhelm nach oben. Dort seid ihr sicher, ich werde hier meinem Schicksal begegnen."

Sie spürten, dass es keine Möglichkeit gab, ihm davon zu überzeugen, dass er etwas Falsches tat. So drückte ihm sein Vater den Hammer in die Hand und verschwand mit Wilhelm im Gang hinter ihnen.

„Törichter Narr", lachte der Ritter. „Dein letzter Trumpf hat dich verlassen – eure Überzahl. Nun wirst du hier dein Ende erleben."

Odo lehnte seine Fackel an die Wand, um beide Hände nutzen zu können. Der Vorraum, der zu drei Gängen führte, war etwa zweieinhalb Klafter breit und etwa ein

Klafter hoch, vielleicht auch eineinhalb. Mehr nicht. Sie hatten also nicht viel Platz.

Dann musste er auch schon den ersten Angriff mit dem Hammer abwehren, was ihm gerade noch gelang. Knapp neben seinem Oberkörper schnitt die Klinge sein Oberhemd auf, doch er blieb unverletzt. Der zweite Hieb des Ritters hätte Odos Kopf in zwei Hälften gespalten, wäre er nicht rechtzeitig zur Seite ausgewichen. Ewig konnte er so nicht weitermachen, Odo brauchte eine Idee. Doch wie sollte er mit seinem kleinen Hammer den bewaffneten Ritter denn angreifen? Es konnte doch nicht wahr sein. Wie war er denn nur in diese Situation gekommen? Er wusste es schon. Aus Liebe. Er wollte Wilhelm und Eduard schützen, den Mann, der sein Leben lang wie ein Vater für ihn war. Erneut zischte die Klinge des Schwertes knapp an Odos Kopf vorbei und verfehlte sein rechtes Ohr nur um Haaresbreite. Und sein Patenonkel war immer die Konstante in seinem Leben gewesen, von ihm hatte er so viel gelernt und, was noch wichtiger war, er war immer ehrlich zu ihm gewesen. Sie wollte er schützen, sie und das gesamte Dorf, das er so sehr liebte. Der nächste Schlag des Ritters war so hart und wuchtig, dass Odos Hammer aus der Hand fiel. Er konnte ihn nicht fest genug greifen, der Hieb war viel zu hart gewesen.

„Oh, Bübchen, bist du nun unbewaffnet? Wie blöd für dich…", machte sich der Ritter lustig.

Als der Feind mit einem gezielten Schwertstoß Odos Oberkörper durchlöchern wollte, drehte dieser sich von seinem Gefühl geleitet, mit der rechten Schulter nach hinten, griff mit der Hand hinter seinen Rücken und nach der Schafschere, packte sie und rammte diese dem Ritter in den Oberarm. Leider blieb sie darin stecken und Odo musste einen Schritt nach hinten weichen. Der Ritter stöhnte kurz auf, sah die Waffe in seinem Fleisch stecken, zog sie heraus und warf sie in die Ecke. Dann bedeckte er die Wunde mit seiner Hand, das Blut quoll zwischen seinen Fingern hervor.

„Du hättest diese Gelegenheit nützen und mich töten sollen, denn es war deine letzte. Sprich ein Gebet, Junge, dies wird nun dein Ende sein." Der Fremde ging auf Odo zu und hob sein Schwert.

Odo, bereit seinem Schöpfer gegenüber zu treten, sank auf die Knie, und blickte dem Mann erwartungsvoll ins Gesicht.

Unter dem grauenvollen Knacken brechender Knochen durchbohrte die Klinge eines Schwertes den fremden Ritter vom Rücken bis zur Brust. Dies geschah mit solch einer Gewalt, dass das Blut bis in Odos Gesicht spritzte.

Der blonde Fremde verdrehte seine Augen und kippte nach vorne.

Eppelein!

Odo umarmte seinen Retter und konnte sein Glück kaum fassen, sie waren gerettet. Alle waren gerettet! In letzter Sekunde, gerade noch rechtzeitig war Eppelein eingetroffen und hatte ihn beschützt. Dann kippte sein Beschützer um.

Als Eppelein die Augen wieder öffnete, sah er geradewegs in das Gesicht von Wilhelm, neben ihm stand Constantin.

„Willkommen zurück", lächelte der ältere Mann. „Hast du endlich ausgeschlafen?"

Eppelein richtete sich vorsichtig auf, sein gesamter Körper schien zu schmerzen und wahrscheinlich tat er das auch. Er hatte an den unterschiedlichsten Stellen Verbände angelegt und ersparte sich die Frage nach dem Warum. Er konnte es sich denken.

Dann kam Odo dazu. „Willkommen bei uns, Trautskirchner!", lächelte er.

Eppelein nickte und lächelte zurück. „Dennoch kann ich nicht bleiben. Es ist zu gefährlich. Für euch und für mich."

„Aber für eine Weile kannst du dich hier noch erholen und wenn du dann wieder bei Kräften bist, dann sehen wir weiter. Nur nichts überstürzen. Du bist hier erstmal sicher", erklärte Odo.

„Gut, danke. Dennoch müssen wir die toten Ritter verschwinden lassen, die Nürnberger dürfen nicht erfahren, dass sie hier gestorben sind, sonst ist es um euer schönes Dorf geschehen", Eppelein wollte gerade aufstehen, da drückte ihn Constantin sanft nach unten.

„Schon geschehen", versicherte er. „Wir haben die Männer auf die Hochstraße Richtung Virsnberg gebracht und es dort wie einen Überfall aussehen lassen. Die Pferde haben wir von dort aus in alle Himmelsrichtungen verstreut. Die Nürnberger und nicht einmal der Kaiser höchstpersönlich werden Verdacht schöpfen. Und auch hier im Dorf wurde alles Blut und jede Kampfspur entfernt. Auch die Verwüstungen werden gerade noch beseitigt, es dürfte bald wieder normal aussehen."

„Und das Feuer?", wollte Eppelein wissen.

„Unter Kontrolle", nickte ihm Wilhelm zu. „Außerdem kommt es am Dorf immer wieder einmal vor, dass ein Haus oder eine Scheune brennt...so war es bei uns auch. Glücklicherweise wurde niemand verletzt und es geht allen beteiligten gut."

„...Gerald? Was ist mit Gerald? Geht es ihm gut?", fragte Eppelein.

„Den Umständen entsprechend", erklärte der Alchemist. „Er wird zwar sein Augenlicht auf dem linken Auge nicht wieder erlangen und auch mit den Schmerzen wird er noch einige Zeit leben müssen, aber es geht ihm recht gut. Jetzt, da er weiß, dass der Mörder seines Sohnes seine gerechte Strafe bekommen hat, fühlt er sich viel besser."

„Gut, gut. Das ist schön zu hören", Eppelein ließ sich nach hinten auf die Pritsche sinken und schloss seine Augen. Er war noch immer geschwächt von den schweren Kämpfen, außerdem hatte er ja eine Menge Blut verloren.

„Es ist das Beste, wenn wir ihn noch weiter ausruhen oder schlafen lassen, gebt ihm später etwas Suppe und Brot, damit er wieder zu Kräften kommt", gab Wilhelm vor.

Dann ließen sie den Raubritter in der Stube und machten sich wieder daran, mit den anderen Trautskirchnern das Dorf sauber zu machen und alle Schäden zu beseitigen.

Es war einige Zeit vergangen, die oben beschriebenen Vorfälle waren fast schon in Vergessenheit geraten und das normale Alltagsleben hatte Einzug in Trautskirchen erhalten. Eppelein ließ sich ab und an noch bei ihnen blicken, wenn er gerade in der Gegend war, was die Bürger – vor allem Odo und Eduard – jedes Mal wieder erfreute.

Doch der Besuch, der an jenem kalten Herbsttag im Jahre 1378 in den mittelfränkischen Ort im Zenngrund kam, war für alle überraschend. Eisiger Wind zog durch die Straßen, das Laub fiel in Scharen von den Bäumen. Morgens, wenn die Sonne ihre zarten Strahlen Richtung Erde schickte, lag bereits Reif auf den Gräsern. Die Vögel schnappten sich die letzten roten Hagebutten oder andere Früchte, die noch vereinzelt an den dürren Ästchen hingen. Es waren die ersten Vorzeichen auf den ungemütlichen Winter, der nun folgen würde. Nebelschwaden und graue Beklommenheit beherrschten die Tage, die Sonne schaffte es nur selten durch das dichte Wolkenkleid am Himmel. Wenn dann die Nächte auch noch kühler wurden, erste Bodenfröste zu verzeichnen waren und es tagsüber kaum noch wärmer wurde, dann kam der Winter mit großen Schritten ins Tal. Die nachts abgekühlte Erde konnte am Tage nicht mehr aufgewärmt werden, zumal durch den bedeckten Himmel die Kraft der Sonne fehlte. Das spürten die Menschen, das wussten sie. Es war jedes Jahr so, daher beeilten sie sich, ihre Arbeiten noch vor dem ersten Schnee und tiefen Frost beenden zu können. Und genau zu dieser Zeit kam ein Herold nach Trautskirchen. Dies geschah ja nicht gerade häufig und so kamen die Dorfbewohner aufgeregt und neugierig auf den Platz vor der Kirche, um zu lauschen, was er ihnen zu verkünden hatte.

Sie stellten sich in einem großen Kreis um ihn auf, er selbst war auf seinem Pferd sitzen geblieben, um gut sichtbar und problemlos hörbar zu sein. Seine drei Begleiter blieben im Hintergrund.

„Hört her! Hört her! Ich habe euch eine Verkündigung zu machen! Jene Engel, die am ersten Schöpfungstag von unserem Herrn und Gott erschaffen wurden und damit so alt sind wie die Erde, der Himmel und das Licht haben unseren großen Herrscher zu sich geholt. Unser aller ehrwürdiger Herrscher Karl, der König und Kurfürst von Böhmen, Kaiser des Heiligen Römischen Reiches entschlief kürzlich und wurde von den Engeln in das Paradies gebracht und lebt von nun an dort an der Seite Gottes und der großen Herrscher unserer Vergangenheit."

Ein Raunen ging durch die Menschenansammlung. Der Kaiser war tot. Wie würde es nun weitergehen?

„Hört her! Hört her!", fuhr er fort. „Karl schloss seine Augen in jener Stadt für immer, in der er sie zum ersten Mal geöffnet hatte, in Prag. Dort wurde sein Leichnam einige Tage in der Prager Burg aufgebahrt, morgen beginnen dann die Begräbnisfeierlichkeiten. Wichtige Meldung für euch, Bauern: Wer unseren großen Kaiser noch einmal sehen und ihm huldigen möchte, der muss sich beeilen. In fünf Tagen wird der Kaiser dann von der Burg durch die Prager Stadt getragen und über die Pragerbrücke schließlich auf Vyšehrad gebracht. Dort wird er dann einige Zeit verbringen und anschließend in der Johanniter-Kirche der Jungfrau Maria für Besucher aufgebahrt werden. Ihr habt also nur eine Woche, um nach Prag zu kommen, falls ihr unserem großen König und Kaiser noch einmal die letzte Ehre erweisen wollt."

„Wer bezahlt uns den Arbeitsausfall?", rief einer der Bauern dazwischen.

„Genau, der Winter kommt mit großen Schritten, wir müssen noch allerhand erledigen. Das geht nicht!", merkte Diethard an.

„Hört mich an! Hört mich an!", rief der Herold und hob beide Hände beschwörerisch in die Luft. „Ihr seid nicht das erste Dorf, welches diese Nachricht erhält. Es gibt überall

400

diese Schwierigkeiten. Meine Begleiter hängen bei euch einen Steckbrief auf. Nur dieses Mal geht es nicht um einen gesuchten Verbrecher, sondern darum, unserem großen König und Kaiser die letzte Ehre zu erweisen. Ehrt ihn. Betet für ihn und wünscht ihm etwas Gutes. Hierfür soll es dienen."

Während der Herold dies den Dorfbewohnern erklärte, hing einer der Begleiter eine große Schriftrolle mit dem Bildnis Kaiser Karls an die kräftige Linde neben dem Kirchturm.

„Hört her! Es gibt noch eine Verkündigung! Der älteste Sohn unseres Kaisers, Wenzel, geboren unweit von hier auf der Kaiserburg in Nürnberg, vor nunmehr 17 Jahren, wird in Kürze die Nachfolge antreten werden. Außerdem wird erwartet, dass die deutschen Kurfürsten ihn in naher Zukunft zum Deutschen König wählen und in seinem Amt bestätigen werden. Stellt euch daher darauf ein, dass ich bald noch einmal hier vorbekommen werde, um euch die amtlichen Ergebnisse zu vermelden."

Dann ritt er mit seinem Gefolge aus dem Dorf und ließ die Trautskirchner zurück. Fragende Gesichter blickten sich an, viel Gleichgültigkeit war zu spüren. Bei manchen keimte die Hoffnung auf, dass der neue König oder Kaiser sich mehr um seine Untertanen kümmern würde, aber dies bliebe abzuwarten. Das könnte man ja jetzt noch nicht sagen. Ein paar Bürger gingen zu dem Bildnis Karls und beteten tatsächlich für ihn, so erhofften so, für ihn Seelenheil zu erreichen, schließlich hätte niemand das Fegefeuer oder gar die Hölle verdient. Auch Eduard und Margarete gingen auf dem Heimweg an dem Bild vorbei. Plötzlich zitterte Margl am ganzen Körper, fasste die Hand ihres Mannes so fest sie konnte und glaubte einen Moment lang, die Besinnung zu verlieren. Er stützte sie. „Margl? Margl, was hast du?"

„Das...Das...Das... ist... Das ist der Karl, der hier in Trautskirchen war. Der Mann... Der Kaufmann... Karl! Der Vater von Odo!", sprach sie mit zitternder Stimme.

Eduard brachte seine Frau schnell nach Hause, sie setzen sich an den Küchentisch. Margarete konnte es nicht glauben, es bestand aber kein Zweifel. Sie war sich sicher. Wie könnte sie diese Augen je vergessen? Verfolgten sie sie doch seit vielen Jahren in ihren Träumen.

„Du hegst keinen Zweifel?", fragte Eduard nach.

„Nein, ich bin mir ganz sicher", antwortete Margarete.

„Dann solltest du es Odo sagen. Dringend. Erinnere dich, wie er das letzte Mal reagierte, als er von deinem Geheimnis und seiner Vergangenheit durch Zufall erfahren hat", bat er sie.

„Weißt du, was das bedeutet?", Margl war kreidebleich.

„Ja, natürlich. Er hat nun endlich einen richtigen Vater. Er hat Gewissheit. Er weiß nun endlich – nach all den Jahren – wer er ist und wo er herkommt", freute sich Eduard.

„Nein, du verstehst nicht." Sie schüttelte den Kopf. „Wenzel, der älteste Sohn Karls, ist jetzt 17 Jahre alt. Odo ist 1330 geboren. Er ist… Er wäre…"

„…der eigentliche Nachfolger als König", beendete Eduard ihren Satz.

Schweigen.

Am nächsten Tag saßen Wilhelm, Eduard, Margarete, Odo und Ida miteinander an dem schweren Eichentisch in Odos Stube. Seine Mutter hatte auf dieses Treffen bestanden. Sie wollte die wichtigsten Menschen in Odos Leben dabeihaben, wenn sie ihm die wichtigste Neuigkeit seines Lebens mitteilen würde.

Sie versuchte krampfhaft, die richtigen Worte zu finden und während sie ihrem Sohn so schonend und gleichzeitig so ehrlich wie möglich, erklärte, was sie herausgefunden hatte, hielt sie stets seine Hand fest umschlossen.

Odo saß in Gedanken versunken am Tisch, in seinem Kopf drehte sich alles.

„Ich wusste doch, dass sich alles ändern würde", brach Wilhelm das Schweigen. Ich hatte es euch vor einiger Zeit, draußen am Feld beim Schafe scheren vorausgesagt. Jetzt haben wir Gewissheit."

Odo nickte seinem Paten zu.

„Ich gehe spazieren. Allein." Mehr sagte Odo nicht, dann stand er auf und ging nach draußen.

Kurz nachdem er das Haus verlassen hatte, entbrannte eine wilde Diskussion darüber, was nun das Beste für ihn wäre. Sollte er seine Ansprüche geltend machen? Wollte er überhaupt der neue König sein? Sollte er es tun? Würde er einen Erbfolgekrieg herbeiführen? Was gäbe es für Konsequenzen?

Ähnliche Fragen kreisten in Odos Kopf, als er sich seinen Weg zur Druidenquelle bahnte. Er wusste nicht einmal, warum er dorthin ging. Es schien ihm logisch. Eine innere Stimme schickte ihn in diese Richtung und er hörte sie durch das Stimmengewirr der Fragen, die sich in seinem Kopf drehten, so hörte er auf sie und ging eben dorthin. Er setze sich an ihren Rand, schloss die Augen und lauschte dem leisen Plätschern des frischen Quellwassers, das langsam aus der Erde floss. Er atmete bewusst ein und aus, versuchte alles um sich herum auszublenden. Das feuchte, kühle Gras schmiegte sich an seine Hände, als er sich setzte. Er empfand den Herbst nicht mehr so kalt und ungemütlich wie noch vor wenigen Tagen. Alles veränderte sich. Doch wollte er es?

Es war bereits richtig kalt und stockdunkel, als Odo zurück nach Hause kam. Wilhelm und Ida saßen am Feuer in der Stube und sahen ihn an, als hätten sie einen Geist gesehen, als Odo eintrat. Seine Frau stand auf, küsste ihn sanft und streifte seinen Mantel ab. Er setzte sich zu Wilhelm, um sich am Feuer zu wärmen, sie setzte sich neben ihn. Nach einiger Zeit sagte er: „Ich bleibe. Hier habe ich alles, was ich brauche. Meine Familie. Meinen wirklichen Vater und alle meine Freunde. Was will ich mehr?"

Dann küsste ihn Ida sanft.

„Opa, das heißt, Odo wäre der wahrhaftige König gewesen?", fragte Benjamin aufgeregt nach.

„So ist es", nickte der alte Mann und zog an seiner Pfeife.

„Spannend..." Ben drehte sich ein wenig und stellte fest, dass es bereits dämmerte, als er in den Nachthimmel blickte. „Du hast die ganze Nacht diese Geschichte erzählt, Großvater! Die ganze Nacht! Es wird nicht mehr lange dauern, dann geht die Sonne auf."

„Tatsache. Du hast recht. Hahahaha", Georg musste etwas lachen. „Aber weißt du, Ben, gute Geschichten dauern seine Zeit. Aber ich hätte auch nicht gedacht, dass es so lange dauern würde."

„Das ist egal. Ich höre dir gerne zu...", der Junge umarmte seinen Opa fest. „Trotzdem würde ich gerne wissen, was aus Odo und den anderen so geworden ist."

„Nun ja, ich kann dir nur versichern, dass dein Ur-Ur-Ur-Großvater eben jener Eduard aus der Geschichte war. Das heißt, irgendwie muss es ja gut mit ihnen weitergegangen sein, sonst wären wir beide jetzt nicht hier", erklärte er freundlich.

„Opa?"

„Ja, Ben?"

„Sind wir dann eigentlich auch königlich oder zum Teil adlig?", fragte er neugierig.

„Du meinst, weil Odo eigentlich der wahre Königsnachfolger gewesen wäre...?"

Benjamin nickte still.

„So weit würde ich nicht gehen, aber es hätte bestimmt eine interessante Wendung in dieser Geschichte und in unserer Familiengeschichte gegeben, wenn Odo sich dazu entschlossen hätte, sein Recht einzufordern..." Der alte Mann schmunzelte und zog erneut an seiner Pfeife.

„Ich wäre an seiner Stelle auch nicht gegangen. Warum hätte er seine Familie oder Trautskirchen verlassen sollen? Er hatte ja alles, was er brauchte...", fand Ben.

Sein Opa nickte stolz und streichelte dem Jungen über den Kopf. „Weißt du, du bist schon ganz schön schlau für dein Alter…"

Er blickte in die Ferne, wo gerade das kräftige Rot, gemischt mit leuchtendem Gelb, Violett, Purpur und Orange gegen die Schwärze der Nacht siegte. Mit jedem Atemzug wurde es heller und die Dunkelheit strich ihre Segel, sie gab auf. Zumindest für jetzt, denn am Abend, das wusste sie genau, würde sie obsiegen und die Welt in Finsternis hüllen. Bis dahin würde aber noch einige Zeit vergehen. Georg saß mit seinem Enkel im Arm vor den letzten glimmenden Holzscheiten des Lagerfeuers, zog an seiner Pfeife und empfand in diesem Augenblick so etwas wie absolute Zufriedenheit. Dann schweiften seine Gedanken etwas ab. Warum erinnerte er sich an manche Sonnenauf- oder -untergänge besser als an andere? Dieser hier zum Beispiel wird ihn auf ewig begleiten. Andere hatte er völlig vergessen, obwohl sie doch wahrscheinlich genau so schön gewesen waren wie der Jetzige. Er glaubte, dass es daran liegen könnte, dass er hier ein besonderes Gefühl mit diesem schönen Naturereignis verknüpfte: Ben und die Geschichte, die er seinem Enkel die ganze Nacht lang erzählt hatte. Deswegen hatte dieser Sonnenaufgang sein Herz in besonderem Maße berührt. Er staunte oft über die Welt voller Wunder, in welcher er lebte. Er liebte viele Kleinigkeiten an ihr und erfreute sich immer wieder an ihrer einzigartigen Schönheit. Aber an solchen speziellen Momenten, da öffnete sich sein Herz und füllte sich mit Wohlgefallen.

„Ben, mein Junge…", begann der alte Mann.

„Was ist?", der Kleine drehte sich zu ihm um und sah ihn an.

„Jeder Tag in deinem Leben ist einzigartig. Einzigartig wie auch jeder einzelne Sonnenaufgang, den du in deinem Leben sehen wirst. Kein Tag gleicht dem anderen und auch wenn du manchmal glaubst, dass du tagaus und tagein dasselbe machen musst, dennoch ist es nicht so. Du triffst andere Menschen, du bist auf anderen Feldern oder Wiesen, du erlebst andere Dinge... Jeder Tag ist einzigartig. Du erlebst jeden Tag nur einmal, also nutze ihn weise. Verschwende die begrenzte Zeit nicht, die du auf Erden hast. Verstehst du das?"

„Ja, voll und ganz, Opa!", der Junge lächelte. „Es stimmt schon, was die Leute über dich sagen..."

„Ja? Was denn...?", jetzt war Georg neugierig.

„Sie sagen, dass du den Menschen ins Herzen schaust, egal ob sie arm oder reich sind. Du behandelst alle gleich."

„Am Ende des Tages, wenn wir uns zum allerletzten Mal schlafen legen und nicht wieder erwachen, sind wir alle gleich", der alte Mann nickte. Davon war er überzeugt und genau nach dieser Ansicht lebte er sein Leben.

Als es hell war, stützte sich der alte Mann auf seinen Schäferstab, rappelte sich auf und schickte seinen Enkel nach Hause zu seinen Eltern. „Sie warten bestimmt schon auf dich. Sie brauchen deine Hilfe, ohne dich kriegen die das Tagewerk sicher nicht erledigt." Dabei zwinkerte er Benjamin zu.

Der Kleine lachte „Da könntest du recht haben, Opa." Er tätschelte Melchior, den Hütehund, drückte den Mann noch einmal ganz fest und rannte los in Richtung Tal. Aus der Ferne rief er ihm noch einmal zu: „Bis heute Abend, ich freue mich auf dich!"

Der Alte winkte Ben noch eine Zeit lang nach, dann gab er seinem Hund das Zeichen, die Herde zusammenzutreiben, um weiterzuziehen.

Währenddessen erwachte das Örtchen Trautskirchen langsam unten im Tal.